U0933647

余实 著

志士彩

CS 湖南文艺出版社

图书在版编目 (CIP) 数据

志士衫 / 余实著 . -- 长沙 : 湖南文艺出版社 , 2024.2
ISBN 978-7-5726-1444-6

Ⅰ . ①志… Ⅱ . ①余… Ⅲ . ①长篇小说—中国—当代 Ⅳ . ① I247.5

中国国家版本馆 CIP 数据核字 (2023) 第 194204 号

志士衫

ZHISHI SHAN

作　　者　余　实
出 版 人　陈新文
责任编辑　向朝晖
书名题写　黄厚仁
封面设计　罗志义
内文排版　钟灿霞

出版发行　湖南文艺出版社
（长沙市雨花区东二环一段 508 号　邮编：410014）
印　　刷　湖南雅嘉彩色印刷有限公司
开　　本　710 mm × 1000 mm　1/16
印　　张　29
字　　数　520 千字
版　　次　2024 年 2 月第 1 版
印　　次　2024 年 2 月第 1 次印刷
书　　号　ISBN 978-7-5726-1444-6
定　　价　58.00 元

“谨以此书献给准备创业、初始创业以及人生中迷茫失意、遭遇挫折的人，如对他们有些许裨益，实为一件乐事。”

一部富有人生启示意义的作品

——《志士衫》序

余三定

阅读完余实著的长篇小说《志士衫》，我的心情久久不能平静，书中描写的许多故事和场景、书中主人公志坚不断奋斗前行的身姿、书中蕴含的种种人生哲理、书中精彩的艺术描写等等，一直不停地萦绕在我的眼前，让我深深回味、咀嚼和思索。我觉得，这是一部可读性非常强的，富有吸引力的，真正能给人以多方面启示和有力激励的优秀长篇小说。这部长篇小说至少有如下几点值得我们特别注意和重视。

首先是，这部长篇小说可以说是一部当代中国乡村的形象生动的变迁史、发展史。作品故事开始于20世纪60年代初，结束于当今时代，这六十余年的中国乡村发展轨迹、重要场景、重要画面，都在作品中得到了活生生的描绘和展现，能让读者看到这期间的鲜活的人生和世态，能让读者感同身受。作品的开头这样描写当年的大旱："立秋后的江南，仍是万里无云，热浪冲天，感受不到一点秋天的凉意；山中的马尾松已全部枯死，有如红色火烛，散立山中，大多被人们挖回去做柴火烧；连最能耐旱的竹子也干死了大部分；路边的野草见不到半点绿色，全部旱死，一片灰枯，干草多的地方被顽皮的儿童放一把野火烧光了，剩下一片黑色灰烬；蓄水的山塘大多干旱开裂……"在描写了这种严酷的干旱后，接下来作品具象地描写了山村的贫穷，20世纪60年代初的特大自然灾害和乡村的贫困在这里得到了生动的再现。后文写因病未能初中毕业的志坚被安排到夏家坝大队当耕读老师，作品中这样描写这所小学的状况："这个临时小学其实是一间靠着荒山、又矮又旧、没有大门的土砖堂屋，四张旧了的四方大桌子就是学生的课桌；高矮不一、大小不一的家用木凳；墙上挂着一块油漆斑驳的黑板；老师住房兼厨房是一间不到30平方米的偏房，与教室只有一墙之隔；门外50米处用茅草搭着一间临时厕所。隔壁则住着一家农户。”这个小学有26个一到四年级的学生，志坚一堂课要同时给四个年级的学生上课。乡村的贫穷和教育的落后，在这里得到了活灵活现的描绘，仿佛让我们身临其境。时间到了21世纪初，随着改革开放的深入，农民的生产方式、生活方式和交往方式等与20世纪六七十年代相比，发生了根本性的变化，生活水平也有了根本性的提高，但也还是存在某方面的问题。在集体制的大塘茶叶公司担任董事长并且把大塘茶叶公司做得风生水起的志坚，当时想改种自己探索、培育出来的兰花香茶叶，但两次召开董事会都未能通过，说明此时董事会制度还未完全规范。志坚不得已，从大塘茶叶公司辞职，另行组建私营的迎兰茶叶有限公司，才开始兰花香茶叶的生产、制作和销售。在这里我们看到了管理体制的重要，看到了不断改革的重要。这部长篇小说，可以让我们重温中国当代农村的发展史、改革史，从这样的角度看，我们可以在一定程度上说《志士衫》是中国当代农村发展的一个缩影。

其次是，作品成功地塑造了志坚这个从小立志、不怕任何艰难险阻、永远进取、不断取得成功的正能量形象。作品主人公志坚是一个血肉生动的、十分感人的形象，志坚身上最感染人的至少有下列因素：其一，从小立志，终身用从小立下的志向激励、鼓舞和鞭策自己。志坚因为初中最后三个月生病未能拿到初中毕业证，他做了一个举动，用肥皂刻了一枚“志士”印章，把“志士”二字印在两件白色汗衫上，时刻激励自己成为一位“志士”：“或出人头地，或干出一番事业……”这个“志士”的理想，既是很远大的，又是很实在的。此后，志坚一直牢记“志士”的理想和目标，奋斗不止，从而在人生的道路上取得了一个又一个的成功。在已选好接班人、自己即将退休的时候，70岁的志坚将两位年轻的接班人叫到身边，郑重其事地将收藏得很好的两件印有“志士”的白汗衫作为传家宝交给了两位接班人。其二，不怕挫折，不怕困难，敢于战胜任何艰难险阻。志坚在半个多世纪的人生奋斗历程中，经历了参军因为其姐姐嫁给了出身不好的家庭而致政审未能通过，担任耕读老师（民办老师）不久被迫中止，当大队支书经历种种波折，两次招干都因种种原因未成，到公社（后来是乡）担任茶叶公司董事长二十多年虽然取得了巨大的成功，但也经历了重重严峻考验（包括生大病），最后好容易办成私营的以研究、种植、加工兰花香茶叶为主的迎兰茶叶有限公司，其间经过了数不清的人为的和大自然造成的道道难关（其中包括最亲密的家人的竭力反对），连选接班人都是一波数折。但志坚从来没有气馁过，从来没有放弃过，总是迎难而上，勇敢地不断战胜困难，不断取得胜利，不断前进。其三，总是走在时代的前面，其身上充满改革开放的时代精神。20世纪70年代还是“文革”极左的年代，担任大队支书的志坚就冒着风险在本大队办起了草纸厂和电石包装厂，并组建了六十多人的基建队到城里搞基建，以此增加农民的收入、改变大队的贫穷落后面貌；改革开放之初，志坚带头吃螃蟹，为农民致富，第一个提出办公社茶厂，并自己担任茶叶公司董事长，取得巨大成功；21世纪初，志坚又从大塘茶叶公司辞职，另行组建私营的迎兰茶叶有限公司，进一步激活了企业的活力，从而取得了更大的成功。可以说志坚始终是一位改革家，始终是一位急流勇进的奋斗者。其四，个人的品性和品德、个人的修养极好，任何时候都能严于律己。志坚辞职离开大塘茶厂之前，县里有关部门进行了严格的审计，没有发现任何问题。尤其在处理爱情与婚姻的问题上，志坚对爱情绝对忠贞，对婚姻绝对忠诚，没有半点随性和随意。志坚结婚以后，再遇早年因误会分手的初恋对象，虽然感情还在，但他以坚强的毅力控制自己，没有任何非分之举；在大塘茶叶公司担任董事长期间，同厂的漂亮女青年、技术员刘小明真诚地爱上了志坚，想方设法接近志坚，甚至公开明确地表达对志坚的爱，但志坚丝毫不为所动，一直冷静自持。还有，志坚对朋友、对同事、对员工总是真诚友爱，和谐相处。由上述简要分析可以看出，志坚是一个杰出的、血肉生动的、充满正能量的、富有时代意义的人物形象。作品中的其他人物形象，如志坚的好友兼搭档尹厚友、志坚的妻子杜应贤、志坚的母亲陶富娥、痴恋志坚的女青年刘小明，乃至作品中着墨不多的多倍体育种专家冯茹老师等等，都可谓栩栩如生，给人留下颇为深刻的印象。

再次是，成功地运用多方面的艺术手法，使作品具有很强的可读性和艺术吸引力。作品很讲究情节的安排，造成一波三折甚至一波数折，吸引着读者非一口气读完不可。志坚在已经70岁且身体不好的情况下，很想找到自己的接班人，他首先想到的是自己的儿子或女儿，可儿子、女儿及媳妇等人都坚决不愿意；即将大学毕业的孙子黄谦见状，自告奋勇要接爷爷的班，却遭到自己母亲和父亲的坚决反对，黄谦只好作罢；最后是志坚的外孙、大学毕业一年多的戴宇新不顾自己母亲的坚决反对坚定地接了班。难题终于得以解决，但其过程则是波折连连。作者很擅长心理描写，文中有多处真切、细腻的心理描写。担任大塘茶厂厂长的志坚在产品被他人假冒，而假冒产品在质检时不合格被“3·15”晚会曝光时，先后到桐州、北京找有关部门申诉，在北京国家技术监督局遇到瞿处长对他不予理睬时，作品对志坚有一段心理描写：“似乎有人向他大吼，顿时让他清醒了，心想：‘是的，决不能放弃。我要同你斗智斗勇！我要依法维权！我要拿起法律武器！你瞿处长不签，我去找你的上级。你的上级不签，我去找你上级的上级——我有权利、有责任，为企业、为农民讨回公道！……’”正是由于志坚有这种不屈不挠的精神，此次事件才得以顺利解决。

原来我和作者并不熟悉，是因为朋友的介绍我们才相识相交。朋友给我介绍时，特别强调作者事业上的进取和成功，特别强调作者的真诚为人。所以，在我的印象中开始只认为作者是事业上的成功人士和朋友中的真诚之士，待认真阅读了这部长篇小说，才知道作者其实同时富有艺术才华，才知道作者的这部作品是非常厚重、非常值得一读的，于是我很乐意写下了上面的读后文字。

2022年7月18日稿毕于岳阳市南湖畔

目 录 Contents

第一章

从湘江的湘北段往东走二十多公里，便到了与罗城县交界的明月冲，冲里有个叫大别屋的地方，住着几户黄姓人家，其中一户的大儿子，一生艰难，出奇地艰难，连出生也难。

“凤姑，你不能走！你要救我堂客的命！”黄三勋双手伸开在门口拦住接生的凤姑，眼泪双流地央求道。

“一天一夜了，我办法想尽了。再也没办法了。我接生十几年，从没碰到过这么严重的难产。好危险呢！恐怕大人小孩都难保！只怕有‘生产鬼’作怪！你快去请竹山屋秋道人信信迷信啰。”说完，凤姑摇着头推开黄三勋拦着的手，提着小布包走了。

陶富娥第二胎临产一天一夜了，请来接生婆凤姑接生，老办法、蛮办法都用了，孩子仍没有生下来。躺在床上的陶富娥已经有气无力，不停地哎哟、哎哟、哎哟地呻吟着。

“三弟，只怕是‘生产鬼’缠着，你赶快去请秋道人来驱邪，大人好危险！救人要紧！”黄三勋嫂子抹着眼泪道。

“他娘，你坚持下，我去请秋道士来。”

陶富娥点了点头，又喊道：“哎哟！哎哟！我会死嘞！我会痛死嘞！”

黄三勋转身朝竹山屋跑去。一个时辰后，黄三勋领着一个穿青色长衫、头戴道士帽的中年男人走进了房间。

秋道人进屋后将一尊暖水瓶高的木菩萨摆放在桌子上，点燃三炷香，又点亮了青油灯，放了一挂鞭子，跪在木菩萨面前，就着青油灯点燃三张纸钱，绕三道火圈，敲着木鱼，口里念念有词。之后来到床边，面对陶富娥手舞足蹈，喃喃细语。突然大吼：“邪鬼滚开，九龙山千灵万灵大菩萨在此！”之后又在门角、大柜、床后，来来回回舞弄了大半天，最后跪在木菩萨面前边敲木鱼边念经，祷告之后又连续打了三卦……

忙了半天，秋道士起身说：“明天亥时孩子就会顺利出生。”然后拿起他的神具，准备回去，黄三勋留他吃饭没留住，塞了五块钱的金圆券给他。秋道人收了金圆券，说声谢谢，走了。

接生婆走了，秋道人也走了，妻子快支撑不住了，黄三勋的心跳到了嗓子眼里。陶富娥的呻吟声越来越细弱了。

黄三勋嫂子端来一碗猪肝汤来到床边：“富妹子，你要打起精神，无论如何要坚持住，把这碗猪肝汤喝下，精神会好一点。来，我喂给你吃。”

陶富娥点了点头。大嫂用汤匙一匙一匙地给陶富娥喂猪肝汤。陶富娥一边吃，一边哎哟。

“么哩‘生产鬼’不‘生产鬼’，鬼也怕人，三老倌，只有放几铳，有鬼把鬼赶跑，冇鬼给富妹子壮壮胆。”燕老倌对黄三勋建议道。

“这个办法好。”全屋场前来打听消息的大姨大嫂们也赞同地说。

“好，就听你的。”

热心的燕老倌从自己屋里拿来一把短铳，装上铳药，点燃一支香，将铳的引子点燃，朝陶富娥睡的床底下连打了两铳。铳声惊天动地，连陶富娥睡的床也被震动。吓得陶富娥不断发抖，接着又在门角弯里打了两铳。

“哇、哇、哇。”几声巨大的铳声后，孩子顺利出生了。

母子平安。大嫂连忙剪断了婴儿脐带，抱起婴儿在温水木盆里擦洗。陶富娥望着刚出生的婴儿，含着热泪，笑了。

黄三勋一看是个男孩，笑得合不拢嘴，对燕老倌说：“谢谢您出了个好主意，母子平安了，看来迷信都是假的。”

“这么难生，接生婆凤姑都不肯接了，现在孩子平安出生！这是你们的福气，孩子的福气。”

这个难产的孩子出生时正值祠堂修谱。第二天，黄三勋兴致勃勃来到黄氏宗祠，请修谱先生为儿子取名并入谱。先生捋了捋胡须，道：“就叫志坚吧！”屋场里的人后来又为志坚起了一个“嘿啦啦”的小名。

光阴似箭，志坚高小毕业了，在家里焦急地等着升初中的消息。

这一年又是一个特旱年。这已是连续三个年头的特旱了。“干塘啦！干塘啦！柳家塘干了呀！快去乱塘呀！快去呀！”大别屋不知谁在高声呼叫。

立秋后的江南，仍是万里无云，热浪冲天，感受不到一点秋天的凉意；山中的马尾松已全部枯死，有如红色火烛，散立山中，大多被人们挖回去做柴火烧；连最能耐旱的竹子也干死了大部分；路边的野草见不到半点绿色，全部旱死，一片灰枯，干草多的地方被顽皮的儿童放一把野火烧光了，剩下一片黑色灰烬；蓄水的山塘大多干旱开裂，塘中间绿草成茵，犹如牧场，只有大垄中一两口又大又深的水塘还有一点点水。人们吃水成了大问题，原有水井十口九干，只好到很远的有浸水的山塘里，挖到砂卵石的土层，让地下水冒出来，挑回来做饮水和用水。

因旱灾快干了的山塘，经塘主打捞后，还会有一些漏网的鱼虾。按老祖宗沿袭下来的习惯，凡干了的山塘，人们都会自发地去乱塘罩鱼。谁也阻挡不了。谁也不会去阻。

长得敦敦实实的少年"嘿啦啦"听到有人在叫"乱塘"，急着去参加。可是家里没有罩鱼的罩，急得团团转。情急之下，他跑到邻居先姐家借了一个没底的烂薯筐，背着它飞也似的往柳家塘跑，在他身后，扬起了一路的黄土灰尘。

此时的柳家塘，早已有百多号打着赤膊、穿着短裤的男人和穿着单衣单裤的女人，在塘中间一汪黄色浑水中奋力地罩着鱼。喊声四起，水花四溅，一波来，一波去，好像是在追赶着一条大鱼。还有的人拿着扳罾和扒网站在水边不停地扳着扒着。

"啊！到了那里！啊！到了这里！"有人大声呼喊着，引得罩鱼的人一边罩一边朝喊声处奔去。

刚高小毕业的"嘿啦啦"个子小，拿着烂薯筐不敢到人多的深水处去罩鱼，只能在浅水处罩一罩。个把小时了，他连手板大一条鱼也没有罩到。正在有点灰心的时候，一条大鱼被追到了塘边上的浅水处，一个黑色的大鱼脑壳向他身边慢慢游来。"嘿啦啦"急忙双手举起烂薯筐，对准那个黑色大鱼头，使尽浑身力气快速一罩。双手明显感觉到有鱼在罩内疯狂地挣扎，冲撞着薯筐边。他生怕鱼会跑掉，用尽浑身力气将身子死死地压着那个烂了底的薯筐，才罩住了那条大鱼。过了一会儿，大鱼没劲了，动不了了，他这才双手伸进烂薯筐死死地掐住那条鱼的鱼鳃，慢慢将鱼捉了出来。这是一条足有七八斤重的大青鱼。

只见满塘的人和岸上的人大声嚷道："啊，冇得事了，那条大鱼被大别屋里‘嘿啦啦’罩到了！”于是，所有的目光一下子都聚集到了“嘿啦啦”的身上，望着这个“小人”提着一条大鱼上了岸，满身泥水的罩鱼人才失望地散去。

“嘿啦啦”笑嘻嘻地提着大青鱼，背着烂薯筐一步一步从齐大腿深的泥水塘里上岸。“娘，快来看，我罩了一条大鱼。”“嘿啦啦”还没进屋，在地坪里大声喊着。

在坪里玩耍的小孩子们见“嘿啦啦”提着一条跟他自己差不多高的大鱼，惊奇不已，一齐跑了过来，跟在“嘿啦啦”后面嘻嘻哈哈看着笑着。见“嘿啦啦”很吃力地提着一条大鱼，矮胖敦实、小名“胜土地”的少年连忙跑过去，抓着这条鱼的尾巴，同“嘿啦啦”一起抬起这条大鱼往“嘿啦啦”家里走，一边走一边大声喊着：“哦嗬呦，呵嗬呦，呵嗬！”

“嘿啦啦”的娘正在睡房里补衣服，听到儿子说罩了条大鱼，走出来一看，惊喜地问满身泥水的儿子：“这么大一条鱼，比你矮不了多少哩！我从来没见过这么大的鱼，怎么让你罩到了呀？”陶富娥笑得眼角的皱纹像开了花一样，立即接过儿子手上的大鱼。

“这条鱼把它自己送给我了，好多人在塘中间追着它罩，我不敢到水深处去，只在塘边的浅水处罩一罩，这条鱼被大人们追得向我身边游来，我看见它的脑壳，于是用烂薯筐奋力一罩，它就乖乖地被我罩着了。”穿着一身湿透了的泥巴衣服的“嘿啦啦”眉飞色舞地告诉娘。

“啊！”身穿老式便装，腰系围裙，脚穿绣花鞋的陶富娥听了，脸上从来很少有笑容的她，便笑嘻嘻地把儿子刚罩来的大青鱼拿进屋里去了。“嘿啦啦”也进屋倒水洗澡去了。

洗完澡，志坚来到厨房，陶富娥已经把大青鱼洗干净了，对儿子说：“志伢子，你把鱼头按着啰，我来把鱼鳞刮掉。”

“好的。”说完，志坚把袖口卷起，一双小手紧紧地按着鱼头。

“志伢子，今天算你走运哩！这条大鱼，这么多人都冇罩到，让你罩到了。你今年完小毕业了，不知道考得上初中不？要是今后也有这么好的运气就好啰，只怕冇得这样好嘞！”陶富娥叹道。

“娘，你莫为我担心啰，说不定我也有罩鱼这么好的运气哩！”

“这样就好，你长大了要为我七房头增光哩！我七房头你爷爷肺病去世早，你奶奶带着你满叔改了嫁，你大伯又招了郎去了罗城县，只剩下你父亲和你四叔两个冇娘崽，好苦嘞！后来你四叔患伤寒也死了。你父亲一个人东一餐、西一餐，十三岁帮人家看牛，十七岁做长工，你父亲冇过一天好日子！”

“娘放心，我不但要为七房头争光，还要为大别屋里人争光！”

陶富娥听了，满心高兴，连连说：“这就是我的好崽，有志气！我们全家就指望你了。但是，你不能光说大话，要脚踏实地做事。世上的事，冇得你想象的那么容易，也冇得你罩鱼这样顺利，天下的路冇一条是直的。唐僧、孙悟空去西天取经都经过九九八十一难。地坪里那棵三人合围的大樟树都被雷击过三次，你们小时候经常到树洞里去玩。那树洞就是被雷击穿的，据老人们说大树里藏了一条蛇精，老天爷连打三次才把那条蛇打死。连树的一生都有灾有难，何况是人啊！今后不管遇到多大困难，你都要坚强，不能退缩，听见了吗？”

“娘，我记住了。”

“去拿盐来啰，我把鱼腌了，正好明天有重要客人来。”

陶富娥出生在一个相对富裕的家庭，但嫁给了一无所有的孤儿黄三勋。连结婚的被子都是借来的，蜜月后人家把被子要回去了。她无怨无悔，凭着自己勤俭的品德和能织会纺的巧手，与勤劳的丈夫黄三勋一道，仅几年工夫，不但还清了五担稻谷、两块光洋的债务，还添置了一些家具什物，抚养两女两男四个孩子。大儿子生得很晚，夫妻俩视为珍宝。屋场人也戏称这个儿子为黄三勋夫妇的“崽种”。

不能让儿子像丈夫一样当文盲，让儿子有一个体面的职业是陶富娥为儿子定的目标。今年儿子高小毕业了，丈夫决定让他去学医——她也觉得这是一门很好的职业，老了还管用的职业。志坚也同意了，叔叔也同大队医务室杨医生说妥了。

今天，陶富娥见儿子罩了一条这么大的鱼，喜出望外，明天就要请拜师酒，正发愁没有拿得出手的好菜——猪肉冇得买，鸡婆又要生蛋。儿子罩到这么一条大鱼，就不愁明天的主菜了。

一大早，黄三勋来到大队诊所，请杨医生明天到家里来吃拜师酒。杨医生高兴地答应了。晚上黄三勋又请了当大队长的老弟黄松柏和大队朱书记。第二天中午，由叔叔黄松柏主持，在志坚家的厨房兼“餐厅”举行了一个简短的拜师仪式。“今天是我侄儿拜请杨医师为师父学医的拜师大喜，请杨医师上座。”戴着一顶旧军帽的叔叔宣布。

中等个子的杨医生五十多岁，戴一副老式眼镜，文质彬彬，脸上常挂着浅笑。志坚叔叔宣布后，他来到正上方坐着。朱书记陪坐在左边，志坚坐在对面。

等杨医师上座后，志坚叔叔笑着对大家道：“今天是个大喜的日子，我侄儿正式拜师学医。杨医生是一个有名的老中医，志坚也聪明诚实，从今天起，请杨医生多多辛苦，严加管教，使志坚成为一个好医生。现在我宣布：志坚面对师父下跪，施三拜大礼！”

志坚没有按叔叔说的施跪拜礼。他心里在反抗：“新社会了，还兴这一套！”他依然坐在椅子上，一动不动，眼睛不停地眨着望着屋上明瓦。

“志伢子呀，听叔叔的，听见吗？”从来不爱说话的父亲对儿子努了努嘴。志坚还是坐着没动。

看到这个僵局，杨医生马上出来解围：“老黄，免了，新社会了，不兴这一套，意思到了就行。”

“杨医生，对您不起，小孩子不懂事。”黄松柏转过脸对侄儿道，“志伢子，今天是你学医拜师的大喜事，成绩好，五年后可转为国家医生。你要当着师父的面表个态，保证听师父的话，好好学习！”

志坚扭扭捏捏，吐出一句话：“一定听师父的话，好好学医。”

“好、好、好，要得。对不起，没有肉，没有酒，没有好吃的，只有‘嘿啦啦’昨天罩来的一条鱼。”叔叔道。

见大家还没有动筷子，陶富娥便站起来用筷子夹了一坨鱼肉敬到杨医生碗里：“杨医生，我志伢子就拜托您了，尽管严一点。”说完又分别给朱书记、叔叔夹鱼。

杨医生见到志坚后，内心很高兴：敦敦实实身材，明亮活泼的大眼睛，生得很上的头发，常挂在脸上的笑容，招呼人很礼貌的样子。

吃着这鲜美的大青鱼，包公一样黑脸的朱文书感叹道：“真是美味，这样的塘鲜大鱼，好多年没吃了！昨天柳家塘干塘，仅仅一条大青鱼，百多个大人都没有罩着，却让志坚这小伢子罩到了，真是有福气，有运气，学医也有天意呀！今后这伢子肯定会有大出息！”说得全桌人哈哈大笑，都说：“是、是。”

“那就借书记的吉言了。”陶富娥笑了。

吃完饭，陶富娥给每个人端来一杯姜盐豆子茶。杨医生、朱书记、叔叔等坐在厢房里一边闲聊，一边喝茶。志坚倒来一盆热水送到杨医生面前，说："请您洗手。"

杨医生放下茶杯，高兴道："谢谢！"洗了一把脸，把手巾放回脸盆，准备起身去倒水，志坚立即上前把那盆水倒掉了，又另换了一盆干净的水送给朱书记、叔叔等人洗手。众人看了小志坚的一举一动，都称赞他懂事。

明月大队医务室租借了新礼屋两间旧房子，内外墙用石灰粉刷了一下，在门前挂着一块一米五左右长的木牌子，上面用油漆写了"明月大队医务室"几个大字。第二天上午，志坚提着一只木桶，父亲挑着大米、土布被子、床单和日常用品，来到卫生室。见过杨医生后，黄三勋把被子铺在一间低矮的杂物房的北边——这就是志坚学习和睡觉的地方。又把大米和三块钱生活费交给了杨医师。对儿子道："志伢子，你要听杨医生的话，好好学医，莫让大人操心！"便回队上出工去了。

杨医师拿着一本线装的《汤头歌诀》交给志坚："志坚，你先从这本书读起，慢慢学，不认得的字和不懂的地方问我就是。必须弄懂、读熟、记牢！"

"师父，您放心，我慢慢学。"

"这样就好。"说完，杨医生高兴地走了。志坚便立即读起药书来。翻开书一看，不但全是繁体字，而且句子大多不懂其意，这是志坚所没有想到的。他眉头紧皱，自言自语："这么难读呀！何得了呢！"于是拿着书跑到杨医师面前问："师父，什么叫补益之剂？"

"补就是补充，益就是增加，用滋补强身的药物，以补充和增加人的气血阴阳，治疗因气血阴阳不足而发生的一切病症的方剂，就叫补益之剂。"

"啊，知道了。师父，'四君子'汤中'祛'这个字不认得，这个'饵'字也不认得，更不懂是什么意思。"

"'祛'字读'驱'，意思是驱逐和去除的意思，'饵'字读'耳'，为吃的意思。"

"啊，我懂得了。师父，只是有太多的字我不认得，也不懂它们的意思。"

"慢慢来，只要你不懂就问，时间久了，自然就会了。"杨医师鼓励志坚，生怕他不安心。志坚就这样正儿八经地学起医来。

几天来，志坚打开《汤头歌诀》，读着，背着，越读生僻字越多，不解其意的地方也越来越多。他想，是中药书太深奥了呢，还是自己文化水平太低了？他越读越没兴趣了，读着，读着，便睡着了。

杨医生来检查志坚学习时，发现他捧着书睡着了，一气之下，在志坚肩膀上推了推，大声喝道："志坚，你怎么不看书，睡觉呢？"

志坚被师父推醒了，连忙说："我瞌睡来了，不知不觉就睡着了。"

"你好好跟我站着，你怕随随便便能当好一个医生呀！不刻苦读书，学好前辈们的经验，是治不好人家的病的，这是初次，下次再这样，我就不客气了。"

"师父，对不起，我一定改。"他又读了起来。但，他在内心里觉得学医太乏味了，自己水平太低了，觉得这碗饭不是自己吃的。越来越厌烦了。可是这些想法不敢同师父讲，更不能同父母讲。

第二章

南方七月，正是全年最热的时候，火辣辣的太阳照在大地上，把空气晒得像炭火一样滚烫，朝人的脸上扑过来，使人非常难受。尤其是到了正午时分，太阳底下便变成了一个大蒸笼。人们给湖南取“火炉”的名字一点也不冤枉。凡遇上这样的天气，很多人都千方百计躲着它，只有怕误了农时的农人们才无可奈何地仍在烈日下劳作。

全县小升初的毕业试卷阅完了，各学校都忙着送录取通知书。大塘完小六年级的班主任李鸣柳，今天要去送通知给六里外的黄志坚。李老师是在城市里长大的，她望见火辣辣的太阳就害怕。为了躲开烈日，她一大早就出发了。

“小朋友，黄志坚家住哪里？”李老师没来过志坚家，便问身边的小朋友。

“住在那里，我带你去啰。”流着鼻涕、穿着开裆裤、打着赤脚的军伢子说完，在前面引路。

齐耳短发，一身列宁装的李老师在小男孩的带领下来到了志坚家。她一进门便礼貌地对志坚母亲陶富娥说：“您是黄志坚妈妈吧？恭喜您儿子考上了湘江三中，我是黄志坚的班主任李老师，是来送黄志坚的录取通知书的。”胶鞋上一层黄土、额头上冒着热汗的李老师一边用小手帕擦汗，一边做自我介绍。

“啊、啊，老师来了，请坐，请坐。”陶富娥一边回答，一边招呼老师入座，进厨房泡了茶双手送到李老师面前道，“请老师喝茶。”这时陶富娥在心里急速地想着：儿子考上了中学，也不能去读！还是学医好，学医稳当，又不花钱。

李老师喝了一口茶问志坚母亲：“黄志坚没在家吗？去哪里了？”

“老师，对不起，我志伢子不去读中学了，他已经拜了师，学医去了。”

陶富娥拍了拍蓝布围裙上的灰尘，坐在李老师的对面。

“学医？这么小，学医！在哪里学？”李老师诧异地问。

“在本大队杨医师那里学。”

“学医还早着呢！等读了初中再学医也不迟啊！再说只读了高小，文化程度低了，学医挺难的！”李老师一个劲地劝。

“我家很困难，没钱读初中。老师，我看还是算了，志坚中学不读了，让他去学医，谢谢您的好意。”

“黄志坚会读书，大塘完小两个六年级班九十六名学生因生活困难，大部分停了学，只剩三十八个学生毕业。考上湘江三中的仅两个学生，黄志坚一定要去三中读书，三中是公办中学，很难考的。”

“我知道老师是为我家孩子好。志坚已经去学医了，请老师原谅吧！”

“黄志坚现在在哪里？请您告诉我好吗？我去问问他自己。”

“那不能麻烦你，你坐一会儿，我去把志伢子叫回来。”陶富娥说完便朝大队部走去。陶富娥生怕老师亲自去找儿子，说服儿子读中学，而不学医了，她要抢先去阻止儿子读中学。她来到大队部医务室，同杨医生打招呼后，便来到了儿子房里。儿子手捧医书，人却睡着了，打着轻微的鼾。陶富娥在儿子的屁股上重重打了一巴掌，嚷道："志伢子，你怎么不看书，睡觉！我是送你来睡觉的呀！"

志坚被母亲叫唤声惊醒，揉了揉眼，不好意思道："娘，药书好难读，这碗饭恐怕不是我吃的嘞！您怎么来了？"

“你的班主任老师来了，你考上了三中，来送通知的。我看你学医好，学几年就可以当国家医师，我们家困难，没钱送你读书。不要听老师的，听见了吗？”

“娘，我现在就回去，我要去读中学，我去同师父请假。”志坚听说自己考上了三中，心中暗喜。因为读中学、读大学是他的人生理想。他做梦都想读中学，他决不能失去这个机会，决不能！他想。

杨医生听说志坚考上了中学，不学医了，心里非常惋惜，便来到志坚房间，道："现在农村最缺的就是医生，只要志坚努力学习，三到五年，就可以转正当国家医师，国家就会发给你一个金饭碗。你们娘崽要三思而行，打好商量！"

“学医好，志伢子，听娘的，听杨医师的，不去读中学，听见了吗！”陶富娥再次以命令的口气叮嘱儿子。但，杨医生和娘的话好像是给庙里的木菩萨说的一样，志坚一句也没听进去。

陶富娥见儿子没回话，又说："志伢子，你要听娘的话，学医这个好机会不要错过了。最多五年就能转正当国家医生，拿国家工资，老了还有退休金，一生一世无忧无虑。也不用我们从牙缝里挤钱送你去读书。几多好的事。你如果去读书，万一没考上大学，万一冇钱送你读高中，中途停学了，就会扁担冇扎，两头失塌，又会要回到大别屋里来。不听老人言，吃亏一世年。志伢子，你要答应我，还是学医，不去读书，不答应我不准你回去！放弃一个好好的金饭碗不端，硬要去读书，猪一样的家伙，把老子气死了！"陶富娥生气了，连劝带骂道。

"我文化水平太低，学不好中医，娘，你不晓得，药书我读不懂，好多字不认得，太难了，刚才我还睡着了，你冇看见呀？如果我学不好医，会治不好人家的病哩！我只怕到时会治死人家哩！"

"文化水平不高，有师父教你。学医，一个多么靠得往的好职业，又轻松，又稳当，又避风雨。错过了这个好机会今后你会撞晕脑壳，到时后悔就来不及了。听见了吗？"

志坚想了想，对娘说："读不读中学我先去见见李老师啰，老师来了，连见也不去见，太没礼貌了！"

"回去可以，但，见了你的老师，也不能答应她去读中学啊！你要向我保证，学医，不去读中学，否则不准你回去！"陶富娥双手拦住门口，不让儿子走。志坚笑了笑，弯着腰，从娘手下钻过去，往家里跑。

陶富娥骂了句"这个家伙"，无可奈何地跟着往回走。

杨医生见志坚母子走了，叹息道："真可惜，志坚错失了人生一个好机会。到口的肥肉吐了，到手的金饭碗丢了，今后肯定会后悔的！"

志坚走在前面，娘跟在后面。走了一段大路，志坚朝坝边上的小路走去。"好好的大路不走，怎么走小路？"娘问。

"走小路快一些。"志坚回娘。他恨不得一下子飞回去。

九月的江南，田野上仍是一片葱绿，坝边、路边和田埂上长满了各式各样的花草，开着不同颜色的小花。小鱼儿一群群在清澈见底的小溪里摇头摆尾地游着。这一切志坚无心观看，走着、跳着往家赶，把母亲抛在了老后头。

"等等我，走这么快干什么！"志坚没有办法，只好坐在路边草丛上，焦急地等着娘。

陶富娥走近志坚，又一次耐心地劝儿子："志伢子，你莫不听娘的啊！读三年中学，两年高中，你知道要多少钱吗？我们家穷，盘不起。"说完又唠叨起来："这个鬼老师，迟不来早不来，人家孩子学医学得好好的。"

"娘，学医好是好，但是，我文化水平太低了，学不好医。你让我多读一点书啰，儿子有本事了，才好去外面闯世界，才能让你们过上好日子。"

一会儿，便到家了。"李老师，您好，辛苦您了。"见到自己尊敬的班主任，志坚连忙问好，并紧挨着老师坐着。

"黄志坚，你考上了三中，另外有十个同学考了百申初中班，其余的都没考上。你为学校争了光。一定要去读三中，这是一所公办中学。知识可以改变世界，知识可以改变人生，知识可能改变家庭。读书前途无量，读了中学，还可以读大学，读医科大学，至于农村学医嘛，读完中学学医更好。"班主任握着志坚的手细细地劝说，像大姐姐一样。

志坚听老师这么一说，决心不学医了，说："李老师，我听您的，我去读书。"又拿着母亲的手道："娘，我要读书，让我去读书吧！"

骂归骂，反对归反对，天底下没有一个娘真跟儿子赌气的。陶富娥知道儿子的犟脾气，只好同意了，叹气道："要读书就读书吧！等你爸爸回来把大队医务室的东西拿回来。"又自言自语道："志伢子，这家伙不听我的，放弃又好又轻松的医不学，轻轻松松的医生不当，硬要去读书，还不晓得前好还是后好，只怕会撞晕脑壳，遭一世年孽。"

"那我就回去了。"李老师见学生思想工作做好了，满心高兴。志坚把老师送到村口边，一边挥手一边说："谢谢李老师，李老师，您好走。"志坚在路边站着，望着，一直到望不到李老师的背影，才转身回家。

殊不知，人生路，如人行陌路，拐点多，稍不小心，就会拐错弯。志坚后来的人生路，不幸被他的母亲言中了，年轻执拗的他，放弃学医，去读书，自以为自己的选择正确，哪知其后的人生一个挫折接着一个挫折，一个失败连着一个失败，痛苦、困惑、迷茫、失落如影随形，他足足用了一生的汗水、辛劳和争斗来弥补，还多次来到死亡的边缘。能怪志坚吗？不能！年轻人哪能知道，人生路选择往往在一念之间。有时几天内发生的事情，甚至是一天内发生的事也足以改变他的一生，志坚就是这样。

儿子不听话，放弃学医，要去读书，陶富娥没有办法，只能顺从儿子的意愿。但是，不满十四岁的儿子在娘的心目中还是一个小孩，要到离家四十里外的地方去读书，又连一个伴也没有，她心里不是滋味。一边帮儿子收拾东西，一边流着眼泪："志伢子，你去这么远读书，娘不放心，家里又穷，又冇钱给你去花，娘为你准备了一点吃的，你带去。这是炒熟了的绿豆，饿了吃一点，这是炒熟的米磨成的粉，煮开就可以吃。这是一套新衣，做罩衣穿，是娘卖掉两只鸡，在供销社扯的布给你做的。要爱惜着穿。这是旧棉袄，棉裤，夹衣，虽然打了补丁，但还能保暖，穿在里面，人家看不见。这是我做的布鞋、袜子、鞋垫，这里还有我纺织的土花格布衬衣。还有牙膏、牙刷，是你舅舅特地送给你的。"陶富娥把这些东西收拾好，放在一个木箱里。

"娘，我知道了。"

"我还有事要交代你，你要好好听着：你去读书也好，多读点书，站得更高，看得更远，今后的机会才会比别人多。你舅舅说，书中自有黄金屋，书中自有颜如玉，一定要好好读，少去玩一些。你今后的路要靠你自己去走，我帮不了你，你爸爸帮不了你，谁也帮不了你。另外，回来回去，坝边、塘边要走里边，走外边危险。放了假就回来。"又从大柜里拿出五块钱交给儿子，"学费在你爸爸手上，这里五块钱你去买点零食吃。"

志坚父母拗不过他，给他攒齐了学费。黄三勋一头担着被褥行李，一头挑着大米，步行往罗城方向出发了。父子俩走了三个多小时，终于离三中不远了，转过一个小山包，跨过一条小溪，一大片错落有致的红砖红瓦楼群映入眼前，湘江县第三中学到了。志坚伫立在大门外，久久凝望着雄伟的大门和大门顶上方"湘江县第三中学"几个大字，一种莫名的骄傲油然升起，眼睛里放射出惊喜的光芒。他同父亲走进大门，有搞义工的上届同学领着志坚父子到校务处报了到，交了口粮。志坚分配在初中部二十四班。黄三勋为儿子铺好床单、被子，陪儿子上食堂吃了饭，卷了一根喇叭筒土烟，用火柴点燃抽着。又在床沿坐了一会儿，准备回家。临走对儿子说："志伢子，大别屋这么多人读书，光你考上了中学，爸爸为你高兴，不过，有些事我要交代你哩。"黄三勋把烟蒂丢在地上，用脚踩灭了继续道："要注意保暖，天冷了及时添加衣服，千万莫感冒了；要吃饱，你正是发育长身体的时候，我多打几桌豆腐，挣了钱送来给你加餐用；还要努力学习，要当三好学生。我们这号贫苦人家送子女读书太不容易了！"

“爸爸，你讲的，我记住了，你要多保重。”志坚说出了一句懂事的话。黄三勋听了，满心的高兴——儿子立事了，心想。

“好，我回去了。”说完，黄三勋挑起箩筐往外走。志坚目送父亲，望着父亲微微弯着的后背，心里一阵发酸。父亲为自己读书起早摸黑打豆腐担出去叫卖，一早一晚挣三块多钱为自己交生活费和学费，他暗暗告诉自己要好好读书，好将来报答父母。一直到看不见父亲的背影才返回宿舍。

这一夜，他睡得不踏实，他的思绪又回到了罩鱼、拜师、读药书上来，想起当时放弃学医，来这里读书，态度是这么坚决，现在想起来，不知是对还是错。珍惜这个机会，好好读书吧！现在只能这样了。

为此，志坚为自己订下了严格的学习计划：早上比其他同学早起一个小时读俄语；中午不睡午觉，逢单日在教室里复习数理化，逢双日复习语文；晚饭后到校办公室看课外书籍；星期六、星期天复习本周功课，留一点时间看看其他报纸。就这样，志坚一头扎进了读书学习中。

白曼丽是志坚一个班的同学，没有熟悉的同伴，很想找一个家乡附近的同学，好有一个伴。但她不知道志坚是从哪所高小毕业的，只从口音中知道是自己家乡附近的人，便产生了要了解一下志坚的想法。于是，白曼丽决定接近一下志坚。

“黄志坚，你这是在看什么书呀？”星期五晚饭后，白曼丽走到志坚身边问。“看《三国》哩。”志坚回道，但头没抬，继续看他的《三国演义》。

“还不是打仗嘛，用计策嘛！有么哩好看的，还看入了神。”

“你不晓得，我们的祖先，为了国家，为了人民誓死拼杀，永不放弃，永不言败。我就佩服这群男子汉敢于担当，不怕失败的精神。”志坚仍没有抬头，继续看书。

“你还说得蛮有哲理！”听了志坚这几句简短的话，白曼丽开始对志坚产生了一丝好感，便细心地打量起他来：一张标准的国字脸，五官端正，身材匀称，浓眉大眼，对人总是一脸的笑，特别叫人印象深刻。聊了一会儿，白曼丽回到自己的座位上，开始复习功课。晚自习后，他们两个各自离开了教室。

每到吃饭的时候，学校便是另一番热闹景象：吃饭铃快要敲响时，一群群男学生迫不及待地走出教室，来到走廊上，把碗筷敲得震天响。当吃饭的铃声响起后，“冲啊，冲啊！”男同学们高喊着，冲向百米外的学生食堂——他们太饿了啊！哪怕是冲出去提早两分钟也好，早一点把每人三两米的钵子饭，还有黑乎乎的从郑州运来的空心菜梗子三扒两嚼地塞进早已咕咕作响的肚子里去。

每个桌子八个人，按班级编好了座位。打冲锋的学生冲到各自的餐桌前，早有席长将两个小菜均匀地分到八个饭钵内。志坚从不打冲锋。一天，他照例缓步来到他自己的餐桌。这时白曼丽也来到了与志坚相隔一桌的餐桌。他们都吃得很慢，等大部分人吃完走了以后，白曼丽端着陶土小饭钵来到志坚身边说：“黄志坚，我吃不完，给一坨你吃啰，干净的。”不等志坚允许，一坨鸡蛋大的白米饭已经放到志坚钵子里了。

“我够了呢，你自己吃，人家看见多不好意思。”志坚脸红了。

白曼丽把头一扬：“同学嘛，有什么不好意思！怕什么。”

吃完饭，两人一同步出了学生食堂，志坚道：“白曼丽，我从家里带来了炒米粉子，晚上自习后，我拿到食堂煤火上煮成米糊糊，你也来尝尝啰，好香哩！”

“那好，打下课铃，我们就去。”

食堂用煤蒸饭，晚饭后食堂工人把煤灶用湿煤密封好，用铁钎打出一个火孔，让火苗冒出来，这样，煤火就不会灭了。志坚拿着一个装有米粉的搪瓷缸，拧开自来水龙头，装上半缸水，来到食堂煤灶旁。“慢点，慢点，等我来看看。”白曼丽端着米粉糊闻了闻说，“啊，有点炒米的那种干香味，来，煮起看看。”

志坚把搪瓷缸放到火上。

“你带了勺子吗？”白曼丽问。

“带了，长把的不锈钢饭勺子。”

“开了，煮开了，快拿出来，会煳的。”志坚忙用小手帕包着搪瓷缸的把柄，把缸子从煤火上取下来，又向缸内放了一小包红糖。

“让我来闻闻。好香哩，是我们家里米粑粑的味道。我来尝尝。又香，又甜，真好吃。”白曼丽先尝了尝，道，“我们一同吃。”志坚、白曼丽你吃一勺，我吃一勺，美美地享受着红糖米糊糊的美味，不时地望着对方，露出会心的微笑。吃完了红糖米糊糊，白曼丽抢着清洗了瓷缸和饭勺。

“后天晚上我们再来煮好吗？”

“只要你请客，我就来。”

星期六下午，志坚同白曼丽相约来到了三中唯一的校区花园。这个花园由自然山岗改造而成，栽有多种树木和花草，有几处怪石布置其中。树荫下安放了几张木制长椅。志坚身穿蓝色中山装，衣服虽然很旧了，但洗得十分干净，显得朴素而干练。白曼丽穿着一件淡红色上衣，黑色裤子，一双绣花布鞋，不但得体，而且非常雅致。他们两人来到一处树木繁茂的林子里，坐在一张木制长椅上。地上布满了落叶，大树下、草上、花坛上都是。

“白曼丽，我考考你，前面这些树都叫什么名字？说给我听听。”坐定后志坚狡黠地问白曼丽。

“那还用得考吗！农村妹子还叫不出树名，那不是笑话吗！”白曼丽满有信心地回道。

“那你说来我听听。”

“这个树叫垂柳。左边那两棵叫枞树，又叫马尾松。前面那排叫杉树。高处那棵叫苦楝子树，那根……那根……”白曼丽看见另外三棵又高又粗的白皮树，却叫不出名字来。

“快说呀！怎么不说了？刚才你不是还说如果叫不出树名是笑话吗！”

“是枫树吧？”白曼丽胡乱猜了个树名。

“哈哈，你不要再吹牛了，我告诉你，这树叫梧桐树。”志坚一副很得意的样子。

“你考我，我也要考你。”白曼丽不服气地说。

“随便你考！”志坚信心满满，跷起了二郎腿。

“这几种树中，你最喜欢的是什么树？为什么？”

“你让我想想。”志坚低头思索了一会儿，说，“这些树中，我最喜欢的是杉树，为什么呢？第一，杉树挺拔正直，冰浸雪压，从不低头弯腰；第二，四季常青，不因严寒酷暑而变色；第三，浑身长刺，自我保护，材质坚硬，白蚁蛀虫无法咬它；第四，生长时给人以常绿，砍伐后可作栋梁之材，不腐也不朽。”

“照你看来，杉树这些品格确实值得人们称赞，不仅使小女子受益匪浅，而且让我也爱上杉树了。”白曼丽深深佩服志坚会总结，会说话的大眼睛望着志坚。

“那你喜欢哪一种树呢？”志坚反问白曼丽。

“我呀，最喜欢的是垂柳，它除了美丽，始终婀娜多姿外，还知冷知热哩！当其他树木花草还在休眠时，它就知道寒冷的冬天就要过去，春天快要到来。并以其瘦弱之躯率先绽放出黄绿色的小芽叶，报告春的讯息。正如诗人贺知章赞美的：‘不知细叶谁裁出，二月春风似剪刀。’当秋天过去寒冷的冬天将至时，它脱去全身绿装，将营养集中于树干和枝条中自我御寒，等到来年再报春。”说完，白曼丽站起来随手摘一枝柳条在手中摆弄，闪动着大眼睛瞪着志坚。

“哎，你这个拟人法把垂柳讲活了，还蛮有哲理呢！我以前对垂柳不以为意，总觉得垂柳虽美，但没有骨气，老是垂头丧气，随风摆动。原来它还知冷知热，实属难得呀！从此，我要好好爱垂柳哩！”志坚说完双眼盯着白曼丽看。

白曼丽满脸通红，低着头，双手拿着那枝柳条摆弄着，抿着小嘴微笑着，没有说话。

“怎么不说话了？”志坚问。

“我说了，你没看见。”

“说话怎么叫看见？”志坚故意问她。

“我说了，你没看见，就是没看见！”白曼丽低着头笑着重复道。

“今天真有意思！走，我们回教室去。”志坚说完起身往教室那边走。白曼丽跟着起身，手拿着那枝垂柳。黄志坚、白曼丽两人交往的频次逐渐增多了。以前志坚没有近距离接触白曼丽时，只知道白曼丽在女同学中性格是最温柔的一个，也不太爱打扮。成绩方面呢，语文一般，数学挺好，班里排一二名，特别是俄语一流，尤其是自己一直读不好的俄语卷舌音，她读得极好。经过长时间接触，志坚觉得白曼丽是一个多方面都很优秀的女孩，没有傲气和娇气。身材匀称而高挑，乌黑的头发，两道弯弯的眉毛像笔画出来的一样又细又长。两只水汪汪的大眼睛，流露出少女温情的波光，特别是红彤彤的永远带着笑容的孩童般的嫩脸，和她独有的落落大方的样子，已经深深地烙在了志坚的脑海里。随着交往的增多，这一切像磁石一样吸住了他，如果一天没有看见她，就好像失去了什么，连他自己也感到很奇怪。

白曼丽想深入与志坚交往的心情更为迫切，星期六下午又在四处找他。“你原来还坐在这里看报呀，我寻了你好久哩！教室冇看见你，操坪里也没有你。”白曼丽终于在校务处小厅里找到了志坚。

"读书人，一定要养成看报的习惯，这样才能扩大眼界，丰富自己的知识，一个有文化的人，不知道国家大事、世界大事，是很可悲的。还有，一个人想自己有未来，就要使自己更优秀，所以就要多学习。你寻我干什么啰？"

"问问你家离我们家有多远，我想搭个信回去。"

"我是明月冲那里人，你呢？"

"我是一塘那边的。原来你是明月冲人，隔我们只有几里路，怪不得你一口我们家乡话。"又问道，"黄志坚，这个星期你回去吗？"

"我这个星期不回去，下个星期回去。"

"那好，我也准备下个星期回去，我们同走好吗？"白曼丽有一点兴奋。说完，会说话的眼睛望着志坚，希望他有一个肯定的答复。

"好啰，如果没有变化，我们就同走啰。"

到了下个星期六，吃完中饭，志坚身穿蓝白相间的格子土布衬衫，脚穿一双旧鞋，背着一个黑色背包，早早地在路口等白曼丽。白曼丽穿一件浅红色上衣，手里提着一个手工做的花布背包，鼓鼓囊囊的，不知装了什么东西，从老远处匆匆走来，走近了才说："黄志坚，让你等久了，不好意思。"

"冇事，冇事，妹子都是喜欢拖时间的。"

"下次我就抢你的头！"白曼丽不服气地反驳。

"你的袋子给我拿，我走头，你跟着来。"志坚伸手拿过白曼丽的花布包。

一路上，志坚在前面走，白曼丽紧紧在后面跟。深秋的江南，虽然旷野中依然一片葱绿，但鲜花却稀少起来，路边只有一些黄色野菊花还在争奇斗艳地开着。白曼丽顺手摘了几棵野菊花不时地闻一闻，摇一摇，口里不停地哼着小曲，一副轻松得意的样子。志坚从来没有单独同一个女孩子走过长途路，总觉得有一些不自在，也觉得没有什么话好说，自顾自地快步往前走。

"你莫走这么快啰！又不是去赶考，我走你不赢哩。"白曼丽在后面大声地喊着。听了白曼丽的话，志坚放慢了脚步："我是急性子，走慢了不习惯。"

"黄志坚，你晓得我为什么要你同我结伴回去吗？"

"那我不晓得，是不是想找一个背袋子的人？"谁能知道女孩子的心思呢？

"那倒不是，你晓得吗？一个女孩子，只身一人要走三十多里路，心里好害怕呢！有一次在前面一个山坡上，一个四十岁的男人跟在我后面走了两里多路，吓得我浑身发抖。还有一次一个疯子来追我，好在有一个大伯把那个疯子赶跑了，吓得我心都蹦到口里来了。还有一次，一条一米多长的菜花蛇，横躺在路中间，昂起头望着我，嘴里不断地吐出红色针一样的东西，吓得我浑身起鸡皮疙瘩。我拔腿往后跑，一个叔叔问我什么事，我边跑边说：'蛇、蛇！'那个叔叔跑过去将蛇两锄头打死了，我才放心地走过去。还有一次我走到甘家大屋时，两只大狗追着我嗷嗷大叫，若我不是顺手捡起路边一根木棍子，不一定不被狗咬伤呢！"

"哎呀，真有这么多危险呀，你不说，我还真想不到哩！那这样，今后咱们回去，约好一同走。"

志坚的回答，正是白曼丽想要的结果："那就好，我的好哥哥，从今天起，我叫你哥哥好吗？"

"叫哥哥可以，但我是个穷光蛋哥哥哩！"

"我叫你哥哥，亲密吧，又不是要你的东西，我家正好只有妹妹，没有哥哥。"

"那你叫我一声听听。"

"志哥哥，志哥哥，志哥哥。"白曼丽连叫了三遍，脸红得像盛开的山茶花。志坚却不好意思答应，只是抿着嘴笑。

"我叫你三声哥哥，你怎么一句也不答应呢？"

"我有点害羞，又感觉有些别扭。"

"又有人听见，害什么羞啰！"

沉默了好久，白曼丽又转换了一个话题，问志坚："黄志坚，我问你啰，你的理想是什么呀？说给我听听，读书这么认真、刻苦，肯定有远大理想吧？"

"说出来，不怕你笑话，我的理想是一定要考上大学，今后有一个理想的工作；或是做一个文学家，如果不行，最少也要做一个对社会有用的人，不能虚度年华。你呢？"志坚反问白曼丽。

"做文学家，我想都不敢想，我只想把俄语学好，今后当一名俄语教师或一名俄语翻译。我同你讲，你可不能同别人讲啊，遭人笑话！"

"不简单，好样的，人的一生就要有目标，要立志，不能碌碌无为，我们共同努力吧！为实现人生的梦想而奋斗！但是要实现人生理想绝非易事，我们要从现在就努力做起，把书读好，我建议我们两人都要考到班里前五名。

你同意吗？”

“我不敢保证，努力吧！不过，你的想法非常好。”

又走了一段路，志坚对白曼丽道：“我们那个地方，你们那个地方都穷得出屎，祖祖辈辈都没有过过好日子。要想改变我们的命运，唯有苦读书，争取考上中专、大学。”

“我也这样想，除了读书能改变我们的人生，没有第二条路可走。”

“我和你拉钩，一定都要考上大学！”

“好，来。”白曼丽笑着伸出了她肉嫩嫩的手指，志坚也立即伸出自己的小指紧紧钩住白曼丽的小指。两个人都哈哈大笑。他们就这样谈着、笑着，来到了白曼丽家乡——一塘完小边上的白家大屋。

“志哥，到了，那边就是我家。”

“真叫我哥哥呀！”

“不好吗？说好了的呀，我还准备叫你一辈子呢！”白曼丽抿着嘴笑。

“我真有这么个妹妹就好啰！我只怕冇得这福气哩！”

“你放心，会有的。志哥，明天下午一点钟，我在这里等你，好不？”

“好的，我准时赶到，袋子给你，你先回。”

“不，你还有几里路，你先走。”

志坚走了几百米，回头看，白曼丽还站在那里望着自己，不停地朝自己挥手。

第二天下午，志坚、白曼丽按约定一边走一边说笑着回到了中学。从此以后，每次放假，两个人都约好结伴同行，亲密得如同亲兄妹。这样的情形一直持续了两年多。可是，到了初三时，学校开学一周了，还不见白曼丽来。是什么原因还没来呢？前两年，每学期开学她不是第一天报到，也是第二天必来呀！是不是有急事？病了？不读了？没钱读书了？还是其他原因？总不会是后妈逼她出嫁吧，也不到法定的结婚年龄呀！志坚在心里想着、猜着。

志坚、白曼丽同在一个班里读书，天天看见，习惯了，没什么。但是不知为什么，白曼丽没有来读书，志坚有些闷闷不乐。她那双会笑的眼睛和亲切的话语使他念念不忘。他觉得没有了她学校生活缺少了什么，他陷入深深的惆怅和焦虑中。

志坚独自坐在学校的小公园里想着：前年春天，他和她坐在这儿，愉快地谈笑着，互相考问着，多么快乐，多么惬意。如今，他独自坐在这里，胸膛里像放着一块冰，透凉透凉的。抬头望，杉树依旧翠，垂柳依然绿，低头看，草儿青青，池水碧碧，景是去年景，人却两分离！我还能见到你吗？什么时候才能见到你？你不是要叫我一辈子哥哥吗？你不是梦想当俄语老师吗，怎么放弃了呢？他顺手捡起几个小石子，往水池中砸去！

神仙也预料不到，在志坚惋惜白曼丽不知什么原因停学时，不久，一场意想不到的灾难降临到他自己头上。

第三章

光阴似箭，转眼又到下学期了。开学三个月后的一天，志坚发现自己走路一跛一跛的，原来是右边大腿长了一个大大的脓疮，钻心地痛。第二天竟只能躺在床上，下不了床。饭也是同学端过来的。邻大队读高中的钟耀辉知道后，请了假，回家把志坚生疮的事告诉了志坚父母。

“勋老倌哩，志伢子晓得生的什么疮啰？你明天一早同美大汉用担架抬志伢子到李家坳上去看李医师。快毕业了，何得了啰！菩萨保佑啊！”陶富娥含着眼泪要丈夫接儿子看病。

“我这就去准备竹担架。”剃着光头的黄三勋二话没说，放下正在吸的水烟斗起身寻竹杠去了。

听到儿子生疮，连床也不能下的消息，黄三勋又急又心痛，晚上醒来好几次。天刚麻麻亮，他立即起了床，到下屋叫醒了侄儿，一同吃了早饭，背上竹担架急忙往三中赶。

丈夫接儿子去了，陶富娥在房里坐立不安：不知儿子生的什么疮，到底有多严重。她在厨房干干活，又到卧室这里擦一擦，那里扫一扫，口里喃喃道：“只怪志伢子这家伙当初不听我的，不学医，要去读书，这下好啦，读个半途而废，人病了，钱打水漂了……”

到了三中，黄三勋直奔儿子的宿舍，见儿子仰躺在床上，手摸着大腿，不停哎哟、哎哟地呻吟着。志坚看见父亲来了，停止了呻吟：“爸爸、美哥，你们这么快来了呀！”

黄三勋来到儿子床边，见到儿子痛苦的模样和消瘦的面孔，眼泪直滚，树根一样长满了茧的手，摸了摸儿子脚上的大脓疮：“又红又肿，好大的一个疮啊！来，我们扶你下来。”二人把志坚从双层木床上接下来放在担架上，又把志坚的一些书籍、被褥、杂物收起。向老师请了病假，抬着志坚准备离开。这时，得知志坚请假回去治病的消息后，全班同学一齐来到志坚宿舍，排着队同志坚话别。“黄志坚，你要安心治病，争取早日回校。”班长李安菊紧紧握着志坚的手深情地说。“谢谢，我会的。”志坚苦笑着回班长。

“黄志坚，你要坚强些，一边治病，一边自学，我们一同毕业考高中。”杨旦说话时，眼睛里闪着泪光。这时，黄菊容、王丽文、徐翠香三个女同学一同走到志坚面前，黄菊容手里捧着一本书对志坚说：“黄志坚，我们三人把《钢铁是怎样炼成的》送给你，祝你早日康复回校。”

热泪盈眶的志坚接过书，动情地说：“谢谢你们，谢谢你们的深情厚谊。”

同学们挥着手依依不舍地看着志坚躺在担架上离开。志坚探出头来，挥动右手，泪流满面地向前来送行的同学一次又一次挥手，泣不成声地重复着同一句话：“谢谢你们，谢谢你们，我腿好了，马上会回来的。”离开三中千米远，志坚还在担架上含着泪回望着三中，一直到无法望到三中影子为止——他多么不愿意离开他挚爱的三中啊！不知自己还能不能回到三中读书。他躺在担架上，轻轻而深情地自言自语：“别了，我初中的学友，我会永远记住你们！三中啊！现在我被迫离开你了，我多么舍不得啊！你曾经让我学了很多知识，你也曾打开窗户，让我张望世界，你也不知不觉地除掉了我身上的稚气，注入了一点点书生意气，不管我能来还是不能来，你留给我的一切，不管是现在还是将来，都是我美好而甜蜜的回忆，我将永远铭记你。”他不知道现在自己的眼角上闪着泪花。说完，一声又一声叹着气。

中午时分，志坚被接到李家坳上中医外科李医生家。李医生认真看过志坚腿上的疮，对黄三勋说：“你屋里崽的病叫‘疤骨流痰’。幸亏你们来得早，来迟了，治疗就会麻烦得多，治好了这里，那里又会发，甚至脚都会跛起来。”

“李医生，请问要治疗多久才能好呢？”黄三勋问。

“只怕最快也要三个月。”

志坚听了，连忙央求道：“李医生，请您一定想办法在十天半月帮我把病治好，我要参加毕业考试。请您重一点下药，拿刀子把我的疮割下来也行，我不怕痛！”说完，志坚哭了，用手不停地抹眼泪。

“我会尽快让你好起来的。”

“志伢子，治病要紧，好了，再去读书。”黄三勋劝道。他把李医生开的药放在一个袋子里，向李医生道了谢，抬着儿子往家里走。

自从丈夫一大早同侄儿去三中接儿子后，陶富娥一直坐立不安，口里不停地唠叨着："晓得志伢子生的么哩疮啰？生在腿上什么地方啰？"唠叨完，又去前坪望一望，看儿子回来没有。一次，两次，三次，不知去坪里望过多少次，根本无心做家务事。终于到中午时分，丈夫同侄儿抬着儿子回来了。还没等担架放平稳，陶富娥抢步向前抱着儿子放声大哭："我个崽吔，儿吔！你何里生这号疮啰！老天爷嘞，何里不生在我身上啰！"一串串的眼泪落在担架上、被子上、志坚身上。她俯下身来，用手轻轻地摸着儿子生疮的大腿，见又红又肿，又一次大声痛哭起来。

志坚见伤心痛哭的娘，眼角上也冒出了泪花，一脸欲哭的样子。但他还是强忍着没哭，他怕自己一哭，娘会哭得更伤心。此时的他有些后悔了：当初去三中读书，下了多大的决心，与母亲进行了多少次争论，放弃了轻松而又看得见前途的医不学，信心是那么足，梦想是那么多，可现在一个疮疖就和三中告别了，也就是和前途告别了，他多么地不舍！多么地伤心！多么地痛苦！黄三勋和侄儿把儿子身上的被子掀开，抱起儿子，一步一步很吃力地把他送到床上。

陶富娥擦干了眼泪，把被子紧紧捂好，叫儿子好好躺着，到厨房里熬药去了。

本来就很困难的家庭因为志坚读初中，已负债一百多元，再加上这次治病，又借了别人两百多元，志坚父母眉头紧锁，整天唉声叹气。志坚想到父母的难处，自己耽误了三个多月没读书，赶不上进度了，于是主动同父母说："书我不读了。"志坚说完，把脸转过去，埋在被子里轻轻啜泣。

父亲没说一句话，烟也没抽一口，眉头紧皱，两片嘴唇像蜜蜂的翅膀似的颤动着，坐在一边连声叹气。

志坚把母亲递过来的一大碗药几大口喝掉了，放下碗大声对父母说："爸爸、妈妈，读书这几年，我学了不少知识，又看了外面的世界，扩大了眼界。你们放心啰，我一定要混出个人样来，让你们过上好日子。"

"这就是我的好崽，你要学好样，做好人，为前辈人争光，为父母争气。你不是说过，你会寻找机会吗，今后有的是机会。"

志坚"嗯"了一声，侧卧在床上，扯了被子盖在头上，又一次伤心地哭了起来。不能读书了，他怎能不哭呢！对一个有志青年来说，这等于要了他的命！

自从服了药以后，在母亲的细心护理下，志坚腿上生的大脓疮渐渐地好了。在卧床这段时间，他读完了同学们送的《钢铁是怎样炼成的》，被书中双目失明、全身瘫痪的保尔·柯察金顽强的毅力和不屈的精神所深深打动。想想保尔·柯察金，再想想自己，深深觉得自己太渺小，太无能，太不坚强了。也因此他除了精神得到一些安慰外，也重新燃起了对未来生活的美好希望。他振作了许多。他喃喃自语："难道除了读书就没有其他路可走吗？我就不信，我虽然不可能再读书了，但不代表我前途就毁灭了。我年轻，我自信，我吃得苦，我不怕失败，我有思想，有头脑，我一定要活出一个人样来！"

志坚虽然没上学了，但一直没有放弃学习。三个月后的一天，他在老表家借来了《林海雪原》《红岩》《青春之歌》。他把这些书统统看了一遍，有的还看了两遍，被故事中英雄人物坚韧不拔的精神深深感动，一连几个晚上在床上翻来覆去睡不着觉，反复在心里激励着自己："书虽然没有读了，但我绝不能消沉下去，做一个默默无闻的人，文化少一点同样也可以成为一个有用之才。不是吗？中华民族祖祖辈辈、历朝历代很多仁人志士并不都是有很高学历的人，但他们却为中华民族做出重大贡献。现代的华罗庚只有初中文化，不也成了数学家吗？只有小学文化的雷锋不也成了全国人民学习的好榜样吗？只要奋发图强，同样可以做一个对社会有用的人。"

志坚不甘心就这样一蹶不振，也不甘心将自己永远拴在偏僻的小山村，重复父辈们可怕的困苦与艰辛，他要与命运抗争！他要去闯荡世界！哪怕闯荡得一败涂地，也决不后悔。他的思想插上了理想的翅膀，在一个更为广阔的天地间恣意飞翔。中伏天一个霁月的晚上，他洗了澡，搬了一张竹床，拿着一把蒲扇独自一人来到外面乘凉。仰望着空中的繁星，听着蟋蟀隐身在黑暗中的鸣叫，他思绪万千，回忆、思考、打算一齐涌上心头：他不后悔放弃学医去读书，只是想到父母为自己付出了太多，他感到十分愧疚。也是这种愧疚让他觉得要为父母争光，尤其自己又是家里的长子，更应当担起振兴家庭的重任，来回报含辛茹苦的父母。怎么回报？自己一无所有，只有一条路：拼！想到这里，突然他的脑海里产生了一个奇特念头——他要刻一个"志士"印章，把"志士"二字印在自己的衣服上，天天穿着，时刻勉励自己成为一个"志士"。或出人头地，或干出一番事业，总之，一定要在自己的努力下，使父母和全家人都过上幸福的生活，最少也是衣食住不愁的生活。

说干就干，下雨天，志坚找来半截钢锯皮子用锤子敲成斜角，在磨刀石上磨出了刀刃，又拿来笔墨纸，写了“志士”二字，找来一块肥皂，用刚刚磨好的钢锯刀子削平，趁墨汁未干时，把肥皂往“志士”二字上重重一压，倒过来一看，他笑了：“志士”二字在肥皂上清清楚楚地印出来了。他拿起钢锯刀子细心地雕刻，不多久，“志士”印章雕刻好了。他兴致勃勃地跑到生产队会计那里借来了红色印油，从衣柜里找到自己两件汗衫，大声叫道：“冬瓜皮，快来帮忙。”妹妹黄冬听见大哥在叫自己，立即跑过来问：“大哥，帮什么忙呀？”

“来，你把手按住汗衫这边，我来印字。”“要得。”妹妹用胖胖的小手轻轻按住汗衫，眼睛紧紧盯着志坚手上的印章。志坚用“志士”肥皂的章子在白色汗衫的左上方口袋处轻轻一按，拿起一看，红色的宋体“志士”二字醒目地印在汗衫上，不大不小。接着他又印了第二件。印完，将汗衫晾在晾衣服的竹竿上，让它吹干。

“大哥，这是两个什么字？为什么要印在汗衫上？”

“这个是‘志’字，那个是‘士’字，我今后要做一个有志气的人，干一番大事哩！”

志坚妹妹似懂非懂地点了点头。

说话间，陶富娥来了。见儿子把两件白色汗衫印了红字，急了，大声嚷道：“志伢子，谁叫你在汗衫上印红字！一掉色，把汗衫浸坏了，何得了？”

“娘，不会的，你放心啰！”

“不会？浸坏了，老子就再不跟你买了，让你打赤膊！”

挑着水正在过身的燕老倌听见陶富娥大声嚷着什么，连忙把水桶放下，看见晾衣竹竿上两件印了“志士”二字的汗衫，便知道是怎么回事了，说：“富嫂子，你快莫骂你志伢子了，你家志伢子不得了呢！人小志气大。这汗衫上写的是‘志士’两个字。你儿子要做一个有志气的男子汉哩！”读了一点老书的燕老倌笑着对陶富娥说道。

“托你的福，要是这样就好了啰！”陶富娥听了燕老倌的解释，气消了，再没说什么，偷笑着进屋去了。

第二天，志坚不怕别人笑话，大大方方地穿上“志士”汗衫。

十七岁的志坚已长成了一个帅小伙，一米七的个子，身材匀称而结实，一头浓密乌黑的头发，眼睛大而明亮，见了人总是笑眯眯的。可能是立志要做一名“志士”的缘故，他精神焕发，像换了一个人一样，整天有说有笑。

他觉得自己不能再闲在家里吃闲饭了，便主动同生产队其他社员一样天天由队长安排到生产队里出工。白胖胖的脸晒黑了。但是再累，他也得坚持下去。

累了一天的志坚很早就躺在床上，浑身酸痛，像散了架一样。此时的他没有埋怨，也不觉得痛苦，望着昏暗的煤油灯，思绪万千，朝想南京买马，夜想北京求官，做着各种梦。他心想，虽然自己读书梦破灭了，最有可能离开小山村的机会，就是参军，在军队为国家效力。为此，他盼望征兵的通知早一点下达。

果然，春季征兵开始了。

征兵的消息给志坚精神上带来很大的安慰。像跌进黑暗山洞里的人，突然看见一线强光一样，点燃了希望的火花。他笑容满面，轻轻地哼着不着调的“我是一个兵，来自老百姓……”。

今天要去大队报名参军，天还没有大亮，他就起床了，洗把脸，漱了口，来到厨房里找了一碗茴丝米饭，半碗腌菜汤，煮热吃了，拿洗脸手巾擦了一下嘴巴，一溜烟去大队部了。

“黄志坚，你这么早来了呀！参军的积极性真高啊，来这里登记一下。”朱书记说。

三天后，黄志坚、朱明勇、何清等十二位适龄青年在大队部吃了早饭，由朱书记带队步行到新河坝卫生院参加城东区入伍青年体检。

“黄志坚，请到一号体检室测身高。”一位穿白大褂的女士大声喊着。志坚应声赶到。

“一米七。”医生在体检表上记下来。就这样，志坚和其他参加体检的青年一样，量身高、测体重，检查视力、听力，照X光胸片，量血压，检查疤痕等等，一项项体检。

到了下午三点，公社体检负责人宣布体检结果：“明月大队下列五人初检合格：黄志国、黄志坚、朱明勇、何清、张勇。”志坚听了兴奋地跳了起来，轻轻地哼起：“……米梭拉米梭，拉梭米多来……”春日的暖阳照在志坚红扑扑的脸上，使志坚的笑容更加灿烂。上午虽然步行了二十多里坎坷不平的泥巴路，他却一点也不觉得累。他要快快回到家里，把自己体检合格的好消息告诉父母，只要政审合格，他就可以光荣地当上人民解放军了。

“娘，我体检合格啦！”

“好，好，好。”母亲连说了三个“好”字，她的眼眶湿了。

志坚体检合格了，心里美滋滋的，恨不得明天就到部队去！他在厨房里洗了一把脸，用梳子梳了梳头发，在柜子里拿出叔叔送给他的一顶黄军帽戴上，拿着小圆镜，照了又照。望着镜子里戴军帽的自己，他咯咯地笑了。

十天过去了，志坚的入伍通知一直没有来，他着急了。一打听，才知道在进行政审。他这才放心了。这天，是志坚一辈子无法忘记的日子。一大早，朱支书来到志坚家。“志坚，在家吗？”包公一样面孔的朱支书一进门就大声喊着。

“在，在，请坐，请坐。”一听是朱支书，志坚立即从卧室跑了出来，“朱书记，您好，您真早哇！”

陶富娥一听有客人来了，连忙从厨房里走出来打招呼：“朱书记来了，快进来坐。”

“我是来告诉你们，志坚响应国家号召，积极报名参军，表现很好，体检都合格，但是今年政审特别严，祖上三代都要查。志坚其他都合格，只是姐姐家是地主成分，很遗憾，被刷下来了。不过志坚年轻，有文化，虽然不能参军入伍，但今后有的是机会。”朱支书向志坚母子细心地解释和安慰。

“谢谢书记，没事，我早有一颗红心，两手准备。”志坚心里虽是刀在捅，却把苦脸当笑脸。

“冇事，冇事，伢子还小，我们家也正需要劳动力。朱书记，您吃了早饭再走，我这就去准备。”

“我还要去其他应征青年家送通知。”

志坚一直把朱书记送到大坪，泪水早已在眼眶内打转，呆呆地站在桐树下足足有十多分钟。自己一颗滚烫的参军报效祖国的心像喝了冰水一样凉透了。他陷入了深深的沉思：“参军多好的机会啊！哪知一张政审表，参军的机会就没啦！天哪！这么大一个国家，这么多城市，难道就多了我一个人吗？”

人的痛苦往往不是缘于生活的艰难，而是缘于希望的破灭。志坚当着朱支书的面虽然说得很轻松，很坚定，但内心既痛苦，又伤心。他送走朱书记以后，神情恍惚地来到后山的树林里，声嘶力竭地大声吼了起来：“哈……

哈……啊……啊……嘿……嘿！”接着又用穿着解放鞋的脚狠狠地在一棵碗口粗的株树上一脚又一脚地蹬，踢得树叶纷纷扬扬落了一地，然后朝青草地上一躺，双手一摊。望着高远的蓝天和悠悠飘飞的白云，眼里含着泪水。山野寂静无声，能听见自己太阳穴在咚咚地跳动。足足躺了半个小时。忽然，他一跃而起，自言自语："参军，死了这条心吧！我要振作起来——人生决不止参军一条路！我决不能被这次挫折击倒！决不能就这样等待命运的宰割！”他大步走回家，关上门——他要好好睡一觉。

“志伢子，吃早饭啦。”

“吃中饭了啦。”午饭时仍不见儿子来吃饭，陶富娥来到睡房，一边敲门一边喊，“你快跟老子起来！年纪轻轻的，一点小事就想不开，冇一点男子汉的志气，今后几十年何得了嘞！么子男子汉，不能去当兵，就饭都不吃，老子的崽就不许这样！男人就要坚强，你读这么多书，今后有的是机会，十几岁人，黄瓜才起蒂，怕什么！”

“我没有想不开呢，我是一觉睡沉了！”志坚说完连忙起来了。

“志伢子，行行出状元，当农民也好。”在一边吃饭的父亲知道儿子参军被刷下来，温和地劝着儿子。

“你们放心啰，我没思想顾虑了，现在我想通了。这不能怪任何人，只怪我运气不好，全国像我这样的有参军梦想的人因社会关系不好而不能去的人千千万。我相信，我一定还有机会。”

“这样就好，我和你爸爸就放心了。”娘听见儿子说了一番懂事的话，心一下子放宽了，脸上露出了少见的笑容。

第四章

机会终于来了。

一天晚上，志坚正在聚精会神地看《创业史》。突然母亲推门进来："志伢子，快来，满叔来了。"听说叔叔来了，志坚快步来到正房，大声道："叔叔，您好！"

"好、好，志伢子又长高了哩！"高个子的叔叔用在朝鲜战场上丢了两个手指的大手习惯地摸了摸侄儿的头，说，"三哥、富嫂，有个好事告诉你们啰，我今天在公社开会，公社要招耕读老师，我推荐了志坚，公社同意了。8月20号到夏家小学去教书。听说这个大队有学生，无老师，无校舍，困难得很。而且没有工资，只有工分和每月五块钱的津贴！你们同意让志坚去吗？"

"好事呀，怎么不去呢，快快感谢叔叔。"母亲道。

"教书，我喜欢，我不怕困难，请叔叔放心，谢谢叔叔。"

"那好，你明天去一塘完小找冯校长开介绍信，还要准备好日常用品、衣服铺盖、油盐米菜等，到了夏家坝大队，找大队谢书记。"

"好的，请叔叔放心。"志坚笑容满面回叔叔。黄三勋严肃地对儿子说："志伢子，我和你母亲都是文盲，你读了书，还有机会当老师，是搭帮你叔叔的关心呢！不去就不去，去了就要好好教书，决不能误人子弟！也不能辜负了叔叔一片好意。"

"是的呢！我们黄家历来是以诚实传家哩！"叔叔接着老兄的话。

"我会的，请叔叔和父母放心。"

儿子要去外村教书当老师，陶富娥心里高兴，对儿子道："志伢子，过来下，娘有话对你说，你学医半途而废，读书又辍学了，参军又冇得你的份，这次教书机会太难得了，你要好好珍惜，不能再错过。好好干，做个好老师，争取转正。人生机会不会太多，错过了，就错过了一生，听见了吗？"陶富娥停下手边的活，等着儿子的回答。“娘，放心，我会的。”

志坚在一塘完小找冯校长开了介绍信。黄三勋挑了满满一担志坚的行李，志坚也背了一大背包书往夏家坝大队走。经打听，志坚找到了谢书记家。

黄三勋向前问道：“您是谢书记吧？”“我是，我是。”头发已半白的谢书记忙说。

“这是我儿子黄志坚，是到贵大队来当老师的。请您多多关照！”父亲说。志坚双手恭敬地把介绍信递到谢书记手中，说：“谢书记，这是介绍信。”

半白头发的谢书记一直盯着面前这个留着平头还是娃娃脸的年轻老师，打着肚皮官司：“他能教书吗？一个小孩子一样的人！”手上连忙收起介绍信，道：“啊，欢迎，欢迎，公社上个星期告诉我，有一位黄老师来我们大队教书。冇晓得是这么一位小小年纪的老师，真是有志不在年高啊！不过，黄老师，我们学校除了只有学生外，连教室、课桌、课椅和好一点的黑板都没有，只能租民房，租大桌子，学生自带凳子来上课。老师还要自己煮饭吃，真对不起！”

“我不怕困难，请书记放心。”

“麻烦谢书记了，我儿子还年轻，还望书记多关照，多支持！”

“我们会尽一切努力来支持黄老师，请您放心。现在我送你们去临时学校。”

志坚在一塘完小打介绍信时，冯校长曾介绍过夏家小学的困难情况。来到“学校”一看，没想到条件竟是这么差，不由得心里一凉：这个临时小学其实是一间靠着荒山、又矮又旧、没有大门的土砖堂屋，四张旧了的四方大桌子就是学生的课桌；高矮不一、大小不一的家用木凳；墙上挂着一块油漆斑驳的黑板；老师住房兼厨房是一间不到30平方米的偏房，与教室只有一墙之隔；门外50米处用茅草搭着一间临时厕所。隔壁则住着一家农户。

“对不起，条件太差了，黄老师，只能委屈你暂时在这里上上课。我们大队由于没有学校，一部分学生因此辍学，一部分只能到六里外的外大队去读书，我们这才下决心自己办个学校。”谢书记望着有些惊讶的志坚父子解释道，生怕又留不住这个新来的年轻老师。

“冇问题，我会克服困难的，请您放心。”志坚苦笑着回谢书记。

“有什么事，你随时跟我说就是，我还有点事，我就先走了。”谢书记交代好志坚父子，又去邻居处交代了一下，便离开了“学校”。

条件实在是太差了，黄三勋一边叹气一边对儿子说："条件这样差，志伢子，回去算了吧！你在这个鬼地方教书，我不放心，你娘知道会心疼的！"说完准备挑起担子回去。"爸爸，困是困难点，我不怕，您放心。"

黄三勋叹着气，帮助儿子铺好床铺，收拾好小厨房。父子俩在邻居家吃过中饭，黄三勋便悻悻地回去了。

面对这个无教室、无课桌、无办公室、无操场、无厕所的五无"小学"，志坚心情十分沉重和苦恼。晚上躺在床上久久无法入睡。睡不着，爬起来，在矮小的宿舍里走来走去：离开吧，放弃这个耕读老师不当吧，又只能回到小山冲去；留下吧，条件实在太艰苦了。他转念又一想：自己找不到更好的工作，还讲什么条件不条件，认命吧！面对吧！困难也可以锻炼人的意志。于是决定明天一边到学生家里送开学通知，一边去做家访。

"你是谢小芳吗？我是新来的黄老师。"第二天上午，志坚来到夏家下屋，在一间茅草屋前，看见一个下身穿一条半截短裤，上身穿一件棉絮都露在外面的棉袄的胖男孩，问道。

"是的，老师，请您进来坐。"

"还是秋天，怎么穿棉袄？"

"家里穷，没内衣和衬衣，只能穿它。"谢小芳说完，不好意思地低下了头。

志坚走进这间茅草房里：墙角边堆满了柴火，一个连石灰也没粉刷一下的土灶，四把旧椅子，一张吃饭的旧桌子，侧面一间睡房。志坚没有进去瞧。心想这户人家实在太穷。

"你家几个人？"

"就我和我爸爸。"

"你几岁啦？你读几年级？"

"十二岁了，才读三年级。爸爸要出工，我要煮饭吃，做家务事，成绩不好，又没有学费，停了一年学，降了一回级。"谢小芳低着头不好意思地解释。

"你喜不喜欢读书？下半年还来读书吗？"

"想是想读书，只是家里困难，没有钱交学费。"

"想读书就好，有困难慢慢来克服，9月1日来学校报到好吗？"

"好，好，谢谢黄老师。"又有书读了，谢小芳心里十分高兴，一边送黄老师离开，一边不断向黄老师挥着小手。

看到谢小芳和谢小芳家里的状况，志坚心情一下子沉重起来——这个穷得不能再穷的家庭，如果唯一的儿子因为没有老师而辍学了，这个家还有希望吗？谢小芳还有前途吗？我能丢下他们不管吗？志坚的良心在拷问着自己。

接着，志坚来到了学生熊自元的家里。这是一幢很不错的木结构老屋。一进门，一位腰系蓝色围裙，红面孔的五十多岁模样的主妇笑容满面地迎了出来，手不断拍打着围裙上的灰尘："你是哪里来的小贵客？"

"您好，我是新来的老师，姓黄。"

"这么小的伢子能教书吗？"熊妈望着面前这个稚嫩的男孩，不由心生疑问，口里却连忙说："啊，啊，黄老师，好，好，好，请坐，请坐。"

熊妈将芝麻豆子姜盐茶递到志坚手里，说："小黄老师，我们十分欢迎你来我们大队教书嘞！我们大队没有像样的学校，条件很差，国家老师都不愿来，大队请了有文化一点的人来当老师，学生又不听他的。他自己又不按时上课，家里有事，就随便放假。后来搞不下去，学校就这样散了。一部分学生到六里外的尚云小学读书，一部分学生辍学在家，我家大妹子就是这样失学的。我这个二妹子现在九岁了，只读了两年书，就怕她像我和她爸爸一样，成为一个文盲嘞！"

志坚认真地听了熊妈介绍后说："请熊妈放心，我一定努力把夏家小学办好，把学生教好。你女儿9月1日来学校报到，好吗？"

"好，好！"熊妈半信半疑地说。

志坚跑遍了十个生产队，二十六个学生家庭。摸清了全校学生分布情况。发现这二十六个学生中一至四年级学生都有。以前只知道学校条件差，通过做家访，才知道四个年级的课都要自己一个人来教。他的眉毛皱得更紧了。

8月29日，志坚拿着自己第一次领到的每个月五元钱的国家津贴，一早来到县城新华书店，把二十六个学生的语文、算术课本购齐，又为学生购买了练习本和一些办公用品。

9月1日，夏家小学正式开学了。志坚把课本搬到教室的大桌子上说："同学们，每人准备好六角钱来领课本啰。"学生们一窝蜂来到大桌子边排成了一队，每人小手里拿着六角钱的学费。

志坚每收一个学生的学费，就登记好。他把两本崭新的课本和一个练习本交给学生并交代："好好爱惜课本，不能乱涂乱画。"

第二天上午七点，学生们都按时来到了学校。志坚摇响了小铜铃，全体学生都坐在了自己的“课桌”前。这“课桌”是从各家各户借来的用作请客的高方桌，一共有四张，三方坐人，背朝黑板一方不能坐人，两个人坐一方，还有两条凳上挤坐了三个学生。

志坚走到讲台前，开始上课：“同学们好，今天这堂课是咱们夏家小学新学期开学的第一节课，也是一节纪律课、制度课。请同学们不但要听好、记好，还要做好。”志坚在黑板上认真地写着。写完，他用一根自制的教鞭指着黑板上的字，一字一句地读着：

一、上学纪律

1. 尊敬老师，听老师的话；
2. 不准迟到、不准早退；
3. 不准缺课，有事提前向老师请假；
4. 按时完成课堂作业和家庭作业，不准抄同学作业；
5. 爱惜课本和作业本，不得遗失和涂污；
6. 不准打骂同学，欺侮小同学；
7. 轮流做好值日工作和打扫卫生工作；
8. 不准说谎话；
9. 团结友爱，互相帮助；
10. 爱护学校一草一木。

二、课堂纪律

1. 认真听讲，上课时不准讲话，做小动作；
2. 老师给一个年级上课时，其他年级要认真做作业，不得有声响；
3. 当天作业，当天完成；
4. 不懂就问，要发言，先举手；
5. 服从班长和课小组长领导和安排。

三、课外纪律

1. 听父母话，尊敬长辈；
2. 热爱劳动，拾金不昧；
3. 讲文明，讲卫生；
4. 对人有礼貌。

志坚宣布上述纪律后，又指定了班长、学习组长、卫生组长，然后宣布下课。学生们一窝蜂从板凳上下来，到坪里玩去了。

红脸的熊妈来到谢书记家，兴奋地对谢书记说："谢书记，刚才我偷偷地听小黄老师上课哩！蛮不错，好严格。原来我还担心这个年纪轻轻的、细伢子一样的人怎么能当老师，现在不担心了，小黄老师少年老成，我特地来告诉您。"

"那就好，我们夏家坝大队太需要一个这样的好老师了！"

开学后的一天晚上，志坚备完课，批改完作业，已十点钟了，洗把脸便上床睡觉。睡得正香时，老鼠的尖叫声惊醒了他，他点亮煤油灯往四周一看，惊呆了：原来是一条一米多长的菜花蛇咬住了一只大老鼠，老鼠在蛇身的包围中拼命挣扎、尖叫。这一幕让志坚吓出了一身冷汗，他急忙拿起书桌上的开水瓶，掀掉瓶塞，将开水往蛇头上倾倒，蛇剧烈挣扎几下后，仰了仰头，张了张嘴，渐渐只见尾巴在摆动。志坚担心蛇未烫死，顺手操起一根木棍猛击蛇的头部，蛇再也不动了。志坚打开后门，把死蛇丢到了后山上。这时，他急剧颤抖的心才平静下来。

夏家小学开学后，学生积极性大大提高，没有退学、转学和辍学的。但也有一些学生习惯性地不在家里做家庭作业。针对这一情况，志坚一早坐在"教室"外边检查学生的家庭作业："把家庭作业交给我检查，没有做作业的，站在那边。"

做好了作业的学生把作业本交给志坚检查后，一个个回到"教室"中去了。站在一边没有做作业的有四个学生，分别是最困难的谢小芳，熊妈的女儿熊自元，谢书记侄儿谢军，还有李艳群。四个学生低着头，穿着光棉袄的谢小芳还吐着舌头，做着鬼脸，战战兢兢地站在一边等待老师的批评。

"散学后，你们四个留下来！"

散学后，四个学生都低着头不好意思地坐在座位上，等待黄老师的批评。

"同学们，你们违背了学校按时完成家庭作业的纪律。完成家庭作业是为了巩固当天所学的新知识。如果长期不完成家庭作业，成绩就不会好。今天是你们第一次没有完成家庭作业，老师不批评你们。但必须在学校补好作业再回去。"

四个学生开始补作业。志坚一一检查了他们补好的作业后，宣布："现在你们可以回去了。"四个学生低着头跑出了学校。

“你们放学回来了，我哩元妹子何里还冇回来呀！”熊妈惊奇地问女儿的同学，生怕女儿有什么事。

“熊自元冇做家庭作业，被黄老师关起来了。”

“关得好，关得好，老师对学生就是要严格。”

熊自元一个小时后回来了，熊妈大声对女儿道：“你怎么才回来呀！关得好，你只有不做作业啰！下次再不做作业，我也要你跪着。”

熊妈对黄老师不但没有意见，反而更加打心眼里佩服。现在来了个好老师，一定要让二女儿好好读书。学校这么差的条件，她心里一直不安，晚上对老伴道：“新来的小黄老师是个好老师，只是学校条件太差了，我哩二妹子再不能像大妹子一样失学，我想把我们家的堂屋、厢房和一间杂物房腾出来做学校，对二妹子读书也会好些。”

“也要得，我们挤一点，我们家做学校比现在土砖屋学校好得多，你去问一问小黄老师，看他同不同意搬到我家来。”熊妈第二天去了学校。

“熊妈，您好，您怎么这么早来了，是不是为昨天熊自元留校的事？”

“不是，不是，你做得好，做得对，我是来感谢你的。还有一件事想同你商量一下。小黄老师，都说你是好老师，真是有志不在年高。只是这学校条件太差了，太委屈你了。我们全家商量好了，把我家那个大堂屋和一个厢房以及杂物房腾出来做学校，比这里还是好一点，不知你同不同意？”熊妈满脸笑容，目不转睛地望着志坚。

“好是好，只是会给你们带来诸多不便！我还是在这里坚持一下算了。”

“没问题，我家房子多，你不要有顾虑。”

“那好，恭敬不如从命。感谢熊妈这么关心我，关心学校。”他想，搬出去也好，想起那天蛇咬老鼠的情景，还在后怕。

“这样就好，我回去收拾收拾房子，再来接你。”

熊妈家的堂屋为木结构老屋，宽敞、高大、明亮，地面为青砖铺砌，比现在的低矮土砖房“学校”好得多，宿舍和办公房也大得多，明亮得多。熊妈收拾得干干净净，10月8日志坚请人将课桌、椅子、办公用品、生活用品、学生作业本等搬到了熊妈家。

星期六，志坚回到家里。吃晚饭的时候，陶富娥对儿子道：“志伢子，夏家小学的情况你不说，我也清楚。你在夏家坝好苦嘞！你是瞒着我哩！但是我看呀，你既然去了，就不要后悔，再困难也要坚持，你医没学成，书没读成，军没参成，再不能失去教书这个机会了。”

“娘，你放心，我在那里，困难确实很多，但我不会打退堂鼓！我通过一点一滴的努力，得到了家长和学生的欢迎，熊妈还主动把自家的房子腾出来做教室，那里的乡亲非常好。我不能丢下他们，我只是觉得自己的担子和责任太重了，不把书教好，对不起他们。你们放心，我不会辜负你们的期望的。”

“这样就好，好好干，干出成绩，争取转正当国家老师。”陶富娥满意地笑了。

“娘，我也是这个想法。”

志坚就这样独自一个人撑起了一个小学。他能撑多久呢？

第五章

放暑假了，天气开始燥热起来。太阳像一个大火球早早挂在天边，耀眼的光芒照射在葱翠的树梢上，绿叶镶着金边。天格外深蓝和高远。志坚怕热，趁着早上凉爽，快步朝一塘完小走去——他接到通知，去参加“四清”运动学习班。

一个月后，工作队召开全体队员会议。刘队长主持会议。他说：“一塘校区‘四清’工作下一步要进入查问题、自我对照检查的阶段。同时我们要深入各个学校和群众中去，了解和摸清全校区当权派‘四不清’的问题和教师的出身、成分及其现实表现等政治问题。还要发现一批出身好、年轻有为、政治可靠的积极分子，培养入党和准备接班当校区领导。”刘队长将八名队员分配到各小学进行调查考察工作。他对工作队小李说：“小李，那个姓黄的耕读老师做事主动、热情。下个星期，你去他的学校看看，听听群众意见，听说那里教学环境十分艰苦哩！”

“好的，我去了解一下，同你汇报。”

星期六，工作队李淑芬来到了夏家小学，志坚却不在学校。李淑芬来到“教室”，只见几张大桌子、木凳摆在一个堂屋当中。东边木板墙上挂着一块斑驳的黑板，黑板上边木板墙上贴着一张毛主席画像。西边木板墙上贴了用毛笔写的红纸标语：“好好学习，天天向上。”南边木板墙上的绿纸上写着“团结、紧张、严肃、活泼”几个大字。小李不禁在心里自问：“这是学校吗？”

熊妈见来了一位干部模样的陌生人，面带笑容道：“请问这位同志，您是来找小黄老师的吗？他做家访去了。您请进来坐！”

“啊，黄老师做家访去了呀。我是一塘完小的老师，是来夏家小学看看的。”小李说着同熊妈进了屋。不一会儿，熊妈把一杯热气腾腾的姜盐豆子茶递给了小李。

“这个学校条件差了点啊！黄老师还安心吗？”梳着西式头、一身蓝色卡其布女装的小李放下茶杯问熊妈。

“安心，安心，我们夏家小学原来时办时不办，换了几个老师，没一个坚持一年的。好多小孩子都没有书读。今年小黄老师来了，年轻有为，吃得苦，耐得烦，纪律严，很认真，家长学生都喜欢他。二十六个学生，有一、二、三、四个年级，都由他一个人教。原来学校条件还差些，是我被小黄老师精神所感动，才接到我家来的……”熊妈兴致勃勃地介绍着志坚的工作情况。

小李听了熊妈介绍，又看到学校如此差的条件，不由得对志坚心生敬意，决定要深入了解志坚的工作情况。她请熊妈带她去志坚办公室。这是一间不足四十平方米的杂物房，是志坚的办公室兼宿舍。一张破旧的掉了油漆的书桌上摆满了学生作业本和几个备课本。靠墙角是一张单人床，白色蚊帐朝两边卷起，一床印花土布被子叠得十分整齐，床单也是大方格土布做的，干净而朴素。小李细心地翻阅着志坚的备课本和学生作业本。她被志坚精细详尽的备课文案和对学生作业的认真批阅深深感动，深深佩服。心想，如果是自己到这里当教师，不一定能安心哩！

“李姐，您怎么来到我们这个小地方啦！对不起，没有迎接您嘞！”志坚家访后回到办公室，见到工作队小李，惊奇地笑着说。

“黄老师，我没有经你的允许，在学习你的备课，对不起呢！”

“哪里！哪里！献丑了，还请您多多指导。”

“你同时上四个年级的复式班，是怎么上课的呢？”小李微笑着问。

“有得办法啊！只能霸点蛮，这边一个年级上课，其余年级自习，授课时间短一点、精一点，多辅导一下，多布置点作业，自己多吃点苦，耐点烦吧。”

小李听后，佩服地点了点头。“自己搞饭吃啰？”小李又问。

“我又当校长，又当老师，又当炊事员，身兼多职哩！”

小李听了，忍不住哈哈大笑。小李不到三十岁的年纪，中等个儿，圆圆的脸蛋上有一双如点漆般的大眼睛。一头浓密的短头发，留着短短的刘海。说话时总是面朝你，微笑着，轻言细语，像一位知心的大姐姐，丝毫没有瞧不起志坚这个位卑的耕读老师。相反，她由衷地佩服这个年纪轻轻、能吃得这种苦的老师。她想着一定要把志坚的表现如实地同刘队长汇报。

熊妈见志坚来了客人，黄老师又小锅小灶的，根本无法招待客人吃饭，于是炒了几个菜，又多煮了两个人的饭。快到吃中饭的时候，她来到志坚房里对志坚道："黄老师，到吃中饭的时候了，我已为你们准备好了便饭，你和这位客人一同到我家来吃饭啰。"

"那怎么行嘞！太不好意思了。"志坚虽然口里这么说，心里却十分高兴，自己正在为今天的中饭犯愁呢。

"不要客气，一家人。"

"那我就代表李姐谢谢您了。"

在熊妈家吃过中饭，又喝了熊妈大女儿端过来的姜盐豆子茶，小李从包里拿出三两粮票、一角五分钱双手递给熊妈："熊妈，请您收下，这是我中餐的粮票和钱，谢谢您。"

熊妈哈哈大笑，把钱和粮票退还给小李，认真道："一顿便饭，收什么粮票和钱，不要，坚决不要！"

"不行，这是国家的规定。"小李认真解释。又把钱和粮票塞到熊妈手上。

志坚说："熊妈，您收下吧！上级有规定。"

熊妈听了志坚解释，便收下了。

下午，小李到新洲小学调查去了。

调查工作已进行半年了，全面排查摸底到了收尾的阶段，正准备开展下一步的斗批改工作。"现在请各调查组汇报各自调查情况，汇报必须如实。"一天，刘队长召集全体工作队队员开会，他在会上宣布。

各调查组负责人把调查的情况包括发现的"问题"统统向刘队长做了详细汇报。刘队长和秘书认真地做着记录。接着工作队小李发言："我在夏家小学调查，那个黄志坚老师让我佩服得五体投地：一间堂屋加几张大桌子，一个老师同时教四个年级的复式班，一个人既当校长，又当炊事员，在这样艰苦的条件下，他不但能坚持下来，而且对工作兢兢业业，认认真真，把一个无人愿意去的学校办得群众十分满意。哎，要是要我去，我也不会安心。"

……汇报发言还在继续。

听完汇报后，刘队长做总结讲话："同志们，你们的调查工作做得很好。从调查的情况来看，一塘校区老师中有积极向上的一面，也有消极落后的一面，特别是'四不清'问题不同程度存在，接上级通知，下周一，在樟树港召开全县教育系统'四清'工作大会，请全体教师7月1日赶到樟树港报到。"

7月1日，志坚乘船来到了樟树港镇，放眼望去，全是他从来没有见过的景象：用麻石板铺砌的弯曲的街道两边是两层高的青瓦木屋；每间木屋都有两根大杉木圆柱；一色的雕花木窗木门；又高又厚的木门门槛里面是一间间商铺。私营商铺早没了，有的用作供销社的生资公司，有的用作供销社的南杂铺和饮食店，还有一部分是供销社的布柜。只有偏僻一点的还关着铺门，上面布满了灰尘和蜘蛛网，由于全县教师大会在镇上的中学开，本来不太热闹的老街一下子热闹起来了。有来看街景的，有来买东西的，还有来吃点心的。三三两两，络绎不绝。

志坚一边看，一边走，不久，同来参加会议的老师都到了湘江县樟树港中学。七百多名教师都挤着住在镇上中学。只见教室里、地坪里、走廊上都是窜来走去的人。

“黄志坚、黄志坚，你到刘队长办公室来一下。”工作队小李花了好大一阵工夫才在一间教室里找到志坚。

“好的，我铺好被子，马上就来。”

小李叫志坚到工作队办公室一事，被一些老师看见了，一些思想很敏感的人密切地关注着会议的动态，哪怕是一个微小的细节他们都不放过。

“工作队叫黄志坚去干什么？”同宿舍的姓朱的老师问姓王的高个子老师。

“新培养的年轻积极分子吧，说不定叫他去是告诉他如何收拾你呢，小心啊！”高个子老师狡黠地说。

“要‘收拾’我，你只怕也躲不掉啊！”姓朱的老师毫不示弱地予以回击。

会议进入第八天，工作队小李又把志坚叫到刘队长办公室。刘队长严肃道：“小黄，明天召开批判大会，工作队决定由你代表一塘校区批判对现实不满的朱民老师所画的一张画。他画的是一片秋天的枫叶，标题是‘新社会’。他以这张素描画讽刺我国社会主义像秋天枫叶一样毫无生气。你要以铁的事实，义正词严地批判朱民对新社会不满的反动立场。这是他画的画，你拿去看看，写好发言稿，交工作队审查后，上台批判，胆子大一点，不要怕！”

年轻的志坚不谙世事，更没有城府。当听到刘队长要自己上台批判朱民老师，他便不假思索地答应了：“好，我去！”志坚大胆地接受了到七百人的大会上发言的任务——真是初生牛犊不畏虎。但要在这么大的会上发言，不是件简单的事，自己在几十人的小会上都很少发言，能行吗？既然答应了，那就大着胆子去吧！志坚用了差不多一整晚，写好了发言稿，顺利通过了工作队的审查。大会开始后，志坚第三个发言。主持人宣布："下面请一塘校区黄志坚老师发言，他的发言标题是'社会主义不容污蔑'。"

志坚昂首挺胸大步走向讲台，望着台下黑压压的人，对着扩音器用洪亮的东乡口音开始发言："各位领导好，老师们好！我的发言题目是'社会主义不容污蔑'。伟大的共产党，伟大的领袖毛主席领导全国人民进行长达二十余年艰苦卓绝的斗争，无数先烈抛头颅、洒热血，推翻压在中国人民头上的三座大山，才创建了新中国。短短十几年来，在工业、农业、军事、教育、卫生、商业、外交等方面都取得了举世瞩目的伟大成就，把一个贫穷落后、四分五裂的国家初步建成了一个独立自主、社会稳定、人民团结、生机勃勃的帝国主义再也不敢欺负的社会主义国家。但是，由于连续三年全国性的特大干旱等自然灾害，加上帝国主义的严密封锁，苏联的背信弃义，以及我们工作中的一些失误造成了我国经济的暂时困难，社会上一些反动势力和对社会不满的人，借机抹黑造谣，制造舆论，说社会主义这也不行，那也不行，攻击党的领导，污蔑社会主义制度。例如有一个叫朱民的美术教师，利用画画来唱衰社会主义，它的画没有阳光，没有绿色，只有阴天下一片枯黄了的枫叶，画的标题是'新社会'三个字，从朱民画的画和标题明显可以看出，他想表达的意思是中国就像一片没有生机的黄色枫叶一样，落败不堪，一片凋零，毫无生气，死气沉沉。

"我要大声地质问朱民老师，你说社会主义这也不行，那也不好，然而伟大的新中国是多么坚强，我国刚刚解放、刚刚建国，立足未稳之际，美帝国主义发动朝鲜战争，妄想借机推翻新生的中国，以毛主席为核心的党中央发出抗美援朝、保家卫国的伟大号召，中国人民志愿军雄赳赳、气昂昂，跨过鸭绿江，打败了美帝国主义；1962年印度侵占我国领土，解放军发起边境自卫还击战，打退了印度猖狂的进攻。不是社会主义新中国的强大，党中央的英明领导，解放军能取得两场战争的胜利吗？1964年能爆炸第一颗原子弹吗？在工业方面成立了八个机械工业部，初步建成了全国的工业体系；有了我们自己的飞机厂，第一汽车制造厂，小到煤炭、钢铁，大到飞机、大炮都能自己生产；在农业方面，兴修了八万多座大中型水库，十几条大江大河得到治理，各类人工渠道两百多万公里；农田水利，品种改良，农林牧副渔全面发展；交通运输方面，武汉长江大桥、成渝铁路胜利建成通车；还有首都十大工程。这些旧社会连想也不敢想的大事难事，新中国都办成了。公路四通八达，港口连接五大洲；实现了全民教育，扫除了文盲；消灭了血吸虫病，每个村都有卫生室；供销社遍布全国各地，公平买卖，老幼无欺。更值得一提的是我国既无内债，也无外债，人民的生活一天比一天好起来。请问朱民老师，这些明摆着的事实你怎么看不见呢？你说社会主义新中国这也不好，那也不行，把欣欣向荣的新中国描绘得死气沉沉！难道旧中国就好吗？同志们、老师们，我向大家讲两件日本侵略中国，屠杀中国人民的血淋淋的真实事件！我有个姑父，他是一个瘸子，走路一拐一拐的，有一次我问他：'姑父，你的脚为什么是这个样子呀！'

"姑父说：'侄儿呀，你这一问呀，我的眼泪往肚里落嘞！这是日本鬼子害的喽！那年日本鬼子沿长江来到我县青山岛，登岛后，残暴地杀害了一千多手无寸铁的岛上居民。接着在洞庭湖东岸登陆，一路杀人放火，强奸掳抢，在我们葛家坪附近又抓了两百多名手无寸铁的平民，有男有女、有老有小，我也是其中的一个。排成五队，开始惨无人道的集体屠杀，我亲眼看见一个个同胞倒在万恶的日本鬼子的刀枪底下，心里既万分恐慌又万分痛恨。当鬼子的刺刀捅到我右脚时，我顺势往死人堆里一倒，闭着眼，假装死了。日本鬼子以为我死了。等日本鬼子扫荡走了以后，我才痛苦地拖着血淋淋的腿慢慢地从死人堆里爬回了家。从此，我变成一个瘸子了。'说完，我的姑父痛哭流涕。

"姑父讲完以后，将裤子往上面卷起来，把被日本鬼子刺伤的那只腿的伤疤给我看。这还不算，还有一个更惨不忍睹的滔天罪行，就发生在我的家乡。我娘说：'日本鬼子杀到大坝上，离国民党第四十军驻军阵地只有三华里，国民党部队没有想到日本鬼子会来得这么快，当官的还在打麻将，听到报告后，国军向长沙方向撤退。当日本鬼子杀到小塘坡时，老百姓都逃到山上去了，只剩下一个走不动的怀了六个月身孕的中年妇女，牵着一个三岁多的小孩往甘塘坡去躲鬼子。哪知道两个鬼子追了过来，将小孩子丢到一边，轮奸了这个孕妇。毫无人性的鬼子，一刺刀切开了孕妇的大肚子，把肚子里的胎儿用刺刀尖挑起来举在天空哈哈大笑。"

志坚哽咽起来，停了停，放大了声量接着说："同志们、老师们，听了这两个惨绝人寰的故事你们心痛吗？对良知泯灭的日本鬼子，你们恨吗？这就是旧中国。现在咱们的新中国，日本鬼子还敢侵略吗？……"

志坚越说越激昂，越讲越激动。会场鸦雀无声，人们都在静静地听志坚的发言。志坚接着道："共产党、毛主席是人民的大救星，社会主义是我们的光辉道路，社会主义不容任何人诬蔑、诋毁、破坏。我的发言完了。"

会场顿时爆发出一阵经久不息的热烈掌声和"好！好！好！"的尖叫声。志坚昂首挺胸，大步走下讲台。

刘队长十分认真、严肃地听完志坚发言后，脸上难得地露出了微笑。对身边的小李说："刚才听了小黄有理有据的发言，深受感动，我原来以为黄志坚只是一个肯吃苦、有责任心、热心公益的好青年，从这次发言来看小黄老师还是一个有政治觉悟、有一定水平、有胆量、值得好好培养的青年哩！"

"是的，我也是这样认为的哩！刚才听他的发言，我还流了泪哩！"

随着上学期教学工作的结束，"四清"运动也全面完成了斗批改的工作，到了定性扫尾阶段。接下来要把"混"进教师队伍中的教师清理出去。放假后，志坚又接到工作队开会的通知，第二天到一塘完小开会。到一塘完小以后，小李叫志坚去了刘队长办公室。

刘队长说："小黄，是这样的，为了纯洁教师队伍，我们一塘校区王彩江和朱民老师，按有关规定，必须清退遣送回家，交生产队贫协小组监督劳动改造。这两个人由你和小郑负责将他们遣送回原籍。现在你去领遣送通知书，去到这两个人的生产队后，要同贫协小组取得联系，将人交到他们手中。并要贫协小组负责人在通知书上签字。听清楚了吗？"

"明白了，我们一定完成任务，请您放心。"

志坚和小郑把王彩江和朱民送到了他们各自的生产队。在回家的路上，突然天气大变，黑云翻卷，雷声轰鸣，闪电划破天空，顷刻间天地被笼罩在雨幕中。志坚和小郑冒雨赶回了家。

形势也像天气一样发生了突变，"四清"工作队不久接到上级通知全部解散了，由县教育局接管了全部工作，被遣送回原籍的老师一律返回了原单位。一天下午五点，志坚像往常一样吃过晚饭，回到宿舍，正准备去打水洗脚，突然三四个人一边高呼口号"打倒打手黄志坚！"，一边朝志坚宿舍大步走来。还没等志坚回过神来，两个大个子老师突然抓住志坚的头使劲地往地下按，口里大声嚷："你这家伙，你也有今天啦！你跟老子好好跪着！"又在志坚背上贴上了"打倒打手黄志坚"的大字报。志坚拼命挣扎着站起来，又被他们按下去。志坚两眼一扫，才知道按自己头的人正是自己遣送回生产队劳动改造的两个老师。一瞬间，愤怒的火焰在志坚胸中燃烧起来："原来是这两个家伙！"

"你们不能这样胡来！'四清'运动是党中央的决定，遣送你们回去也是工作队安排的，怎么能怪黄志坚呢！他做错了什么呀？！放开他！"志坚好朋友闻讯赶来，大声斥责。

"关你们屁事！"强按志坚的那两个老师吼了起来。

"不关我事？老子偏要管这事！"志坚好朋友黄校长大声吼道。

十九岁的志坚浑身的血一瞬间往头上涌来，一种强悍的男性豪气汹涌地鼓胀起来。他双手奋力朝两边一拦，两个按压他的人一个趔趄，朝后退了几步，愤怒地骂道："你妈妈的。"说时迟，那时快，志坚一跃而起，冲出教室，风一样往汽车站跑去。

车站早没班车了，天空中黑云翻滚，北风劲吹，志坚赶在天黑前，疯了似的往家里赶。他一边走，一边自言自语："老子不教书了！不当老师了！回去当农民！省得受这样的侮辱，怄这样的猪气、狗气！我就不信不当老师会饿死！行行出状元！能怪我吗？我做错了什么？我什么也没做错！……"

走了十几里路，前面一个大山包，他知道这就是雷公山，离家只有几里路了。他加快了脚步，他要早一点赶回去躺在床上好好休息——家是最好的港湾。

人背时，盐罐子也会生蛆。别看志坚敢作敢为，但他有一个弱点，就是特别怕鬼，晚上不敢一个人走山路。他盘算着要在天黑之前赶到家。争取在天黑前穿过那个传说中有鬼的杉木林。恨不得自己多长几条腿，他三步并作两步，几乎跑起来。但是，好像要专门同他作对一样，那团黑压压的乌云，在狂风的吹卷下迅速地压了过来。移动的乌云很厚、很厚，急速地翻卷着，傍晚如同黑夜；狂风凶猛地卷起道路上的尘土，把公路两边的大树摇晃得东倒西歪，又将吹断的细枝抛卷来抛卷去；一道刺眼的银白色闪电划过天空后，接二连三的炸雷响起，狂风裹着大大的雨点朝着奔跑中的志坚打过来。志坚已全身湿透，裤子、胶鞋全是黄泥浆。他什么也没想，也容不得多想，一心要尽快穿过杉木林。他一边跑，一边喊："我既然来到了这条风雨交加的路上，风呀，雨呀，雷呀，来得更猛烈些吧！我不怕！"终于，他像一个落水鬼一样站在自家屋檐下，喘着粗气。

听见外面有响声，陶富娥来到屋外，看见儿子这么晚回来，还淋得一身透湿，又惊恐又心疼：“我哩个崽嘞，你何里这么晚冒雨回来啰？淋得一身透湿，冇出么哩事吧？快，快进来换衣。我苦命的儿子，回来就好。”

志坚一脸的怒气，噘着嘴，板着脸，没说一句话，径直往睡房里走。

黄三勋问妻子：“志伢子怎么像霜打蔫了的茄子一样，出什么事了？”

陶富娥在柜子里寻了一身内衣，又去厨房倒了水，叫儿子洗了澡。等儿子穿好了衣服，对依然板着脸不肯说话的儿子道：“志伢子，到底出了什么事？快跟我讲，你不讲，娘会急死哩！”

看到父母十分着急的样子，志坚生硬地回父母：“冇事，冇事，你们去睡，明天再告诉你们。”说完，砰的一声，把父母关在门外，把大雨关在门外，把黑暗关在门外，把悲伤和痛苦关在门内。

志坚倒头就睡，但是睡不着，翻来覆去想着同一个问题：“我黄志坚到底做错了什么？错在哪里？本想好好地教书，听党的话，做一名合格的人民教师，但是，一瞬间希望破灭了。我所做的事，都是工作队的安排，我听工作队的，有错吗？那几个老师为什么要这么对待我？为什么这么不尊重我？”

过了好一会儿，志坚反问自己：“你不是刻了图章，印了汗衫，要立志做‘志士’吗？你难道就这样消沉下去，一蹶不振吗？难道就被那伙人按下去，永远抬不起头吗？不能，不能，决不能向命运低头，下决心当农民，我当个大农民给你看看。”志坚这么一想，想通了，气也消了许多，心情也好了许多，呼呼一觉睡到第二天中午。不是母亲叫他起来吃饭，还不知要睡到什么时候。

“么哩事，气成这样子？”吃中饭的时候，娘问儿子。

“冇么子事，教师不适合我当，我不教书了。”志坚闷头闷脑地回娘的话。

“犯错误啦？挨批评啦？如果你做得不对，老子也要教育你，快跟老子讲！”陶富娥放下碗筷，瞪大眼命令道。吓得一块吃饭的妹妹瞪着小眼望着哥哥，不知哥哥做错了什么。志坚父亲也停止了吃饭，静静地等儿子回答。

娘这么一问，志坚便将遭到的侮辱，如实地告诉了父母。

听了儿子的诉说，陶富娥反倒放下心来，说：“志伢子，娘支持你冲回来，男子无性，钝铁无光。男人膝下是黄金，除了上跪天、下跪地，中间跪父母外，任何情况下不能下跪哩！要是我，我要同这帮人拼老命，你冲回来，做得对，做得好，有志气，娘高兴。天无绝人之路，世上不止一条路，你要振作起来，这时候能救你的只有你自己，说不定会有更好的事等着你。”

“志伢子，现在你得忍住，打落牙齿往肚里吞，身为男子汉，骨头要硬，不需要别人的怜悯和同情，这时候你不坚强地站起来，倒霉的事还在后头。你一定要挺过去。”陶富娥补充道。

陶富娥说完，又埋怨起儿子来：“只怪你当时不听我的话，要你去学医，多好的职业，可能早就转正当国家医生了，你偏不听，要听那个女老师的去读书，好啦，医没学成，书也没读成，现在连书也教不成。扁担冇扎，两头失塌。怪谁？怪你自己！自作自受，好好当农民吧！”

“娘，我求求您莫读反书啰！世上没有后悔药吃，算我自找苦吃吧！”

“你莫埋怨志伢子啰，他心情不好。”黄三勋十分心疼自己的崽，扭过皱纹脸，对妻子眨着眼睛。

陶富娥认为儿子冇做错事，温和地对儿子说：“我的好崽，你做得对，娘支持你回家当农民。当农民就当农民，无数像你这样有点文化或没有文化的青年，不都是用斗笠顶着太阳升起，用扁担挑着太阳下山吗？这世上比你不幸的人多的是嘞！你还算是比较幸运的嘞！有文化，身体又好，莫在福中不见福啰，你嫌弃鞋子不好穿的时候，要想到世上还有没有脚的人嘞！你切不可灰心，不可泄气，不到二十岁的人，有的是机会，你不是刻了‘志士’印章，印了‘志士’衫吗！一个男子汉，跌倒不可怕，就怕跌倒了，不能勇敢地爬起来，那就和一只死狗没有区别！你要忍别人所不能忍！”

志坚听了，默默点头。他听母亲讲过，父亲是一个孤儿，一天书也没读过，过年过节也是东一餐，西一餐。好不容易熬到十五岁，就给本村人去帮工，十七岁就外出当长工了。自己比他不知要强多少倍，有饭吃、有衣穿不讲，还读了那么多书。想想战争年代，像自己这样的年轻人，多少人在战场上面临死亡呢！自己生长在和平时期，当个农民，无非是辛苦一些，总没有死亡的威胁吧！要知道，幸福不完全是吃好、穿好，应该包含着勇敢战胜困难，在黑暗中迎接曙光的意志。当农民也是暂时的，幸福总是会降临给有准备有理想的人。

对于黄三勋来说，最心疼的是自己一把年纪才生了这个儿子，被村子里的人称为崽种的志坚从小娇生惯养，没有受过一点苦。最好的让他吃，最好的给他穿，搭帮叔叔介绍了一个民办教师的工作，原以为有出息了。而如今一切都成了不可能。想到这些可怕的后果，他又难受，又害怕。他时而长吁短叹，时而抽着旱烟，双眼望着屋顶上的明瓦发呆。

陶富娥对唉声叹气的丈夫说：“叹气有什么用呢！又不是你儿子一个人当

农民。我看呀，志伢子就是回来当农民，也不一定有前途，行行出状元。鼓励他，支持他先把农民当好再说。”说完又自言自语：“天啊，你怎么这么不开眼哩！你怎么这么不公平哩！一个还不到二十岁的人啊，怎么就有这么多磨难哩！他还是一棵小树啊，怎能经得起一次又一次狂风暴雨的吹打啊！”

尹厚友住在志坚家对面，比志坚小两岁。因志坚父亲与尹厚友父亲是结拜兄弟，两家人十分亲密，常常走动。志坚与尹厚友也亲密得像兄弟一样。两人同在一个小学上学，虽然不在同一个班，但上学、散学、课间休息时形影不离，连一粒糖粒子都要分成两半，每人吃半粒。年长些的志坚，十分注意保护尹厚友。尹厚友喜欢拈花惹草，经常逗得女同学哭鼻子，志坚每次都会去为他做调解，生怕闹出事，惹出祸。成年以后，他们更是无微不至地关心着对方。

尹厚友高小毕业以后就在生产队务农，一米七八的个子，浓眉大眼，五官端正，面色红润，为人诚实。得知志坚被人迫害，赌气回来不教书了，心里又气又急，生怕志坚想不通，急坏了身体，一定要去安慰安慰他。晚上，尹厚友打着手电看他来了。“老同学，听说你回来不教书了，我看也好，头一莫受气，头一莫受急，受急会急坏身体。跑这么远去教书，条件那样艰苦，拿点工分，又有工资，不干也好！”尹厚友笑着说。

“谢谢你来看我，我不受气哩！受气也没用，看来粉笔灰不是我吃得了的，也没有我吃的份。我的人生注定不会平坦，好在七十二行，除了教书，还有七十一行。”

“对的，不必后悔，明天到我家去吃中饭，好久没到我家吃饭了。”

“莫客气，难得麻烦你们。”“不麻烦，一定要来。”“好，我来。”志坚爽快地答应了，他也想出去散散心——朋友是忧伤日子里的一缕春风，轻轻地拂去心中的愁云。又坐了一会儿，尹厚友起身告辞，志坚把他送到前坪，两个好朋友在月光下握手告别。

在风华正茂的时候，猛然一个巨浪打来，让志坚扎实地感受了不小的惊恐、气愤和痛苦。当他在惊恐、气愤和痛苦中挣扎的时候，在不情愿中遇到了心仪的人。

第六章

陶富娥的风湿脚痛越来越严重，最近连走路都不行了，瘫卧在床上，还要人送饭送茶。丈夫又要到队里出工，二儿子、二女儿又都年幼，急需要人来照顾她。前一段，邻大队有一个女孩子小杜同她父亲在大房头做缝纫，人不但漂亮，高高大大，机灵活泼，快人快语，还学了一门好手艺。陶富娥心想正好同儿子相配，正好自己又急需要人来服侍。于是，陶富娥把儿子叫到身边说："志伢子，我这只脚有毛病，肌肉和骨头都很痛，动都动不得。今天我同你说个事，最近有个做缝纫的妹子同她父亲在生产队做缝纫，叫杜应贤，蛮能干，很诚实，人也长得不错。高个子，大眼睛，脸色红润。会做缝纫，我不会看错人。我已请人跟你做介绍，我看你们蛮相配，约了明天你去古塘坡黄武根家见面。"

志坚无法接受，便对娘道："我还年轻，这么早谈什么爱啰！"

"我们家穷，子女多，你今后的人生要靠你自己，做父母的帮不了你，找一个会挣钱的妻子，对你今后有好处。谈不谈，先看看再说，我也急需人服侍。"

"娘，我有正式工作，有条件谈爱呢！我现在真的不想结婚。"志坚仍然坚持自己的立场。他怕结婚早了，生儿育女，家务事束缚自己，就会永远待在小山村了，因此，他不能答应娘。

"不谈，那你就来服侍我！"

"我还不到二十岁，谈么子爱啰，谈早了爱，不好哩！我不谈！"

"你不听我的，又会要吃大亏。那年学医好不得，不听我的，要听老师的去读书，结果呢，把家里读穷了，又冇读个名堂出来，当时要是听了我的，早当医生转正了，挣钱了。现在又不听我的，放弃这么好的妹子不谈，放弃有一门挣钱的好手艺的妹子不谈，又会要吃大亏，这回，老子就非要你去见面不可！”

“我不去！”

“你不去，有本事再说一句！老子打死你！”陶富娥挣扎着要起来打儿子。

“你打吧！打死我，我也不去！”志坚站在原地一动不动。

陶富娥见儿子敢这样顶撞自己，老脾气来了，大声吼道：“你个报应崽，你敢不听我的，打死你算了，强似少生一个！”说完，痛苦地扶着床边起来，由于用力过猛，从床上滚到了地上。志坚慌了神，立即跑过去把娘抱起来，放到床上，违心道：“娘，我去，我去就是。”

志坚知道娘历来是个很要强的人，子女的事都由她做主，一般不能反抗。不去相亲恐怕是不行的。到时候推托就是。打定主意后，第二天，他来到了黄武根家。“武根叔、武婶子，你们好！”志坚看见黄武根夫妇在走廊上望着自己，立即三步并作两步上前笑着打招呼。

“两年不见，小伙越发长得帅气了。”武婶子赞美地说。

过了一会儿，志坚望见地坪一前一后来了两个打着布伞的女士，矮一点的走在前面，高一点的走在后面。

黄武根立即走出堂屋，出门迎接。武婶子也从厨房来到了走廊，见了她们笑着道：“哎呀呀，你们姑嫂这身打扮像仙女下凡一样呢。”

“武哥、武嫂你们好，农村妹子还不就是这样，再打扮也免不了土里土气，你莫笑话我们就是。”走在前面矮一点的女士带笑道。走在后边的女士，布伞下面通红的脸上布满了笑容，漂亮的大眼睛扫视着走廊上的人。

志坚笑嘻嘻的，眼睛盯着后面的高个子女士，心里在说：啊呀，这山村里原来还有这么漂亮的女子，像仙女一样，怪不得娘看中了。“你们好！你们好！”志坚站在走廊一边，笑着打招呼。

“你好！”“你好！”两位女士也分别回志坚。

说笑间，两位女士跟着进了堂屋。大家坐好后，武婶用红木茶盘端来了豆子茶，分别送到女客人手中：“请喝茶。”两位女士站起来，说声谢谢接过了茶。矮女士低头喝着茶，高女士喝了一口茶后，将茶杯放在椅子边的小方桌上。此时的她，脸是红的，红到了脖子上，明亮的眼睛一直没有离开志坚，好像看不够似的。

志坚喝着茶，不时扫高个子女士一眼，他看得更清楚了：红苹果的脸，水灵灵的大眼睛，两道又细又长的柳叶眉，红艳艳的嘴唇内两排又细又白的牙齿，笑起来更让人喜爱；乌黑的头发用红绸布扎着，穿一件翻领红碎花短袖衬衫，天蓝色筒裤下是一双褐色凉鞋。处处都显示出自然美和庄重美。

黄武根把茶碗放下，高兴地指着志坚对两位女士说："我现在来介绍一下：这位就是大别屋黄志坚，十九岁，现在在夏家坝大队教书（志坚没教书了，他们还不知道）。"又指着年轻女士对志坚说："这位叫杜应贤，有一手很好的缝纫手艺。这位是小杜的嫂子，介绍人，介绍人。我就介绍完了，从现在起，你们认识后，自己去谈好了，新社会，自由恋爱，媒人靠边站了。"

"谢谢武叔，谢谢！"志坚说着谢谢，眼睛却在大胆地观察杜应贤的一举一动，哪怕是一颦一笑。"谢谢武哥。"杜应贤嫂子说。

"谢谢武哥、武嫂。"应贤也跟着说，只是声音很小，很小。

武嫂好像急着要说话，嘴巴张了几次，插不上嘴，等应贤说完，她望了望应贤和她的嫂子，又望了望志坚，大声道："我看呀，志坚、应妹子真是天生一对，男才女貌，再没有这么般配的了，真是前世修来的哩！我好羡慕你们哩！"

一直在反复打量志坚的应贤嫂子笑嘻嘻地说话了："武嫂说的一点没错，小黄和我妹妹太般配了，我代表我妹妹同意。不知道小黄意思如何？"

听着嫂子的表态，应贤仰了仰红苹果的笑脸，急切地等着志坚表态。

志坚反复观察过小杜的一举一动后，态度来了一百八十度的转弯，他在心里把眼前的杜应贤和老同学白曼丽比较了一番，觉得从外表上来看，眼前的杜应贤比白曼丽一点也不差，个子还稍高一些，但他觉得，外表固然重要，内心美更重要，他要进一步找机会观察一下她的性格、脾气、思维呀等等，于是他笑着说："谢谢武根叔、武婶子的关心，也谢谢小杜和嫂子看得起，我明天有空，想请小杜明天到我家去玩一玩好吗？"

"要得、要得，蛮好、蛮好，妹妹，你明天去好吗？"应贤嫂子问应贤。

"好的，明天我去看你娘。"

又坐了会儿，志坚说："我还有一点事，我就不久坐了。"应贤起身相送。两人走到地坪时，志坚主动伸过手去同应贤握手，说："小杜，明天见。"

"你走好。"小杜微笑着目送志坚，一直到看不见背影才转身。

志坚今天相亲原本有些不情愿和别扭，是因为拗不过娘才勉强去的，去之前还打算找个借口推托了事。结果连自己也弄不明白，见了应贤以后，第一眼就有相中的感觉。再想想初中同学、屋场人戏称"祝英台"的白曼丽，她去年递过来一封信，信上只写了一句：‘长江之水，永不回头。’从这句话中，她明白地告诉自己她已经结婚了。不要等她了。为了这个事，他伤心了好久，像失去了什么一样。刚才看到杜应贤，觉得她比白曼丽没有差到哪里去，而且还会做缝纫，更符合自己的心意。原来自己最怕的是找一个花瓶式的女人，只好看，什么事也不能做。看来杜应贤是自己理想中的人。因此，他主动邀请杜应贤明天到他家来。

人呀，有时候一瞬间就可以改变一切，甚至一生，志坚和杜应贤的恋爱就这样如同坐火箭一样开始了。

见儿子相亲回来了，陶富娥连忙问："志伢子，怎么样？看中了吧？"

"只是见了面，我请小杜明天到我们家来玩，她答应了。"

"那要得，你要陪好她，明天一早去称点肉来。"

第二天上午，应贤身穿一件红色的绵绸短袖，蓝色绵绸长裤，脚穿凉鞋套尼龙袜子，手里提着用网袋装的几个纸包包，打着花布伞，迈着轻盈的步子，笑嘻嘻地朝志坚家走来。

"小杜，这么早来了，快进来。"志坚望见小杜来了，笑着打招呼。

"你们家，我来过。富姨呢？我看看去。"

"在里屋。娘，小杜来了。"

"小杜来了，快进来坐。"娘听说小杜来了，非常高兴，精神也好了很多，挣扎着坐了起来。

"富姨，您还好吧？我特地来看您了。"小杜说完，把一袋礼品放在桌子上。微笑着坐在她身边，手紧紧地握着她的手。

见未来的儿媳妇买东西来看自己，陶富娥又高兴，又觉得让她破费了，不好意思地说："要你花钱买东西来看我，那何里要得啰！今后不许买东西哩！"

"应该的，没什么好东西，一点点荔枝、桂圆、冰糖。您的脚痛在哪里？"小杜一边说一边细细地察看着陶富娥那只又红又肿的脚。

"我就是右脚里面骨头痛，下不了床，更不能走路，翻个身子也很难。何得了啰，不晓得么子时候才能好！"

"请医生再开点药吃，很快会好的。"小杜心想，志坚娘病得不轻，不能自理，正需要人照顾——自己要不要来照顾一下她老人家呢？

"小杜，你喝茶。"志坚在厨房里泡了茶端过来。应贤接过志坚的茶喝了一口，放在桌上，用银铃般的声音对志坚说："小黄，富姨病得这么重，正需要人服侍，我回去跟家里讲一下，我过来服侍富姨个把月，你看怎么样？"

"那何里要得啰，门还冇过，就要你来服侍我，不好吧？还是叫南姑娘回来服侍我。"陶富娥抢先道。"冇事哩，应该的哩。"应贤笑道。

第三天，应贤来服侍志坚娘。志坚却在头一天去外地办事了。

"富姨，好些了吗？我服侍您来了。"

"啊，应伢子，你来了，也好，我起不了床，正要人服侍，只是麻烦你，辛苦你，不好意思。"陶富娥侧着身子看着未过门的媳妇，乐呵呵地说。

"富姨，您快莫这么说，这是我应该做的，您的病这么严重，小黄又不在家，只希望您快一点好就好。"

陶富娥被冇过门的漂亮儿媳妇贴心的话语说得满心高兴，眼流热泪，道："难得你有这么一片孝心。"

"您还是那只脚痛吧？我来看看。"

"是的嘞，右脚动都动不得哩，像瘫了一样。"

应贤俯下身子，细细地看、轻轻地摸，说："啊！这里又肿又红哩！"又用手轻轻按了按："这里痛吧？"

"就是你手按的地方钻心地痛。"

"啊，一定要再请医生来看看，再吃点药。"应贤把陶富娥裤腿轻轻卷起。此时，她闻见了陶富娥头上和身上重重的汗味和体味，心想：该洗洗了。

"是的嘞，想拖，拖不好哩！"

"您莫急，等会儿我去请医生来，我先去烧水给您擦擦身子好吗？"

"也好，好久冇洗澡了，自己都闻到味了。"

应贤用热水细细地轻轻地把陶富娥全身擦了一遍，又用脚盆盛上一盆热水，扶着陶富娥坐在椅子上，为她泡脚、擦洗，之后扶着陶富娥躺在床上，把她的头搁在床边，端来一盆热水放在椅子上，用瓷缸把温水慢慢地将陶富娥的麻色头发淋湿，抹上肥皂，轻柔柔地搓洗。一连洗了三盆水，用干毛巾把陶富娥的头发擦干后，扶着陶富娥到床上躺下。

"应伢子，太麻烦你了，我现在觉得好舒服，好舒服。"躺在床上的陶富娥乐得合不拢嘴。

"您老快莫这样说啰！这是我应该做的，听人家说过，你们为小黄吃了太多的苦。您生他的时候，难产，差点没了命。后来为送他去读书，起早贪黑，从牙缝里省出钱来。他现在不能来服侍您，我来服侍一下，是应该的，您想要我做什么，只管说就是，您也和我的亲娘一样。”

应贤这几句暖心话，说得陶富娥心花怒放，她拉着应贤的手，含泪道：“我真有福气，找了你这个好儿媳，我心满意足了。”

应贤把陶富娥全身擦洗了一遍以后，又去大队请来了赤脚医生，打了针，开了药，拣回药后煎开，等药凉了以后，先用小勺子舀了一点放在嘴里尝了尝，不烫了才端给陶富娥喝，再端来一碗凉开水给她漱口，之后又拿来一小块冰糖叫她含在口里。陶富娥被未来儿媳妇细致入微的服侍感动得不知道说什么好：“应伢子，你服侍得真周到，只是太辛苦你了。”

“这是我应该做的，您快莫这样想。您老把我当女儿看啰。”

“是的，你比女儿还好。乖乖女远离乡，巧媳妇伴娘床，一点冇错哩。”

应贤为陶富娥请医、拣药、熬药、喂药。三个星期过去了，在应贤精细护理下，陶富娥的病好了许多，可以下床扶着椅子走路了。志坚也从外地“找工作”回家，他直接来到病床前问娘：“娘，脚好些了吗？”

“好多了，搭帮应伢子又是请医生，又是熬药，帮我洗脸洗头洗脚，擦身子，喂饭，搬上搬下，贴心贴肺地服侍我，我现在可以下地慢慢走路了，还把衣服、被子、蚊帐统统洗了一次，烂了的还补好了。志伢子，你有福气，找了个好堂客，人品，脾气，都冇的说的。娘喜欢，娘满意。”

“小杜人嘞！回去了呀？”“没有，又帮我抓药去了。”

“志伢子，你站拢一些啰，娘有话跟你说，结婚是终身大事，马虎不得。你不是说要做一个有出息的人吗，那就要找一个贤惠、聪明、能干、吃得苦、性格又好的妹子。你如果找一个又懒又蠢、蛮横无理、做事拈轻怕重的女人，那你一世莫想出青天。据我观察，小杜是一个不错的妹子，你娶了她，对你今后会有很大的帮助。”

“您老莫急，三朝不能夸媳妇，五月不是看禾时，我还要再观察观察。”

“小黄，你回来了呀！”应贤从药店拿药回来，见志坚回来了，红苹果的脸上堆满笑，深情地望着他。

志坚听见应贤叫他，立刻转过身来说：“回来了，娘辛苦你服侍，太谢谢你了。”“你说哪里话哩！这是应该的，娘是你的娘，也是我的娘！”

“有应伢子服侍我，志伢子，你就放心吧！”坐在椅子上的陶富娥高兴地对儿子说。

从相亲到现在使志坚满意的是，应贤除了贴心服侍母亲外，一点也不嫌弃自己家里穷。还听人说应贤对家里人，对屋场里的人都非常亲热。应贤犹如一股暖暖的春风吹进了志坚的心中，他心想这样的妻子才是自己想要的。可是，自己没当老师了，小杜还不知道，你满意她，你不教书了，她还会满意你吗？

第七章

八月的江南，依然是最热的时候。火团一样的太阳挂在东边的天空，放射出万道强光，刺得眼珠发痛。这强光更像是从一座巨大的火炉中喷出来似的，照在人身上，火燎般难受。天空万里无云，没有一丝儿风，树叶也一动不动，整个大地像一个大大的蒸笼，闷热难当，使人喘不过气来。但季节不等人，露天工厂的农友们不会因为天气太热而不去劳作。经过三百六十度大转弯又回到原地的志坚，穿上一件印有“志士”字样的汗衫，背着锄头随生产队社员去刘家坡挖田。同去的细毛矮子看见他的这身打扮，挖苦地对他说：“志坚呀，你穿着‘志士’汗衫来挖田，我觉得太委屈了这两个字哩！最好是回去把‘士’字下面一横两头都加长一点，把‘志士’改成‘志土’更合适一些。”

“我看呀，也可以这样改，在‘士’字上加一竖一横折，把‘志士’改成‘志田’更合适。”小名叫建土的也附和着气志坚。志坚听了，脸一下子红了。但他没有理睬他们，装着没有听见，由他们说去。心想自己毕竟多读了几年书，又当过老师，在人们眼中已是文化人了。这个文化人现在变成了和他们一样的庄稼汉，他们要来奚落几句也不奇怪。最重要的是要在今后的人生证明自己是一名“志士”，而不是“志土”或“志田”。

插田薯作为来年的薯种是生产队一项重要的农事。因为旱土红薯是人们主要的粮食来源，占了社员一半的口粮。红薯藤也是各家各户主要经济来源——生猪的主要饲料。要想红薯丰产，头一年必须在旱田里插上秋薯，长出小薯来，作为第二年的薯种用，插迟了，便会处暑开薯一挂鞭，种薯长不大。因此，天再热也必须抢时间及时插上秋薯。所以生产队把挖田插种薯这件事看得很重，抓得很紧，不分男女都要去挖田。挖田是重体力劳动，五六斤重的锄头举过头顶再挖到地里去每分钟就有几十次。新手挖一两小时手就会打起血泡。

志坚第一次挖田，父亲教他要慢慢来，手握锄头不要太紧，握得太紧，会容易打出血泡，累了要休息。但，他不信。他要用事实证明自己对挖田这样繁重的农活也同样能干。他将裤筒高高卷起，来到一丘大田里，也不和别人说话，不停地挖。阳光像烙铁般灼着后颈，火辣辣的。不到半个小时已是满身大汗。不到两个小时，两只手真的打起了一个个小小的血泡。他不管这么多，继续不停地挖，血泡被锄头木把磨破了，鲜红的血流了出来，他没有停下来，忍着痛继续挖。大伙都劝他休息一下再挖。他摇摇头，继续挖着，坚决不让自己落后于他们。他要尽量证明他虽然是教书出身，但同样也可以当农民。

志坚就这样想呀想，挖呀挖，汗水不断地在他脸上一波一波地渗出，眼睛被汗水浸得火辣辣地痛。他想，此刻如果有一阵凉风吹过来该多好啊！快到吃中饭的时候，他实在不行了，大汗淋漓，面色苍白，倒在地上。眼前一片漆黑，接着，他什么也不知道了。

“快来人呀，志坚中暑了！”

在远处挖田的父亲听到喊声，把锄头一丢，飞也似的跑过来，用松树根一样粗硬的手指按着不省人事的儿子的人中。不一会儿志坚清醒了一些。但仍双眼紧闭，一动不动。“拿茶来。”黄三勋大声喊着。

燕老倌送来了一碗茶水，黄三勋用手蘸着茶水，扯开儿子汗衫，狠狠地一下一下在儿子的背上扯痧。随着“啪、啪、啪”扯痧的声响，七八个血红的印痕在志坚背上显现。随着哎哟一声，志坚完全恢复了意识。朱队长扶着他在一棵树下休息。

“冇事，我好了。”面色煞白的志坚喝了一杯冷茶便往家走。走在路上，眼泪止不住一滴一滴滚出眼眶，模糊了双眼，他双手卷起志士衫不停地抹眼泪，抹湿了前面半截志士衫，眼泪还止不住流。

志坚中暑的事深深地伤了陶富娥的心。她看到中暑回来的儿子脸色苍白，又是满手的血泡和满背扯痧时留下的红印，伤心地流着眼泪给儿子擦手。一边擦，一边自言自语：“何得了啰！我哩背时崽，何里受得这样的苦啰！读书出身，冇晒过太阳，一世年何得了啰！么哩时候才能出青天啰！天嘞，你开开眼啰，让他走走运啰！只怕一辈子就会这样被埋没了！”

志坚痛苦地躺在床上，什么也不想吃，身体刚刚恢复的陶富娥愁眉苦脸地把鸡蛋汤端上端下，像哄孩子一样絮叨说：“人是铁，饭是钢，你不想吃也要吃一点。”志坚还是把手摇断：“不吃，不吃。”见儿子不吃东西，陶富娥开导道：“我的咯崽嘞，世间苦只有自渡，我同你父亲结婚时，被子都是借来的，还欠一身债，我同你父亲咬紧牙关，勤劳苦做，不也过来了吗？你要咬牙坚持。麻石自有翻身转，好运一条家兴业就。你身体虚弱，在家休息几天，不出工。”

志坚没有闲着，把借来的书读完。通过看书，他认识到，人生路本来就是一条坎坷的路，人世间，万千光景、苦乐喜忧、跌宕起伏，除了自救，他人爱莫能助。可眼下的事让他愁坏了。

深秋的南方，大多数时候是秋高气爽、万里无云的好天气，但也有秋雨绵绵的时候。快一个月了，连绵不断的秋雨，不怕人烦，厚着脸皮，滴滴答答下个不停，乡村原野笼罩在水雾之中。人人都有被这连绵阴雨落霉了的感觉。

今天雨终于停了，但生产队依然放假。在娘的催促下，志坚买了一点小礼物去看未婚妻。一进门，未来岳母娘笑嘻嘻地迎出来：“啊，小黄来了，快进来坐。应妹子，快来，小黄来了。”

“小黄，你来啦。”应贤快步来见志坚，羞答答地打着招呼，陪志坚坐着。未来岳母娘进去煎茶了。

“好久冇来看你了，辛苦你照顾我娘，我娘现在好多了，可以下床做事了。谢谢你精心护理哩！”志坚动情道。

“谢什么，应该的，她是你的娘，也是我的娘呀！明年什么时候开学呢？”

“我准备不教书了，早就应该告诉你的，怕你受急，才没告诉你。”

“为什么？”应贤睁着大眼睛疑惑地问。志坚如实地把他的遭遇简单地同应贤讲了。最后说：“我下决心回来当农民了。”

应贤心里咯噔了一下，先是感到一阵惊恐和气愤，随后也认为志坚做得很对，有骨气。这时候她觉得应该多多宽慰他，便耐心地劝导：“当农民就当农民吧！都去坐轿子，谁来抬轿子呢！我们这地方呀，还算是好地方，有山有水，有田有土，只要身体好，我和你勤快点，靠我们两双手，也可以勤劳致富。你莫受气，莫受急，急坏了身体才是大事。我选了你，不是选你的工作，是选你这个人。再说，世上又不只一条路，你不教书了，说不定今后还有比教书更好的工作等着你呢！”应贤把椅子移到志坚身边，白嫩嫩的手放在志坚的手背上。

志坚看到未婚妻还能这么细心地开导他，理解他，鼓励他，支持他当农民，不由得内心里一阵欣喜：“当农民，你要同我一起受苦啊！”

“苦就苦一点，我也苦惯了。”

听了未婚妻的一番话语，志坚的心宽慰了很多，先还担心回来当农民，未婚妻会不高兴，哪知她如此通情达理。原来她不是那种势利眼，能找到这么一位善解人意、挚爱自己的人，真是前世修来的福分。

雨终于停了，天也开始放晴，志坚在未来岳母娘家吃过中饭，准备告辞回去。未来岳母娘连忙说：“应妹子，你快去送一下小黄。”

“好的。”应贤巴不得送志坚。谈爱这么久，他们单独在一起的机会很少。走出杜家冲后，她与志坚肩挨着肩地走着。走到花果山路边时，志坚建议到山上去玩一玩。应贤也说好，两人沿着一条弯弯的小土路，攀上了高高的花果山。嘈杂声没有了，四周静悄悄的，只有两只斑鸠咕咕地间或叫几声。这是明月冲一座圆形小山，久雨放晴后，山变得更加青翠，隐隐约约可以嗅到泥土和青草的清新味道。没人管理的花果山除了稀疏的几棵大树外，遍地长满了茂密的花草，草间点缀着许多无名的小花——红、黄、蓝、紫，五彩缤纷。彩蝶双双对对在花草间安逸地翩翩起舞。一阵凉爽的风吹过来，远处传来几声咕咕的鸟叫。可能是被他们惊动，不远处一对五彩斑斓的长尾山鸡，从树林里腾空而起，向远处飞去。

志坚和应贤在花果山亭子里的石头长凳上紧挨着坐着。一股奇异的香味从应贤身上随风飘散，志坚顿时感到无限的美妙。两个年轻人的心在狂跳，应贤红彤彤的脸庞像一个熟透了的红苹果。他们沉醉在明媚的晚秋中，好久都没有说话。

过了一会儿，志坚用右手轻轻地揽着应贤的腰，应贤也顺势把头依偎在志坚胸前，仰着头，笑容满面地望着志坚，右手轻轻地摸着志坚的脸。志坚从来没有这么近距离接触过少女，他贪婪地呼吸着应贤身上那缕缕幽香。

此时，志坚痛苦而悲愤的情绪暂时烟消云散了。他摘来一朵金灿灿的小花，微笑着小心翼翼地插在应贤左边的发夹里：“好漂亮哩！”

应贤摘了几颗毛栗，把白嫩嫩的毛栗肉送到志坚嘴里：“现在的毛栗正好吃哩！”

“我现在不当老师了，回生产队当农民，你后悔了吧？如果你后悔的话，瓜未破，籽未伤，还来得及哩！我把你当妹妹看也是一样的！”听了志坚的话，应贤显然不高兴了，愠怒地对志坚道：“你说哪里话！你把我当什么人了！我又不是爱你的工作，爱你的家，我是爱你这个人！”

“话虽这么说，一辈子的事哩，苦日子可是要人过的呀！”

“你老是这么说，黄志坚，我问你，你是不是变心了，看不上我了！如果是这样，你只管直说，不必拐弯抹角，我不会缠着你不放，强扭的瓜不甜！”说完，应贤挪开了，脸侧向一边。

志坚见应贤真的来了气，心中暗喜。从应贤这几句话里，看得出应贤是真心实意地爱自己。

“你看看，对面大路上那个男的挑一担谷子去大队部打米，看见吗？今后你的老公也会是这样的人呢！”

“那有什么，家家户户男人都是这样的，不过我更向往城市生活，我表姐在长沙，星期天，一家人到电影院看电影，带小孩逛动物园……多好呀！你莫灰心，通过我们的努力，说不定也会有这么一天！你能不能讲一点其他的话，暖心的话，好听的话？”应贤用手捂住了志坚的嘴巴。

“如果我当农民，我就要当一个新农民，当一个现代农民，当一个大农民。”

“有志气，我支持，我是一颗真心，两个打算，一是打算你当一辈子普通农民，我做一辈子普通农民的堂客；二是支持你出去当老师，当干部，当工人，我在家当农民，带小孩，服侍老人。”

“真的？”

“那还有假，我还做好了打算，要扯一匹上等布料，为你做一套西装，买一双三接头的皮鞋，叫我长沙的表姐买一条领带，作为我新郎的礼品。结婚那天，把你打扮得洋洋气气、漂漂亮亮，让你成为你们明月大队第一个穿西装结婚的新郎，让全大队人来羡慕我们。”

“那我就真幸福啰！可是，钱哩！你哪来的这么多钱！”

“你不必操心，钱我都准备好了。我爸爸对我很好，晚上在家做缝纫的钱，全给了我，给你做一身西装还有多哩！”

谈到结婚，志坚一脸的愁容，自卑地说：“我就惭愧哟，结婚的钱还不知在哪里哩！”

“少花钱，简单再简单，结了婚，我们再来挣钱。”

志坚被深深地感动了，他猛然抱着应贤，在她红苹果的脸上亲着、吻着，然后松开手站起来向着蓝天大吼：“老天作证，我黄志坚要用毕生努力，让我心爱的妻子和全家人过上美满幸福的生活！”

应贤被志坚这两个没有意想到的动作深深打动，双手抱着志坚的脖子，把头依偎在志坚的胸前，久久不愿松开。志坚也用双手紧紧地抱着应贤的腰，把下巴搁在应贤头上。幸福的暖流在这对情人的血液中流淌着。志坚拥抱了未来的妻子，初尝了爱的甘露，感到无限的美妙和幸福，大声道：“小杜，从此以后，我要把你捧在手心里！”

应贤这种令人陶醉的爱，使志坚从灰心丧气的情绪中重新激起对生活的热情，爱的暖流漫过了他精神上的冻土层，使他勃发出生机。

两个人松开手，又谈笑了好一会儿。志坚挽着应贤的手下山了。“小杜，我娘身体不好，要人服侍，我想父母今年会催我们结婚的。只是我家里确实困难，聘礼、首饰呀等等不一定有，只能草草地结个婚。”

“我早知道你们家里的情况，我要是图有钱，当时就不会同意你。钱就尽量少花吧！首饰、聘礼，我统统不要。只要我们两个人相亲相爱，比什么都强。”

“太亏欠你了啊！”

志坚从花果山下来，同应贤分手后，怀着激动和幸福的心情，迈着矫健的步伐往家里走。

陶富娥的风湿病又复发了，而且越来越严重，只能躺在床上。志坚为母亲送饭、送水、送茶快半个月了。一天，志坚把饭菜送到母亲床边时，母亲叫住了他：“志伢子，我病又犯了，而且病成这样了，不能老要你服侍，你同应妹子也谈了一段时间了，马上结婚吧！好让应妹子来服侍我。你也晓得家里穷，只怪我们做父母的没有能力，不能给你操办像样的婚事，父母愧对你嘞！你父亲那里28块钱你拿去结婚，其余的你自己想办法。”说完，转过脸去，伤心地哭了。哭了好一会儿，口里又喃喃道：“人生在世，儿女搭帮父母一堂红事，父母搭帮儿女一堂白事。如今我有心无力啊！我愧对我的崽啊！”

“娘，你千万不要内疚，你们尽心了，你们是天下最好的父母。从牙缝里省出钱来送我读书，又花钱为我治好了病，你们没钱为我操办婚事，我半点不怪你们。结婚的事我自己想办法。我做牛做马也要报答你们的养育之恩。”

陶富娥听了，更加伤心，大声地哭了起来："人家有钱为儿子热热闹闹操办婚事，我无能啊！"

父亲黄三勋打开柜门，拿着用小手帕包着的28块钱，苦着脸，一句话没说，交到儿子的手上。

志坚满脸愁容地接过父亲的钱，再次对父母道："谢谢二老，没钱我不怪你们。"说完拿着二十八块钱，无精打采地回到自己房间里去了。他自问："教读娶配是父母的责任。但，能怪父母亲吗？不能啊，全家六口人吃饭，全靠父亲在生产队挣点工分，生产队口粮少，单价又低，不但年年要还生产队的超支，而且每年粮食不够吃，喂一头两头猪，挣来的钱还不够青黄不接时去买黑市粮吃，除此以外，油盐开支，人情开支，过年过节开支，一年到头每个家庭成员总要做一件两件换洗的衣服吧！加之母亲这两年又疾病缠身，对本来就十分困难的家庭来说更是雪上加霜。特别是前几年父母亲送自己读书、为自己治病背了一身债。能怪自己吗？也不能啊！虽然是一名教师，却也只是拿点工分，国家只有五块钱一月的补贴，自己连一包烟也不抽，一口酒也不喝，一年到头连衣服也舍不得买一件穿，够省了吧！不结这个婚吗？娘又催得这么紧，况且病了正要人服侍。"

他眉头紧皱，一筹莫展。虽然说钱少不怪父母，但结婚可是一个挺花钱的事呀！虽然未婚妻说一不要彩礼，二不要打发。但该花的还得要花呀！晚上，志坚久久不能入睡：二十几块钱如何结得了婚？他反复计算，最少也要四百多块钱才行。怎么办呢？怎么办呢？到哪里去搞这么多钱呢！不但没地方借，人家有也不一定会借给他呀！大家都紧巴巴的。这时，他想到了南县姑姑。听说圩子里土白布价格好，姑姑在南县五门闸，能不能借几匹土布卖到南县去，先挣点钱，办了酒席再还呢？

志坚觉得这个办法可行。第二天就同母亲商量，母亲也同意了，还将自己纺织的一匹布给了儿子。志坚又借了姐姐的两匹土白布，还有未婚妻纺织的两匹土白布。志坚把这五匹土白布装在一个袋子里，打成一个大背包。走了25里山路，来到东洞庭湖的云田港，搭乘轮船来到西洞庭湖的南县姑姑家。

姑姑帮志坚卖掉了五匹土白布，挣了125块钱。第三天，志坚辞别姑姑，回到了家。

志坚又向叔父借了200块钱，准备筹办婚事了。但是困难太大了。虽然应贤家不要彩礼，可总得给妻子做几身像样的衣裳吧！自己也不能穿着旧衣裳当新郎！同时按乡里风俗，总得把老亲老戚和生产队每户请一个人来吃一顿饭吧！还有呢，像样的床总得要一张吧！床上的被子蚊帐总是要的吧！他把好朋友尹厚友找来商量，看如何解决这又幸福又苦恼的事："老同学，我计划下个月初八办结婚酒。你是知道的，我家困难得很哩！只能简单再简单。今天叫你来，一是请你来做结婚都管，二是商量如何热热闹闹办好这个冇钱的婚事。"

"我来当你结婚都管倒冇问题，你的困难我也知道。但是再困难，最少也要大几百呢！你有多少钱啰？"

"我只有353块钱哩，还借了200块钱，五匹白布哩。"

"300多块钱何里结得婚啰，总不能让客人在酒席上喝碗白开水吧！最少也要500块以上。"

"老伙计，冇得办法，穷人结婚，只能想穷办法，婚事只能一切从简。我已经同媒人、应贤家里说好了，他们也都理解，一点没为难我。"

"也只能如此了，万一少了，我垫就是。"

志坚约好了应贤去扯结婚的布料。应贤紧挨着志坚走着。走着走着来到了一片西瓜地，应贤停住了脚，指着一个大西瓜一本正经地对志坚说："梁山伯，要吃西瓜早动手嘞，免得后来想西瓜呀！"志坚先是一惊，心想她怎么突然冒出这么一句不着边际的话，但他马上明白了，这是未婚妻在敲打他，于是马上反问："梁山伯在哪里呀？谁是梁山伯呀？"

"明知故问，我还要问你呢！"这个事一直在应贤心里打转转。一些人不怕事大，只怕事小，把志坚读书时同一个女同学要好的事，在她面前说得活灵活现，她早就想问志坚一个明白，只是没有机会。

"谁告诉你的呀？"

"还是我在你队上做缝纫时听说的，最近又有好多人告诉我了。"

志坚听了，心里微微一惊：真是若要人不知，除非己莫为。好在自己光明正大，没有做见不得人的事："你的消息真灵通，那是一个天大的误会！"

“姓白的来约会你，难道也是误会呀？”

“同学吧，最多是互相有一些好感而已，这么小的年纪根本说不上谈爱，只是谈得来的好同学。都是一些人乱猜的，是故意来气我的。当时是这么一回事：有一天，白曼丽写了一张字条，交给一个学生伢子带给我。条子上说她明天从我屋门口经过，要同我见一面，有事同我说。冇晓得条子被一个调皮鬼抢走了，他在地坪里一边念条子，一边大声嚷：‘好呀！你们来看啊！祝英台来信啦！约梁山伯去相会啦！’他这样叫着喊着，被我娘听见了，我娘早就知道我与白曼丽的事，于是，我娘跑出来大骂了我一顿：‘你这冇用的家伙，屁股还冇收黄，就要谈爱，老子打死你！’说完举手来打我，吓得我拔腿就跑。结果，约会没有成功。一直到现在，我也不知道白曼丽有什么事要对我说。”

“还算老实，现在还时时想念她吧？”

“她都结婚了，我也马上同你结婚，想她干什么，我心里只有你。”

“这还差不多。”听了志坚这句话，应贤眼角流下了欢喜的眼泪。大凡深爱着一个男人的女人总怕别的女人把自己爱着的人抢去，就是这个男人的前女友她也会很敏感：“决不允许你同姓白的祝英台有任何往来啊！”

“向你保证，决不来往，顶多见见面。”“见面也不行！”

应贤提起志坚和白曼丽的事勾起了志坚的无限相思，也戳中了他内心的痛处。他虽然表面若无其事，内心里却波涛翻滚，这是他内心深处的相思之痛，相爱而无法结婚之痛。好在现在有了杜应贤，他的心情才好很多。

“嗯，我问你啰，你原来也谈过一个男朋友，还是国家干部，独生子，你怎么不谈了呀？”志坚也趁机问起应贤的过去。

“是有这回事，我对他冇一点感觉。”

“你想过吗？你同他结婚，会享福的哩！同我结婚，我又冇工作，穷山沟里穷人家的一个穷农民，全家人住两间半旧房子，娘又身体不好，你不后悔呀！”

“我喜欢你，什么也不在乎，别人钱堆到了我的颈根，我也不爱，受苦受累，我无怨无悔，讨饭也同你一块去讨，何况我们还有两双手！”

就这样，这一对新人亲亲密密说着，亲亲密密走着。两个小时后他们来到白杨镇商店布柜前，志坚对应贤道：“给你选两身好一点的料子，你过细看看，喜欢哪一种就扯哪一种。”

“我家里有两身新衣服还没有上过身，随便给我扯身便宜的就行，如果不扯一身，怕你和你家里人心里过意不去。倒是要给你扯一身像样一点的。”她转身指着志坚对售货员道，“售货员同志，你看他穿什么颜色的最合适，要好一点的料子，请你帮忙挑一挑啰。”

女售货员感到奇怪：她不知为多少新婚男女扯过布料，从来都是女的挑三挑四，不怕多，只嫌少，只怕质量差，不怕价格贵。而眼下这对夫妇不同，女的不肯要，要也只要一套，而且选便宜的扯，反过来要给男的挑最好的。她羡慕这个男青年真有福气，找了这么一个贤惠的妻子！被感动了的女售货员指着一种布料对应贤道：“这个料子是刚到的高级涤纶料子，质量是最好的，又厚又软，色泽又好，又不褪色，正合适这位男士穿。”她又指着另一匹布料道：“这个料子又时新又好看，很适合你的肤色，价钱也不贵……”

“要得，那就麻烦你扯吧，请你尺子放松一点，怕缩水。”不等志坚说什么，应贤对热心的售货员说道。志坚坚持要售货员再给应贤扯两匹好一点的布料，应贤坚持不肯。一个要扯，一个不要，弄得售货员左右为难，还是女售货员会做生意，连忙道：“女同志，听我说，美事成双，你就听你爱人的，再扯一匹吧。”听了女售货员美事成双的祝福，应贤点了点头，让女售货员再扯了一匹红色灯芯绒。

在回家的山路上，应贤挽着志坚的手说：“小黄呀，只要我们两个人心合心，何必在吃穿上过多花费。何况你们家这么困难，咱们结婚肯定还借了不少钱，能省的一定要省，借来的钱今后还是要我们还的。”

志坚被未来的妻子这些暖心的话说得又惭愧又欣慰，心想这一辈子能有这么通情达理的贤内助，一定会很幸福，很开心。看到前后无人，抱着妻子深情地说：“你真是我前世修来的好妻子，我要好好爱你一辈子，永不变心！”应贤流下了幸福的眼泪，心想：“心爱的人这一句话，一万件衣服也买不到啊！”

志坚对尹厚友说：“老同学，我结婚虽然困难，但是，还是要办得喜庆一点，热闹一点，酒席虽无法丰盛，一般菜品要多搞几样，鞭炮多放几挂，瓶装酒买不起，谷酒也要放两瓶才是。”

“又要热闹，又要客气，又冇钱给我这个当都管的，巧媳妇难为无米之炊啊！你不是为难我吗！不过，我尽量照办。办得不好，可不要怪我啊！”

“不怪你，不怪你，算我为难你了，好兄弟，我相信你有办法。”

尹厚友开始动脑筋想办法：他决定请来一个放土铳的，这家伙声响大，显得很热闹；多买一些鞭炮，多放几次；还准备请黄校长来致词，烘托气氛，这可是一个移风易俗的新想法，农村尚不时兴；同时按照农村老风俗，开展闹洞房和赞茶的活动；酒水吧，每桌多放一两瓶，让客人喝够；菜品哩，猪肉不够，可以在红烧肉底下放一些腌菜，大肉里面放一些白萝卜，百叶里面掺些萝卜丝。

结婚那天，志坚把自己收拾得十分时尚：剃了个西式头，穿着未婚妻给他精心制作的黑色西装；系上未婚妻托表姐在长沙买的红领带，脚穿一双黑得发亮的三接头皮鞋，套白色袜子。全身西式打扮，乡村极其少见，引来无数赞叹的目光。

上午，老亲老戚、好朋好友以及生产队每户一个客人都穿上做客衣裳陆陆续续来了。负责接待的叔父叔母和四嫂子引着他们入座，开烟，敬茶。

十几桌酒席摆在大别屋上下堂屋里，每张桌子上都摆好了糖果和茶水，还配了两包红橘香烟，两瓶谷酒。早到的客人八人一桌，兴高采烈地吃糖，喝茶，抽烟，说闲话。说话声和笑声交织在一起，热闹而嘈杂。

11点钟的时候，西边路上接亲的一双男女领着新娘和她的家人往大别屋走来。抬嫁妆的两个人抬着一个三门柜。一个人挑着一个红漆木箱，两床新被子；另一个人挑着四把红漆木椅子、两个男女脚盆，走在最后面。

当新娘和上亲来到大别屋时，土铳连发三声巨响，惊天动地。紧接着，万子鞭噼噼啪啪响了起来，火花四溅。志坚叔父走到大门外，把新娘父母和哥嫂弟妹接到房里入座。四嫂子连忙将新娘等引入新人房里，端出糖果盘，请新贵客品尝，又向男贵客敬烟。负责茶水的大嫂用红漆茶盘向各位客人敬上姜盐豆子芝麻茶。尹厚友迅速安排人把抬嫁妆人肩上的嫁妆接过来，送入新房摆好。四嫂把两床新被子放在宽大的雕花九弯床上。进来看新娘的人一个接一个在门口瞧，在窗台上望：“啊，好漂亮的新娘！”

应贤今天打扮得十分靓丽：乌黑浓密的长发披过肩头，用一束红绸布松散地扎着，刘海不长不短罩在白嫩的额头上，大而明亮的眼睛在红苹果的脸上显得格外美丽，红艳的双唇比涂了胭脂更艳，更自然。上身穿着一件红灯芯绒外套，下身穿一条绛色尼龙裤，脚穿一双红色平跟皮鞋，全身散发出一种自然美、气质美、庄重美。

12点过8分，土铳又连发三响，同时响起了噼噼啪啪的鞭炮声，这是请客人入席的讯号。客人把十几张饭桌坐得满满的。尹厚友把上亲带入专设的两桌贵宾席就座，并由志坚叔父、婶婶陪着。席上摆了红薯片和一小盘糖果以及谷酒。入席的客人有的寒暄，有的让座，热闹而嘈杂。

“各位客人，各位亲朋好友，今天是志坚先生和应贤女士新婚大喜的日子，首先让我们以铳声、鞭炮声、掌声热烈祝贺志坚先生、应贤女士喜结良缘，新婚快乐！”身穿一身蓝色中山装的尹厚友站在凳子上大声道。尹厚友话音刚落，铳声、鞭炮声夹着客人热烈的笑声响成一片，在小山村里回响。尹厚友继续道：“杜府贵客、各位亲朋、各位好友，现在让我们以热烈的掌声请嘉宾代表黄校长为志坚先生、应贤女士致新婚贺词。”尹厚友带头鼓掌，席间掌声四起，人们纷纷抬头望着黄校长，期待着这个新仪式。

黄校长穿着一身黑色中山装，笑容满面，缓步走到了临时用书桌做的讲台前，彬彬有礼地向各位客人抱拳致谢并致贺词：“杜府各位新贵客，志坚父母，伯父伯母、叔父叔母，舅父大人，各位亲朋好友，大家好！在这秋高气爽、丰收在望的美好季节里，志坚先生和应贤女士举行新婚庆典，正式步入新婚殿堂。首先让我们共同祝福志坚先生、应贤女士新婚快乐，幸福美满，百年好合！也请允许我代表二位新人以及黄府对各位来宾的光临表示感谢和热烈欢迎。

“志坚先生、应贤女士是郎才女貌的一对；志坚就读三中，勤奋好学，学业有成，夏家教书，深得好评，七百人大会发言，语惊四座。应贤年轻貌美，身材高挑，明眸皓齿，亭亭玉立。

“志坚先生、应贤女士又是真爱的一对；经人介绍，相识恨晚，黄府家贫，应贤毫不在意。志坚离职务农，意欲退婚，应贤责怪志坚，发出了我爱你、非爱你工作的肺腑之言。

“志坚先生、应贤女士还是树新风的一对：不收聘礼，不要馈赠，穿戴首饰，一概全免，步行自来，拒绝迎娶。

“志坚先生、应贤女士也是幸福的一对：相识相爱相依，能文能武能技，男有文化，女会缝纫，举案齐眉，夫唱妻和，幸福永远。

“志坚先生、应贤女士更是叫人羡慕的一对：志应二人，十分恩爱，如此真情，实属难得，人间能有几人？世上能有几对？不为钱，不为物，不嫌贫，凭志坚才智，终将前程无限美好；仰应贤聪慧，必定旺夫益子富家。最后让我们共祝志坚、应贤夫妇新婚幸福！早生贵子！幸福百年！”

致完辞，黄校长向席间客人鞠躬，笑着离开了临时讲台。

“好、好、好，有水平！”席间，众人停下杯盏，一边鼓掌，一边吆喝。黄校长的新婚祝词说得志坚、应贤不好意思起来，说得志坚父母、应贤父母脸上堆满了笑容。“恭喜您二老找了个好女婿哩！”志坚叔父对应贤父母道。

“是的哩，志坚这伢子我们全家都非常喜欢。”

“恭喜姐姐、姐夫找了一个美貌贤惠的好儿媳哩！”志坚二舅对外甥媳妇称赞有加。

“托你的福！我这个儿媳妇真不错，又贤惠又能干，还冇过门就服侍我嘞。”志坚母亲骄傲地回道。

主持人尹厚友走上台，向客人招手致意：“各位宾朋，刚才黄校长为志坚、应贤这对新婚夫妇作了热情洋溢的新婚祝词，实在而新颖。志坚新婚典礼上没有花鼓戏招待大家，很抱歉。黄府略备薄酒，没有佳肴，不成敬意，敬请各位嘉宾海涵。晚上在洞房举行传统的赞茶活动，到时请大家都来赞茶，闹洞房，看热闹。”

“好的，要得，晚上还有热闹看。”席间议论纷纷。

尹厚友说完领着志坚夫妇到席间敬酒。酒先从新贵客敬起，桌桌都敬了一遍。散席后，客人纷纷散去。志坚叔叔领着新贵客来到了新人房间喝茶。

“亲家、亲家母，你们今天不走，住两晚回去。”吃过酒席后，志坚母亲来到儿子儿媳新房，同亲家公、亲家母打招呼，感谢亲家体谅和理解，并留亲家公、亲家母多住几晚。

亲家公说：“我们现在就是一家人了，不要讲客气。你家客多，等一会儿我们都回去。”

吃过茶后，亲家、亲家母起身告辞。志坚拿着一袋糖果同应贤送岳父岳母及哥哥、嫂子、妹妹、弟弟回去，一直送到半里路外的范家坡。“真的太委屈你父母和兄妹，我们的结婚大事，住都冇住一晚，吃一餐饭就走了，心里真惭愧。丈夫有能妻有志，我这个穷光蛋，搞得你好冇面子！”志坚对新婚妻子道。

“你多想了，我父母从来不看重这些，我和我父母想法都是一样的，只要人选中了，其他什么都不重要。再说，我们这样热热闹闹结了婚，不也很好吗？”

晚上七点半左右，新婚夫妇房里挤满了人，有的是打喜的，有的是来看热闹的，有的是有备而来参与赞茶、闹洞房的。

湖南乡下有一个很有趣、很有意义的风俗。结婚三天不分大小，言语低俗一点也无妨。尤其是赞茶。当晚，由新婚夫妇用红漆茶盘端上糖水茶为打喜的人敬茶，意为甜甜蜜蜜。但是，你在喝上他们敬上来的茶之前，必须赞颂几句，要求适当押韵，顺口溜那种，多为奉承夸耀之词。不能赞茶的，就喝不上新婚夫妇敬的茶，只能在一边看热闹。

“现在开始赞茶，请新婚夫妇上茶。”尹厚友笑着宣布。

“好，我来赞一个。”丰长子第一个站出来赞茶。志坚、应贤笑嘻嘻地用双手抬着红漆茶盘，上面放了一杯加了糖的茶水，来到丰长子面前。丰长子眼睛紧紧盯着茶盘，双手叉腰，头朝两边摆动，不快不慢地赞道：“红漆茶盘四四方，浓浓糖茶喷喷香。男欢女爱缠绵意，聪明宝宝生一双。”赞完，丰长子双手端起红漆茶盘里的糖茶，笑嘻嘻地喝了起来。

“我来赞一个。”瘦高个子朱队长站起。志坚、应贤夫妇把茶盘抬到了朱队长面前，笑着望着朱队长。“皎洁月光照橱窗，红罗帐内戏鸳鸯。新人只恨夜间短，犹未尽欢又天光。”赞完，也从红茶盘中端起糖水茶喝。

“让我赞一个。”文质彬彬的黄校长抢着要赞茶。

志坚、应贤迅速地把茶盘抬到了黄校长跟前。

“红漆茶盘四四方，新婚夫妇站两旁。洞房里面演情戏，花板床上摆战场。鸳鸯池里来戏水，凤凰林中展翅膀。生个女儿上大学，生个男子保国防。”

赞完，应贤把茶双手端给黄校长：“黄校长，谢谢您，请喝茶。”

“我看你们太斯文了，结婚三天不分大小，莫那么文明，要黄色一点才有味。”喜欢开玩笑的国老倌大声说。

“是的，我们喜欢听黄色一点的。”有人附和着。

“好，我来赞，大家好好听着。”国老倌慢悠悠地赞起来，“床上一色新，夫妻喜盈盈。两头都有动，中间忙不赢。”

国老倌赞完后，大家笑得前仰后合。应贤不好意思地低着头，偷偷地笑。志坚红着脸也笑了起来……

“现在我宣布，赞茶到此结束，不能耽误新婚夫妇太多的美好时光。”快十一点钟的时候，尹厚友宣布。

“啊，走啦，让他们中间忙不赢去吧！”大家说笑着离开了。

志坚喜事是办了，爱人进门了。虽然办婚事省了又省，但一算账还是欠了一百多元。怎么办呀？他想来想去，想到了去麻林桥买猪仔回来喂。

说干就干，志坚把自家三十斤绿茶和在熟人家里赊来的一百多斤自留地里的绿茶，打成两个包，请叔叔给朋友写了一封信，要了地址。天刚刚亮，用土车子推着一百多斤茶叶，来到九十里外的麻林桥找到了叔叔的朋友，卖掉了茶叶。叔叔的朋友又将小猪仔卖了两只给志坚。第三天一大早，志坚告别叔叔朋友一家，高高兴兴地回到了家。

光阴似箭，志坚结婚半年了，他想让妻子回去休息几天。天刚蒙蒙亮，后山树林的鸟儿已经叽叽喳喳叫了两遍。志坚翻过身来，揉了揉眼睛，准备起床了，这时睡在身旁的妻子也醒来了，用白藕一般的手臂揽着丈夫的腰，娇滴滴道：“你再睡一会儿好吗？”志坚侧过身来，也用一只手揽着妻子白白胖胖的肩膀：“咱们结婚已半年了，你回家去住半个月吧。结婚后，你还冇休息过。”

“不，我不回娘屋里住，我在代销店买了点小礼物，吃了晚饭，我同你去看我父母。”

吃了晚饭，洗了澡，志坚和应贤提着一个装有纸包的网袋，打着手电往应贤娘家去。应贤穿着结婚时穿的那身衣服，一只手挽着志坚的臂弯，一边说话一边走：“志坚，你听我说，你不要怕累了我啰，做是做惯的，懒也是懒惯的。兴家犹如针挑土，败家犹如水推沙。趁我们还年轻，冇负担，多挣点工分，增加一点收入，多喂两头猪，我再做做缝纫，把我们家红红火火搞起来，比什么都强。”

“错倒冇错，只是你太累了，结婚一个星期就到队里出工，大别屋十几对新婚夫妇谁都没有像你这样冇休息过哩，有的半年都冇做事哩！”

“我们不学他们的样，我们要趁年轻，奔我们的家。”

不知是志坚被妻子这一席话感动，还是什么原因，只见他突然停住脚，把手电和网袋朝路边一放，双手抱起妻子，转了两个圈。志坚这个突如其来的动作逗得应贤哈哈大笑。

志坚暗暗庆幸，在人生低谷的时候，有一位这样的好妻子理解和支持。自结婚以来，他越来越喜欢聪慧、能干、漂亮的妻子了，每当他从生产队劳累一天回来，晚上在简陋的新房里接受应贤亲密而缠绵的抚爱时，更是感到了无限的温暖和甜蜜。志坚开始新的较为平静的小家庭生活不到几年，痛苦和打击接踵而来。

第八章

志坚弟弟已经相了亲，只等择日成亲，但没有房子结婚。

此事愁坏了志坚父母，总不能到外面租房子给二儿子结婚吧！也不能逼着大儿子一家搬走吧！半年来，父母的头发明显白了很多，天天愁眉苦脸。

“志坚，我同你商量一个事啰。”吃晚饭的时候，妻子说。

“么哩事？你说。”

“娘同爸爸商量老弟黄仁结婚的事，我听见了。女方催老弟结婚，家里冇房子，黄仁冇地方结婚，娘和爸爸急得不得了哩！我们婚也结了，孩子也生了，我们找个地方去住，腾出房子给老弟结婚！”

“正好，我也准备同你商量这个事，看来我们想到一块去了，难得你这么大度，能为父母和老弟着想。黄仁要结婚了，冇得地方结，我们搬出去是对的，不能让父母为难。只是我们搬到哪里去住呢？生产队哪家有空房子呢？”

“到附近找一找，看有没有合适的地方，条件差一点也无妨。”

第二天晚上，志坚对父母说：“老弟要结婚了，没有地方结，我同应贤商量好了，找个地方搬出去住，把房子给老弟结婚！”

“这、这不好吧！”陶富娥听儿子这么说，既打心里高兴，又觉得太为难儿子儿媳。

“女方催得紧，也只好如此了。”父亲放下旱烟斗道。

“那你们搬到哪里去呢？”娘问。

“我出去找找看。”

两天来，志坚找了几处地方，都没有合适的房子，只在本生产队牛屎塘有一处没人住的房子，房东搬到圩子里去了，房子很偏僻，多年失修，又漏雨，又烂门烂窗的。邻居是一个五保户，住在一间茅草房内。

志坚带着妻子看了看：“好是不好，冇得办法，修缮一下住一段时间再说吧。”志坚征得房东的同意，请砌匠师傅和木匠把房子修理了一下，还做了一个猪栏。父亲帮儿子砌了一个灶。母亲收拾了一些碗筷等日常生活用品。择了日期，志坚一家便搬到了“新家”牛屎塘。

面对这个新家，志坚一脸的无奈，晚上，他对妻子说：“我真倒霉，书也没教了，连住的地方也没有，借住在这个山窝窝的鬼坡。”

“人生起起落落是常态，没有谁是一帆风顺的。我们还年轻，路还长着呢，你莫往心里去，住在这里只是暂时的。”

傍晚，估计儿媳妇收工了，陶富娥用布袋装了一包干菜、几个鸡蛋，抱着孙子送到牛屎塘，见门上还是一把锁，把孙子放下：“奇奇，听话，自己玩，妈妈就会回来。”还不会说话的孙子点了点头。正好这时儿媳妇背着锄头回来了：“娘，我来开门，您进来坐坐。”

“我不坐，要回去煮饭，这是一点菜和蛋，收下。”

“您慢走。”杜应贤抱起儿子，目送娘回去了。想到儿子儿媳住在冷清清的山坡，孙子连一个玩伴也没有，陶富娥一路哽咽。

搬到新家，凑合着住了下来。但是一切得从头开始，首先要解决煮饭的柴火问题。搬家不久，一夜大北风，足有七八级，吹了一整夜。天刚蒙蒙亮，志坚穿衣起床。应贤一手拦住他：“这么早，吓死人的风，你要去干什么呀？”

“我去扒柴，一夜大风，山里肯定落了一层树叶了。”

“你睡一会儿再去呀！”

“再迟一点去，会被人家扒走的，家里没一点柴火了，总不能吃生饭呀。”

“那我也同去。”

“你不要去，孩子冇人看。”

“冇事，芳奇还在睡。”

志坚挑起一担竹篮，两人来到桐子坡。果然风吹落了厚厚的一层树叶，背风处还堆起了一垛垛。不用扒，可以直接往竹篮里装。山里还没有一个人来扒柴。夫妻俩迅速装满了两大竹篮树叶，志坚把这一担树叶飞也似的送到家。应贤继续扒着。天大亮时，燕老倌来了。“你们两口子，晚上冇睡觉呀，扒了一担回去，又来了。”燕老倌玩笑道。

“灶里冇得烧啊！等会又要出早工，只好早点来。”志坚笑着回燕爹。

志坚送回去一担树叶，挑着竹篮又来了，一边走，一边哼着顺口溜："志士真有志，扒柴煮饭吃。天刚蒙蒙亮，荷篮山中去。"哼完自己笑了起来。

志坚急急忙忙装满一担干树叶，夫妻俩便回去了。他还要到生产队出早工，迟到了，要扣工分的。志坚收工回家吃饭，一进屋，见岳母娘送来一袋米，岳母娘还从米袋内掏出一包用纸包着的东西。他知道是岳母娘送猪油来了。

岳母娘心疼二女儿刚分家，太穷了，经常送一些吃的过来。岳母家人多，其实也不富裕，怕儿媳妇们看见，只能偷偷地把猪油夹在米里——要知道那时的猪油和金子一样贵重。志坚看在眼里，无地自容，心如刀割一般——我堂堂男子汉，还要岳母娘送米送油，多没面子啊！他恨不得有地缝，自己钻进去！志坚连忙招呼岳母："您老来了，又送东西过来，何里要得啰！"

"一点点米，我来看看你们，顺便带的。"岳母娘说得很轻松，志坚的心情却非常沉重。

怎样才能解决目前的困难呢？志坚想到了喂猪，这是目前政策所允许的家庭副业。

十一月初九，志坚一早去县城东门口生猪交易市场买猪回来喂。下午三点钟，他把刚买来的一头白猪赶到了地坪。

"志坚，恭喜你，你又做父亲了。"五保户伍嫔驰见志坚回来，站在地坪大声报喜。

"啊，真的呀！"志坚笑着大步朝屋里走去。妻子第二胎生了个女儿。志坚来到床前，笑嘻嘻弯着腰看着刚出生的女儿。"我的女儿好乖啊，头发又密又黑哩，眼睛大大的，好像娘啊。"志坚自言自语。

"你快去叫我娘来帮几天忙啰，你娘要带芳奇。"躺在床上的妻子吩咐丈夫。

"我把猪关好，马上去。"

儿子叫芳奇。志坚为女儿取名芳雅。芳雅满月了，朱队长上门对志坚、应贤夫妇说："生产队里有规定，妇女生了孩子的只有一个月产假，满一个月后都要到生产队出工，不出工是要挨罚的。""好，我安排一下我女儿，明天就出工。"

孩子谁来看管哩？想来想去，只好叫自己娘白天照看女儿。女儿五个月大了，自己娘家里有事，不能再带女儿了。女儿交给谁带呢？应贤想到了邻居伍娭毑。应贤来到茅屋，站在门外说：“伍娭毑，我要到队里去出工，雅雅放在摇篮里，我不关门，拜托你照看一下好吗？”

“好，你放心去啰，我会照看好的。”伍娭毑满口答应。就这样，每当志坚夫妇出工，小女儿就由伍娭毑照看。

又过了一个月，到了插田的时候，生产队劳动力紧张，谁也不准请假，五娭毑走亲戚去了。应贤只好将女儿喂了奶放在摇篮里，将摇篮靠着桌子放着。自己到生产队插田去了。

中午十一点，应贤插田回来煮中饭，开门洗了手，准备给女儿喂奶，来到卧室时，只见女儿的摇篮翻倒在地：“啊呀，不好了！”应贤大声尖叫，慌忙把摇篮扶正，幸亏女儿还睡着没醒。屋角落一只白猪在拱房角地面的泥巴，见人来了，跳过门槛跑回猪圈。

应贤忍不住号啕大哭：“我的崽呀，好险哩！菩萨保佑！你命大啊！差点被猪吃掉了！”又反复看了看女儿的头、女儿的手、女儿的脚、女儿的全身，都没有受伤。她才放心地喂了奶。奶汁喂进女儿嘴里，眼泪滴到女儿脸上，头发上。喂完了奶，又把女儿重新放回到摇篮，拿根竹棍跑到猪栏边把猪狠狠地打了一顿，打得白猪团团转。一边打，一边骂：“打死你这畜生！打死你这畜生！”

中午12点，志坚收工回家，听妻子哭诉女儿差点被猪吃了一事后便把斗笠一丢，跑到摇篮边，抱起女儿亲了又亲，眼泪像断了线的珠子滴落在女儿的花衣服上。小女儿一双白嫩的小腿在志坚大腿上一下一下蹦着，眨巴着双眼，对父亲露出甜甜的微笑。他又重新把女儿安放在摇篮里，一屁股坐在摇篮边的木椅上，双手不停地在自己胸口上捶打，自言自语：“我还是人吗？！我还是个男人吗？！我还配做父亲吗？！”

吃过饭，志坚一句话也没说，拿把木椅子坐在泥巴地的走廊上，被太阳晒黑了的双手捧着脸，低着头，痛苦地想着：女儿今天幸运地躲过了一劫，明天嘞？后天嘞？让妻子在家带她吗？且不说家里减少了收入，生产队也决不会批准呀！放在老家去，给奶奶带吗？不可能呀，快60岁的老人了，身边已带了芳奇，况且还有一堆的家务事要她做。请人带吗？请得起吗？自己曾发誓让子女过上美好的生活，如今，连他们的安全成长也没有保障，你有什么资格为人父啊！他心如刀绞，一拳一拳捶打在自己的胸脯上，泪流满面。

怎么办！怎么办！怎么办！他在心里问自己。

应贤从来没有见过丈夫如此伤心。这几年，丈夫一直不顺，当农民，寄人篱下，女儿又差点出事！丈夫一拳一拳打在身上，却痛在她的心上。她决不能让他这样痛苦下去！于是她拿把木椅子坐在志坚身边，劝道："志坚，你万不可这么自责，我们困难到这种地步，已经苦到了尽头，说不定不久就会有转机的。人生难免经受挫折，雨过天晴总会有阳光。我们一定要挺住，咬咬牙一定能挺过去！尤其是你不能太伤心，太自责了。过于伤心，会影响身体。你哭一次，我就要难过几天。你是我的天，只要你健健康康，我们全家就有希望。不受世间苦，难为人上人。俗话说，先苦后甜，可能我们也会是这种命运吧！"

妻子越是开导他，他越是心痛，自己受苦受累，妻子也跟着他受苦，没有享过一天福，甚至没有轻松过过一天。他深深地叹了一口气，紧握着拳头在椅子上狠狠地敲了几下，对妻子道："你放心，这点点苦难和挫折对我黄志坚来说不算什么，我有强大的抗打击能力，就是再大的困难和挫折，我都能承受得了。我就不相信这就是我一辈子的生活！作为一个父亲，不但有责任让孩子们吃好穿暖，还要让孩子们感到保护他们成长的父亲是个强者，并为有这样的父亲感到自豪。绝不能让儿女们像我一样在愁吃愁穿的父母身边长大，也绝不能让他们像我一样在穷山沟里不断挣扎。而应该让他们骄傲地成为拿工资的城里人，让我的大学梦、文学梦、志士梦见鬼去吧！我只剩下让子女平安成长的梦想了。"

"我相信你，但雅雅的事你再莫伤心了，你一伤心，我就忍不住要哭。我们的女儿命大，不会有事的，最要紧的是我们看如何想办法防止再出现这号事。"

"是的，如何是好啊？除非你不出工，在家里带她。"

"那怎么行呢！生产队不会同意，我们也要挣工分呀，家里这么穷。"

"还好吧？还好吧？"不知听谁说的，陶富娥知道了孙女被猪拱翻在地，惊慌地赶来。见娘来了，应贤又一次号啕起来："娘吔，你的孙女命大呢，差点被猪吃掉了！何得了啰！你的孙女何得大啰！"

"作孽啊！我的乖孙好险喽！祖宗菩萨坐得高咧！"陶富娥流着泪抱起孙女，对儿媳妇说："从明天起早上把雅雅送过来我带她，晚上你们再接回来。"

“您已带了黄芳奇，再带一个怎么带得了呀？”

“你别管，我有办法。”

“也好，只能辛苦娘了。”志坚深深感到母爱是最伟大的，总是在你遇到风雨时悄然而至，给你伤痕累累的心以慰藉和力量。从此，女儿天天送到老家交给娘带着。

志坚在牛屎塘住下来以后，什么地方也没有去过。天天到生产队里出工，什么重活、累活、脏活他都干，只要能多挣工分。因为他已是两个孩子的父亲了。他要用自己的苦干来改变生活的困局。

志坚戴着竹斗笠，打着赤脚，荷着耙头，卷起裤腿，跟着队里男劳动力去稻田里翻凼——曾几何时，风风光光的教书先生一下子变成了一个普通的农民。

“你这白脚杆子，卷起裤子，马上会变成泥腿子、黑腿子，好可惜呀！”同去翻凼的细毛矮子不无挖苦地对志坚说。

“你晓得个屁，从前当老师，现在当农民，这就叫能文能武，文武双全。”黄新建也跟着挖苦。

“我看呀，志先生不像个当农民的样子。你们不要气他。他是龙困浅滩、虎落平阳，他有文化，有头脑，说不定过一两年他会脱掉这身‘农袍’的。”燕爹在后面大声说。走在后面的顺哥听到有人挖苦志坚，知道他过去当老师，现在当农民，心情肯定不好，于是开导他：“志坚，告诉你，人呀，都是命，人乖不如命乖，命来只有八合米，走遍天下不满升。小伙子，认命吧！”

他们说的话，志坚全都听到了。但他装着没有听到。事到头来不自由，生活把他逼到了这条土路上。又到了插早稻的季节了。春插日子夏插时，一天也耽误不得，可是老天不帮忙，天天下雨。“今天雨还不算大，正劳动力都要去朱家垅担粪。”朱队长一早来到各家各户排工。农民兄弟只怨老天爷不开眼，专与农民作对，倒不埋怨队长急促的哨声，纷纷戴着斗笠、穿上蓑衣、挑着粪桶出发了。

志坚也加入了这支担粪的队伍。他戴着斗笠、卷起裤子、打着赤脚，挑着一百多斤重的粪水走在最前头。因为他是生产队最年轻的壮劳动力之一，不好意思挨在年纪大的人后面，怕人家说他偷懒。田埂路又窄又滑，担子又重，志坚十个脚趾牢牢地扎在滑溜滑溜的田埂上，小心翼翼地一步一步往前走，大约七八分钟才把一担粪送到田里。他把粪桶放好，拿起一个粪瓢把粪一瓢一瓢地泼在稻田里。就这样一担一担地挑，一担一担地泼。由于没有注意防备，在上风头的不远处，细毛矮子向自己站的方向泼粪，一些粪水随着风溅到了自己的嘴里、鼻子里，满口的恶臭。志坚连忙大口大口地把有粪臭的口水往外吐。但还是感到十分恶心。他便跑到不远处坝头里，用手捧了十几捧清水漱口，口里粪臭才没有了。

“小伙子哩，屎臭三分香，哪个作田的人不吃几口粪水子啰！冇这样的好事啊。”燕爹安慰他。

休息时，志坚疲惫地坐在扁担上歇息。眉头紧锁，眼睛微闭，牙齿咬着嘴唇。这时他想：三里外的学校，黄校长正带着学生朗读课文，而我却在这臭气熏天的稻田里，踩着齐小腿深的烂泥巴，为一天挣几个工分受苦受累，心里顿时翻起了一股比粪水更难受的苦涩味道。“我还有出头之日吗？我的志士梦在哪里？”理想归理想，严峻的现实把他赶上了这条风雨交加的农村田埂小路上，他不得不承认，他很可能就这样开始他极不情愿的“新生活”。

社员们都把扁担搁在土坎上当凳子，坐下来休息，黄才育昨天刚从大哥工作的锰矿回来，带回了纸烟，他客气地说：“大家抽烟，这是我从锰矿带来的纸烟。”

“那何里要得嘞！抽你的纸烟。”不知谁说。

“那有什么，烟酒不分家嘛！”

“你出了远门，讲讲外面的世事我们听听啰。”燕爹提议。黄才育的哥哥在锰矿当工人，是他和全家引以为傲的事情。他见有人提议他介绍锰矿的情形，便眉飞色舞地讲了起来：“锰矿好大，二十几里都是矿区，两千多职工，大食堂好几个。矿区里有学校、幼儿园、电影院，光职工宿舍就有三十几排。双人铺，每间房住八个人。吃饭凭饭票，一荤三素，四两米一餐。职工都是穿一色的蓝卡其布工作服，统一的工作鞋、工作帽。八小时工作制，三班倒，一个月有四天假。拿固定工资。”

“那职工爱人去了，八个工人一间房怎么睡觉呢？”年轻的细毛矮子问他，大家都笑了起来。

“这我就冇问过，大概是由工会安排住招待所吧？”

“还是当工人好，当工人比当农民好，退休了还有退休金，一辈子衣食无忧。”有人感叹道。

“这就是三大差别，工人农民的差别，我们农民又苦又累，有时候还吃不饱。”不知谁在说。

“吃不饱，有问题，像黄志坚一样吃几口粪水就饱了。”细毛矮子拿志坚开玩笑。

农民们在一起劳动的时候，都有开玩笑的习惯。志坚听了细毛矮子带讽刺的话，也无心去理会。收工后志坚立即到老屋接女儿。一进门见娘在灶台上炒菜，一只脚踩着摇篮，口里不停地念叨着：“我哩咯乖孙嘞，你命大嘞！差点被猪吃了嘞！祖宗菩萨坐得高嘞！黄家祖祖辈辈做了好事嘞！你要是被猪吃了嘞，你父母、你爷爷奶奶会伤心一辈子嘞！我哩咯乖孙嘞，你快快长大啰！”

见娘一边炒菜一边脚踩女儿摇篮，他心发酸，眼泪忍不住流了出来，忙抬起右手衣袖擦着眼泪：“娘，辛苦您老了，我来接芳雅来了。”

“你来接，好，芳雅好听话。”

志坚抱起女儿，轻轻亲了一口，抱着她回家去了。

对于已安下心来当农民的丈夫，应贤虽然感到惋惜和无奈，但觉得也只能如此了。一天，她拿着志坚换下来的印有“志士”二字的汗衫问志坚：“这两件汗衫太旧了，丢掉算了吧！再去买两件新的。”志坚听了，立即制止道：“嗯，那不行！这是用钱买不到的金子衣服嘞！它是我前进路上的发动机！你不仅不能丢掉，还要把它洗净晒干，锁在那个小木箱子里，还要放粒卫生丸，好好保管，防虫子咬烂了，留作纪念！”“好，好，好，我把它当宝贝收拾。”

虽然深深知道自己无法离开小山冲，但在志坚的心里做一名“志士”的火苗仍然没有熄灭。他竭力提醒自己不要丧失远大理想，虽然进不了大学门，也无法进入公家门，但决不能成为一个普普通通的农民，就是当农民，也要当一个不一般的农民，或者把当农民当作自己腾飞的起点或是实现“志士”梦的支点，重新出发。

第九章

俗话说，春来一日，水热三分。立春半个月了，多日春风春雨，唤醒了沉睡的大地，青青的小草抢先破土而出，摇曳着浅浅的嫩嫩的身姿，人们在路边、在山野、在房前屋后，到处都可以看到这生命力顽强的小草。

为了增强师资力量，明月小学黄校长请求党支部同意把黄志坚聘请来学校教书。党支部同意了黄校长的请求。

“老同学，老同学，在家吗？”戴近视眼镜的黄校长来到志坚家，大声喊道。

“啊，黄校长来了，快请坐。”应贤见黄校长来了，连忙打招呼。

黄校长问道：“应姑娘，志坚呢？”

“志坚出早工去了，马上就会回来，您找他有事吗？”

“志坚是一位好老师，学校正需要他这样的好老师。支部同意志坚去教书，我是来请他的，你一定要支持啊！”

“啊，那要得，那要得，这样的好事，我肯定支持，他去教书，我就心安了。他在生产队出工，实在太累了，上次挖田还中了暑哩！那就先谢谢您了。”

不一会儿，志坚背着锄头，打着赤脚回来了。进门看见黄校长来了，笑嘻嘻地打招呼：“咯是么哩风把校长大人吹来了呀！”

“我是来请诸葛出山的呢！”“这里没有诸葛呀，只有农夫一个。”等志坚坐下后，黄校长把学校需要好教师，自己推荐了他、党支部同意的事一一告诉了他，并说：“今天我是诚心诚意来请你去教书的，希望你拿出当年在夏家小学教书的劲头出来，把我们明月小学办得更好。”

志坚深知，黄校长既是自己的好同学，又是好朋友。照理说，他来请，应该毫不犹豫地答应，同时还应当感谢他才是。可是每当一提起教书的事，自己就想起那一幕——那是他永世不能忘记的人生最最悲惨的一幕，就是好朋友生气，也必须拒绝。志坚笑了笑，对黄校长道：“老同学，你来请，照理说，我应当去，但我发过誓，再不当老师了，对不起，不好意思，请你原谅，你另请高明吧！”

“那你就太看我不起了，太不给面子了！”黄校长明显地说着气话。

“并不是不给你面子，你来请，我应无条件去帮你，只因为那帮家伙伤我的自尊心太深了。倒是有个好人选，比我强多了，你去请她啰。”志坚解释说。

“谁？”“刘嫦嫦，老同学呀，这个知青值得我们深深同情嘞！我对她的情况比较了解。她是长沙市人，家庭出身不好，她是以投亲靠友的名义来到我们大队的。她家邻居是我们大队高福田的老表，高福田到他老表家去走亲戚时谈起了知青下放的事，刘家不想年幼的满女下放到湘南和湘西去，便拜托高福田老表从中撮合，看能不能以投亲靠友的名义下放到高福田这边来。高福田见这小女孩人乖，也长得不错，自己二十好几了，还没找对象，便动起了歪主意，一口答应了下来。刘家自然高兴，当即办好了手续，让这个叫刘嫦嫦的满女儿同高福田来到了高福田家。当时高福田与生产队和大队打接收函时说的是为自己找对象，对这件好事生产队自然满口答应。而刘嫦嫦对此却一点也不知情。刘嫦嫦来到高福田家以后，生产队男男女女纷纷来看高福田这个长沙城里的‘对象’，有的人还当着刘嫦嫦的面说‘福田伢子真有福气，找了一个又年轻又漂亮的城里知青做堂客’，说得刘嫦嫦既尴尬，又紧张。更气人的是高福田妹妹，嫂嫂前嫂嫂后叫个不停，这叫刘嫦嫦在高福田家一时也待不下去了。刘嫦嫦是一个有志向的知青，不愿意长期待在农村。于是下决心要离开高福田家，大着胆子跑到大队会计黄胜家哭诉自己的‘遭遇’。黄胜将此事在大队支委会上提出来讨论，大家觉得高福田这种做法不对，有骗婚之嫌，便做好了黄胜所在生产队的工作，把刘嫦嫦安置到黄胜生产队来。其他问题倒没什么，最大的问题是没有地方住。黄胜只好将自家一间不到三十平方米的偏房腾出来给刘嫦嫦住。第二天刘嫦嫦吃过早饭，收起自己的衣服和物品装在大皮箱里，向高福田父母道了谢，准备离开。高福田全家见刘嫦嫦要搬走，感到很突然和惋惜，他娘急忙按住刘嫦嫦的皮箱说：‘小刘，你不能走，我们哪里对你不好？你只管说就是的。’高福田也走拢来对小刘说：‘小刘，你不要急着走，还有住得两个月，要走也要等到过了年再走啊。’高福田的妹妹见刘嫦嫦还是坚持要走，突然从母亲手里将刘嫦嫦的皮箱夺过去，拖到后房里倒锁着。刘嫦嫦叫她开门，她不肯开。刘嫦嫦一气之下，什么也没带，只身去黄胜家里了。第二天，黄胜从高福田家里拿回了刘嫦嫦的皮箱，还批评了高福田全家人。刘嫦嫦就这样住进了黄胜家那间小屋里。屋场里好心人这个送来两把椅子，那个送来一些碗筷，黄胜娘又拿出一个铁锅、饭盆和一个吃饭的小桌子。队长又安排人为小刘砌了个泥砖单灶，搭了一个简易厕所，刘嫦嫦就这样在她的'新家'安顿了下来。虽然煮饭、吃饭、睡觉都挤在一间小屋里，她心里却十分安心和高兴。我同杜应贤去看她时，她流着眼泪偷偷对我们说：'搭帮黄胜，我才有了个安身之所哩！'"

志坚喝了几口茶，继续说："老同学呀，当时我听了刘嫦嫦的遭遇，如鲠在喉！像这样有志气的知青，这样一个举目无亲的知青，这样一个被骗来的知青，又是一个女孩子，值得我们同情、关心哩！将心比心，如果是我们自己十几岁的女儿，一个人住在偏远山村，自己煮饭吃，自己砍柴烧，自己种菜，还要天天到生产队铜锤一下、铁锤一下，泥里一脚、水里一脚干农活，心都会痛死嘞！我建议你优先安排她去学校教书啰！小刘歌也唱得好，拼音也精通，让她来教书既可教语文、数学，还可教音乐。刘嫦嫦这样的处境，看来只有你才能帮她一把。谢谢你对我的关心。"

"我只知道刘嫦嫦投亲靠友来到高福田家这么回事，详细情况不是很了解。刚才听你说，我会考虑请她来教书的。"

"志坚喽，我看你教书好，你天天到生产队出工，累成那个样子，我心里难受。黄校长真心诚意请你，你就答应去吧！么哩发誓不发誓，过去了的事。"妻子看见丈夫依然没答应，心里着急，在一旁劝着。

"我还是不能答应你，真对不起老同学。"志坚没有听妻子劝说，再一次拒绝了黄校长的邀请。

"我希望你再考虑一下，我会再次来请你的。"说完黄校长起身准备回去。志坚见老同学生气了，立即站了起来，拖住黄校长手说："老同学，你吃了早饭回去，莫嫌弃。"

"下次再来吧！"黄校长闷闷不乐地走了。

"人家大老远上门来请你，你一点面子也不给人家。人家看得起你才来呢！脾气还是那么犟！你教书，假多，也能帮帮我，又能多管管孩子。你看人家当老师，戴眼镜，穿白衬衣，皮凉鞋，戴手表，多斯文呀。而你呢，赤脚，斗篷，扁担，补丁衣，叫花子一样。你去教书自己也轻松一点，多好呀！赌什么气啰！”黄老师走后，应贤带气责备丈夫。

“你不知道一个人的自尊心受了侮辱是什么滋味！”

“你是想把我累死是不是？你天天出工，一天假也没有，我又要做家务，带孩子，又要出工，你却不能帮我，你去当老师一个星期有天半假，暑假寒假又多，可以帮我做很多事，还可以有时间管教孩子，多好啊！你口口声声爱我，爱我个鬼，从不体谅我！都是假的！”说着说着竟情不自禁地哭了，眼泪在红苹果的脸上流淌。她是想重重地说丈夫一顿，看看能否让他转变态度。

听了妻子一席在理的话，志坚无言以对，内心受到了不小的震动——妻子确实跟着他受太多的苦了。可是，要他再次去教书当老师，他的思想仍然转不过弯来。于是解释道：“你不知道，一个男人，无缘无故被人当众抓着跪在地下，使劲按着头，换谁能受得了？我与他们无冤无仇，在全县教师大会上发个言，申诉旧社会的苦难有错吗？而且是工作队安排的。遣送他们回老家，也是工作队安排的，与我无半点关系。你知道吗，一个人的人格比什么都重要！”

“人格，人格，只晓得讲人格，借人家破房子住，女儿差点被猪吃了，你觉得有人格吗？”应贤戳到了志坚的痛处，他怎受得了：“不去就不去，我自己的路自己走，我宁愿去讨饭，宁愿去死，也不去教书。要去，你去！”志坚朝杜应贤大声吼着，把饭碗朝桌子中间一推，筷子一丢，进睡房去了。志坚这一吼，吓坏了应贤，这是她第一次看见丈夫发这么大的火。她深深叹了一口气。

收工后，应贤去接女儿。“娘，我来抱雅雅了。”从摇篮里把雅雅抱在手上，女儿望着娘笑。应贤一边喂奶，一边对娘道：“您带着两个孙子，您老太累了哩，昨天黄校长来请志坚去教书，他没答应。我看教书好，他也合适教书，娘，你劝一劝他啰，黄校长说还会再来请他，他不听我劝。”

“这家伙就是犟，下次我来劝他。”

半个月后，黄校长第二次请志坚来了，在娘和妻子的再三劝说下，志坚答应教一年。

“要得，要得。”黄校长听了，心里高兴极了，虽然志坚只同意教一年，到时再说吧。黄校长在志坚家里吃了晚饭后，愉快地回学校去了。

改变困难的小机会来了，一天晚上，志坚叔叔来到父母家，正好志坚也在，叔叔说："三哥、三婶，志伢，我把徐成春屋买下了，准备搬到王冲去。我现在的房与你们的房共墙连壁，我准备只将屋面上的檩子和瓦撤走，墙、门和窗户都不撤，作点价卖给你们，你们只要在墙上安上屋檩子，盖上瓦，就能让志伢子搬回来住，再莫让志伢子一家住在那个牛屎塘鬼坡里。你们看要得不？"

志坚父亲高兴道："那还不好！这是好事啦！谢谢你的好心！是的哩，我哩志坚住在牛屎塘那个鬼地方，我们天天不放心哩！"

"太好了，谢谢叔叔！"面对这突然来到的好消息，志坚连忙感谢。

"谢什么哩，只怪得我们家也困难，我们搬到王冲去也要加两间房，没有瓦和屋檩子，不然的话不会把屋面撤走的。"

志坚花了一百七十块钱把叔叔旧房买了过来。又买来了屋檩子和瓦条请泥工师傅安放好了。但瓦却还没有着落，也没有钱买。正在志坚着急之时，尹厚友来了，拿着毛巾一边擦汗一边对志坚道："老同学，我晓得你买了你叔叔没有瓦的旧房子，正需要瓦盖，你一时又冇得，正好我家里有六千多片瓦，现在我搞几个土车子送来了，停在外面坪里，你叫人来搬一下啰。"

志坚一下子愣住了：自己房子没瓦盖，正苦恼着，天一下雨，可不得了，都是土砖墙，雨一淋就会垮掉。这时老同学送来了六千多片瓦，天底下有几个这么好的朋友啊！他连忙感谢："哎呀，你真帮了天大的忙哩！也太及时了，人家雪中送炭，你是雨前送瓦哩！我真领了你的盛情，万分感谢你，过半年我再买来还你。"说这话时，志坚眼角上闪着泪花。

"不要紧，我不急用。"老尹笑着道。

老尹为志坚送来了瓦，被深深感动了的志坚老半天还在想：是亲不是亲，非亲却是亲。在人生最困难的时候出现的朋友才是真朋友！这哪里是瓦呀，分明是比金子还贵的情谊啊！济人需济急时无，危难之时见真情。在自己最困难的时候，在自己人生处于低谷的时候，在自己最需要遮风挡雨的时候，他送来了这么多瓦，足足可以把两间房全部盖好。在这严酷的环境中，竟然还有朋友这样体贴关怀。天底下能有一位这么好的知心朋友，足矣！有朝一日，一定要加倍感谢他。

由于尹厚友及时送来了几车瓦，几天后，叔叔卖给志坚的两间房盖好了。趁生产队放假，志坚同父亲、老弟黄仁、尹厚友几人把牛屎塘的一些锅盆碗筷、衣柜床铺、生猪鸡鸭、米面油盐等七七八八、坛坛罐罐都搬到了新房子里。应贤和母亲在厨房里忙前忙后，精心准备了一桌饭菜，庆祝一家子搬回了老家。

饭桌上，陶富娥布满皱纹的脸堆着笑，对尹厚友道："谢谢你帮忙，送来了这么多瓦，让我哩志伢子搬回了老屋，现在我睡觉也安心了。过去住在那个鸟不生蛋的牛屎塘，我冇睡过一个安稳觉嘞！""小事一桩，应该的。"

陶富娥又对儿子道："志伢子，厚友这么关心你，亲兄弟都难做到。这样的真朋友，值得你一辈子珍惜！""娘，你放心，我会的。"

丈夫终于同意去教书了，应贤那高兴劲自不必说。每当丈夫在生产队挖土、挑土、担粪，踩打稻机，干这些重活累活，她就泪从心落。现在终于告别了锄头扁担，拿起了粉笔，她在心里暗下决心，一定要让丈夫安心教书，当一辈子老师。她瞒着丈夫扯了一匹上等青卡其布料子，为他做了一身中山装。今天他第一次去学校上课，一定要穿上它。"志，到房里来一下啰。我同你做了一套新中山，今天去学校，穿上它。"吃早饭前，应贤在睡房里叫丈夫。

志坚一边穿衣，一边说："家里还这么困难，又做什么衣服啰。"

"我杜应贤的老公就是要穿得像个样，要让人家都羡慕我老公，羡慕我们的黄老师。"志坚被妻子说得抿着嘴巴笑。

志坚是个急性子，早早吃过早饭，便去学校。应贤抱起女儿送丈夫，阳光正升起来。应贤道："好好安心教书，可以再不同黄太阳打交道了。"

志坚来到学校时，还没有来一个老师，也没有来一个学生。他从校外走进校内，从礼堂走到教室，从办公室走进厕所，从墙上望到地下，叹道："这是学校吗？"墙上到处贴了"批林批孔，反击右倾翻案风"等标语，原本白色的墙上长了一层黑霉斑；教室里除正面墙上贴着一张毛主席画像外，没有任何布置；也没有一件完整的课桌课椅；还有两个教室用泥砖搭一块木板当课桌，椅子是学生自带的木凳子；黑板的油漆大都已斑驳——这是老师给学生传播知识最重要的工具呀，用这样的黑板写字，学生能看清吗？哎，比夏家小学好不了多少！难道真的一点办法也没有吗？难道不能想办法改变一下吗？办法总比困难多！办法总是人想出来的啊！

"黄志坚，你真早！"黄校长见志坚比自己早到，连忙说。

老同学见面，说话很随便。黄校长取下眼镜用小手帕擦着，说："老同学，明月小学工作没有搞好，我要负主要责任。但是困难很多呢，一个是我没有好帮手。二个是师资力量不齐，有些老师责任心不强。三个也是最主要的，是没有钱。刚才你看到的，土砖加木板当课桌，你不知道呢，有一次土砖头还砸伤了学生的脚，家长来学校找麻烦哩！”

“啊，原来是这样。”听了黄校长的介绍，志坚眉头紧锁。

“我知道你是个有主见，有责任心的人，我决定由你来当教导主任，教学、内务都归你来管，按你的提议，上周我把知青小刘也请来当老师了，今天也会来。”

志坚不能答应黄校长，怕搞不好，逗人笑话，搞好了，又脱不了身，还会继续干下去，这是他所不愿意的。于是说：“教导主任我就不当了，你另选别人吧！谢谢你。”

“我支持你，你大胆干就是，你是个有办法的人，当年夏家小学那么困难，你一个人还搞得那么好。明月小学更能搞好。”

“我还是不能答应你长期教书哇，你要有思想准备！教导主任你最好还是另选高明吧。”

“那你就不够朋友了！”由于用人心切，黄校长说了一句重话。黄校长这句重话击中了志坚的要害，他只能改变主意：“你这么说，那我就试试吧。”志坚违心地答应了。

“这就对了，那我就放心了。”

两人又交换了具体工作意见，谈得很投机。

星期一周务会上，黄校长郑重地向全体老师宣布：“我决定任命志坚老师为明月小学教导主任，我不再兼任教导主任一职。志坚从今天起走马上任，希望全体老师服从黄主任领导，也希望黄主任大胆地工作。下面请黄主任讲话。”

“各位老师好，谢谢黄校长信任，要我当教导主任，违命不如遵命，不过还请老师们多多支持帮助！”志坚站起来微笑着向老师们致意，继续道，“我认为办好一个学校，一方面要有负责任的教师，另一方面必须有一整套严格的校规校纪，老师不认真教学，没有责任心，最好的学生，也无法成才；学生不守纪律，最好的老师也是白搭。经黄校长同意，学校要制订严格的教师工作纪律和严格的学生守则，并严格执行。无规矩不成方圆，只有这样负责任的老师才能管好学生，学生自己管好自己，才能教出好学生。现在我向全体老师宣布明月小学教师工作纪律，望各位老师遵照执行。”他打开日记本，继续道，“一、服从校长和教导主任领导；二、提前到校，延后离校；三、班主任进教室辅导好学生自习课；四、精心备课，认真批改学生作业；五、任课老师每天严格检查学生家庭作业；六、一个月做一次家访；七、严禁体罚学生。”

老师们一边听一边做着记录，会议气氛紧张严肃。听完志坚宣布的教师纪律，黄校长作总结：“各位老师，从现在起，请大家按黄主任的教师纪律做好各自工作，年终根据纪律考核各位老师的工作。现在散会。”

下午，在明月小学礼堂召开了学生大会。会上，志坚宣布了新的学生守则。志坚宣布学生守则后，黄校长走到讲台前，严肃地对学生讲话：“同学们，刚才黄主任宣布了我们明月小学学生守则，从今天起大家都要好好遵守，同学们听见了吗？”

“听见了！”会场里童声回荡。

第二天一早，学校还没有一个学生一个老师到校，志坚早早来了，端着椅子坐在校门口准备检查学生的家庭作业。不一会，学生陆陆续续来到了学校。

“请同学们排队把作业本拿出来给我检查，凡没有做家庭作业的，站到那边去。”志坚严肃地宣布。

学生们排着队把作业交给教导主任检查。绝大部分学生都完成了作业，但还有三十二个同学没有做家庭作业，他们低着头不好意思地站在校门外。志坚问这三十二个同学：“大多数同学都做了家庭作业，你们怎么不做家庭作业呢？”一个姓周的同学回答：“冇晓得你真的要检查作业，我从来没有做过家庭作业，老师，对不起，以后我一定做好家庭作业。”

志坚叫来这些学生的班主任把他们领回去，并要求老师们督促他们把家庭作业补好。这一招，同学们怕了，班主任老师也觉得没面子。从此以后，明月小学学风大为好转。

明月小学，虽然是新砌的，但看不出什么新模样，进大门的穿堂当作礼堂，大约两百多平方米，墙壁虽然粉刷了一下，但除了几张手写的标语以外，左右墙壁上都是一片空白。

志坚想利用这段时间为学校礼堂的墙壁上布置一点什么，于是买来一些彩色涂料和牛筋粉，利用下午放学后的时间，搭着大桌子，用粉笔在墙壁上画了几个大框框，在每个框框内用粉笔描画了一个个仿宋体字，左边是“好好学习，天天向上”，右边是“团结、紧张，严肃、活泼”。又细心地涂上红色涂料。写完一看，自己觉得还可以。第二天，黄校长和老师们看了都竖起大拇指称赞：“黄老师，你的宋体字写得真不错，入了格哩！”“献丑了，你们莫笑话。”

新来的知青刘老师连连点头道：“礼堂上有了这两行字，还真有一点学校的氛围了。”

还剩一些颜料，志坚在大队仓库墙上又写了几个斗大的宋体字——“为人民服务”。

学校最让志坚揪心的事就是有两个教室的课桌课椅是用土砖搭木板凑合起来的，不但太不像话，还随时有安全隐患。不解决这个大问题，志坚一天也睡不好。下午，志坚对黄校长说：“老同学，学校土砖课桌问题实在是要解决了，每当我到土砖搭的课桌的教室去上课，望着土砖砌的课桌，我就觉得羞愧。我有个建议，不知道你同意不？”

“什么好建议呀？你说说看。”

“我们有四个民办老师，每个月有五块钱的津贴，我们是不是到大塘完小去预支一点钱，买一批木材，打造学生课桌呢？”

“哎呀，这是个好主意，我怎么没有想到呢！你明天去完小找总务邵群老师借，我给邵老师写个条。”

第二天，志坚拿着黄校长写的条子来到了大塘完小，找到总务邵群老师谈借钱的事。邵群说：“这是好事，请你打一张两百元的借条啰。”

“好的。”志坚打了一张两百块钱的借条。这是一张毁了自己前程的借条，这是后话。

志坚拿着两百块钱，又请人修好了单车刹车，高高兴兴地往回走。第三天，志坚一大早请手扶拖拉机在供销社买了一车三米长，二尺围的大枞木。一个月以后，三十二张崭新的课桌课椅打造好了，从此结束了明月小学土砖课桌的历史。

“这才像个学校！我们教起书来也有劲了，搭帮你把这个人选对了。”吴教师高兴地对黄校长道。

“是的呢，志坚是个很有办法、很有责任心的老师，我们大家不但要留住他，而且都要向他学习。”黄校长也高兴地称赞着志坚。

放学后志坚回到家里，时间还早，他脱下皮鞋，换上旧力士鞋，挑着粪桶浇园子去了。浇完园子，提着竹篮在菜地里割了猪草和红薯藤，切碎，撒点盐，沤成一小堆，制成糖化饲料，等妻子回来喂猪用。完了又把屋里屋外打扫得干干净净，收起晾在外面的衣服，去娘那边接女儿。

应贤收工回来时，见猪食也准备好了，衣服也收进来了，屋里屋外卫生也打扫了，十分欣悦，心想：丈夫教书，有时间做家务事，自己轻松多了。

志坚抱着女儿走进厨房，应贤正在烧饭，小女儿见了娘，连忙从志坚手上挣脱下来，往应贤身上倒去。应贤丢下火钳，双手接着女儿左边亲两下，右边亲两下，口里说："我的好崽啊，娘半天冇看见哩。"女儿对着应贤甜甜地笑。

晚上，应贤哄女儿在小床上睡觉后，脱了衣，来到床边，把正在看书的丈夫手中的书拿掉："晚了，睡吧。"志坚上完厕所，脱了衣服，掀开被子，睡在了妻子身边。刚睡下，应贤侧过身来对丈夫说："志，你看你教书当老师有多好，冇晒太阳，白胖胖的，再也不会中暑了，再也不会有粪水入口了。今后子女上了学，还有许多时间辅导他们的学习，特别是帮我分担了许多家务事，省得我忙完队里事又要忙家里的事，天天犁上赶到耙上，像救火一样。好好干，当了国家老师，你不但轻松舒服一辈子，老了还有一份退休金。教书无论对你自己、对子女、对我、对父母、对现在、对将来都是一件好事。你一定要安心，一定要珍惜！决不能真的只教一年就不教了！"说完，在丈夫的脸上轻轻地摸了几下："脸都变白了，没有黄晕了。"又摸了摸丈夫手掌："你看手上也没茧了，细细嫩嫩的。"说完情不自禁地在丈夫脸上连亲了几下。抱着丈夫，滚到一边去了。

可惜，没多久，应贤的理想落空了。

第十章

大塘公社召开党委会，讨论基层党组织建设问题。党委焦书记在会上首先发言："火车跑得快，全靠车头带。要把一个地方工作搞好，领导是第一位的，有了好的带头人，工作才能搞上去。大队党支部要增加新鲜血液，培养优秀年轻人来接班，如赵家、明月等。选什么样的人呢？必须是具有初中以上文化，能干、廉洁、有担当、有责任心的年轻人。要解放思想，不要论资排辈，大胆使用年轻人。老仇，从今天起，你去明月大队蹲点。老戴，你去赵家大队蹲点。你们去了，每个大队一定要通过调查、考核，选一个有文化的年轻人出来，培养接班当大队支书。"

五十岁的老仇特别显年轻，白净净的脸上没有一点皱纹，脸上总是挂着笑容，说话慢腾腾的，走路也是慢腾腾的。他接受焦书记委托来到明月大队许桃运家。"老仇，您来啦，稀客，快进来坐。"明月大队党支部委员许桃运见仇秘书来了，热情地招呼他。许桃运是个老支部委员，瘦得像干柴，人们戏称"长丝瓜"。

"来你家参观、参观。"老仇喝过茶后说，"老许，党委认为你们大队必须加强支部建设，你是老同志，你们大队是否有这样的年轻人：年龄在三十岁左右，具有初中以上文化，政治上可靠、没有污点，敢担当、办事能干、正派公道、责任心强、肯吃苦、不自私。有的话，推荐一个啰。"

许桃运想了想，对仇秘书说："有是有一个人，不知道他肯不肯出来负责啊！"

"请你介绍介绍他的情况。"

"他姓黄，叫黄志坚，今年二十六岁，初中文化，曾当过老师。今年黄校长又请他来教书了，还选他当了教导主任。学校老师反映他的责任心特别强，吃得苦，点子多，办法好，一到学校就改变了学校的面貌，如订立了教师工作纪律和学生守则，修了几十张新课桌，使学校再也没有土砖课桌了。把礼堂布置得漂漂亮亮，墙上写了好多字，仿宋字写得特别好。大队仓库墙上也写了五个大字，你等会儿去看看啰。他每天第一个到学校，端一把椅子坐在校门口，没有写作业的学生一律不准进学校。老师家长都支持他，认为他抓得好，学生就是要以学习为主。”

仇秘书听了，眼前一亮，心想这个小伙子真难得呀，还有自己的思想。于是对许桃运道：“这个黄志坚还真不错，走，我们去看看他写的字。”

许桃运带仇秘书来到大队仓库，一眼就看见了墙上“为人民服务”五个红色字，每个足有1.5米高，赞叹道：“还真的有点功夫嘞！能写出这么大、这么入格的宋体字来，不易得哩！”

星期六下午，仇秘书来到大队小学，他要当面接触一下黄志坚。他跨进学校大门后，看到了礼堂两边墙上醒目的大标语——“团结、紧张，严肃、活泼”，“好好学习，天天向上”。他估计这也是志坚写的。见仇秘书来了，黄校长马上迎了出来，同仇秘书握手打招呼：“仇叔，稀客、稀客。”

志坚见来了客人，马上起身让座：“您请坐。”志坚不认识老仇。仇秘书刚坐下，志坚双手端着茶送到了仇秘书面前：“请您喝茶。”又给仇秘书敬烟。

“谢谢！我不抽烟的。”年轻人热情、有礼貌的一举一动被细心的仇秘书看在眼里，心想这个年轻人是个懂得礼节的人。

“你们刚才笑什么呀？”喝了一口茶后，老仇微笑着问道。

“今天下午政治学习，学习前，大家在听黄主任讲故事，这个故事蛮好笑嘞。”黄校长回仇秘书。

“谁是黄志坚呀？”“这位就是。”黄校长朝志坚指了指。志坚站起来点点头。

“是个什么故事啊？这么好笑！”仇秘书笑问。

“黄老师，你向仇秘书讲一遍啰。”黄校长向志坚努努嘴。

“我口才不好，你故事多，你讲啰。”志坚推辞道。

老仇想借讲故事再深入了解一下志坚，便笑着说：“小黄，你就莫推辞啰，刚才笑声一片，肯定是个好故事，我也想听听。”

志坚不好拒绝：“讲不好，请您莫笑话。”便讲开了：话说大名鼎鼎的龙图阁直学士包青天包拯，新婚之夜却遇到了一件非常尴尬的事——他的新婚妻子不准他揭盖头，若不是文采了得，包青天就被晾到一边，睡冷板床了。事情原来是这样的，包青天大名包拯，自幼聪明过人，勤奋好学，饱读诗书，文才了得，遗憾的是生得面如黑炭。柳县县太爷见包拯虽然皮肤黝黑，却虎背熊腰，威风凛凛，又才华斐然，便把独生女许配于他。不料新娘听说包拯面如黑炭、面目凶狠，而自己满腹经纶，长得秀美，只想找一个白马王子，对父母包办的婚姻百般不依。无奈拗不过父母，为了发泄心头不满，她准备在新婚之夜为难一下夫君。当夜深人静，包拯准备揭盖头时，披着盖头坐在床沿边的妻子把手一拦，道："且慢！"深深叹息后说道："黑天黑地黑乌云，只叹爹娘不公平。今夜泪洒花烛夜，白鸽要同乌鸦眠。"

包拯听了，知道妻子不满意自己的长相，却没有生气，笑着说："娘子，这算什么呀，'秀才脸黑为丞相，妻子脸白纸一张。千金难买丞相脸，白纸文钱买几张'。"

妻子听了，知道丈夫在反讽自己，也丝毫不气馁，只见她嗲声嗲气地说："丈夫千万莫乱言，莫说白纸不值钱。万担良田一张纸，锦绣文章做一篇。"

包拯一听，心中暗喜，原来自己娶了一个漂亮的才女，便转变了态度，不再取笑妻子了，回敬妻子道："是呀，豆腐虽白要油煎，草灰虽黑可肥田。皇榜高中一张纸，白纸也要黑字填。"

听了丈夫刚才的话，妻子十分高兴，丈夫虽然黑一点，但是思维敏捷、文采过人，有刚有柔，便甜甜地说："夫君所言极是。"于是自己把盖头一掀，低头笑着。包拯迫不及待地紧紧抱住了妻子……

听完志坚讲的故事，仇秘书一边笑，一边带头鼓掌，说："好故事，好故事，中国人不但男士优秀，女士同样出色。"说完老仇紧紧握着志坚的手说："下次我去你们家看看。"

"只是冇得好招待，随时欢迎您光临。"

仇秘书见了志坚以后，向公社焦书记和党委推荐志坚作为明月大队支部书记人选。焦书记听了汇报，对这个叫黄志坚的培养对象比较满意，便吩咐老仇说："照你所说，这个小黄蛮可以的，那就让他先入了党再说吧。"

按照焦书记的指示，仇秘书对许桃运说："老许，经你的介绍和我了解的情况，黄志坚入党条件基本成熟，你去提醒一下他，要他向党组织写入党申请书啰！"

“好的，我试试看，听人说，黄志坚入党积极性不高哩！”

重阳节后，江南气温已降到15℃左右，尤其到了半下午时分，就有了寒意袭人的感觉。学校放学后，衣服单薄的志坚匆匆往家里赶。

“慢走，黄老师，等等我啰。”志坚扭头一望，是大队干部许桃运在叫他。于是他停下来道：“桃叔，你叫我有什么指示吗？只管吩咐。”许桃运走近后，志坚感觉到有点冷，双手抱在胸前。

“黄老师，是这么回事哩！学校老师们和学生家长都反映你工作不错，党支部要在老师中发展党员，你可以向组织写写入党申请书，你的条件成熟，年轻人要在政治上争取进步呢！”许桃运笑着对志坚说。

两人肩并肩地走着。“我没有资格入党！”一提到入党，马上想到姐姐家的地主成分。他早已对入党心灰意冷了。

“我看你完全具备了入党的条件，年轻，有文化。老师和学生家长都认可你。向党组织写写申请试试看。”“我懒得写，谢谢您和党组织的关心。”“莫拒绝啰，再考虑考虑。”许桃运拿他没办法，丢下一句话，便分手了。

半个月后的一天，许桃运再一次陪着志坚边走边谈入党的事。志坚在许桃运再三劝说下，觉得再不答应人家太不厚道了，便说：“桃叔，组织看得起我，你两次做工作，那我写一份申请书吧。”第二天志坚把写好的申请书交给了许桃运。不久，志坚入党申请书转交了公社。一个星期后，仇秘书通知志坚到公社去，焦书记找他有事。一早志坚来到公社焦书记办公室。焦书记在低头看报纸。“焦书记，您好！”志坚在门口打招呼。

焦书记见有人向他打招呼，见是一位年轻人，便问：“你是黄志坚吧？”“是的，焦书记，请问您叫我来有什么事吗？”志坚坐下后着急地问。

“你写了入党申请书，我约你来是入党谈话呢。”高大壮实、四方脸的焦书记满面笑容地对志坚说。

“我入不了党嘞！”

“你怎么入不了党呀？”

“我姐姐家是地主成分，一塘完小培养我入党，因为这个问题，冇入得成。”

“蠢鬼，我叫你入党，就入得了党，你姐夫只是地主子弟，没问题。党的政策历来是有成分论，但不唯成分论。入了党，你要担重担，不教书了，明月大队甘书记年纪大了，党委集体讨论，培养你入党，到明月当支部书记，为党挑重担，年轻人就要在大风大浪中去锻炼，去摔打，为党、为人民贡献聪明才智。”

志坚听了焦书记的话，沉思良久，说：“谢谢您和党组织的信任，请您让我考虑一下，过几天告诉您好吗？”

“好，可以，尽早回信啊。”焦书记对志坚第一印象很不错，再三叮嘱他。

志坚实在很困了，昏昏欲睡，但等到快要进入梦乡的时候，马上又醒了，思想又回到了前两天的老问题上来了——我究竟是当耕读老师呢，还是去大队当支部书记？当耕读老师，不知能否转正，不知何时转正。回想起几年前那几个老师不分青红皂白抓着自己跪下来的情景，实在太可怕了。当支部书记吧，自己虽然没当过，但看见过也听说过当支部书记并不是一件好差事，要包队，要操心全大队的春插、“双抢”、秋收、冬修，农业学大寨，计划生育，收社员超支，抓阶级斗争等等，生产队队长与社员闹矛盾必须马上去开会解决问题，不然没有队长，生产会无人管。谁家兄弟、婆媳、邻居打架“告状”告到面前来，还得随时去处理，一旦闹出大矛盾，上吊、跳河死了人，麻烦就大了。但是，志坚反过来又想：自己是农民的儿子，生在农村，长在农村。农村是广阔天地，在农村才有自己的用武之地，更适合施展自己的才干，实现做“志士”的梦想。凭自己年轻，有文化，脑瓜子还灵活，说不定干几年支部书记，组织部招去当国家干部。如果当了国家干部，更有机会让子女找到合适的工作。想到这里，志坚情不自禁、自言自语地大声道：“我去当书记，不当老师了！”

“什么不当老师了！你发梦天呀？把我吓死了！”睡在旁边的妻子被丈夫突然一声大叫吵醒了。“你刚才说什么呀？好像是说不教书了，要去大队当书记，你怕是起早了，碰了鬼吧！疯了吧！我不答应！”完全醒了的妻子愠怒道。

应贤最近也听到了一些风声，说公社准备培养丈夫入党当大队书记，刚才丈夫还在说梦话，不教书了，要当大队书记，可能是真事了。对于丈夫的这个“错误”的决定，自己万万不能接受，丈夫教书，又轻松，家务事又做得多，多么好的一个工作，别人求都求不到的好事，决不能让丈夫说放弃就放弃。于是，她侧转身来，右手抱着丈夫的臂膀，含情脉脉地在丈夫耳边轻言细语：“志，你听我的劝啰，还是当老师好，比当大队书记强一百倍哩！万不可轻易放弃！当书记不还是当农民，拿工分。当书记要多操好多空心啰！

上要公社满意，下要群众满意，人家晚上睡大觉，你晚上还要去这个队、那个队开会，还会得罪人，不得罪人，工作又搞不好，得罪了人，人家怨恨你一辈子。何苦嘞？你当老师，一天上五节课，散了学，往家里一走，勤快就帮我做点家务事，不勤快，你睡觉就是，听我的，听堂客的，好吗？好吗？”妻子的话软软的，娇滴滴的。

但是，志坚依然听不进去，好半天，他捺着性子细声细气地回妻子：“公社焦书记叫我入党当大队书记，我犹豫了两天，刚才我想了很久，还是下定决心去当大队支部书记，不当老师了。当了书记后，我要干出点成绩来，一方面改变我们大队一穷二白的面貌，另一方面呢，看能不能被招聘去当国家干部。你看木茶大队胡志龙当三年支部书记就当了静安公社书记。教书好是好，活动面太窄了，当大队书记接触人多，对子女找工作会有好处。”说完，他紧紧抱着妻子，抚摸着她的头发和脸庞。

妻子还在生气。志坚捧起妻子满脸泪水的脸，轻轻吻了一下。但应贤的意志并没有被丈夫温柔的爱抚所动摇，生气道：“当国家干部，你想得美！你莫想白了头发！我坚决反对你当大队书记！还是当老师好。”

“我宁可自己受累，得罪人，也不去当老师！”

“一世年只有自己才是对的，从来听不进堂客的话。”她一翻身，把背朝着丈夫，蒙着头，哇哇地哭了起来。志坚也赌气没理妻子，让她去哭。

志坚打定了主意去大队当支书，应贤一连劝了两天，他依然听不进去。好心劝他不听，发气他也不听，请母亲劝他，他还是不听，如何是好啊？她急得像热锅上的蚂蚁。今天晚上她又失眠了。这是应贤第三个晚上失眠。丈夫在旁边打着鼾睡得很沉，她却一点睡意也没有，还在为丈夫执意放下老师不当，入党当大队书记一事焦急。她一直在想同一个问题：丈夫为什么要放弃又轻松、又光彩、又有转正当国家老师的好事而去当那个费力不讨好的大队书记呢？她一万个想不通，一万个不理解，一万个不可接受！她想，一定要再次做好丈夫的工作，使他回心转意。她转过身子，用白胖胖的手摇了摇熟睡的丈夫：“志，你醒醒、醒醒啰，我有事同你说哩。”

“什么事，这么急，半夜三更的，明天不天光呀，我要睡，莫吵我。”志坚睡眼惺忪道。

“你就冇事，我好急哩！急得冇眨眼睛皮哩！你听我说啰，你千万别去当大队书记，你教书几多好，机会莫错过了，教书又轻松，又不晒太阳，脸上、手上、脚上白白的，早上不出早工、晚上不出晚工，假期又多，不但可以帮我做家务，还有空辅导子女学习，子女小学阶段打好了基础，考上一个好初中，一个好高中，就十有八九能考上大学，到那时，子女都考上大学了，我们不就出了青天吗！而且，你好好教书，转正当国家老师，退休了，还能有退休金，到时我也能享享你的福了。如果你去当那个得罪人、费力不讨好的大队书记，急死人的事，气死人的事，公社里布置的事，生产队冒出来的事，件件桩桩都要找到你的头上来。我劝你趁早打消去当大队书记的念头，好吗？听堂客的，冇错啰。”应贤脸挨着丈夫的肩膀，软绵绵地、情真意切地劝着志坚。而志坚一句也没听进去，口里说着："好啰、好啰，你睡啰，我要睡呢。”

十分焦虑的应贤依然睡不着，还在翻来覆去想着同一件事：看来好言好语劝不醒丈夫，只剩下一条路了——那就是要给点厉害他看，于是气愤地说："你去大队当书记，近两千号人的大队，你会日里夜里不得空，家里一摊子的事不都到了我身上吗！你想过我吗？你想把我累死呀！你还有良心吗？”

“我会抽空帮你做家务事的，大家小家都要好。”志坚一边说一边打着哈欠。

“讲得漂亮，我还不晓得，你这号责任心超强的人，忙起来还会管家里的事？我无论如何不同意你去当大队书记！”

“我不教书，书记当定了！我已答应了公社焦书记。”志坚同应贤谁也无法说服谁，快到天亮的时候，憋着一肚子气的杜应贤坐起来怒视丈夫："你根本不把我放在眼里，这样大的事，同我说都不说一声，心里根本没有我姓杜的。我只是你的用人。好吧！你当你的书记，我回我的娘家！”说完，应贤从床上爬起来，穿上衣服，脸也没洗，赌气冲回娘家去了。

眼看着妻子真的冲回娘家去，志坚急了，急忙爬起来，单衣单裤跑到走廊，一把抓住妻子一只手往屋里拖，不知妻子哪来的那么大的劲，只见她使劲地把身子一扭，挣脱了丈夫的手，拼命往娘屋里的小路上跑去。

“就让你冲吧！”志坚说着回屋里了。

“应妹子，你怎么这时候回来了呀！冇跟志坚吵架吧？”应贤娘见女儿这么早回来了，而且满脸不高兴的样子，急忙问。

“黄志坚放着好好的老师不当，听公社的入党要去当大队书记，今后他会不管家里的事，会把我累死！我同他吵了一晚，再三劝他，他死活不听我的……”

“应妹子哩，夫妻之间有话好好说，动不动就往娘屋里冲，我们家没这个规矩，不允许你这样。吃了早饭，马上回去。志坚这伢子，我看他是个有志气、有胆识的伢子，他会想事，他要做的事，准不会错，你听他的，苦就苦一点吧！”

“娘，你不替我想想，你还支持他！”应贤噘着嘴巴对娘说。

“是的，我要支持他，冲回娘家，这像么哩话呢！啊，听话！”

“我不回去！除非他不去当大队书记。”说着哭了起来。

“你敢不回去，老子打断你的腿！”脾气温和的娘见女儿不听话，发火了。

睡在隔壁房里的父亲被吵闹声惊醒了。刚才妻子同女儿的对话全听见了，见妻子对女儿发火，披着衣赶忙出来，对女儿道：“应妹子，你娘说的冇错！夫妻间吵架不准往娘屋里冲哩！我看呀，志坚是个难得的好小伙，你也有福气，这样的小伙子你到哪里去找！我们看中了他，公社也看中了他，千多个人的大队单单挑选他入党当书记，不简单哩！别人想当也冇得当哩！你要是找了一个老实巴交、阿弥陀佛的男人，那才受气哩！”

不知是不敢违抗父母的意愿呢，还是被父亲的话打动了，应贤再没吱声。

“你怎么在煮饭，应妹子哩？”

“她反对我入党当大队书记，我不同意，她冲回娘屋里去了。”正在灶脚下烧火的志坚回娘。

儿子要当大队书记，儿媳反对，冲回娘家了，陶富娥觉得儿媳有道理，于是对儿子道：“志伢子哩，应妹子不要你当大队支书是对的哩！教书多好呀！你莫当这个书记，还是去教你的书，快去把应妹子叫回来。”

“打死我也不教书了，她冲回去就冲回去吧！我不去接！”

“你敢不去接！”陶富娥发怒了。

“亲家母，不用接，应妹子回来了。”在志坚娘发气的时候，正好应贤的娘把女儿送回来了。

“亲家母，谢谢您啦，我正要志坚去接哩！”

应贤进屋看见丈夫蹲在灶脚下烧火煮饭，脸上沾了黑灰，样子又可怜又好笑，几步走过去，抢了志坚手上的火钳道：“等我来，你送我娘回去！”

“不用送，我自己回去。志坚，你的事，你自己做主。亲家母，我回去了。”

“茶都冇吃一口，那就走好哇！”陶富娥把亲家母送到门外。

陶富娥走进屋来，对儿媳道：“应妹子，你不晓得，我哩个崽，他要做事，八头牛也拉不回。我本也反对志伢子当大队书记，但是，志伢子入党当书记已经生米煮成了熟饭，反对也是空的了。你哩，辛苦一点，家务事我也来做一些，既然当了大队书记，我们一家人都要支持他把大队的事做好，他有文化，有头脑，总会搞点名堂出来的。”转身又对儿子道：“志伢子，你当书记，娘阻不住你。但是，你当了大队书记，遇事要为群众着想，要关爱困难户，政府交代事，一定要做好，另外，不能贪污挪用公家的钱，更不能犯法，犯法深无底嘞！”

“娘，你放心啰，我不会乱来的。”

“娘，我还是不同意他去当这个又辛苦又操心又得罪人的什么支部书记！”

见妻子依然思想不通，志坚便耐心地做妻子的工作：“我去当大队书记，可能是一条出路。”

“出路？教书的出路更可靠，明显看得见。”

“教书的出路有是有，可是太狭小了，满足自己差不多，满足不了子女，更重要的是要为我们子女着想，知道吗？我教书，对我确实好，轻松舒服，但活动面窄，发展空间有限，没机会结识社会面上的人士，而且，不一定能转正。因此我只能赌一把，去大队负责，从基层干起，看能不能改变我的命运，我一定要让我心爱的人一生无忧，让父母过上好日子，让子女有个好前途。”

“这只是你一厢情愿，是完全没有把握的事。教书是看得见的好事，稳当事。”

“心怀理想的人不冒一点险是不可能的。”

应贤长长地叹了一口气。

志坚不顾妻子的强烈反对和好心劝说，一意孤行地辞去了教师的工作。

久雨后，天终于放晴了，流云在阳光的映照下，不断变换着形状和色彩，一道银灰，一道金黄，一道血红，就像美丽的仙女在空中抖动着五彩斑斓的锦缎。志坚来到公社回焦书记：“焦书记，谢谢您看得起，我服从组织的安排。”

“那样就好，小伙子，你年轻，有文化，好好干，建设社会主义新农村，急需人才，广阔天地大有作为，你要敢闯敢干，在实践中锻炼和提高自己的才能，前途无量啊！另外，党委也同意你的提名，尹厚友当大队长。”

“焦书记，谢谢您，您说的，我记住了，只是到时工作没做好，请您多批评指正！”

“好好学习，积极工作，多为老百姓办实事，党委和我都会支持你的。”

“好的，请您放心。谢谢书记，我回去了。”

焦书记站在走廊上向志坚挥手。志坚一只手推着单车，一只手向焦书记挥手。不一会儿，他骑上单车风一样离开了公社大院，驶上了通往明月大队那条坎坷不平的泥沙路。

第十一章

应贤只想丈夫过得轻松一点，舒服一点，莫操太多的心，也莫太累了。因此，她只想他教教书，百般阻挠也没有阻挡住。想用冲回娘屋里去的办法来吓唬他，也没能吓住。没有办法，只好自己改变态度："黄志坚，你放弃教书去当大队书记，硬要往火坑里跳，我也拿你没办法，我只能听你的，谁叫我嫁给了你哩！认命吧！"

"谢谢你支持，这样一来，只怕家里的事都要交给你了啰。"志坚见妻子改变了态度，笑嘻嘻地对妻子道。

"你不是说会抽空做家里的事吗，不是说大家、小家都要好吗，怎么才几天就变卦了哩？我晓得你当了书记，就不会管家里了。但是，我还是那句话，只要你把工作搞好，家里的事、子女的事可以不要你操太多的心，但有一条，不能花心啊。"妻子一本正经地说。

"你这是说哪里话，我有这么好的堂客，又漂亮，又孝顺大人，又勤劳节俭，又会教育子女，百里挑一，天下难找，而且冲回去，自己又回来了，这样好的堂客，我到哪里去找！向你打保票，永不花心！"

"那就是我的好老公，不过，不是我自己回来的啊，是我娘送我回来的！"妻子也笑了。

志坚又补充道："应，你放一百个心，我永远不会背叛你。糟糠之妻不可丢，结发夫妻丑也好。有妻有室的男人不可出轨，有责任心的男人应对家庭负责。离婚或出轨对对方、对子女，特别是会给子女的精神上、物质上带来极大的打击和影响。如果追求个人享受而离婚，是自私的表现。二婚夫妻就算再好，也如同是一块受了损的美玉，总有难以修补的缺陷。"

"我相信你啰，但我还是不放心，我会盯紧你的。"应贤笑了。

自从公社决定志坚任明月大队支部书记以后，志坚就想必须找一个能干、忠诚、廉洁、肯干、责任心强、吃得苦、耐得烦的人做助手。他第一个想到的人选就是尹厚友。他非常铁志坚，可以说铁到了唯命是从的程度，关系胜过亲兄弟。而且公社焦书记也同意了自己的提议。今天他要去告诉老尹，还要同老尹好好谈一谈这个大事。“老同学，在家吗？”晚上，志坚来到尹厚友家，妻子罗芳听见志坚叫自己的老公，立刻跑出门来笑盈盈地对志坚说：“志哥，你好，么哩风把你吹来了呢！好久没来了，快进来坐，厚友在洗澡呢。”

“黄书记来了呀。”尹厚友洗完澡，来到堂屋里笑着同志坚打招呼。

“你乱叫什么，谁是黄书记呀？这么早洗了澡，又想到外面去‘坐人家’吧？”

“累了，想早点休息，老早就听说老同学要当书记了，还瞒着我干什么呀！我有来得及上门祝贺你，你反倒到我家来了。也好，我就在自己家里提前祝贺你荣任明月大队书记，工作顺利，前途无量！”

“老同学讲什么客套话，什么荣任书记，明明是一个苦差事，我不要你的祝福，我是专门来找你帮忙的。”

“我能帮你什么忙呢？一个生产队长！”

“你是一个实干的队长，头脑灵，肯吃苦，不自私，责任心强。我当书记，你来当大队长，抓生产。我已请示了公社焦书记，焦书记同意了。”

“我行吗？当你的副手，我愿意，赴汤蹈火我也在所不辞，只是水平低了，只怕干不好。”

坐在一旁听了志坚同丈夫的对话，罗芳知道了志坚的来意，担心道：“志哥，我不同意老尹去当大队长！”

“为什么？”“我怕他花心，他去外面跑，我不放心。”尹厚友抿着嘴巴笑。因为他犯过这方面的错误，被妻子发现了，贤惠宽仁的妻子原谅了他。但自那以后，她一步不离老尹，像看牛一样。

“有我管着，你只管放心。”“我哩老尹，什么都好，就是花心。这是你要他去当副手，我只能服从，也应该去帮你。换了另外一个人，就是要他去当县长，我也不会答应。”

老尹见妻子松口了，笑着对志坚道：“我们家‘一把手’批准了，那我就不推辞，同你一起干。”

“好的，非常感谢你们夫妇的大力支持，下个星期大队召开队长、党员大会。大会上宣布由你担任大队长，你要有思想准备。”“好的。”

志坚入党后不久，公社仇秘书冒雨来到他家。“您好，请进。”应贤见一个干部模样的人来了，连忙从缝纫机上下来打招呼。

老仇上下打量着应贤，估计这个做缝纫的女子可能就是志坚妻子小杜，便问：“你是小杜吧？我是公社老仇，来看看你们家，顺便见一见志坚。”

“啊，仇秘书来了，请坐。只是家里条件太差，怠慢您了。”

老仇坐下来，打量着志坚家里：虽有一大套间房，但阴暗潮湿，一张花板床、一张行军床、一台蝴蝶牌缝纫机，几把老式枫木椅子，一张旧书桌，一个中门柜，一个五屉柜兼书柜，陈列了约二三十册图书。墙上贴了一张毛主席像。

说话间，志坚回来了。“仇秘书，您来啦，稀客，稀客，来我们寒舍，冇得好招待啊！你又不抽烟，只喝口酒，可我们家没有酒，吃什么好哩？”一进门，志坚见老仇来了，连忙笑着打招呼。

“什么都不吃，你坐下来，我有话对你讲。公社党委正式任命你为明月大队党支部书记，尹厚友任大队长。在下个月召开的大队党支部大会上宣布。你们要有思想准备，你和尹厚友都要有个讲话，向全体党员做个积极的表态。”

“谢谢党委的信任，到时讲几句吧！”

老仇放下茶杯，严肃地对志坚道：“小黄，作为你入党当支部书记的推荐人，有些事我必须同你讲一讲。你是一个有上进心、有文化、有魄力、有头脑的优秀青年，广大社员和基层党员对你评价比较高。因此，你的前途无量，今后可以为党多做一些工作。我今天送你四句话，希望你牢记在心。

“一、立场坚定：不能走‘地富反坏右’的路线，要与他们划清界限，站稳阶级立场。

“二、作风正派：永远不能犯男女作风的错误，工作作风上也不能简单粗暴。

“三、廉洁奉公：任何情况下不能有多占、贪污、挪用公款的行为。

“四、工作积极：严格执行党和国家的政策，为群众办实事，积极完成上级交给的各项任务。另外还要谦虚谨慎，戒骄戒躁。小黄呀，人生的道路上，只要你选准了一个目标，不断努力，不断奋斗，一定会有你的舞台。最后祝你心想事成，为党和人民做出更大贡献。”老仇说话一字一句，慢悠悠，但非常严肃。

老仇像家长、像老师的话语，志坚听得很仔细，边听边点头，并做好了详细记录。等老仇讲完后，志坚认真道：“谢谢您的教导和鼓励，我会一辈子将你讲的四点作为我人生的座右铭，牢记在心。争取不辜负您和党委的期望，永远做有益于人民的事，做一个有益于人民的人。”

“这就对啦，我相信你，党委相信你。”

仇秘书吃过中饭后，告辞回公社去了。

第三天，公社在老仇的主持下，召开了明月大队新一届党支部成立大会，黄志坚和尹厚友分别作了表态发言，会后志坚开始走访全大队，调查了解情况。

临近冬季了，强劲的北风带着些许寒意，早晚凉意十足，人们早早地穿上了较厚的冬装。吃过早饭，志坚穿了一件夹衣，朝五队走去。

“等等，等等，天这么冷，你不穿棉衣去，会感冒的。”眼快的妻子见丈夫没穿棉衣，马上叫住了他，把棉衣送到他手上。

志坚到了第五生产队，听队长邹林木介绍，全队一百四十三人，由于修了水库，总共只有五十四亩水田，人均不到四分水田，大部分是天水田，人平口粮也只有四百多斤，只够十个月，其余时候靠政府救济和各家各户借粮度荒。“黄书记，我们生产队是明月大队最困难的生产队，最低年份每十分工，只有八分钱。我带你去看一个特困户家庭啰。”“好，去看看。”

这个困难户叫王春成，独居于一个朝东边的小山坡上。十二岁的王艳同八岁的弟弟、四十多岁瘫痪在床的父亲，住在两间泥砖墙的茅草屋里。志坚进屋后，只见瘫痪且患有严重支气管炎的王春成躺在一张单人床上，盖着一床破被子，不停地喘着粗气。八岁儿子读书去了。十二岁女儿王艳辍学在家照看病父。“老王，你好吗？”志坚来到老王病床边打招呼。

“王老倌，黄书记来看你了。”

“啊，啊。”病床上的老王嘴里“啊”了两声，枯瘦的手向黄书记招了招，想说什么却说不出来。

这时王艳背着一筐丝茅草回来了。见来了客人，连忙放下柴火，进屋打招呼：“黄书记、林伯伯，你们来了，请坐。”说完马上拿来了木椅子。

志坚在这个低矮黑暗的茅草房里，仔细观察着他们家，没有一件像样的家具。除了一张吃饭的小木桌，四把枞木椅子，一个菜碗柜，一张双人床，一张单人床，一点厨具、劳动用具和12只土罐子外，几乎没什么值钱的东西了。换洗衣服堆在床上，连一个衣柜也没有。

“王艳，你家确实太困难了，慢慢来。你要照顾好你的父亲。”志坚同情地说，用手抹着眼角上的眼泪。

“谢谢黄书记来看我们。”懂事的王艳理了理小辫子，带着哭腔说。

看了王艳一家，志坚大叹一声，一阵难以承受的心酸滋味涌到了他的心头：我们大队竟然还有这么穷苦不堪的人家啊！志坚摇着头同邹林木离开了王春成家。他深深觉得甩亩队群众生活太苦了，越发觉得自己责任重了。志坚告别邹队长往回走，没多时，迎面来了一个大个子社员。“老邵，你好。”志坚主动同穿着一身补丁衣服的社员打招呼。这个姓邵的社员见到志坚后，毫不客气地用质问的口气问道：“黄书记，你来得正好，我正打算去找你，我问你啰，今年困难户的棉衣分得我家有吗？”

“今年国家给困难户棉衣全大队只有四件，给了其他几个特困户，对不起，没有分给你！”

“不给我！明月大队难道还有比我邵同初更困难的吗？”

“有，还有比你家困难的呢，你们生产队王艳一家就是。”

“我不管，我没有棉袄穿，我一定要。”邵同初双手叉开，站在路中间，拦着志坚，大有不给他棉袄，就不让他走的架势，“我反正要一件棉袄！”

志坚指着自己身上的棉袄问邵同初：“我身上这件棉袄，八成新，你如不嫌弃，给你好吗？”志坚见他也确实困难，这么冷的天，身上只穿两件单衣，准备将自己身上穿的棉袄给他。

邵同初看了看志坚身上的棉袄，不好意思地说：“也要得。”

志坚毫不犹豫将自己的棉袄脱下来给了邵同初。邵同初也毫不客气地接过志坚的棉衣穿在身上，难为情地笑着说：“不好意思，谢谢您了。”

“旧衣服，不用谢。”因为脱了棉袄，有些冷，志坚一路小跑回到了家。陶富娥正站在屋边带孙子玩，一见大冷天儿子没有穿棉袄，惊奇地问道：“志伢子呀，这么冷，你怎么不穿棉袄呢？”

志坚把刚才在五队脱了自己棉袄给困难群众的事告诉了娘。

“你做得对，当干部就是要多为群众着想，我们也苦过、穷过。我还有斤把棉花，叫应妹子拿去给你做一件新棉衣。”

棉袄的事和王艳家里的困难深深刺痛了志坚的心：人民群众饭吃不饱，衣穿不暖，住也住不好，还要我们干部干什么呢？人民群众大于天，吃饭穿衣大于天。志坚暗下决心：“我当支书就一定要为明月人民解决这天大的问题。”

志坚在四队专门召开了一次支委和队长会议。在会上，志坚说：“同志们，刚才大家都看到了王艳家的困难情况。她家是全大队的超级困难户，像这样的特困户我们不同情，我们不解决，还是共产党员吗，还是搞社会主义吗？我今天把你们请到这里来就是要发动大家来解决这家人的困难。现在我号召：一、五队负责王艳家砌屋的全部泥砖和小工；二、每个支部委员捐款十元，我本人捐五十元，大队捐二百元；三、每个生产队支援两根屋檩子，五十块现金和四个木工或泥工；四、我去县里找领导搞几分木材指标，帮助这个特困家庭建三间平房瓦屋，此项任务具体由尹厚友负总责。”

“要得，我们完全支持支部的决定，这一家困难得不能再困难了，也影响我们明月大队的名声，我们大家都来帮一帮。”大家纷纷支持志坚的决定。

“黄书记号召，我坚决响应，我也捐二十元，做屋的事包在我身上。”大队长尹厚友跟着表态。

不久，在大伙的支持下，一幢三间新瓦屋的平房建起来了。王艳家里也添了一些新的铺盖、用具、什物等。

快过春节的时候，志坚带着支委们去看望慰问困难户，有的送几斤猪肉，有的送几块钱。志坚来到王艳家时，住上了新房子的王春成慢慢挣扎着下了床，双膝朝志坚一跪，嘴里用细微的、听不太清的话说：“大恩人啦！你是我家大恩人啦！”

志坚急忙双手将老王扶起来：“老王，你怎么能这样嘞！我受当不起嘞！这是我们应该做的。”说完，把他扶上了床。王春成躺在床上，泪流满面，口里喃喃着，紧紧地握着志坚的手。

第十二章

大塘公社党委召开了冬季农业学大寨的动员会议，作为不脱产的党委委员，志坚也参加了党委会。会上，公社焦书记传达了县委关于在全县掀起农业学大寨新高潮的精神，要求在全公社开展冬季农业学大寨运动。公社组织委员甘一泽带头发言："今年冬季农业学大寨，我建议在沿湘罗公路一线的木茶大队、龙赵大队搞田园化建设，在公路边竖立一块样板，使省、市、县领导能随时看得到我们大塘公社农业学大寨的成绩。"

志坚接着发言："县委号召掀起冬季农业学大寨运动的高潮，目的是要以大寨人艰苦奋斗、战天斗地、改变落后生产条件的精神，来改变我们穷山恶水的面貌，我们明月大队有七个甩亩生产队，由于修建富民水库，淹掉了八百多亩水旱无忧的水田，剩下人平四分田，而且是靠天吃饭的高岸田，打下的粮食不够吃，社员全靠政府救济和找亲朋好友借粮度荒。请求各兄弟大队发扬社会主义协作精神，伸出援助之手，把今年农业学大寨战场搬到明月去，帮助我们甩亩队旱土改水田，彻底改变我们甩亩队贫穷落后的面貌和吃饭问题。"说完，站起来双手抱拳向与会同志致意。

"那怎么行呢？要全公社劳动力去帮你们一个大队改田。"看到志坚不支持自己的建议，要求为自己大队去改田，甘一泽第一个站出来反对。

"那又怎么不行？明月大队为修建富民水库把房子拆掉，把良田淹掉，为下游人民做出了巨大牺牲，难道帮他们改一点口粮田、解决他们的吃饭问题，就不应该吗？就有错吗？就不行吗？"志坚毫不示弱地进行了连珠炮式的反驳。

"黄书记，你这是想全公社为你个人脸上贴金，自私自利的表现。"

"老甘，你这是什么话呀！改田对我个人一点好处也没有，共产党员就要时刻想到人民的疾苦。我问你，是在公路边上搞个样板出来重要呢，还是解决群众吃饭问题重要呢？你的建议才是干路边活，栽路边花，自己想图县里表扬，想提拔吧！”志坚毫不示弱地进行反驳。

“好，不要争了。明月大队为修建我县大型水利工程确实做出了牺牲。明月大队甩亩队的群众年年吃不饱肚子，改一两百亩水田，解决他们的吃饭问题，弥补一下修建富民水库给他们带来的损失，也是应该的，也是实实在在的农业学大寨。今年就不搞田园化了，到明月大队去改田。”公社焦书记看到老甘和志坚争论不休，觉得黄志坚建议比较务实，便这样拍板定调了。听了焦书记表态，甘一泽气挺挺地坐在那里——胳膊扭不过大腿啊！

志坚立即站起来大声道：“谢谢焦书记！谢谢党委！谢谢大家！”说完，向与会人员深深鞠了一躬。

不久，全公社三千多劳动大军浩浩荡荡开进了明月大队五生产队凤凰坡。千年的凤凰坡到处红旗招展，喇叭声声，人山人海，挖土的、挑土的穿来穿去，话语声、笑声、歌声十分热闹，工地上一派热火朝天的景象。在显眼处的墙壁上，山边上用石灰写了“农业学大寨”的巨幅标语。

“朱卫哥，明天六点半开集体餐。到五队去改田，我们生产队要走在其他生产队的前头。你安排做饭的要及时开餐，六点准时敲‘钟’催起床啰。”志坚说。“好的，你放心啰。”

“当、当、当……”六点半，天刚破晓，淡青色的天空还镶着几颗稀疏的星星。朱队长准时敲响了挂在后山大树上用汽车弹簧钢板做的“钟”。男女社员迅速来到队屋吃早餐。

每桌一碗冬瓜炒肉片，一碗白萝卜丝，一盆海带汤，放在打扫得干干净净的地坪里，八个人蹲着围成一桌，每人用白瓷碗盛着饭有滋有味地吃着。饭不定量，吃饱为止。菜少了，用海带汤泡饭。八十多个男女社员热热闹闹吃着。说说笑笑，秩序井然。一些年轻女子吃了一碗，便不吃了，在大铁锅里铲一块黄灿灿的锅巴，拿在手里有滋有味地吃着。

七点钟，朱队长手扛红旗，带着八十多个男女社员来到了凤凰坡工地上。指挥部的广播早已播起了《东方红》歌曲。志坚脚穿军鞋、头戴斗笠，和生产队劳动大军一起挑土。八点半，指挥部大喇叭里反复播放着通知：“各大队支部书记请注意，九点整在指挥部召开支部书记会议。请准时参加。”

“现在开会，请田指挥长介绍工程进展情况。”公社焦书记宣布开会。

被太阳晒得黝黑的田指挥长打开日记本，盯着日记本上的数字开始汇报："凤凰坡旱土荒山改水田工程的测量、规划，分配到各大队已有20天了。工程总面积为168亩，其中计划建成高标准水田48丘，共144亩，每丘3亩。灌溉用水渠150米，绿化面积3.5亩，共计土方43.8万立方。已正式开工三天了，除岭南大队等3个生产队未上劳动力外，全公社11个大队148个生产队都上了劳动力，但劳动力除明月大队外，都没有上足，共计上劳动力3100个，占应上劳动力的80%。其中年龄最大的78岁，为水清大队三队人……"

田指挥长介绍完工程情况后，焦书记讲话："同志们，大家辛苦了，我代表公社党委感谢大家。大家响应党委号召，参加凤凰坡旱土改水田运动，掀起了今年冬季农业学大寨的高潮。下一步，我们要从政治的高度上，从农业学大寨的高度上认识这个问题，自觉地、积极地、高标准地按时完成凤凰坡旱土改水田的建设任务。各大队都要再动员，再部署，拿出最好的措施把劳动力上齐，现在我们大家到工地上去看看各大队工程进展情况。"

"我带队，大家同我来。"田指挥长起身带领大家朝工地走。志坚陪在焦书记身边，一边走一边同焦书记讲凤凰坡的故事："焦书记，这个凤凰坡可有来头哩，俗称九龟观凤呢。"

"什么来头，你说给我听听。"焦书记饶有兴趣地问。

"传说中，秦始皇在骊山修建陵园，惊动了两只大凤凰，这两只凤凰飞越黄河、长江，来到洞庭湖南岸的湘江下游凤凰坡，引来了无数飞禽走兽。我们公社木茶大队海公桥西边龟山起一直往北延伸，有九个大小相等、高矮相当、间距一样、山坡上长满了青苔和杂木林，宛如乌龟背一样的小山包，九座山头绵绵延延一直延伸到凤凰坡山边上，远远望去，恰似一队整齐的乌龟往前爬行，这就是人们津津乐道的九龟观凤的故事。"

"哎呀，这凤凰坡还来头不小呀。"

在通往凤凰坡的路边的山坎上，用石灰书写的一行"衷心感谢兄弟大队无私支援"的大字映入了焦书记和各大队支部书记的眼里。进入凤凰坡工地，每个字足有2米高、1.5米宽的"农业学大寨"的标语立在工地南边，工地上人山人海，红旗招展，挖的挖土，挑的挑土，还有的用木制独轮土车推土。土车一车能装四担土，相当于四个劳动力，算是工地上最先进的工具了。

工地广播喇叭里传来了女播音员清脆的声音："各位农友们，上午好，下面播送工地新闻：公社党委焦书记来工地检查指导工作；明月大队13个生产队上工地的人数达651人，已百分之百上齐了劳动力；水清大队三生产队

78岁的老大爷黎永昌上工地三天了，是工地上最年长的一位，同年轻社员同吃同住同劳动，值得我们大家学习；明月大队九队社员黄新春家祖孙三代同上工地，为奋战凤凰坡作贡献……”

焦书记看到工地上热火朝天的场面心里十分高兴，又听到广播里表扬的几个先进事迹，便对随行的支部书记们说：“我们去水清大队工地看看那位老劳模啰。”说完要田总指挥带路。一行二十多人来到了水清大队改田工地上。“这就是黎大爷。”田总指挥指着正在用锄头往篼箕里上土的黎永昌老人向焦书记等人作介绍。

“黎老，您辛苦了！”焦书记走到黎永昌老人面前亲切地打招呼。

“啊，啊，您是焦书记，对不起，失礼！失礼了！”黎大爷赶忙丢下锄头，伸出干瘦的长满了老茧的手，同焦书记握手。

“您是我们公社农业学大寨的老劳模哩，都要向您学习哩！”焦书记一边紧紧握着黎永昌的手，一边大声表扬他。

黎永昌老人松开焦书记的手，兴奋地对焦书记说：“焦书记呀，党委为明月五队做了一个天大的好事哩！这个队穷呀，穷又不是他们懒呢！是因为他们良田都被水库淹掉了啊，人平只有几分田，他们打了近二十年的饿肚哩！我哩女儿就嫁到这个队上，我哩亲家每年都到我家来借粮度荒哩！造孽啊！你们号召来四队改田，做得好，我人虽老了，也来出一分力，凑凑热闹。”

“我们要号召全乡人民向您学习哩！”焦书记听完黎老发自内心的话，再次表扬他。转身对支部书记们说：“各位支部书记，凤凰坡改田任务仍很艰巨，两个月内一定要完成任务，确保来年插上早稻。今天散会后，回去再开会，再动员，两天内要把劳动力全部上齐。”

“请书记放心，我们再动员，再鼓劲，一定把凤凰坡旱土改水田任务完成好。”各大队书记纷纷表态。

经过两个多月奋斗，凤凰坡一百四十四亩新田已初步建好，只需平整、施上肥料，就可以作为水稻田插上秧苗了。

明月五队群众看见昔日鸟不生蛋的荒山坡今天变成了一个漂亮的小平原，欣喜若狂，奔走相告，都说搭帮黄书记，再也不怕冇饭吃了。可是，志坚看着这一大块平坦的只能做篮球场的黄泥巴地，眉头紧锁，高兴不起来——它离真正意义上的水稻田还相差甚远！必须把田平整好，使每一丘都达到水平。

志坚和尹厚友轮流到五队包队，不到一个月，一百四十多亩水稻田都平整好了。每块都是三亩整，中间一个三米宽的机耕道。机耕道两边整齐排列着的四十八丘新水田，整齐划一，又标准又好看。过去茅草丛生、高低不平的凤凰坡如今变成了小平原——全大队最好的水稻田，五队群众看了，心里都乐开了花。

六十多岁的阶西裁缝也参加了平田劳动，看到过去的荒山坡变成了一大片水旱无忧的水稻田，凤凰坡真要变成金凤凰了，跑到戴着斗笠、赤着脚、晒得黑乎乎的志坚面前，跷着大拇指说："黄书记，你是我们四队永世的恩人。我们要为你竖一块丰碑，刻上你的名字，像供奉祖先一样供奉你。"

"谢谢您老，快莫这样讲，你们五队为修水库淹了好田好土，为国家作了贡献，现在为你们改一点田，也是应该的。"

"你真是人民的好书记，好书记！"阶西裁缝连连说。

"木叔，请你派两个人来帮个忙啰。"当年那个拦在路上找志坚要棉袄的邵同初现为副队长，他和阶西裁缝一早来到队长家，敲着门。

"帮什么忙呀？"

"黄书记为我们改了这么多田，今后我们再也不愁没饭吃了。我请人刻了一块石碑，想竖在新改的田坎边，做个纪念，让我们子孙后代都记住黄书记。"

"哎，你这个主意好，我同你去竖石碑。"

邵同初把一根大麻绳捆在石碑上，黄队长拿来两根扁担，在阶西裁缝的帮助下，三个人抬起一米多高的石碑，并排往凤凰坡走。来到新改的田埂上，小心翼翼地放下石碑，解掉绳子，挖了一个深坑，扶起石碑立在泥坑里，铺上水泥浆。就这样，一块新的石碑竖立在凤凰坡新改的田边上，上面刻着"凤凰新田，铭记志坚"两行大字，旁边小字写着：一九七七年元月明月五队立。石碑竖立不到两个月，被志坚发现了，他强行要求邵同初拆除了。

面对这么一个自然条件恶劣，又困难又落后的大队，志坚大部分时间和精力都留给了它，很少顾及家里。也因此，妻子差点性命不保，让志坚痛彻心扉，后悔不已。

第十三章

志坚当大队支书以来，很少顾家，家里的困难一点也没有改变，而且，开支反而增加了，比如公社干部来了，该吃饭的时候总要花点钱买点荤菜才对得住吧。妻子觉得靠丈夫来改变家庭困难，完全没有指望了，只能靠自己努力。“志坚，你去买四只小猪仔喂啰，多喂几头猪，多卖点钱，一是让孩子们多吃几餐肉，他们正是长身体的时候。二是你县里开会，公社开会，也穿好一点，穿破旧了，丢人现眼的，还会有闲话说某某人的堂客不关心丈夫！”应贤吃晚饭的时候对丈夫道。

“好是好，只怕你会更辛苦，忙不过来嘞！养四头猪每天要多少饲料你知道吗？光扯猪草一天就要一大筐，我又没有时间来帮你。”

“你莫怕啰，我想好了，到时我会有办法的。”

不久，志坚买来了四只小猪仔。头两个月，猪仔还小，它们吃的猪食还可以应付得来。到了后来几个月，四头猪越来越大，食量猛增，应贤每天带着筐子，一边出工，一边扯猪草。这几天，儿女们都忙着准备考试，没有时间去扯猪草。应贤每天散工后，还要挑着两只筐子，再去扯些猪草。

一天傍晚，太阳快要下山了，应贤来到和公坝扯猪草。快扯满一筐猪草时，看见前面坝边上长着一大丛茂密的猪草，也想一同扯下来。刚伸手去扯时，手像被钢针扎了一下，钻心地痛。这时从草丛边上窜出一条大土皮蛇来。“哎呀！”应贤看到这条一尺多长的酱红色土皮蛇，大声尖叫。吓得面如土色，脚都软了。她知道土皮蛇有剧毒，治疗不及时是要命的。她把猪草丢在一边，左手紧紧握着被蛇咬伤的右手，飞也似的朝家里跑。一边跑，一边哎哟、哎哟地大声哭喊着。

“妈妈，妈妈，你怎么啦？手怎么啦？”儿子拿着娘的手哭着问娘。“妈妈手肿了，妈妈手肿了！”女儿跑出来看见妈妈红肿的手，又哭又喊。

“我被土皮蛇咬了！快去叫你爸爸回来！”应贤惊魂未定地对儿子说。

“好，我就去。”儿子飞也似的朝大队部跑。

“么哩蛇咬的？”听说儿媳妇被蛇咬了，正在吃晚饭的父母端着饭碗跑了出来，惊讶地问。

“是一条大土皮蛇。”

“咬在什么地方。”

“右手手背上。”

“那很危险！我去叫周老倌来。”黄三勋丢下饭碗往两里外的蛇医周老倌家跑。

“老周，老周，我儿媳妇被土皮蛇咬了，要麻烦你马上去一下！”

“好，好，我就去！”正在吃饭的周老倌放下碗筷，带上草药就朝志坚家跑。他深知土皮蛇有剧毒，时间就是生命。来到志坚家，看了应贤伤口，说：“啊，好严重，已快肿到手关节了。过了肘关节，就麻烦了，好在我来得快。”周老倌用他特制的蛇药反复清洗了应贤的伤口，在肘关节下紧紧地捆扎了一根布带子，然后把带来的治毒蛇的草药捣碎敷在伤口上。

“谢谢周爹，我觉得舒服多了，辛苦您了。”

“会慢慢消肿的，我明天再来换药。”说完准备往回走。

“老周，这里五十块钱，辛苦您了。”陶富娥将钱塞给周老倌。

“你们这就见外了，黄书记爱人被蛇咬了，我周老倌无论如何不能收钱。”

“收下啰，一点点路费。”志坚母亲把钱塞进了周老倌的口袋里。周老倌掏出钱，丢在地上，转身走了。

“那就谢谢您了，辛苦您了。”黄三勋跑到门外，望着远去的周老倌大声道。

“人还好吧？”志坚听儿子说妻子被毒蛇咬了，大惊失色，把正在打电话的话筒一丢，拔腿往家里跑，一边跑，一边喊：“奇奇，你慢慢回来。”由于跑得太快，脚碰到路边砖块，扑通一下，志坚扑倒在地。他迅速爬起来，顾不上拍掉身上尘土，朝家猛跑。

“么哩蛇咬的？”志坚不知道自己是如何跑回家的，人还在门外就大声问。走进房来，志坚抓住妻子红肿得像包子一样的手左看看、右摸摸，嘴唇在颤抖，鼻子在抽搐，心里在流血，问道：“还痛吧，造孽啊！”志坚眼角闪着泪花。此时，他愧疚极了，伤心极了，后悔极了，整天忙着大队上的事，家里事做得太少了，悔不该买这么多猪让妻子来喂，要是被百节蛇、五步蛇等这些更毒的蛇咬了，妻子可能早就离自己而去了。

应贤见丈夫如此伤心，心里也不是滋味。她用左手轻轻地抹着丈夫的眼泪："你莫为我伤心，刚才周爹为我清洗了伤口，又敷了草药，好多了。冇事，过几天就会好的。"

"还冇事，你这不懂事的家伙，只晓得在大队上忙，一不做家务事，二不管家里的事。应妹子一个女人又要煮饭、洗衣、喂猪，又要扯猪草、带小孩，还要出工。你也要把屋里的事探一探啰！"母亲连训带骂，责怪起儿子来。

"娘吔，你不晓得，我有两个家，一个是自己的家，还有一个是全大队近两千人的家！我不能放弃这么多人的家不管哩！今后家里的事，我得想办法多做点。明天我到县里疾控中心去买血清回来。毒蛇咬了，必须打血清，这是特效药。"看见妻子痛苦的样子，志坚的眼睛又湿了。

等父母走了以后，应贤趁机数落起丈夫来："我今天被蛇咬，你也晓得伤心呀！你晓得吧，这都是你害的！当初叫你不要去当大队支书，你偏不听，当了支书，只晓得没日没夜忙工作，把家都忘了，很多本来男人干的活，都落在我一个女人的身上。你看人家黄校长，家门外的事他全包了，他堂客从来不去扯猪草，锄自留地。你呀，事事不管，我只好女做男工，家里家外一肩担，你想过我的苦吗？"说着，说着，忍不住又伤心地哭了起来。

听了妻子的诉说，志坚又心痛，又内疚："你不要说了，不要说了，我欠你太多了，你在鬼门关上闯回来了。明天打了血清，就没事了，今后家里的事我会多做点。这几天，你就安心地躺着，家里的事我叫四嫂子来帮几天忙。"

妻子被蛇咬，志坚惊魂未定，想起来十分后悔：若不是父亲及时请来周蛇医，有可能现在就在为妻子办丧事呢！要是妻子去世了，自己会悲痛万分，悲痛一辈子。此时的志坚心像刀割一样痛，想想自己辛酸的前半辈子，是贤德的妻子为自己抚平了太多的伤口——在自己人生最低谷、最困难的时候，她不要彩礼嫁给了自己；她还冇出嫁就无微不至服侍重病的母亲；她为了增加家里的收入，结婚刚刚几天就到生产队出工；她为了给父母分忧，主动让出房子给弟弟结婚；她为了支持自己在大队工作，包揽了全部家务事；为了缓解家庭经济困难，喂四头猪，不幸被蛇咬，差点丢掉了性命。多么好的妻子，多么通情达理的妻子，自己实在亏欠她太多太多了。他在心里暗暗发誓：一定要干出一个人模人样，用自己的全部、自己的一生来感谢她，让她有朝一日过上幸福的生活。

志坚吃了晚饭，骑上单车到代销店买了一包蛋糕，分给了父母、奇奇、雅雅一些后拿着蛋糕来到妻子床边："刚才我买来了你喜欢吃的蛋糕，你吃几个啰。"说着把一块蛋糕塞到妻子的嘴里。应贤一边吃蛋糕，一边苦笑着望着丈夫："你也吃一块啰。"

"我不吃，你吃，你冇吃饭。"应贤吃了一块，又吃着第二块，突然，她发现望着自己吃蛋糕的丈夫又在流泪，她伸出手去，轻轻地抹着丈夫的眼泪："我好了，你别哭了，你莫为我伤心。"

他抹了一把眼泪说："应贤呀，你被蛇咬了，教训太深刻了，从明天起，我早点起床去扯猪草，你就不要去了。"

第二天一大早，志坚到县城买回来血清，请大队赤脚医生为妻子注射了血清。

妻子被毒蛇咬了，差点丢了性命，几天了，志坚还在后悔。当时对来大队当支部书记想得太简单了，不知道大队原来这么穷，工作这么多，这么复杂，这么没有时间照顾家庭。但现在没有退路了，面对这么一个烂摊子，无法放手，也不能放手，还得想办法抽时间做做家务事。他做得到吗？他没有做到！女儿只剩一口气了，他还在外面忙。立秋后的一天，乌云像一块大黑布一样罩住了大半个天空，只在西边地平线上露出一抹长长的黄白色的云彩，这样的天气使志坚本来十分压抑的心情变得更加压抑——家里两个孩子的麻疹还没好，他又要去参加公社紧急会议。起床后，志坚问妻子："今天，我要去公社参加一个会议，孩子的病该冇大问题吧？"

"病情还算平稳，只是芳雅严重一点，应该冇事吧。但是，你要早一点回来。"

志坚到卧室看了看儿子和女儿，都睡觉了，觉得没什么问题，便放心朝公社去。

今年秋季以来，麻疹病大流行，大别屋也未能幸免，大部分儿童都得了麻疹。八房头祥老倌两个孩子前不久还因麻疹双双不幸夭折。志坚两个孩子也传染上了，还没完全治好，女儿更严重一些。志坚一直惦记着女儿的病。开完会，便急急忙忙赶回大队部，在队长会议上简单传达了会议精神后，正准备赶回去，八队赵兴保慌慌张张跑来大队部，哭丧着脸对志坚说："黄书记吔，何得了啰！今天我家里进了贼嘞！我弟弟昨天从铁路局回家探亲，带回一个皮箱。今天上午他去我姐姐家了，箱子放在老屋里，下午回来时，皮箱不见了，皮箱里有衣服、礼品，还有五百块钱，求求你马上去破案！时间久了，怕破不出来喽！"

志坚一听，急了，这里群众被盗，急需破案，家里女儿病重。他左右为难。一桩桩、一件件的事像巨石般压得他喘不过气来。"怎么办？怎么办？"志坚在心里急速地想着。"老赵，你先回去，我叫老尹先去了解一下情况，明天我抽空去，对不起，我女儿'麻疹'好严重，好危险，我必须赶回去。"

"过了今天晚上，贼毁了证据，案子就破不出来了，麻烦你耽误一下，帮个大忙，只有你才有办法，求您了！"赵兴保哭丧着脸，缠着志坚不放。

志坚心软了，心想：破了案再回去吧，用不了一两个小时。"你弟弟呢？"志坚问。

"在家里，是他回来后才发现的。他现在在附近察看现场，我特地跑来求你的。"

"你弟弟回来时，队上的人，邻队的人，有谁知道吗？有谁看见吗？"

"队上人刚才告诉我，昨天我弟弟回来时，只有我哩后背屋有一个人在山上放牛，看见我弟弟提着皮箱回来。"

"你们后背屋就是九队呀，这个看牛人是谁？你们知道吗？"

"就是单身汉危干希，他是一个老扒手，做过贼！"

"啊，我知道了，你赶快回去，我同老尹马上去八队开会，你们兄弟也来。"志坚心里有底了。他分析，皮箱被盗极有可能就是这个有盗窃前科的危干希所为。很可能赃物还在，必须迅速破案，一旦嫌疑人把赃物销毁了，案子就难破了。他决定，马上去八队召开群众大会，突击破案，连忙对老尹说："你不能吃饭，迅速回到九队，通知六点半召开社员大会，男女社员一个也不能缺席。"

"好的，我这就去。"尹厚友往九队去了。志坚在大队食堂随便吃了几口饭，急急忙忙朝九队赶去。

六点半，八队社员都来到队长何吉民堂屋里，男女老少挤满了一堂屋，有的还在吃饭，端着碗来了，谁也不知道开什么会，这么紧急，只知道黄书记要来。

"民老倌，黄书记来开么哩会啰？这么急，你不知道呀？我吃了饭，散口茶也冇吃一口，就来了。"

"我也不知道哩，老尹叫我通知大家的。"

志坚快到九队时，正好遇到了赵兴保兄弟。他对赵兴保说："开会时，你们不要露面，在危干希屋的前后密切关注他的动静，有动静立即向我报告。"

"好的，辛苦书记了。"

志坚来到九队队长何吉民家里，把队长叫到身边悄悄道："八队赵兴保弟弟昨天从武汉回来，今天被贼偷去了一只大皮箱，有线索与你们队上的人有关，等会议开始后，你认真关注一下每个人的表情和行为，发现疑点告诉我。"

"啊，原来是这个事，好的，我知道了。"

尹厚友宣布开会，志坚焦急地说："九队全体社员同志，大家好，耽误大家的休息。我们来九队召开紧急会议，是向大家了解一个盗窃案子。你们前头屋里八队赵兴保弟弟回来探亲，带回一口皮箱，放在老屋里，里面有一些钱物。他弟弟去了姐姐家，回来后，皮箱不见了。据调查，有人拿了一个皮箱朝你们队翻山过来了。为了不冤枉好人，也为了还九队群众一个清白，因此，我们召集大家开会，如果九队有谁一时起了不良之心，拿了这只箱子，早点交出来，可以坦白从宽；如果不坦白交代，公社管治安的查出来了，要以盗窃罪严惩！"

"贼字难当，我们九队不能背这个贼名！各家各户都表个态，各人洗脚各人上岸。"

"冇得客气讲，只有搜，从上头几栋屋搜起，先从我家搜起。"

"搜！黄书记，只有马上搜！"

社员们都很气愤，纷纷表态逐户搜查。只有危干希趁人不注意的时候，溜走了。何吉民立即来到志坚面前，偷偷告诉他。

危干希担心皮箱会被搜出来，慌忙溜回家，迅速将偷来的皮箱拿到柴草房里，搭着楼梯，爬到柴楼上，掀开几捆柴草，将皮箱往柴草堆里藏。这一切，被放哨的赵兴保兄弟全看在眼里。赵兴保飞也似的跑到志坚面前，一只手掩着嘴巴，附在志坚耳边，偷偷告诉志坚他们兄弟发现的情况。

"老尹、何队长、谭会计同我来。"志坚说完朝危干希家里跑去。参加会议的社员也一窝蜂地跟着朝危干希家跑去。

"危干希，你这个不学好样的家伙，开门！开门！快开门！"队长何吉民骂道。

"危干希，你不开门，老子就一脚踢开你家的门！"尹厚友用手电筒从窗户里照着在柴楼下的危干希。

"危干希，你这个屡教不改的家伙，你把箱子藏到哪里去了，赶快拿出来！"志坚大声吼着。

"我错了，我错了，我去拿，我就去拿。"两腿筛糠的危干希打开门，急忙爬到柴楼上，从柴草堆里将那个偷来的皮箱拿了下来。

"打死这个家伙，败坏了我哩队上的名誉！"何吉民吼着，挥着拳头要打危干希。

"不能打，交派出所去处理。老赵，你把皮箱打开看看，看丢了东西没有。"志坚转身对战战兢兢的危干希说，"危干希，写出检讨，明天交给伏大队长，听见吗？"

"好，我写，我写。"危干希头也不敢抬，在喉咙眼里说。

"黄书记，东西都在，谢谢书记，辛苦你们了！"赵兴保对志坚深深鞠了一躬。

"好，大家都可以回去了，九队群众觉悟高，谢谢你们的配合。危干希盗窃一事今后交公社来处理。"志坚挥手对大家说。

志坚告别九队队长等人，同老尹急急忙忙往家里赶——他心里着急死了！庆幸破案很顺利，没多久。但不晓得两个孩子病情怎样。跨进房门，只见房内十几个伯伯、叔叔、阿姨、阿嫂们抹着眼泪，见志坚回来了，连忙让开一条路。陶富娥见儿子回来了，横起眼睛吼道："你也晓得回来呀！你是怎么做父亲的？两个孩子病得这么重，芳雅手脚都硬了，只剩一口气了。你这不懂事的家伙！快去请黄痘师来！"

听了娘一顿骂，志坚慌了神，急匆匆来到睡房。儿子见父亲回来了，睁大眼睛对父亲嚷道："爸爸、爸爸，我想吃肉。"志坚走到儿子床边，用手摸了摸他的头，眼角上布满了泪花："奇奇，你暂时不能吃肉，吃了肉，病会加重，等你完全好了，爸爸天天买肉给你吃好吗？"儿子点了点头。志坚来到女儿床边，只见妻子坐在女儿旁边，用手不停地摸着女儿的头、胸口。见丈夫回来了，气不打一处来，大声吼道："你何哩这时候才回来！你还是她爸爸吗！你知道吗，雅雅只剩一口气了！”发完气，眼泪流干了的应贤喃喃地对女儿说：“雅雅，你快睁开眼睛，你快醒醒，爸爸回来了。”志坚见到昏迷不醒的女儿，心像针扎一样痛。他俯下身去，摸着女儿的额头，又翻了翻女儿的眼皮，眼珠子已呆滞了，他心慌到了极点，大声地吼叫起来：“雅雅，雅雅，雅雅，你醒醒！你醒醒！你怎么了！怎么不睁开眼！”哭着、哭着，又摸了摸女儿的手，手僵硬了；又摸了摸脚，脚也僵硬了；又摸了摸女儿的胸口，胸口还在一起一伏地跳着；又用手探了一下女儿的嘴，嘴里还有一点微弱呼吸。志坚这才稍稍安心了一点：“快，老尹，你同我去请黄痘师来，带手电！”

“好，我这就去拿手电，你先走！”

志坚同老尹打着手电，高一脚、低一脚，顺着乡村小路朝大队部小跑而去。“老尹呀，雅雅可能冇得救了，手脚都僵硬了，只剩一口气了！现在去请黄痘师，只是尽做父母的心哩！只怕黄痘师还冇到，雅雅就断气了哩！”说到这里，志坚大声哭了起来。

“你也太粗心大意了，两个孩子病得这么严重，不应该去开这个会，破这个案的。”

“上午我去开会时，她的病情还稳定，我以为冇事哩！”

“麻疹变化快呢，十麻九怪，稍不注意，死人不把信哩！祥老倌两个孩子不也是粗心大意，以为冇事才死的！八队那个案子你完全可以不急着去破的，雅雅一旦救不了了，你会后悔一辈子的！”

“是的哩！只怪得赵兴保缠着我不放，不立即破案，嫌疑人一旦销毁了证据，案就破不了呢！我的女儿的命怎么就这样苦啰，生下来差点被猪吃了，好不容易长大又得了这个要命的病，天啊，你开开眼啰！”

没多久，两人来到了黄痘师家。黄痘师见志坚来请，二话没说，背起药箱子就走。黄痘师看了志坚儿子和女儿的病后对志坚夫妇道：“黄书记，你们儿子没问题，慢慢会好起来的，但一个星期内不能再沾油。女儿有点麻烦，但只要把药搞齐了，服下去，可能还会有救。”

“拜托您老了，请您一定要想一切办法抢救我女儿！”志坚带着哭腔说。

黄痘师是位老中医，快七十岁了，擅长麻疹一类的病。凡是得了麻疹，经他诊治，大都能药到病除。他又仔细看了志坚女儿，对志坚说：“赶快拿一只仔鸡杀掉，剖开取出内脏，找一个银圈放在鸡内，敷在她的肚脐上。派人速去挖一斤左右的水杨柳，两个小时内一定要找到，非找到不可，晚了不行，这里我开几剂中药赶快去抓回来熬给她吃，我今晚不走，守在她身边。”

“谢谢您老！”志坚又对黄仁说，“老弟，你快去大队部抓药，我同老尹去找水杨柳。”二人打着手电沿着坝边、塘边寻了个遍，没有寻到一根水杨柳。他只好直奔岳父家，请岳父带他去寻。

晚上十点钟，二人来到岳父家。他把女儿的病情和急需水杨柳的事同岳父讲了，岳父道：“有，我家背后山塘边上就有，我带你们去挖。”

志坚背着锄头同岳父和老尹来到山塘边，挖了一大把水杨柳，飞也似的朝家里跑。一进门，黄痘师急急忙忙问：“黄书记，水杨柳找到没有？”

“找到了，我岳父帮我们找到的。”

“你女儿有救了，赶快把水杨柳同中药煎开，喂给雅雅吃。”黄痘师高兴地说。经过黄痘师的精心治疗，又敷药，又吃水杨柳等中草药，天亮时分，女儿雅雅奇迹般地抢救过来了，眼睛睁开了，手脚也动起来了，口里还不停地嚷着要吃肉，要吃荷包蛋。

志坚夫妇，爷爷、奶奶望着醒过来的雅雅，松了口气，脸上都洋溢着幸福的笑容。应贤抱起女儿，在她脸上亲了几口：“雅雅，快叫爸爸。”

“爸爸，我要吃糖，买糖我吃。”雅雅笑眯眯地望着父亲。

“好，等一会儿我去买。”志坚从妻子手中把女儿抱了过来，让女儿坐在自己的怀里，手轻轻地摸着女儿的头，摸着女儿的小手，在女儿脸上亲了亲，笑了。

小雅雅醒过来了，黄痘师十分高兴：“黄书记呀，你女儿救过来了，这是你们的福气哩！像你女儿这种情况，十有八九抢救不过来哩！但是，你们还是不能粗心大意，一个星期内要多加注意，药不能停，特别是万万不能沾油。天亮了，我要回去了。”说完，提着药箱准备离开。

见黄痘师准备回去，应贤急忙对丈夫说：“赶快留他老人家和老尹吃了早饭再走，你带雅雅，我这就去准备早餐。”说完立即起身去厨房。

志坚抱着女儿，含着眼泪对黄痘师道：“谢谢您老捡回了我女儿一条命，万分感谢您，还要世世代代感谢您，您一定要吃了早饭再回去。”

“好，好，我吃了早饭回去。”

吃过早饭，志坚全家人一直把黄痘师送到大坪里码头上。

女儿从死亡边上抢救回来了。令志坚十分头疼、左右为难的事又来了，还差点夺去了他年轻的生命。

第十四章

七十年代，农业仍处于以粮为纲的年代，公社焦书记为了粮食问题给志坚出了一道大难题。一天，他在公社参加支部书记会议，散会时焦书记叫住了他："小黄，昨天区委张书记打电话给我，说你所在的七生产队借粮借到了罗城县，而且借了两万多斤，影响不好。党委决定，今年你要亲自回去包队，必须摘掉明月七队的落后帽子，再不能去外县借粮了。"平时很随和的焦书记一脸的严肃。

志坚听了，眉头紧蹙，半天说不出话来。他深深知道这是一个难以完成的艰巨任务。自己所在的生产队是"四清"运动时由三个生产队合并起来的超大型生产队。人心不齐，山穷水恶，田土肥力差，居住分散，田土也分散，群众说打起马也要跑半天。年人平口粮只有五百多斤，每年到了青黄不接的时候就要到外面借粮度荒。

"焦书记，能否请公社派一名干部去蹲点！你要我回去包队，实在有些不好办事哩！"志坚苦笑着对焦书记说。他担心自己的斧头剁不了自己的把，不敢接受这个任务。

"小伙子，不要怕，打架须从外婆屋里起嘛！也是党委考验你的时候，党委相信你有能力摘掉这个生产队的落后帽子。"

"我还是不想去，请书记再考虑一下，好吗？"

"党中央号召以粮食为纲，小黄，你就不要再推辞了，要服从党委安排。县、区、公社、各级党组织负责人都必须到最困难、最落后的生产队去包队。谭县长去了林西包队，区委张书记在岭上九队包队，我也在全公社最落后的龙赵四队包队。小伙子，不要再讲价钱了。"

"虽然没有把握，我也只能回去试一试。"志坚拗不过焦书记，勉强接受了任务。招呼也没有打，闷闷不乐地离开了焦书记办公室。

公社焦书记以命令的口气要志坚回来包队，他没能推掉。他反复分析了生产队搞不好的原因，主要是队大人多，人心不齐。要把生产队搞好，他想除了多弄一些化肥给生产队外，主要还要靠苦干。如果社员拖拖拉拉，出工不出力，再多的化肥也不可能增产。他自己又不能天天在队里和社员一起劳动，只能把担子压在队长和队委会的身上。他利用晚上时间，召开了两次队委会，一是宣布自己回来包队，二是制订了生产队一系列管理制度。

"朱队长，起床了吗？"天刚麻麻亮，志坚来到朱队长家的窗户前叫他又说，"你要集中劳动力把各家各户的草木灰、莱土泥、土杂肥、地皮子、鸡粪、鸭粪、人畜粪和扬尘在近三天收集起来。过几天还要发动社员砍青草下田。有口的要吃，生根的要肥，俗话讲，人哄土皮，土哄肚皮，没有肥料，你在田里绣一朵花也多打不了粮食。硬要千方百计把肥料搞足，你负责搞土杂肥，我再想办法弄点化肥，一定让我们生产队的水稻打个翻身仗。一个星期后我来检查。另外，按队委定的制度尽量搞定额，搞包工，不能再滚大坨，混日子，磨洋工。"

"好的，我现在就去敲钟出早工。"半个钟头后，八十多个男女劳力都集中到了队屋坪里。有的还打着哈欠，有的脸都没来得及洗，有的还在扣衣服上的扣子。大家都生怕出工迟了，扣工分——这一制度就是志坚在生产队队委会上订立的制度。一些社员抱怨志坚抓得太紧，管得太宽，简直到了严酷的程度，在背后叫他"红色地主"。

"我们只怕会被志先生磨死啰！"出工一向懒洋洋的田老倌埋怨起志坚来。因为志坚教过书，队上人就叫他志先生。

"不要埋怨，只要能增产、吃饱肚子，累一点也值得。"燕爹说。

这盘棋怎么下呢？这个仗怎么打呢？志坚认为，完全靠土办法不行，必须有洋办法，而且必须土洋结合，以洋为主。土就是搞土杂肥，如塘泥、陈砖、火土灰等。洋，就是要尿素、氮肥、氨水、磷肥、钾肥等化肥。慢慢地，一个以肥制胜，改变生产队低产落后面貌的方案浮现在志坚的脑海中。

志坚又想，要增产，光靠自己一个人力量是有限的，必须充分调动群众的积极性。于是志坚要求朱队长召开一个群众大会。大会开在大别屋堂屋里。社员到齐了后，朱队长宣布开会："全体社员同志，公社焦书记责成黄书记回来包队，原因是去年我们生产队借粮食借到罗城县去了，影响不好，焦书记一定要黄书记摘掉借粮食的落后帽子。下面请黄书记讲话，大家鼓掌欢迎！”

堂屋里响起了零零乱乱的掌声。

“我们都是自己队上的人，鼓什么掌啰，一家人。”志坚说了开场白后接着说，“家乡父老好，各位兄弟姐妹好，我们七队借粮借到罗城县去了，我在公社挨了批评，焦书记命令我回来包队，一定要摘掉借粮度日的穷帽子。我们七队的人也不矮谁一截，人家吃得三碗饭，我们也吃得半升米。我就不信我们七队永远会借粮吃，我有信心，我们七队今年要增产七万斤。大家说，要不要得？”

“要是要得，只怕太阳要从西边出！”田老倌冷冷地说了一句。

“志先生有办法增产七万斤，我就把我的‘王’字倒起写。”王双文冷笑道。

“那只怕要神仙下凡呢！志先生你谈谈你的办法看。”副队长反问。

“办法就是一个字，什么字？‘肥’字。我们七队社员聪明能干，会做事，吃得苦，田比哪一个生产队都种得好，就是田里少了肥料，要想增产七万斤，关键是要解决肥料问题。解决肥料的办法是四个字：‘土洋结合。’我要努力，大家也要努力。洋办法，六千斤尿素、一万斤氮肥、一万斤氨水、一万斤磷钾肥由我负责。土办法呢，把林家塘放干担塘泥，把大别屋陈砖换下来，这就要大家同意。”

“好主意，好主意，我们听你的。”社员们听了志坚提出的办法，高兴地议论起来，似乎看到了增产的希望。冰冷的会场一下子热闹了。“只要你能搞到这么多化肥，拆屋换陈砖的事、担塘泥的事由我负责，不要你操半点心。”一直没有说话的朱队长大声说道。

通过这次生产队社员大会，群众的积极性提高了，但是，这么多化肥哪里才能搞到啊！这些都是紧缺物资，凭计划供应。志坚决定去找他心目中最尊敬的谭县长，看能否找县长开点后门。

谭县长是一位平易近人，喜欢同基层干部打交道又肯解决问题的领导，大部分时间在离县城六十里地的林西公社包队。志坚下定决心去林西找谭县长。第二天，天刚蒙蒙亮，志坚吃了妻子给他炒的剩饭，用塑料袋提着换洗衣服，骑单车往林西出发了。志坚把单车存放在朋友家，来到湘江河边上等船。湘江平静的水面在阳光的斜射下，荡漾着浅浅的金色波浪，岸柳婀娜，水鸟群飞。虽然没有昔日的千帆竞渡，却时有机帆船载货而过。

志坚来到渡船码头，登上了去新泉的轮船。到资江河的渡口下船时，已经下午五点半了，离林西还有十多里路。这时早没公共汽车了。志坚只好饿着肚子步行去林西。到达林西已是晚上七点钟。志坚来到林西公社，只见谭县长穿着一身短袖汗衫和一条黑色长裤，裤腿上有一块一块的泥巴印迹，坐在门口不停地摇着大蒲扇，看模样他刚从生产队回来。"谭县长，您好！"志坚来到谭县长跟前，微笑着打招呼。

身材魁梧的谭县长见一身汗、一身灰尘的黄志坚来了，连忙关切地问："小黄呀，你吃饭了吗？这么远你来找我干什么呀！"谭县长还是那个带着笑容望着你，慢悠悠说话的样子。

"我不吃饭倒冇问题，我哩全队社员在饿肚子呢！我特地来找您的。""找我什么事呀？""是这样的，我自己的生产队连年减产，借粮借到罗城县去了。焦书记命令我回去包队，不准再到外县借粮，丢湘江人的脸。队里缺化肥。我是专程来请您搞点尿素、氮肥指标给我的。"

"小黄，借粮借到外县去，影响不好！但是，尿素、氮肥，全县都很紧张，按计划供应。你风尘仆仆，跑几十里路来找我，我给你三吨尿素、四吨氮肥指标，其余只能靠你自己去想办法。"谭县长给县生资公司贺主任写了一张条子，交给了志坚。

"谢谢，谢谢伟大的县长！"志坚把两个不能随便搭配的词连在一起，笑着对谭县长说。"你这个鬼崽子！"谭县长笑眯眯地说道。

第二天志坚带着谭县长批的尿素、氮肥指标高高兴兴地回到了家。生产队的群众听到志坚搞到这么多金贵的化肥指标，个个兴高采烈，互相转告。群众看到了丰收的希望，积极性也空前高涨起来，换陈砖、挑塘泥、搞土杂肥的事也在朱队长领导下，顺利地推进着。

志坚与朱队长合计了一下，这批化肥加土杂肥对一百七十亩的双季稻来说还有不小的缺口，必须另想办法解决。志坚想到了氨水。他表哥在株洲化肥厂，可以搞到氨水。只是要修一个密封程度较高的氨水池。志坚马上同表哥取得联系，租了公社农机站东方红拖拉机，同司机一早赶到株洲氮肥厂装了六吨氨水。为了赶在天黑前把氨水灌到池子中去，志坚和司机连饭也没吃，以最快的车速往家里赶。到了离家仅两公里的一个陡坡上，由于是沙石简易公路，又被运白泥的拖拉机轧得稀巴烂，东方红拖拉机轮胎打滑。司机加大油门往坡上冲，却怎么冲也冲不上去，而且轮胎下面的坑越来越深了。

司机跳下车对志坚说："黄书记吔，车子加大油门也冲不上去，唯一的办法只能叫人来推。""好，我回去叫人。"

志坚又急又饿，连走带跑回到生产队，叫来了十几个社员，在拖拉机后使劲地推。志坚也在车头后面三脚架处用力推着。人多力量大，拖拉机终于过了陡坡，进入了平坦的路。但是，意外发生了——由于路平了，拖拉机速度突然加快，志坚没吃饭，又跑步回去叫人，加上推车时使劲用力，早已筋疲力尽了，在拖拉机突然加速时，没来得及离开拖拉机三脚架，他大叫一声"不好了"，倒在三脚架下。车子轮子朝他的眼前飞来，求生的欲望促使他用尽浑身力气向路边一个急翻身。头和身子虽然翻过来了，可右脚来不及抽出来，他眼睁睁地看着拖拉机的后轮从自己的右脚脚背上碾了过去。

"不好了，黄书记被车子轧着了，停车！快停车！"大家向司机大声地喊着。司机一脚急刹，拖拉机停了，人们立刻围了过来，把志坚扶起来坐着。

"还好吧，还好吧？"朱队长急切地问。

"冇事，我冇事。"志坚坐在地上，双手摸着右脚，睁着眼清楚地回答。但是不到十秒钟，他眼前突然一片漆黑，往地上一倒，昏过去了。社员们慌了神。"不好了！"朱队长大叫一声，飞也似的跑到附近一户人家，借来一张木门，七八个人急忙把志坚抬回了家。

志坚躺在床上，眼睛闭着，脸色苍白，不省人事，只有心跳。右脚板肿得像包子一样。

吓出了一身大汗的父亲跑去喊医生。母亲从隔壁房间里跑过来，一边掐人中，一边大声呼喊："志伢子，志伢子！你醒醒！你醒醒！你要坚强，你要挺住！"陶富娥看到儿子不省人事，眼泪双流，一滴一滴滴在儿子的脸上。

"爸爸、爸爸，你怎么了？你怎么了！"儿子、女儿看到父亲躺在床上昏迷的样子，大声地哭着，叫着，喊着。十几个社员在房间里担心地望着昏迷中的志坚，不停地抹着眼泪。

应贤突然听到屋里有人在吵闹，还有哭声，不知发生了什么事。正在后面厨房里烧火煮饭的她拿着火钳跑进屋，看见早上出门还好端端的丈夫现在躺在床上，闭着眼睛一动也不动，吓得手上的火钳当的一声掉到了地上，三步并作两步来到床前，扑向丈夫，一声哭哑了："天喽！何得了啰！早上好好的，何里成了这个样子啰！我的天嘞！志坚！志坚！"这哪里是哭，分明是撕心裂肺的尖叫！

应贤一边哭一边摇动着丈夫的肩膀："志坚，你醒醒！你快醒醒！"看见娘大声哭着，儿子、女儿也更加伤心地哭了起来。

陶富娥熬了一碗姜汤端过来，含着眼泪用汤匙一匙一匙地往儿子嘴里喂。志坚"哎哟"一声睁开了眼，望了望全屋子里的人，笑着说："我冇事！"

从大队部叫医生回来的黄三勋望着清醒过来的儿子，皱纹脸露出了笑容，对身边的燕爹说："燕爹，志伢子死里逃生嘞！"

"是的呢，祖宗菩萨坐得高呢！你们积了德哩！当时我在拖拉机后面，亲眼看见志伢子倒在三脚架下，我以为冇得救呢，你们差点要承受老年丧子之痛呢！志伢子大难不死，必有后福。"燕爹抹着泪道。

"燕爹，我的心还在冲嘞。"

这时，赤脚医生赶到了，急忙给志坚打吊针。应贤做了一碗鸡蛋汤给志坚喝了。

"还好吧，冇事吧！"晚上八点钟的时候，公社焦书记慌慌张张地来到志坚家，刚进门就急忙问。

"焦书记，您怎么来了？"志坚用微弱的声音笑着问焦书记。

"看样子还好，我就放心了。刚才我听罗司机说，你被拖拉机轧了，吓得我不得了，急忙赶来看你。冇事就好，冇事就好。"焦书记走到床边握着志坚的手说。

应贤泡了姜盐豆子芝麻茶端给焦书记，向焦书记数着志坚的不是："焦书记，黄志坚一心在大队忙，家务事我可以不要他管。但是，他一点也不关心自己，拼命工作，这次去拖氨水，饿了也不吃饭，怕下雨，急忙赶路，差点被拖拉机轧死了。死了，何得了啰！上有老，下有小，请你批准他莫当这个书记啰！我给你磕个响头啰！"说着说着，又伤心地哭了起来。

"小杜，你莫哭莫哭，好人一生平安，冇事的！"

"焦书记，黄书记回来包队为队上操碎了心，什么事都带头干，差点出了大事，刚才，社员都哭了嘞。"朱队长告诉焦书记。

"志坚是个好书记，遇事有办法、有能力，又关心群众，只是性子急了点，这次是大难不死喽！"

"焦书记，我向您汇报，黄书记办法多，主意好，门路广，短短两个月在他的指挥下，担了两万担塘泥，换了三万多担陈砖，买了万多斤氮肥，六千斤尿素，一万多斤磷钾肥，今天又运回六吨氨水，今年肯定大丰收。”朱队长兴奋地对焦书记说。

“你们七队老是到外县借粮食，影响不好！我晓得黄书记有办法，是我叫黄书记回来包队的。好在志坚命大福大，要是出了事，我可是罪魁祸首啊！”说完，焦书记走到志坚床边，握着他的手：“小黄，你好好休息几天，大队上的事我交代老甘和尹厚友多管一管，等脚好了再去忙。”

应贤见焦书记要走，急忙走到焦书记面前说：“焦书记，我哩黄志坚要么不包队，要么不当书记，我哩老公，我说了算！”

焦书记听了，哈哈大笑：“小杜呀，你老公在家里你说了算，在外面还是我说了算。”

“这不行，那不行，那我就同他离婚！”说完，望着志坚，一脸认真劲。

焦书记听了，马上回道：“那我同意，你们今天离婚，我明天就给黄书记介绍一个细妹子。”说完，哈哈大笑。全屋里的人都大笑起来。志坚也痛苦地笑着。应贤也忍不住笑了。

焦书记又笑了笑：“小杜呀，告诉你，志坚，人归你管，工作上包不包自己生产队，当不当书记归我管。志坚是共产党员，又是大队支部书记，理当立党为公，舍小家为大家。你也要顾全大局，支持他的工作，不能拖他的后腿。”

“我不是党员，我没有这么高的觉悟，我心里只有父母、子女、老公，我要我的老公平平安安，我要我的老公轻轻松松，不要他这样没日没夜地操心劳累，更不要他这样冒着生命危险去工作。”

“志坚呀，小杜说的没错，今后在工作中一定要注意安全嘞！”

“好的，听书记的。”志坚笑着回答。

又坐了一会儿，焦书记拿着黄挎包准备回公社。志坚有气无力道：“焦书记，您好走。”

由于解决了肥的问题，七队早晚两季水稻大丰收，一共增产了八万六千多斤。今年人平口粮也破天荒分到了七百三十斤。

秋收后的一天，志坚从公社开完会回来。一路上，愁眉不展——公社分配明月大队五万斤三超粮任务，他担心完不成。虽然全大队有十三个生产队，但有七个水库上游甩亩队，人多耕地少，莫说卖三超粮，他们每年还吵着找公社要返销粮度过青黄不接的时期。他必须动员自己生产队完成一万斤，否则无法完成任务。他知道，自己生产队的群众，对卖三超粮抵触情绪很大，于是他决定召开生产队社员大会，做好群众工作。

“社员大会现在开始，下面请黄书记讲话。”朱队长宣布开会。

“各位伯伯、叔叔、大姨、大婶，今天召开生产队社员大会，就一个事，卖三超粮。”这是志坚的开场白。话还没说完，会场上就叽叽喳喳议论开了。虽然不知道他们说些什么，志坚大概知道是反对卖三超粮。

“请大家安静，听我把话说完好吗？是这样的，今年在大家的共同努力下，我们生产队获得了有史以来的大丰收，比常年增产了八万多斤稻谷，十万多斤红薯。除完成征购粮外，人平可分得七百三十斤口粮，还有两万多斤余粮。丰收不忘国家，我们要为国家做贡献，为国家分忧，我们生产队要带头卖三超粮一万斤。今天开会，就是请大家来支持。”

“屁呀，我们队上从来冇卖过三超粮，增了点产就翘尾巴，还带头卖三超，我不同意。”黄新建第一个发言反对，话中带刺。

“还冇呷得几天饱饭，带头卖三超，我们生产队不当这个先进，这是大伙辛辛苦苦干出来的，不能卖。明年遭旱灾呢！关在仓里一粒也不能卖！”一贯喜欢顶牛的王双文也附和。

“今年队上大丰收，一要搭帮志坚包队，不是他，恐怕我们又只能分五百斤口粮。二要搭帮黄书记找了县里领导，买足了化肥。肥料是国家的，我们丰收了不能忘记国家呀！再者，我们不能忘了人家好处，为了队上增产，志先生运氨水还差点被拖拉机轧死了哩！我同意卖一万斤。用这个卖三超粮的钱早一点把明年肥料买足，死钱变活钱。这样，明年肯定又会大丰收！”燕爹力排众议道。

“我同意燕爹的意见，就这样办。”队长、会计都投了赞成票。

“好，谢谢大家，谢谢大家理解和支持，明年我一定和大家一起苦干、巧干，再夺丰收。”见大多数人支持卖一万斤三超粮，志坚高兴地说。

通过一年的包队，志坚所在的第七生产队大丰收了，社员分了七百多斤口粮，有饱饭吃了，还卖了一万斤三超粮，队上社员感谢他，焦书记在公社大大小小会上表扬他，而他却怎么也高兴不起来。想这是自己找县长开后门弄来了化肥，是自己去株洲运来了氨水！是生产队换陈砖、挑塘泥苦干来的！自己不包队了呢，怎么办？其他队怎么办？这些治标不治本的办法，终归解决不了问题呀！必须面向全大队十三个生产队想办法，从根本上解决问题才对！

志坚为此进行了长时间的思考。他也是一个善于思考的人。他要想出一个从根本上解决问题的办法。他能想出办法来吗？他会想出什么办法呢？他想的办法行得通吗？

第十五章

志坚当支部书记的年代，没有额外收入和任何补贴，和社员一样，每年只有五千分工分，划拨到本人所在生产队去参与统一核算。他不但没有钱包，而且衣服口袋里常常是布贴布，有谁知道堂堂的大队书记原来却是个穷光蛋。

“盐也冇得，煤油也冇得，一停电，家里漆黑的。你到大队部去带点回来啰。”妻子把瓶子交到志坚手上。志坚摸了摸口袋，只剩五角钱了。总不能到代销店去赊吧！怎么办呢？他左寻右找，把一些不要的书、课本、作业本、旧报纸捡了一捆，用一个布袋子装着，打算大队开会时带去卖掉。

“你把这些废纸废书捆起干什么？”妻子故意问丈夫。

“莫浪费了，我开会带去收了，变两个钱。”

“冇钱买盐、打煤油吧，穷鬼，还当书记，用废纸去兑盐吃，人家看见了，好丢脸啰！我做缝纫还有点钱，你拿去。”应贤把一张十元的钞票给丈夫。

“不要，不要，废品换钱，又冇偷，又冇抢，丢什么脸啰，勤俭节约是美德，是光荣传统，还要发扬哩！”

“哎，还美德！”妻子长叹一声进里屋去了。

志坚来到代销店对朱爹道：“朱爹，这里有一点废纸莫浪费了，收给你啰。”

“好的。”朱爹称了称，对志坚说，“黄书记，废纸两块六角钱，给你。”

“啊，不要钱，请帮忙给我买两块钱的盐，六角钱的煤油啰。”志坚顺手递了个煤油瓶给朱爹。然后来到会议室，主持召开群众代表会：“大家好，现在开始开会。新的一届大队支委成立两年多了，我们的工作很多地方做得不好，今天把大家请来，主要是请大家对党支部工作提意见，提批评，提建议。请大家消除顾虑，有什么说什么，想怎么讲就怎么讲，我们党支部全体同志一定虚心接受，决不打击报复。”

“我来发个言。近两年我们大队工作有起色，特别是‘农业学大寨’成绩突出。但是大队账目三四年没有清过，有人挪用公款几百元不还，群众意见很大。要求清账，并张榜公布。”九队代表黄英国第一个发言。

“我也是这个意见，大队的账一定要清，凡拖欠大队公款的人，不管是谁都要还。还要把清账代表选好。”

“谁家没有困难呀！当干部就要向黄书记学习，不拖公家钱，勤俭节约过日子，刚才我看见他在代销店用废纸兑盐、打煤油。”邵同初说。

代表们不约而同地望着志坚。此时的志坚，脸却像旭日初升的天空一样，一下子红了。

“同志们，你们意见提得好，马上组织清账，现在请你们选出三个清账代表，要选坚持原则的人，要懂财务的人，还要有代表性。”听了大家的意见，志坚立即表态。经过代表反复讨论，选出何厚炳、黄英国、朱志为清账小组代表。

大队部组织清账的事传到了志坚母亲和妻子那里，吃晚饭的时候，母亲担心地问儿子：“志伢子呀，大队代表清账，你该有问题吧？”

“娘，您放心啰，我只欠二十几块钱，准备把做床用的木头折成钱还给大队。”

“这就对，当干部就要一不贪，二不沾。宁可少穿，少吃。少吃了，人家又不会剖开你的肚子去看。”

经过三天清账，清账小组张榜公布了明月大队财务情况：总收入62817.35元，各项开支98387.35元，总负债35570元。个人欠大队现金共计801.3元，明细如下：

曹志军413.4元，黄志坚28元，黄胜93元，尹厚友41.8元，何雨127.1元，黄小安35元，许桃运72元。

志坚把自家准备做床用的两根大木方抵账，还清了大队部28块钱的欠款。在志坚的带动下，其余拖欠大队公款的人都主动还清了欠款。

志坚在清账小组会上作了总结发言：“辛苦代表们了，这次清账不但查清了大队账务，更拉近了大队干部同群众的距离。俗话说，村看树、户看户、群众看干部，打铁需要本身硬。我已向大队支委约法三章：一、作为支部带班人的我不借不欠大队一分钱；二、任何支委到大队借钱都必须经我批准；

三、大队部的账由清账小组每年清一次。欠了账不还的大队干部，一律撤职。”

参加会议的同志一边使劲地鼓掌，一边吆喝“好、好”。

当大队支书不到三年，志坚的心情越来越沉重。困难户邵同初找他要棉袄的事，王艳一家穷得不能再穷的事，自己生产队去外县借粮的事，自己倒在拖拉机三脚架下的事……让他笑不起来，开心不起来。想想当时入党当大队支书时那种轻松的心情，只要做到仇秘书约法四条的简单想法是否太肤浅，太简单了。对于近二千口人的大队，你虽然无法让他们过上幸福生活，但是他们最基本的吃饭、穿衣的问题总得要解决好呀！吃饱穿暖的问题都不能帮他们解决，你这个大队支书当起来还有意义吗？还有脸面当吗？还有必要当吗？——志坚近来在心里不断地考问着自己。

近二千群众的生产、生活，并非一个“穷”字、一个“难”字概括得了。冇钱买肥料啦！上缴啦！卖三超粮完不成任务啦！口粮不够啦！队长闹情绪不干了啦！因为穷，夫妻打架相骂啦！一摊子的麻烦事、上级分配下来的要当作政治任务来完成的事等等，这些都会扯到你的身上来。

志坚把这些事梳理来，梳理去，觉得这些成堆的工作中，核心问题还是穷。要是生产队有钱，肥料就能买足，水稻、红薯就能成倍成几倍地增产，社员口粮就会充足，再不会有挨饿的问题；生产队就会富裕很多，不会出现超支难收的问题了；国家三超粮也会超额完成任务；生产队长也好当了，自己的支部书记也会好当多了；年轻女子不会远嫁他乡，男青年也不会打单身了……

“穷”，成为当下农村的主要矛盾。如何才能把这个穷变成富呢？或者说最少让生产队有钱买肥料呢？志坚思来想去，绞尽了脑汁！聪明的志坚要在自己的职权范围内想出一些办法来让生产队有钱买肥料，让田土能增产，让社员吃上饱饭，还有余粮完成国家分配的三超粮任务，但又不违反党和国家的基本政策。最近志坚在这方面想得很多，很多。“我必须采取果断而特殊的措施，哪怕自己受处分，也必须放手一搏！”最后他终于决定冒一次风险在支委会上做出几个大胆的决定：“同志们，这次代表们清账，不仅查清了近几年来大队财务状况，更给了我们一个清醒的认识，我们大队太穷了，穷得不能再穷了。穷的现实提醒我们农业一线的同志，不仅要抓米袋子，也要抓钱袋子。前几天，我家里冇得盐吃，冇得煤油点灯，手里只有五角钱，只好将一大堆旧书、废纸卖掉，在代销店换点钱买油盐。我都这么穷，人民群众会比我好吗？从今天起，我们要换思想，换方法。我们要一手抓农业，一手抓工业，办社队企业。党支部不但是抓粮食生产的党支部，还要是抓票子、抓社队企业的党支部。”

支委们听了志坚的发言，你望着我，我望着你，心里产生了巨大的震动——黄书记你真敢想，行得通吗？大会小会不停地喊批判资本主义，你真敢这样做吗？你不怕犯错误吗？

“好是好主意啊，只怕公社不同意啊！县委书记上次还在大会上批判我县资本主义倾向时指出：城南贩笔尖，岭北烧红砖，长龙搞基建，新港驾大船，是搞资本主义，一律不准搞呢！”胆小的尹厚友说出了自己的担心，他也是怕好朋友犯政治上的错误。

“原来多喂了几只鸡、两头猪，路边、坎边多栽了几蔸菜也被当作资本主义尾巴割掉了呢！好是好事，只怕是王满喜谈爱，只同意了一半！上级不会同意哩！”老支委许桃运担心道。

“不要怕，我听说江浙社队企业搞得很好。目前我们这里是落后了一点，今后会纠正的。大着胆子，搞了再说。”看到大家的担心，志坚仍然坚持自己意见。

“搞么哩好啰？”尹厚友问。

“今年先办一个草纸厂，厂房可以简陋一些，暂时利用大队部礼堂。设备也很简单。先土法上马，只要砌一个纸浆池，买一个打浆机，用传统的手工草纸生产方法。等挣了钱，再更新设备。原料就是收购各个生产队的稻草，使稻草变废为宝。电工，大队有现成的人员。只去请一个造纸师傅就行。”

“这个主意好，草纸也有销路，供销社也收购，县生资公司也收购。”大队会计黄胜也积极支持。

不到两个月，明月大队草纸厂办起来了。年底算账，挣了八万五千元。十三个生产队卖稻草给大队草纸厂也挣了一笔。接着又成功起办起了一个电石包装厂，收购旧油桶，开一个口，刷上油漆，喷上字就是电石的外包装，变废为宝。卖到株洲市电石厂，每个可挣三块钱，每年纯利润十三万多元。加上林场和茶叶初制厂的收入，工业收入占到了农业收入的百分之二十，年存款达到二十一万元，一个亏损数万元的穷大队仅仅一两年工夫便成了全公社最富裕的大队。

志坚取得了抓经济工作的第一回合的胜利，决定执行更大的经济工作新举措。晚上，志坚召集支委们开会。会上他传达了关于进一步做好计划生育工作，做到应扎尽扎，坚决杜绝抢生偷生的问题后，他转换了一个话题："同志们，计划生育工作固然重要，我们要认真做好！另外，我们今年还要做好和计划生育同等重要的工作。什么工作呢？就是经济工作。说明白一点就是挣钱的工作。大家都十分清楚，我们大队是一个人多田少的水库上游大队，情况特殊。自从我担任支部书记以来，粮食生产一直没有搞上来，我很内疚，也很自责。我一直在思考，究竟是什么原因，我思来想去，一不是我们大队社员懒，二不是他们不会作田种地，虽然与水田面积太少有关，但，这不是主要问题，主要问题是生产队缺钱，没钱买肥料，单产太低。现在开会，就是专门讨论如何解决生产队缺钱的问题。我想来想去，最好的办法，来钱最快的办法，就是成立基建队。每个生产队安排几个泥工、木工、小工到城里搞基建，挣了钱大部分交生产队买肥料……"

志坚说完，其他支委露出了赞成但不以为然的表情。

"老同学，此事只怕搞不得哩！那年你在夏家坝教书，我们大队在外找副业的一百多个人，一个个都追回来了，有些人还挨了批斗呢，退赔了呢。公社里大会小会都说这是搞资本主义哩！"尹厚友第一个质疑。

"黄书记，办法好是好，只怕第一关就过不了甘委员！"许桃运担心道。

"怕得老虎喂不了猪，一切责任由我担。老尹你兼任基建队队长，黄胜兼任会计，明天召开队长会，宣布此事。"志坚拍了板。第二天召开队长会，会上他说："同志们，元宵已过去好几天了，春耕生产马上要开始了。今年，我们要夺取粮食大丰收，人平口粮要达到650斤以上。要实现这一目标，要解决没有钱买肥料的问题。怎么解决呢？昨天，我们开了支委会，统一了思想，打算瞒着公社成立基建队，每个生产队派几个泥工、电工、装修工、木工和小工到大城市里去承包基建工程，规定每个人一天交生产队两块钱，一个人一年可交生产队几百块钱，生产队买肥料的钱就基本上解决了，但我们只做不说，要保密。"

"劳动力外出是搞资本主义哩！黄书记你不怕挨批评呀？"周大炮担心地望着志坚。

"当官不为民做主，不如回去卖红薯！一切责任由我承担。只是要求你们队长都要组织在家的社员好好干，抓紧干，把找副业的劳动力耽误的生产搞好，春插‘双抢’不落后就行。”

“这个你放心，我们保证搞好，只要你真敢这么做。”队长们齐声道。

不到一个星期，一支六十多人的基建队组成了，并开赴岳阳市。结果不出许桃运所料，成立基建队的事被公社甘委员知道后，上纲上线了：“黄志坚同志，你组织了一个六十多人的基建队出去搞副业，这可是大事呀！是原则问题呀，是政治问题呀，是走资本主义道路呀！你的胆子真不小！”

“这我知道，你少扣点帽子啰！莫总是上纲上线啰！我们大队情况特殊，是全公社唯一的甩亩大队，人多田少，穷得不能再穷了，你又不是不知道！这是没有办法的办法。”志坚平心静气地回老甘。

“那不行，你必须马上解散基建队，把劳动力追回来！”

“老甘，我们大队是一个很特殊的大队，好田好土都修了水库，特殊情况特殊对待嘛！生产队没有钱，买不到肥料，没有化肥，增不了产，社员又会挨饿！我们共产党员宗旨是为人民服务。社员群众连饭都吃不饱，还谈什么为人民服务！你莫只搞些虚的、假的啰，也搞一点实在的啰！这样行不行，我把基建队解散，你去帮我们贷款十万元好吗？”志坚捺着性子，跟老甘解释。

“我不管这么多，我以公社党委的名义，以包队党委的名义，要求你尽快解散基建队。三天之内把劳动力追回来！”甘一泽更加严厉。

乖人不常恼，恼了不得了。好家伙！志坚从不吃这一套。他怒眼圆睁，大声道：“我们基建队是为国家搞建设，又冇去外国。他们挣了钱大部分交给了生产队，支持了集体发展生产，解决群众最基本的吃饭问题。一个搞基建的社员为生产队做的贡献相当于七八个社员的贡献，这叫什么资本主义，我们大队的基建队坚决不解散！”

“不解散，也要解散！我马上向公社党委反映。”甘委员黑着脸对志坚吼道，三角眼眨个不停。

“你去反映吧！党委就是开除我这个小小的支部书记，我们也不解散基建队！我看你少操空心，少管闲事，明月大队的事，由我做主！”志坚发怒了。他真倒霉，遇上了甘一泽这么一个油盐不进的包队干部。志坚十分烦躁，不听他的，肯定对自己不利，他一定会千方百计给自己穿小鞋，甚至还会千方百计报复自己，为难自己，甚至陷害自己。听他的，肯定于民不利。明月大队群众多么希望自己为他们排忧解难呀！想想自己无屋住，天刚亮去扒柴；女儿摇篮被猪拱翻，差点被猪吃了；岳母娘偷偷送来猪油、大米；邵同初找他要棉衣；王艳全家穷得不能再穷……一幕幕在脑海中浮现，他在心里对自己说："我要为民做主，我不能考虑个人前途，就是公社明天开除了我这个大队书记，哪怕自己挨批判，哪怕是姓甘的报复，我今天也要为群众做一回主。"

"那你走着瞧吧！""好，走着瞧！"听到老甘威胁性的言语，志坚心头那股怒火快要燃烧了，他强行忍住，以老甘的原话回击了他。

"焦书记，我向你反映一个严重问题，明月大队成立了一个基建队，六十多人去外地搞基建，你看如何办？我制止不住，他们不听我的。"

"明月大队是水库上游，修水库淹掉了他们大片良田，他们大队人多田少，穷得全县有名，是个特殊的大队，特殊情况要特殊对待，让他们去搞活一点，只要交钱给生产队就行。"

"这恐怕不妥吧！明显的资本主义呢，县里知道了怎么办？"

"县里追究起来，责任由我担！"

老甘碰了一鼻子灰，再没作声了。他想制止基建队的事不了了之。

志坚大胆决策，冒着被撤职的风险，成立基建队，各生产队派劳动力出外找副业，挣钱回来买肥料。这一招确实收到了立竿见影的效果。由于解决了资金问题，生产队买足了肥料，今年全大队增产七十多万斤，人平口粮增加了一百多斤。志坚心里美滋滋的。不久，一件奇事怪事摆在了他的面前，等着他去解决。

第十六章

以生产队为核算单位的农村集体化时代，大队支部书记其实是一个万能膏药，人们吃饭穿衣、生老病死，方方面面都要去管一管。就是你不去管，也会有人找上门来，缠着你不放，躲也躲不掉。刚开始当书记时，这种事不仅让志坚遇上了，而且还让他冒着犯错误的风险来处理。一天，吃晚饭的时候，妻子告诉志坚："今天上午朱凡夫妇来了，一边哭一边对我说：'应姑娘吔，我们的女儿嫁到罗家两年了，没有生育，罗家父母要把儿媳妇退回娘屋里来哩！说他罗家是单传，不能没有孙子。非退婚不可！'这个事让朱家很为难，万不能接受。但男方逼得厉害，非退婚不可！老朱认为自己出身不好，不敢同你讲，只好同我讲，我只答应告诉你。他一边说谢谢，一边哭着回去了。人家当书记不辛苦，大事来找，这样的小事也来。我看也好，谁叫你不听我的，不当老师，要当支部书记，好啰！我看你如何处理这桩好笑的难事、怪事、奇事啰！"

"什么小事！这是小事吗？女儿出了嫁，不生育，要退回娘家，天底下哪有这样的怪事！假如我们的女儿出了嫁，不生育，人家要退回来，你受气吧！你能接受吗？群众的事都是大事，没有小事，我明天去朱家问问到底怎么回事。"

"你去他家？你有碰鬼吧！他家是地主，又是历史反革命分子呢！前几年大队还批斗过他，你不晓得呀！你去合适吗？你就不怕人家说你阶级立场不稳吗？为地主、为反革命分子说话吗？当年公社仇秘书是如何交代你的，你忘了呀！"应贤十分担心丈夫犯错误，坚决反对丈夫去朱家。

志坚细细想想，妻子的提醒不无道理，如今阶级斗争抓得这么紧，对党组织负责人的阶级立场要求这么严，作为一个大队支部书记，更是要十分注意这个政治问题。尤其是这个思想改造不好的地主出身的国民党营长、黄埔军校毕业的三青团员的历史反革命分子，更要注意同他划清界限。他是一个经常挨批斗的对象。还是在明月小学教书时，黄校长就曾经告诉过志坚朱凡挨批斗的事——1962年蒋介石企图反攻大陆，派U2型飞机多次在沿海一带侦察，被人民解放军击落下来。朱凡听到这个消息，十分遗憾。用木炭在自己门上写了几句思想反动的话来表示自己当时从欢喜到失落的心情——“金乌无可奈何地坠入海边，月亮从云缝里透出一丝可怜的光芒，哎，不由得我一声长叹，看不见的人世沧桑。”不久，被群众检举揭发出来，明月大队召开群众大会批斗了他。还有一年，过春节的时候，写了一首数字对联，左联是“二三四五”，右联是“六七八九”，贴到自己家门口，大队治安员经过他家门口发现了，问他：“朱凡，你怎么写这样一首奇怪的对联，十个汉字数字中只有八个，唯独没有一和十，这是为什么？”

朱凡狡黠地回答道：“是的嘞，正是没有一和十哩。”治安员文化水平低，怎么也想不出对联的含义来。但他知道朱凡历来喜欢耍点文墨，发泄对社会的不满。于是他把对联的事在支委会上提出来，支委听了议论来，议论去。到底还是三个臭皮匠抵个诸葛亮，都认为这是一首不满现实的反动诗，意思是说我们现在缺衣少食（谐音：缺一少十）。思想反动，必须要好好批斗他。于是朱凡又一次挨了批斗。

朱凡女儿的问题是听妻子的劝放弃不管呢，还是去过问一下呢？志坚犹豫了一阵后，觉得自己有责任去管，凡事一码归一码。为了使妻子少为自己担心，有必要同妻子讲清楚：“这事也是我分内的工作，我没什么可怕的。地主、历史反革命分子也是人，也是明月大队一员。这样的事不能扯到人家的出身上去。而且，老朱虽然是国民党员，但是，近年来他们一家人都非常守法。凡事一归一、二归二，他们有困难，我有责任帮他们。何况对于他家来讲，出了这么一件大事、难事，我不为他们做主，还有谁肯为他们做主？”

“你就不可以叫老尹去一下！硬要你亲自去，为反革命分子、地主家办事，你就不怕人家踩你的后跟啦！”

“哎呀，人家踩后跟就踩后跟吧！芝麻大的官，丢了算了。”

“你又不听我的，我总拗不过你，只怕你又会吃亏呢！人家会拿这个当把柄害你哩！你如果在这方面摔了跤，不值得！”妻子还在唠叨。

“我才不怕哩！我黄志坚光明磊落，人家要怎么说，让他们去说吧！嘴巴长在别人身上。”

妻子的阻拦虽然不无道理，但是志坚认为对成分不好的人，一方面要加强思想教育工作，让他们遵纪守法。另一方面也不能歧视他们，对他们合法的诉求，必须予以关注，应该抱着对事不对人的态度公平公正处理。

第二天，志坚会同大队妇女主任到了老朱家里。老朱一见黄书记来到自己家，感到十分震惊和喜悦。毕恭毕敬地站在屋门口，轻轻地有礼貌地说："黄书记，您来了，请您进屋里坐。"说着，说着，不禁眼眶都湿润了——几十年来，从来没有干部踏进过他家的门。只有民兵批斗他这个地主成分的国民党营长时才来过。老朱连忙搬椅子，请黄书记坐。

"老朱，你同我爱人讲的事是真的吗？你从头说给我们听听。"

老朱小声而有些战栗地说："我们女儿嫁给罗家两年了，一直没有生育，罗家要强行把我女儿退回来，说罗家是单传，儿媳妇不能没有生育，我女儿又老实，我们拿这事没办法，只好大着胆子告诉应姑娘，叫她转告您，给您添麻烦了，为难您了，不好意思。"

"啊，原来是这样，你去告诉罗家，要他们来找我啰。"

听了黄志坚这句话，不知为什么，一个打过大仗的国民党营长突然热泪盈眶，激动得两腿直打战，昏花的眼睛闪动着惊喜的目光，战战兢兢带着哭腔对志坚说："太谢谢您了，千万要麻烦您为我们女儿做主啊！"

"不用谢。"志坚同妇女主任离开了老朱家。

这个地主成分出身的国民党营长站在门口，老泪纵横，目送着志坚离开。

老朱家就住在大队部右边的屋场里，志坚去大队部经常见到他，但大多数情况下面对面碰到了也不打一声招呼。这次为了他女儿的事，竟主动跑到这个"四类分子"家里，这一件"天大"的新闻在大队传开后，很是议论了一阵子。有人居然说志坚立场有问题。此事传到了尹厚友耳朵里，老尹觉得也是个"原则"问题，便对志坚说："老同学，你去老朱家莫怪别人议论呢，我看也是不妥嘞。"

"有什么不妥的？《中华人民共和国婚姻法》和《妇女儿童权益保护法》没有把'四类分子'剔除在外呢！人家爱怎么说由他说去，我又不能把别人的嘴巴封住。"

"好啰，强似我没说啰。"

第三天，罗家父母会同他们大队妇女主任来到了志坚家。"黄书记，对不起，我们家有一件事要麻烦您给解决一下呢。"五十岁左右的老罗对志坚道。

“什么事，你说说。”志坚装着不知情。

“我们罗家家运不顺，三代单传。我儿子前年娶了贵大队朱家女儿做媳妇，至今没有生育。咱罗家可不能绝后啊！只怕要麻烦您同朱家做做工作，我们要把儿媳妇退给朱家哩！请您帮帮忙，麻烦了。”

“退儿媳妇？有这回事？从来没听说过这种稀奇古怪事！”志坚故意反问。

“是的，必须退！”

“你们多少钱买的？”

“别人介绍的，没有出钱。”

“当时你儿子同意吗？”

“双方都同意。”

“打了结婚证吗？”

“打了，还办了喜酒。”

“啊，老罗呀，你们这种想法真是奇事、怪事哩！他们是合法夫妻呀！结婚又不是买东西，说退就退。去商店买东西出了门还不退货呢！你们这种想法是完全错误的。这样做，违反了《中华人民共和国婚姻法》。你知道吗？如果结了婚不生育，就都要把女方退回去，那不乱套了？”志坚转过身又对妇女主任道，“邵主任，你是妇女主任，《婚姻法》，你应该懂呀！还有《妇女儿童权益保护法》你也懂呀！你应该同他们罗家多做工作！”

“是的，他们不应该有这种想法。”邵主任被志坚批评了一顿，不好意思起来，低着头，脸红了，作为大队妇女主任，太不懂法了。

“老罗呀，儿子儿媳妇不生育有多方面的原因。可能是男方有问题，也可能是女方有问题，还有可能是其他问题造成的。你们应该首先让儿子、儿媳去医院检查一下，究竟是男方的问题，还是女方的问题。如果谁有问题，医生会治疗的。就是女方有问题也决不能退婚。违反《婚姻法》的事，我们代表女方基层组织，也坚决不允许退婚。女方虽然家庭出身不好，但在《婚姻法》上是平等的。我们不能歧视，更不能强迫他们接受。”志坚说话时，一脸的严肃。

“黄书记说得对，合法夫妻没有退婚的道理。黄书记比我们想得周全。你们儿子儿媳妇要去医院检查，不生育的问题看出在男方还是女方。”邵主任恍然大悟，反过来做老罗工作。

老罗听了志坚一番有关《婚姻法》和《妇女儿童权益保护法》的教育，

觉得自己理亏了，也不好再提要求了。同时也觉得要儿子儿媳去医院做检查，很有道理，便不好意思地对黄书记说："谢谢黄书记指点，我们老糊涂了，儿媳不退了，明天就叫他们到人民医院去，我们不打扰您了。"说完同妇女主任回去了。

后来经医院检查，原来女方是一个"石女"。男人忠厚老实，同房时没有经验，所以一直没有怀孕。经医院手术，后来生下一对双胞胎男婴。

"婆婆子嘞，我们家搭帮黄书记，生了一对双胞胎孙子，孙子这么大了，还没有去感谢人家，快过年了，我们要捉只鸡，拿点土鸡蛋去感谢黄书记才好嘞！"

"是的嘞，早就要去感谢人家哩，反正不远，明天去一下吧！"第二天上午，老罗和妻子带着双胞胎孙子来到了志坚家。

"请问黄书记在家吗？"老罗他们一进门便问志坚妻子。

"在，在房间里。"妻子转身又大声道，"志坚，老罗来了。"

志坚听说来了客人，放下写会议报告的笔来到了堂屋。"哎呀，老罗，你们夫妻来了呀，稀客，稀客，这是你们的双胞胎孙子吧，长得真乖。"志坚一边说，一边摸着双胞胎小孩子的头。

"谢谢黄书记，你是我们罗家大恩人哩！幸亏你的提醒，我们儿媳妇为我们罗家生了一对双胞胎男孩哩！"说完又对两个孙子说，"快叫黄伯伯。"

"黄伯伯、黄伯伯。"两个胖胖的孙子都争着叫伯伯。

"冇得么哩好东西来感谢你，自家喂的一只土鸡、一只土鸭、一点鸡蛋送给你。"老罗妻子笑着对志坚说。

"那怎么能收你们东西哩！农村喂只鸡不容易，你们带回去给孙子吃！我们领了你们的盛情，谢谢！"志坚历来不收受礼物，这也是他当书记后的家规。

"黄书记，那你就太看我们不来了，自己喂的鸡鸭，又冇花钱买，再说，不是你提醒我们，哪来我们双胞胎宝贝孙子呀！一个值五万元，两个就值十万元。快收下！你不收下，我会有意见哩！看我不来哩！"

"好，我破例收下。应贤，你来啰。"

"好，我在沏茶。"应贤端着姜盐豆子茶出来了。

"老罗他们太客气了，你把咱们的红薯干送一点给他们乖孙子吃啰。"

"好，我去准备。"志坚有个家规，凡有人送了礼品，一定要回敬一点什么。老罗一家喝完茶，高高兴兴回家了。

“人家儿媳妇不生育，也来找你，你觉得烦不烦呀？”妻子问志坚。

“有什么好烦的，这种事很正常。”

“你不烦，我替你烦哩！困难户找你要棉袄，你连自己身上棉袄也脱给人家；回来包队运氨水，差点连命都丢了；好事就分得你冇得，麻烦事就一桩桩、一件件都寻到你头上来，你难道不觉得烦吗？”

“这是工作，你知道吗？是工作。”

“你什么时候也为我们这个家工作一下啰，为你自己工作一下啰！我还天天等你招干的那一天哩，我亲爱的丈夫！”应贤笑着说。

招聘志坚当国家干部的好消息真的来了。

第十七章

江南的春天，多半是用雨做的，清明时节雨纷纷，正是最好的写照。今天一早，朝阳好不容易把东边的乌云撕开了一个大口子，露出了粉红的笑脸。雨后的太阳绚丽无比，穿透云层向大地放射出道道霞光。可是，这天气说变就变，不到半天工夫，太阳又躲进云层里去了。雨停了，志坚满心的欢喜，心情好了许多，疾步赶去公社开会。

“黄书记，全省要在农村招聘一批革命化、年轻化的基层干部，充实国家干部队伍。我向县委组织部重点推荐了你，熊部长叫你下个星期一去组织部。”公社焦书记见到志坚，立即把好消息告诉他。

“真的吗？那太感谢书记了，到时第一个送喜糖你吃啰。”

志坚听了组织部叫他去的消息，心中一阵狂喜。虽然他是个遇事十分冷静的人，但现在他的情绪无法平静下来，一会儿张开嘴笑一笑，一会儿握紧着拳头挥一挥。一切来得太快，一切好像做梦一样，他高兴得如痴如醉。

第二天，志坚一早起来梳洗后，换上了一件新的确良白衬衫，外罩一件全新的黑色西装，下身穿深蓝色卡其布西裤，三接头黑皮鞋擦得能照见人的影子，手拿一个黑色人造革小包。

“今天打扮这么漂亮，该不是去约会祝英台吧！”妻子见丈夫如此打扮收拾，实属罕见，半真半假地问他。

“嗯，醋坛了又来了。一件大好事，我想成功后给你一个惊喜，所以没有告诉你。”志坚笑眯眯地回妻子。

“什么好事呀？这么高兴！”

“县委组织部准备招我当国家干部，今天去填表。”

“哎哎，这真是天大的好事！快去快回。”妻子得知丈夫要去县里招干，心里乐开了花，红苹果的脸笑得像一朵鲜艳的茶花，嫁给志坚这些年来她从来没有这么开心过。心想：这下好了，亲爱的丈夫苦日子熬出头了！还是我的老公有远见，到大队当书记当对了！

志坚来到县委组织部。小许迎了出来："你是黄书记吧？请到这边办公室来。"志坚面带笑容来到一间大办公室，办公室有一位年轻的女同志坐在那里。

"谢谢！"志坚接过小许递过来的茶，在女同志对面坐了下来。

"组织部初步决定录用你们两人为国家干部。请你们先填写一些相关表格，如果没有意外的话再通知你们进行下一步的录用工作。"小许把表格分发到二人手里，"你们要如实、认真地填写，字迹要整洁、清楚。"

志坚和姓左的女同志坐在同一张大书桌上认真填写。直到下午三点钟才填写完。小许收了二人填好的表格，说："黄书记，你暂时先回去，等通知。小左，你明天去人民医院做体检。"

"谢谢！"小左笑嘻嘻同小许打招呼，又笑着对志坚说，"小黄，再见！"

志坚却十分纳闷，为什么只叫小左去做体检，而没有叫自己去体检呢？自己不方便问小许，走到县委大院时，志坚碰见了县委办公室彭主任。他打完招呼后问道："彭主任，组织部通知我来填写录用干部表，但只填了表却没有叫我去体检，不知为什么？"

彭主任反问志坚："你教过书吗？"

"教过书。啊，我明白了。谢谢您！"志坚这才恍然大悟，很可能就是当时在明月小学教书时借了大塘完小两百块钱的问题。转念一想，两百块钱我打了借条，钱是买木料给学校修桌椅呀！而且自己之后就到大队当书记来了，已经与我无关了呀！很有可能扣了老师工资，借条没收回来。而且两百块钱也不是什么大问题呀！相信组织会搞清楚的。想到这里，他宽心起来，骑上单车往家里赶。

人逢喜事精神爽，今天县委组织部通知丈夫填表去了，应贤脸上一整天挂满了笑容，她只盼着丈夫早一点回来告诉她好消息。太阳下山的时候，志坚骑着单车回来了。还没等单车停稳，应贤就急切地问丈夫："你怎么这么快回来了？招干还顺利吧？"

"还不一定招得成哩！只填写了招干表，没去做体检。组织部说是等通知。"

"那是什么原因呢？"听了丈夫的话，应贤心情一落千丈，像漏了气的皮球一样，没一点精神了。“你不必受气，强似没有这回事就是。”应贤立即转过话头，安慰丈夫。

“哎，听天由命吧！有什么办法嘞。”

时间过得真快，转眼几个月了，志坚招干的事渺无音讯。他心里暗暗着急，但又无可奈何，组织人事问题是不能去打听的！

秋高气爽的九月，温暖的太阳早早在东边升起，志坚一大早起床，穿着胶鞋踏着露水去生产队试验田，检查新品种嘉湖四号的生长情况。

“志坚，快回来，焦书记来了呢。”焦书记一大早来通知志坚去组织部，应贤像喝了一大碗兴奋剂一样，从眉毛到眼角都笑起来了，脚也有劲了，跑得更快了，只两分钟就跑到了山头，双手合起来做成一个喇叭对志坚高声喊着。声音从来没有这样洪亮过。

“啊，知道了，我马上就回来。”志坚大声应着。

“焦书记，您好，真早啊，我在试验田里转转。”志坚满脸堆着笑。

“你还是这么爱钻研科学种田啊！你做得好，我们农村干部都要像你一样成为农业技术员，才能不搞瞎指挥。是这样的，我昨天到了组织部，熊部长对我说：组织部决定再次招你为国家干部，县委初步决定，只要招好了，安排你去东山公社当副书记。你明天一早去组织部找干部科小许。”

“好的，谢谢书记的关心。”

“祝你好运！”

志坚对焦书记第二次通知他去组织部，心里热乎乎的。原以为上次因两百块钱的所谓经济问题泡汤了，哪知现在又通知他去组织部，并可能安排到东山公社当副书记，心想这次肯定是板上钉钉的事，跑不了了。心咚咚地跳着，多年的奋斗，多年的企盼，终于快要变成现实了，他怎能不高兴呢！

天刚蒙蒙亮，志坚起了床，洗过脸，吃完了妻子早已准备好的早餐，把西式头理得油光发亮，穿上一身笔挺的西装，一双刚买的新皮鞋，拿着一个银色小提包，骑着凤凰牌单车，哼着小调，飞也似的朝县城奔去。

志坚找到了县委组织部小许：“小许，你好，一年没见了，昨天公社焦书记通知我来部里找你的。”

“是的，部里决定通知你来进行体检，招干表上次已经填好了。我这里开个介绍信，你去人民医院做体检。”

“谢谢小许！”

上午，志坚在人民医院做完了体检。下午三点，将一切合格的体检报告，送到了组织部小许的手里。小许看了体检报告说："合格了就好，你回去等通知吧！"

志坚顿感情况不妙，好像不祥之兆又降临在他的头上，觉得有必要当面同组织部说清楚。于是他对小许说："小许，如果还是因为那两百块钱的事，我觉得有必要同你讲清楚、说明白，招不招干又是另一回事。情况是这样，当时我去学校当教师时，发现学校在土砖上放一块木板做学生课桌，太不像话了。是我同黄校长建议到大塘完小借支两百块钱修课桌。我在大塘完小邵群老师那里预支了两百块钱的工资。我拿了这两百块钱买了一车枞木，请木匠为学校打造了几十张全新的课桌。之后我到大队负责来了，借条忘记收回来。"

"小黄呀，组织上的事，我也不好说，招好了，组织部门会及时通知你的，请你相信组织。"小许非常明白地告诉志坚。

志坚闷闷不乐地离开了组织部，腿都软了。来时还信心百倍，体检又合格了，哪知还是被那个老问题卡住了，恐怕没希望了。

"你是老甘吗？我是县委组织部小许。"第三天，为落实黄志坚两百块钱的经济问题，组织部小许打电话问公社管组织工作的甘一泽。

"是的，我是老甘。小许，你有什么事吗？"

"就是上次请你们去调查黄志坚书记在大塘完小借两百块钱的事，到底该不该由黄志坚负责呢？"

"调查完全没有必要，但我还是调查过了，我认为黄志坚口头上说的，是唯心的；借条在那里明摆着，是唯物的，请组织考虑啰！"

"好的，谢谢！"小许挂断了电话。其实，这件事甘一泽根本没有问过志坚，更没有把志坚与邵群叫到一块当面对质过。志坚对组织部要求老甘调查两百元钱的事更是不知。

过了个把月，组织部熊部长亲自打电话给公社老甘："你是老甘吗？"

"是的，我是甘一泽。"

"我是组织部老熊。"

"熊部长，您好，您打电话找我有什么事吗？"

"是这样的，县委这边急着用干部，明天召开县委常委会，讨论干部人事问题。你们公社明月大队的黄志坚招干一事，组织部最后征求一下你的意见，因为你是公社管组织的党委委员。”

“熊部长，黄志坚除了两百块钱经济问题外，还有个更大的问题就是在举什么旗、走什么路的问题上，他不顾公社党委反对，组织一个建筑队把生产队劳动力放出去搞副业，搞资本主义，这是政治路线问题呢。此人决不可提拔重用哩！”

“啊，两百块钱的问题弄清楚了吗？你说的其他问题倒不是大问题，搞副业，向生产队交钱，也不能算资本主义。”

“熊部长，这两百块钱不是一个小问题，是黄志坚亲手打的借条！是唯物的，真凭实据呀！黄志坚自己口说无凭哩！我们要讲证据！”

“你能不能把他们两个当事人叫到一块，当面对质一下呢？”

“这个完全没有必要，熊部长。”

“那就算了。”

志坚招干当国家干部的事就这样掐死在甘一泽手里。他到现在还一无所知，还在天天盼着，等着，望着。志坚哟，你招不了干，怪谁呢，只能怪自己啊！谁叫你同公社包队干部老甘一次次顶牛呢！

一个月，两个月，半年，一年，志坚招干的事一直杳无音信。这年“双抢”开始后，新调来的大塘公社党委邓书记，一早来到明月村检查“双抢”工作。这个五十开外的人，红光满面，却早已秃顶，满脑壳头发加起来估计不到五百根，往后面梳着倒也精致。

上午，志坚陪邓书记到生产队检查“双抢”工作。邓书记看到明月大队的“双抢”工作又快又好，十分满意。吃过中饭，正在喝茶的邓书记突然问志坚：“小黄，我问你啰，你为什么冇去当国家干部哩？”

志坚反问邓书记：“我怎么就能去当国家干部呢？”

“我看你是个当国家干部的料子呀。”邓书记肯定道。听邓书记问到自己的痛处，志坚便把自己两次招干的事和未去成的原因同邓书记详细说了。

听了志坚说的情况，邓书记“啊”了一声：“两百块的事怎么能怪你呢？怎么能算经济问题呢？有借条，有用途，再说当时你已离开学校到大队上来当书记了，借条可能忘记拿回来呀！好，我明天就去组织部，这样好的人才，要做更大的用！”

志坚听了十分高兴，心想遇到贵人了，招干的事可能还有希望，连忙说：“邓书记，那就麻烦您了，拜托拜托了。”

“拜托什么，我明天去就是。”邓书记说完，起身告辞。志坚一直送到百米外水库边才返回。

第二天，邓书记来到熊部长办公室。

“稀客呀！邓书记，您来了，快坐，快坐。”熊部长招呼道。

“不稀，不稀。”邓书记说着，坐在熊部长对面的沙发上。

“么子风把您吹来了呀？”熊部长又问邓书记。

“无事不登三宝殿，我是专程来向组织部推荐一个好干部苗子的。”

“那好呀，叫什么名字？”

“叫黄志坚，明月大队支部书记。”

“啊，那个黄志坚，确实是一个好苗子，我们招了两次，就是有两百块钱的经济手续问题没有搞清楚，你们公社老甘一直不肯担担子，因此没有招成。”

“原来如此，老甘这个人信不得。他不肯担担子我来担担子，回去叫两个当事人当面讲清楚就是。”邓书记毫不犹豫地说。

“我的书记啊，查清了也迟了，中央有指示，不再从农村招干了，只招大中专毕业生，你那里有吗？”熊部长带着惋惜的口气告诉邓书记。

“哎，原来如此，这个背时鬼。大中专生暂时没有。好，我走了。”

志坚招干的事就这样泡汤了。真是个背时鬼啊！尊敬的邓书记，你为什么不早两年来大塘公社啊！但是，志坚一点也不知道国家招干的政策变了，他依然还在踮起脚焦急地等待邓书记带来的“好消息”。

消息终于来了。

第十八章

白露过后的一天，东边天空高高地码起了一堵灰色的云墙，太阳刚刚爬过这堵墙，露出大半个红彤彤的圆脸，在灰色云墙的映衬下更加灿烂夺目。志坚无心观看日出东方的美景，赶去公社开会。

到了公社，他把单车一放，哼着“八月桂花遍地开”，跨上台阶，兴冲冲来到邓书记办公室，打听招干的“好消息”。一进门，还没落座，笑嘻嘻正准备问时，邓书记先开口了：“组织部熊部长说，上级有指示，国家不在农村招干了。好好安心当你的支部书记吧！”

志坚像挨了一闷棍，腿软了，脑袋木了，从头凉到脚，凉到了心——最后一线希望破灭了。他的脸一下子晴转阴，苦笑着对邓书记道：“没事，没事，谢谢您。”怏怏地到会议室参加会议去了。

志坚又一次来到了人生的十字路口。

开完会，志坚拖着沉重的脚步没精打采地回到了大队部。没有说一句话，闷闷不乐地扒了几口饭，对老尹说：“老尹，我头痛，想休息一会儿，有人来找我，只说我不在。”一个人来到办公室，本想在长椅上午睡一阵子，但招干泡汤的消息使他无法入睡。他侧身卧在木椅上，眼睛望着窗外，在这暂时宁静的世界里，记忆的风帆驶进了往日的岁月——从拜师学医、因病辍学、参军未成、夏家坝教书、樟树港教师大会发言、教室的耻辱、冲回来的痛苦、牛屎塘的苦难、当大队支书的风风雨雨、两次招干的失败……无数的愁苦、些许工作中的喜悦，恰如电影一幕一幕展现在眼前，原本立志要做一名“志士”，冲出小山冲，干一番事业，报答父母养育之恩，让家人过上幸福生活，却在严酷的现实中处处碰壁，事事不顺。细想起来，不堪回首！我怎么这样不顺呢？我怎么这样倒霉呢？我怎么总是走到哪里，霉运就撵到哪里呢？

回到家里，吃了晚饭，一句话没说，洗了澡便上床睡了。思来想去，老是睡不着：难道我真的是祖宗无福、坟山不催吗？又想到那两百块钱的借条，恨不得现在就跑到大塘完小，狠狠地揍邵群一顿。同时后悔自己为什么当时不去找邵群搞清楚，后悔把大队上的工作看得太重了，连自己的前途大事也不去管。志坚心里五味杂陈，只想大哭一场，又想蒙头好好睡一觉。可是，无论如何也睡不着。

妻子见丈夫心不在焉、闷闷不乐的样子，猜想可能招干泡汤了。平时睡得很晚的她，今天换上一套浅绿色绸布睡衣早早钻进了丈夫的被窝——她要好好安慰丈夫。志坚见妻子来了，挪了挪身体，让出一半床位。应贤侧过身子，右手挽过丈夫的手臂，开门见山："志，你怎么不高兴的样子，为什么呀？对我说一说呀，莫一个人闷在心里难受。是不是招干的事没戏啦？""是的，没招成。"

"竹篮打水一场空，招不成算了，我们进城干个体户去！"

"干部没招成，我自己找个干部当当？"

"你做梦去吧！自己找一个当当，说得像喝蛋汤一样轻松。"

"是的，你说对了，是梦，是个美好的'志士'梦。"

"还志士梦，白日梦还差不多，干部当不成，也算了。莫气坏了身体，说实话，我还不想当那个四属户呢！"

志坚招干本来是十拿九稳的事，到最后还是泡汤了，他恨，恨邵群，也恨自己，他更恨甘一泽心胸狭窄，报复自己。但这已是成了定局的事，他生了一段时间的气以后，慢慢地自宽自解起来："可能是自己与国家干部无缘吧！再生气也于事无补，倒不如振作起来，另图发展之策。条条道路通罗马，左拳不打右拳来，说不定坏事还可以变成好事。只要信念和梦想还在，这条路走不通，可以另辟蹊径，再选择一条就是。甚至还会有比当国家干部更好的工作。"

志坚决定要再次与命运抗争，一定要实现自己当"志士"的梦想。他敏锐地嗅到国家的政策将有大幅度的调整，要走就要快走，不然就会失去机会，时间久了，自己也会失去信心和勇气，"志士梦"将永远成为一场空梦，甚至会终老在这偏僻的小山村里。想到这里，铁汉志坚挥了挥拳头道："我绝不向命运低头，人生难得几回搏，再搏一回又如何！哪怕失败了，就是再回到大别屋来，也不后悔！"

干什么好嘞？他冥思苦想——去沿海省份吧，没有朋友，也没有门路；自己办企业吧，没有资本；做生意吧，没有本钱。把脑壳想得快要裂开了，还是想不出合适的事来。最后，他想到了茶叶，大塘公社是茶叶重点产区，办个茶厂，把茶叶做成商品。对！办茶厂！把茶厂办成有特色的大茶厂，创立品牌，把大塘茶叶由卖原料变成卖商品，安排农村剩余劳动力进厂务工，离土不离乡，茶厂还可买小车，自己也可以拿工资，拿奖金，只要节约花钱，还有可能到县城里去砌楼房或买房子。他在心里描绘着一张美好的图景，并下决心一定要找个机会，向公社邓书记提建议。——邓书记是个很开明的书记，肯定会同意自己的建议的。这时的他信心百倍，精神也好了许多。

"怎么还不起来？太阳晒屁股了。"从不睡懒觉的志坚，今天却迟迟没起床，快吃早餐了，听到妻子催他起床，知道自己睡得太久，一跃从床上爬起来，推开窗户一看："啊，天放晴了，太阳，太阳，你终于出来了，蔚蓝的天空真美呀！"志坚自言自语。

"你从来不睡懒觉的，今天怎么困到这时候才起来呢？饭菜都凉了。"

"昨天晚上想事去了，先没睡好，后来一觉就睡死啦。"

"想么哩事呀，该不是又在想祝英台吧！"

"你又犯老毛病了。能不能不再提她了呢！我不想当支部书记了，建议公社办个茶厂，我到茶厂去。"

"办茶厂？收茶叶加工？招收细妹子做茶叶？你去当厂长，艳福可不浅啊！"

"你尽朝歪处想，想正经事啰！"

"你要我想正经事呀，我倒真正想过。我也打算要你莫当这个支部书记了。现在不是提倡万元户吗？不是要让一部分人先富起来吗？我想我到大塘铺开个缝纫店，招两个学徒，做衣服卖，再开一个布店，两边挣钱；你呢，做一个大点的猪舍，喂两头母猪，下了猪仔，办一个大点的猪场。缝纫店加猪场，夫妻齐努力，一年就可成为万元户。"

"我才不喂猪呢，你也不能去开缝纫店。父母、孩子谁管呀？"

"我就晓得你会反对，你从来不听我的，当时听了我的，现在不就像黄校长一样，转正当了国家老师吗？辛辛苦苦当了几年支部书记，干却没招成，吃了多少亏，受了多少急，怄了多少气，如今还不是一个打赤脚的农民！"

"打赤脚的农民怎么了？现在国家开始放开了，农民也可以开公司、经商、办社队企业。我的出生无法由我选择，但人生的路我可以选择，我不相信我生出来就是一个平庸者，就注定是一个社会底层的人，就只能一生一世生活在小山冲。我偏要做一个不一样的人，哪怕前面拦住我的是一座山，我也要把它搬开！”

“办社队企业？办社队企业也一样受急、怄气。吃自己的饭，操别人的心。死了那条心吧！而且你也不一定能吃得企业那碗饭，不如趁早搞自己的。要不，我同你到县城去贩小菜，摆地摊也行，你也听我一回劝啰！”

“我不去，我要去公社办茶厂，企业这碗饭我倒想吃一吃，国家干部当不成，我要搞个茶厂厂长当当。”

“典型的大男子主义，从来不听妻子的。你口口声声说爱我，爱我个鬼！讲起好听，都是假话！”

“假在哪里？”

“还不假，这么多年来，你哪一桩、哪一件事听我的啰！当时你一肚子劲去当大队书记，你不听我劝，结果呢，害得你自己差点被拖拉机轧死了，害得我差点被蛇咬死了，害得雅雅差点麻疹死了！你又要去公社办茶厂，还不是糠箩跳到米箩里，差不多。”应贤说着，把半碗没吃完的饭往桌子上一推，噘着嘴巴，赌气洗衣服去了。

志坚的好朋友、好搭档、大队长尹厚友最近看到志坚心事重重的样子，很是纳闷，又猜不出原因。今天在大队部看见他，见没有人在场，便问志坚：“老伙计，我发现你近个把月来总是眉头紧锁，很少说话，大队的会也开得很少，事也不太管了，来一天，不来一天，有什么心事吗？”

“我招干的事泡汤了，我在考虑新的问题。”

“你没招去当干部太可惜了，只怪甘一泽和邵群两个家伙，太可恨了。”

“事到如今，怪他们也无济于事。没去当干部，也不一定是坏事。现在改革开放了，我们可以大显身手了。咱们是好兄弟，最近我在思考一个问题，我只跟你讲一讲，你不要跟别人说。”

“什么事，你只管讲，你还不相信我呀？”

“据我观察和分析，我们国家政策会有大的变动，安徽有些地方都分田到户了，说什么搞责任制，农民自己管自己。我老表的外省朋友告诉他，他们那里早就大办社队企业了。谭县长今年上半年还把生产队的田分给农户私人种油菜，这些都是政策的风向标呢！再不出去，年纪大了，机会不多了。总之我们要跟上时代步伐。如果田分到了户，农民自己管自己，大队工作就简单多了，我们走吧！”

“你不当书记了，去干什么？”尹厚友吓了一跳，好像不认识志坚似的，瞪大了眼睛望着他——一个月前还在大队拼命忙工作，怎么突然就不干了呢？

“办企业，办社队企业，把农产品变成商品，把农民变成农业工人，这是农业的出路，农民的出路，我和你的出路。只有这样，农民才会好，国家才会强，让我们走前人没走过的路，让我们兄弟来做大塘公社第一个吃螃蟹的人吧！”

“办什么企业？去到哪里办？你有本钱？”尹厚友更加惊恐。

“等我想明白了，下决心了，再告诉你。你可要保密，不能同任何人讲！”

“你放心，这样秘密的事，打死我也不说，铁棍撬开我的牙齿也不说。”

时间的车轮驶入20世纪80年代初，南方一股股强大的暖流不断吹向北方的大地。北方大地上厚厚的冰雪开始消融，河面也解冻了。蕴藏了一冬的生机，仿佛一夜之间勃发出来了：南方湖边的垂柳摇曳着绿色的身姿，香樟树掉尽了老叶，萌发着一层浅绿色的芽叶，小草小花用它们各自的浅绿或深蓝装扮着乡间小路，春天的脚步以不可阻挡之势步入了中华大地。

准备辞去明月大队支部书记的志坚心情也像这春天一样美好。两次招干失败的阴霾在他心里早已烟消云散了。他要去办茶厂的事，也跟妻子说了。另外也跟好朋友透露了自己的想法。他要把命运掌握在自己的手里，干一番过去农民想也不敢想的大事业来。

志坚接触邓书记以来，觉得他很开明，很实在，不是那种夸夸其谈搞形式主义的干部。他决定向邓书记进言，说服邓书记，建议公社办茶厂。今天，趁着去永福大队参观三光积肥现场会的机会，他决定正式向邓书记提出建议。他有意识地跟在邓书记后面走着，说：“邓书记，我向您提一点建议行不行？”

“提建议是好事呀！谁都可以提呀！你说说看，有什么好建议？”

“我想今天去参观永福大队三光积肥没多少意义！”

“怎么没意义呢？”

“意义是有一点，但不大。农民本来就是作田种地的。这些事他们都会搞，完全用不着我们去操心。我相信，农民朋友肯定能种好自己的一亩三分地。种地的事让农民自己去做，公社和大队要少管，要管我们该管的事。”

“什么是我们该管的事？”

“一个是生产队缺钱，一个是农民缺口粮。这两个天大的事才是我们该管的事。种田的农民吃不饱肚子，真是天大的笑话。”

“你提出这两个问题倒没错。但是，公社不是在狠抓生产、狠抓粮食吗？”

“抓是抓了，没有抓到点子上。公社管得太宽，管得太死，只抓了粮食，没有抓经济。手里没钱，生产队无法买到足够的肥料，天天搞三光积肥，就是在田里绣出一朵花来，没有足够的化肥，产量也还是上不去。”停了停，志坚又说，“我在明月大队搞了一些改革，一是瞒着公社，组建了一个基建队，每个生产队派几个劳动力去城里搞基建，挣了钱大部分交生产队。生产队有钱了，肥料买足了，我们大队增产近七十万斤粮食，人平口粮在七百斤以上，生产队还有余粮。大队又办了一个草纸厂、一个电石包装厂，加起来每年纯利润二十几万，再没有要生产队上交了……”

“你瞒着公社搞这些资本主义，胆子还真不小呀！”邓书记打断志坚的话，但显然不是批评志坚，反而是对志坚的做法很感兴趣，“你继续说啰，不要怕，顶多划你一个右派！”

“划右派我不怕，开除党籍我也不怕，我觉得公社和大队两级组织是农民的顶头上司，要多为农民想想，不能再这样稻谷加稻草、红薯加红薯藤搞下去了。”

“你谈具体一点，莫绕弯子啰，看要如何搞啰。”邓书记越来越感兴趣了。这时，一些支部书记也凑拢来听志坚不合时宜的“怪论”。

“我们主管农业的各级领导，要变成农业经济人，不能老是把农产品当原材料去卖。比如一斤干毛茶只卖一块八角，如果一斤干毛茶做成精制茶，最少可卖十元钱，翻好几倍哩！看形势，我们国家农业可能会放开，怎么放我们不知道。但是，公社要千方百计发展经济，我也知道公社很穷，连买奖状的钱也没有。”

邓书记越听越新奇，心想这个黄志坚的观点真的与众不同，又反问道：“你说我们公社要发展经济，如何发展呢？有什么好办法？莫老是洗我的脑，做我的思想工作啰。”说完在志坚肩膀重重地拍了一巴掌。

“办法多的是，主要是我们要树立商品意识，要把我们的农产品统统变成商品，实现农产品从卖原料到卖商品的转变。我们要搞社队企业，以工兴农。我们公社有万多亩茶园，每年产五千多担干茶，完全有条件办个茶厂。”

“嗯，嗯，办茶厂这个想法要得，办社队企业，搞农副产品深加工，很好，我个人赞成。我们开个党委会专门讨论一下你的这个建议，统一一下思想，如果公社办茶厂，你来当厂长。”

“只要公社同意，我一定来！”

听说老公要去公社办茶厂，应贤急得团团转，这又是一件费力不讨好的蠢事！如果不加以阻止，老公这辈子将永远出不了青天，一家人也无希望了，甚至还会出现意想不到的严重后果，比如，茶厂肯定会招一批女青年来做茶叶，年轻漂亮又有心计、不要面子的女孩子肯定有，老公又一表人才。俗话说，人学坏，三十外。老公天天在十里以外的公社茶厂，大部分时间不回家，如果真的同什么女人好上了，闹起离婚来，好好的家庭不就散了吗？想到这里，应贤起了一身鸡皮疙瘩，她不敢再往下想了。如何办？如何是好？怎样才能收回老公的心，打消他办茶厂的念头？硬办法肯定不行，记得当年为了阻止他去当大队书记，自己冲回娘屋里，老公也没有听她的，还是当书记去了。要想老公不去办茶厂，看来只能用软办法了。她决定约丈夫去娘屋里，她要在路上好好劝劝他。

“志，我娘病了，晚上你有空吗？一同去看看。”

“你娘病了？什么病？要得，我同你去，要买点礼物。”

“冇什么大病，可能是肠胃不适，我买了点小礼物。”收拾好碗筷，天还没有黑，妻子提着装有食品的尼龙网袋同丈夫往娘家去。

“志，你不听我劝，还是要去公社办茶厂，我人都快急病了哩！你好好听我劝啰，不是读你的反书，我也不是事后诸葛亮，当年你放弃老师不当，执意要去当大队书记，十二头牛也拉不回来，结果呢，当了这几年大队书记，你得到了什么？你什么也没有得到，挣了亏吃！挣了气怄！挣了心操！还差一点赔了一条命！现在又去办茶厂，更不靠谱，风险会更大。你怎么搞得赢国营茶厂！你怎么搞得赢高山茶厂！冇技术、冇资金、冇厂房、冇设备，真是一冇二冇，一切从零开始，生产出来的茶叶冇人要怎么办？做饭吃呀？到那时，茶厂垮了，公社会怪你，人家还会说你冇本事，戳你的脊梁骨，到那时你灰溜溜回来，好冇面子啰！这号险冒不得嘞！我还是那句老话，趁早死了这条心，我们去搞个体户。你怕你还蛮年轻呀，子女过几年就长大成人了，我们现在一冇钱，二冇房，他们大了，儿子要结婚，女儿要出嫁，到那时，你又打算像你娘一样拿二十八块钱给子女结婚呀，这些你想过吗？”

“想倒冇想过，但我相信到那时我们绝不会是那种情况。社会总是发展的，到那时候有可能儿女结婚时会到县城饭店里摆酒席，用小汽车接亲哩！你所担心的事也有一定道理，但是，人呀，什么都可以有，但绝不能有怕，前怕狼、后怕虎，怕这怕那，将一事无成。人呀，什么都可以缺，但不能缺信心，缺勇气，缺敢闯敢冒险的精神。我虽然半辈子来成功少、失败多，招干的大门也永远关上了，但不是因为我的原因造成的。就算是因为我自己的原因造成的，也不能因为失败了，就躺在那里什么也不干了。那就是等死，等穷，等机会溜走，等彻底完蛋！人只要还有一口气，就不能放弃，就要去争取最后的成功。你知道吗？只有主宰自己命运的人才是强者。我去公社办茶厂，虽然一冇二冇，但我有的是决心，有的是信心。相信你老公啰，不久的将来，一定会办出一个有模有样的茶厂来。”

“你好好想想啰，你的读书梦、参军梦、教书梦、当干部梦为什么一个接着一个破灭了呢？因为这都是外力所主导的梦，不是你自己想怎样就能怎样。主动权掌握在别人手里。现在又不吸取教训，又打算去办公社茶厂。不是我算破你，将来也会是同样的结果，因为茶厂是公社的。只有我们两个人去找一个事，或者创一个业，又快乐、又轻松，没气怄，挣了钱全是自己的，自己说了算，不被外力左右，我们的梦想才能实现。过去不敢，现在开放，政策允许，何乐而不为呢？肯定不会比当干部差到哪里去！你的死脑筋也转转弯啰！”

“我的理想虽然被打得粉碎，但不能因此而一蹶不振。不管我过去摔得有多痛，我决不向命运低头！我还要继续往前走！至于搞个体户，我暂时冇想法。我的命运我做主，我考虑再三，还是要去办茶厂。我如果不混出个名堂来，我就不姓黄！”

“你呀，只有自己永远是对的，要想你改变主意，除非太阳从西边出！”应贤赌气离开丈夫，抢在他前面走。

志坚上前几步去拉她的手，却被生气的妻子几下几下甩开了。

“吃饭啰。”第二天，应贤把饭菜准备好了以后，喊丈夫吃饭，自己进卧室去了。

孩子们上学去了，只有志坚在家，志坚洗了手来到餐桌上。但过了很久仍不见妻子来吃饭，便大声喊着："应贤，菜凉了，快来吃饭啦。"

"你一个人吃啰，我不想吃。"妻子闷声闷气地回道。

"杜大小姐呀，你又是么哩事啦，这样不高兴，连饭也不吃。"志坚来到卧室喊她。

"有么哩事哩！"应贤看也没看丈夫一眼，把后脑壳给他，不耐烦地回答。志坚走拢去，一把拿着妻子的手，拖到饭桌边椅子上，说："么子事？几餐没吃饭了，快些告诉我。"

这是妻子第三餐没吃饭，志坚心疼极了，夹了几样菜放到饭碗里，送到妻子面前："千赌气万赌气，莫跟饭赌气，几餐粒米未沾，会饿出病来的。"

"不吃就不吃，饿死算了，反正没好日子过！"她推开丈夫送过来的饭，饭碗丢到地上，米饭散落一地。

妻子坚持要搞个体户，志坚认为有必要再次同妻子讲清楚、说明白，一定要做好妻子的工作，让她转变态度。傍晚，他到代销店买了一包妻子最喜欢吃的蛋糕。一进门，见妻子和衣躺在床上，他知道妻子仍在赌气，便来到床边，摇了摇妻子："起来啰，我买了蛋糕，起来吃啰。"应贤装着冇听见，不回话也不起来。志坚掀开被子，用手挠她的腋窝。应贤忽地坐了起来，怒道："你神经病呀！"志坚笑着把蛋糕塞给妻子。应贤顺手一拦，啪的一声，蛋糕掉到地上："谁吃你的臭蛋糕！"志坚捡起蛋糕，坐在床沿劝道："我的好堂客哩，你听我说啰，现在我观察，国家改革开放了，农村也将不是原来的农村了。我想去试一试办社队企业，搞茶叶加工，把茶叶卖到全国去。作为两个孩子的父亲，我有责任让他们过上幸福生活，办茶厂是改变我的命运的机会，茶厂办好了，将来还有可能让子女，让我们一家人都进城去，不是挺好的吗？去公社办茶厂是个好机会，过了这个村，就没这个店了，就只能当一辈子农民了。"

应贤仍然不能接受丈夫的想法，带气道："当时你去大队当书记，不也是说为子女着想吗？结果呢！另外，你去办茶厂，一切从零开始，十分艰难不说，到头来还是会白费劲。难得搞好！你不当大队书记了，我一万个支持。但你去办公社茶厂，只会费力不讨好！我是一万个反对。我还是我原来的想法，我们两个人带着小孩子到县城里开个什么南杂店、成衣店，万一不行，卖小菜也行。又不怄气，挣了钱都是自己的。你也听我一回劝啰，你也让堂客做一回主啰！”

志坚听妻子这么一说，觉得也有些道理。于是，第二天他去了一趟县城。

晚上，他一边看电视，一边对妻子说：“应贤，你的意见也有一些道理，我想去找个批发的事搞，今天我去了县里，打听搞钢材、水泥批发，谁知要五十万元流动资金才可以。我们哪里去搞这么多钱呀！听我的，再不要有去干个体户的想法了，我还是决定去公社办茶厂。搞得好，挣了钱，不但能促进地方经济发展，我们也可以把房子砌到城里去，变成城里人。”

“你想得美。我还是不同意你去办社茶厂！我只劝你要想清楚就是。你不听我劝告，执意要去办茶厂，失败了，我跟你没完！”

“嗯，还是我哩堂客好，通情达理，娶了你，真是我前世修来的福！”志坚把沙发上的妻子紧紧抱在怀里，像新婚夫妇一样亲密。

“我没有答应你啊！我还是想去县里摆摊卖小菜。”

“我老实告诉你，到县城菜市场贩小菜的事我想都不会想，贩小菜，既没有发展前景，更没有科技含量；既做不出品牌来，也做不出知名度来，社会效益也不大，有什么意义，这号小打小闹的事我不干！”

“你嫌贩小菜小打小闹，你去当县长、当省长、当中央委员啰！”应贤见丈夫不听自己的劝告，狠狠堵了丈夫几句，赌气起身。

志坚见妻子来气了，几步向前，拉住妻子的手说：“县长我当不了，菜老板我不当，我要去当茶叶老板，到那时，你就是老板娘。”

“鬼老板娘，我才不稀罕！”说完用力甩开了志坚的手。

邓书记既果断又雷厉风行，他采纳了志坚办茶厂的建议，马上召开了党委扩大会议。会上，党委一致同意办茶厂。

虽然到了寒露，中午时分，竟和初春一样，暖意融融。志坚昨天接到公社通知，邓书记要找他谈话，因此，他急着赶路，连棉衣脱掉了，也不觉得冷。

“邓书记，您好。”志坚直接来到邓书记办公室，笑着同邓书记打招呼。

“小黄，你来了，快坐。你穿这么少，冷不冷呀？”

“我赶路，走得急，身上还发热嘞！”

“千金难买少年时，到底是小伙子。”邓书记见志坚强壮的体魄和红光满面的气色，颇有感慨地说。

"您叫我来，有什么重要指示呀？"

"是这样的，你建议办茶厂一事，党委开了会，大家都认为是个好建议。并做出了如下决定：一、决定把农机站腾出来办茶厂；二、由木茶大队常春林任茶厂支部书记，你任茶厂厂长，张全炳当保管员兼收购员，会计由企业办甘会计兼任，其余人员由你们自主招聘；三、由公社担保到信用社贷款几万元作启动资金；四、公社由吴社长主管茶厂工作。"

"谢谢党委的信任，我没有搞过品牌企业，也不太懂茶叶，只怕不合适吧！"志坚谦虚地说。但内心充满了喜悦——终于可以实现自己"办茶厂""穿工装"的梦想了。

"你在担任明月大队书记期间敢想敢干，也办了企业，把一个贫穷落后的大队建成了全公社的先进大队。我看你不但有创新精神，还有独当一面的大将之才，创办一个小小茶厂不在话下。党委相信你一定能把公社茶厂办好。不过办社队企业，是一个新鲜事物，远不是作田种地那么简单。创品牌，打市场，不是件容易的事。希望你在党委领导下，克服困难，办好茶厂，为地方经济发展再立新功，再作贡献。你还有什么要求吗？"

"既然党委信任我，就请党委放心，我一定尽我最大的努力，办出一个像样的社队茶厂来。但是，我需要一个苦干实干的好帮手，党委是否同意让尹厚友来当副厂长，管生产？"

"好，党委相信你。关于要求尹厚友来当你的助手，我也同意。"邓书记站起身来，拍着志坚的肩膀。

志坚简直有点不敢相信自己的耳朵——这是真的吗？不是在做梦吧？是真的呀，刚才亲耳听邓书记说的呀，还有假吗！此时，他的心中升腾起一股难于抑制的激情，他告别邓书记，把单车锁一扭，向前一推，飞身跳到单车上，往家里飞奔而去。这是他自辍学以后十几年中最高兴的一天，像这样的高兴劲还是在十三岁那年接到班主任通知被三中录取的那一次。

冬日炭火一样的晚霞映红了半个天空，斜射的阳光照在树上、山坡上，大地一片金黄，还没入巢的小鸟在树与树之间跳跃飞翔，间或两声低鸣。志坚骑着凤凰牌单车迅速地往家里赶，口里还哼着无名小调——他要把公社党委调他去办公社茶厂的喜讯告诉妻子和好朋友尹厚友。

"么哩好事这么高兴哩？笑嘻嘻的。"正在炒菜的妻子问丈夫。

"好事，好事，党委决定调我去公社茶厂，支部书记我不当了。"

“我怕是调你到县里去当县长啦，这么高兴！原来还是糠箩里跳到米箩里。这算什么好事，又是一桩操空心、费力不讨好的事。”听了丈夫的好事，应贤一点也高兴不起来，泼了一盆冷水。

“人家想去都去不了呢！你还这么说。办企业，做品牌，把茶叶销到全国去，到时，我还可以带你去全国旅游哩！”

“我冇这号福气，我也不做这号美梦。吃饭，吃饭，我冇闲心听你的空事。”应贤对丈夫去公社办茶厂依然不高兴，拉长了脸说。

“又是去为别人瞎操心，尽想些空头事！”应贤在心里嘀咕着，埋头吃完饭就进屋去了。凡有不高兴的事，她都写在脸上，从来不会装。

晚上，见妻子仍为办茶厂的事不高兴，志坚再次耐心劝道：“现在国家改革开放了，我去办茶厂，把我们当地毛茶收上来通过精制，窨上茉莉花，做成一个属于我们自己的品牌茉莉花茶销往北方市场。我也由支部书记变成茶厂厂长，还可拿工资、拿补贴、拿奖金，还可去全国各地……”

“你就好过啰，潇洒啰！还有年轻妹子天天陪着啰！老婆娘就在家里作田啰，晒黄太阳啰！”应贤火气越来越大，没好气地回丈夫。

“你这是什么话呢，我是这号人吗？结婚十多年了，你难道还不知道我呀！正是你受了太多的苦，我要把我们的生活过得好一点，才去办茶厂，挣了钱，我们说不定还可以去城里砌房子住哩！”

“你想得好，想得美！做得到吗？当时我拼命反对你当大队书记，你不听，坚持要去当支部书记，还说可能有机会当国家干部，结果呢，到头来还不是竹篮打水一场空！”应贤老话重提，继续说，“现在，你又不听我的劝，去办茶厂。我告诉你，又要操好多心啰，要怄好多冤枉气啰！这次，我想好了，你如果再不听我劝，我一个人去县里开店子，两个孩子交给你！”

“是真的吗？”“是真的。”“你敢！”“我就敢！”“我谅你不敢！”“我明天就敢给你看看！呜，呜，呜……”应贤伤心地哭了起来。志坚一直认为自己的妻子贤惠，明事理，脾气好，善解人意，现在她竟然这样不理解他，竟然这样不听他的解释，耍起横来，他无法接受，非常气愤，准备重重讲她几句。这时，他猛然看见妻子被繁重的劳动和家务折磨得有点显老的泪流满面的脸，忍不住鼻子一酸，瘫坐在沙发上——他心疼了。

过了一会儿，志坚站起来，把妻子拉到沙发上坐着，拿着她一只手放在腿上，右手又将妻子揽在怀里。应贤顺从地把头埋在志坚宽大的胸前，但依然还在轻轻地啜泣着。志坚低着头，轻轻地用手揩着妻子眼中的泪水："你听我说啰，我内心万分感谢你多年来对我的支持和对家里的付出，正因为有你这么好的妻子，我才有信心答应邓书记去办茶厂。办茶厂与当大队书记完全是两码事，办茶厂是全新的事物，我不但可以学到制茶技术，还可以学会闯市场，对我自己今后大有帮助，而且当茶厂负责人还可以接近和认识县里领导、部门领导，有机会结交更多的朋友，多个朋友多一条路，对今后安排子女们的工作也可能有好处……"

"我反正拗你不过，你也永远不会听我的。"

"这样就好，这才是我的贤内助。"听了妻子这句话，志坚激动地把妻子紧紧地抱到怀里，口里不停地说，"谢谢你的支持，谢谢你的理解。"

妻子工作做好了以后，志坚开始认真地谋划茶厂的创建大事。

第十九章

去公社办茶厂，志坚想了很多，想了很久，担心和害怕一直萦绕在他的脑海，从事教育工作和农村基层工作多年，现在却要转到工业战线上来，而自己完全是一个门外汉，要办一个茶厂，没有太多的把握。隔行如隔山，他脑子里一片空白。加工技术啦，企业管理啦，市场开拓啦，品牌建设啦，企业还要盈利，有多难啊！太难了！你能做到吗？做不到，茶厂产品无人问津，茶厂办不下去了，到那时，你如何向公社党委交代？向大塘人民交代？向全体员工交代？你的脸面何处搁啊！每当想到这里，志坚便起了一身的鸡皮疙瘩，既害怕，又担心。开弓没有回头箭，怕不了这么多。草鞋冇样，边打边像！既然迈出了这一步，大胆向前冲吧！他又反过来想。

志坚吃过早饭，喝了几口茶，又换了一套新中山装，把一个装有日常用品和衣服的旅行包放在单车后面，用绳子捆好，向妻子挥了挥手："我走了。"便骑上单车，带着满脑子希望，兴高采烈地朝公社去。

"好好照顾自己啊！"应贤站在树荫下目送丈夫，一直到看不见那个两边摆动的身影才转身回家。

立秋的江南，秋高气爽，云淡天青，耀眼的阳光普照大地，稻田的稻穗弯着沉甸甸的腰，在微风的吹拂下掀起一波又一波的稻浪；红薯地里的红薯，膨胀的身躯拱破了泥土。坡坡岭岭，冲头冲尾，到处是一派丰收景象。志坚难以相信，半年前他曾梦想过的生活，现在居然变成了现实。现在，他的心情和这丰收季节一样美好。

"老尹，你真早哇！"志坚见老尹先他到了，高兴地打招呼。

"我也是刚到的。"

志坚把行李放好后，对尹厚友说："走，我们看厂房去。"

他们从农机站修理厂这边看到那边，这头看到那头，进进出出，出出进进，看了一遍又一遍，越看眉头皱得越紧，谁也没说一句话。志坚看到农机站如此状态，与他想象的差太远了。他头痛！他着急！他茫然不知所措！前排小厂房里一台黄谷打米机正在打米，满墙、满地、打米工人满身黄色的谷灰；另一头一座老式的打铁烘炉，虽然没打铁了，也满是黑色灰尘；墙脚码了一堆黑炭，布满了蜘蛛网；地坪虽然很宽大，四周却长满了各种各样的杂草，开着各式各样的小花，而且全是泥巴地，有些地方还有狗屎和牛粪；厨房是一个茅草盖的泥砖屋，里边是一座五十年代的农家土砖灶；厕所就更惨了，搭建在西边厂房墙根下一个小房子里，里面挖个坑，安放一个土陶缸，陶缸上放两块木板，便是人们大小便的蹲位；没有井水，饮用水都是人工从东边池塘里去挑；两个厂房虽然很大，足够安装茶叶加工设备，但是，大门只剩一边了；厂房也是泥巴地，一层灰尘，到处织满了蜘蛛网，窗户大都没有玻璃了；屋顶上有几处牛毛毡掉了下来，瓦也坏了好几片，一眼可望见蓝天；六间住房，有一间是完好的，没有书桌椅子，只有一张行军床，地面也是黄泥巴地，连水泥也没有抹一层。一切都破败不堪，没有一处不用修缮和改造。一刹那间，志坚被眼前的农机站震慑住了——这就是我要办茶厂的地方吗？这么破烂的地方能办茶厂吗？在这样的地方办茶厂，你有把握办成吗？是不是趁早放弃这个厂长不当了呢？放弃能行吗？难道再返回去吗？这很容易呀，半个小时就回去了，回到那个没有半点希望的地方。“不！”他在心里喊叫，“好马不吃回头草，既然来了，决不回去！只要有百分之一成功的希望，就要尽百分之百的努力，世上的事都是奋斗出来的。”

眉头紧皱的尹厚友来到他的身边：“老同学呀，这个地方关牛还差不多，办茶厂只怕不行啊！我看了好头痛嘞！我还是趁早回去算了，你另外去找个帮手吧！”说完，骑上单车，准备回去。志坚冲上前，右手按住尹厚友单车，厉声道：“你还是我的朋友吗！”尹厚友见志坚来气了，便从单车上下来。见尹厚友下了单车，志坚口气温和地说：“伙计哩，没有办法的办法，困难是蛮大，但别无选择。霸点蛮，改造改造还是可以的，暂时用一下，挣了钱再来动大手术。这个地方风水好着呢，早两年水清大队黎书记同我聊天时，讲了农机站这个地方一个非常有趣的故事哩——不知什么年代，这里居住了一户住着茅草屋的贫苦人家，这户人家前面正好有一条大路，是平江通往益阳的必经之路，每天赶路的人特别多，尤其夏天，赶路的人口渴难耐，经常到这户穷人家讨水喝。这户人家虽穷，但热情好客，专门备有冷茶免费供给过客们喝。一天，一个衣衫不整的老人进来讨水喝，主家见这位长者年迈体衰，献上茶，又留他吃了饭。这个老人见主家人虽穷，但乐善好施，深为感动，于是，独自一人把这户人家前后山头、山塘、田庄通通看了一遍，回到屋里对主人说：'请问东家贵姓？'

"'免贵姓鲁。'

"'啊啊，鲁府主人，你这屋砌得好，风水不错，周围五个山冲，每个山冲上边有一口山塘。这个地方叫蜘蛛霸网之地，你这屋正砌在蜘蛛网中央，你们下代人、下下代人必能大富大贵。但是，你切记屋前不能挖水池，不然会把蜘蛛的血脉切断的。'

"'好的，谢谢您老指点！'

"若干年以后，这个穷苦人家终于发了，不仅砌了三进五间大宅院，而且，三个儿子都做了州县大官。只是男人去世早，只剩下一个女主人。在鲁府女主人八十大寿这天，远近乡邻和亲朋好友都前来贺寿。贺寿就少不了要写寿联寿诗，但远近私塾先生都不敢动笔，写得不好，怕当官的儿子回来看见不高兴。这时，一个留长须穿长褂的老人大摇大摆地走了进来，看到满屋的宾客，杀猪宰羊，一群人围在铺有红纸、笔墨的大桌子边议论着什么，知道这户人家是准备贺寿，只是没人写寿联。长须老人把胡子一捋，说：'寿联没人写，不嫌弃，我来试试。'

"全屋人的眼光一下全盯着这位长须老人。'叫花子一般，他也敢写寿联，怕是疯子吧？'有人说。

"'那也不一定，人不可貌相，他敢夸海口，肯定腹内有才。'另一位老人说。

"这时，一位私塾先生站起来礼貌地问长须老人：'老人家，这可不是开玩笑的呀！鲁母今年八十高寿，三个儿子都在州县为官，这个寿联可不容易写呢！'

"'让我试试。'

"私塾先生把红纸铺开，磨好了墨，把一支大毛笔送到长须老人手上：'先生，请您开笔。'

"这个长须老人也不讲客气，挥笔在大红寿贴的上半幅写下：'你这婆娘不是人'，接着又写了下半幅'三个孩儿皆做贼'。

"亲朋好友震怒了：'你这老家伙，竟敢如此侮辱寿星？打死他！打！'

“私塾先生把手一拦：‘大家莫急，我看老先生非等闲之辈，他的字写得如此苍劲有力，口气如此之大，非一般人也。出来游学之人大都是高人，怕是我们没有款待好人家，不如我们先请他喝了酒，吃了饭，要他把寿联写完再作定论。快拿酒菜来好好招待。’

“长须老人捋着胡须，点点头，微笑着。长须老人吃过酒菜，把袖子挽起：‘鲁府客气，就让我把寿联写完吧。’说完挥起大笔续写了整副寿联：‘你这婆娘不是人，本是天上一寿星。三个孩儿皆做贼，偷得蟠桃奉母亲。’

“众人看了，拍手称赞：写得好！写得好！写寿联一事，寿星听了，满心欢喜，打发人送了二两纹银给写寿联的老人，老人没受。

“老尹，这个风水宝地，我们来办茶厂，肯定也会出人才、出成果、发大财哩！改变命运的契机将从这里开始喽！”

“照你说的，这个地方还有点来历，那我听你的，快动手维修吧。”

志坚见尹厚友转变了态度，又对尹厚友道：“条件是太差了，但我们也没有选择的余地了，慢慢来吧。听说广东、浙江人创业时，大多数也是起步艰难，有的在外面搭一个棚，创了品牌，打了市场，挣了钱，再搞建设。我们也只能边搞边发展！我们要有敢想敢干、敢为天下先的大无畏的勇气。我先去同邓书记汇报，农机厂改办茶厂，里里外外都要改造和维修，需一笔钱，搞到钱以后，维修的任务就交给你了，两个月完成任务。搞维修你是内行，到时我来验收。”

“你的事，就是我的事，困难再大也要克服。只要你有钱，到时没有完成维修工作，唯我是问！”

志坚来到公社找邓书记，邓书记正好在家。

“黄书记来了呀，哎，不对，现在要叫你黄厂长才对。”邓书记笑着说，用手理了理稀疏的头发。

“有事，随便叫就是，反正是一个农民。今天我是特地来请示您的。”

“那可不是呀，现在你是一个搞工业的农民，是一个大农民哩！什么事，只管说。”

“刚才看了农机站，不看不知道，看了吓一跳，稀巴烂呢！要彻底维修呢。”

“是的，还要维修好一点才行，食品行业，马虎不得。”

“马虎是不能马虎，这我知道。我亲爱的书记嘞，钱呢？钱从哪里来呀？以前说两万，刚才我去了那个破烂不堪的农机站，看来最少也要五万。除了钱，还有一个技术的问题。”

“钱我已同信用社黎主任讲好了，你去找他就是，公社吴社长已同县茶叶示范场殷场长说好了，请他来指导技术，他答应派人来茶厂指导一个月，我们还可以派员工去他们茶场培训。另外，加工设备殷场长也答应联系生产厂家，到时再派人去购买。安装也由殷场长负责，他是我县著名茶叶专家。”

“还是书记想得周到，大事难事您不但想到了，也解决好了。”

由于邓书记亲自过问，钱、技术、设备都解决好了，茶厂前期准备工作进展又快又顺利。两个月后，老尹负责的维修全面完工，茶厂面貌焕然一新。维修好了的新车间，新办公住房，新厨房，新厕所，新地坪，连新设备也安装调试好了。只等新茶上市，茶叶精制加工就可以搞起来了。

常春林主持了第一次工作会议，他说：“同志们，湘江县大塘茶厂正式办起来了。这是我们公社第一个集体企业。公社党委信任我们，把茶厂交给我们来办，我们使命光荣，责任重大。让我们共同努力，把茶厂办好。下面请黄厂长讲话和宣布分工。”

志坚从座位上站起来，向大家点了点头，显得有些激动：“同志们，我们能参加今天的会议应该感到荣幸。我们从各自不同的大队来到这里办茶厂，将要由农民变成工人，完全进入一个全新的领域工作。目前，虽然条件艰苦，一切从零开始，缺经验，缺技术，缺资金，缺市场，但是，请大家不要怕，技术可以学，钱可以借，经验可以总结，市场可以开拓，只要我们不缺信心，不缺艰苦奋斗、拼搏奋进的精神，我们茶厂就一定能办成功！”

说完，大家热烈鼓掌。志坚喝了茶接着道：“下面我宣布一下分工，常春林为茶厂支部书记，主持茶厂全面工作和分管政治工作；黄志坚为厂长，分管茶厂人事、技术、生产、业务工作和管理工作；尹厚友为副厂长，分管技术和生产；车间主任兰培和傅飞，负责生产工作；保管员张全丙负责茶叶保管和收购工作；企业办甘会计负责财务工作。请同志们团结合作，恪尽职守，做好各自工作。下周我本人、尹厚友、傅飞到县茶叶示范场参加茶叶精制培训。另外傅飞在全公社招收三十个年轻男女工人，必须有初中以上文化。大家有什么困难和问题可以及时向常书记和我反映。现在散会。”

志坚把茶厂一些具体的事务性的工作交给各个部门负责人去办以后，又制定出了茶厂的规章制度张贴出来，供茶厂干部职工共同遵守。自己转而在思考着事关茶厂成败攸关的诸如产品定位、产品设计、包装设计、产品品质、市场开拓等大事。可是，茶厂还有开始办，麻烦就来了。

在实行计划经济的时期，大塘公社办起了一个社办茶厂，原本一件小小的事情，却在全县掀起了大大的波澜。消息传到县供销社时，供销社领导们坐不住了，供销社姚主任一跳三尺高："那还了得，大塘公社居然办起了茶厂，带了一个坏头。"于是，白头发、平头的姚主任气冲冲地来到管财贸的副县长办公室反映情况。"张县长，您好！"姚主任见张县长正在看文件，打了一声招呼后，气冲冲地坐在一边。

"姚主任，你来了，稀客呀。有什么事吗？"外号"独眼龙"的张副县长见姚主任来了，停止了看文件，马上打招呼。

"特来向您反映一个重大问题。"

"什么事情？你说。"张县长一听，立即严肃起来。

"最近大塘公社办了个茶厂，准备生产茉莉花茶。这个茶厂办起来以后，肯定会与县供销社争抢茶叶原料。他们这样做不仅违背了国家收购政策，破坏计划经济，今后还会影响到县办国营茶厂的发展。如果任其发展下去，每一个公社办一个茶厂，县茶厂将会因收不到毛茶而倒闭。希望县政府立即出面予以制止。"

"啊，有这回事！那不行，此事必须制止！不能让社办茶厂冲击县办茶厂，不能破坏计划经济秩序。我叫县政府办胡主任和你去大塘茶厂，代表县政府予以坚决制止！"张副县长将文件朝大办公桌上一丢，大手一挥，大声对姚主任说。

第三天上午八点多，县政府办胡主任同县供销社姚主任来到了大塘茶厂。"您是常书记吗？"一脸络腮胡须的胡主任一进门便板着脸问常书记。

"是的，我是。主任，你们坐一坐。对不起，我有一点急事先走了，失陪，失陪！"说完，离开了茶厂。常书记一天前听说县政府要来制止办茶厂，胆小怕事的他，怕违反了政策，要担责，便借故有事打个招呼走了——破坏计划经济，这顶大帽子谁也戴不起啊！志坚见常书记走了，对着他离去的背影道："胆小鬼！有什么可怕的，搞集体企业，光明正大的事，怕什么！还怕谁开除了我这个农民！全公社一万多人的事，天塌不下来！"但是，县里来的人根本没有把这个年轻的农民小厂长放在眼里。

"你是黄厂长吧？"见常书记走了，胡主任板着面孔问志坚。

“是的，我叫黄志坚。”志坚从此人说话的语气和脸上的表情看得出来者不善，准备起身倒茶的脚步停了下来，他倒要听听县里干部会说些什么。

“我姓姚，你们茶厂不合法，像你们这样的条件能办好茶厂吗？能生产出好产品吗？这是浪费国家资源，是劣质挤精制，集体挤国营，小厂挤大厂，落后挤先进。茶叶是国家一类计划物资，你们无权收购加工和销售。因此，你们茶厂必须马上停办！”白头发平头的供销社姚主任不停地挥舞着右手，振振有词地给志坚扣起了一连串大帽子。

听姚主任扣了这么多帽子，志坚冷笑一声，针锋相对地回答：“哈哈，帽子还不少呀，可惜我只有一个脑壳！我们大塘公社是全县最穷的公社，农民除了稻谷加稻草、红薯加红薯藤和一点茶叶外，再也没有其他经济作物和经济来源了，利用本地资源进行深加工，挣一点钱，增加一点农民收入，也不能算违反政策吧！请县领导和主管部门高抬贵手，允许和支持。”

“不行就是不行，我代表张县长通知你们，茶厂必须马上停下来，没有讨论的余地。”胡主任火气更大，斩钉截铁地向志坚下了死命令。

“胡主任，我们利用本地资源，发展地方经济，增加农民收入，没有违法，请你们予以理解。”志坚强忍心中怒火，再次向县里领导求情。

“黄志坚同志，你也是共产党员，共产党员不能违背党的政策。擅自收购国家一类物资就是违法行为，茶厂必须无条件停办！”满脸胡须的胡主任口气越来越严厉。

“对不起，胡主任，大塘茶厂决不会停办，全国有一百九十四家精制茶厂，只要有一家在，我们大塘茶厂就在！”志坚见胡主任态度依然强硬，昂着头，毫不客气地顶了回去。

“明天就通知工商部门把你们茶厂封掉！”县供销社姚主任见志坚态度如此坚决，气急败坏，对志坚大声吼着，眼里露着凶光，鼻子一张一翕的。

“谅你不敢！”志坚暴怒了。他的大手板在书桌上狠狠地拍了一巴掌，指着白头发的姚主任厉声说：“最不讲信用的就是你们县供销社：湘江县酒厂白酒好销时，你们包销；不好销了，你们放弃不管，职工都下岗了。湘江氮肥厂氮肥好销时，你们包销；现在氮肥没人要了，氮肥堆到马路边了，你们供销社管他们的账吗？现在茶叶好销，你们供销社就不准下面公社办茶厂；一旦茶叶滞销，你们又会不管茶农了。不准我们办茶厂，你做梦去吧！你们走，我有事去了。”说完，把他们甩在走廊上，进车间去了。

县政府办胡主任和县供销社姚主任未能阻止大塘茶厂停办，回到县里如实同张副县长作了汇报。见派人也未能阻止大塘茶厂停办，张副县长想请谭县长出面阻止，便打通了谭县长的电话：“谭县长，大塘公社办了一个茶厂，我派人去阻止，没有阻止住，请您给大塘公社邓书记打个招呼，停办这个茶厂，好吗？”

“老张，大塘公社那个地方，山多田少，困难得很呢！让他们办个茶厂，搞活一点也是好事。有责任，由我负。”

“好，我知道了。”张副县长放下电话，叹了一口气。

“黄厂长，员工都招满了，但今天又来了一个女青年，高中文化，是我的一个远房亲戚，心眼多，思维敏捷，能说会道，也吃得苦。她强烈要求进厂，你看怎么办？”车间主任傅飞向黄厂长汇报。

“高中文化？带她来办公室。”

“好，我去叫她。”不一会儿，傅飞带着一个女青年来到了志坚办公室。志坚望着眼前亭亭玉立的女孩，心里咯噔了一下，如果不是亲眼所见，他无论如何不会相信这偏僻的山区会养育出如此花朵一样的女孩子：脸是白瓷一样的白；眉，长长的，细细的，黑黑的；眼，像两粒黑溜溜的葡萄嵌在水泱泱、白莹莹的玉石上；鼻，生得小巧玲珑，圆润而隆起；嘴，是红的，是那种鲜艳的红，微笑时露出雪白的整齐的牙齿和一对浅浅的酒窝，特别可爱。她那天生的丽质让人着迷：哦，她真美，美得勾人的魂！志坚在心里惊叹着。“你叫什么名字？哪个学校毕业的？”志坚问大大方方站在自己面前的女青年。

“我叫刘小明，一中高中毕业。”刘小明眨着大眼睛爽朗地回答。

“小傅，小刘高中毕业，厂里需要文化水平高的工人，你破格收下她吧。”

“好的。”

“谢谢厂长，谢谢傅主任！”刘小明答谢后，同傅主任离开了黄厂长办公室，心里在说：这个厂长好年轻、好英俊啊！

“黄厂长，你要我们晚上加班，但是我们十几个人睡在哪里呀？以前是睡在车间茶叶的布袋上，蚊子咬死人，职工都不愿意加晚班了。”志坚从外地刚回厂，傅飞便向他反映车间里的问题。

虽然顶着县里巨大的压力，把茶厂办起来了，执照也办好了，可生产条件成了个大问题。听到小傅反映后，志坚马上叫来尹厂长商量："老尹，你来办公室一下啰，我有事同你商量。"一脸油垢的尹厚友放下正在修理的机器，擦了擦手，来到志坚办公室。

"窨花季节快到了，我们要赶制茶坯，只能动员职工加班。女职工又多，搭地铺，睡茶袋，蚊子多，也不像话。你想办法，把工具房收拾一下，到乡政府和卫生院借几个旧床来，做几个蚊帐，供女职工晚上下班后睡一下，半夜她们回去怕不安全。"

"好的，我这就去安排。"

"还有一个事，食堂吃山塘水不是个办法，既不卫生，也不安全，万一引起食物中毒，我们担责不起。你尽快请人打一口人工井，解决饮用水问题。"

"这个问题好解决，我保证半个月吃上井水。"

"哎，条件实在是太差了啊！"没办法，只能头痛医头，脚痛医脚。志坚长叹一声。好在有一个得力助手，不然的话，令他头痛的事还会更多哩！

志坚去茶厂半个月了，应贤一直没有去过。茶厂是个什么样子，她也不知道。今天生产队放假，她决定去看一看。第一次去茶厂，她认真收拾了一下自己：蓬松的长发用一块花手帕扎在脑后，上身穿一件刚缝制的浅红色的确良翻领衬衣，天蓝色喇叭长裤，脚穿平跟皮鞋套白色尼龙袜。她打一把花格布伞，手提一个花布袋，兴致勃勃地来到了茶厂，不巧志坚同尹厚友去县城办事了。见丈夫和老尹不在，其他人都不认识，她只好拎着花布包在茶厂前后左右看一看。来到车间门口时，上班的十几个员工看见来了这么一位时髦的女士，不约而同地把目光移到了她的身上。

"哎呀，真漂亮呀，电影明星一样。"不知谁说了一句。

"应姑，你来了呀。"只见一位员工笑眯眯地朝应贤跟前跑了过来。她是志坚的叔伯侄女。

"啊，燕子，你在这里上班呀，我来看看你志叔叔，你知道他去哪里了吗？"

"可能同尹叔叔去了县里。"

"好，你忙你的，我到处参观参观。"

志坚侄女回到了岗位上，一些同事跑过来问她："小黄，你叫应姑的那位客人是谁呀？好漂亮哩！"

“她是我志叔叔的爱人。”

“哎呀嘞，我们的厂长夫人，原来还这么漂亮！”

应贤把茶厂里里外外看了个遍，回到志坚办公室时，正好志坚回来了。“有来迎接啦！”志坚见妻子站在门口，连忙笑着打招呼，开了门，同妻子一同进了房间。

“你的办公室就这么简单呀，有一样像样的东西！”应贤进到丈夫的办公室兼宿舍后，看到他这个所谓办公室除了一张旧书桌、三把旧木椅、一张旧床，墙上一张毛主席像以外，什么也没有，惊讶地说。

“艰苦创业，因陋就简，逐步改善。这是我们的十二字方针。”

“我看你没晒太阳，皮肤白了一些，但也瘦了一些，是不是伙食太差了呢？”

“可能是吧。”

两人闲谈了一阵，食堂开餐了。志坚领着妻子来到了食堂。厂长妻子来了的消息一下子传开了，到食堂就餐的人都站着没有上桌吃饭，在等厂长夫妻先坐。“大家好，莫客气，都是自己人，快坐，快坐。”应贤看见大伙不上桌，便大大方方地笑着招呼大家，自己带头坐了下来。

食堂伙食非常简单，一个炒南瓜片，一个红烧冬瓜，一大碗海带汤。“你是我们的稀客，对不起，有好招待，两菜一汤，同志们常说的‘东南海’老三样。”志坚对妻子开玩笑。

“我倒有事，只是苦了大家。”应贤口里这么说，心里却不是滋味——志，就是这个原因才瘦的啊！

“你莫搞错了哩，比起二万五千里长征来，我们的生活好多了哩。”

“就你乐观。”

“我来茶厂了，万事开头难，新办茶厂，事多事杂，又有经验，茶叶生产出来了，可不知道要销到哪里去。我可能还会出差，不能常回来帮你，你要自己关心自己，繁重的家务事，请人帮帮忙啰。记得每人每天要吃一个鸡蛋。还要注意照顾好父母，他们活一天少一天哩！”

“我晓得的，你自己好好保护身体，还要注意安全！”

喝完茶，志坚同妻子步行回家了。

条件差，生活苦，这在志坚眼里算不了什么，令他担心的是，生产这么多茶叶销到哪里去啊？为此，他急！他困惑！他提心吊胆！

第二十章

大塘茶厂顶住了县供销社的阻拦，有模有样地办起来了。茉莉花茶也生产出来了。可是，志坚急了：这么多茶叶，销到哪里去呢？销不完怎么办呀？自己一点营销经验也没有。只知道北方人爱喝花茶，可自己连北方也没有去过呀！志坚找常书记来了："常书记，我们和尚做新郎，来公社办茶厂，这么多茶叶到哪里去销呀？"

"东北人最喜欢喝茉莉花茶，熟人是个宝，东北我有一个老表名叫周峰，在辽宁本溪市部队里负责，是个师级干部，可以去找他试试看。"

"也要得，我们明天就去。"对茶叶销售没有一点经验，从没有去过北方的志坚只好接受常书记的意见，两人带着茶叶样品来到辽宁省本溪市，见到了周师长。

周师长身材魁梧，略显发福，一身军装，威严而亲切。见家乡人来了，特别热情，又倒茶，又敬烟，还端来一盘水果。闲聊了一会儿后，周师长问："老表，你从没有来过辽宁，这次同小黄来有什么好事呀？"

"老表，家乡办了个茶厂，生产了茉莉花茶，拜托您帮忙销一点。"

"家乡的事，我应全力支持，但部队上有专门的配给，我不方便插手。我有个战友叫王都，退伍后在本市土产公司负责。我写封信，你们去联系一下试试。"

"太好了，谢谢您，那我们现在就去。"

常书记、黄志坚二人告辞了周师长，拿着周师长的亲笔信很快找到土产公司经理王都。"王经理，您好，我们是湖南大塘茶厂的，生产了茉莉花茶，特请求您帮忙销一点，这是周师长给您写的信。"常书记自我介绍后将周师长的信递给了王都。

王经理看了信，知道了二人的来意，皱着眉道："周师长家乡来的人，有事我一定会全力支持。但是，请原谅，军人都是喜欢讲真话的，北方人都要喝福建、浙江的茉莉花茶。我可能帮不上忙。我建议你们赶快去长沙。全国糖酒展销会在长沙召开，长沙又是你们的家乡，而且糖酒公司都经营茶叶，还有很多经营茶叶的贸易公司、土特产公司也去了，这是个难得的机会！”

希望犹如肥皂泡，彻底破灭了。志坚说：“不好意思，打扰您了。”二人失望地离开了土产公司。回到旅社后，两人商量下一步销售工作。常书记依然坚持要找熟人、找朋友、找关系销售。志坚认为走朋友路线搞销售希望不大，不如返回长沙，到全国糖酒展销会上销售。二人无法统一思想。志坚便主动提出来：“常书记，你继续在北方找销路，我回长沙去参加全国糖酒会，我们决不能空手回去。不然的话，茶厂只有死路一条。”

“那也要得。”常书记同意了志坚的建议。志坚连夜坐火车赶往长沙。下火车后顾不上休息，火速赶到长沙宾馆、长岛饭店、湖南宾馆、岳麓山饭店等糖酒会工作人员驻地，了解情况。只见各个饭店人来人往，墙上贴满了供求信息，每张广告上都注明了哪一省、哪一市、哪一个公司，住在哪一个宾馆、多少楼、多少房间、电话号码等等信息。志坚从没有见过如此宏大的场面，狗咬刺猬——无处下嘴，一时不知如何是好。他想来想去，决定先收集信息。

志坚拿着笔记本到各大宾馆、饭店前抄写各省市相关公司的住址及茶叶求购信息，一直抄到晚上十点多钟，抄了满满一小本。回到宾馆进行重点梳理，挑选了准备重点攻关的公司。第二天一大早，他把头发梳得蓬蓬松松，穿上一身笔挺的西装，系上那根结婚时的红领带，一双三接头黑皮鞋，照了照镜子，自己笑了笑：“嘿，还蛮像大公司业务员的派头。”吃过早餐，他便到各宾馆寻找“目标对象”。“咚、咚、咚！”志坚敲开了河北唐山市糖酒公司的客房门。

“请进！”客房内一个男声传出来。

志坚拿着人造革手提袋装着的茶叶样品，跨进客房，很礼貌地对一个经理模样的人说：“您好，我是湖南大塘茶厂的。请问贵公司是否需要购进茉莉花茶，我厂茉莉花茶又香又便宜。”

“啊，对不起，茶叶我们已有固定的进货渠道。”糖酒公司经理礼貌地谢绝。

“咚、咚、咚！”志坚又敲开陕西省三原县供销社的客房门。

"请进！"一位个子不高但看上去很精明的女士礼貌地说。

"我是湖南大塘茶厂的，专业生产茉莉花茶，请问贵单位能否帮忙试销一点，茶叶不错也不贵。"

"湖南花茶不太适合我们当地销售，对不起。"经理模样的女士也拒绝了。

下午五时，他敲开另一家公司业务室的门，这是他今天敲开的第二十家业务室的门了，满怀希望碰到一个"救世主"般的经理。他对一位年近花甲、头发花白的经理模样的人道："您好，我是推销茉莉花茶的，请问贵公司是否能采购一点？"

"谢谢！茶叶采购合同我们已订好了，对不起。"

"没事，谢谢！"志坚心灰意冷地离开了。

三天来，志坚敲开了大部分参加糖酒会的临时业务接待室的门，大多被一句"对不起"拒之门外。志坚拖着疲惫的脚步回到住处，躺在床上辗转反侧，自己问自己：怎么办！空手回去，还是继续找客户？去东北销茶，找熟人没有销出去一两茶，全国糖酒会上跑了三天，敲开了十几个省近百家业务室的房门都被婉言谢绝了。怎么办，如何是好？！他的心情坏透了，他如履薄冰，如临深渊。如果在这个全国性的糖烟酒茶副食品大会上找不到客户，茶叶销不出去，厂里的茉莉花茶叶就只能关在仓库里，茶厂也只能关门大吉。自己就会像妻子预想的那样，茶厂垮了，灰溜溜地回去。想到这里，志坚直冒冷汗，极度恐慌。不能，决不能回去！俗话说，泥巴做的"叫子"也有人要，何况是北方人人爱喝的花茶。全国经销茶叶的糖酒公司、土产公司都集中在长沙开会，每两年也只开一次，在这样一次会上就能找到全国各地的茶叶销售客户，是一个多么难得的机会呀，决不能错失良机。他就不相信在这样大的展销会上找不到客户，如果在全国糖酒会上还找不到客户，就没有其他更好的办法了，所以一定不能放弃。他知道茶厂成败的关键，几十号员工的生计，还有自己的"志士"梦想，就在这次糖酒会每一天的分分秒秒中。错过了，就错过一年，甚至会错过人生一次难得的机遇，甚至一辈子！

第四天，志坚背上样品又跑了几个大饭店的宾馆，一直忙到下午五点，仍没有找到一个客户。晚上，他在宾馆房间里急得团团转，一会儿双手抓着浓密的头发，一会儿又死死盯着窗外，一会儿又躺在床上，一会儿又在房间里走来走去，一边走一边跺脚，口里不停地说着："怎么办！怎么办！难道我就这样空着手回去吗？能空手回去吗？不能，万万不能！我一定要把糖酒会上的每一个业务室跑完。”第五天，志坚敲开了甘肃天水市糖酒副食品公司设在长岛饭店业务室的门。

“请进！”志坚来到房间内，一位头发半白的经理问志坚，“我姓柳，请问您推销什么产品？”

“我是湖南大塘茶厂的，来贵公司推销岳明牌优质茉莉花茶。请贵公司帮忙销一点好吗？”志坚带着恳切的语气礼貌地说，并递上一张名片。

“请把样品给我看看。”

志坚连忙把茉莉花茶样品送到柳经理手上，眼睛紧盯着柳经理——他多么希望他能看中啊！

柳经理闻了闻，看了看，还缓步走到窗户边光线明亮处反复看茶，反复闻香，接着又泡了一杯，细细地品尝，然后问志坚：“茶还可以，多少钱一斤？”

“这个特级茉莉花茶每公斤19.8元。”志坚兴奋地说。

“再少一点，我公司采购一批试销一下。”

“每公斤少一块钱吧。”

“行，先签20吨合同，货到验收付款。”

合同签好后，志坚明显地有点激动道：“柳经理，我是湖南人，我今晚请客，尽地主之谊，请您一定给面子。”这时的志坚十分兴奋，他要花点小钱，请柳经理吃个饭，一则表示感谢，二则加深认识，增进感情，以便今后继续做生意。

“谢谢你，晚上我们约了老客户谈业务，吃饭就免了。”

志坚见柳经理执意不肯吃饭，便握手告别，乐呵呵地回到了旅社。后来几天又签了几个合同，圆满地完成了任务。志坚第一次尝到销售工作的苦和甜。

合同签好了，志坚心里美滋滋的。这是他有生以来第一次出远门，想着要买一点东西孝敬父母，便在糖酒会上买了两盒东北人参精和几盒有祛风除湿作用的保健品、糖果等，高高兴兴回了家。

“志伢子，你出远门回来了呀。”一进门，陶富娥满脸堆笑地说。

“回来了。”志坚来到父母房间，从包里拿出几样东西，“我特地买了两盒东北人参精给你们补补身子，这两盒保健品，据说风湿病人吃了好，娘，你风湿重，每天喝一点。”

“挣钱不容易，你还困难，莫为我们用钱啰。”

“婆婆子嘞，人参大补哩！过去只有富贵人家才有吃嘞！我们这号穷苦人家看都冇看见过。”黄三勋拿着一盒人参精，一边看一边说。

志坚在长沙糖酒会上签了几笔合同，加上江西朋友销了十几吨，茶厂茉莉花茶全部销完了，产值一百八十多万元，盈利三十多万元，实现了当年办厂当年盈利的开门红。

大塘茶厂是一个集体企业，公社规定每年要派人进行账务清查。12月，清账工作正式开始了。

“老同学呀，你冇看见过钱呀？家里买米的五十块钱也拿到茶厂报销，你硬是冇得钱用，我借给你就是啦！做这样见不得人的事！”志坚最要好的兄弟尹厚友，听到关于志坚贪污的消息，带着责怪的口气问志坚。尹厚友既关心志坚，又为他感到羞耻。

“你再说一遍啰！我冇听明白。”志坚闻言，忍无可忍。但怕自己没完全听明白是回什么事，强压住了心头的怒火。

“公社清账小组在茶厂查了账，发现你连家里买米的五十块钱也在茶厂报销了。刚才清账小组曾老倌在公社大楼前当着一堆人的面，说你连这样的小钱也贪污，肯定是贪污分子。我为你受气、脸红，么子男子汉！”耿直的尹厚友第一次责怪自己的好朋友。不过，这是好朋友出自内心关心的责怪。

志坚这头天不怕、地不怕的“雄狮”发怒了，他火冒三丈，脸涨得通红，右手五指捏成一个大拳头，飞也似的跑到公社前面的楼房前。看热闹的人没有散，还在纷纷议论志坚贪污五十块钱的事。

“五十块钱也贪污，茶厂怎么交给这样的人去办！”人群里不知谁在说，正好被志坚听见，气得志坚快吐血了。他看见曾老倌还在人群中扬扬得意地又说又笑。气极了的志坚，双手拨开群众，像疯牛一样冲进了人群，三步五步来到曾老倌面前，狂吼道：“你这个家伙，老子什么时候贪污了五十块钱，你快同老子说清楚，讲明白！你没有调查清楚，更没有来问我，就到处乱讲，老子名声要紧！”

尹厚友飞也似的赶来，看到了刚才发生的一切。他怕志坚惹出祸来，急忙挤向前，双手死死抱住志坚，使劲往人群外拖：“你权且息怒，回去查一下，到底是怎么回事。”志坚这才慢慢息怒，急匆匆地同尹厚友往茶厂走。

"王新发，你把我买米的五十块钱的发票拿来给我看看。"志坚想起来了：有一回，他拿五十块钱给茶厂出纳王新发，要他到仓库买米时也帮他买五十块钱的米。

"条子我把它做到茶厂的支出账目上去了呢。"王新发知道自己错了，贪污了这五十块钱，已经瞒不住了，只好红着脸照直说。

"老王，你这就不对啦！这是贪污行为哩！赶快把这五十块钱还给茶厂。乱弹琴！真不像话！你把甘会计的账本拿来我看看。"志坚以命令的口气说。今天甘会计请假回家去了。

志坚把上半年账本全部打开来一张一张地查看。天哪，不查则已，一查把他吓了一跳——茶厂甘会计、协助收购原料的徐老倌公然打了几十张"凭条付款"收购干茶的白字条，一共有五万多块钱。

"这是怎么回事，这么大的事我怎么一点都不知道？他们这帮家伙真是胆大包天！"志坚一边查看白字条，一边自言自语。

"你当什么厂长，这样的大事你都不管，你这是失职哩！严重的失职哩！"

"你批评得完全对，我百分之百打收条！"志坚回老尹。

志坚把负责原料收购的老张叫到办公室，拿着一叠凭条付款的收购干茶的白字条问他："这是怎么回事，你知道吗？"

"我知道！我以为是你们商量好的事呢！"

"你真糊涂，这样的大事你为什么不告诉我！如果是我同意这样做的，肯定会首先告诉你，肯定会叫你在凭证上签字呀！我把收购原料这件大事交给你，我完全放心，哪知你这么粗心大意，你真糊涂！你这是失职，严重的失职！"

"这帮家伙胆子真大。只怪我警惕性不高。我以为是茶厂有一笔不便报销的开支要从这里支出。"老张被志坚狠狠地批评了一顿，脸涨得通红，不好意思地解释道。

站在一旁的尹厂长听后反倒显得很高兴："老同学，坏事变成了好事，不但你的五十块钱贪污问题洗清了，还查出了重大的贪污问题，此事要彻查，你要记住教训，不能只抓生产，不抓管理，尤其要抓好财务管理！人心隔肚皮，饭甑隔木皮，集体企业，就像唐僧的肉，谁都想来吃一口。"

"是的呢，你讲的完全对，我们要记住教训。我马上去同公社邓书记汇报。”

“是的，必须要公社处理好这个问题。坚决把这帮家伙开除，一个不留，决不能养老鼠咬麻袋！”

“老尹，办集体企业比在大队负责难多了呢！我们一定要搬掉这些绊脚石，加强财务管理，我和你还要带头自律，干干净净办事，清清白白做人，不贪不沾，光明磊落，上梁不正下梁歪哩！”

黄厂长向公社邓书记汇报后，邓书记大发雷霆："那还了得，茶厂刚办不到两年，就搞起贪污来。会计、出纳、老徐一个不留，全部开除！贪污的钱一分都要退回来，谁来说情也没有用！谁不退赔，交公安局经侦大队处理。我明天就叫吴社长来宣布。”

“谢谢邓书记。”志坚对邓书记的果断决定非常满意。

一个星期后，三个人乖乖地退还赃款，卷铺盖走人了。

茶厂冲破重重阻力，克服了重重困难，实现了当年办厂、当年投产、当年盈利，全厂职工都非常高兴。但志坚一点也高兴不起来，他认为销售仍是个大问题，去年如果不是自己当机立断转战长沙糖酒会，恐怕生产的茶叶还在仓库里睡觉哩！找关系销售失败了，糖酒会两年才开一次，明年又不开了，销售问题怎么办呢？如何解决销售问题呢？他想了很久，想来想去，一个招聘业务员、成立茶厂销售科的想法浮现在脑海中。志坚与尹厚友商量（常书记已调到公社企业办当主任去了），准备在全公社招收一批业务员。经过在全公社摸底和筛选，招了六个销售员。

公社甘委员嫡亲老表田少德原本是大洲大队副大队长，因闹不团结被免去了职务。他听说公社茶厂招收销售员，便找到甘委员，要他帮忙介绍到茶厂当销售员。甘委员拍了胸脯，找到志坚，要求志坚同意田少德来厂当销售员。志坚过去在大队工作时与老甘闹过矛盾，不想进一步得罪他，便违心地答应了。但是，尹厚友坚决反对田少德进厂。他忧心忡忡地对志坚道："老同学，田少德万万不能招到茶厂来，他在大洲大队是根搅屎棍，经常挑拨是非，搞得大洲大队支部书记和大队长长期不和！屋檐上挂马桶，臭名在外！大塘公社没有比田少德更缺德的人了，让这样的人进茶厂，今后有的是气怄！你不要听公社老甘的，田少德这种品行明显不端的人坚决不能用！真正用不得！正如一颗不合格的螺丝钉装在车上，肯定会出事故的！你要三思哩！”

志坚一脸的无奈：“冇得办法，老甘是公社党委委员，他再三打招呼，我为难啊！”就这样，田少德到茶厂当了销售员。

志坚把这六个销售员，分别分配到西北、东北、华北跑销售。销售员热情很高，销售任务除田少德外都完成得较好。随着改革开放的深入，原来主营茶叶业务的国营土产公司、糖酒公司、贸易公司、供销社慢慢地被个体经销商、私营销售公司替代。销售员原来建立起来的业务关系大部分停止了茶叶的购销业务，茶厂业务员因此销售业绩锐减，致使他们的补贴、奖金大大减少。这些业务员不是适应新的发展形势，积极去开拓新的业务渠道，而是联合起来向茶厂造反，采取不出差、不跑业务罢工的极端行为要求茶厂提高工资、奖金，加大补贴。

“你知道销售员回来半个月没有出差的原因吗？”尹厚友急急忙忙来到志坚办公室问志坚。

“不知道呀，我正准备催他们出差呢。”

“别人告诉我，销售员在张家老屋开了会，决定罢工。会上田少德等人说要是你不同意增加补助和奖金的话，谁都不许出差，谁出差，罚谁五千块钱。还向你写了请求书什么的。”

“那还了得，翻了天啦！罢工，敢在老子头上动土，找错对头了！”

“对！这帮家伙，必须严惩，决不能惯坏了他们，答应了一次，还会有第二次，答应了业务部门的人，其他部门也会跟着来闹。对带头罢工的一定要开除，决不能心软！”

“老尹，你放心，泥鳅翻不起大浪，我知道怎么对付他们。”

“黄厂长，这是业务科全体同志对今年业务工作的意见和要求，请您答复。如答复不满意，我们不出去跑业务了。”第二天，周飞贤将意见书递给志坚。

志坚迅速看了看内容，眉头紧锁，心急如焚。在新茶快要上市，急需寻找销路的关键时候，业务员在这个节骨眼上使上这一阴招，将给茶厂经营带来巨大损失。他气不打一处来，在桌子上狠狠地拍了一巴掌：“那还了得，联合起来造老子的反！周飞贤，你去告诉其余几个家伙，就是一两茶叶都不销，也决不让你们的阴谋得逞！”志坚将门砰地一关，带着业务员的意见书去公社找新负责茶厂工作的财政所所长反映情况。“钟所长，茶厂业务员开会联合起来罢工，要求茶厂答应他们的要求，否则不去跑业务。特来向你反映，你看怎么办？”志坚把业务员意见书递给钟所长，依然一脸的怒气。钟所长仔细地看着意见书：

1. 销售员关系到茶厂兴衰，要重视业务员和提高业务员的待遇；
2. 每月基本工资不得少于 500 元；
3. 业务提成费用由 5% 提高到 15%；
4. 奖金按销售额 10% 提高到 20%；
5. 春、夏、秋、冬要安排四套制服和两双皮鞋；
6. 差旅费在去年基础上提高 20%；
7. 茶厂每两个业务员要安排一间住宿房间。

以上各条，厂长答复、销售科满意后，才会出差。

销售科全体同志

×××× 年 × 月 × 日

“你的意见呢？”钟所长问志坚。

“这是歪风邪气，这是罢工行为，决不能助长这种歪风邪气。同意了这次，还会有下一次。同意了销售部门的意见，技术部门、生产部门，也会跟着闹。如果都是这样，茶厂还办得下去吗？茶厂刚开办不到三年，还十分困难，他们提出这么高的要求，无法做到！一条也不能答应。不出差的人一律开除！”

“好的，按你的意见办。我请示党委后，明天去茶厂专门处理这个事情。”

第二天上午，钟所长来到茶厂开会。

“业务员到齐了。钟所长，现在可以开会了。”志坚脸紧绷，眼圆睁。尹厚友紧挨着志坚坐着，像保驾将军一样。

钟所长把手提包放在桌子上，咳嗽了两声，表情严肃，愤怒的眼睛扫过会场，开始讲话：“现在开会，今天开会主要是解决公社茶厂业务员集体抵制出差一事。现在，我代表公社党委对此次事件作如下表态：一、你们所提七点意见，超出了茶厂目前能承受的能力范围，不可接受。二、茶厂是公社集体企业，集体经济受到法律保护，不允许任何人破坏。三、茶厂由黄志坚同志负总责，业务上的事全权由黄厂长安排和处理。四、国有国法，家有家规，厂有厂纪，业务组六个同志私下开会，共同抵制出差，是一件有组织的违反茶厂制度纪律的罢工行为，参加人员必须深刻检讨，承认错误，并立即出去跑业务。拒不承认错误者一律由黄厂长辞退出厂，谁都不能例外！你们这些不知天高地厚的家伙，坐在箩筐里不服人抬，全公社比你们水平高、能力强的人多的是！”钟所长语气坚定，态度明确。

会场气氛顿时紧张起来。大多数业务员看到钟所长斩钉截铁的态度，你望望我，我望望你，担心自己被开除，便纷纷承认错误。“我们错了，我们改正，听从公社党委意见，服从黄厂长安排，我明天就出差。”业务员周安民带头表态。

“我也明天出差。”周飞贤跟着表态。

“我家里有点事，我保证大后天出差。”黄凯明跟着表态。六个业务员中有五个人已明确表示停止罢工，立即出差。

只有带头煽动闹事小名田草包的田少德拒不承认错误。他眯着绿豆大的三角眼，气势汹汹地说：“你们公社只听黄志坚一个人的，茶厂又不是他一个人的。不答复我们七点要求我不出差，他们同意了，我不同意。今天必须要黄厂长给我们一个满意的答复，否则，不准散会！”

“岂有此理！”钟所长吼道，在书桌上重重一拍。

暴怒的志坚从座位上冲向田少德，右手迅速抓住田少德的衣领。这一举动吓呆了参会人员。志坚吼道：“你这不知好歹的家伙，算我瞎了眼，看错了人，当年你在大洲大队闹不团结，开除了你大队干部的职务，是公社甘委员同我打招呼，我碍于甘委员的面子，才照顾你，把你招到茶厂来当业务员。来了以后你又不好好干，每年销售额都是你最少，我也没有责怪你。你牛屎虫变天牛，不记得吃屎的日子。这次又带头闹事，大家都表示悔改，你却还敢如此猖狂，好家伙，老子有本事叫你来茶厂，也有本事开除你出茶厂，现在你就同老子滚、滚、滚！”

田少德人气也不敢出，双手抱着头，耷拉着脑袋坐在那里。“从来没有看见黄厂长发过这么大的脾气，好吓人嘞！”不知谁在后面说。“还不赶快同黄厂长赔礼道歉。”几个业务员异口同声说。

“我错了，我再也不敢了，对不起黄厂长，我改正，我保证好好干！”田少德终于服了，三角眼贼溜溜地偷看志坚的表情。

“散会！”志坚气冲冲地走出了会议室。

尹厚友看到今天发生的一切，心惊肉跳，原来销售员中如此复杂，姓田的竟如此猖狂，幸亏志坚强势，若任这种歪风邪气发展下去，茶厂将永无宁日。像田少德这种人万不能重用。尹厚友来到志坚办公室，见志坚还没有消气，轻言道："老同学，田少德他是一条毒蛇呢！你不趁这次机会除掉他，只怕今后会咬你！田少德再也不能重用，再不能留在销售队伍里，一粒老鼠屎打坏一锅汤，怕带坏样，影响销售。"

志坚依然沉默，对尹厚友的建议不置可否。

对这次罢工事件，志坚想了很多，想了很久。他想，请公社出面，开个会，骂一顿，只是暂时解决了问题。这些家伙罢工，闹事，固然可恨，但茶厂有责任吗？自己有责任吗？改革开放，日新月异，原有计划经济、统购统销那一套，逐步取消了，茶厂没有跟上改革开放的步伐，没有主动适应市场的变化。想到这些，志坚急了。半夜了，他躺在床上，依然睡不着觉。他双手抱头思考，双眼凝望墙壁沉思，反复思考着同一个问题——茶厂销售问题怎么解决？——找熟人销售不是办法，去参加全国展销会不是办法，靠销售员销售也不是办法。茶叶销售决不能受制于人，主动权必须自己掌握，要由买方市场变成卖方市场，要使茶厂的茶叶像凤凰牌单车一样变成品牌，变成紧俏商品，茶厂才有希望，才能发展。要做到这一点，光急有什么用呢！茶厂的茶叶要想像凤凰单车一样畅销，必须打响品牌，占领市场，走品牌之路。志坚把自家的产品做了市场分析，认为像自家茉莉花茶的同类产品，全国市场上有成千上万个，如果自己的产品比人家好，消费者肯定会买了一次又买二次。其实产品一上市就进入了赛车道，好比马拉松比赛，只是自己没有意识到而已。马拉松赛跑，如果没有真本事，是跑人家不赢的。这里没有运气一说，更没有空子可钻。但是，要创立一个品牌产品，谈何容易！要想产品占领市场，更是难上加难。自己一个小小的社队茶厂要创出一个品牌花茶来，简直是痴人说梦！

天快亮了，想小睡一会儿，眼睛却睁着，依然睡不着觉，翻来覆去想着同一个问题："我们能创造出品牌花茶吗？"有什么办法创造品牌呢？想了很久，仍然想不出好办法来。他干脆不睡觉了，仰躺着，双手抱头，思着、想着，搜肠刮肚地想着。大天光了，太阳照进了窗户，还是想不出办法来。

一天，志坚看到一本杂志上刊登了一段小文："你企业太小，绝不能贪大求全，你只能在你所熟悉的某一个方面做强做精，那么你就可能创造奇迹，打开一块属于你的市场。”

看了这段小文，志坚豁然开朗了，一个创品牌茉莉花茶的思路在他的脑海中清晰起来。“尹老师，您好，我想请您帮我们设计一款茶叶包装好吗？”第二天志坚来到设计师家里，对尹老师说。

“好呀，什么包装？你把你的初步想法说说好吗？”

“我要请你设计一款茉莉花茶包装，品牌为云山牌，要求美观、大气而高雅，决不仿制同类品牌产品的包装。我们要走自己的路，不啃别人啃过的馒头。”

“好的，我设计好了，打电话你来拿啰。”

一个星期后，志坚见到了新设计好的包装，白色底，金色线条，红色主体字，高雅大方，与众不同，独树一帜。志坚非常满意，付了设计费，向尹老师说声谢谢，把设计稿送到星沙湖湘包装厂，印制铝箔袋包装。

春茶开采，志坚守在车间，将头批春茶制成三万斤上等花茶茶坯。有了满意的包装和满意的茶坯，还必须要有更独特的窨制茉莉花茶技术，才能窨制出品质一流的茉莉花茶来。他想自己不懂，不等于不能搞，可以借智创新嘛！于是，一个找专家的想法在志坚脑海里形成了。经人介绍，决定去农大找朱教授。可是一次、两次都没有找到朱教授。

志坚决定带技术员小刘再次去找朱教授。刘小明不但人长得漂亮，端庄大方，而且有高中文化，平时做事积极主动，脑子灵活，胆大心细，应该让她见见世面，好好培养她成为茶厂一个小专家。志坚同小刘来到朱教授家门口，手里提着两条湘江野生鱼，敲响了房门。门开了。功夫不负有心人，第三次志坚终于找到了朱教授，进门说：“朱教授、朱师母，二位老人好！我是湘江县大塘茶厂的小黄。”

“怎么送鱼来了，无功不能受禄啊！”朱教授干瘦的手紧紧握着志坚的手，笑道。朱教授的手貌似瘦弱，但握得很有力，好像手臂的皮肤下面藏着钢条。

“湘江里的野生鱼送您老尝尝鲜，不成敬意！”初次见教授，志坚有点拘谨，他双腿靠拢，双掌按膝，目不斜视，端端正正坐在椅子上。

刘小明紧盯着朱教授，这是她第一次见教授级的人物。她心目中的大学教授是很高傲、很有气派、很难交流、高高在上的，朱教授却是一位平易近人、和蔼可亲、非常朴素的老人：瘦高个子，戴着一副宽边眼镜，普通的中山装，还洗旧了，褪了色，一脸的笑容，没有一点架子。

喝过茶后，志坚对朱教授说："朱教授，早闻您的大名，我曾两次来拜访您，您都忙去了。今天才有幸见到您。我们新办了一个花茶加工厂，想提升茉莉花茶品质，创出一个品牌花茶来，特地来请教您花茶的窨制技术，万望您赐教！"

"啊，你真走运，我们刚刚试验成功了一种茉莉花茶冷窨新工艺，利用该工艺窨制出来的茉莉花茶不仅成本降低15%，而且所制茉莉花茶香气更浓郁、更持久，茉莉花的鲜灵度也更高。"

志坚听了，高兴得真想跳起来，他笑得合不拢嘴说："啊，我来得正是时候。朱老，能否请您到我们茶厂去实地指导一下？另外，这是我厂技术员小刘，想送她到农大茶训班学习，请您给一个名额行吗？"

"可以呀，你明天或后天派车子来接我啰，小刘来参加培训，我们欢迎，到时叫她来就是。"

"太好了，太好了，明天我来接。"

刘小明十分感谢黄厂长关心她的成长，送她到农大培训。茶厂这么多职工，只安排她一个人到农大学习。她心里既激动，又感激，望着志坚道："黄厂长，谢谢您的关心，我一定不辜负您的期望！"

"希望你能珍惜这个机会，学点真本事，为茶厂作贡献。"

"我会的，请您放心！"

志坚向朱教授请教了一些其他问题后，便告辞回去了。

第三天志坚把朱教授接到茶厂指导冷窨法窨制茉莉花茶。志坚自始至终同尹厚友、刘小明陪同朱教授做试验。

两个星期以后，朱教授冷窨法窨制的第一批云山牌茉莉花茶研制出来了。志坚对小刘说："小刘，把昨天提香的花茶拿出来，请朱教授审评看看。"

不一会儿茉莉花茶冲泡好了。小刘说："朱教授，时间到了，请您审评。"

"我们一起来。"朱教授轻轻地把审评杯盖子揭开，一股浓烈的茉莉花香味冲出了茶杯，在审评间散开，三十平方米的审评间弥漫着浓浓的茉莉花香味。朱教授、志坚拿着汤匙各自品了一小口，志坚满脸堆笑，眼睛眯成了一条缝，兴奋地说："哎呀，太好喝了，满口皆香，鲜爽香甜的味道进到喉咙里去了。”朱教授也连连点头，说：“黄厂长，这个茉莉花茶不错，一定会畅销。”

“谢谢您的指导，辛苦您了。”

“蔡秘书，你告诉小刘，明天我去长沙办事，顺便带她去农大培训，你叫她准备一下。”一个月后的一天，志坚对秘书说。

“好的，我这就去。”

“小刘，小刘。”听到有人叫，小刘急忙走出房门：“蔡秘书，叫我有什么事吗？”

“你的好事，黄厂长叫我告诉你，他明天去长沙办事，顺便带你去农大培训，叫你准备一下。我好羡慕你呢！”

“是吗，太好了。”

第二天上午，刘小明提着一袋行李坐上茶厂吉普车，同志坚一道去长沙。刘小明说：“黄厂长，小车送我去农大，太感谢您了。我原打算明天搭班车去呢！”

“正好今天我去长沙办个事，顺便送你一下。”

“谢谢您，让我轻松好多，从厂门一步跨到了农大校门。”

“黄厂长好关心你呢。”司机小周插话道。

“是的哩，我要一辈子感谢黄厂长呢！”

“感谢我什么呀，都是茶厂工作。”志坚清了清喉咙，说，“小刘，你去农大培训，担子可不轻哩！你要做好两点：一、茶学是一门很深的学问，只有半年培训时间，你一天要当两天用，刻苦学习，除老师授课外，你还要多多自学。二、培训期间会安排很多实践课，如审评、拼配、茉莉花窨制、名优茶制作等等，你都要积极参加，动手操作，学点真本事。另外，我这里两百块钱，你拿去做零花钱，外出注意安全。”志坚转过身来将钱塞给小刘。

“您说的，我都记住了，请您放心，我会珍惜您给我的这个机会，钱我就不要了。”说完把钱使劲往志坚手里塞。

“出门在外，身上要有一点钱。你拿去用。”

“那就不好意思，太谢谢您了。”刘小明收下钱，心里美美的，正好身上不到五十块钱，交了两个月生活费，所剩无几了。

一个半小时车程，便到了农大培训大楼，刘小明从车上拿下行李，放在地上，走到车门前，红着脸望着志坚："黄厂长，不知道如何用言语来感谢您，真的。""不用谢，好好珍惜这次机会。"

刘小明自己也不明白为什么流出了泪水。她含泪望着吉普车离开，车远了，她还在原地向吉普车招手。

志坚的运气真的点得火燃。七月的一天，志坚的老朋友，山东东昌市糖酒公司的张经理来了。张经理是一个标准的山东大汉，一米八的个子，估计体重足有九十公斤以上，给人印象最深的是有着一对如来佛的垂肩大耳。张经理两年前就同大塘茶厂建立了业务关系。每年新茶上市时，张经理都会亲自来茶厂洽谈新茶业务。

"啊！老朋友来了，欢迎、欢迎！"志坚走向前，紧紧握住张经理的手，足足有半分钟。"快坐，快坐。"志坚又说。

两人闲聊了一会儿，刘小明给张经理端来一杯花茶，办公室顿时飘散一股浓浓的茉莉花香味。张经理品了一口，又品了第二口、第三口，脸上露出了欣慰的笑容。小刘连续给张经理冲泡了三次，张经理满意地问志坚："黄厂长，这叫什么牌子的花茶呢，比原来岳明牌的花茶强多了！"

"这是今年我厂与湖南农大合作新开发的一款茉莉花茶，叫云山牌，还印制了全新的包装，怎么样？您是专家。"志坚试探着问张经理。

"茶还可以，黄厂长，这个云山牌花茶你有多少？如果价格合适，我包销。"

"只有3万斤，每公斤38元。"

"那好，价也不讲了，38就38，我全要了。请你马上安排发货。"张经理慧眼识珠，毫不犹豫地与志坚签订了合同，包销这个新产品。命运往往就是如此——有时候，你再怎么努力，到头来事事不顺；有时候，不知不觉中又一顺再顺。志坚沉浸在新产品研发成功的喜悦之中。他要好好地招待张经理。"老尹，你去食堂，叫老楚杀鸡、杀鸭、买鱼、买好酒、烧红烧肉，做出美味的湘菜，招待张经理。"

下午五点半，食堂开餐了。待张经理入座后，志坚亲自为张经理斟满了酒，自己也倒了小半杯，站起来向张经理敬酒："尊敬的张经理，谢谢您光临我厂，并在贵市代理我厂新产品，我谨代表我厂全体员工向您表示衷心的感谢。我本不喝酒的，今天高兴，我舍命陪君子，我先敬您一杯，以表诚意，并预祝我们合作取得更大的成功！”说完，一饮而尽。

张经理非常豪爽，一满杯酒一口干了。志坚又将各自的酒杯斟满酒。张经理端起酒杯回敬志坚：“我今天很高兴，要好好感谢，首先感谢大塘茶厂研发出高品质的茉莉花茶；其次感谢大塘茶厂与我司合作；第三，感谢贵厂美味佳肴，盛情款待。”又一口先干了。

志坚把张经理敬的酒，端起来正准备喝，刘小明过来了。她知道志坚是从不端酒杯的，现在已经喝得满脸通红，红到脖子上去了，担心志坚会喝醉，便把志坚的酒杯端过来，对张经理说：“张经理，黄厂长从不喝酒的，这杯酒我代他喝。”说完一口干了。

张经理在茶厂只住了一个晚上，便急急忙忙回了山东。不几天，三万斤云山牌茉莉花茶运到了东昌市。真的好货不愁销，被六个县的老顾客一抢而空。不久，市场上出现了一茶难求的局面，销售大户纷纷要求增加供应。

第二年，东昌市糖酒公司向大塘茶厂一次性订购两百万斤，并且要求只能多，不能少。志坚心里十分高兴——新产品越来越有市场了。下午，刘小明端着一盘茶样品来给志坚审评，走进办公室，瞪着大眼望着志坚，左看看，右瞧瞧，像不认识他一样。

“你老是望着我干什么呀？不认得我呀？”

“我想看看你与别人长得有什么不同之处，这么会想事，一个农民，一个外行，从未进修过茶叶专业，几年工夫就创出了一个品牌，打出了这么大的一个市场，我真佩服你。”

“我原本不懂茶叶，我认为，人生就是这样，你想要的结果，没有捷径，很多时候都是被逼出来的，甚至要铤而走险，尤其是企业家，更要有走钢丝、过独木桥的勇气。企业家都是冒险家，办企业你不冒点险是不可能的。可以说，云山花茶是冒险冒出来的。”

刘小明听了，佩服地连连点头：“在其他方面你也要敢闯敢冒呢！”

“什么意思？你这个鬼妹子。”

“耽误你一下，请你审评审评这两杯花茶啰。”小刘将两杯茶放在茶几上，用开水烫了烫白色小杯，倒了两小杯茶水，笑着说，“请专家审评。”

志坚细细地品尝着，觉得还不够，自己又倒了两小杯，反复品着：“这杯茉莉花香气浓郁，滋味鲜爽醇和；那杯差多了，茉莉香气沉闷，滋味酸涩，有天壤之别。为什么差别这么大？”

“大专家评审到位，这是小徒弟做的试验，一样的茉莉鲜花，只是茶坯有好坏，这个香气好的茶，它的茶坯滋味鲜爽，叶底绿明；那个滋味差的茶坯滋味酸涩，叶底黄绿混杂。我建议咱们今后收购花茶原料，一定要高度重视茶坯质量，好茶坯才能窨出好花茶来。正如一块走了味的猪肉，一定烧不出好的红烧肉，是同一个道理。”

“你建议很好，试验也做得好！”

“有奖励吗？”

“有，奖励五百元。我们就是要鼓励职工创新。”

“钱，我不要，我要的不是钱。”

“钱不要，那要什么？”

“我不说。”刘小明嫣然一笑，收起茶杯走了。

正当公司上上下下在为山东打开了一片大市场而欢呼雀跃的时候，一贯头脑冷静的志坚想：现在应该把市场管理跟上来。如果不能及时加强管理，放任自流，市场一旦乱套，最好的产品，最好的市场也会丢掉。现在东昌市场打开后，六个县经销茶叶的国营单位、个体户纷纷来电话要求茶厂直接发货。这是个好现象，说明云山牌花茶被消费者认可了。但事物总是一分为二的，这也是一个市场混乱的苗头，必须引起高度重视。一定要加强管理。公司营销人员都是从田土里爬上来的泥腿子，对市场管理这一全新课题一窍不通，凡事预则立，不预则废，再忙也要去市场走一走、看一看、听一听、问一问，实践出真知。于是，他决定对东昌市场进行考察。他拨通了山东业务员的电话：“小周，我打算来山东市场看看。虽然东昌市云山牌花茶市场有很大的发展，但也出现了一些苗头性的问题。如果我们不加强管理，市场出现混乱，最好的产品也会自我毁灭。”

“好，我等你。”

志坚到了山东东昌市，糖酒公司张经理亲自到宾馆来看望他。“咚、咚！”张经理在宾馆外敲了敲门，轻轻喊了一声：“黄厂长在吗？”

“在。”周飞贤听见张经理声音，快步前去打开了门，“张经理，您好！请进来坐。”在洗手间洗脸的志坚立即走出来：“张经理，您好，不敢劳驾您亲自来看我们啊！”

“老朋友，第一次光临东昌，岂有不看之理！”说着，两人的手紧紧握在一起。“请坐，请坐！”志坚拉着张经理坐到了沙发上。

老朋友见面，格外高兴，刚落座就聊了起来：“张经理，谢谢您为云山牌茉莉花茶在东昌打开了市场，我向您表示衷心的感谢！”

“没有，没有，谢谢你为我们公司生产了一个大有市场前景的好产品，我们要感谢你们呢！”

“厂商一家嘛，你们不帮我们销，我们把茶叶当饭吃也吃不完呀！”

“没有你们这个好产品，我们公司八十号员工会没饭吃哩！黄厂长，您初次来山东，不要急着回去，多住几天，办完事我带您去青岛看看海，去泰山登登山。”

“谢谢您的美意，这次没时间，下次再说吧。我们这次来主要是想了解了解市场，并在今后市场管理方面听听大家的建议。”

“规范市场很重要，看来您是营销专家，看得很远。这样，我明天通知各县销售大户来公司开会，大家共同来议一议。”

“好，我也是这个想法，那就麻烦您了。但是，每个县只能挑选一家最讲诚信的大户作为总代理，多了相互降价，最终谁也挣不了钱。”

云山牌茉莉花茶指定代理商会议在东昌市糖酒公司三楼会议室召开。这是一间不大但很精致的办公室，中间摆着一张椭圆形会议桌，周围是皮革木椅，中间摆着两盆鲜花，每个座位前放着一个陶瓷茶杯。

不多久，参加会议的人到齐了，张经理清了清嗓子：“大家请安静，现在开会。首先让我们以最热烈的掌声欢迎大塘茶厂黄厂长光临东昌！”小小的会议室响起了经久不息的掌声。“前年，在黄厂长的亲自指导下，生产出品质优异的云山牌茉莉花茶，投放我们东昌市场，很受消费者喜爱，为我们各位代理商提供了一个畅销的好产品。我代表大家向黄厂长表示崇高的敬意！下面我们以热烈的掌声请黄厂长讲话。”会场上又一次响起了热烈的掌声。

志坚站起来，双手抱拳，向各位致意：“张经理好！各位总代理，你们好！你们为云山牌茉莉花茶打开东昌市场，辛苦了！我谨向你们表示诚挚的感谢和崇高的敬意！对经销商来说，顾客是上帝，对我们生产厂家来说，代理商也是上帝。在今后的市场中，要拜托在座的各位‘上帝’继续多多关照，大力支持我们啊！办企业，谁不重视市场，谁就会被市场淘汰。同时，有了一个好产品，而市场管理却很混乱，那也没办法做好，最终的结果，我们产品做不开，你们也难挣到钱。因此，我这次来就是想听听大家对市场管理的意见，进一步密切厂商合作，共同把东昌市场管理好，发展好。我不想多说了，请各位谈一谈加强市场管理的具体意见好吗？”志坚说完，笑着环顾四周，铺开笔记本，拿起笔，准备做记录。

“这样就好。”“这才是对的。”“这就是大事。”对志坚的提议大家七嘴八舌地议论开了。听到志坚这次专程来听取经销商对市场管理的意见，精明的代理商十分高兴，提意见、提建议的人纷纷发言。

“看来黄厂长是一位现代企业家，不但重视产品的创新开发，还十分关注市场管理，我既佩服又非常感谢，对于管好云山牌花茶市场，我发表三点意见。一、一个县只能搞一家代理商，决不能搞两家；二、全市销售云山牌茉莉花茶的代理商必须统一价格，不准乱价，更不能低价销售，扰乱市场；三、希望厂家每年能给我们代理商一点点奖励。”阿东县于经理第一个发言。

“于经理三点意见都很好。我再补充一点，希望东昌糖酒公司作为总代理，要配合大塘茶厂小周加强市场监管，对扰乱市场的代理商要严加管控，特别是不准窜货！”

“我来发表一个意见，”怡源市的大胖子冉经理站起来，“尊敬的黄厂长，您为我们开发出一款深受消费者欢迎的云山牌茉莉花茶，使我们经销商市场扩大了，销量增加了，钱挣多了。万分感谢您！”说完双手抱拳向志坚致谢，接着说，“我有一个建议，我县有百万人口，六十多个乡镇，送货极不方便，请求厂家给我们代理商配发一台送货的面包车，使我们送货更快更安全。”

听了冉经理发言，会场上响起一阵热烈拥护的鼓掌声——给代理商配发面包车，哪个代理商不欢迎啊！

“我也提一点意见，供黄厂长参考。”穿着一件军上衣的退伍军人、东昌市糖酒公司副经理李宾笑着望着志坚，“黄厂长，我建议到各县、各乡镇做一批户外广告，进一步扩大云山牌花茶的知名度。另外建议在各县电视台插放云山牌花茶广告。这样，云山茉莉花茶知名度就会更大。”

到会代理商还提了不少建议和意见，志坚一一做了记录。他一边听代理商的意见，一边在心里思考和评估他们的意见：代理商们提出了对市场管理很有帮助的建议，只是要花费一笔不小的费用，但值得，要想扩大市场就必须舍得付出，付出了才会有回报。他与坐在旁边的业务员小周悄悄地讨论了一阵后，有点激动和兴奋地对代理商们说：“张经理，李经理，各县代理商同志们，刚才听了大家的发言，深受启发，备受鼓舞。现在，我就东昌市云山牌花茶市场管理作如下表态：

一、每个县只设一个代理商，并由我厂核发一个指定代理商的铜牌。

二、全市统一零售价，严禁低价抢市场，严禁窜货，对低价销售和窜货的代理商停发年终奖金。

三、按年终销售总额发给代理商2%的奖金。

四、每个代理商配置一台送货面包车。

五、在各县、乡镇做六千条以上的室外广告，市、县电视台做两年产品广告。

六、严禁代理商经营云山牌花茶的假冒产品，一经发现，撤销其代理商资格。”

“好，好，太好了。”志坚宣布完上述规定，代理商异口同声地叫好，不约而同地从座位上站起来热烈鼓掌，个个露出了喜悦的笑容。

等会上热烈的气氛平静下来后，笑容满面的张经理站起来发言：“各位代理商，黄厂长刚才表态给我们加了油，鼓了劲，吃上了定心丸，还给予很多的实惠给大家。回去后，好好干，让今年云山牌花茶销量翻两番，翻三番，以实际行动感谢黄厂长，大家有信心吗？”“有！”大家齐声道。

“散会后，请黄厂长、小周，各位代理商到食堂就餐，设便宴欢迎黄厂长一行。”张经理宣布。大家簇拥着志坚来到公司食堂。

“张总，黄厂长这次来山东，很辛苦，不但给我们开发了这么好的产品，又给我们代理商这么多优惠政策，今天我们一定要把黄厂长的酒陪好。”入座后，代理商于经理对糖酒公司张经理建议道。

“小于的提议非常对，我们糖酒公司是专门卖酒的，有的是好酒，今天中午就喝五粮液。不过我知道黄厂长不胜酒力，我们不能让黄厂长喝醉了！我提议为了表示我们的诚意，我们每人用小杯喝，以三敬一，就是我们喝三小杯，黄厂长喝一小杯，还有，可不能光喝酒，每人还要来几句祝酒词，或与云山牌花茶有关，或与大塘茶厂忠诚合作有关，或与祝福黄厂长有关，大家看，我的提议行不行？”张经理举着一个的微型小酒杯笑着对大伙说。

“好主意，好主意，咱们听张经理安排。”

大塘茶厂业务员周飞贤站起来说：“谢谢大家的盛情，黄厂长确实滴酒不沾，我知道，山东朋友讲义气，最豪爽，只是千万不能让黄厂长喝醉了！”

“对，对，酒要喝好，但我们不能让黄厂长喝醉。”张经理附和，他深知，山东人有规矩，不端杯可以，一端杯，必须喝醉为止。

“服务员，先上鲤鱼。”张经理对门口的女服务员吩咐道。

不多久，一盘红烧大鲤鱼端上来了，放在大圆桌中央，鲤鱼的头朝向志坚。大鲤鱼全身都烧熟了，露出了黄灿灿的鱼肉，鱼香扑鼻，鱼的嘴巴还朝着志坚一张一合地动着。鱼分明还活着呀！这让志坚十分惊讶和好奇，觉得不可思议，他歪着头，紧盯着这盘鱼，鱼都烧熟了，怎么嘴巴还在动嘞？自己可是洞庭湖边上的人呀，什么鱼没有吃过？这样嘴巴一张一合，但又熟透了的鱼还是头一次见。

张经理发现志坚对这盘鲤鱼很好奇，解释道：“黄厂长，我们山东这种红烧鲤鱼的制作方法别具一格，是有贵客来才请大师傅专门烧制的。肉可食，鲤鱼的嘴巴对着贵客一张一合，是表示欢迎的意思。”

“啊，原来如此，奇妙的创意，高超的厨艺，谢谢各位的真情实意！”志坚明白了，向四座打着拱手。

“来，我们大家来品尝这条会说话的大鲤鱼。”张经理夹了一大坨鱼肉送到志坚的碗里，“请黄厂长品尝品尝咱们的鲁菜。”

“谢谢，谢谢！”志坚一脸的笑。

张经理端着一小杯酒站起身，面对志坚说：“今天黄厂长第一次莅临东昌，给出了如此多的实惠，支持我们代理商发财，为了感谢大塘茶厂，感谢黄厂长，还有小周，我先敬黄厂长一杯。我的祝词是：鲁湘两省结深情，云山茉莉做媒人；最为感恩黄厂长，诸位代理铭记心！”说完一口干。

志坚也一饮而尽，笑着道：“谢谢！”

张经理接连喝了两小杯后说：“我敬了黄厂长的酒，也说了祝酒词，只是水平有限，大家莫笑话，你们跟着来，谁也不许违规啊！谁违规，罚谁的酒。”

“好，让我来敬黄厂长。”高个子于老板端起一杯酒大声道，“我的祝酒词是：云山茉莉传友情，代理品牌多欢心；共同开发大市场，厂商原是一家人！”说完一口干了。志坚、周飞贤也一口干。于总又接着喝了两杯。

酒席间气氛更热烈了。“好，让我来。”代理商冉经理抢先站起来举起了酒杯，“黄厂长，我水平低，祝酒词说不好，莫见笑啊！开门一望是朝阳，欢迎黄总莅东昌；齐心同把市场拓，打造品牌创辉煌！黄厂长，先干为敬，我先喝了。”喝完接着又喝了两杯。

志坚也很豪爽，本不会喝酒，可能是被这个真诚的气氛感染，又一口喝完了第三杯，脸更红了。“黄厂长，你不能再喝了！”身边的周飞贤偷偷地低声说。志坚点了点头。

这时东关的代理商、被称为女强人的徐凤英站了起来，高声大叫：“让我来敬黄厂长的酒！我的祝酒词是：云山茉莉人人爱，感谢厂长创品牌；女人对着男人干，明年突破五百万！”说完一饮而尽，接着又喝了两小杯。

“好，好，好！女中豪杰！”不知谁说。

“五百万，好样的！”张经理跷起了大拇指。

此时志坚端上一杯酒，站起来说话了：“各位好，谢谢大家热情敬酒，我本从不端杯的，破例了喝了三杯。本不能喝了，刚才小徐这么豪爽地敬酒，又是女同志，还说明年突破五百万，精神可嘉，令人钦佩！就是喝醉了，我也要再喝一杯，以表示我对她的敬意。”说完一饮而尽。

“轮到我来敬尊敬的黄厂长。”莘县代理商小高端着酒杯，“我的祝酒词是：黄总黄总你真行，云山茉莉誉满城；厂商两家齐努力，产品红遍全山东！”说完一饮而尽，又接着喝了第二杯、第三杯。“黄厂长，你如若真的不能喝了，就免了吧！”

“好，各代理商都为黄厂长敬了酒，按规定也都说了祝酒词，黄厂长也破例喝了酒，回敬了大家。现在我提议，大家举起酒杯共祝黄厂长全家幸福，身体健康！大塘茶厂越办越红火！我们合作更愉快！干杯！黄厂长您就以茶代酒吧。”张经理说完，大家端起酒杯站起来互相碰杯，一饮而尽。

喝完了酒，大家慢慢地吃着饭菜。这时，只见于经理做着鬼脸，偷偷地在张经理耳边说着什么。

“知道的，你放心。”张经理笑了笑。

晚上，张经理把志坚两人安排在东昌黄河大酒店。志坚和周飞贤各住一间。晚上，张经理和公司小李一直陪着志坚八点钟才离开。

由于喝了几小杯酒，又劳累了一整天，志坚便早早地洗了澡，上床休息了。晚上十点的时候，外面有人敲门，志坚以为是业务员小周进来了，又以为是服务员查房来了，便连忙起床开了门。

进来的却是一个身材高挑，涂着厚厚口红的年轻女人。没等志坚开口问，女人先说了：“你是黄老板吧？我是张经理安排过来陪您的。”没等志坚反应过来，她便双手抱着志坚的脖子，嗲声嗲气道：“我最喜欢老板，我要玩得你心花怒放！”说完，这女人就开始去解自己衣服上的扣子。

此时的志坚如梦初醒，双手用力一推，将女人推到了门边，如果不是靠着门，这个女人肯定会四脚朝天。“你跟我快滚！快滚！”志坚怒不可遏。

“你莫这样凶啰！我们也是缘分啊。”女子又笑着朝志坚走来。

“请你放尊重一点！走，走，快走！”志坚把门打开，逼着她出去。

女人依然不走，娇滴滴地说：“我走可以，但要给我两百块钱的小费。没有小费，我不走！”

“你想得美，下贱！滚开！”志坚发怒了，再次把女人往门外推。

“好蠢的老板，冇看见过。猫不吃咸鱼，假斯文！人家大干部、房地产老板约了我一次还约我二次、三次嘞！装君子！”女人骂着，扭着细腰离开了房间。

“倒八辈子霉！”志坚自言自语。一会儿，拨通了张经理电话：“张经理，你这就做得不对啦！怎么做出这样的安排呢！下次再是这样，我再也不来东昌了！女人被我轰出去了。”

“对不起，大伙的意思，叫我安排一下，让你了解一下北方的女人。”

“你们这是胡闹，我劝你们也要收敛点，艾滋病多着呢！”

志坚赶走了女人以后，把门反锁上，兴奋地回想这次山东之行。他十分满意，他看到了代理商对云山牌花茶的信心，看到了市场的美好前景，准备回去以后给职工们发奖金，还要订好明年产值产量翻两番的目标和措施。此时，他仿佛离县城建楼房、全家人进城的梦想越来越近了。

第二十一章

“老同学，县政府决定在东江路建一个农民街，号召先致富的农民把房子建到农民街上来，有优惠政策，不少人已经建起来了，你也可以考虑来砌一栋啊！”志坚在东江路建设指挥部的同学打来了电话。

“谢谢你，我考虑一下啰。”接了老同学的电话，志坚陷入了回忆和浮想：自己做了二十多年离开穷山沟的梦，初中肄业后，把肥皂削平，刻上字，用红色印油在汗衫上印了“志士”二字，从那时起，做梦都想离开贫穷的小山村。近年办公社茶厂，又跑了全国好几个省，发现外面世界原来是那么精彩，而且还越来越精彩。他这个离乡梦、进城梦越来越强烈了。他想，我现在完全有条件实现二十多年前的梦想了，公社发了两万元奖金，加上自己一点积累，到县城去砌个小楼房，完全办得到了。

老同学的建议使志坚动心了，第二天他打电话给老同学：“我星期天来实地看一看，请你先帮忙替我选一块地啰。”

星期天上午，志坚约了尹厚友到县城开发区转一转。当他来到农民街时，眼前是一派热闹繁忙的景象：挖土机，铲运机，运沙、运砖的卡车穿梭往来，轰隆隆的响声，交织为热烈的大合唱；泥木工、小工正在修建中的楼房里叫喊着：“沙子！卵石！水泥浆！上檩子！拿瓦来！准备安大门，安窗户……”有的楼房已全部砌好了，有三层的，四层的，最高的有五层，有的已进入内部装修或外墙粉刷；做屋的主人们正在检查质量，生怕有一丁点闪失。

志坚惊叹道：“老尹呀，不到一年工夫，东江路就建这么好了，我们县发展真快呀！好事，好事！来，我们到我那个新楼地址上去看看。”志坚同尹厚友来到了农民街59号，这里坐北朝南，前面是一个小湖，小湖的水转个弯流向湘江，附近一部分工地已动工挖基脚建房了。老尹对志坚说：“这个位置不错，朝向好，你莫犹豫了，赶快动工！”

志坚对新楼地址十分满意，下定决心在这里做个小楼：“老尹，我这个楼，就交给你帮我建了，又要辛苦你了。”

“没问题，你放心，保证你四个月后搬新家。”

傍晚，志坚回到家里。吃饭的时候，他一边吃饭，一边高兴地告诉父母和妻子：“县里搞开发，建一个农民街，鼓励农民进城建楼房，我报了名，打算也去建个小楼房。到时候全家人都搬到城里去住。特地回来告诉你们。”

“你不是在做梦吧！你莫逗我！”妻子笑得合不拢嘴。

“那好，我们就要变成城里人了！”女儿高兴地大声道。

“爸爸，建就多建两层啰！”儿子提出要求。

“你在城里建楼房，娘高兴，娘穷一世年，搭帮崽争了光。我问你啰，你准备建楼房的钱来得正吧？莫犯错误哩！莫拿公家钱，那是要坐牢的！”

“公社发了两万元奖金，自己有一点点积蓄。”

“那我就放心了。”

父亲听说儿子要去县城建楼房，只是笑，没有说话。

“新楼房装修好了，怎么还不搬新家呀？”新楼房装修完工还没多少天，喜形于色的应贤问丈夫。她迫不及待地想把小山冲的老家搬到县城去——怎能怪她急呢，与之前住的牛屎塘的鬼坡比，就好比从地狱一下子升到了天堂。想想几年前，自己又吵又闹反对丈夫去公社办茶厂，只想丈夫轻松、快乐、不怄气，不担风险过一辈子。现在想起来，还是丈夫有远见，自己的理想无法和志存高远的丈夫比，此时的她既感到惭愧，又佩服丈夫的胆识，心想：我的丈夫是真丈夫。

“最少还要等一个月，刚刚搞完装修，甲醛未散去，搬早了对人体危害大。”

“啊，原来是这个原因呀，我不懂。”

终于在县城砌了楼房，实现了一个小小的愿望，志坚心情特别惬意。想想旧社会，因流浪而满身疮疖的父亲，没有过一天好日子的母亲，做儿子的就心痛，就天天想着要让父母晚年享享福。暗暗地下决心，暗暗地奋斗，失败了，又重新开始，受挫折了，又另寻活路，现在，终于可以把父母接到县城住。他心里美滋滋的，他决定马上把父母接到县城去。志坚一早开车回到了老家，一下车，老远看见娘用手齐眉搭起棚朝自己望着。“志伢子，你回来了呀，娘好久冇看见你了，怪想你的。”眼角上一大把皱纹的陶富娥笑眯眯地望着儿子。

“最近很忙，厂里事多，县里建房又要去管一管，没时间回来。现在楼房建好了，明天正式搬家。今天我来把你们接到县里去。”志坚笑嘻嘻地道。

“好，好，听你的，三老倌嘞，收拾，收拾，志伢子来接我们去住楼房，也好，我一世年没去过县里。”志坚娘大声呼喊着在后房里的老伴。

志坚父母高兴地坐在小车里，时不时探出头望一望窗外。很少说话的黄三勋对儿子说："志伢子，你在县城砌了楼房，我和你娘高兴得合不拢嘴嘞！你爷爷和我苦熬了一辈又一辈，谁也没能在人前说得起话！现在咱们不但在人前说得起话，还搬到县城里去住街踩石。爸爸就是明天埋在黄土里也心安了。”

四十多分钟的车程，志坚就把父母接到了县城新楼房。提前去新楼房的应贤今天特别兴奋，一早起来，认真打扮了一番：身穿一件深灰色高级呢绒长大衣，脚穿黑色高跟皮鞋，乌黑长发上扎了一束鲜红的布花，甩在后背。她满面笑容地在新楼前迎接父母。等车停稳后，应贤把二老扶下车，把早已准备好的新衣服、新鞋袜叫父母换上，乐得二老合不拢嘴。

“你先带父母到新街上走一走、看一看啰，我来收拾东西。”志坚对妻子道。

应贤领着父母亲来到农民街东头。两个老人左瞧瞧，右望望，一条二十米宽的街道，足有一千多米长，街两边大部分楼房都已砌好，有三层的，有四层的，五层的极少。还有几处房子正在建设中。

“啊呀，这么长一条街，两边都砌满了房子，好热闹啊，比原来老县城好多了。”父亲以前来过县城，望着这满街新房子赞不绝口。

“爸、妈，来，我带你们看看你们住的地方啰。”粗略地看了一下农民街，应贤高兴地挽着婆婆的手，带二老来到一楼客厅，“这是彩色电视机，全新的，开关在这里，按这个蓝坨坨是开机，按那个红坨坨是关机，想看哪个台就按这里的数字，知道吗？”说着，打开了电视机。

“好的，我们慢慢学。”

应贤又带二老来到一楼卧室："这是你们二老睡的床，叫席梦思，好松软。这些都是新买的被子、被套、床毯，全棉的，很舒服。"

“来，到厕所来看看。”二老又同去了厕所，“解手就在这个蹲位上，解完手按这个开关，自来水就会自动冲洗。手纸要放在这个篓子里，记得吧？”说完，应贤轻轻按了一下开关，水一下子哗啦啦流了出来。

“记得！一冇塘，二冇井，水从哪里来的呀？”娘问。

“这叫自来水，房底下都安了水管，与自来水厂连通的。”

“啊，原来是这样，真方便，再不用去担水了。老倌子哩，享儿子儿媳的福喽！”陶富娥的眼睛闪闪发亮。志坚父亲只是笑，没说话。

随后，应贤把二老领进了二楼：“二楼是我同志坚住的。三楼是你们宝贝孙子孙女住的。”

父母亲把小楼房上、下三层看了个遍，一直高兴地笑着。陶富娥伴着应贤坐在沙发上，对儿媳妇说：“旧社会我们受半辈子苦，饿了半辈子肚子，冇想到晚年还能到县城来住楼房享福，搭帮新社会，搭帮你们夫妇！”

“二老养大志坚吃了好多苦，还送他读了那么多书。不是搭帮你们送他读了书，也不可能有今天嘞！”

志坚父母看完笑嘻嘻地回到卧室里休息。

尹厚友在县里定制了一块漂亮大气的匾，志坚搬完家的第二天便安排茶厂客车接职工去志坚家打喜。快到志坚新楼时，尹厚友点燃了一捆花炮，随着花炮声响起，一群人喊着“恭喜！恭喜！”拥进了志坚新楼。两个职工抬着一块“花开福贵”的红色金字大匾，口里大喊着“恭喜黄府移居大发！”把匾挂在了志坚新楼客厅的墙上。

志坚夫妇忙打招呼，儿子不停地开烟，女儿给每个人分糖果，笑声、说话声、赞美声在一楼客厅回荡。尹厚友双手握着志坚父亲的手：“黄娭毑、黄爹，你们二老好命呢，晚年到县里住楼房享福呢！”

“托你的福呢！建屋辛苦了你！我们七十岁的人了，做梦也冇想到能搬到县里来住，搭帮党的改革开放政策好，我们才住上这样好的楼房呢！”志坚父亲笑得合不拢嘴。

不一会儿又有十几个人放着鞭炮，抬着一个大匾拥进了志坚新楼房。志坚笑容满面地迎接他们。原来是老家人来给志坚新楼房打喜来了。进屋后，几个男士把一块嵌有对联的长匾挂在了堂屋正中央。挂好后，朱队长高声念道：“恭贺黄府乔迁之喜，想过去牛屎塘坡爱女摇篮遭猪拱，看今朝湘江县城繁华闹市砌新楼。横批，改革开放。”

大家热烈鼓掌。志坚满脸堆笑道：“谢谢你们，谢谢父老乡亲！”子女们不停地敬烟、敬茶、敬水果。浓浓的家乡情笼罩着新楼房。

尹厚友带着厂里职工和志坚家乡打喜的人，参观三室两厅的新房，宽敞明亮的卧室，长条布的落地窗帘，西式挂衣柜，彩色电视机，漂亮的大吊灯，仿皮沙发，每一层都有的洗脸间和厕所，自来水龙头用手轻轻一按水就来了。这些都是从没见过的，大家都赞美志坚现代化的小洋楼，羡慕不已。

燕老倌坐在志坚父亲旁边，感慨道："勋老倌嘞，国家发展真快哩！现在你们建楼房的地方之前叫夏家桥，你还记得吧？解放前我同你去围子里扮禾经常走这里过身，从家里带点剩饭在这里的小饭店炒着吃。二十年前志坚冇地方住，借人房子，住在那个鸟不生蛋的山坡，现在却在县城里砌了楼房，住到县里来了。以前做梦也不敢想哩！你们二老要多多保重，多活几年，多享几年福！"

"燕爹吔，享是享福嘞，想起我哩志伢子吃了半辈子苦，我心里就痛啊！原来住在那个牛屎塘的鬼坡里，冇天光去扒柴烧，孙女差点被猪吃了，给生产队拖氨水差点被拖拉机轧死了，你是知道的。早几年一冇二冇办个茶厂，吃了好多苦啰！二十年来冇好好休息过嘞，操心劳累过度了嘞！现在虽然家里好了，我只怕他会累出什么病来嘞！"志坚母亲陶富娥说着，掏出手帕抹眼泪。

"你放心啰，吉人自有吉相，志大爷是大别屋的榜样，你们教育有方！你们命好，志坚是个能干崽，孝顺崽，好崽不在多哩！"

"谢谢你的夸奖，你今天莫回去，在我哩住两天啰。"

"不，不，今后再来看你们。"

"燕爹，大家难得来的，我带你们去楼顶上看看啰，我家地势高，站在楼顶上，可以俯瞰全城，看到湘江，看到井三头，看到老街和新街。"黄三勋真诚地建议着，笑出了一脸深深的皱纹。

"好，走，让我们也爬爬高楼，看看县景，湘江县城我比较熟。"燕爹把手一挥，对黄三勋说。仿佛有一种神奇的魔力，注入黄三勋瘦弱的身体，他精力充沛地带着老家人兴致勃勃地从一楼水泥楼梯一步一步朝上走。不一会儿，来到楼顶。众人望着眼皮底下错落有致的新老县城，兴奋不已。黄三勋指向西边，大声道："你们看，那边一条弯弯曲曲的蓝色河流就是湘江，那一片低矮的街道就是三井头老街，那一片高楼就是东江路新区。"

"勋老倌嘞，站在这里看县城好大好漂亮哩！大家来看啰，那里是八甲宝塔，西北边是乌龙宝塔，最西边大楼是远浦归航，往南走八百米从湘江底下挖出了宝贝——陆羽茶经上提到过的岳州窑遗址，那个盖琉璃瓦的大庙就是有名的大成殿，那一处高高的大石柱就是状元桥，状元桥对面还有1949年时任湘江县第一任县委书记华国锋的‘为我人民事，牺牲命和家，继承先烈志，建设新中华’的题词哩！那处大广场就是清朝名臣左宗棠广场。早几年我帮我侄儿来县里卖体彩时，我侄儿带我统统转了一圈。”燕老倌饶有兴致地介绍着。

“太美了，太好看了，要是我们也能住到县城来就好啰！”朱队长说。

“勋爹哩，你受了一辈子的苦，晚年享清福哩！命好哩！”美老倌说。

“是的哩，搭帮儿子儿媳，搭帮改革开放的好政策哩！”黄三勋皱纹脸笑得沟壑纵横。大家怀着十分羡慕的心情回到了一楼。

留家乡人和茶厂职工在饭店吃过饭，志坚叫来客车先后把老家人和茶厂职工送回去。还拿了钱给送老家人的手扶拖拉机司机，让他空车回去。他怕坐手扶拖拉机不安全。

从来很少言语的黄三勋特别高兴，打喜的人散去以后，他兴奋地对儿子和儿媳道："你们在县里砌一栋这么好的楼房，我和你娘高兴得不得了，我们祖宗三代冇过过一天好日子，别说建这么好的房子，还不知打过多少饿肚哩！从来冇人看得起我们。你们为黄家增了光，争了气喽！"

“你们二老为我们操劳一辈子，也该享享福了。”志坚高兴地回父亲。每当想到父母为了子女辛苦一辈子，他总是忍不住鼻子发酸，这次又是这样。他在心里说："像土地一样朴素深厚的父母啊，想想你们受过的苦难，想想你们对我们做子女的宽厚，想想你们节衣缩食，天没亮起来磨豆腐出去叫卖，每天挣三两块钱送我读书，我的心就疼，我的眼泪就止不住流，我衔环结草也要报答你们的恩情。亲爱的父母啊，你们一定要长寿！老天啊，你一定要保佑我的父母健健康康！

今天是志坚最最幸福的时刻，也是他有生以来最值得庆祝的时刻。打喜的人回去以后，他回忆的风帆驶入了苦涩的心海，曾经的他驾着人生的帆船一次又一次从希望中被打入巨大的漩涡里，有时甚至驶入绝望的水域。最后终于成功了——实现了县城建楼房的目标，可能是太高兴了吧，志坚竟然流下了眼泪，不知是高兴的泪水，还是感叹自己一生坎坷的泪水？

“你怎么流眼泪了？今天应该高兴才对呀！”志坚擦眼泪被妻子发现了，

她疑惑地问丈夫。

“我是喜极而泣喽！在城里建一栋小楼房，对有钱人来说也许不算什么。对我来说，却是实现了自己一个久远的梦想，创造了家族的一个历史。看着父母亲在众人面前的自豪体面，我心满意足了，我感到无比的幸福！”

“算你有远见，有毅力，终于熬到了乌鸦变凤凰。只是你付出得太多了，现在，我们在县城砌了楼房，全家人都进城了，我们的苦日子终于熬出头了。你也完成了人生一大任务，也该放下担子，多休息休息，莫再那么拼了。”

“还是我的妻子理解我，不付出，哪来的收获嘞！这还只是刚刚开始哩！我准备大干特干，把茶厂办成全省最好的茶厂之一。”

“但愿有这一天。你累了一天，早点休息吧。”

等杜应贤收拾完上床时，志坚眼睛已眯上了，还发出轻微的鼾声。卧室里亮着橘红色的灯光。应贤洗浴后换上一件荷花色丝绸睡衣，掀开浅红色花格被子，伴着志坚躺下来。见丈夫仍没醒，她用白藕般的右手推了推丈夫，道：“醒醒、醒醒，还早着哩！”

志坚睁开眼，侧过身来，把手伸过去，让应贤的头枕在自己的手臂上，说：“睡吧，明天还要起早床。”

“我有点兴奋，睡不着，好像做梦一样，十几年前还住在那个鸟不生蛋的牛屎塘，现在却在县城里住楼房，变化太大了。在我家九兄妹中，在你家四兄妹中，在你们生产队，在我们生产队几十户社员中，我们是第一个进城的。我真幸福，我太幸福了！”

“这是国家改革开放政策的结果，十年、二十年后，将有千千万万的农村人到城里工作生活。睡吧？我有一点累。”

“不，我要你抱抱我。”应贤说话的声音很细、很甜。

第二十二章

市场比志坚预计的还要好得多，按全国各市场报来的全年定购计划，在去年基础上翻了一番，全厂员工兴奋不已。可是，志坚却急得团团转，不到一个月就是春茶收购季节，不到五十天又是窨制花茶的季节，两项加起来约需三千五百多万元收购资金。还有一千万缺口。他去找了银行，银行告知今年信贷规模十分紧张，不仅不能增加贷款，还要压贷。志坚跑银行腿都跑软了，口也讲干了，信贷股长、副行长、行长都找了，都说不压缩他们的贷款就是最好的结果，哪怕再增加一分钱的贷款也不行。他召开了茶厂负责人会议，分配任务，每人负责找社会关系，临时借款一百万到三百万元，除他自己外没一个人答应。他打算以高出银行两倍利息向社会集资，但考虑有违法集资之嫌，又自我否决了。他坐在办公室，双手交叉抱在胸前，呆呆望着窗前那株浓绿的梧桐树，十分钟、二十分钟、半个小时过去了，他的眼睛一直没有移开。“怎么办？怎么办？怎么办？……”志坚在心里说了五十遍，一百遍。他想起了好朋友冯主任，立即拨通了电话：“冯主任，你好吗？想打扰你一下哩！”

“好着哩，什么事，只管说。”

“我厂今年要扩大两倍产量才能满足市场需要，需增加三千五百万元收购资金，还有一千万资金缺口，我们原来贷款的银行不但无法增加贷款额度，还要求压缩贷款规模。三十天后要收新茶，五十天后要窨花，火烧到了眉毛尖上了呢！我急得觉都睡不好哩！你跟城市银行关系好，能否请你拉拉关系，帮我们借点短期贷款作收购资金？”

“我不敢答应你，我先问问城市银行的朋友，再答复你。”

“那就麻烦你了，谢谢！”

一个星期后，冯主任打来了电话：“明天我同你去岳阳市一下啰，我已约好了朋友。你要带两条烟，另外还要带两盒你们最好的毛尖花茶。下午三点来接我啰。”

“太谢谢你了，辛苦你了，也带一份礼品给你吧？”

“那就免了。你安排我洗洗脚，弄个晚晚场就行。”

“好的，没问题，明天见。”

第二天志坚带着礼品、销售合同、申请贷款报告同冯主任来到了岳阳市城市银行邹行长办公室。寒暄后，冯主任指着志坚对邹行长说：“邹行长，这就是我县大塘茶厂厂长黄志坚，他们茶厂市场发展很快，急需短期流动资金，特来请求贵行支持。”

志坚礼貌地站起来：“邹行长，您好，我厂急需一笔贷款，请求您帮大忙了。”

“你把销售合同拿来我看看。”不苟言笑的白胖子行长说。

志坚从挎包里拿出一大摞合同，恭恭敬敬地交到邹行长手上：“请您过目。”

邹行长一份份合同认真地看着，看完后问志坚：“黄厂长，你们需贷款多少？”

“我们急需一千五百万元。”他故意多说了五百万。

“我们最多只能贷给你们一千万元，一年期，年利息六厘。有两个条件，一是要在我行开户，每笔货款必须汇到我行你们茶厂的账号上，二是你本人的房产要抵押到我行来。”

“可以，两个条件都可以，谢谢行长！”志坚明显有些激动。

“你带报告来了吗？”

“带了，带了。”志坚立即把申请报告交到邹行长手上。邹行长看完报告，从笔筒中拿出圆珠笔迅速在报告上写着什么。写完后把报告交给志坚：“你拿着报告去三楼308室找许科长。”

“谢谢，谢谢，太谢谢了！”志坚拿着邹行长批示的贷款报告，握着邹行长的手连连致谢。

志坚同冯主任辞别邹行长，到三楼去了。

冯主任同志坚关系非同一般，志坚的事，凡是他能办到和想办法能办到的他都千方百计办到了，从不要好处，唯一的就是喜欢玩，是一个典型的“玩公子”。志坚深知好朋友的爱好，办完手续，吃过晚饭后，带着他和城市银行许科长在巴州宾馆洗了脚，做了按摩，十一点时又吃了夜宵，志坚故意笑着说："冯主任，回宾馆休息吧，快十二点了。"

"你怎么言而无信呢！不是说好了，玩晚晚场吗？走，走，走！"冯主任扯着志坚的手，不由分说地往外走。

志坚、冯主任、许科长、司机小周来到了缘缘歌厅，小周在柜台买好了单以后来到四楼408包厢，女服务员立即端来了茶水和水果盘放在茶几上，说："请用茶，你们自己去后厅挑陪唱小姐啰！服务费一小时两百元，钱交小姐，你们可以同小姐唱歌、跳舞，还可以叫小姐按摩，但不提供特殊服务。"

"我去。"冯主任自告奋勇去了后厅。半根烟工夫，冯主任带了四个穿得很露的红头发小姐来到了包厢。

"大家快挑选啰！莫猫不吃咸鱼，假斯文啰！只一个小时，抓紧时间！"冯主任大声说完，挽着一位高挑的小姐进里屋小包间去了。接着小许、小周也各带一个去了。志坚坐着没动。包厢中只剩一个小姐了，闷闷不乐地坐在一边，坐了一阵，见志坚还没有邀请她的意思，便主动挨着志坚坐过来。

又坐了一会儿，仍不见志坚有任何表示，便拿起自己的小包，噘着小嘴道："我多冇面子！多不好意思！"准备起身往外走。志坚立即站了起来，拦住她笑了笑："莫走啰，等一会儿两百元小费给你就是啰。"

听了志坚的话，红头发女孩重新坐下来，把小包包放在茶几上，扯了一片纸巾擦了擦手，拿起盘子里熟透了的葡萄，摘下一颗送到志坚嘴边，怪怪地说："你吃葡萄啰，不吃白不吃。"志坚没有拒绝，吃了葡萄后对小姐说："我要吃，自己来，你吃啰。"

只见小女孩又拿着一个苹果，用盘子中的小刀片熟练而轻巧地把皮削了，弯弯曲曲的苹果皮连成了一根长长的果皮带，然后把没皮的苹果送到志坚手上："你吃个苹果啰，红富士嘞！"

"谢谢！"志坚拿着苹果吃了一口，扯了一片纸巾，将没吃完的苹果放在茶几上，问小女孩，"你家是哪里的？"

"不告诉你，反正是穷山沟。"

"你怎么不去广东、深圳打工？"

"打工又辛苦，钱又少。"

"你们干这一行一年能挣多少？"

"也不告诉你，我们同伴都有一个目标：没有五十万不谈爱，没有一百万不结婚。”

“啊！”志坚啊了一声，在心里想：怪不得这些女孩子不出去打工。

一个小时到点了，三对男女先后从里面小房间笑嘻嘻地来到了包厢前厅。

志坚立即吩咐小周：“小周，你给四位小姐每人两百块钱啰。”

“好的。”四个小姐收下钱，把手一招，说声“拜拜”，头也不回走了。

“我们也该休息了，小周，先送许科长回家。”志坚说完，离开了缘缘歌厅。

回到巴州宾馆，志坚、冯主任同住一个套间。深夜一点多钟了，两人先后洗了澡，吹了头，准备睡觉。喜玩的冯主任说话了：“黄志坚，我问你啰，你是假斯文呢，还是肾功能不好，还是茶厂里细妹子多了，十几二十岁小妹子你也不动心？告诉你，路边的野花不采白不采嘞！”

“冯主任，告诉你，我身体正常得很呢！我不是不采，而是怕采得呢！”

“有什么可怕的，如今开放社会，哪个出来不潇洒呀！”

“玩不得嘞！我劝你也要收敛一点嘞！两年前我去省中医学院找教授，谈合作研发减肥茶的事，教授还没上班，我坐在他们一楼皮肤病科大厅里等。大厅墙上挂满了性病知识图，那些图把我吓死了嘞！我现在回忆起来还心有余悸哩！老弟吔，我也劝你洁身自爱为好嘞！”

“冇事，我不怕。”

“你不怕，我怕！”

贷款问题在冯主任的支持下解决了，剩下来的只有茶叶原料收购问题了。志坚美美地睡了一觉，第二天吃过早餐，同冯主任道了别，回茶厂了。

“老尹、老尹，到我办公室来商量一个事啰。”志坚站在二楼朝一楼喊着。

“好，我马上来。”尹厚友一步两级台阶来到了志坚办公室，还没落座便笑着问道，“老同学叫我上来，有事还是有好吃的呀？”

“吃的冇得，事倒有一件，要同你商量。”

“什么好事、大事？你说。”

“算你猜对了，真是一件大事。我们这几年风风雨雨走过来了。看来，办企业不可能一帆风顺。今后麻烦的事、困难的事只会更多，办企业，正如人一样，要有精气神，要有一种精神。我想，为了把我们企业做大做强，要树立我们自己的企业精神。”

“企业精神？什么叫企业精神？你说得我云里雾里，丈二和尚摸不着头。”

志坚低着头，想了想：“比如‘精益求精’‘开拓创新’‘勇攀高峰’‘诚实守信’等等。”

“哎，对，这些精神都很好。”

志坚沉默了一阵：“这些精神虽然可贵，但我认为太俗了，很多企业都是这么讲的。我们要制定出一个符合我们企业实际的，又能激励企业奋发有为的，战胜困难的那么一种精神，作为我们的企业精神。”

“你叫我来商量，你肯定早已想好了，莫打埋伏啰，说给我听听。”

“算你聪明，我倒是想了一个，说出来征求一下你的意见。我想把我们企业精神定为推土机精神，即‘开足马力不停步，铲平坎坷向前进’。”

“嘿，好、好、好！推土机精神好！推土机能扫除前面的障碍！”

“我们企业就是要树立一种不怕一切挫折，敢于铲平一切坎坷的战斗精神。是这样，既然你同意，我写了一个样稿，明天你拿到麻石厂去，请他们做一块高一点八米、宽一米的石碑，把我们的企业精神刻上去。刻好后将石碑安放在办公楼前坪里。”

一个星期后，石碑运到了厂里，尹厚友请人安装好了，在石碑上罩了一块红绸布。“老尹，明天上班时，全厂干部职工都到石碑前集合，举行企业精神揭牌仪式。”志坚吩咐道。

上班时，全厂百多名干部职工纷纷来到前坪，整齐地分列在石碑前。尹厚友身穿黑色西装、打着蓝色领带，站在石碑右侧，清了清嗓子，把手一挥：“大家安静，现在我宣布，大塘茶厂企业精神揭牌仪式现在开始，鸣炮奏乐！”锣鼓声、鞭炮声应声响起。炮声响过后，尹厚友大声道：“请黄厂长揭牌。”

站在石碑左边，身穿蓝色西装、系红色领带的志坚缓步走近石碑，笑容满面地轻轻掀掉石碑上的红绸布，交给一侧的刘小明。石碑上两行凹进去的红漆宋体字呈现在大家眼前。

“请黄厂长宣布我厂企业精神并讲话。大家鼓掌欢迎！”

掌声过后，志坚清了清嗓子笑容满面地高声说道：“同志们，现在大家都看见了，石碑上‘开足马力不停步，铲平坎坷向前进’这两句话就是我厂的企业精神。为什么要确立企业精神？一个简单的道理，正如一个人一样，他有什么精神就会有什么人生。一个人如果敢想敢干、敢打敢拼，不怕苦，不怕失败，他的人生就一定是成功的，也一定是幸福的！企业也同样要有精神。一个企业有了企业精神，才会有目标、有方向，在泰山压顶的困难下，在波涛汹涌的激流中，也不会被摧垮。我们茶厂过去战胜了不少困难，才取得了今天的成功，我预计今后的困难会更大更多，我们就要以‘开足马力不停步，铲平坎坷向前进’这种推土机勇往直前的精神去战胜困难，迎接我们茶厂更加美好的明天！希望大家都来践行我们的企业精神，好不好？”

“好、好、好！”员工们打起了吆喝，掌声一波接着一波。

茶厂销量倍增，志坚派三批业务员到外省采购原料，亲自出马到附近大型国营茶场采购茶叶原料。今天去凤凰茶场，也想顺便去看看二十多年没见过面的老同学，妻子一提到她就醋意大发的“祝英台”。

对白曼丽，志坚一直挥之不去，照理说，这是不应该的，经过苦难和磨炼，过上了相对幸福的生活：有一个贤德、能干且美貌的妻子；有一双聪慧听话的儿女；父母健健康康；还在县城砌了楼房，全家人进了城；自己有一个相对稳定、收入可观的工作。按理说应该满足了吧！可是他对三中的女同学白曼丽一直放不下。她的影子时不时浮现在脑海里，她的声音、她的话语、她的笑容、她的衣服、她的头发、她的一言一行，在他的脑海挥之不去。虽然过去与她不曾有过深入的接触，但是在情感深处总有一种亲密感。有时是夜深人静的时候，有时是看见一个背影或一个面容或者是走路的姿势相像的女子的时候，便勾起了对她的回忆：白里透红的脸上常挂着浅浅的笑容，扑闪扑闪的大眼睛深情地望着你，细声细气同你说话的神态等等。为什么？这是为什么？志坚在心里问自己，他甚至还想到《十万个为什么》里面去寻找答案。

今天就要到她所在的单位去采购原料，可能会有机会遇到她，为此他兴奋不已。一直以来志坚总想找个机会，跟她做一次长谈，把憋在心中二十多年的话告诉她，也听听她是否有同样的感受。

“老同学在家吗？我来了呢。”吃过中饭，志坚驱车来到凤凰茶场，经过打听，很快来到了白曼丽的家门口。

“哎，这是么哩风把你吹来了呀！我以为是在做梦哩！二十多年没见了啊！真是贵客，快进来坐。”白曼丽听到有人叫老同学，声音好熟，又从窗户窥见了老同学的面容，便立即从房里快步出来迎接。原来真是老同学黄志坚来了，她的心扑通扑通地跳着，红彤彤的脸上堆满了笑容，热情而亲密地打着招呼。

志坚微笑着站在门外，望着眼前二十多年一直想见而没有见到的老同学，脸像柴火烧的一样烫热，口里说："冇变蛮多哩，还是那么漂亮！"终于见到了常常思念在心的老同学，两双手紧紧地握到了一起，都舍不得松开，热血在两个人的身上快速地流淌着。白曼丽眼角明显地闪动着喜悦的泪花，心像鼓一样咚咚地跳："怪不得今天一早就有喜鹊在树上叫哩，原来是有贵人来啊！"

"老李呢？"

"他出差去了。"白曼丽一边泡茶一边回话，"这是茶场的清明茶，只怕冇得你们的茶好哩。"白曼丽把一杯热气腾腾的茶递到了志坚面前。志坚双手接过，说了声"谢谢"。

"还说什么谢谢，真把我当外人了。"

"二十几年没见面，是有一点生疏了。但心里一直惦记着你，好想好想见到你！"

"我也是呢，经常梦到你。"

"你现在在国营茶场上班，国家职工多好呀，我为你高兴。"

"好什么好，只有同自己从小喜欢的人在一起才好。不讲这些了，难得见一面，等下邀你到我们的茶园去看看好吗？"

"好的，我也顺便去参观一下你们的大茶园。"等志坚喝完了茶，白曼丽带着志坚去茶园。他俩都非常珍惜这个迟到了二十多年的相会，不禁想起从前在三中的小公园里两个人相互出题作答的情景，如今在茶山里见面了，美好的回忆，像水一样从记忆的闸门里喷涌而去，一下子把他们淹没了。各自内心的欢乐与激动，无法用言语表达。时光虽已流逝，生活起了变化，但美好的情感，却依然如故。

司机小周端着茶，检查车况去了。

这是一个五十年代在洞庭湖边建造的老式茶园。有两千多亩，刚刚采了新茶。正是午休的时候，茶园静悄悄的，没有一个作业的员工。一阵阵南风吹得茶园行道树沙沙作响。身穿水红色短袖、浅蓝色筒裤，脚穿橘红色平跟皮鞋的白曼丽同志坚肩并着肩、身挨着身，慢慢地朝茶山深处走去。

他们心中思念、梦中相见，现实中却很难见上一面。二十多年了，彼此都知道对方在哪里，但相隔却如同天上人间。现在，这个谁也没有预料的相会，却蓦然出现在这春意盎然的茶山中，他们内心都激动不已，都想把自己在心中沉睡了二十多年的心里话向对方倾诉，但不知是太过激动，还是等待对方先开口，几分钟过去了，谁也没有说话。她向他慢慢挨近了一些，他也适时地拉住了她的手，一股暖流迅速传遍了每一个细胞。白曼丽顿时感觉到自己沉浸在幸福的梦幻之中。她只想他先开口说出她最想听的话。志坚却没说，还是自己先开了口："哎，真是光阴似箭，岁月如梭，一晃二十多年了！黄志坚，我问你啰，那次我递了个字条给你，告诉你我会从你家屋门口经过，叫你出来，我有话同你说，你为什么不来呀？"白曼丽一边走一边问志坚，没等志坚回答，白曼丽又接着说："你知道吗？那次你没有来，我心痛死了，哭了整整一个晚上，你好狠心呀！我现在还有气嘞！"说完轻轻一拳打在志坚的背上，满脸堆起了从心底里天天盼望老同学的笑容。

"你不知道，当时字条的事，还掀起一场不小的风波！一时间，在大别屋传开了，说黄志坚的女同学来约会黄志坚啦，还说我和你是梁山伯与祝英台！有一个细伢子拿着你写的字条一边念一边在坪里大声叫：'梁山伯哩，祝英台要你去哩！黄志坚哩，白曼丽在等你呢！'他这一喊，惊动了我老娘。原来我是准备来的。我娘知道了，手拿一根竹棍，跑出来骂我：'你这冇用的家伙，屁股还冇收黄，十几岁就谈爱，你敢去，老子打死你！你快同老子回去！'就这样，我没有办法来见你，当时还偷偷地哭了。那次没有去见你，好后悔嘞！"

"啊，原来如此，我还以为你在生我的气哩！以为你狠心哩！原来我错怪了你。"

"你为什么那么早就出嫁了呀？"

"你不知道，那次我约你就是想告诉你这个事。我哪里想那么早就嫁人啰！而且，心里只有你。是父母逼得我冇办法，我家里穷。老李是国营农场职工。当时国营农场的职工有多香啊！我父母认为我如果同他结婚，既不要嫁妆，又可以安排我去国营农场当职工，吃国家粮，拿国家工资，是一件美事，便逼着我同他订了婚，连书也不要我读了。为此，我哭了几天几夜，眼都哭肿了。喊天天不应，叫地地不灵，一心想告诉你，还想逃到你家去，当时甚至想，只要你父母同意，我还打算做他们的干女儿哩！我就想办法递了一个字条给你。哪知你没有来啊，我还以为你不想见我哩！”说着，眼角布满了泪花的白曼丽挨志坚更紧了。

“只怪我们是有缘无分啊！哎，只能认命！”志坚轻叹一声。

“是的，有缘无分，但我心里只有你，永远无人替代！”此时，澎湃的激流猛烈地叩击着白曼丽的心扉。她兴奋地说：“我好想好想你，只想见到你，你不晓得嘞，父母逼我同老李结婚，我写了字条给你，又不见你音讯。我当时为了反抗，还在墙上写了‘鸭不吃食，按不低头’八个字，之后还是被逼无奈同老李结婚了。我一直在打听你的消息，听说你教书去了，我为你高兴；后来又听说你回家当了农民，我心里好痛苦；不久，又听说你当了大队书记，心想到底还是有本事的人；听说后来你又办起了茶厂，干得很出色，我为你骄傲，终究人才还是人才，我没有看错人。我没能同你结婚，肠子都悔青了，后来只盼你来我们茶场采购茶叶。盼呀等呀，冇想到你真的来了。”白曼丽转过身，伸开双手抱着志坚脖子。志坚也情不自禁地抱着白曼丽的腰，脸紧贴着白曼丽的脸。

这是一个迟到了二十多年的拥抱，是相互依然深爱着的一次证明，又是对隐藏在各自内心深处的一种真爱的宣泄。同时也是长时间沉寂的情感的释放，但更多的是一种失落和无奈。情感的表达无须过多的语言，这一拥抱足以说明一切。这也是他们相识相知来第一次亲密接触，超越了一般友情的底线，但他们还是自觉地控制住了感情的闸门——多么想亲吻对方，但，他们都没有这么做。

白曼丽泪流满面，不知是痛苦的泪水，还是幸福的泪水，喜悦的泪水。志坚用手轻轻地擦去白曼丽的眼泪。他的心乱了，他多么想吻她，但，他还是强行控制住了自己的冲动。

这时，志坚看见路边有一块大石头，便牵着白曼丽的手坐在了石头上。白曼丽紧挨着坐在志坚的身边，仰着头望着蓝天，不知心里在想着什么。沉默，沉默，谁也没说话。

坐在茶山的石头上的他们，想到了在三中小树林里漫谈的情景，如今在异乡的茶山里，他们又坐在一起，内心的激动一时无法用言语表达，时光流逝，生活变迁，但美好的情感却一如既往。志坚兴奋地揽住了她的腰，她的手摸索着抓住了他的另一只手。两人依然沉默着，只有血液在各自的身体里燃烧，对射的目光迸射出喜悦的光芒。

一切都静下来了，只有两颗多年来一直互相惦念的火热的心在急促地跳动，他们都沉浸在无比幸福之中。三中的情景，依然历历在目，课堂上、树林里、回去的路上、吃米糊糊、谈人生、谈理想……

两个人都进入了回忆的长河，过了好一阵，白曼丽开口了："回忆就像一个顽皮的小精灵，常常撞开我的记忆之门。还是学生时代快乐、幸福、无忧无虑，学校生活那么苦，不知是什么原因，我却感觉不出来，可能是有你在的缘故吧！同上课同下课，同吃米糊糊，同回家，又同去学校。特别是那次坐在树林里你一句、我一句。哎，要是时间能倒流该多好呀！"她甜蜜而亲切的声音像雾一样，丝丝缕缕，细细绵绵。

白曼丽这一说，也勾起了志坚美好的回忆和感情最深处的那缕情丝，他接着白曼丽的话说："我也真想回到学生时代去，假如你不辍学，我不生疮，都考上了高中，说不定我们又是另一种生活啊！"

听了志坚的话，白曼丽的眼泪像春天的雨水一样，不断地流，流了一脸，流成了一个泪人，她也不去擦一擦，让它流着淌着。突然"哇"的一声，伤心伤意地哭了起来，通红的鼻子颤动着。

志坚看到这一幕，也伤心起来，站起来对她说："我们往回走吧。"志坚担心无法控制住自己，做出非理智的举动。这辈子，他知道已经失去了和这个爱他的人也是他爱的人一块生活的机会了。因此，他在心里警示自己：必须把握分寸，保持距离。

"不，我还要坐一会儿。"白曼丽一边说，一边擦眼泪。

"和你单独相处，等了二十多年啊！"

"我也盼了二十多年，我有时想你想到无法呼吸，思念如影随形。常常一做梦就梦见你的样子，醒来后心里隐隐地痛。只想看见你，看见了你，又只想紧紧抱住你，不知要到什么时候才不想你。"

"我也是，有一次我在北大医学院出差，看到一个女孩从我身边往二楼去，那背影好像你，两根黑漆一般的辫子，不高不矮的身材，像极了你。我情不自禁地跟着她跑到了四楼，直到她消失在一间办公室。我木鸡一样呆呆地站在那里，满脑子都是你，心里在流血。"

"我曾无数次梦见跟你相遇的情景：你紧紧地拉着我的手，在春天的树林里，在夏天的花丛中，在秋天的田埂上，走呀，跑呀，跳呀，摘鲜花，捉蝴蝶，采野果……像电影里一样，你坐在草地上，我紧紧地依偎在你的怀抱中，闭上眼睛，你双手抱着我。只要我一想起你，我的眼睛里全是你过去的影子。我好想好想你，无时无刻不想你！”过了好一会儿，白曼丽又伤感地说，“我真羡慕杜应贤，有你这样的男人，睡觉也甜，走路也有劲，吃再多的苦也值得，如果你是我的爱人，我会一天笑到晚。”

“在我内心深处，一直有一个美丽的梦，梦中的你却成了我去不到的天涯，与你突然间的离别，成了我此生弥补不了的遗憾。只因为相遇太美，所以你才会成为我今生忘不了的记忆。”

“我也是天天想你，夜夜想你，看花花是你、看月月是你，爱入骨太深，即便分离这么久，我也做不到忘记你。明明知道再也回不到从前的时光里，但还是甘愿为爱执迷不悟。”

“我们错过了，再也无法重来，因为再也找不到合适的理由走进彼此的世界。”

“是的。错过了你，铸成了一生一世丢不开的相思。真心爱过的人，一辈子都不会忘记，很多时候，我很想知道你的消息，但却找不到理由再去打扰你。我们再也无法回到过去，无法再拥有那些曾经。”

“知道吗，无论何时，无论何地，你都是我心中的牵挂，都是我不变的相思。”

“我不能打扰你，我只能把相思埋在心底，把祝福挂在嘴边。那份情，那份爱，我永远不会忘记，相思的痛苦，我一个人承受。”

志坚此时真有点难以控制自己了，猛地一下子从石头上站起来，一种强烈的冲动，使他想伸开双臂，把白曼丽紧紧地抱起来，狠狠地亲吻她。但是，他还是以顽强的意志忍住了。然后又坐回原处。

白曼丽这时也明显地与志坚靠得更紧了。但是，他们还是理智地守住了各自设置的底线，没有冲破感情的防洪堤。

“白曼丽，既然命运不能让我们走到一起，那就算了吧！其实，不一定要厮守，不一定要陪伴，做不了伴侣，就做知心朋友吧！”

“也只能如此了，黄志坚，我不会写诗，也从来没有写过诗，但我为你写过这样几句话，不怕你笑话我，我拿给你看啰。”白曼丽从口袋里拿出一张发黄的纸片，打开来一句一句地念着：

录像带

我们虽然未能把相处的日子结出果来，
但，那些甜甜蜜蜜的相聚，却制成了一盒百看不厌的录像带；
这录像带里虽然没有诗情画意，和如胶似漆的相偎，
却十分奇妙；
从来不去按动开关，却能自动地在我心中一百次、一千次地放映；
我的眼睛虽然饱含着酸楚的泪水，
心底却荡漾着春潮；
尽管我看一次，后悔一次，
但，我尤爱回味这后悔中的甜蜜。

志坚听了，心里有说不出的滋味，从白曼丽手里拿过纸片，自己又从头至尾看了一遍。过一会儿志坚对白曼丽道："我也为你写过一首诗，现在，我还记得，我念给你听啰——

上帝啊，阎君，
两个主宰人类的大神；
我有个小小的请求，
请求开个后门。

让我再年轻一次，
让她再一次年轻；
这样，就可以复活，
复活两颗枯萎的心。"

志坚念完，流泪了——白曼丽也哭了。

两人又陷入了沉默。过了好一会儿，白曼丽擦了擦眼泪，站起来："今天的相会，我感到真幸福，我们不是在做梦吧？"

"我们做了一场美好而纯洁的梦。"

白曼丽又像想起了什么，道："我的视力严重不好，就是思念你的时候泪流多了，把眼睛弄坏了。今天见了你，我感觉身体轻松多了，能飞一样。"

“老李对你还好吗？”志坚转了一个话题，问白曼丽。

“他对我很好，我从不下厨房，从不做家务，家务事他全包了。老杜呢？”

“她很爱我，也爱这个家，勤劳贤德，吃得苦。没有她，就没有我们公司，没有我的人生。因此，我连重话也没有说过她一句。”

白曼丽若有所失地说：“杜应贤真有福气，她嫁了一个真正的男人。”

“认命吧，你的老李不也很好嘛！我们都要对各自的家庭负责。”

“我们只能如此。”是的，他不能和这个爱他的也是他爱的人有任何非分之想。

直到这时，两个人才慢慢地依依不舍地松开了手，站起来缓步往回走。白曼丽一边走一边说：“今天是我一生中最最幸福的一天。初恋原来依然这么美好，这么难忘！人生啊，如果能重来一次有多好啊！”

“我们终于互相明白了，原来我们还互相深深地爱着，光明磊落地爱着，只有初恋才会有这种刻骨铭心的爱。但是，现实是残酷的，生活和历史已经无情地枪毙了我们的初恋，这可能就是人们常说的缘分吧！”

“是的，这是缘分，一种无缘的缘分，它让我们无法享受这种爱，也不能享受这种爱。我要修了我的今世，迎接我的来生。”白曼丽放大了声音，像是对天发誓，眼角闪着泪花。

“你说要修了你的今世，迎接你的来生是对的，我非常赞同你的这种想法。世上的事，很多可以从头再来。但是对于合法的婚姻家庭不可以。哪怕是爱到了骨子里，只要他或是她有一个相对幸福的家庭，就不可以。道理很简单，这样做会伤害很多人，包括男女双方，双方子女，甚至双方父母。我们不能把自己的幸福建立在这么多人的痛苦之上。”

“爱的一半是生活，是责任。我永远祝福你，祝福你全家！”志坚又补充说。

“我也祝福你事业有成！”

黄志坚、白曼丽在茶园整整倾诉了两个小时。白曼丽站了起来，满意地对志坚说：“志哥哥，我们回去吧。”说完抿着嘴巴笑。

“妹妹，你带路往前行啰！”志坚也用花鼓戏里那句唱词开起了玩笑。

白曼丽走在前面，志坚跟在后面。回到家里，白曼丽忙着为志坚准备点心。志坚也去茶场业务科看茶去了。

志坚满意地装了一车毛茶，在白曼丽家吃了点心，准备回去。车子开动了，志坚摇开车窗玻璃，探出头来，不停地朝白曼丽挥手。白曼丽流着泪也不停地向志坚挥手："莫把我忘了，常来走走啊！"

今天是志坚司机小周母亲满五十周岁生日，按农村男贺进、女贺出的习俗，小周知道亲朋好友都会来为母亲庆祝生日。见天色已晚，小周卸下茶叶，急急忙忙、风风火火往家赶。

"你怎么才回来？不晓得娘生日呀！客都到齐了，再不回来，饭都吃了，娘踮起脚在望你哩！"刚一进屋，妻子小华劈头盖脸地责备丈夫。

小周看见两大桌子客人和家人都坐在桌子上等他一个人，怪不好意思，连忙解释："对不起，让你们久等了，我同黄厂长到凤凰茶场调茶去了，黄厂长遇见了他的老同学，谈话谈久了，他们又去茶山转了两个小时，又留我们吃了饭，因此就耽误了时间，你们都多吃点啰！"

"黄志坚老同学是不是就是那个叫白曼丽的？"小周的姨妈问小周。他的姨妈嫁到了志坚一个屋场，叫甘二嫂。

"是的，就是那个小白。"小周说。

"怪不得挨了这么久，人家可是青梅竹马的好同学哩！冇留黄厂长过夜还算好的。他们那个关系是什么关系呀！我们大别屋场的人都叫他们梁山伯、祝英台哩！"人称"是非婆"的甘二嫂挤眉弄眼、阴阳怪气地大声道。

"好，好，赶回来了就好，快吃饭！"小周娘是个精明人，知道甘二嫂的底细，生怕她生出是非来。

第二天，不怕事大、只怕事小的"是非婆"甘二嫂专程来到县里志坚家问应贤："应妹子，志坚回来了吗？"

"志坚最近很忙，好久冇回来了。二嫂，你进来坐啰。"应贤见甘二嫂来了，连忙招呼她。

"志坚忙，你就不能抽空去看看他呀？如今的社会，年轻人……"甘二嫂说了一半，故意不说了，端起应贤递过来的茶喝着。

"刚才你说什么来着？我冇听清楚，你冇听见什么吧？"本来对丈夫有一些担心的应贤很快警觉起来，反问是非婆。

"冇倒冇蛮大的事啰。昨天司机小周娘生日，我也去了，下午六点多小周才回来。小周说他同志坚到凤凰茶场调毛茶，志坚见到了他的老同学白曼丽，两个人在茶山里转了两个多小时。应妹子呀，他们读书的时候，关系可好着哩，差一点结婚了。这次在茶山里待了这么久，鬼知道他们干什么去了呀！你莫蒙在鼓里头哩！”

“有这回事？”应贤听了，腿发软，差点栽倒。天哪！“是非婆”真的只嫌事小，不怕事大！

“有，小周当着两大桌人讲的，还有假呀！莫急，莫急，你回来问一问志坚就是，打打预防针，要防止他们旧情复燃哩！”

应贤听了是非婆添油加醋的挑拨，脸色铁青，胸口的血往头上喷涌。平时自己一直担心的事终于变成了事实，叫她怎能接受得了！等是非婆走了以后，她把门一关，糊里糊涂地躺在沙发上。眼前一切都是朦胧迷茫的，房屋在旋转，天地也在旋转！……

晚上，她和衣睡在床上，但无论如何也睡不着，数着数字也睡不着，一整夜冇眨眼睛皮。“看来对志坚这家伙不能完全放松警惕！”应贤在心里想着。虽然平时从来没听过什么“风声”，外面没有关于志坚的绯闻，自己也从没有发现丈夫有任何值得怀疑的地方。但这次他竟胆敢去见老情人，而且还去那么久，只怕没那么简单，肯定有文章，干柴遇到了烈火！说明男人不是百分之百靠得住。

她一早爬起来，把家里收拾完了以后，又在垃圾堆里找来一个甲胺磷的空农药瓶子，装满一瓶清水，盖上盖，她要用这个“计策”去吓唬志坚，非叫他老实“交代”不可！这是她昨天一整晚想出来的“妙计”。

应贤一身素装风风火火来到了大塘茶厂。凤凰茶场调茶的事，她非要丈夫老实“交代”不可！

办公室周主任告诉应贤，志坚在自己宿舍里办公。应贤便直奔三楼志坚宿舍去了。

应贤见门关着，“砰”地在门上猛踢了一脚。

听到有人踢门，不知道是谁如此无礼，志坚急忙起身开门看个究竟。见到怒气冲冲的妻子，他一头雾水：“她今天怎么啦？这么一副杀气腾腾的样子，连招呼也不打。”还没等志坚想明白，只见妻子右手高高举着甲胺磷农药瓶子，大声吼道：“黄志坚，你同我老实交代，昨天你去约会了你的老情人，在茶山里转了两个小时，都干了些什么。快说，快说！你不说，老子就要一口喝了这瓶农药，死在你面前！”说完用手拧着瓶盖子。

志坚这才恍然大悟：“啊，原来你还是因为这个事情啊！我的杜大小姐，快坐，快坐。我说给你听。”志坚大气不敢出，只能叫妻子先坐下来——他十分担心妻子真的喝下这瓶农药，他的心已跳到嗓子眼了。

“我不坐你的臭椅子！你快说，快说！你不说，我就……”应贤没有息怒的样子，仍然威胁要喝“农药”。志坚结婚以来，从来没有见妻子发过这么大的气，像泼妇一样横过。如果她真喝下这瓶农药……志坚担心到了极点，如何是好！如何是好！突然他用手对柜子上一指：“看，好大一只老鼠。”

应贤从小怕老鼠，只要有人提老鼠，她就浑身哆嗦。此时应贤眼睛随着志坚手指的方向望去，注意力便分散了。说时迟，那时快，志坚伸手夺过妻子右手上那只农药瓶子，往窗户外一扔。

应贤知道自己上当了，一下子瘫坐在椅子上号啕大哭：“你这个冇用的家伙哩！你的良心被狗吃了呢！我杜应贤哪一点对你不好啰！你还去约会老情人！……”

志坚坐在一边只是笑，一句话也不说。他很喜欢看妻子哭的样子——这是另一种美。只是有一点叫人揪心。

应贤哭了好大一阵，突然停下来，重重一拳打在志坚背上，气愤道：“你还笑，打死你！走，你同我回去，不在茶厂搞了，一年赚一个银行也不搞了！”

志坚顺势抓住妻子的手，另一只手抱住妻子的腰，拢到自己的怀里，紧紧地抱着她坐在自己的双腿上，把自己的下巴搁在妻子的头发上，右手轻轻地抹着妻子脸上的泪水。只是笑，没有说话。应贤停止了哭骂，在缓慢地抽泣。

又过了好大一会儿，应贤终于完全止住了哭，从丈夫的怀抱里挣脱出来，带着一脸的怒气质问志坚：“我问你，你在凤凰茶场调茶，为什么要同姓白的去茶山？到茶山干了什么？为什么去那么久？你快说！你快说呀！”应贤一只手抓着志坚的衣领子使劲地摇着，弄得志坚的头摆来摆去，头发乱得像鸡窝一样。

“好，好，好，杜大小姐，你听我解释，听我解释。”志坚理了理散乱的头发，一本正经地说。这时，应贤才端正身子，坐在椅子上，专心听着丈夫的解释。“你放一万个心啰！我同白曼丽的关系只是纯粹的同学之间的关系，正常得很，正常得如同弟妹关系一样。二十多年没有见面，一见面自然话就多一些。正是因为我心里只有你，我才二十多年没有去见她。我也不瞒你说，也是你早已知道的事，当初她确实递过字条给我，想约见我。她不知道我为什么没有去见她，她一直放在心里，以为我生她的气了。为这个事，那天她反复问我。我解释以后，她才明白。后来又回忆了一些在三中读书时的往事，加之他们茶园很大很大，做茶的人谁不喜欢茶叶，我把他们茶园转了一个遍，老同学见面话又多，她走路又慢，走啊，谈啊，不知不觉就两个小时过去了。”

“你少跟我瞎掰，鬼才相信你们两个人冇事！两个小时，一百二十分钟，好长的时间，哪有这么多的话说？你在哄我，我就不相信你们冇干其他坏事，干柴遇烈火，而且还是二十年的干柴了。”

“我们非常理智，没有做出任何出格的事。”

“我不信，我问你，你看见你的初恋、你的老情人，不动心？你们牵手吗？你们拥抱吗？你们接吻吗？”

“你想到哪里去了，我们真的没什么，我向天发誓。”应贤见状，迅速用手捂住了丈夫的嘴巴，不允许他对天发誓，她担心对天发誓会真的灵验。

“无论你怎么解释，我永远不相信！你老实承认，你心里是不是还有她，放她不下？”

“我的杜大小姐哩，我们只是同学关系，没有你想象的那么复杂。你少吃醋啰，莫操空心啰，莫把头发愁白了，我把内心话告诉你，我为什么不会花心呢？除了你对我好以外，如果我在外乱来，也对不起父母和儿女。更重要的是我心中有梦想，想在茶叶方面做出点名堂来。想干事业的人决不能沉迷于女色。另外，我们各自都有一个幸福的家庭，如果我抛弃你，同白曼丽再去另组一个家庭，也不一定幸福。你要理解和相信深爱你的丈夫啰。”

“好啰，我暂时相信你啰，但是，我警告你，下次再不允许你们见面啊！你如果再去见这个姓白的女人，我就要去告诉她的爱人。另外我从今以后要死死盯着你，茶厂还有这么多妹子。”

“好，好，好！听你的，我保证。你呀，什么都好，就是有点小心眼。”

“不是我小心眼，我什么都可以给人家，我的老公百分之百归我，不能给别人，哪怕一点点。”说完大笑。

其实，志坚哪有心情去追究过去的事啊！市场如战场，令他头痛的事一件接一件向他猛扑过来。

第二十三章

七月的一天，南边的黑云在狂风的助力下铺天盖地地涌了过来，遮住了太阳，天昏地暗，白昼如同黑夜。志坚打开了办公室电灯，接着四个办公室的灯也全亮了起来。不一会儿，一阵大风把前坪里一根小一点的樟树拦腰折断了，接着东边那块“大塘茶厂欢迎您”的大广告牌也轰然倒下。

市场的急剧变化，如同狂风一样，突然间向毫无思想准备的志坚扑过来。大塘茶厂初战告捷，创了品牌，打开了一片大市场。志坚正在满怀信心准备增收茶叶原料，力争今年产量产值翻两番的时候，北方市场上出现了大量假冒的云山牌花茶。

“黄厂长，告诉你一个坏消息！现在市场上有很多假冒的云山牌花茶，最少也有20%，而且假冒的云山牌花茶外包装足以乱真，对我厂花茶市场冲击很大。消费者分不清真假，以为我们的花茶产品质量出了问题，有些顾客不买我们的茶叶了，问题好严重呢！你看怎么办？”负责东昌市场的周飞贤在电话里向志坚汇报。

听到这个坏消息，志坚面如土色，惊愕不已，立即对周飞贤道：“这是天大的事！你要迅速到各个市场去作调查，摸清情况，随时向我反映，过两天回我电话。”志坚心里十分焦急，非常烦躁，不断地在办公室这头走到那头，时而双手搓着，时而双手抱头，自言自语：“我原以为搞工业比搞农业容易，当企业干部比农村干部容易，哪知道搞工业、搞市场更难。产品不好，没人买。产品好了，有了市场，买的人多了，假冒的又来了。如何是好呢？如何才能打击和铲除假冒产品呢！”他想到了工商局，立即开车风风火火来到了县工商局。

“哎呀，我们的黄厂长来了，快坐，快坐！”马局长招呼道。

志坚给马局长递去金沙牌香烟，一脸焦急：“马局长，我有急事特来向您汇报，要请县局支持！”

“什么事？这么急，你快说。”

“我厂云山牌花茶在山东销售比较好。但是，市场上出现了不少假冒产品，特请求县局帮我厂打假哩！”

“黄厂长，你也不要太着急了，一分为二看，是坏事，也是好事，说明你厂产品质量好，消费者喜欢。只要把假冒产品打下去，你们的市场就会越来越大。我安排曹局长去帮你们打假就是！你回去做准备。”

“太谢谢您了。”说完志坚告辞回厂了。

改革开放后，市场经济像刚开闸的河水一样，奔腾着倾泻而来，泥沙自然混杂其中。由于没有完善的市场监管措施，假冒产品如水稻田里的稗子，夹在水稻中间，一样的秸秆、一样的叶片、一样的颜色，疯狂地生长，抽穗前没经验的人分不出哪是稗子，哪是稻子。大塘茶厂同样逃脱不了这样的厄运。

第三天，大塘茶厂尹厚友、湘江县工商局曹副局长与东昌市工商局韩局长，协商组成了一个打假工作组，首先来到了阿东县飘香茶叶店。店老板是一个中年妇女。东昌市工商局工作人员向女老板出示了工作证并说明了来意。“你们查吧！”中年女老板明显表现出紧张和不安。飘香茶叶店一共摆放了十一箱云山牌茉莉花茶，市工商局同志把这十一件花茶全部打开，尹厚友一箱一箱仔细查看后说：“这四箱花茶不是我厂生产的，是假冒的云山牌花茶。”

东昌市工商局同志将四箱假茶搬出来，封上封条，开具了一千元罚款单交给女老板，并严肃地对女老板说：“贩卖假冒产品是违法行为，你知道吗？”

“知道，我错了，我今后保证再不贩假了。”女老板低着头不好意思道。

“这四箱假冒花茶一律没收，下次如果再犯，将吊销你的营业执照！”东昌市工商局副局长严肃地对女老板进行了批评教育，接下来打假工作组又接连抽查了十二家云山花茶专卖店。

晚上，尹厚友在东昌大饭店请工商局同志吃饭，以示感谢。六天来，打假工作组马不停蹄地跑遍了全市六个县区，抽查了九十四家茶叶店，共查出五十八家茶叶店有贩卖假冒云山牌花茶的违法行为。

“谢谢市局领导的重视和支持，帮助我县大塘茶厂打假工作，今后还要拜托你们啊！”湘江县工商局曹局长离开时向东昌市工商局韩局长深表谢意。“这是我们应该做的，你们也辛苦了！”韩局长握着曹局长的手客气地说。

第一次联合打假取得了初步胜利，但尹厚友心情并未轻松，而是沉重了。他回到茶厂以后，把山东打假情况向志坚汇报："老同学嘞，这次我同曹局长去山东打假，重点地区统统查了一遍，没收了三百多箱假冒茶叶，罚款五万多元，批评教育了五十几个经销商。但只怕会野火烧不尽，春风吹又生啊！贩假的经销商有利可图，每箱茶叶可多挣一百八十多元，有利益的驱使，制假贩假者仍会铤而走险哩！而且假冒产品的包装与我厂包装一模一样，足可乱真，消费者无法辨认。加之60%的茶叶店都经营假冒的云山牌花茶，如同水缸里按茄子，按住了这个，又浮起了那个，打了这里，打不了那里，我认为靠工商部门打假只怕治标不治本，无法彻底解决问题！"

"啊，我明白了，你辛苦了。"听完尹厂长汇报，办事历来有主见、有办法的志坚陷入了深深的困惑和无奈中。他不断用手抠着自己的头，在办公室里来回踱步，头皮都快抠破了，还是不知如何是好。

"老同学，请人打假不痛不痒嘞，像感冒了一样，只能退点烧！只怕要想大办法才行。"尹厚友又焦急地补充。

"你讲得有道理！"志坚回了这句，又沉默了。

面对假冒产品，工商局、公安局、质监局等，都可以打假，但都无法彻底制止，假冒产品依然大行其道，企业只能望假兴叹。打假靠不住，如同山林野火，打灭了这里，那里又燃烧起来了，怎么办？想来想去，志坚认为只能自我防伪。如何防伪呢？志坚想了两天两夜，还是没有想出好办法来。三个臭皮匠顶一个诸葛亮，志坚决定发动群众想。第二天中午志坚吩咐办公室蔡主任在厂区墙上贴了一张海报。

"都来看告示呀。"随着喊声，一大群人围了过来，有人大声读了起来：

十万元大奖通告

本公司市场上出现大量云山牌茉莉花茶假冒产品，凡能提出有防伪实效的方法，根除假冒产品者，给予十万元现金奖励。

大塘茶厂厂长　黄志坚

××××年×月

看了告示，大家七嘴八舌议论开来："有本事的快去想想办法，十万块钱可盖栋大楼房嘞！""莫讲钱啰，为茶厂作贡献啰！""大家为黄厂长分忧啰！晚上莫睡觉，好好想想看！"

“想要防住假冒，恐怕要神仙下凡！”田少德不阴不阳泼了一盆冷水。

三天过去了，还是没有人想出自我防伪的办法来。志坚冥思苦想几天几夜，突然一个最佳办法进入了他的脑海，他想：茉莉花新茶上市为每年六月下旬，而茶籽是每年四月已开始结果，四月的茶籽坨只有空心菜种子那么大。到了六月下旬，茶籽坨就长到了大拇指那么大，如果四月份摘下小茶籽洗净晒干放在茶叶包装中，再放一张说明书，告诉消费者，凡是包装袋内放了小茶籽坨的，才是正宗的云山牌花茶。造假者再想造假，必须也要放小茶籽坨，可是等到他们用茶籽坨防伪制出假货时，最快也要等到明年四月了。我们完全可以利用这个时间差来防伪呀！半夜里，志坚高兴得大喊：“找到好办法了，有办法防伪了！”

“又发什么梦天啰！把我吓死了！”熟睡中的应贤被丈夫一声大喊惊醒了。

“我想出了一个非常好的防伪办法！”

“我怕是你中了几百万大奖哩，这么高兴！”

“决不是几百万块钱的事呢，关系到厂里的生死存亡哩！”

“茶厂垮了也好，省得你这么辛苦，操碎了心，半夜里还在想着茶厂的事，平时又冇时间休息，只怕累出病来。我好担心哩！”

“谢谢你的关心，我冇事。”

志坚说干就干，第二天开始实施这一防伪方案。同时他又与包装厂设计师联系在包装袋上设计防伪暗记，只有自己、老尹和设计人员才知道暗记在哪里。不久，有防伪暗记的新包装印出来了。防伪说明书也印刷好了，防伪用的一千公斤小茶籽坨也制作好了。

自我防伪已经成为茶厂的头等大事，志坚一直亲自抓着管着。他换上白色工作服，同尹厚友和车间主任小傅、技术员小刘来到了包装车间，亲自用说明书包一粒茶籽示范给工人看。车间主任说：“黄厂长，请你放心，我们一定负责做好防伪！”

“黄厂长，让我来好好看看你，你到底长几个脑袋？怎么能想出这么绝妙的办法！”刘小明一本正经地望着志坚。

“你个调皮鬼！”志坚也笑了，“不是想出来的，是被逼出来的，正如一个人面临生命危险时，急中生智，想出最佳自救方式。你们不知道呢，我几天几夜冇吃好、冇睡好喽！”

“是的哩，我们的董事长智力超人！他一个人脑袋顶得我们十几个人脑袋。我真佩服他！”老尹赞同道。

6月26日，有防伪小茶籽坨的云山牌花茶包好了，第一批三辆东风牌大卡车装满云山牌新茉莉花茶运抵了东昌市。

新茶上市，一抢而空。东昌糖酒茶公司张经理看到新的防伪办法，竖起大拇指，对李经理说：“大塘茶厂这个办法真是妙招，更是绝招，这下假冒的云山牌茉莉花茶就无处藏身了！老李，你写一份感谢电报，给大塘茶厂。”第二天，大塘茶厂收到了一份热情洋溢的电报。

湖南省湘江县大塘茶厂：

贵厂生产的云山牌茉莉花茶深受我市消费者喜爱。但一度出现了大量的假冒产品，使消费者深受其害。贵厂用绝妙的自我防伪办法进行了有效的防伪，根绝了假冒产品在山东的泛滥，捍卫了你们、我们和消费者的利益。在此，我们谨代表广大消费者和我司全体员工向你们表示崇高的敬意和感谢，并祝我们的合作更加愉快！

山东省东昌市糖酒公司

××××年×月

不久陕西、山西、河北等省销售大户也纷纷来电，请求大塘茶厂迅速补货。志坚的设计起到了预期的效果，山东市场上难以看到假冒的云山牌花茶了。千斤重担终于卸下来了，志坚放心地回家休息。

为了防止制假者仿照他们的做法，志坚第二年又换了新办法，用晒干的松树新芽制作防伪物。这些办法确实起到了很好的防伪作用，大家觉得高枕无忧了。哪知道高一尺、魔高一丈，制假者换地方了，换手法了，他们知道假云山牌花茶无法在山东销了，开始转到河南销售。对于这一点，志坚他们一点也不知情——贩假者同你打游击，有可能毁掉你的品牌，你知道吗？你对付得了吗？

3月16日，东南边突然铺过来一堆乌云。不多时，这黑炭一样厚厚的云层飞快地漫过了头顶，遮住了太阳，布满了大半个天空。刹那间，闪电从乌云中放射出一道道刺眼的银光，刺破了天空。闪电过后，紧接着传来一声声炸雷的巨响。这样吓死人的场景不断在天空频繁上演，之后大暴雨说来就来，大滴大滴的雨水哗哗地倾泻下来，顷刻把天地间变成了白茫茫的一片雨雾。闪电、雷声、暴雨搅在一起，天昏地暗。

在这暴雨的世界里，街上的邻居们都坐在家里，听雨、看雨、议论雨。志坚却没有这个闲心，厂里还有一堆的事等着他啊。只见他冒雨钻进了小车，往大塘茶厂开去。小车的轮胎在街道上卷了两道半米高的白色水帘。前几天收到销区纷纷要求补货的消息，他心情很好，沉浸在重新赢回市场的喜悦中。

可是，天有不测风云，人有旦夕祸福。一个天大的坏消息传来，有如洞庭湖里的滔天巨浪向一只小船猛扑过来——黄志坚，你招架得住吗？

"黄厂长，你知道吗？昨天晚上'3·15'曝光了不合格产品，其中有你们的云山牌100克特级花茶呢？"县质监局刘局长打电话给志坚。

"砰"的一声，志坚手中茶杯掉落在地上，茶水流了一地。这消息如同晴天霹雳！"是真的吗，你有看错吧？"志坚如被电击，被雷打，一下子瘫坐在沙发上。

"是真的，你没有看新闻呀？我们局里好几个同志都看到了哩！"

"完蛋了！完蛋了！这是一颗导弹炸到了我厂的头上！中央台的'3·15'有多权威呀，权威中的权威！"第一反应告诉志坚，事态万分严重！他额头上冒出了一粒一粒的汗珠，他无心去抹，怔怔地站着，任其往下淌。他右手握成拳头在书桌上一拳又一拳敲打着，双眼紧盯着墙壁上那张全国地图，嘴唇紧闭，好一阵没说一句话。过了一会儿，他离开座位，右手不停地拍打自己的额头，来回不停地在房间里踱步。焦急中他脑海里出现了一幕幕画面——云山牌花茶在北方市场纷纷下架……客户纷纷来电要求退货……几千万元的产品销不出去……企业破产……工人失业……茶农的茶叶滞销……自己也要另谋生计或回老家或外出打工……

啊，不得了！啊，天塌下来了！啊，十万火急！"怎么办！怎么办！怎么办！"志坚心急如焚，泥塑木雕般坐在沙发上，"我怎么就这么倒霉呢？怎么总是在顺风顺水的时候出岔子呢？书读得好好的，快毕业了，生出一个疮来，断送了读书的前程；书教得好好的，还可能入党当校长，一个遣送问题打破了我的教师梦；招干招得好好的，只两百块钱的欠条问题失

要 去了当干部的理想；茶厂办得好好的，产品成了品牌，假冒产品的曝光事件很可能导致茶厂破产，我可能只剩下一条回老家当农民的路了！老天呀，你怎么就这样不开眼呢！"

不一会儿，志坚又自言自语道："我们的产品不合格！怎么可能呢！没有经过我们的确认，怎么就曝光了呢！我们的产品绝对都是合格的产品，我们还有自我防伪的措施呀！"想到这里，志坚反而泰然自若，心里有底了："相信质监部门会有主持正义的干部，我要去找他们正名，非找他们正名不可！万一不行，到时，我要拿起法律武器！我就不信打不赢这场官司！"

尹厚友闻讯慌慌张张来到志坚办公室，见志坚呆呆地坐在那里，趋向前小声道："如何是好？'3·15'，权威中的权威，茶厂只怕冇得救了！"

"你别仗还没开打，就害怕！群众利益大于天，事到头来不自由，在关系到企业生死存亡的时候，上刀山下火海，我们责无旁贷！"志坚紧握着拳头对老尹说，又像对自己说。

"'3·15'是国家行为，我们斗得过吗？只怕是鸡蛋碰石头呢！"

"我偏不信这个邪！"

听到"3·15"曝光一事，正准备上班的几十个职工焦急万分，纷纷来到志坚办公室，车间主任傅飞问："黄厂长，'3·15'多权威呀！只怕我们冇得救了，大家好担心嘞！"

"是的嘞，茶厂倒闭了，我们去哪里挣钱啰！"

"黄厂长，救救我们吧！"职工们你一言我一语。

志坚深知职工的担心，大声对职工们说："同志们，你们不用急，也不要埋怨，急也没有用，有时坏事也可以变成好事，请大家放心，我们有自我防伪这个法宝，我有把握为我们的花茶正名，一定能打赢这一仗。只要我们争取桐州的中国农产品检测中心的纠错，国家技术监督局正名，我们就可以让坏事变成好事，把我们的品牌打得更响，把我们的市场做得更大。大家等着我的好消息吧！"

"这样就好，有厂长撑腰，我们放心了，上班去。"

这时办公室的电话急促地响了起来，志坚一看是山东打来的，急忙抓起话筒："喂，你好。"

"黄厂长吧，您好，我是老张。昨天中央'3·15'曝光了云山牌特级100克花茶为不合格产品，农残超标，市工商局连夜通知各县工商局，要把市场上这款产品下架呢！还说要把我们仓库里云山牌100克特级花茶查封烧掉，问题十分严重！我特地向您反映，您看怎么办？"

"张经理，我已经知道了。请您通知各总代理，要稳住，要向顾客多作解释，肯定是搞错了。我们的产品每批都有防伪，都经过严格检验，请你们主动同市工商局沟通，暂缓下架我们的产品，也不能查封我们的产品。”

“请你们赶快想办法，采取补救措施，挽救市场啦！不然的话，辛辛苦苦打下的市场会丢掉呢，牌子会倒掉呢！十万火急，十万火急哩！”

“请您告诉经销商，我明天就去国家农产品检测中心讨回公道，请经销商相信我们的产品绝对没问题，肯定是搞错了！”

“厂长，全市昨夜有三十几个店子向代理商要求退货哩！看了电视的消费者纷纷议论云山牌花茶农残超标，都怕喝得哩！你看怎么办？”驻山东办事处的周飞贤也打来电话请示黄厂长。

“小周，要做好代理商的工作，稳住市场，告诉他们我马上去桐州、北京，为云山花茶正名！”

尹厚友听了接二连三的电话，心急如焚，又不知如何是好，见志坚一脸的焦急，细声细气试探着问：“真是人在家中坐，祸从天上来！此事十万火急，你打算如何处理哩？”

志坚不假思索回道：“老同学呀，我们现在所处的位置，决不是谈什么境界，讲什么觉悟的问题，更不是年少时要当什么‘志士’，想脱去‘农袍’的问题。命运把我们推上了这个不大不小的位置，面对全厂近两百号员工的就业、上千户茶农茶叶的销售，是一个共产党员的职责所在，更是一个有责任心、有同情心的人的责任担当。我们决不能让这个厂、这个品牌就这样不明不白地倒下去！路逢险处难回避，事到头来不自由，赴汤蹈火，粉身碎骨，也只能往前冲，因为我们对这么多人，这么多个家庭负有义不容辞的责任！我相信没有一个黑夜不会过去，没有一个黎明不会到来，正如前进路上一座高山，躲不开，绕不过，唯有向前闯！我明天去桐州市，厂里的事就交给你了。”说完又交代蔡主任：“蔡主任，你快去县城订一张去桐州的机票，我明天要去桐州农产品检测中心。”

“好，你放心去桐州，厂里的事有我。”说完，尹厚友便离开了。

听到中央电视台“3·15”节目曝光云山牌花茶不合格一事，技术员小刘急得团团转。她知道凡经过国家电视台曝光的企业都会受到严重影响，甚至倒闭，事到如今，不能管那么多，一定要去帮黄厂长。她希望同志坚一起去桐州的农产品检测中心，因为自己分管技术工作，便于从技术方面去据理力争。她急匆匆来到志坚办公室：“黄厂长，你去桐州，我同你去，我是技术员，熟悉我们的产品，可帮你说话。”

望着红着脸同自己说话的小刘提出的要求，志坚心里一阵慌乱，但马上又回过神来：“你事多，责任重，不能离开岗位，我一个人去就行。”

“黄厂长，电视台曝光我厂产品为不合格产品，这是灭顶之灾嘞！这样天大的事，多一个人多一个主意，只会有好处哩！万一搞不赢检测中心，国家技术监督局更不会理我们，到那时，告状无门，茶厂将会死路一条哩！”

“这不行，一男一女的。”

“还这么封建，都什么年代了，真是的。再说，这样的大事，没有一个帮手怎么行呢？你一个人，还怕身体出问题呢！到了这地步，你想这么多干什么！”

“冇问题，我应付得来。”志坚再次拒绝了刘小明的“好意”。

“黄厂长，你莫听不见意见啰，据我分析，‘3·15’错误曝光了我厂产品，可能要打官司才有胜算。质监部门有可能不会轻易替我们正名呢！法律上明确规定：凡抽检的产品，必须取得包装上所标示的生产单位确认，而‘3·15’曝光我们的产品并没有得到我厂的确认，这明显是检测中心和质监部门的违法与渎职行为。我们要拿起法律武器，我学过法律，我同你去，保证帮你打赢这场官司。你莫小气啰，大不了多一张车票，一个房间的钱。”刘小明开玩笑说。

“冇事嘞！”

刘小明见志坚仍不同意自己去桐州，急了。这样天大的事，一旦搞不赢，企业说不定会因此而倒闭，这是她绝不愿意看到的事。自己一定要去帮他。于是，她急急忙忙找尹厚友去了。

“你这样慌慌张张急着找我有什么事吗？”

“到处找你找不到，不晓得你在这里，急死我了。黄厂长要去桐州为我们的产品正名，我担心事情没这么简单，桐州方面不一定会为我们纠错。黄厂长一个人去，势单力薄，我是管产品质量的，又学过法律，我想同他去。黄厂长死活不让我去，我来找你，就是想要你去同黄厂长说一说，让我同他一块去，这才有胜算！你说的话他才听嘞！”

尹厚友听了小刘一番陈述，觉得小刘说的有道理，但他深知志坚的性格，想了想对刘小明说：“我去说也无用，我同你出个主意，你快去做准备，走之前，你先钻到小车里去，他不会把你赶下车的。”

刘小明听了，嘻嘻笑着准备去了。上午七点，志坚吃过饭，又仔细检查了一下公文包，查看茶叶样品和检测报告等，确定无误后，提着公文包坐到小车副驾驶位置上。大约走了几公里路，志坚才发现刘小明坐在了后排，立即叫司机停车，道："小刘，你怎么搞的？不是说好了你在厂里管好质量吗？小周，快开车打倒，送小刘回去！"

"黄厂长，你知道吗？我这是去帮你救火呢！"

"我有三个'灭火器'，我不怕。"

"万一'灭火器'失灵呢，我可有法律武器，我去了会更有胜算！"

"到时候再说，听话，回去！"

"我好心帮你，你怎么这样固执呢？'3·15'曝光我们的产品，对我们是致命一击，口碑丢了，名声臭了，云山花茶就完了。企业生死存亡有时在一夜之间。到国家机关去讨回公道，你知道有多难啰！单枪匹马一个人去，胜算几何？如果你怕别人说闲话，你就再多带一个人去吧！"

"没有必要。"

小刘见志坚仍不同意，闷闷不乐，噘着嘴下车了。刘小明来茶厂多年，日子过得既充实、快乐，又有点不尽如人意。虽然没有太多的苦恼，但有时却感到莫名的烦躁。照理说，在一百多女职工中，她算是最幸运的了：她是唯一一个在农大培训了的职工，也是全厂唯一一个有资质的技术员，还是一个不必白天黑夜上轮班的脱产工人。应该心满意足吧！但是不知为什么，她常常眉头不展，唉声叹气。今天她又不高兴了。

司机正准备再次启动小车去飞机场时，志坚儿子骑着摩托车飞也似的来到茶厂，跳下车，大声喊着："爸爸，妈妈肚子痛得好厉害，痛得在床上打滚，打电话又冇人接。奶奶要你赶快回去！"

志坚闻声，大惊失色，二话没说，叫司机朝家里急赶——真是福无双至，祸不单行！

到家后，志坚慌忙朝二楼奔去，只见妻子在床上痛得打滚，双手按着肚子右下边，急促地大声地"哎哟""哎哟"地号叫着，脸色苍白，满脸汗珠，头发乱成了鸡窝。母亲端着一碗开水站在旁边，干瞪着眼，一点办法也没有。看见志坚回来了，立即说："志伢子，应妹子发了急病，好厉害，赶快送她去医院，赶快！"

见丈夫回来了，应贤忍着痛对丈夫道：“我快痛死了，我坚持不住了！”说完，应贤又大声尖叫着：“哎哟，哎哟，哎哟哩！何得了啰！”

“可能是急性盲肠炎，车在下面，我背你。”志坚将妻子背下一楼，把妻子放进了车子，迅速开车来到了县人民医院。经医生检查，确诊为急性盲肠炎，需立即手术。

“小周，你马上去茶厂，叫办公室小周把飞机票退了。”

应贤听到丈夫要退飞机票，知道丈夫有急事外出，但她又迫切希望自己在做手术时，丈夫陪在自己身边，她最害怕手术，有丈夫陪着，自己可能不那么害怕。于是断断续续对志坚说：“我知道，你有急事，但，我做手术，你要陪着，我好怕，做完了手术，你去就是。”

“你放心，你手术没做好，我哪里也不去。”

应贤听了，痛苦地笑了。应贤的手术进行得很顺利。手术做完后，担架车把应贤送到了病房，装上了吊针打着点滴。应贤再也没喊痛了，脸上露出了甜美的笑容，道：“志，我以为我会痛死嘞！我生怕见不到你了嘞！是娘叫芳奇来喊你的？好在你在厂里，没有出差。刚才你说你要退飞机票，你准备去哪里呀？”

“好人一生平安，你命大福大。这个病来势凶险，手术了，不会有事了，我准备去桐州，昨天‘3·15’错误曝光了我厂茶叶不合格，我们茶叶在北方都下架了，冇人敢买了，十万火急，我要去找农产品检测中心，现在你病成这样了，看来我不能走了，我要陪你。”

应贤听了丈夫说的情况，知道厂里发生的事极为严重，便道：“我好了，冇事了，住几天院就可以回去，要芳雅来服侍我几天，你去处理这个大事。”

“那怎么行哩，你刚动手术，我不放心，我过两天再去。”

“你的事不能拖，我虽然不太懂，但知道它是不能耽误的大事，你去啰。”

志坚紧紧地握着妻子的手，深情地望着妻子，动情道：“我身不由己啊！谢谢你的理解，你安心养病，叫芳雅来服侍你，只是我又一次亏欠了你。”志坚明显眼角上冒着泪花。

“一个小小茶厂，怎么搞得赢国家呢！搞不赢也好，回家搞个体户。”

“你放心，我会有办法的。”

“你要带一个帮手去哩。”

“小刘要去，我不同意，怕你又会打翻醋坛子，喝假农药哩。”志坚笑着回她。

“那是不行，一个大男人带着一个小妹子。”应贤说完也笑了。

3月18日，志坚带着两包有防伪的特级云山牌花茶，乘出租车来到小荷路中国农产品检测中心。“老汤，你好，好久没见了！”志坚走进检测中心汤主任办公室。志坚几年前就认识汤主任。汤主任在长沙抽检大塘茶厂产品时，请志坚前去确认所抽检产品是不是大塘茶厂生产的，志坚确认后签了字，并请汤主任吃了一顿饭。二人算是老朋友了。

“哎呀，黄厂长，你怎么来了呀？”汤主任见老熟人来了，连忙起身招呼。

“无事不登三宝殿呀，‘3·15’曝光了我厂100克特级云山牌花茶，你们这边肯定是拿了假冒产品做的检测，老朋友，你为何不经过我们确认就检测啰？”

汤主任一听，心中一惊，脸色一下子沉了下来，知道麻烦事来了，连忙道：“啊，不可能吧！你先坐。”

听到黄厂长说是他们检测中心拿了假冒产品一事，坐在汤主任办公桌对面的菅主任根本不相信——自己负责检测中心工作几年来，从来没有发生过这样的事，她指着志坚的鼻子，以质问的口气大声说：“老黄，你有什么足够的证据，证明你的花茶是人家假冒的！”

“有，我们最少有三点证据足以证明你们检测的云山牌100克特级花茶是假冒产品。”望着年近六十、满头白发、一脸杀气的女主任，志坚毫不畏惧，理直气壮。

“哪三点，你说给我听听！”女主任根本不相信自己部门的工作会马虎到如此地步，更不相信志坚所说的三点证据，于是，又补充了一句。

“第一，100克正宗云山牌特级花茶包装内，有一张说明书，包着一粒小茶籽。假冒的没有。第二，正宗的云山牌100克特级花茶包装袋反面说明书中，有三处地方做了暗记，其中保质期的‘保’字一横中间断了一截，假冒的没有。第三，正宗云山牌100克花茶条索好，香气高，假冒的外形和香气比正宗的差远了。”志坚很有把握地大声而清楚地陈述着。

“老汤，你把抽检的云山牌100克特级花茶拿来，我要比对一下。”瘦削脸的菅主任仍然不相信志坚的陈述。老汤在档案柜中拿出一包100克云山牌特级花茶递给菅主任。志坚也将自己带来的100克云山牌特级花茶交到菅主任手中。

菅主任按照志坚所说的防伪暗记和茶籽一一仔细对照，对照结果与志坚所说的完全一致。菅主任又把两包花茶倒在茶盘中进行实物样比对，左看右看说："哎呀，正宗的好多了，香多了，假冒的茶又粗又没有香气。老汤，你抽检老黄他们的产品时，没有按照包装上标示的企业名称得到老黄他们的确认吗？"

"对不起，产品太多，我认为是从郑州国营大商场抽检的产品，应该不会有假，所以没有与大塘茶厂核实。"汤主任有些胆怯地回答。

"哎，你怎么搞的，为什么不按规定的程序办呢？你怎么可以违规呢？乱弹琴！"菅主任把手里拿着的那包茶叶朝桌子上一丢，生气了。接着，菅主任问志坚："老黄，这是我们的错，我深表歉意，你想怎么办？有什么要求？"

"菅主任，'3・15'有多高的权威，你们是知道的。自从'3・15'曝光了我厂的产品不合格以后，山东、河北、山西、陕西工商部门都勒令我们的产品下架，经销商纷纷要求退货。你们'3・15'曝光我们的花茶不合格，它如同一颗导弹炸在了我们大塘茶厂的头上！我们一千多户茶农的茶叶滞销！近两百名茶厂职工面临下岗！我们茶厂也会因此破产！你们是在拿我们的饭碗，茶农的生计当儿戏啊！我没有什么要求，要你们赔也赔不起。我只有一个小小的请求，请求你们出示一个证明文件，证明'3・15'曝光我们的云山牌100克特级花茶为假冒产品。"

菅主任听了志坚的陈述，觉得合情合理，转身对汤主任说："老汤，这是我们的错，是我们的失职，你马上给大塘茶厂写个证明，证明云山牌花茶曝光的是假冒产品。"

"这样做行吗？北京那边能同意吗？要不要请示一下呢？"汤主任不想写证明，怕担责，试探着反问菅主任。

"怎么不行呢，不用请示，有责任，我承担，错了就错了，要实事求是！人家不容易。"菅主任坚定地说。

"谢谢！谢谢！"志坚听了菅主任的话，就像阴霾的天空出现了太阳的光芒。关键时刻，能看出人格的伟大，他深深地觉得菅主任是一位人民的好干部，知错能改，从心底里钦佩她，于是用充满感激的目光望着菅主任，连声感谢。

汤主任向国家技术监督局出具了云山牌茉莉花茶纠错的证明材料，菅主任签了字，盖了中国农产品检测中心的公章，交给了志坚。

“我代表我们全厂职工衷心感谢二位主任。”志坚紧紧地握着菅主任的手，久久没有松开——他万分感谢这位敢于担责的好领导：你证明了我们产品的清白啊！你为我们茶厂洗干净了一身啊！否则，黄泥巴掉在裤裆里，不是屎也是屎啊！你在我的心中就是一位敢担责、可敬可爱的巾帼英雄！

“不用谢，这是我们的失职。到了北京，你可以去找质监局瞿处长。”等志坚松开手后，菅主任告诉他。

“3·15”曝光一事，志坚以证据说话，拿到了农产品检测中心的纠错证明，取得了第一回合的胜利，心情好多了，底气更足了。他马不停蹄飞到了郑州。“3·15”错误曝光的假冒云山牌花茶是在郑州市金原大商场查到的，他要找这家商场索赔。志坚下飞机后便坐出租车直奔金原大商场。金原大商场是郑州市最大的国营商场，坐落在郑州市商业中心街道上，是一座十层的商业大厦，装修得富丽堂皇，商品琳琅满目，顾客络绎不绝，收银台前排着长长的队伍。

志坚见金原大商场如此之大，如此豪华，心中暗喜。“原来销售我厂假冒产品的单位还是一家这么大的国营商场，那就好吧！不担心你们赔我们不起了！我们的损失我不怕你不赔！”志坚在心里打着如意算盘。

他带着巨大的希望来到了五楼刘经理办公室，这是一个豪华、宽敞的大办公室。刘经理是一位中年妇女，一头乌黑的鬈发，戴一副精美的眼镜，正在办公桌前低头看文件。

“刘经理，您好！”志坚走进刘经理办公室，向刘经理礼貌地打招呼。

“请坐！”刘经理头也没抬，继续看她的文件。

“你有什么事吗？”约两分钟后，刘经理抬起头问。

“我厂云山牌100g特级花茶被电视台曝光为不合格产品，其实曝光的是假冒产品，是在你们商场抽检到的。”说完将检测中心的纠错文件递给她看。

“纠错是好事呀，这事与我商场关系不大。”刘经理伸了伸懒腰，漫不经心道。

“刘经理，我们茶厂是一个山区小茶厂，与近两百名职工和一千多户茶农利益连在一起。‘3·15’拿我们假冒产品曝光，是一个导弹炸在了我厂头上哩！我们的产品都下架了，工厂也停产了。这个假冒产品是从你们商场抽检的，你们当然要负主要责任呀，怎么说与你们关系不大呢？”

“我说与我们关系不大就是不大。你可以去找有关部门，我们没有责任同你们厂家谈什么谁负责的事！”刘经理态度越来越强硬，说完低着头又去看她的文件，一副爱理不理的样子。

“你们商场销售假冒产品，致使我们承受巨大的损失，你们有不可推卸的责任！怎么说与你们关系不大呢？”

“我同你讲不清，我不跟你讲了，我要办事去了。”刘经理拎起包站起来准备走。见此情况，志坚火冒三丈，心想你刘经理怎么能这样无理地对待我们呢，便向前一步扯住了刘经理的包，板着脸大声吼道：“刘经理，此事你不给我们一个满意的答复就不能走！”

刘经理把小包朝自己身边一扯，大声吼道：“你有意见，你可以去法院告我们！”说着，强行冲出了办公室。

志坚拿这个蛮横的女经理一点办法也没有，因为她是一个女人，如果是一个男人，志坚肯定会毫不犹豫地同他干起架来——你有一万个理由，你也不能去拉扯一个女人啊！“这样的商场，这样的经理，我从没见过。”志坚气愤地离开了金原大商场。不知到何处申冤，志坚憋着一肚子气回到了宾馆。此刻，他颓丧地坐在宾馆客房的沙发上，望着没有打开的电视机——他哪里还有心思看电视呢！原想在这家超大型国营商场索赔一笔可观的损失费，哪知希望犹如肥皂泡，被这个蛮横的女经理“你可以去法院告我们”灭没了。

“小刘，问你一个事啰。”志坚拨通了刘小明办公室的电话。

“你找我什么事嘞，黄厂长？”

“经过我与桐州农产品检测中心据理力争，以事实证明曝光的我厂的花茶产品确为假冒产品，检测中心出示了纠错证明。原来假冒产品是在郑州市金原大商场抽检的，我拿了证明文件到金原大商场找他们索赔，他们根本不理睬，傲慢得很。说要我去告。我问你啰，我可以告他们吗？”

“告他们冇什么意义哩！他们败诉了，最多也只赔一千块钱！法律有明确界定，凡是在不知情的情况下，贩卖假冒产品者，最多罚款一千元。”

“啊，原来法律上是这样规定的呀！”

“是的呢，你去告他们，什么意义也没有。”

“好，我知道了。”志坚挂断电话，瘫坐在沙发上，双手一摊，大声号叫起来：“贩假者最多只罚一千元，处罚太轻了呀！怪不得金原大商场女经理如此无动于衷，趾高气扬，爱理不理，公开叫我去告他们。怪不得贩假制假者这么猖獗，对贩假者处罚太轻了啊！你知道吗，创一个品牌有多么不容易啊！打开一个市场比登天还难啊！办企业有多难啊！产品质量差了无人要，质量好了，假冒的又来了。请人打假，又是烟又是酒，又是请吃饭，盘钱费米的，到头来，打了这里，有打得那里，根本解决不了问题！如果不是我们绞尽脑汁，想出自我防伪的办法，早就被他们害死了呢！企业产品的市场关系到工人、农民的切身利益哩！……”

志坚在客房里大声号叫，被服务员听见了。两个服务员慌慌张张地跑进来，关心地问：“同志，你哪里不舒服了？有人欺侮你吧？你有丢钱吧？如果你有困难，尽管告诉我们，看我们能否帮上忙？”

志坚知道自己失态了，连忙说：“对不起，对不起！有事，有事，谢谢你们！”服务员这才放心地走了。

志坚想：“你售假企业不能赔偿我们，那我就只能到国家技术监督局去讨公道去！再苦、再难也要去北京，就是上刀山、下火海，也得去，我不去谁去！经销商、厂里人都在等着我啊！”

第二天，志坚从郑州乘二次特快到达北京站，叫了一个的士，不到半小时，便来到了国家技术监督局，在四楼找到了质管处的门牌，走了进去。房间里一个头发生得特别上的黑脸膛的中年男士，正在写着什么。志坚估计这人应该是自己要找的瞿处长，便礼貌地说：“瞿处长，您好！”

听到有人叫，中年男士漫不经心地说：“请坐，你找我有什么事吗？”头也没抬，继续写着。

“我是湖南大塘茶厂的，‘3·15’你们曝光的我们的产品是假冒产品，我是来请求你们为我厂产品正名的。”志坚把桐州检测中心的纠错证明递给瞿处长，请求他在证明文件上签字盖章。

瞿处长这才停下笔，拿起志坚递给他的文件，看完后立即拨通了桐州检测中心汤主任的电话，质问道：“老汤，你怎么能给大塘茶厂出示这样的纠错证明呀？你真糊涂，你怎么这么糊涂！”瞿处长一脸的不高兴。

“经过我和营主任认真验证，确实是抽检了假冒产品哩。”志坚从电话中清楚地听见桐州那边委婉的回答。

“就是错了也不能出示证明呀！”板着脸的瞿处长又补充了一句。

“那他们会怎么样呢？”电话中传来胆怯的声音。

“他们拿了你们的纠错证明，要怎么样就可以怎么样！”砰的一声，瞿处长重重地把电话挂断了，拿起手提包对黄厂长说，“对不起，我要去参加一个会议。”

“你不能走！”没等志坚说完，他已上楼去了。

“你去开会，我就坐在这里等。一定要等到你回办公室。”

一个小时过去了，瞿处长拉长着脸回到办公室。待瞿处长坐下后，志坚忍气吞声道：“瞿处长，多年来我们被假冒产品害惨了。请工商局打假效果不佳，去年我们被迫采取自我防伪的办法，才有效地防止了假冒产品泛滥。造假者见山东没有了市场，于是把假冒我厂的产品从山东转到河南销售。这次桐州检测中心就是抽检了郑州市金原大商场的假冒产品曝的光。按法律程序应该得到我厂的确认再行检测，但桐州检测中心却没有得到我厂确认，就自行检测了商场产品得出不合格结论并在‘3·15’曝光了。问题好严重嘞！各地工商部门等都要求将我们的花茶下架，很多消费者不买我们的花茶了。它像一颗导弹炸在我厂头上，工厂会关门，近两百号员工会下岗，一千多户茶农生产的茶叶会滞销！您一定要帮帮我们啊！我们仅仅只要求您在纠错文件上签个字盖个章呀！”

瞿处长一言不发，仍低头看文件。

志坚只好捺着性子等着、忍着，看见瞿处长仍拒绝签字盖章，志坚把下午回长沙的飞机票递给瞿处长看，再次用恳求的口气说：“瞿处长，厂里事情很多，我下午的飞机。请你在证明材料上签个名、盖个章，分分钟的事，证明一下吧，我们好去销区同消费者解释。”志坚原以为到国家技术监督局签个字，盖个章，应该很快，所以买了下午回长沙的飞机票。冇晓得想简单了。

“这个字我不能签，章也不能随便盖。”瞿处长瓮声瓮气道。

听了瞿处长最后通牒般的回答，志坚明显感觉到自己的血在往头上奔涌，心跳加快了，手痒痒的，恨不得上前去扯住他的衣领。但他忍住了，强行压住心中的火气：“瞿处长，这个字，请求您签一签呀！”

“不能签，错了，就让它错了。我们必须要维护国家‘3·15’的权威，维护国家技术监督局的权威！”瞿处长发狠道。

听了瞿处长的最终表态，志坚终于忍不住了，他火冒三丈，拳头捏出了汗，两鼻孔直喷火。但他再次以巨大的抑制力控制住自己的怒火，言辞激烈地对瞿处长说："瞿处长，你知道吗？你们没有依法得到包装上标称的生产企业的确认就曝光，你们这是什么行为？你们这是渎职行为，违法行为！

骂他，有用吗？什么用也没有！挨了骂的瞿处长强行推开志坚的手，冲出了办公室。

志坚望着瞿处长远去的背影，"唉"的一声，发出了无可奈何的长叹——他不能拿着石头去打天啊！瞿处长已把话说死了。此时此刻，他似乎看到家乡上千双焦急的眼睛盯着自己，似乎在向自己哭诉——"黄厂长，我们都指望你啊！"

志坚脚步趔趄地走出瞿处长的办公室。下到一楼，站在前坪。他觉得自己坠入了万丈深渊，拼命地想抓住树枝和荆棘，却什么也没有抓住。他糊里糊涂，不知道该去哪里！眼前一切都是朦胧迷茫的。技术监督局大楼似乎倾斜了，不停地在旋转，物体也在旋转，连整个天空也在旋转！"我的天呀！"他喃喃道。

"你还是原来的黄志坚吗？你的合法权利就这样放弃吗？你不是说上刀山、下火海也要去吗？"——似乎有人向他大吼，顿时让他清醒了，心想："是的，决不能放弃。我要同你斗智斗勇！我要依法维权！我要拿起法律武器！你瞿处长不签，我去找你的上级。你的上级不签，我去找你上级的上级——我有权利、有责任，为企业、为农民讨回公道！你瞿处长不给我签，我去找你们司长！"志坚忐忑不安，不知道管瞿处长的这个司长是一个什么样的领导，如果也和处长一样的德行，那茶厂就死路一条了！开弓没有回头箭，司长就是比瞿处长更差劲的领导，他也要去较量一番。大不了，闹到法庭去！志坚做出了最坏的打算。他健步来到了六楼，找到了质监司司长的办公室："司长，您好！"志坚客气地向司长打招呼。

"您请坐，我姓马。"马司长亲自倒了一杯水递给志坚。红光满面的马司长一脸的笑，见志坚来了，又是叫坐，又是倒水，慈祥得像父亲。

"司长倒水，不敢，不敢！"志坚有礼貌地站起来，接过司长的凉开水，心想：看样子，这位领导完全不是瞿处长的德行。他心生敬意。

"你是哪省的，贵姓呀？"还没等志坚开口，马司长和蔼可亲地问。

"我是湖南的，姓黄。"

"啊，毛主席家乡来的客人，欢迎欢迎！你有什么事吗？"

"司长，对不起，有一个急事要麻烦您了。"志坚恭敬地对马司长说，内心充满了温暖的亲切感。

“什么事，你只管说。”

“是这样的，今年中央台‘3·15’曝光的不合格产品中，有一款叫云山牌的100克特级花茶，是我厂的商标。但它是一个假冒产品。检测前没有依法得到我厂确认。我厂产品有自己的防伪暗记，桐州检测中心经过反复鉴定确认曝光的产品是假冒产品，并为我们出示了纠错证明，特来贵局请你们签字盖章，瞿处长不同意。瞿处长还说错了就让它错了，因此只好来麻烦您了，不好意思。”说完，将检测中心的纠错证明递给马司长看。

“啊，这事不小！”马司长看完纠错证明后说，眉头紧锁。

“是的，马司长，现在，我厂茶叶在山东、山西、河北、陕西都被相关部门通知下架了，有的消费者也不买了，经销商闹着要退货。如果不解决，工厂要关门，近两百号职工要下岗，一千多户茶农生产的茶叶会卖不出去，这好比是一个导弹炸到了我厂头上啊！请司长救救我们！请求贵局签个字，盖个章，在《经济日报》上登报声明好吗？”志坚继续诉说、恳求。

马司长听得很认真，神色凝重：“这真是一颗导弹！”

“小瞿，你上来一下。”马司长拨通了瞿处长电话。

不一会儿瞿处长上来了，见志坚坐在司长办公室，心里一惊：“司长，您有事吩咐我呀？”

“桐州检测中心给大塘茶厂‘3·15’曝光的花茶产品纠错证明一事，你要马上批示好，盖上章，让他们回去好向市场有个说法。不然的话，这个农民办的小茶厂会完蛋的，至于登报声明一事今后再说吧！”马司长很严肃地向瞿处长交办了。

“司长，我们签字行吗？”瞿处长小声地反问马司长。

“怎么不行呢！这完全是桐州检测中心失职造成的呀！到时，要追责就处分我吧！”马司长态度十分坚定。

听到马司长“要追责就处分我”这句话，志坚深深地感动了，深深地向马司长鞠了一躬，连说了三声：“谢谢！谢谢！谢谢您！”他的眼睛湿润了。

“不用谢，我们错了，我们有责任。”马司长握着志坚的手坦坦荡荡道。

瞿处长完全没有料到这个小小茶厂的农民还有这么大的胆量，竟敢找司长来了，他虽然窝着一肚子气，但司长发了话，只能服从。他带志坚来到他的办公室，把字签了。

四月的北京，天空蔚蓝，街道上绿树成荫，环线上、立交桥上车流如织。志坚如释重负，坐在的士上，目不转睛地欣赏着北京的美景。脸上带着胜利者的微笑，直奔北京火车站。

第二天，志坚回到了茶厂。尹厚友和小刘、老张、老周等十几个干部职工簇拥着志坚来到办公室。

“几天冇看见，黄厂长瘦了呢！”刘小明泡了一杯茶送到志坚手上，眼睛望着志坚，像不认得他一样。

“瘦是瘦了点，冇事吧，摆平了吧？”尹厚友问。

“什么摆平了，又不是什么纠纷事，完全是桐州检测中心渎职造成的，好在我们有自我防伪技术，据理力争，又有菅主任、马司长两个正直的领导，检测中心为我们出具了纠错证明书，国家技术监督局签了字、盖了章，取得了暂时的胜利。”

“那就好，我们全厂人都好担心哩！大家都佩服你有胆量，之前有家茶叶公司就是因为错误曝光了他们的产品，当年就垮掉了！黄厂长，我提醒你，要防止同行炒作这件事嘞！建议马上发函到相关茶厂，防止他们恶意炒作。”

“是的哩，小刘说的一点没错！是个很好的建议，很有预见性。”志坚对小刘说，“这里有一份证明文件，你叫小蔡收好存档，并复印三百份，分别用挂号信寄到星沙、长潭等茶厂，他们是我们的竞争对手，防止他们借机恶意炒作。另外向全国我们所有的经销商都寄一份去，好让他们向消费者解释。山东、河北、山西、河南等省市的相关部门也要寄一份去，防止他们再次下架我厂的产品。”

经过志坚据理力争，“3・15”曝光一事终于得以成功纠错，防止了茶厂的倒闭，茶厂职工和茶农奔走相告，像过春节一样高兴。志坚也大大松了一口气，回到家准备好好休息一天。他哪里知道，忙完了厂里的麻烦事，家里的麻烦事来了。

女儿没有考上中专，说要出去打工。应贤十分着急，怎能让女儿独自去打工呢！她从来没有离开过父母身边，无论如何也不能让她出去打工啊！为此，应贤急得吃不好、睡不好，只盼着丈夫回来。

“雅妹子天天闷闷不乐，还偷偷地叹气。她今天同我说，准备到广东去打工，行李都准备好了。我们无论如何不能让她去打工啊，我们就这么个宝贝女儿。”晚上，应贤对丈夫说。

“你怕我不急呀！半年前我就为她着急哩！只怪得我们儿女们不争气，没一个书读得好的。也只怪我管教得不严，教育不到位，一心忙工作去了。”

快晚上十二点了，志坚还是睡不着，翻来覆去着急着女儿工作的事。他无法责怪女儿没有考上中专，从小学到初中自己从来没有辅导过女儿，全部精力都用到集体的事上去了，现在后悔也来不及了。现在女儿要出去打工，无论如何不能同意。自己一定要尽做父亲的责任，必须为女儿找一份像样的工作，自己当支书、办茶厂不就是想儿女们有个像样的工作吗？他决定去找县委陈书记，就是挨批评，就是陈书记不答应安排女儿的工作，也要去！

第二天，志坚打印了一份请求县委安排女儿工作的报告，来到县委陈书记的办公室："陈书记，您好！"

“啊，黄厂长来了，稀客，稀客，快坐。”

“今天怎么有空来我办公室呀？你从没来过。”陈书记放下文件客气地问道。

“是这样的，有件私事要麻烦书记了，真不好意思开口。”志坚试探着说。

“有什么事，你只管说。”

“我女儿没有考上中专，她要外出打工，我不放心。能否麻烦您安排她一个工作，我本不能也不想向组织开口，实在是没办法啊！”

“黄厂长，你为我县乡镇企业发展作出了重要贡献。为我县争得了许多名誉，特别是为地方经济发展作出了积极贡献。你安排了这么多农村孩子到茶厂上班，县委县政府安排你的子女工作也是应该的。县政府决定招收一批事业编工作人员，但是必须统一考试，我只能给你一个名额，到县劳动局参加统一考试。”

志坚听了，十分高兴，冇想到陈书记会如此爽快地答应安排一个考试名额给自己的女儿。他紧紧地握着陈书记的手："那就太谢谢您了。"

“不用谢。”

志坚回到家里，来到女儿的房间，女儿正在看小说。见父亲来了连忙打招呼："爸爸，你回来了呀！"说完紧紧挨着志坚坐在沙发上。

志坚轻轻地摸着女儿的头："雅雅，你在看什么书呀？"

“路遥的《人生》。”

“哦，告诉你一个好消息，我找了县委陈书记，陈书记说县里准备招聘一批事业编的机关工作人员，给了你一个名额，下星期你去参加考试，先准备一下。”

“谢谢爸爸，谢谢爸爸！”女儿眉开眼笑，流出了欢喜的热泪，双手挽着父亲一只手，使劲地摇着。

经过考试，女儿被安排到县劳动局办公室工作。志坚的心病总算消除了。

志坚的心病消除了，可谁知道，厂里的麻烦事又来了。

第二十四章

江南的四月，正是雨季，经常是闪电、雷声、豪雨一齐上阵。今天却有一些特殊，只有耀眼的闪电和震耳欲聋的炸雷，雨却一直没有降下来。人们都关严了门窗，躲在家里不敢外出。

“黄厂长，有个天大的事向您反映。”周飞贤焦急地打电话给志坚。

“什么情况，你说。”

“星沙茶厂在北京召开订货会，将登有我厂被‘3·15’曝光的云山牌花茶不合格的消息的报纸，大量散发给全国代理商，并造谣说大塘茶厂被封了。还扬言要到山东开订货会，把我们云山牌花茶往死里整，赶出山东市场。消息传到销区，代理商纷纷打电话来问我是不是属实，他们非常担忧。情况危急，你看怎么办？”

“你大声再说一次啰，打大雷，我没有听清楚。”

电话那头周飞贤便又大声地重新说了一次。

“这事不出我们所料。我马上开会研究对策。你要同张经理和代理商们打招呼，公司正在采取对策，叫他们不要惊慌，要稳住阵脚！”

大塘茶厂办公室灯火通明，黄志坚召集刘小明、尹厚友和部分驻外省销售员召开会议，研究处理同行恶意炒作的问题。在听了大家的意见后，志坚清了清嗓子道：“我们这些从泥沟里爬出来的农民，在血雨腥风的商业世界打出的市场、打出的品牌多么不容易，决不能丢掉，要再上刀山，再闯火海。刚才听了大家的意见，觉得都有点道理，我现在把后段工作布置如下：

“一、同志们火速赶回各自市场，召开销售代理商紧急会议，传达和散发桐州检测中心和国家技术监督局签发的纠错证明文件，并告诉代理商，我厂已派人第二次去北京。请各代理商一不要惊慌，二要向顾客多做解释工作。

“二、以茶厂名义向星沙茶厂、长潭等茶厂去函，说明真实情况，明确提示他们不能再借机恶意炒作。对恶意炒作行为，我厂保留起诉的权利，此事由办公室蔡主任和小刘共同负责。

“三、厂内工作由尹厚友负总责。我明天再去北京争取国家技术监督局为‘3·15’错误曝光我厂产品登报正名。

“四、我厂是绿色食品标志企业，我准备与中国绿色食品发展中心取得联系，争取中心的支持。

“另外，田少德去湖湘包装厂订购两百万只铝箔包装袋，二十天交货，按样品严格验收。”

散会后，刘小明对黄厂长说：“你瘦了，知道吗？又要去北京了，这次更难了，让我陪你去，可以帮你去辩理，还可以帮你去请律师，甚至去法院打官司。我同去，只会对你的工作有帮助，莫听不进意见啰，好吗？”

志坚没有抬头，说：“产品质量很重要，你在厂里把好技术关，就是帮了我，知道吗？”

刘小明见志坚又一次拒绝，急了，连忙走到志坚身边，一只手大胆地抓着志坚右肩轻轻地摇了摇，细声道：“黄厂长，你就让我同你去吧！第二次去北京，难度肯定会更大。只怕要打官司哩！这么大的事，厂里能帮得上你的，只有我。我同你又冇什么，怕什么怕啰！光明正大的！批准我去啰，好吧？品牌倒了，一切就完蛋了，你知道吗？”

“我知道你是一片好意，这个事还冇平息下来，不要人为地又生出一个新的风波来。”

“么哩时代了，还这么封建！”刘小明又一次不高兴地走了。

第三天，志坚飞到了北京。再次去国家技术监督局要求进一步正名可能比前一次更难。志坚觉得没有把握，估计要靠绿色食品发展中心的张主任支持，才有可能彻底解决问题。但他又转念一想，如果张主任不在呢？如果他抽不出时间呢？如果他不愿意帮忙呢？想到这里，志坚心慌起来。事到如今，只能去碰碰运气。于是，他坐的士来到了国家绿色食品发展中心：“张处长，您好！好久不见了！”

英俊潇洒、脸上一对酒窝的张处长见老朋友来了，连忙站起来：“黄厂长，什么风把你吹来北京了？”伸出手同志坚热情地握手。坐下后，张处长关切地问志坚：“你好像瘦了一点呀！”

“瘦了吗，可能是受了一些急吧。”

“什么事让你这么急呀？”张处长惊问。

“哎呀，说起来话长。今年‘3·15’错误曝光了我厂云山牌花茶为不合格产品，影响很大，市场上茶叶都下架了。这是根本不可能的事呀！我们的茶叶都是经过绿色食品认证的，还有自我防伪的暗记。3月18日我飞到桐州国家检测中心，将我们的正品与抽检产品一一对照，在铁的事实面前，检测中心承认他们抽检了假冒产品，给我们出示了纠错的证明文件，国家技术监督局也签了字，盖了章，但却拒绝登报声明。没有想到的是我们的竞争对手星沙茶厂拿着‘3·15’曝光不合格茶叶产品的报纸，在他们的订货会上恶意炒作，说我们云山牌花茶农残超标，是不合格产品，国家曝光了，还造谣说茶厂都查封了等等，对我们产品的信誉影响很大，很多经销商纷纷要求退货。无奈之下我只好二上北京，要求国家技术监督局登报，为我厂产品恢复名誉。但是，我十分担心技术监督局不会同意我们的要求，特来中心请求帮助支持！”说完，志坚把纠错证明文件递给张处长看。

张处长生气道：“竟有这样的事，岂有此理！办企业，搞出个品牌产品多么不容易呀！你们是我们中心多年来最好的绿色食品认证的企业之一，我们有责任帮你们！国家技术监督局如果不为你们正名，对我中心绿色食品标志的权威也会带来负面影响。走，我同你去技术监督局帮你们讨回公道！”

“那就太好了，太谢谢您了。”

志坚同张处长来到国家技术监督局丁副局长办公室。这是一间宽大的办公室，正面墙上挂着“公平、公正”四个大字。一头白发的丁副局长正在文件柜中翻找资料。丁副局长见来了客人也马上回座，开口道：“二位找我有什么事吗？”

张处长把名片递到丁副局长手上：“局长，您好，我是中国绿色食品发展中心主任小张。”并伸出手同丁副局长握手。丁副局长接过名片，一边握手一边说：“张处长，您好！”

“丁局长，您好，我是大塘茶厂老黄。”志坚自我介绍后，将同行恶意炒作一事向丁副局长作了汇报。最后说：“我厂有倒闭危险。我们再次来贵局，请贵局帮忙救火呀！”

丁副局长漫不经心地说：“我们不是给你们发了纠错文件吗？”

“发是发了，社会影响并没有消除！由于没有登报声明，给了竞争对手恶意炒作的机会！经销商和消费者对他们的炒作深信不疑。”志坚焦急地补充道。

“那我们也尽力了呀！”丁副局长委婉地拒绝了。

志坚忍不住了，言辞激烈地说：“丁局长，你们应该明白，一个几千万产值的企业，关系到上千户茶农和两百号员工，绝不是什么小事，我们的要求并不高，我们只是要求你们登报正名，我们恳求你们去救火。事到如今，你们依然不答应我们这一小小要求。当然你们有你们的考量。可是，我要告诉你们，法律也赋予了我们权利，我们将依法起诉你们！丁局长，告诉你，到时候我们将会拿起法律武器维护我们的合法权益！”

丁副局长陷入了沉思。

一直在一边静静听着志坚与丁副局长对话的张处长，见丁副局长不冷不热的态度，生气了，站起来严肃地说：“丁副局长，这个湖南大塘茶厂是我中心多年来绿色食品做得最好的茶叶企业之一。你们拿着假冒他们的产品没有按法律程序经过他们确认，却在中央电视台曝光，还登了权威报纸，涉嫌侵害企业权益，这完全是贵局的责任，有渎职之嫌，云山牌花茶包装上印有绿色食品标志，我们有权利和责任维护我中心绿色食品的权威。因此，我们强烈要求贵局为我们认证的绿色食品企业正名！”张处长紧紧盯着丁副处长。

丁副局长考虑到同是国家职能部门负责人，怕伤了和气，以商量的口气对张处长说：“张处长，正是我们认识到这次错误的严重性，才给他们出具文件予以纠正。我局从来没有这么做过呢！”

张处长见丁副局长依然没有为大塘茶厂解决问题的打算，一改温和的态度，言辞激烈地说：“丁局长，你们的错误曝光如同一个导弹炸在大塘茶厂的头上，足以摧垮一个好好的企业，同时也严重伤害了国家绿色食品的权威。你们如果不能为大塘茶厂恢复产品名誉，国家绿办将带七个报社记者来报道这个事件，一为大塘茶厂正名，二为维护国家绿色食品的权威。”张处长傲然地坐在丁副局长对面，一双大眼紧盯着丁副局长，在等待他的答复。

这几句有分量的话好像触动了丁副局长。他捋了捋头发，像在琢磨着什么，不一会儿拿起了电话：“局长，有这么个情况，湖南大塘茶厂厂长又来上访了，该企业是国家绿色食品企业，绿色食品发展中心的领导也来了。大塘茶厂声称他们被同行恶意炒作，工厂开不下去了。要求我们为他们登报正名，进一步恢复他们企业产品的信誉。你看如何办好？”

丁副局长打完电话，马上吩咐秘书：“小李，你通知邹副局长和宣传司司长马上来会议室开会。”

参会人员到齐了。丁副局长严肃道：“现在开会。今年‘3·15’曝光了大塘茶厂云山牌特级花茶产品因农残超标为不合格产品，后经查证，确为一款假冒产品。曝光后对大塘茶厂市场带来较大冲击。现在又因同行恶意炒作致使大塘茶厂面临倒闭的风险。该企业再次来我局反映情况，请求我局帮助，恢复产品市场信誉。经请示局长，同意作出下列决定：一、明天在《经济日报》上发文，宣布大塘茶厂云山牌特级花茶为合格产品，‘3·15’曝光的产品为假冒产品；二、由市场监管司牵头组织人员赴山东、河北、陕西、山西等省市工商部门，为大塘茶厂产品正名，不得下架其产品；三、责成河南省工商局对郑州市金原大商场贩卖假冒商品进行处罚；四、给予桐州农产品检测中心摘牌停业整顿一年的处分。”

听了丁副局长的四点意见，志坚立即站起身来，伸出双手同丁副局长握手，热情地说：“我代表我厂全体员工向贵局领导表示衷心的感谢！”

“丁局长，我代表中心也感谢你们。你们这样做不仅保护了企业，也是对国家绿色食品事业的支持。”

“不用谢，这是我们应该做的，我们工作中的失误造成了你们的损失，我们深表遗憾和歉意，并请求原谅。”丁副局长的态度来了一百八十度转弯。

“谢谢丁局长！谢谢你们！”志坚再次致谢后同丁副局长等挥手告别，离开了技术监督局。来到大门外时，张处长面露胜利的微笑，紧紧握着志坚的手：“黄厂长，我们胜利了！”

“这次的胜利，完全搭帮您。如果不是您实事求是的言辞，据理力争的雄辩，用发动报社记者来报道施压，我们大塘茶厂就会永远翻不了身啊！要好好感谢您这个活菩萨嘞！”

“帮扶绿色食品企业是我们分内的事，我知道你很忙，我就不留你了。”

“那不行，你不能走，最少要请你吃个饭。”

“饭就不吃了，我还有事忙！”

“那怎么行呢！”说完，志坚掏出一个红包塞到张处长口袋里。

“老黄，你这是干什么！不行，坚决不行。”张处长掏出红包退还给志坚，说声“再见”走了。

“谢谢，你真理解下面的同志，那我就不送你了。”志坚恭敬地目送张处长，一直到张处长的小车消失在车流中。志坚深深知道如果不是张处长，可能不会有这么圆满的结果。“这才是真正的好干部，一支烟也没抽，一顿饭也没吃，我心里有愧啊！张处长，好样的！”志坚在心里说。

志坚叫了一台出租车，上车后对司机说：“请你把我送到北京火车站啰。”说完，头靠座位，望着车窗外栋栋后退的高楼慢慢地睡着了。到了北京车站，司机叫：“同志，到了，请下车。”

志坚还在睡，没有听见。司机见他还在熟睡中，便离开座位，打开后门，用手推志坚说：“同志，请您下车。”

志坚这才醒来，不好意思道：“对不起，我睡沉了。”付了款，说声“谢谢”下了车。他实在是太累了啊！

从报上得知国家技术监督局为云山花茶正了名，尹厚友决定要好好迎接志坚这个大功臣，吩咐道：“厂长回来了，快点燃鞭炮迎接。”两个工人不由分说把一个用鲜花扎的花环戴在志坚颈上，鞭炮声、掌声、欢呼声响成一片。

“开什么玩笑，谁叫你们搞的？”志坚笑着问道。

“尹厂长安排的。”

“他尽出馊主意。”

刘小明和女职工看着戴花环的志坚，笑弯了腰，人群里有人高喊：“厂长辛苦了！厂长辛苦了！”

听说志坚第二次从北京归来，取得了胜利，县质监局的刘局长特地来大塘茶厂看望他。

“刘局长，您好！稀客，稀客！”刘局长刚下车，志坚快步向前，紧紧握着刘局长手。

刘局长重重地在志坚的肩膀上拍了一下，跷起大拇指对志坚说：“祝贺你！你打了个漂亮仗，了不起！”

“哪里、哪里，快进办公室喝茶去。”志坚挽着好朋友的手进了办公室。递过一杯茶给刘局长后，志坚动情地说：“老朋友呀，当时如果不是你及时告诉我‘3·15’曝光的事，我还蒙在鼓里哩！”

“我当时看了电视，你们的产品上了黑名单时，我急得不得了！”

志坚又往刘局长茶杯里加了水，继续道：“刘局长呀，搞品牌，办企业，太难了啊！企业打响一个品牌，打开一片市场多么不容易啊，像修万里长城一样。但垮掉一个企业，毁掉一个品牌，不费吹灰之力，像地震一样，几分钟、几小时就没了。假冒产品是正宗产品的大敌哩！请人打假，打了这里，冇打得那里，弄得不好，品牌产品就被假冒产品坑死了。我们这次‘3·15’的事件就是两个原因造成的：一是农产品检测中心个别执法人员渎职；二是主管部门对制假贩假，侵犯知识产权的行为过于宽待，制假贩假人员的犯罪成本太低，让制假者无所畏惧。他们像打游击一样，这里不行去那里，因此，假冒产品像野草一样，野火烧不尽，春风吹又生！如果不能制定严格的侵犯知识产权的法律法规，假冒产品只会像野火一样烧到21世纪去哩！”

“你说的一点冇错哩！比喻打得很好，道理讲得很透彻，很深刻哩！你看你这次跑桐州，去郑州，上北京，一次，二次，吃了好多亏啰！如果不是你们有自我防伪措施，不是你的那种狠劲和斗劲，一个好好的企业就会垮在假冒产品上，垮在监管部门渎职失职人员的手里哩！如果监管部门严格一点，不但对制假贩假的严，对监管部门工作人员、负责人更严，如果我们的法律让制假者、贩假者倾家荡产，让监管部门渎职的负责人下岗，你们企业的遭遇就完全可以避免啊！”

“我们是连遭三次打击！一是市场遭到假冒产品的打击；二是因监管部门个别人渎职致使错误曝光的打击；三是遭到同行恶意炒作的打击。我是遍体鳞伤啊！好在我们有自我防伪的措施，不然的话，我们就冤沉大海哩！”

“哎，我作为基层质监局工作人员，也和你的心情是一样的哩！不知什么时候我国市场的天空才会晴空万里，不被乌云遮盖！你们这个典型的案例，我准备写一个材料，一级一级反映上去。”刘局长深深地叹着气。

刘局长的话，让志坚受到了很大的震动，他很有同感，似乎在思考着什么。沉默了一阵，缓缓地说：“刘局长哩，品牌是共和国的肌体哩！假冒产品和部分执法工作人员枉法、渎职，不敢担责是病毒哩！如果不能彻底铲除和消灭这些病毒，共和国的肌体就有被侵害、被腐烂的危险哩！”

刘局长听了志坚这一席话，很受启发，赞同道：“你说得太对了，共和国的肌体会被这些病毒侵害和腐蚀呢！”又说：“好人半自苦中来，受苦也是福，是成功的资本。你之所以不简单，是因为你经受了太多的磨难。你的成功与光辉是别人看见的，苦难和挫折是自己忍受的！所有的经历和苦难，没有把你打倒，反而成就了你以及你的事业。”

“刘局长，你说的我打收条，办企业难呀，太难了！”

第二十五章

“黄厂长，请你来乡里一下，县委陈书记找你有事。”乡里邹秘书打来电话。

“啊，知道了。”志坚一边走，一边想：县委陈书记找我有什么事啊？是不是又有外县人来参观茶厂？

“黄厂长，要吃你喜糖呀，有喜事哩！”乡党委李书记站在大门口，笑容满面。

“陈书记，您好！”志坚快步来到陈书记面前握手打招呼。

大高个子、红光满面的陈书记等志坚坐下来，说：“老黄，县委常委一致认为你多年来为湘江县乡镇企业发展，为大塘茶厂的创办、巩固，安排农村剩余劳动力，促进地方经济发展等方面作出了突出贡献。为了褒扬乡镇企业家，县委常委决定任命你为大塘乡党委副书记，转为正科级国家干部，仍兼任大塘茶厂书记和厂长职务。县委希望你继续努力，戒骄戒躁，把大塘茶厂办成全省甚至全国一流茶厂！这是任命书。”陈书记说完把任命书交到志坚手上。

“谢谢陈书记，非常感谢县委的关心，我没有做出什么贡献，做了一点小事，也是乡党委乡政府大力支持的结果。今后我一定在乡党委领导下把大塘茶厂办得更好，来报答县委对我的关心。”志坚对陈书记说了一些客气的话，也是他的真心话。儿女都顺利找到了稳定的工作，现在自己又当上了国家干部，再无后顾之忧了，没有理由不好好干。就是一棵草，也要报答大地的养育之恩，报答阳光雨露的滋润。

“好的，县委相信你！”

李书记送走陈书记后紧紧握着志坚的手：“黄厂长，祝贺你荣任乡党委副书记，从现在起我要改口了，要叫你黄书记了。”

“哎呀，人贵有自知之明，我永远只是一个企业厂长，甚至可以说是一个茶农，这是县委为了鼓励搞乡镇企业，奖励我一个干部的头衔。你放心，我还是原来的我，我不会飘飘然，我还是会一心一意办好茶厂。”

“行，办好茶厂，也是为乡里经济工作作贡献。”

“谢谢乡党委！谢谢您，谢谢！”志坚再次致谢后拿着任命书回到了厂里。

今天他要放松一下自己，把在省城里为父母买的礼物和为妻子买的高级羊绒大衣送回去。志坚回到家，一进门便笑嘻嘻地来到一楼父母的卧室：“爸爸，娘，二老好吧，我回来了。”

“志大爷回来了呀。”头发已变白的娘早已改口，不再喊志伢子了。

“回来了。这是我在省里为你们二老买的东西：有皮棉袄、皮棉鞋，老人家冬天穿暖和一点。这是北京特有的果脯，好吃，松软，适合你们吃。这是东北人参，泡水喝，补补身子。”

“莫浪费钱啰！挣钱不容易，只要你们都好，做父母的不要你买东西。”

“你们二老放心啰，你们为我辛苦了一辈子，现在吃一点穿一点也是应该的。这点钱我花得起。奇奇、雅雅都有了工作，我也转为了国家干部，今后还有退休金，无后顾之忧了。你们健健康康，就是做儿女的福气。”

志坚提着袋子上了二楼。妻子正在晾衣服，见丈夫回来了，没好气地说：“你还记得回来呀。再不回来，我准备去寻你呢！”

“莫生气啰！我给你买了好东西啦。”

“又是买东西，我不要，我只要你多休息几天。”

“这是新款的羊绒大衣，八百多块钱一件哩。来，试试看看。”

“又买这样贵的东西，不记得拿废纸兑盐吃的日子了？”

“你为这个家辛苦了，改革开放日子过好了，你也应该穿好一点。”

妻子口里讲不要，心里却十分高兴。老公每次出差都想着为她买东西，她心里感到甜滋滋的。心想，自己的老公心里还是装着自己。“嘿，美女穿时装，有点像明星呢。”志坚把羊绒大衣披在妻子身上，眼前一亮，觉得妻子真有一点明星风度。

晚上，志坚把自己正式转为国家干部并被任命为乡党委副书记一事告诉了妻子。应贤依偎在志坚的胸前，没说一句话，眼睛却湿润了。“你怎么不高兴呀？高兴才对呀！”志坚疑惑地问妻子。

“我想起你这一辈子，我就想哭。你为了家，为了子女，一心想出去当老师，当干部。遭了好多罪，吃了好多苦，受了好多的挫折，我背着你哭都哭伤了。今天你虽然如愿以偿，当上了国家干部，子女有了工作，家也搬到县城来了，但不知为什么，一想起你过去受的苦，我就止不住流泪。”

“蠢宝婆娘，现在这么好，天天笑才是，怎么哭嘞！”

“好是好了，我还有两个担心！你总是没日没夜地工作，我担心会累出什么病来。”

还没等杜应贤说完，志坚打断了妻子的话：“还有一个担心我知道，你是担心年迈的父母会有什么病。”

“你猜错了，父母现在身体好着呢。只担心你花心，现在社会上有钱的男人不少离婚的。你如果变心了，我就要拿刀杀了你！”应贤认真地道。

“蠢宝堂客，你这是瞎担心，我和你是患难中建立起来的真感情，是弥足珍贵的感情，你放一万个心啰。你为我们这个家苦了半辈子，我要好好地感谢你，好好地爱你，我对你永生永世不会变心！”

可能是被丈夫这几句话深深打动了，应贤转过脸，把头歪在丈夫胸前，道：“这才是我的好老公，但我还是不放心。我还会盯着你的，你可要小心啊！被我抓到了，到时我可不会饶你啊！我现在就把话说在前面！”

应贤一直以来对志坚不放心，生怕他花心。茶厂里妹子多，丈夫长得帅，逗人喜欢，企业办得红红火火。她经常暗暗打听消息，看有没有关于丈夫的“风流事”。尤其是上次还去约会了初中女同学，更是让她不放心。加上最近一个玩得好的闺蜜，当乡干部的老公同一个年轻女干部好上了，跟自己的妻子离了，同年轻女干部结了婚。应贤更是担心起来，生怕老公也会像那个乡干部一样变心。她只能时不时敲打一下丈夫，暗地里盯着他。

白曼丽匆匆收拾了一番，背着一个小挎包，打着花布伞来到了汽车站。这是她第三次来汽车站，准备搭乘汽车去找老同学黄志坚。前两次汽车进了站，准备上车，又打了回转——她有个急事要找他，又怕麻烦他，还怕他因种种原因无法答应她的请求，怕他左右为难。她犹豫，因此，两次来到汽车站都打转没去。今天她下了决心，一定要去找老同学，就是老同学不答应，白跑一趟也要去。

白曼丽终于来到了大塘茶厂。经打听，来到了志坚办公室门口。门敞开着，志坚见老同学来了，满脸堆笑，惊奇地大声道：“白曼丽，你来了呀！是什么风把你吹来的啰！稀客，稀客，快进来坐，进来坐！”说完走几步，把白曼丽迎进了房间。“好久不见，你还好吧？老李都好吗？”志坚瞪着大眼睛望着白曼丽，像不认得她一样，笑得露出了满口白牙。

“你望着我干什么呀？不认得我呀？来，好久不见，握个手吧！”站得笔挺的白曼丽笑着把手伸向志坚。两人的手紧紧握着，面对面笑着，两双含情脉脉的眼睛对视着，交流着，足足有三十秒。然后，白曼丽低下头，眼泪双流，接着又小声地哭了起来。白曼丽这一哭，吓坏了志坚，连忙问：“什么事让你这么伤心，好好说呀！”

白曼丽这才慢慢止住了哭，说：“无事不登三宝殿，有事来麻烦老同学了！”

“不麻烦，不急。先喝茶。”志坚说完，从茶叶罐里倒出毛尖花茶，放在白瓷缸里，冲上开水，送到白曼丽座位边的茶几上，“喝我们的毛尖花茶啰。”

白曼丽喝了几口茶，把茶杯放在茶几上，微笑着问志坚：“你很忙吧？冇影响你的工作吧？”

“冇事，冇事，天大的事也没有陪老同学重要！你真有事要找我呀？你说，什么事？”

志坚话音刚落，白曼丽再次哽咽起来，满脸通红，泪水布满了双眼。她连忙从茶几上扯了几张纸擦着泪，好久没有说话——此时的她已说不出话了。

白曼丽的伤心痛哭，弄得志坚不知所措，也不知道如何安慰她才好。心想，是不是她家里出现了重大变故？想给她揩去泪水，又觉得不妥当，站起来，又坐下，干瞪着眼望着她，问：“是什么事，叫你这么伤心？”

过了几分钟，白曼丽才停止了哭泣，理了理头发，扬起头带着笑对志坚道：“对不起，我失态了，好在是在老同学面前。”

“不急、不急，你慢慢说。”志坚的心差点蹦到嗓子眼了。

“事倒没什么大事，就是几个月前茶场改制了，说好听点是改制，实际是解散了。所有职工都下了岗，自谋职业。”

“还发工资吗？”

“工资都停发了。”

“每人补助了多少钱？”

“没有钱补助，职工每人拿五千块钱买断工龄，国家帮职工买社保，女五十五岁、男六十岁以后领退休金。凡公司内部职工愿意承包茶山，按每年每亩交五百元现金，签订合同后预付百分之三十的承包金。”

“啊！”志坚再没问了，在想着什么。过一会儿，志坚问白曼丽：“老李想得开吗？下岗了，他准备去干什么？”

“就是因为他，我才来找你的嘞！我本不想麻烦你，两次走到汽车站又打转回去了，想来想去还是没有办法，只好来找你了。”

“老李怎么啦？”

“你快莫说，他无法接受下岗这个事实，情绪极度消沉，天天喝酒，一句话也不说，问他也不回话。整天唉声叹气，晚上觉也睡不好，场里面号召包茶园，他不敢承包，怕冇销路，亏本。看到他这个样子，我好怕哩！时间久了，怕他得抑郁症呢！”

“啊！原来是这样。”志坚听了，感到问题严重，但又不知自己能否帮上她的忙。他再次沉默起来。白曼丽见志坚犯难的样子，便试探着问：“我想让老李找人合伙承包一点茶园，租一个加工车间，把茶叶销给你们，又怕为难你。我今天是为这事硬着头皮来找你的。”说完望着志坚，看他脸上是否有为难之色。

志坚依然没有说话。

“黄志坚，如果你觉得有难处，就算了，我知道大塘茶厂不是你私人的茶厂。”

“不为难，我在想要如何帮你们才好。”听了志坚这句话，白曼丽红苹果脸上绽放出一丝丝微笑，端起茶连喝了几口。

志坚往白曼丽茶杯里又倒了水，放下热水瓶做白曼丽的思想工作：“老同学，国有企业改革是国家的大政策，改革是有阵痛的，这很正常，你们要积极面对，积极参与改革。我有两点建议：一是要老李找一个年轻的、为人诚实的人租一百亩左右茶园和一个加工车间，可以与我厂签订合同，但是必须把茶叶做好，而且我们只收春茶，夏秋茶你们自己找销路，我也可以帮你们找。我们是集体茶厂，和你们国营茶场差不多，是孪生兄弟，也有垮的可能。一旦垮了，会比你们更惨，你们还有社保，我们将一无所有。因此你们不能把鸡蛋放在一个篮子里，我建议你们两个人出来一个干个体，我借给你五万块钱。我老弟早两年也下岗了，我叫他开了个茶叶店，他现在每年挣的钱是他原来上班的四倍还多。我建议你们也可以考虑在你们县城开个茶叶店，经销我们的茶叶。”

听了志坚的劝解和建议，白曼丽笑了，说：“太感谢你了，太感谢你了，真不好意思。我好后悔呢！好羡慕你们哩！原以为在国有企业上班，就进了保险柜，旱涝保收，一辈子无忧，哪知铁饭碗变成了破饭碗。”

“莫后悔，冇吃亏，今后退了休还有退休金，还有医保，比我们厂里职工好多了，他们是泥巴饭碗，茶厂一旦垮了，就什么也没有了。不要讲这些了，我们是同学情，同学情也是兄弟姐妹情，我劝你们要想得透，吃了半辈子国家饭，轻轻松松半辈子了，我哩老杜比你辛苦多了。”

“她多好呀！有你保护她，她可以不操半点心，我要是她就好啦！”白曼丽轻轻叹息了一声。

“你难得来一次，今天不回去，到我们家去住一晚。”

“应该去看你父母，但是，还是不要去为好，会有人不欢迎我的！”白曼丽说完哈哈大笑。

“冇事，冇事，杜应贤她现在放心了。去啰，她会欢迎你的。”说完，志坚大笑。他自己又慢慢地喝了几口茶，放下茶杯，拿起热水瓶往白曼丽和自己茶杯里倒了水，认真地跟白曼丽说：“是这样的，你回去好好同老李商量商量，如果同意我的建议，你同他再过来一次，因为我们是集体茶厂，还必须签订一个合同，如果你决定开店子，需要钱，下次来时我给五万块钱你做启动资金。”

“你帮这么大的忙，我无法用言语感谢你嘞！老李肯定是会很高兴的。我们商量好了后，下个星期再来麻烦你。”

“又是谢谢，又是麻烦，太见外了，别人来找我，我也会帮，何况是你！把我当老兄啰。”

“好，谢谢志哥，谢谢，你忙，我就不打扰你了。”说完准备起身回去。

“你开什么玩笑！这么远来，非吃了饭去不可！”志坚说完，把站起来准备回去的白曼丽按到沙发上。

“好、好，听志哥哥的。”白曼丽深情地望着志坚。

不久，白曼丽与丈夫在罗城县开了一个云山茶叶专卖店。

“老同学，明天我们云山茶叶专卖店正式开业，请你百忙中抽空来指导指导好吗？没有送请柬，打个电话，不妥之处请海涵。”

“冇事，我知道你们很忙，你们新店开业，我一定来祝贺！”

“太好了，明天上午十点十八分举行简单的开业典礼，恭候您的光临！”

吃过早饭，志坚把其他工作安排好以后，吩咐司机买了一个大花篮，来到了罗城县正大街云山茶叶专卖店门前。只见显目的绿底白字大招牌挂在门楣上，大门左边也挂着一块两米来长的“云山茶叶专卖店”的铜牌，铜牌上披着一块红绸布。前来祝贺开业的人络绎不绝，打喜的花篮摆满了店前。白曼丽的丈夫站在门前笑容满面地向前来祝贺开业的人打招呼，白曼丽踮起脚朝远处张望。

志坚来到专卖店后，叫司机小周在门店右边铁桶内点燃了一圈鞭炮，鞭炮在铁桶内噼噼啪啪炸响了。志坚提着大花篮笑容满面地朝店门走去，高声喊着：“恭喜恭喜！开业大吉！”

白曼丽夫妇见志坚来了，连忙走过来，接过志坚手上的花篮：“谢谢黄厂长光临！”引入店内入座后，服务员客气地敬烟敬茶。坐了一会儿，白曼丽丈夫老李对志坚说：“黄厂长，十点十八分举行简单的开业仪式，请您为专卖店揭牌好吗？”

“好的，我同你一起来。”

十点十八分整，随着花炮声和号乐声响起，志坚与老李来到铜牌两边，缓缓揭开铜牌上的红绸布，并热烈鼓掌。志坚向前来打喜的和看热闹的人高声道：“云山茶叶专卖店正式开业了，祝生意兴隆，财源滚滚！”

这时人们一齐拥向专卖店门店内看陈列、买茶叶，白曼丽、老李和服务员热诚地开烟、敬茶。半个小时后，打喜、看热闹的人渐渐散去，老李把志坚带到专卖店里间。坐定后，老李明显有些激动地道：“老朋友呀，下岗时我心情一度十分痛苦，感到很迷茫，觉得后半辈子没希望了，不知道如何是好。是你帮了我们夫妇的大忙，太感谢你了，真的太感谢你了！你又借钱给我们开店，又给我们铺了这么多货。不知道如何感谢你才好！”

“老李，朋友之间不要说感谢的话，小事一桩，这也是我们应该支持的。说感谢，倒要感谢你们夫妇在罗城县帮我们开了这么大一个茶叶专卖店，宣传推广我们的产品。老李呀，国有企业改革，职工下岗自谋职业，虽然对你们来说暂时不适应，会有一些阵痛，但这也正常。人生道路上不可能顺顺利利，总有挫折和不尽如人意的时候，这并不可怕。世界上的事，很多时候好和坏随时可能转换，即坏事可以变成好事，好事也可能变成坏事。正如俗话说的‘祸兮福所倚，福兮祸所伏’。像你们这样，夫妻双双下岗了，看似是坏事，但是你们勇敢地开起了这么大一个茶叶店，只要你们诚实努力，把专卖店开好，几年后肯定会发大财，肯定比你们原来上班时的工资要多得多。”

“不是你的大力支持，我们想都不敢想哩！”白曼丽动情道。

“好好干，干出成绩了，干出经验了，老板当大了，你们还可以到岳阳市、长沙市开专卖店，做我们茶厂在岳阳和长沙的总代理哩！”

“我们好好努力，只要你不嫌弃，我们一定去！”

志坚看了看时间，站起来说：“时间不早了，我还有点事，先走了。”

“那不行，无论如何要吃了饭回去，我们已订好餐了。”白曼丽立即站了起来，扯住志坚的衣袖不放。

“改日再来，改日再来，我明天要随团去国外考察，要回去准备一下。”说完，志坚分别同白曼丽和老李握了手，笑着离开了。

第二十六章

湖南省政府、省乡镇企业局组织全省省级农业龙头企业赴日本、欧洲参展和考察，大塘茶厂也在被邀之列。志坚自是兴奋不已，深夜十二点钟了，还在想着这件美事——这次出国不仅可以去了解和考察国际茶业市场，还能去发达国家参展观光。细细想想，自己一个担粪的农民如今要带上自己的产品去日欧参展，这不是在做梦，而是一件真真切切的事情。年轻的时候，不知多少次做梦也要冲出小山村，如今不但冲出了小山村，还要冲到日欧去推销自己的产品，他心里美美的。

湖南省农产品展览馆设在日本千叶县展览馆内。有肉类、鱼类、干鲜水果、茶叶、蜂蜜、大豆、食用油、酱菜、藠头、干菜等上百种农产品，外省也有很多农产品参展，东北大豆、新疆葡萄干、宁夏枸杞等等，但大多数是散货，不带包装，而日本、韩国还有一些欧洲国家的农产品，不但花色品种多，而且包装都特别精美，这是志坚印象最深的一点。志坚他们展览的产品有绿茶、茉莉花茶等，不少华侨和日本当地人来到志坚茶叶摊前询问价格，购买产品。"请给我来四包茉莉花茶啰。"一个华侨一次购买了四包花茶，接着一个日本人模样的中年女顾客也跟着买了两包。这位女顾客通过华侨翻译告诉志坚，他们全家人都很喜欢喝中国的茉莉花茶。但是两天来没有一个顾客购买绿茶，这是什么原因呢？志坚想问个究竟："大叔，请教您一个问题好吗？"

"什么问题，你说。"这位福建口音的高个子华侨热情道。

"我们的花茶这两天卖得还不错，为什么绿茶却没有人买呢？"

"可能是这样的，日本人都喜欢喝绿茶，但不是中国绿茶，他们喝的绿茶叫绿茶片或抹茶，翠绿翠绿的。价格也不贵，据说不含农残。他们放心。"

"谢谢你的介绍。"

第三天，代表团组织去一百多公里外的海边和火山地带旅游参观。

大巴载着三十六人在崎岖的山区公路上缓慢行驶着，刚上车时，大家都有说有笑，时间久了，加上车子颠簸得厉害，全车的人睡的睡、吐的吐，没精打采。热情的导游张先生见状，站在客车前面对大伙说："大家坐车坐累了，为了给大家缓解一下疲劳，我给大家讲一个瞎编的好笑的故事好吗？"

"好！好！要得，要得。"大家一下子精神抖擞起来，坐正了身子，准备听故事。张导笑了笑，开始讲了起来："话说风流倜傥的西门庆偷了武大郎媳妇潘金莲以后，潘金莲越发不喜欢自己又矮又胖又呆的丈夫武大郎了。不但不允许武大郎同床，有时候还要打他、骂他、羞辱他。武大郎过着挨打挨骂的有名无实的夫妻生活。一个大白天，西门庆竟胆敢当着武大郎的面挽着潘金莲的手大摇大摆地进卧室里鬼混，这令武大郎如何忍受得了。于是武大郎从灶脚下拿了一把火钳，等西门庆完事后走出房门，一火钳朝西门庆打去，不料火钳被武艺高强的西门庆一手接住，反过来打在武大郎的右手，打得武大郎嗷嗷大叫。西门庆却像没事一样扬长而去。这一幕被随后出来的潘金莲看见了，她不但不可怜自己的丈夫，反过来大骂武大郎：'你也不撒泡尿照照镜子，自己长啥模样！还敢打人家西门大官人，没出息的东西！你同我滚，我从此不想再见到你了。'说完赌气回卧室去了。

"气急败坏的武大郎受了如此奇耻大辱，还挨了妻子野男人打，如何接受得了？虽说自己又矮又呆，配不上潘金莲，但自己也是个男人呀！不知道他哪来的勇气，一脚踢开了睡房的门，一拳打在坐在镜子前梳头发的潘金莲头上。哪知这一打，激怒了淫妇潘金莲。潘金莲转过身来，把武大郎按倒在地，先用拳打，后用脚踢，一边打一边骂：'你还敢打老子，你哪一点配得上我潘金莲！你就是给我垫屁股我也不要，你赶快同老子滚，滚得越远越好，我再也不想看见你了，你死到外面去，叫猪吃，叫狗拖，永世不要再回来！'骂完，把吓破了胆的武大郎往门外推。

"武大郎深知自己配不上潘金莲，平时怕死了潘金莲，连正眼也不敢瞧她一下。如今又被妻子打骂了一顿，还被强行驱逐出门，自己就是再回去也不会有好日子过，只有活受罪。于是下决心不回去了，一个人到外面去流浪，走到哪里是哪里！活到哪一年是哪一年！武大郎就这样漫无目的地朝着太阳出来的方向走——他分不出东南西北，只知道出太阳的地方就是东方。走着、走着，饿了，沿路讨一口吃的，渴了在路边井里喝一口冷水，晚上就露宿在人家屋檐下、猪圈边，两个多月过去了，前面没有路了，只有一片望不到边的水面，可能是大海吧！听老人们讲过，走到东边尽头，就是大海。

“他来到海边，见海边有一只小木船漂着。小船没有主人，而此时天色已晚，他便爬上了这只小船，准备在船上睡一觉，看了看包裹里还有几块讨来的烧饼，拿一块吃了，倒头睡在船舱里。不一会儿，便睡着了。这时，吹来一阵大西风，把这只小船吹到了大海中间，熟睡的武大郎一点也不知情，等他醒来时，小船已随着洋流漂到了一望无际的大海之中。看着茫茫大海，武大郎胆战心惊，心想只怕自己一条苦命就丧身在大海了。事已至此，听天由命吧，想到这里，武大郎反倒不害怕了。

“不知这只木船在海上漂流了多少天，武大郎只知道日出又落下，落下又升起。一天，小船终于被大风吹到了岸边，他有气无力地爬出小船，跌跌撞撞爬上了岸。放眼一望，只见眼前一大片望不到边的大草原，不远处有一群羊在吃草，在日出的那一方似有一幢不大不小的房屋。他便有气无力地一步一步朝房屋走。

“屋里走出来一位白发苍苍的老者，老者好奇：‘怎么草原上突然来了一个人？难道是从天上掉下来的不成？难道是从海上来的？不可能呀！’他好奇地走近武大郎，只见这个不速之客是一个壮壮实实、矮矮墩墩，三十出头的男人，身高不到一米五，衣衫褴褛，头发蓬乱，衣服透湿，脸像三百年冇洗过一样又黑又脏，走起路来东倒西歪，明显地好久没吃过东西，倒不像是坏人，便用武大郎无法听懂的话对武大郎说：‘客人，不知你从哪里来，权且去我家歇一歇。’武大郎只知道这个老人在说话，却不知道叽里呱啦说些什么。老人见武大郎没听懂自己说的话，才知道不是本地人，老人更加好奇起来，便走向前，牵着武大郎的手往家里走。

“到了老人家里，老人吩咐家人给武大郎倒水洗澡，又拿了一些旧衣服给他换上，又煮了面条给他吃。武大郎高兴死了，双手不停地给老人作揖。就这样，老人收留了武大郎。当得知武大郎来自遥远的邻国无法回家后，正好自己需要人手放牧，便叫武大郎天天帮他放牛放羊。

“这是一个孤岛，名叫瀛洲岛，岛上人烟稀少，且男少女多。一年以后，武大郎也习惯了岛上的生活，又学会了当地的一些方言，人精神了许多，天天有说有笑。老人没有子女，夫妻商量后，正式把武大郎收为养子，不久还为他娶了两房妻子，别看武大郎身矮人呆，身体却非常强壮，十年中生了五个孩子。按照岛上风俗，孩子生下来男孩取名都要在父亲名字中选一个字做名字，因此，武大郎儿子中都有一个‘郎’字。几百年来，这个岛上的男人名字中多有一个‘郎’字，什么太郎、进郎、喜郎等等。因此，有传说，这里的人都是武大郎的后人。”

讲完后，台湾导游把手一挥说：“故事讲完了。”

全车人一齐鼓掌。“讲得好，好故事！现在我知道了，原来这个岛上的人还是我们武大郎的后代哩！哈哈，有意思！有意思！”有人大声嚷道。

代表团林团长对志坚笑道：“黄厂长，这个编故事的人编得太离谱了，真是无稽之谈。不过，博得大家一笑，让人忘记坐车的疲劳，也是件好事。”

“故事编得好，但是经不起推敲，听听就是了。”志坚回道。

参观完海景、火山，顺道又参观了日本机械化采茶。吃过中饭，原路返回。旅游团的人兴奋不已，参观了火山，看到鸡蛋在火山灰里几分钟就可以煨熟，又看了大海、沙滩，还吃了日式中餐，坐在大巴上你一言我一语谈感受、谈体会，说说笑笑，好不热闹。谈资快尽的时候，突然一位姓尚的湘西男老板高声道：“大家听我说好不好？”经他这么一声喊，全车人都噤声了：“上午大家听了张导讲的故事，都听得津津有味，好像还没有听够，是不是请张导再给我们讲讲？”

“好主意。张导，你再来一个吧！”大家不约而同鼓掌。

“讲什么好呢？”张导也不推辞，用手捋了捋头发，“大家不嫌弃，我就讲一个你们家乡张家界导游的故事。大家都知道，张家界是著名的旅游胜地，去旅游的人不少。一天，有一个四十一人的旅游团来到张家界旅游，带队的是一位年轻貌美的女导游。头一天晚上住在一个小宾馆里，准备第二天一早登山。这个小宾馆总共只有二十一间客房，每间客房住两个人，只能住四十二个人，而加导游在内旅游团正好四十二人，按男配男，女配女，夫妻搭配好以后还剩下了一个年轻小伙子和导游自己，房子又只有一间了，住了导游，年轻男游客无处可住，给年轻男游客睡，女导游又没处睡，导游思来想去，始终没有办法解决这个难事。于是女导游对年轻游客说：‘年轻人哩，没有办法，我们两个人只剩一间房了，给了我你无处睡，给了你，我无处睡。就这样吧，我们同睡一间房，你睡一间铺，我睡一间铺，中间放一盆水，你可要老实点，晚上不准跳过这一盆水啊。’

“年轻男游客长得一表人才，但为人忠厚老实，说到哪里，做到哪里，从不乱来，见到漂亮女人还脸红。他见导游这么一说，连忙道：‘导游，请你放

一万个心，我决不会跨过这盆水的，你大可安心睡觉。’

“晚上，小伙子闻到了从对面床上飘过来的一缕缕年轻女人特有的体香，心神不定：心在躁动，全身躁动，牙齿咬得格格响，手捏住床单，好几次想一跃而起，跳到对面床上去。但转念一想，假如女导游不从，大声喊抓流氓，自己马上就会以强奸罪被关起来。想到这里，他害怕起来，但仍无法入睡。虽然身子都冇翻动一下，心里却想入非非。一个晚上过去了，小伙子始终遵守自己的诺言，老老实实睡在自己的床上，纹丝不动，睁着眼睛到天亮。

“第二天游张家界时，小伙子一直跟在女导游的后面。旅游团来到一处崖边，一阵山风把女导游的帽子吹到崖下去了。小伙子看见了，毫不犹豫地像猴子一样飞快地攀着树枝来到崖下，捡起女导游漂亮的小花帽，双手捧着交给了她。女导游接过帽子，一脸怒容，不但没有感谢他，反而对他大声呵斥：‘你原来还有这么大的胆量，敢跳到崖下去捡帽子，为什么昨天晚上，那小小一盆水你就不敢过来呢？真蠢！’挨了女导游一顿骂，年轻男游客顿时脸红了，也后悔了。”

听了张导这个故事，大巴里又是一阵掌声，一阵笑声。要张导讲故事的尚老板大声嚷道：“这个年轻游客只怕是二百五，要是我就好啦！”大巴里又是一阵大笑。

“这么有味的故事，你怎么不笑呢？”林团长问志坚。

“故事我冇认真听，刚才我看日本人机械采的茶又粗又老，却做出了又香又绿的抹茶，我在想，日本人真精明，我们采又嫩又细的芽子茶，他们却采又老又粗的叶片茶，我们人工采茶，他们用机械采茶，茶叶产量是我们的十几倍，人工成本不知减少了多少倍，做出那点末末茶又绿又香，反倒还被世界认可，都说他们的绿茶比中国的绿茶好，你看怪不怪？日本人这种创新理念，市场理念，利益最大化的理念真值得我们好好学习哩！”

“你也值得我们好好学习，我们在听故事，你却在想工作，想着向人家学习。”

参展团第二站是法国巴黎。参展的地点设在法国巴黎市国际展览馆。前来参观和购物的人络绎不绝。志坚为使自己的产品找到潜在的客户，把茶叶包成一小包一小包分发给顾客，又叫翻译用小小玻璃杯冲泡绿茶和花茶，送给顾客品尝。“来，请喝我们的茉莉花茶、绿茶。”志坚用不标准的普通话不停地介绍，翻译也用英语不停地吆喝。但是喝花茶的人多，喝绿茶的很少。

志坚用普通话问一位女华侨："女士，请问法国人为什么不喝绿茶？"

这位一身欧式打扮的女华侨用普通话回道："法国人也有喝绿茶的习惯，但必须是经欧盟认证的有机茶。否则再好的绿茶他们也不喝。"

"谢谢您。"志坚礼貌地感谢女华侨。

志坚这次出国参展，不是为了玩，主要是去了解国际茶业市场行情，学习国外先进的农业技术。半个月海外参展，志坚的茶叶产品虽然成交不多，但收获不少，他最大的收获是了解到国际茶业市场发展趋势是有机茶，只有有机农产品才会受欢迎。"我要下决心把生产有机茶作为茶厂的发展目标。"这是志坚这次海外参展后得出的结论。但是，厂委会是否同意搞有机茶还是个未知数。种有机茶不施化肥，不喷化学农药能做到吗？厂委会反对怎么办？基地怎么解决？技术怎么解决？一堆的问题摆在志坚面前。怎么办？搞还是不搞？他从回来的飞机上一直思考到京广线特快列车上。他无心观看窗外风景，一直在考虑着这些问题——不管前路多艰险，有机茶也要上马！志坚就这样下定了决心。

志坚出国考察半个月了，还没有回来。应贤天天盼着，每天晚饭后，就打开门不时地朝门外张望一下。

这天下午，志坚终于回来了，用一个装有轮子的拖行李的架子拖着一个大大的蓝色行李箱回到了家。志坚把行李箱朝客厅一放，习惯地首先来到父母亲的卧室里，大声问："爸、娘，你们好吧？"

"志大爷呀，你回来了呀，坐飞机到外国去了，真正看了世界啦！应妹子说一万多公里都是坐飞机，我好担心飞机落下来哩！平安回来就好，平安回来就好！"志坚娘眼睛紧紧盯着儿子，志坚父亲依旧只是笑，不说话。

"奇奇、雅雅，你们爸爸回来了。"在二楼收拾房间的应贤听见丈夫在一楼说话的声音，大声告诉儿女们。仨娘崽快步来到了一楼。"哎呀，闯世界的人终于回来了。"应贤满脸堆笑。"爸爸，您从国外回来，都带了什么好东西给我们呀？"芳雅问。

"有、有、有，都有，法国糖果、意大利巧克力，好吃、松软，给爷爷奶奶和你们吃。这是日本照相机给芳奇，这是瑞士全自动女士手表给你。"

"给我买了什么呀？"应贤也笑着问。

"给你买了法国香水，意大利外套，英国手提包和口红。你们都满意吧？"

“买这么多奢侈品干什么？我从来不用香水、口红的，浪费钱！”应贤口里虽然这么说，心里却美滋滋的。她其实很想赶时髦。

第二天，志坚一早就去了茶厂。

尹厚友看见志坚回来了，急匆匆地来到了他的办公室：“老同学，你辛苦了，最近厂里出了一件麻烦事。”

“什么事，你快说。”志坚惊讶地说。

“田少德在湖湘包装厂定制的两百万个包装袋，不但质量比样品差，而且长和宽均缩小三厘米。我不敢付款，要等你回来，他们公司催货款的人昨天才走。我还收到了湖湘包装厂给你的一封信，在这里。”尹厚友把信交给志坚。

“肯定又是田少德这家伙在搞鬼，狗总改变不了吃屎的习惯。”志坚一边看信，一边说，“这还了得，胆大包天，混账东西！”看完信，志坚脸都气紫了，手板在书桌上狠狠地一拍。在一旁的尹厚友吓了一跳：“怎么回事？”

志坚站了起来，手指在书桌重重敲着：“这家伙，我要剐了他的皮！湖湘包装厂匿名举报田少德找他们要两万块钱回扣，而且要先付款，才签合同，湖湘包装厂担心流失一个四十万的订单，答应了他的要求。”

“怪不得包装袋质量这么差，还把规格缩小了。”

“擅自改变我们包装的规格，是湖湘包装厂的责任，货款全额拒付，包装全部烧掉。如果他们不服，法庭见！”

“田少德真可耻，必须严肃处分！”

志坚把田少德拿回扣一事通报给甘委员。他担心处分田少德时，他又来说情。老甘听了，知道老表要负完全责任，二话没说，同意处分田少德。

在厂务会上，志坚正式宣布了处分田少德的意见：责成田少德将两万元回扣款退还茶厂，另外罚款五千元，并当场打出欠条交给财务科。在强大的压力下，田少德无奈地打了欠条，拉长着猴脸离开了会议室。

不久，在县政府的推动下，大塘茶厂进行了体制改革，大塘茶厂变成大塘茶叶有限公司，乡政府占百分之五十一的股份，茶厂其余常年职工各占一定比例的股份。公司成立了董事会。志坚任董事长兼法人代表，尹厚友为总经理，周德、老张、周飞贤、刘小明都是董事，田少德在甘委员“关照”下也成了董事。

这个改制不彻底的股份制企业就这样运作起来了。

第二十七章

大塘公司发展有机茶的理事会在会议室召开。志坚首先发言："现在开会，我首先向大家介绍国外参展情况和我司发展有机茶的问题。前不久我带着花茶和绿茶去日本和欧洲参展。经了解，花茶国际市场份额不大，而绿茶的市场比较大。但是，发达地区绿茶市场必须是有机茶。为了我们公司的长远发展和让我们的产品走出国门，进入国际市场，我们要开发有机茶。拒绝农药，安全食品、生态食品，已成为发达国家的共识。随着我国经济快速发展和人民生活水平不断提高，食品安全将会被提到国家管理层面上来。因此，我们要先走一步，开发有机茶不仅是出口的需要，也是扩大国内市场的需要，更是我们公司持续发展、做大做强的需要！如果我们意识不超前，只会停滞不前。今天召开专题会议，专门讨论公司发展有机茶的问题，请大家发表意见。"

听了志坚关于种有机茶的发言，一些人懂，一些人不懂，大家交头接耳地议论着。尹厚友第一个发言："黄董总是先人一步，在全县，他第一个创办乡镇茶厂，第一个创品牌、打市场。根据国际市场信息，现在又率先提出搞有机茶，这肯定是对的，我坚决支持。开荒种茶的事就交给我。"

"有机茶是最环保的茶，也是茶产业发展的方向，我在农大培训时听老师们讲过。改革开放以后我国逐步形成了一个高消费群体，这个群体的人十分注重食品安全，因此，有机茶有很大的潜在市场，而且有机茶的附加值较高。我支持公司开发有机茶。"小刘说完，望了望志坚。

"好是好事，茶叶种在哪里呢？荒山都是乡政府和村集体的。"张泉丙提出一个很现实的问题。

"听说有机茶不能喷化学农药，不能施化肥，全靠土办法防治病虫害和施土杂肥，成本会高出很多！不要异想天开，头脑发热，用空钱，搞花架子。"

田少德眯着三角眼一边说一边望着张泉丙，企图要张泉丙也一起来反对。

“大家还有什么意见、看法、建议、疑问？都统统提出来。”志坚问。见无人发言，志坚表态了：“好，除了田少德反对外，大部分同志同意公司发展有机茶，只是有一些担心的地方。对我们公司来讲，种有机茶既是一件大事、一件好事，又是一件难事，搞企业贵在创新，当企业家，要敢于冒险。搞有机茶虽然有困难，但怕困难将一事无成。没有荒山种茶，我们可以与有关村组签订荒山租赁合同；没有技术，我们可以聘请专家；另外杭州举办国际有机茶培训班，我准备去参加，为了公司明天，我们不但要种有机茶，还要创研出一个高级名优茶。同志们，不要怕，我们都是农民出身的人，我就不相信农民种不好有机茶。一个字：干！”

“干！”听了志坚发言后，大家觉得所有问题，他都有办法解决，因此都同意了，只有田少德闷着猴脸没有吱声。

种有机茶的消息传开后，田少德的煽动引起了职工的担忧，大家纷纷议论开来。包装车间的田丽芬对身边同事小魏说：“你们知道吗，黄厂长在国外参展回来，准备大力开发有机茶哩！”

“那是好事呀。”

“还好事！田少德说开发有机茶要好几百万哩！搞得不好，很可能会把公司拖垮哩！我们还会天天去采茶、治虫、晒黄太阳哩！我们都会晒成黑脸婆哩！”

“是的，这样搞，搞垮了，我们到哪里挣钱去？”几个同事听了小魏的话也担心起来。反对搞有机茶的呼声慢慢在厂里蔓延开来，最后掀起了反对种有机茶的轩然大波。这天上班后，穿着蓝色工作服的职工们会集到了志坚办公室前。刘小明见来了这么多职工，问车间主任傅飞：“傅飞，他们不去上班，来这里干什么？”

“职工们听说公司要发展有机茶，担心种有机茶会拖垮公司，来找黄董的。”

“啊，是这回事。”刘小明快步来到志坚办公室，“黄董，坪里来了几十个职工，他们反对种有机茶，找你来了，好气愤的样子，你要耐心做好工作，不要发生冲突。”

“啊，有此事！”志坚连忙走出办公室，快步来到前坪，笑着问大家，“同志们，你们没去上班，有什么事吗？”

“黄董，我们坚决反对种有机茶。种有机茶分散精力，分散资金，会拖垮公司，我们还是专心搞花茶。”田丽芬第一个站出来。

“种有机茶，要好几百万，黄董，你是在豪赌！”

“种有机茶，搞亏了，今后我们会冇得奖金，我们坚决反对！”

“业多不养身，一心一意搞我们的花茶，莫搞其他空鬼！……”

工人们越说越气，反对的人越来越多。七嘴八舌，吵成一团。

刘小明急了，往花坛上一站，大声道：“大家听我说，黄董是从市场拼杀出来的！他有远见卓识，他要做的事肯定没错。种有机茶是公司发展方向，种好了，创研出高级毛尖茶，我们公司又会上一个新台阶，只有好处，没有坏处，大家放心。”

“你呀，黄董放个屁也是香的！什么有机茶，鬼机茶，这是做白日梦。”

这时，一直在旁边静静地听，微笑着没有插话的志坚伸出双手往下压了压，平息了吵闹声：“同志们，请大家静一静，听我说。小田说的一点没错，我是在做梦，在做一个美好的梦，一个大有希望的梦。我本身就是一个爱做梦的人。十几年前，我建议乡里办茶厂，把大塘唯一的土特产茶叶由卖原料变成了卖产品，销到全国去。把你们招进来上班，农民变成工人，这个梦我们实现了。后来我又做着一个把云山花茶变成全国品牌产品的梦，我请来农大专家进行技术指导，云山牌花茶变成了响当当的品牌产品，这个梦也实现了。前不久，我去日欧参展，了解到发达地区有机农业蓬勃发展，只有有机茶才能销到日本、美国、欧盟地区去，价格还可以提高30%，今后一旦研发出有机毛尖茶，每斤可以卖到三百多块钱，一斤毛尖茶可以卖二十斤花茶的钱，到时，我们的有机茶冲出亚洲，走向世界，也完全是可能的。种有机茶成功了，我们公司的名气会更大，效益会成倍增加，你们也可以加工资、加奖金。我不是在赌，敢想才能敢干，敢干的人才能带领我们走向更加美好的明天，让我和大家一起来做这个更大更美好的梦吧！”

话不在多，要紧处只几句就能说服人。听了志坚的话，台下爆发出一阵雷鸣般的掌声。“黄董，你讲得有道理，听你的！”

“有黄董掌舵，我们不怕！”

“这下我们放心了，听黄董的，走，都上班去！”车间主任傅飞把手一挥，大家都跟着她走了。刘小明大拇指朝志坚一竖，佩服的眼光朝他一扫，说：“刚才我还担心难以平息员工们激动的情绪，哪知你不慌不忙的一张笑脸，几下挥舞的手势，一段简短的话语，不仅使我倾倒，而且还让来时气冲冲的员工都笑着离开了，我真佩服你。”

说干就干。人生经过多次失败、多次挫折的志坚决定大种有机茶。他早已胸有成竹，不但在自己脑子里勾勒出了一幅种有机茶的美好蓝图，还想好了具体措施。他向乡里汇报后，乡里积极支持他的设想，派专人与村组签订五百亩荒山的租赁合同，同时乡里一千亩老茶园也拨给了他改种有机茶。

“老尹，我要去杭州参加有机茶培训班，开垦茶山的准备工作就交给你了。你马上招聘二十个强壮劳动力，把明月五队邵同初请来当队长，组建云山有机茶叶示范场。购买一台挖土机，二十万斤菜籽饼肥，放在山上发酵。另外要多取几个点的土壤叫小刘送到省土肥站作检测。另外，我不在家，你的‘老毛病’可不能犯啊！”

“你放心去参加培训班啰，你交办的事我一定完成好。”尹厚友红着脸回道。

志坚来到杭州有机茶培训班，第二天随一百多个学员乘车到舟山群岛参观有机茶基地，听有机茶讲座。舟山有机茶园建在三面环水的海边。茶园是一片五十年代种植的老茶园，修剪得整整齐齐。茶园四周长满了野生花草和树木。周围没有村民住宅，也没有工厂，是一座原生态的茶园，连空气也是甜的，呼吸到人的喉咙里特别舒爽。

“现在请欧盟专家给我们讲授有机茶知识，大家鼓掌欢迎。”傅主任向学员宣布。鬈发、高鼻梁、眼睛深陷、面色红润的高个子专家走上讲台，开讲了：“什么是有机农产品，简单地讲，但不是绝对地讲，就是你们中国五十年代的农产品……化学农药对人体的健康会带来巨大的危害。例如中国广泛使用的甲胺磷如果过度使用会有致癌风险。”

志坚一边记录，一边出汗。他的汗是被专家“有致癌风险”吓出来的。

“有机茶严禁使用化学农药，连除草剂也不得使用。化学肥料同样也不准使用，有机茶种植技术如下：一、选择周围环境好，空气质量达标，没有污染、重金属没有超标的荒山荒土；二、生物防治病虫害；三、使用有机肥；四、人工除草或机械除草。不仅有机茶种植有严格要求，有机茶加工，也同样有严格要求：一、鲜叶运输设备必须配有专用车辆，同时及时用清水冲洗干净。二、有机茶加工要用不锈钢设备，而且要一天一清洗；职工持健康证上岗，穿戴工作鞋、帽、衣裤，工具、用具必须是竹、木制品和不锈钢制品。

三、有机茶要有专用的保鲜库；有机茶的包装必须符合有机茶标准……”

培训班结束后，志坚回到茶厂，刚进屋，刘小明手里拿着一包东西跟着进来了。“黄董，明天农历是什么日子呀？”

“那我还真不知道。我只知道阳历。”

“明天是农历三月十三，你的生日。我送你一个有意义的礼物，祝你生日快乐，心想事成！让你也学学外国人。”说完笑嘻嘻地把报纸包着的一包东西塞到了志坚手上，抿着嘴笑着，转身走了。

志坚扯开报纸包着的“礼物”，只见一本崭新的《简·爱》呈现在他眼前。他把《简·爱》往书桌上一丢，说：“简·爱，爱你个鬼！”

志坚这两天心情非常郁闷，有人告诉他，钟耀辉得肝癌了。钟耀辉是志坚最好的同学和朋友。读中学时，他们同是湘江三中的校友，农业学大寨时，又都是大队干部。钟耀辉几年前调到公社当企业办主任，自己则是茶厂厂长。几十年交情了，亲兄弟一般，好端端的一个人怎么一下子就得了这号病呢！四十开外的人，平时身体好得很，还经常打篮球呢！一检查就是癌症，他无法接受。

“志哥，请您帮忙今天派车子送钟耀辉去肿瘤医院住院好吗？”钟耀辉的妻子唐细珍带着哭腔打电话给志坚。

“那好，我马上安排，我也同去。”志坚满口答应。

“老同学，谢谢你，又要麻烦你了。”钟耀辉见志坚来送他去医院，苦笑着用低沉的声音一个字一个字地吐着。

“麻烦什么，只希望你快点好。”志坚紧紧握着钟耀辉干柴一样的手，眼睛望着脸色蜡黄，连翻个身也要人帮的好朋友，泪水在眼眶里打转。

不到两个小时，吉普车载着钟耀辉到了肿瘤医院。小唐去办住院手续去了。志坚把钟耀辉扶下吉普车，在大厅靠墙边的椅子上坐了下来。

志坚从来没有来过肿瘤医院，被眼前这一幕吓坏了：地坪里，大厅里，走廊里，窜来窜去的大都是做了“记号”的癌症病号，有的半边脸蒙了纱布；有的身上吊一个药瓶子；有的剃光了头发；有的脸上涂了红色或蓝色的药水；有的瘦得皮包骨；有的打着点滴被车子推着走；还有哭着喊着送死者回去的人。躺在医院过道的各种各样的癌症患者，年轻的二十几岁，三十几岁，还有一个十几岁的，大多是四十几到七八十岁的人。有男的，也有女的。这些病人都是因为医院病号多、床位少，只好临时住在过道上。

多么恐怖！多么触目惊心！多么惨不忍睹！这一幕，深深刺痛了志坚，深深震撼了志坚的灵魂。他在良心深处拷问自己："这些癌症患者是真的命中注定吗？是命该如此吗？是自己造成的吧！难道没有社会原因吗？我们健康人是不是视而不见，习以为常，太麻木了呢！应不应该去探究其中的原因呢！难道现在癌症高发，真的如外国专家所说与农药有关吗？"这时的志坚恨不得站在高山上大声地呼喊："人命关天呀！做茶的人，要做良心茶啊！做食品的人，要做良心食品啊！搞农业的人啊，要搞良心农业啊，决不能让农残超标啊！不能！不能！万万不能！"他希望所有人都能听到，特别是做食品的同仁们，特别是管农业的领导们！

半年后，钟耀辉病情越来越严重，已多日没进食了。他深知自己的生命只能以小时计算了。自己离世，最放心不下的是唯一的又过分老实的儿子。他决定：在自己离世之前，把儿子托付给好兄弟志坚。想好以后，他对妻子说："你明天请志坚来一下，我要把钟威给志坚做干儿子。"

"好，我也有这个想法，只要志坚同意，你我就放心了。"

不知道是什么事，听了钟耀辉的口信，志坚来到他家。站在床边，看到好兄弟只差一块盖脸布的面容，他握着钟耀辉枯瘦的手，眼泪止不住地流。只见钟耀辉用低沉得几乎听不清的声音断断续续地哭道："好兄弟，我走之前，我要把钟威给你做干儿子，你一定要收下，严加管教，我死才放心，才瞑目。"

"好、好、好，我答应你。"志坚含着热泪，握着钟耀辉枯瘦冰凉的手，泣不成声。

"钟威，你快跪下，叫干爸。"钟耀辉含混不清地说。站在一旁的儿子，连忙双膝朝志坚一跪，连声叫着："干爸，干爸。"

眼泪双流的志坚连忙把钟威扶起来："好、好，我们都听你父亲的。"

钟耀辉脸上露出一丝苦笑。妻子在一旁早已哭成了泪人。就在这时，钟耀辉闭上了双眼。

"钟耀辉你怎么了！"妻子扑在丈夫身上，双手摸着他的脸，"哇"的一声，哭哑了。

"老同学，你怎么了，怎么了！"志坚又哭又喊。

"爸爸、爸爸，你醒醒，你醒醒。"三个儿女一齐哭喊着，哭声悲天恸地。

他父母、妻子、儿子、两个女儿，哭得天昏地暗。

志坚望着这个年轻的生命离世，痛彻心扉。肿瘤医院那一幕和好朋友患癌去世使志坚更加坚定了种植有机茶的决心。

经过半年奋战，500亩高标准有机茶园建好了，良种茶苗也栽好了。

小茶苗一排排，一行行，整齐划一，十分好看，又是大塘从没见过的新景观。

第二年春节后，经人介绍，志坚把省茶科所退休的茶叶植保研究员张老接到公司来了。

通过精心的培育管理，大塘茶叶公司有机茶叶示范园成了一片嫩绿的幼茶园。茶虫无论益虫还是害虫，都有一种趋绿性和趋嫩性，哪里有绿色的茶叶，它们就会飞到哪里产卵，繁育后代，幼虫就会开始啃食茶叶。一天，张老来到尹厚友办公室，说："老尹，我去茶园调查了，第一代害虫已经出来，要开始防治了，请你通知茶场负责人和技术员开个会啰，有备无患。"

"好的，我这就去通知。"

"都到齐了，现在开会，请张老给我们安排茶园虫害的防治工作。"尹厚友宣布道。

"茶园虫害已经发生，主要害虫有假眼小绿叶蝉、茶毛虫、茶尺蠖、茶瘿螨等，对茶园危害极大，我们必须及时防治。目前要做好下列工作：一、明天茶园全体职工插粘虫黄板，每亩茶园插二十七块，插梅花点；二、下周安排人去挖苦楝子、雷公藤等土农药，切碎，熬成雷公藤液土农药，准备杀虫用；三、每三十亩茶园安装一个诱蛾灯；四、人工铲除茶园中杂草。"

"请张老放心，我们照办，请您来检查。"邵场长拍着胸脯说。

就这样，三年干下来，大塘茶叶公司有机茶园在张老的精心指导下，提前成园，一排排茶树，一块块茶园，青翠翠、绿油油，修剪得整整齐齐。就在人们对有机茶园赞叹不已的时候，由于持久干旱，茶毛虫泛滥了，茶杆上、茶叶上都爬满了大大小小的茶毛虫，连茶园人行道上也有茶毛虫爬来爬去。

张老急了，有机茶园不准使用化学农药，现有的土农药无法彻底消灭。如果不能及时有效地防治，两个月后茶树就会变成枯死的光秆了。在没有找到有效的生态防治办法前，志坚和张老发动公司职工，用手摘除茶毛虫。茶毛虫卵块和茶毛虫灰沾到手上、颈上、脸上，红了、肿了，痛痒难耐，用手去抓，越抓越痒，越抓越痛，人的身上起了一块块的坨坨，又红又肿，痒得痛得直哭，有的人还要去医院打吊针。

田少德看到人工捉茶毛虫费工费钱，心生不满，决定到现场去看看。他走进茶园时，正好碰见傅飞："哎呀，你怎么成这样子了？"只见傅飞两只眼睛红肿得像两个小胡萝卜，两边脸上红一块、肿一块，还有手指抓痒的指印，连嘴唇也肿得有点像猪八戒的嘴唇了，双手成了两个红色的肉包子，脖子上这里红一块，那里红一块，往日的漂亮脸蛋荡然无存了。傅飞带着哭腔说："老田，茶毛虫太多了，要快想其他办法，我都坚持不下去了！"

"是的，只能停，下午会有一个人愿意来！有人痒得实在没办法，哭着跑回家去了。"田少德侄女跑过来嚷道。

"我去找黄董！"田少德说。他估计志坚在张老办公室，便径直朝张老办公室走，见志坚正与张老和陈老讨论着什么，便毫不客气道："黄董，我看人工捉茶毛虫不是个办法，费工、费钱，效果又不好，职工都痒得脸上、手上、脖子上红的红、肿的肿，有的还打吊针去了，通知停手，喷化学农药吧！"

"就是茶毛虫吃光了茶叶，化学农药也绝不能使用，两位专家正在研究生物防控办法。"

"我早就知道种有机茶，不喷化学农药是做不到的，当时你不信，结果如何呢？你知道一百多人捉茶毛虫，一天要多少钱吗？两三千块呢！你呀，就是主观武断、听不进意见！"

"我什么时候听不进意见？种有机茶董事会六个人都同意，只有你一个人不同意，我难道要听你一个人的意见吗？公司哪一件事你不反对！搞重大科研项目哪有不花钱的！天上真的会掉馅饼吗，有这样的好事！茶毛虫来了，是坏事，也是好事。我们可以利用茶毛虫大爆发的机会摸索出茶毛虫生态防治新技术，我们决不能走害虫来了，喷化学农药的老路，要创新，就会有付出，所有新技术都是探索出来的。你去做你的事，有机茶的事你不要来掺和！"

"我这是掺和吗？作为公司董事，你在那里瞎指挥，我提提意见不行吗？"

"我瞎指挥了？人工捉茶毛虫，不喷化学农药，确保茶叶有机种植，确保茶叶安全，就瞎指挥了，放你娘的屁！你跟老子滚，不要影响了专家们的工作！"志坚发怒了，瞪着大眼，指着田少德鼻子骂。见志坚大发脾气，张老和陈老急忙来到田少德身边，劝着推着要田少德离开。田少德哭丧着猴脸气急败坏地走了。

等田少德走后，志坚问张研究员和农业局专家："张老，陈老，这样严重的茶毛虫你们见过吗？为什么有这么严重？有更好的非化学农药防治方法吗？"

张老不慌不忙地回答："我从来没有见过这么严重的茶毛虫，过去都是用化学农药防治，所以不会有这么严重。可能是因为长期不使用化学农药和今年长期干旱，所以茶毛虫基数迅速扩大。防治办法嘛，我的意见是局部用一点化学农药。"

"万万不能使用化学农药，局部使用也不行。我们搞有机茶，决不能半途而废。茶树被虫子吃了，我不怪你们，如果使用了化学农药，那我就要怪你们了。请你们无论如何也要多搞几个土农药配方做试验，要试验出一个管用的防治茶毛虫的生物办法出来。"志坚面带笑容，向专家们下了一道死命令。

"老陈，茶毛虫如此严重，我从没有见过哩！黄董坚决不同意局部使用农药，怎么办呀？"等志坚走后，张老说。

"你搞茶园病虫害几十年了，应该还是有办法的呀！"

"我从来没有见过这么严重的茶毛虫，也从来没见过像大塘茶叶公司一样，一点化学农药也不准许使用，我一时拿不出办法来哩！怎么办呢？"张老一边说，一边在办公室来回踱步，手摸着稀疏的白发，一脸发愁的样子。

"化学农药也是不能用哩！我在农科所搞有机水稻试验时，越用化学农药，害虫就越多，恶性循环哩！"

"是的，只有不用化学农药，才能实现生物界的良性循环。"张老若有所思，"我们把雷公藤液配茶枯水再加一个苦楝子和蓖麻籽浸出液来试试。"

专家们找来有除虫作用的雷公藤、苦楝子、茶枯、蓖麻籽，捣碎煮开，按不同比例配成多个配方，再把有茶毛虫的茶枝摘回来做试验。第二天早上，张老师拖着疲惫的身体，向志坚报告："黄董，找到了一个较理想的配方，只要使用得当，可以杀死95%三龄以内的茶毛虫。茶毛虫见到太阳就躲到茶蔸下面去了，因此，明天早上五点组织劳动力上山扑杀。"

看到张老熬红了的双眼，志坚又心痛，又内疚。听了这一好消息，他走向前，紧紧握着张老的手说："太谢谢你们了，你们今天好好休息。"又吩咐厨房，杀了一只母鸡，清炖了一锅鸡肉汤，送给张老他们补身子。对老尹道："老尹，专家终于研究出一个效果很好的植物农药配方，明天一早组织劳动力扑杀，通知五点起床，你去县里买馒头、包子给职工作早餐。"

皎白的月光照耀着黎明前的黑暗，东边的地平线上还没有现出鱼肚白，有机茶园队长邵同初早早起了床，挨个房间敲着门："大家快起来，到前头坪里集合。"

不多久，一百八十多名职工打着哈欠来到了公司前坪。"今天，大家都去茶山防治茶毛虫，老尹买包子馒头回来作早餐，等会儿每人拿一个喷雾塑料小壶到茶山去。下面请张老为大家讲防治方法。"邵同初大声道。

"各位职工同志，辛苦大家起早床了。为什么要起早床哩？茶毛虫有一个特点：怕光。它们只在夜间、阴天、雨天出来危害，太阳一出来，就全部躲到茶蔸子下面去了。因此，我们只能趁着太阳出来之前去喷药防治。现在，茶毛虫都集中在茶叶叶片的背面危害，很容易发现，大家等会儿到了茶山，用小壶装上一壶土农药，对着叶片上的茶毛虫连喷三至四次，只要让茶毛虫身上淋满了这种土农药，不到两分钟，茶毛虫便会死掉……知道了吗？"

"知道了，张老，您辛苦了！"

吃完包子馒头，天已大亮，职工们在老尹、邵同初带领下往茶山走。"两人一块茶地，各负其责，没有喷死的要返工，我来抽查。"小傅大声道。

"张老，您来看啰，您说的一点没有错，这几窝茶毛虫刚才还动了几下，现在条条都死了，趴在叶片上一动也不动了。"老尹拿着一根茶枝给张老看。

张老、陈老走近一看，高兴地笑了。张老对陈老说："老陈呀，有机茶太难种了，只有有黄董这种精神才干得成哩！"

陈老点了点头说："你说的冇错哩！黄董是一个非常执着的人哩！"

这时东方的太阳也露出了笑脸，冉冉上升。经过连续一个星期的防治，茶毛虫彻底被消灭了，茶树恢复了正常生长。

大塘公司有机茶园科研团队在攻克了危害最大的茶毛虫、茶尺蠖以后，又相继研究出了早插黄板防治小绿叶蝉、雷公藤配方液防治茶瘿螨、科学使用诱虫灯等技术，形成了一整套生物防治茶园病虫草害的新技术。如果申报一个科技成果，不仅能提升公司的科技含量，更能向全省推广，使全省茶叶更环保，更安全。这几天，志坚在思考着这件大事。"张老，我有一个建议，您一辈子从事茶叶植保方面的研究，这几年又成功研究出一整套病虫害综合防治新技术，使我们茶园三年来连五角钱的化学农药也没有喷过，您这套技术是个宝呢！您可以好好总结一下，向省科技厅申报科研成果。”志坚认真地对张老建议道。

张老听了志坚的建议，微笑着慢悠悠地对志坚说：“我们在你们这里的研究和试验，如果不是你的支持、你的决心，可能得不到这么完整的成果，这个东西依我几十年经验看，很管用，可推广，有价值。但我年纪这么大了，还要成果干什么呢？”

“那您就大错特错了，申报科研成果，是为了应用，为了推广，为了造福广大茶农，为了茶叶的饮用安全，为了中国茶叶出口等等，具有巨大的社会效益和经济效益。我为什么要建有机茶园呀？为什么要请你们来指导呀？主要是中国的茶叶普遍使用化学农药，出口受阻，我在日本和巴黎参展时，外国人都说，日本的绿茶农残低。因此，我们要做更多的争气茶，要做更多的出口茶，同时，也是为了全国人民的健康。申报成果就是为了这个。您写成果申报书，我去科技厅联系，争取报个成果。”

“嘿嘿，那我就试试吧！”

张老认真地撰写了有机茶科技成果的报告，交给了志坚。志坚仔细阅读后觉得该报告实在、管用，科技含量高，对成功申报充满了信心。

县科技局易局长联系好申报事宜后不久，“平岗丘地茶园病虫草害生态综合防治新技术”科技成果鉴定会在湖南宾馆三楼会议室举行。主持科技成果鉴定的是湖南省科技厅成果处。鉴定该成果的是湖南省茶叶界知名专家。主任评委是茶叶泰斗，博士生导师施老。

“主任评委施老、各位评委委员，大家好，大塘茶叶公司有机茶病虫草害防治新技术科技成果评审会，现在开始。首先由大塘茶叶公司项目组专家张老先生宣讲成果报告。”科技厅陈处长宣布评审大会开始。

戴着老花眼镜的张老慢悠悠地走上发言台，向各位参会人员点头致谢后开始宣读成果报告。评审专家一边看着手中的报告，一边听张老宣读。

“成果报告已宣读完毕，现在进入评审阶段，请各位评审委员认真审评并发表看法，提出质询。”陈处长宣布评审进入第二阶段。

“请问张老，有些化学农药对防治茶毛虫效果都不理想，为什么雷公藤加茶枯、苦楝子、蓖麻籽浸泡液能杀死三龄内茶毛虫并达到95%的效果呢？”

农业厅雷总工程师质询。

“回答专家提问，雷公藤、苦楝树、蓖麻籽和茶枯除本身含有一定的容易挥发的毒素外，还含有一种强碱性的物质，就是这种天然的强力的碱性物质，能把三龄内茶毛虫的气孔在很短的时间内封闭致死。”张研究员如是回答。

“嗯，原来如此，我明白了。”

“假眼小绿叶蝉是一个很难彻底防治的害虫，为什么成果报告中说插了粘虫黄板后，能达到95%的防治效果？是不是夸大了它的效果？”又一位专家坦率地质疑。

“黄板粘虫效果无须质疑，往往是人们使用的时间不得当才效果差。本研究成果将插黄板时间放在第一代成虫产卵前——立春前五天内，这样能将越冬代假眼小绿叶蝉成虫在产卵前一网打尽，基本上控制了第一代。只要控制好了第一代，自然就大幅度减少了第二代。由于极大地降低了害虫基数，防治效果能达到95%以上。”张研究员不慌不忙地回答。

“湖南茶园害虫有七十多种，这么多害虫你们几年来五角钱农药也没有喷过，听起来好像很难让人信服。”姓杨的评审员提出一个尖锐的问题。

张老喝了两口茶，微笑着慢悠悠道：“自然界中都是一物降一物的，有害虫就有益虫，就像有老鼠就有猫一样。我们调查大塘公司有机茶园中害虫有七十多种，益虫有六十多种，几年以来我们坚持不断地消灭害虫，保护益虫，这样就实现了茶园生态的良性循环。”

“啊，原来如此。您的回答很有道理，我服了。”

提问者尖锐，回答者令人信服。对每一位专家提问，志坚敛神屏气地听着，担心张老回答不出来。专家全部满意后，他才放心地笑了。

质询完后，陈处长宣布：“现在请主任评委讲话。”

施老笑容满面地走上发言席。会场上发出了一阵热烈的掌声。施老发言了：“今天我本是要去杭州参加一个会议的，接到科技厅通知，说要我来主持大塘公司有机茶科技成果评审会，我十分高兴，决定推迟一天去杭州，来参加这个会。首先我来谈谈题外话，中国太需要有人带头搞有机茶了，大家有所不知，六七十年代，中国出口到欧盟的茶叶由于农残超标，欧洲人检测出来了，把中国的茶叶都倒在海边烧掉了。德国的报纸斗大一个字写着：‘喝中国茶叶，等于喝农药。’一段时期以来，中国茶叶出口严重受阻，造成中国茶叶严重积压，全国毁茶改种现象时有发生。中国茶叶要发展，必须走有机茶和绿色食品茶的道路，但是搞有机茶是一个相当艰巨的工程，没有顽强意志的人是搞不成的。现在大塘公司搞成了。他们为什么能搞成呢？我认为凡事事在人为。这里我向大家介绍一下大塘公司黄董这个人，前两年我去过大塘公司，看到大塘茶叶公司坪里竖了块石碑，石碑上刻了'开足马力不停步，铲平坎坷向前进'！我深为感动，给他们题了词：'学习大塘茶叶公司推土机精神和科学态度。'另外，大塘公司在长沙市公交车上做广告，内容是：'大塘有机茶，监检有农药，资您三万元。'我当时对黄董说：'你吃了豹子胆呀！怎么敢这样承诺！万一人家弄点农药放进你的茶叶包装袋去怎么办呢？'黄董笑着道：'这个不怕，监检是要由主管部门来监督抽检，我们公司有机茶园五角钱化学农药都没有喷过，我不担心。'后来我鼓励黄董：湖南茶叶是要有人吃豹子胆！大家想想，如果不是有黄董这样敢吃豹子胆的人，不是有这种铲平坎坷向前进的推土机精神，不喷一滴化学农药的有机茶能搞成吗？当然这与张老、陈老的指导研究是分不开的。刚才评委一致同意通过该成果报告，我认为该成果技术先进，意义重大，为我省推广有机茶，树立了标杆，其技术达到国内领先水平。我建议签字通过。"

施老讲话后，会场里发出了一阵热烈的掌声。

"请各位评委上台来签名。"陈处长说。等专家签完名后，陈处长走上主席台宣布："经过大塘公司专家的详细陈述，专家们认真的质询，成果专家的答询以及主任评委的总结，同意专家们的意见，大塘公司'平岗丘地茶园病虫草害生态综合防治新技术'，正式通过！"

参加评审的各位专家热烈鼓掌。志坚和张研究员一同起身与专家们一一握手，并欢送专家们离开会议室。

几年前，连有机农产品是什么也搞不清的黄志坚，经过不懈的努力，种出了有机茶，获得了国家有机茶认证，现在大塘公司还通过了科技成果鉴定，成为湖南省第一家获得有机茶科技成果的茶叶企业。志坚内心充满了成功的喜悦。

但是，一个坏消息传来，大塘公司有机茶又面临着严峻的挑战！

第二十八章

大塘公司干部职工沉浸在获得有机茶科研成果的喜悦中，没几天，传来一个坏消息，县民政局要在公司有机茶园旁的民山村建火葬场。志坚急晕了："那还得了！在茶园边建火葬场，不就是等于把死人的骨灰撒在茶树上吗？谁还会买我们的茶叶喝呀！那我们的有机茶不就完蛋了吗？千辛万苦建立起来的有机茶园不就会毁于一旦吗？要是真的这样，大塘公司还办得下去吗？不能，不能，万万不能让火葬场建成！我们建茶园在先，我们先申报了国家有机茶认证，我们是合法的，他们建火葬场侵犯了我们的权益。"志坚越想越气愤，越想越觉得事态严重：此事不制止，有机茶园将前功尽弃！此事不制止，又是一个关系到公司生死存亡的大事！必须立即制止！

"走，找柳书记去！"

志坚来到了柳书记办公室，向柳书记汇报了茶园旁建火葬场一事。柳书记听了汇报，觉得理在大塘茶叶公司一边。火葬场一旦建成将会带来诸多社会问题，甚至社会稳定的问题。县政府也可能会因此坐到被告席上去。于是他当机立断同民政局贺局长打电话，叫他停建火葬场。接到柳书记电话，民政局无奈地停建了火葬场。

第二天，停建火葬场的消息传到了民山村，民山村李书记怒了，他立即召开队长会，在会上煽风点火："大塘公司告了状，火葬场建不成了，五十万块钱的荒山租金泡汤了。明天全村群众都到大塘茶场去讨回公道！"

在民山村李书记的怂恿下，民山村三百多群众愤怒地来到了云山茶场场部闹事。"同志们，大塘茶叶公司向县里告状，把我们火葬场项目停了，五十万块钱呀！我们村每个生产队可以分到四万多元！我建我的火葬场，他办他的茶厂，井水不犯河水……"民山村李书记站在一个高处的土坎上，向数百名群众咬牙切齿地大声嚷道。

听了李书记煽动性的讲话，民山村村民群情激奋，像开了锅的水一样，沸腾了，跳的跳，叫的叫，喊的喊："我们游行到县里去！"

"我们闹到大塘茶叶公司去！"

"把他们茶树挖掉，看他们能把我们怎么样！"

"最好的办法是把大塘茶场这栋瓦屋掀掉，让他们管理茶园的员工冇地方住，让他们知道我们的厉害！"不知谁出了这个歪主意。

"这个办法好！""好主意！""要得！""拿树条来，捣掉屋上的瓦！"

数百名群众一窝蜂地涌向了茶山红砖屋。瓦被几十个爬到屋上的年轻人用树条捅下来，哗啦啦地往下掉，统统变成了废渣。屋檩子也全部被拆下来了。只剩下十几垛红砖墙和门窗孤零零地立在那里。民山村李书记眼看着这一切，口里叼着烟，幸灾乐祸地笑了，一副胜利者的模样。

"一不做、二不休，来，墙也全部推倒！"不知谁在煽风点火，大声发着号令。群众一拥而上，用的用屋檩子，用的用树条，一、二、三、一、二、三,一边喊，一边用力推着赤裸的红砖墙，一板墙，轰隆一声倒下了；又轰隆一声，第二板墙倒下了……不到半个小时，好好的一栋一连九间住宿房不见了，只剩下一大片瓦砾和烂砖头，断了的木檩子，倒下的门窗，像刚发生过地震一样。

茶场场长邵同初飞也似的来到公司向志坚报告。志坚觉得问题十分严重，立即拿起了电话："柳书记，您好！我是黄志坚，民山村群众把我们茶场一栋瓦房推倒了，还在那里闹事，特向您反映。"

"有这事？我马上去！"柳书记立即驱车来到云山茶场，准备制止这个群体事件。只见大塘茶场九间管理用房已全部被推倒，瓦片、红砖、檩木、门窗堆成一堆堆。柳书记走下车，凝神望着这大堆瓦砾和几百号怒气未消的群众，正准备叫秘书寻找民山村书记时，被民山村李书记认出来了。李书记躲在群众中暗示，一伙群众不由分说将柳书记小车推翻在地。

柳书记急了，火了。但他知道在这几百号不明真相的群众面前，在没有警察的情况下不便也无法制止暴乱行为，只好步行三公里来到大塘茶叶公司。

"柳书记，您怎么走路？车呢？"志坚疑惑地问。

"车被民山村群众掀翻了，只好走路。"

志坚觉得很内疚，没想到事情会发展到这么严重的地步，更没有想到他们竟敢掀翻县委副书记的小车，说："对不起，柳书记，辛苦您了，只怪那些不懂法的群众。”

“不能怪群众，民山村李书记对此次事件负有不可推卸的责任，一定要坚决打击！”他又详细问了一些相关情况，并打电话要求县公安局到现场拍照取证，把小车拖回去。没多久，公安局派车把柳书记的车拖回了县里。派出所把民山村李支书带到一边问话。

三天后，民山村李书记被公安局铐着双手关到县看守所去了。

火葬场的事就这样平息了，志坚放下心来。但不久，在一次最平常不过的事件中，他差点落入黑社会的魔爪。

湖湘包装厂擅自改变了大塘茶叶公司包装袋规格，而且质量又比原来的差，余下货款被志坚理所当然地拒付了。湖湘包装厂天天打电话来催收欠款。

“老田呀，你们公司欠我们包装款什么时候还呀，这么久了。”湖湘包装厂尹科长又打电话问田少德。

“尹科长，对不起，我真没有办法，黄董下令拒付货款，你们只能找他要。”

“那不行，你是业务负责人，合同是你签的，我们只找你。”

“我无权，请理解我，包装袋缩小了尺寸是你们的责任，与我无关！”

“怎么说与你无关呢？如果不是你要回扣，我们也不会缩小尺寸呀！不讲这些了，你帮我们想想办法，欠款收回了，给你20%的好处费。”

听到尹科长要给好处费，碰到挑大粪的人也要捞一瓢的田少德动心了。想了想，又望了望周边无人，便在电话里对尹科长说：“尹科长，办法倒是有一个，只怕你们不敢做！”

“什么好办法，你说给我听听。”

“到社会上找几个‘混混’，把黄志坚诱出去做人质，他就会乖乖地还款。除了这个办法，你们要钱，只怕莫想白了头发。”一脸凶狠的田少德压低声道，生怕被别人听到。

“这个办法要是要得，就是不知道黄董哪一天在公司里。”

“这几天他都会在公司，要来就要赶快！”

“好的，有变化，你随时电话告诉我们！”

“行。”一个抓志坚做人质的行动就这样秘密地开始了。

第三天上午，志坚正在公司前坪看地形，做规划。他准备在公司前坪砌一幢新办公楼。一辆老式吉普车开进了公司大门。从车上先后下来三个身穿黑衣的中年男人，其中一个戴着大墨镜。这三个人不停地向四周张望。

志坚见来了客人，转身走来，心想：如果是相关职能部门的人，不能怠慢了人家。他见这三个人脖子上都戴着一圈粗项链，还有一个戴着大墨镜，觉得有些蹊跷，立即联想到：只怕是黑道上的人！黑道倒不怕，但要提防一下，这些人啥事都干得出来！

三个人慢慢地朝志坚靠近，大概离志坚不到五米远，戴墨镜的人说话了："黄董，你好！久闻大名。今天特来拜访您，我也是湘江县本地人嘞，姓董，我早就认识你。"墨镜人一口西乡话，皮笑肉不笑。

"啊，欢迎、欢迎，请到办公室喝茶。"

"谢谢，我们先在外面参观参观。"戴墨镜的人口里虽这么说，脚却一步一步朝志坚移动，其余两个人也从不同方向向志坚靠拢，形成了对志坚的包抄之势。当其中一个人快要靠近志坚时，戴墨镜的和另外一个也靠近了志坚，左边一个，右边两个，把志坚挡在了中间，逼着志坚朝打开的吉普车的车门走，明显有把志坚逼进吉普车里去的意图。

志坚突然觉得情况不对，感觉到会被他们逼着上吉普车。他立即意识到这三个人有图谋不轨之意。于是双手推开身边三个黑衣人，大声喊道："老李，赶快把铁门锁起来！"听到志坚这一声雷鸣般的喊声，门卫老李立刻冲出房门，把大门锁上了。

"你们想干什么？你们找错对象了，来人啦！"志坚大声呼喊着。

办公室、食堂里、菜地里的职工，听到志坚的喊声，不知道出了什么事，立即跑了拢来，十几个人不约而同来到志坚身边。食堂工人有的拿了火钳，有的拿了木棍，菜地两个工人还拿着锄头扁担来了。

"老尹，老尹，黄董有危险！你快来！"刘小明见状，来到老尹办公室前大声喊，又立即来到了志坚身边。

"你们怕是找死！还敢到我们公司里来对黄董无礼，拿绳子来，把他们捆起！"从办公室冲出来的尹厚友大声喝道。

"谁敢无礼，老子一扁担打死他！"拿扁担的工人高高举起了扁担。

"打！狠狠地打他们一顿！"

"你们三个家伙同老子好好跪着，不然的话，老子的锄头会不客气！"菜地里来的老楚也高高举起锄头。

“各位、各位，误会了，误会了。”见势不妙，戴墨镜的人便立即用西乡口音解释。

这时，田少德从厕所里跑了出来，瞪着三角眼，对三个黑衣人一边眨眼睛一边大声喝道：“不得胡来！你们胆敢对黄董无礼，只怕是想找死！你们手中缺钱花，也不能胡来呀！”转身又对志坚说：“君子不找牛斗力，大人不计小人过，放他们一马，把这几个家伙赶出去！”田少德一副维护志坚的正人君子的样子。

“对不起，黄董，我们冒犯您了，只因我们兄弟一时手中紧张了一点，想请您去城里喝杯茶，讨点小费。”戴墨镜的黑衣人听了田少德一番说辞，立即向志坚道歉。

“你们两个家伙也要同黄董赔礼道歉。”田少德对另外两个黑衣人说。听了田少德的提醒，另外两个黑衣人连忙对志坚打了一个拱手，道：“请黄董海涵、海涵！下次不敢！”一口长沙口音。

“这三个家伙肯定都不是好人，赶快叫派出所来。”老尹建议。

“不管他们是什么人，先关起来再说，看他们还敢不敢胡来！”门卫老李说。

“有客气讲，先打他们一顿再说！”

公司职工越聚越多，也越来越气愤，摩拳擦掌，喊打声四起。三个黑衣人见寡不敌众，又无路可逃，都慌了神。这时墨镜人连忙取下墨镜，皮笑肉不笑，对志坚讲好话：“老表，对不起，我该死！不认亲疏，我是董旺，我错了，我该死！请老表原谅，再原谅！”说完朝志坚跪下。

志坚顺手一记耳光，骂道：“原来还是你这个家伙！你这个不认亲疏的家伙！我们十几个老表就只你不学好样！不是碍在表叔的分上，老子就要把你送到派出所去，让你再去坐几年牢。你同老子快滚！快滚！”

“谢谢老表！谢谢老表！”戴墨镜的黑衣人立刻站了起来。

“老李，把大门打开，让他们滚！”

戴墨镜的人用拳头对田少德挥了挥，三个黑衣人钻进吉普车，走了。

志坚才知道戴墨镜的人原来是自己表叔的崽，几年前不学好样，多次做贼，判了刑，关了五年，去年才放回来，如果向派出所报案，肯定又会判刑，怕对不住表叔，志坚才动了恻隐之心，把他们放了。至于黑衣人要抓他做人质，也以为是想打他钱的主意。明枪易躲、暗箭难防，但志坚万万没有想到的是，这次事件竟另有隐情。

“老同学，你怎么能轻松地放过这帮家伙呢！这些社会上的毒瘤不除，他们还会害人哩！”

“有么哩办法呢，我爸同这家伙的父亲是嫡亲老表！怕对表叔不住，只能放他一马。”

“这些家伙真可耻，胆敢抓你去做人质，亏他们想得出来，刚才你好危险哩！你知道吗，我的心还在怦怦地跳呢！”小刘道。

“世界上每天都会有想不到的事，正如林子大了，什么鸟都会有。最可耻的事也会有人干，这不奇怪。”

“你就是心太软了。”

还蒙在鼓里的志坚，躲过了这一劫后，不久，又陷入了绝望之中。

第二十九章

志坚没日没夜工作，一直让应贤很担心，毕竟四十多岁的人了。应贤的担心一点也没有多余，志坚咽喉病发了，而且一天比一天严重，还长出了一个小疙瘩，虽不痛不痒，但吞开水都很困难。

刘小明在楼梯口碰到志坚，停下来问："黄董，你照照镜子啰，瘦了好多嘞！"

"瘦了吗？最近喉咙有点痛，吃不了东西。"

"到医院去检查检查，我陪你去啰，有病莫拖嘞！"

志坚实在有点支持不住了，把公司的事交代给尹厚友，下午便回家休息去了。

"这是葛根汤，放了白糖，降火又消炎，你慢慢喝一点试试看。"应贤看到丈夫连吞水也困难，知道他病得不轻了，如果不是坚持不了，他决不会回来休息的。应贤又熬了一碗小米粥端给丈夫，志坚端起来，一小口一小口艰难地吞着，每喝一小口，都紧皱眉头。就这么一小碗粥水足足喝了十几分钟才喝完。应贤看着明显消瘦了的丈夫，心想，该不是食管癌吧！焦急道："志坚，你要马上去医院，去大医院，明天就去。"

"一点小病，莫搞得吓死人啰！"志坚没听妻子的。应贤什么事也没去做，天天陪着他。千方百计弄一些有营养的东西给他吃，水果汁、绿豆汁、八宝粥、鸡蛋汤、猪肝汤、蜂蜜汁……每次看他艰难地吞咽，她的眼睛都湿润了，好几次还偷偷地哭了。

为了研究一个新产品，志坚又到公司参加新产品试验去了。晚上八点，志坚觉得喉咙痛得更厉害了，用手不停地摸着喉结。这一细微的动作，被刘小明看见了，她连忙问道："黄董，是不是喉咙又痛了？"

"是的哩，隐隐作痛。"

“我给你去泡一点白糖水，好吗？”“好啰，麻烦你了。”

不一会儿，刘小明端来了一杯放了白糖的开水，打开风扇吹凉了以后端给志坚：“黄董，你慢慢喝。”

志坚接过杯子，喝了一口，糖水还在口里打转，他皱着眉头，把脖子仰一仰才痛苦地吞下去。接着又同样痛苦地喝下第二口，第三口。喝白糖水时，这个可怜的铁汉，比当农民时挖田、担粪、踩打稻机还要痛苦和吃力。望着志坚喝糖水的样子，刘小明抹着眼泪说：“黄董，你把糖水喝了以后早点去休息，剩下来的事我同老尹来完成。明天你一定要去医院看医生，这么久了，我们好担心哩！”

“没有你说的那么危险哩。”

志坚带领技术小组连续做了一个星期的研究。喉咙越痛越厉害，每餐只能喝一小碗米汤稀饭，还到医院打了两次点滴。没有休息，也没有回家。

上班时，志坚对办公室周主任说：“明天上午召开科研组工作会议，你通知老尹、小刘、傅飞参加。”

上午八点，尹厚友、刘小明、傅飞早早地来到会议室，不一会儿志坚拎着包缓步走进会议室。坐定后，放下包：“今天召集大家来议一议公司下一阶段科技创新的问题。我先说几句，大家再谈看法。企业要发展，必须不断地创新，我们公司这几年发展也证明了这点。先是请朱教授传授冷窨茉莉花茶技术，创立了云山花茶，开拓了一片大市场；假冒来了，我们创新的自我防伪技术，保住了品牌；种有机茶，又获得省科技成果。年年有创新、年年有发展，但如果我们躺在这些功劳簿上，不思进取，不继续创新，企业就会停滞不前，甚至有倒闭的风险。办企业时刻要有危机感，有了危机感，才会知道要创新，下一步……”话还没说完，只见志坚面色苍白，头朝一边歪去，他企图坐稳，但还是双手扒在会议桌上，头埋在双手之间——志坚晕过去了。

“黄董，怎么了！我去叫车。”尹厚友惊慌失措地冲下了楼。刘小明疾步来到志坚身边，不停地按着他的人中。二十分钟后，志坚被送到了医院急诊室。经抢救，他恢复了意识。医生诊断他为营养不良，严重虚脱。

“我冇事。”醒来后，志坚笑着望着抹着眼泪的尹厚友、刘小明、傅飞。

“黄董，你的病再不能拖了，必须马上去大医院治疗。”刘小明显得很焦虑。

“是的，黄董，你一天也不能拖了。”大家附和着。

志坚开会晕倒在会议室，应贤知道后急得团团转，几次劝他去大医院，他总说工作忙，一天推一天，还说："无妨，吃点消炎药就会好的。"四个多月了，仍不见好转，而且越来越严重，她不能不管，自己劝不动他，娘也劝不动他，她打电话给志坚最好的朋友，乡里熊乡长，劝丈夫去大医院做检查。

"熊乡长，稀客，好久没来了。"志坚看见脸上胡须剃得精光的熊乡长来到公司，立即起身打招呼。

"哎，是有三个多月没来了，去市里党校学习去了，昨天回来的。特地来看看好朋友、我们的黄董呢！"熊乡长笑着大声道。

志坚老早就把手伸过去同熊乡长握手，熊乡长这时也伸出他的大手紧紧地握着志坚的手。突然哎呀一声："黄董，你怎么瘦成这个样子了？"

"我是三个原因瘦的，一个是想你；二个是最近忙了点，没休息好；三个是这里有点痛，吃不了东西。"志坚指着自己的咽喉，开玩笑道。

熊乡长一边喝茶，一边仔细看着志坚。志坚不好意思起来："你老是看我干什么呀，难道不认得我了？"

"哎，你瘦得真有些看不得哩！没去医院检查呀？有多久了？"

"四个月了，冇去检查，冇事哩。小时候也经常喉咙痛。可能是上了火吧。就是吃东西不下。连开水也很难咽下去，餐餐吃一点汤汤水水。"

熊乡长见志坚瘦成这样，喉咙又痛这么久了，连吞水都困难，他的第一反应告诉他，好朋友十有八九是食管癌，或者是甲癌，必须马上去省城大医院，再拖下去，到了晚期，后悔就来不及了，于是道："你要赶快到大医院去做检查，我们乡里的财神爷可不能出问题啊！不管有病冇病，明天我开车，陪你去省里江雅医院。"

"莫搞得这样吓人吧！"其实志坚也想去省医院认真检查。他觉得自己是有点不对劲了。

"一天也不能拖，明天六点我开车来接你。"

"那也好，恭敬不如从命。"

第二天，熊乡长开车把志坚接到江雅就诊，同去的还有卫生院黄院长。"黄老师，您好！"明星一样漂亮、穿着白大褂的周小艳一见到自己小学的班主任老师，笑眯眯地上前打招呼。

志坚看见自己最喜欢的学生还是那么漂亮，笑了笑说："小艳，你还是那么乖，那么年轻漂亮。"

“谢谢老师！”小周紧紧握着志坚的手。

乡里提前联系了在江雅当护士长的周小艳，请她为志坚挂了号。“来，都同我上二楼去，特约专家号我挂好了。”三人同周小艳来到了二楼内科特约专家门诊。一位满头白发的医生在志坚左边颈项处反反复复摸，又用探视镜在喉咙里照。最后在病历上写了一段话，并开出做颈部彩超的检查单。

周小艳和黄院长看了病历，脸一下子阴沉了，小周眼角还有泪花。志坚看在眼里，心想自己的病可能问题大了，不由得暗暗担心。

老医生道：“你们再去肿瘤科看看吧！”

听说去肿瘤科，志坚的心不由得颤动了一下。但很快又平静下来，依然是若无其事的样子。其实，志坚内心也非常不安和烦躁——父母还在，子女没成家，公司正在发展中，要是真的得了不治之症，除了公司乱了，家也乱了外，自己还是个不能送老归山的不孝之子啊！

肿瘤科坐诊的是一位年过七旬的女专家。在排队等了半个钟头以后，女医生也是在志坚左边颈项上摸了摸，问志坚：“这里痛不痛？”

“不痛。”“这里痛不痛？”“不痛，只有点不舒服的感觉。”“多久了？”“四个多月了。”“吃东西吞咽有困难吗？”“有，连喝水都困难。”“我开个单子，去做 CT 和彩超。”女医生在志坚的病历上写了一段文字，开了一个做 CT 的单子。

熊乡长交完费后，又带志坚来到 CT 室。一个女医生说：“今天病号排满了，要等明天。”一看病历，又望望面前这位年轻的病号，连忙改口：“莫急，我们想办法安排。”

做完 CT 后，医生在志坚的病历上写了一段文字。周小艳领着志坚去做彩超。

做完彩超后，志坚站在医生的后面看着他们写病历。一个年纪大一点的医生对身边的年轻医生说：“你看，有结节的音响，好明显。”然后写了“甲癌”两个字。医生回头一看后面站了人，马上又将中文改为外文。志坚笑着对医生说：“医生，你只管写，我不怕。”

周小艳担心志坚紧张，连忙说：“有事，我带你到熟人医生那里再去看看。”

这是一个中年男主治医生。他仔细地对志坚进行了诊断，又认真看了影像资料和几个医生给志坚写的病历，对志坚和同来的人毫不掩饰道：“小周，我不排除这位患者是甲癌，但我认为也有可能只是亚急性甲炎。”

“医生，无妨嘞，是甲癌我也不怕！”志坚说完上厕所去了。周小艳再也忍不住了，哇的一声哭出来，含着眼泪对熊乡长、黄院长说：“黄老师一定要住院治疗，癌症如果到了晚期，很难治的嘞！”

三人都回到休息区休息，谁也没说话。志坚从厕所出来：“谢谢小艳，也辛苦你们二位了，病检查好了，我们回去吧！”

“那怎么行呢？要住院确诊，是祸躲不脱，躲脱不是祸。我既要对你负责任，又要对公司负责，不管是癌不是癌，你必须住院确诊和治疗。”熊乡长说。

“病未确诊，不能回去，听小周和熊乡长的，住院确诊。”黄院长更急。

“大不了是个癌症，有什么可怕的，无非早死几年。是癌症我也不治。周总理都患癌死了，我一个平民百姓怕什么！不是癌症我吃药就会好。这件事我坚决不听你们的！另外，你们回去后，一定要保密，不准同任何人讲，莫把我父母吓死了。”志坚依然听不进劝告，坚持不住院。他强迫自己平静下来，冷静下来，因为潜意识提醒他，一旦住院，家人肯定会怀疑，尤其是妻子和父母知道了，会急出病来。因此，一不能住院，二不能告诉家人，先吃药。如果仍不好，再视情况而定。

熊乡长拿他没办法，准备开车回去。志坚表面若无其事，内心却很焦躁：“命运啊，你怎么老是捉弄我呢？我受的罪难道还少吗！”

“志坚，我真佩服你坚强！别人吓都吓死了！”黄院长感叹道。

“人呀，不要那么软弱，病来了治就是，治不好，死就是。人一生不可能一帆风顺，不可能没有挫折，失败不要怕，困难不要怕，病了也不要怕，人最怕的是软弱。我们公司的厂魂是‘开足马力不停步，铲平坎坷向前进’。关于我的病，我再次请求你们，一定要为我保密。小艳，你不要为我着急，你去上班。”志坚说完带头走出了医院大门。周小艳含着眼泪目送着自己的老师离开。

“回来了呀，娘眼睛都望穿了！三次跑到外面看你回来没有，刚去睡。你的病还好吧？冇事吧？”志坚从医院回到家里时，妻子急不可耐地问。

“冇事嘞，医生说只是咽喉有点炎症，吃药就会好的。”

“志大爷，你冇事吧？”听见儿子说话的声音，陶富娥连忙从房里走出来问。做娘的哪里睡得安稳啊！

“冇事哩！娘，你放心啰。”志坚笑着回答。

陶富娥连声说："冇事就好，冇事就好。你一世年好事做得多，菩萨会保佑你的。"说完进房里去了。

志坚虽然瞒着父母和妻子，说自己没病，但其实他的内心十分痛苦和焦急，从来不相信命运的他也埋怨起自己的命运来——读书辍学、当兵被刷、招干未成，现在千难万难办起一个茶叶公司，正在顺风顺水时又可能得了绝症，一辈子就要这样完蛋啊！他双手抱头，仰躺在沙发上，痛苦、伤心一齐涌上心头。上有老，下有小，只怕要做最坏的打算了！想到这里，他觉得有必要把病情如实告诉好朋友尹厚友，有些事也要提前交代他一下，迟了怕来不及。他来到老尹办公室，老尹正在看样茶，见志坚来了，连忙说："两天没见你，我正准备去看你呢。"给他泡了一杯茶，说："喝杯茶吧。"

"不喝，好难吞下去。"志坚道，"老同学，你坐啰，我有话对你说。老尹呀，我们是比亲兄弟还要亲的兄弟，关于我的病我想同你讲一讲：这次我去江雅做了全面检查，五个医生都说我得的是甲癌，只有其中一个医生说我的病不排除甲癌，也可能只是亚急性甲炎。虽然没有切片检查，熊乡长、小艳和黄院长都劝我住院治疗。我说冇事，回去吃药会好的。其实我内心也很担心，我口里说冇事，其实我是不想搞得沸沸扬扬，让我的家人知道，特别是年迈的父母知道，让他们担惊受怕，所以才瞒了下来。说实在的，我真是癌症，也是人力不可抗拒的事，只是觉得自己年轻了一点，要做的事情太多了。特别是我万分舍不得你这个好兄弟和我那刚过上好日子的父母、聪慧的妻子、一双儿女，让他们承受老年丧子之痛、丧夫之痛、失父之痛……"还没有说完，志坚泪如泉涌，是痛苦！是不舍！是担心！是遗憾！

志坚患病后几个月来，爱笑爱开玩笑的尹厚友天天阴沉着脸，话也很少说。现在看着好兄弟伤心地哭，自己连一句安慰的话也说不出来，也忍不住伤心伤意地哭了起来。

两个人泪眼对泪眼。

志坚哭过一阵后，泪流满面道："老尹，我的病一直没有好转，可能没希望好了，走，只是时间问题。老同学，好朋友要分手啰！我万分舍不得你！我今天叫你来，要同你交代我的后事！"

志坚虽然像平时对尹厚友说话一样，但谈说间却无法掩饰内心的巨大悲痛。他扯了纸巾擦了擦泪水，端起茶，慢慢地吞下一小口，放下杯道："我走了以后，有几件事要拜托你：一是丧事从简，尸体火化，把骨灰撒在茶园边上。二是要劝我父母，万万不能悲痛过度，今后老人的丧事，你要帮忙热闹一点操办。三是叫你家小罗多劝劝应贤，多陪陪她，她肯定会想不开，我欠她太多，太多了，有合适的要劝她改嫁，年纪还不算太大；我子女的婚事你要主持操办；厂里的担子你要挑起来，这么多人的生计交给了我们，要对他们负责。”

早已哭成泪人的尹厚友，眼泪不知抹湿了多少纸巾。过了一会儿，尹厚友站了起来，紧紧抱着志坚，泣不成声道：“好人一生平安，你肯定不是那个病。就是那个病，也会治好的，你不会有事的。我们兄弟不分手！不分手！不准分手！听见吗？听见吗？”他越说越伤心，越说越悲痛，后来几句话，几乎是带着哭腔吼出来的。

泪流满面的志坚一边哭，一边点头。又隔了一支烟的工夫，志坚扯了纸巾，擦干眼泪，大声对尹厚友道：“老同学，你也不要太悲伤和担心，我的病虽然危重，但还没有确诊，有可能是误诊。就是确诊了是绝症，也不会立即离世。如果确诊是绝症，我也一定要千方百计延长生命，争取一到两年内，研制出一个名优绿茶来，为公司今后更大的发展创造条件。”

“病得这么严重，还一心想着公司发展，太让人感动了！好人一生平安！会冇事的！”

志坚仿佛变成了另一个人：有了皱纹的宽大的额头上没有过去那么明亮和饱满了，原来圆润的下巴变得尖削起来，嘴唇也干裂了，那双炯炯有神的大眼睛现在也失去了神采，嗓子变得嘶哑，人也没精打采了。今天，他确实有些坚持不住，下午便回到家里休息。

妻子来到他身边问：“做个鸡蛋汤你喝好吗？”

“冇事，不想吃，你忙你的去吧！别操心我。”

妻子苦着脸望着他：“人是铁，饭是钢，不想吃，霸蛮也要吃点。”

“要吃，我会说的。”

“我去榨点水果汁你喝好吗？补充点维生素。”

“不想喝。”

“是不是到省中医院去看看？”

“不用，让我静静地睡一会儿……”

丈夫咽喉病一直没有好转，应贤急得团团转。上周志坚同熊乡长去省城医院做了检查，一直没有告诉她到底得了什么病，好像有什么事瞒着她，她怀疑！她担心！她不放心！她觉得必须去问清楚。于是她急忙来到熊乡长家里。

“应贤，真是稀客呀！好久没有过来，快进来坐。”熊乡长爱人肖老师正准备出门，见应贤来了，立即打招呼。

应贤进来后坐在客厅大花格布沙发上。戴着一副精美眼镜的肖老师端出水果、瓜子请应贤吃，又泡了一杯新绿茶递给应贤。应贤双手接过茶，说：“经常来的，莫把我做客招待啰。”

“出门三步都是客。应姑，黄董病好些了吗？”

“还在吃药哩，医生说他只是咽喉有点发炎。”

“咽喉发炎？”肖老师惊讶地反问。

“志坚什么也没跟我说，只说他冇什么大病，我不相信，所以特地来问你的。熊乡长同去看病的，他同你讲志坚是什么病吗？”

“这……这……”肖老师犹豫起来，本想把实情告诉她，话到嘴边，又咽了回去。应贤看明白了，分明是不肯讲！分明是怕讲得！丈夫肯定得了大病，瞒着她！应贤一把拉住肖老师的手，使劲摇着，连喊带哭地央求道：“肖老师，你快说，你快说！志坚到底得了什么病？你不能瞒我！你不能瞒我呀！”说完“哇”一声哭了起来——这几天她一直担心的事发生了。

“莫哭，莫哭啰！我以为你知道呢。那就是志坚瞒着你们全家人了。我告诉了你，你可要坚强些啊！也不要告诉你们父母和儿女们。你答应我好吗？”

“我答应你，我瞒着不说。你快说！你快说！”满脸泪水的应贤急切地想知道，双手挽着肖老师右臂。

“这次在江雅做了检查，五个专家都看了志坚的病，还做了彩超、CT，志坚得的是甲癌。不过有一个医生说可能只是亚急性甲炎。老熊、黄院长都要志坚住院确诊，志坚坚决不肯住院，说自己是癌症就坚决不治。”

应贤早已瘫软在沙发上了。她浑身颤抖，心房像重锤击打一样咚咚作痛，右手一拳一拳捶打着胸脯，撕心裂肺地大声哭喊着：“何得了啰，肖老师哩！我晓得有大病哩！实在是一个好人！何里得这号病啰！好久冇吃东西了哩！吞开水也好难受的样子哩！人瘦了好多哩！他走了，一家人何得了啰！天嘞！他的命何里这么苦啰……”应贤悲天悲地哭着喊着，眼泪鼻涕一把把。她痛苦，她无助，就像天会塌下来一样。

肖老师忍不住，也跟着哭了，过了一会儿劝道："应贤，你急也没用，或许像那个医生讲的，只是亚急性甲炎！你自己要振作起来。你不振作，天天哭哭啼啼的，让你父母知道了，那可不得了哩！"

可能是听了肖老师的劝告，觉得在理，应贤停住了哭泣，从沙发上坐起来，在茶几上扯了几张纸巾擦干了眼泪，对肖老师道："肖老师，谢谢你把志坚的真实病情告诉我，你有事，我先走了。"

"好，你回去了，头一件就是莫让你父母知道啊。"

"好的，我会的，谢谢！"应贤噙着满眼的泪水离开了肖老师家。她的脚像灌了铅一样，沉重极了，她跌跌撞撞回到了家。把房门一关，瘫坐在沙发上，呜呜咽咽又哭了起来，不敢放声大哭，边哭边一拳又一拳捶打自己的胸脯，哭诉："何得了啰！他的命何里这样苦啰！苦了半辈子，刚刚好一点，又得了这号病。天嘞，你何里不开眼啰！你何里要害这样的好人啰！要癌就癌我啰，不要癌我老公。天呀，你开开眼啰！"哭喊变成了哀号。

晚上等父母、儿女们都睡了以后，应贤把门一关，瞪大着红肿的眼对志坚怒道："黄志坚，把你的文件包拿来我看！"

"看我的文件包干什么？是不是检查有没有女人的照片？"

"我冇心思同你开玩笑，快拿来！"志坚把文件包递给了妻子。应贤反复检查了文件包，没有发现医院的病历，质问道："你在医院看病的病历、报告单呢，藏到哪里去了？快拿来我看！"

"冇做检查，冇报告单，你怎么不相信我啰！"

"你到现在还在瞒我，黄志坚！我什么都清楚，你得的是甲癌！肖老师全部告诉了我！"应贤说完，双手抱着丈夫，闷声大哭，眼泪像决了堤的洪水一样，从双眼奔泻出来。这哭声，撕心裂肺！

"这熊乡长，再三嘱咐要他保密，怎么讲出来嘞！"

"你还怪熊乡长，你为什么要瞒着我！为什么不早告诉我！为什么要对我保密？为什么不放下工作休息！逞能！当英雄！"应贤一拳又一拳打在志坚身上。

"我告诉了你，不把你急死，也会急病，你没有我坚强。"

哭了好大一阵，应贤才停止了哭泣，自言自语道："何里得这号病啰！何里这么多磨难啰！实在心地好着，何里不病我啰！平时要你注意休息，你总是不听我的劝告，这下好啦！"

“你讲这些话，真好笑。人吃五谷，谁无病痛，生老病死是很正常的事。人啊，都会因病离世，只是时间迟早的问题，谁也不能幸免，该来的总会来，想躲也躲不掉，病来了，不要害怕，唯有面对。自己想想是什么原因，及时看医生，查出病因，治疗就是，治不好，死了就是，没什么大不了的。”

“你呀，说得好轻松，喝蛋汤一样。你知道吗，你把我急死了哩！我的心分成了两半，一半是孩子，一半是你的病。”又哭道，“天喽，正是日子好过一点的时候，他却要走啦，老天爷喽！你开开眼啰！”

志坚心想：既然妻子知道了检查结果，再也不能瞒妻子了，说：“应，我的病你既然知道了，我也不能再瞒你了。江雅五个医生诊断，说我得的是甲癌，虽然没有最后确诊，但我自己很清楚，病一天比一天严重了。看来，急也没用，与你分手只是迟早的事。”说到这里，志坚说不下去了，眼泪双流。应贤更是哭成了泪人，死死抱着丈夫，泣不成声：“不会的，不会的，你不要乱讲！不准你乱讲！”

“应，我最舍不得的人是你，你是我的心肝宝贝；我最舍不得的还有我们一双儿女，他们是我的心头肉；我最舍不得的还有我那苦命的父母，刚刚享了一点福，我又要离开他们了。可怜我的父母还有你，会天天想我、思我、悲我。”志坚又说不下去了，停了一阵，道，“应，你要坚强，一定要坚强，我虽然万分舍不得你们，但这也是人力无法抗拒的事。你要打起精神，撑起这个家，管教好儿女，这是你的希望，也是我的希望。你要照顾好父母，多多开导他们，尽量减轻老人家的丧子之痛……”

悲痛欲绝的妻子一手死死捂住丈夫的嘴：“不准你胡说，你这个不负责的家伙！不准你丢下我们不管……呜，呜，呜……”极度伤心痛苦的应贤转过身紧紧抱着丈夫的脖子，一头埋在丈夫的胸口处不停抽泣。此时，志坚也忍不住了，双手抱着妻子泪如雨下，口里喃喃道：“我欠你太多、太多，我万分舍不得贤惠的你。如果有来生，我一定还要娶你……”

两人抱头痛哭了十几分钟，志坚松开了妻子，说：“你莫再哭了，你眼睛都哭肿了，像两个小桃子一样。喉咙都哭哑了。可能你老公命大，正如那个医生说的，只是亚急性甲炎。”

“要是这样就好！要是这样就好！”

这一夜，应贤彻夜未眠。泪，整整流了一个晚上。

第三天，志坚又拖着病体去公司了。几天后，志坚回家休息，刚进屋，妻子看到仍打不起精神的丈夫，问道：“你的病好了点吗？”

“吃中药，好了点，你放心，你老公命大，可能只是亚急性甲炎。你莫操心我啰！你把心放在肚子里去，我会没事的。”

“不是甲癌就好，但我还是不放心，上有老，下有小，你必须健康，全家靠你，父母靠你，你不能做不孝之人。为了慎重起见，你必须去江雅把病查清楚，是癌症就去上海治，我陪你去，倾家荡产我也甘心情愿！”

“有必要去啰，吃了药没好再去好吗？你一定不能让老娘、老爸知道了啊，知道吗？”

“好，我保密。但是，你要答应我去江雅确诊啊！”

个把月过去了，志坚的病仍没好。应贤觉得不能再依他了，无论如何要赶快去江雅。她决定把四嫂请来服侍老人，自己同丈夫去江雅。

应贤六点半就起床了，收拾好日用品，装在一个箱子里，命令式地对着丈夫道：“你早点起床，收拾收拾，我今天陪你去江雅，不去也得去。我去厨房做早餐。”

“你神经病啦！好好的，父母知道了，还以为我得了什么大病，你要把他们急死是吗？”

“我已同他们讲好了，父母也认为要去医院确诊一下才放心，怕你有大病。”

“我不去！”

“你不去也要去！茶厂不干了，挣再多的钱也不干了，钱没有老公重要。”

七点半，接志坚上班的小车准时开到了门口，志坚照旧拎起包。应贤见状，快步向前，从志坚手中夺过小包，用力一甩，丢到了客厅沙发上：“不去上班！”

志坚没有争吵，也没有去拿包，径直钻进小车，对司机说：“开车，走！”

应贤三步两步跨到小车前头，双手拦着小车：“不准动！”志坚无可奈何，只好下车来，笑着对妻子说：“好、好，下个月喉咙再没有好，我同你去医院，这总可以吧？”

“你讲话不算数，我不信你！”

“应妹子，你今天莫拦他，下个月去也行。”站在一边的陶富娥劝着儿媳妇。

“娘说了啊，下个月可不能再赖皮了！”

得知丈夫得了甲癌以后，应贤像换了一个人一样，茶不思，饭不想，爱说爱笑的她变得沉默寡言，爱打扮的她，有时连头发也不梳一下。有时一整晚一整晚失眠，口里常念叨着同一句话——“何得了啰！有什么办法能治好他的病啰？”

她只要听人说有降火、消炎的土方子，就一定要想办法搞来给丈夫吃。昨天听老屋里燕爹说黄豆金银花煮水鸭降火、消炎，效果明显，五月端午凉茶煮开做茶喝，长期饮用效果也不错，于是她家家去问，看谁家有五月端午凉茶。一个晚上就弄到了一大袋子，足有五六斤，可以喝上一个月。又买了一只水鸭，放入二两黄豆、一把金银花，文火煮了近两个小时。第二天吃过早饭，她匆匆赶到公司：她必须要在中饭前，志坚还没有吃饭的时候给他。十点钟，应贤来到了大塘茶叶公司。志坚正在办公室。

“杜应贤，你怎么这时候来了？”

“来送凉茶和水鸭汤你吃。”

“怎么没有收拾一下？头发都稀乱的，你平时好爱打扮的。”

“你病冇好，我有么哩心情打扮啰！”应贤叹着气，接着道，“这是黄豆煮水鸭，燕爹说它大凉。这是五月端午凉茶，你天天当茶喝，罐子我也带来了，等会儿要食堂孙伢子天天煎开给你喝。”说完又到食堂拿来一个大瓷碗，倒了满满一碗黄豆金银花水鸭汤给丈夫。

“你现在吃啰，我要站在你身边看到你把它吃完。”

志坚笑了一笑，慢慢地一小口一小口地喝着。应贤这才稍稍放心。后来经人介绍，找一位老中医开了中药，一天吃一剂，煎三道。

二十五剂中药吃完了，加上之前吃了水鸭黄豆汤、鱼腥草和五月端午凉茶，志坚的喉咙不痛了，吃饭也顺畅了许多。只是吃不得辣椒等辛辣生火的食物。他清楚自己的病可能只是亚急性甲炎而已，于是连中药也不吃了，天天喝着从药店买来的鱼腥草，把它当茶喝。

听丈夫说，吃了中药和鱼腥草以后，喉咙肿痛的症状好多了，可能丈夫的病不是甲癌，只是亚急性甲炎，应贤高兴得跳起来。她的心，像天上的云一样，一下子全散开了。但她一细想，丈夫吃的鱼腥草是从中药店里买的，谁能保证这种鱼腥草没有被农药污染呢！要是这种鱼腥草农药超标，不是又会对丈夫的身体造成危害吗？她越想越害怕，越害怕越担心。这可不是一件小事。大事小事从不马虎的应贤这时想到了二十里外的云山，那里的鱼腥草没有任何污染，她决定星期六放假，带女儿、儿子上山采挖鱼腥草。

星期六六点半，应贤三娘崽吃过早餐，带着几只袋子，几盒方便面，坐公交车出发了。儿女们听说扯鱼腥草给父亲治病，都十分卖力，尽管走这么远的山路，爬这么高的山，弄得一身汗，一身灰尘，都高高兴兴。一个上午就扯满了四袋子野生鱼腥草，由儿子挑着回到了家。应贤把扯来的鱼腥草洗净晒干，切碎，装在两个袋子里。

"你这又是送么哩宝贝给我啰？"当应贤把鱼腥草送到志坚手中时，志坚笑着问妻子。

"这是我们三娘崽在云山上扯来的鱼腥草，天然的，无农药，从今天起吃这个鱼腥草，买的怕有农残，不要吃了。你照顾好自己，就是对这个家最好的贡献。只有你健康，你平安，我才会高兴，才会幸福。"

"哎，亏你想得周到，听你的。"

半年后，奇迹出现了，志坚咽喉的所有症状都消失了，国字形的脸红润饱满。铁汉黄志坚的"甲癌"就这样不"治"而愈了。

应贤见丈夫咽喉病全好了，热的、冷的、硬的、生的都能吃了，脸色恢复到了原来的气色，担忧的愁绪一扫而光，正像天上的乌云被风卷走了，心里美滋滋的，觉得整个世界都眉开眼笑了。她无比兴奋，消失多日的笑容又重新挂在脸上。晚上收拾完后，洗了澡，喷上香水，穿着刚买来的天蓝色真丝睡衣，上床准备睡觉。"志，睡吧，我累了，想早点休息。"

"好，写完一点东西，就来。"等志坚上床后应贤移了移身子，侧面朝志坚睡着，不一会儿又抬起头，面对志坚的脸，像不认得他一样，用白胖的手指摸了摸他的额头，摸了摸他的下巴，又摸了摸他的脸颊。

"你这是搞什么鬼名堂呀！摸我的脸干什么？"志坚大笑。

这一笑，对杜应贤来说，就像阴霾的天空突然出现了阳光一样。"志呀，你知道吗？几个月前看到你面黄肌瘦的样子，我心疼死了，不知偷偷流了多少泪，现在看到你红彤彤的脸庞，圆圆的下巴，饱满的额头，我高兴死了。原来想靠近你，却又不敢靠近你，现在看到你身体恢复了原样，我就情不自禁地想抱你。"

"应贤呀，我之所以好得快，离不开你的照顾呢！我时常在心里想，我真有福气，这辈子找了一个好妻子。"说完，志坚将妻子紧紧地搂在怀里。

应贤也顺从地把头埋在志坚的胸膛，绯红的脸上洋溢着喜气，兴奋的眼睛里闪烁着喜悦的波光，微微带着羞涩和娇气道："再抱紧点。"又问志坚："那几个'癌'字把我吓死了，当时你真的不怕吗？"

"我这个甲癌肯定是弄错了，现在完全好了。去年我虽然对你讲不要哭，我不会死，其实我是在安慰你哩！怕你过度操心，受急，急出病来。其实，当时我自己也很担心哩！有一次我还专门同老尹交代了我的后事。我对他说，要他家小罗多多劝劝你，我走了，有好的对象，再找一个。"

"找你个鬼！你不晓得哩！当时我背着你，不知哭过多少回哩！眼泪都哭干了，一整夜冇眨眼皮，还找对象！我真不会找。当时我就想好了，要是你走了，我也不活了，活在世上冇意思了，我准备送你上山后，跳到湘江河里淹死算了，省得来思你、想你、悲你。冇晓得我的老公命大福大，现在完全好了，我真幸福。我们谁也不能走，健健康康活到一百岁！"

"一个人的一生不可能平平坦坦，总有坎坎坷坷和病痛，怕，有什么用呢，只有面对，只有想办法找到克服的方法才是对的。"

"我真佩服你！"

志坚完全康复后，又全身心投入工作了。

五月的一天，乡政府甘副书记来了。

"黄董，你好！我同你商量一个事啰！我管企业这条线，要一些开支，接待客人啦，送情送礼，七七八八每年要大几万开支，你把公司的钱先借我两万或三万啰，乡里以后来结账。"老甘瞪着一双三角眼，以近乎命令的口气对志坚说。

"来，甘书记，我们进屋里去谈好吗？"志坚知道老甘来借钱一事不太好办，一两句话谈不好，说不清。以前自己当村支书为改田的事、成立基建队的事、招干的事与老甘闹过矛盾，自己不曾对老甘抱有成见，还一直在一些小事中顺着他，迁就他，尽可能修补关系。老甘毕竟是乡里领导，又分管乡镇企业工作，不能因为一些小事得罪他。他现在提出这么大数额的借款，肯定是不行的，但必须好好地跟他解释清楚，免得产生误会和隔阂。

来到办公室，志坚面带微笑地同他说："甘书记，关于你要借几万块钱的事，我实在有一点为难，既没有先例，同时李书记、熊乡长已交代过，除公司每年上交五十万元给乡政府外，其余任何干部要借钱、要茶叶一律不给。你想借钱，请你原谅，我没有这个权力，能否请你要乡财政所开个收据，熊乡长签个字好吗？”

听到志坚不同意借钱，甘副书记的脸立刻阴沉下来，带着威胁的口气道：“黄志坚，我告诉你，李书记、熊乡长都要调走，新来的书记仍然安排我分管乡镇企业。大塘公司是乡政府控股的企业，不是你黄某的企业，你要识时务。我晓得，你还是为明月大队改田的事、基建队的事、招干的事对我怀恨在心啰！好的，钱你可以不借，你等着看好戏！”说完起身怒气冲冲跨出了志坚办公室。

甘副书记这几句话惹毛了从不信邪的黄志坚。他像一头斗恼了的公牛，冲上前一把抓住甘一泽的手，把他从门外拖进房来，吼道：“姓甘的你给我听清楚！你作为一个国家干部，一点也不检点。今天找我要茶叶，明天找我要车用，做屋找我要车拖石灰，还要我违规安排你亲友进茶厂。这一切我都违心地答应了你。你今天还要找我借几万块钱，我不肯，你就以权来压我，威胁我。告诉你姓甘的，你打错了算盘，找错了人！我不怕你威胁！你要胡来，我黄志坚不答应！我到纪委去举报你，不信你走着瞧！好在全乡只有你一个不检点的干部！”

被志坚大骂一顿后，甘一泽大汗淋漓，面如死灰，尤其听志坚要去纪委告他，更是吓得魂飞魄散，没回一句话，低着头走了。

正好田少德从外面回公司，见甘副书记一脸的不高兴，知道刚才肯定发生了不愉快的事，便拉住他问道：“老表，么哩事让你这么气冲冲的？”

“冇么子事！”说完没理田少德，往乡里走。

田少德望着远去的老表，心里打着肚官司：“老表是么哩事这么不高兴？我倒要问问看。”于是，吃了晚饭，他来到甘一泽的宿舍。一进门，看见老表一脸不高兴，喝着闷茶，便问：“老表，吃饭了吗？”

“刚吃了，你坐。”

得知老表同志坚闹翻，田少德关上门把椅子移到甘一泽身边，用手遮着嘴，对着甘一泽的耳朵说了好大一会儿，说得甘一泽连连点头。

一个星期后，乡里调来的邱书记正式上任了。

邱书记在乡政府会议室主持召开党委会议，听取全乡各方面的工作汇报。

党委会上，分管乡镇企业的甘副书记重点汇报了大塘茶叶公司的情况，并重点反映了黄志坚的有关“问题”。新来的邱书记一边听，一边作记录。听了甘一泽一面之词，以黄志坚不服从党委领导为由，免去了志坚公司董事长一职，转任乡企业办主任一职。志坚借故请了假，没跟公司任何人说，带着全家人去北京旅游去了。志坚走了，公司乱成了一锅粥：尹厚友因揭发甘一泽找志坚借钱的事与甘一泽发生争斗，打伤了甘一泽，被送派出所去了；邵同初带领十名职工去县政府静坐去了；职工们担心志坚离开公司后公司会倒闭，天天吵着闹着，拒不上班，因此公司停工停产了。

五天后，县委办李主任向刚从省委党校学习回来的县委陈书记汇报："陈书记，下个星期副省长要到我县大塘公司调研，考察茶叶大省变强省的工作。可是，最近大塘乡党委免去了黄志坚大塘公司董事长的职务，黄志坚带一家人去北京旅游了。公司总经理又因打伤了大塘乡甘副书记被拘留了。大塘茶叶公司停工停产，处于瘫痪状态。职工代表还在县政府静坐。您看如何是好？"

陈书记大发雷霆："岂有此理，真是乱弹琴！黄志坚是谁？他是全国优秀企业家，企业家像大熊猫一样，是国宝，我们要好好爱护。这么好的公司负责人，喊免就免！我可以三天内找到二三十个乡镇党委书记，但像黄志坚这样的企业家打着灯笼也找不到几个。天天喊尊重人才，关爱人才，光喊在嘴巴上。李主任，你马上叫纪委钱书记来一下。"

陈书记马上又拿起手机，拨通了大塘乡邱书记的电话："小邱吗？你马上通知黄志坚明天上午赶回大塘公司，继续担任公司董事长，去拘留所领回尹厚友，不得有误！"

邱书记接了县委陈书记电话，吓得满头大汗，瘫坐在办公室沙发上，用拳头不停地捶打自己的脑袋。他知道事情闹大了，后悔莫及，悔不该听老甘一面之词，无奈地拨通了黄志坚电话。

第二天，志坚带着家人坐飞机回到了黄花机场，把父母妻子送回家后直接回到了公司。同一天，邵同初带领的静坐员工也回到了公司。第三天，县拘留所释放了尹厚友。一个月以后，大塘乡党委邱书记调到城南区当副区长去了。经县纪委立案调查，甘一泽涉嫌经济问题，三个月后移交到有关部门处理。

大塘公司很快恢复了平静，就像什么事也没有发生过一样。

公司职工都沉浸在胜利的喜悦中，志坚却一点也高兴不起来。他多么希望公司能像江浙那边真正的股份公司一样有一个好的工作环境，能够不受干扰，安心搞生产、搞科研！他盼望这一天早一点到来——他有太多的茶叶科研项目等待研发啊！“不能埋怨，也不能等待，我要抓紧干，朝着既定的目标奋斗！”志坚在心里想。他没有因免职风波而产生半点松懈。上午，他进了加工车间、包装车间检查工作，然后来到了实验室。

实验室里只有刘小明一个人，见志坚来了，她连忙放下手中工作，红着脸笑盈盈道：“黄董，你坐。”说完转身倒茶。

“小刘，质量上没出什么问题吧？”志坚接过茶严肃地问。

“茶叶没有问题，我觉得公司有问题。”

“公司有什么问题呀？上次的事不是平息了吗？”

“这样一个改制不彻底的企业，是一个三不像的企业，是无论如何搞不长久的，管你的人太多了。我劝你趁早离开，我同你到张家界去租赁一个停产的茶厂，生产茶叶，做旅游产品销售，肯定能挣大钱。你不要怕啰，我不会逼着你同我结婚。你比我大十多岁，你想同我结婚，我也不一定同意呢！”说完大笑起来。

“废话。”志坚说完就走，一路走，一路想：“是不是刘小明真的对我有想法了，不可能吧？是开玩笑吧？”

刘小明对志坚的心思，被细心的尹厚友察觉到了。一天，在办公室闲谈时，尹厚友笑着对志坚说：“老同学，据我观察，小刘对你蛮有意思嘞！你只怕会走桃花运嘞！”

“你瞎说，你怕是冇打得。老子不像你，冇一寸用！”

“你们有共同爱好，可以共同干一番事业。莫怕啰，小刘各方面都好，你们是天生一对。要是有这样的妹子追我，我会不顾一切。胆子放大一点啰！应嫂子我来做工作！”说完，尹厚友狡黠地笑了笑。

“你住嘴！再说，老子就是一拳！”志坚真的挥起了拳头。尹厚友后退几步，又笑道：“不离婚也行，还有一个办法，像古法醋厂的刘老板一样在外面买一幢房子给她。那个女的还给刘老板生了一个崽嘞，六七岁了。我就不信你有一点想法，英雄难过美人关！”

“你再敢说一句，老子一拳收拾你！”志坚挥起拳头朝老尹头上打去，吓得他跑到门外去了。

“这家伙！”志坚望着尹厚友的背影骂道。

第三十章

一天，志坚把尹厚友、刘小明叫来办公室。待他们坐定后，志坚说："我想了很久，也想了很多。一个茶叶企业要有名气，要有利润，必须研发名优茶。现在良种有机茶园建好了，条件完全具备了，是时候开展这项工作了。但我又有些害怕，要创研一个名优绿茶，让消费者认可，做出大的名气来，谈何容易！十大名茶有几百上千年历史，大多产于高山名川。我们公司要创制毛尖茶，可能是天方夜谭！撇开名山不讲，连制作毛尖的工艺也一窍不通。我们湘江县虽然产茶历史悠久，但没有一个名茶诞生。今天请你们来，想听听你们的意见，创研毛尖茶，你们是支持还是反对？"志坚话声刚落，尹厚友立即道："我们茶园建好了，公司加工设备一应俱全，万事俱备，只欠东风，大胆搞吧！"

刘小明理了理头发，说："黄董，老尹讲的冇错，技术上可以请朱教授来指导。"

"好，有你们支持，我决心更大了，我马上打电话请教授来。"

志坚用小车接来了朱教授，吩咐尹厚友："老尹，今天下午召开一个毛尖茶采摘加工技术小组会议，请朱教授为我们讲课。""好的，我马上安排。"

听说朱教授来传授毛尖茶加工技术，大家都异常兴奋，带着记录本，很早就来到会议室，只等朱教授来讲课。朱教授右手夹着一根点燃了的香烟，在志坚的陪同下，缓步走进会议室。志坚带头鼓掌。朱教授猛吸一口烟，将烟灰敲落在讲台的烟灰缸里，轻咳两声，开始讲课："黄董事长执着追求科学种茶制茶的精神，使我深为感动。他请我来研制毛尖茶，我非常乐意和大家一起共同完成黄董事长交给的这个光荣任务。"朱教授的开场白又激起一阵掌声。

"中国茶文化博大精深，但要制作出一个好的毛尖茶实属不易。有很多加工工序，每一道工序都非常重要。只要在一道工序中出了问题，就会前功尽弃，就会是一个烂茶。”朱教授喝了一口茶，继续道，“制作毛尖茶主要工序分为采摘、摊青、杀青、摊凉、揉捻、干燥、提香、去末装箱，共八道工序。第一道采摘工序，听起来很简单，好像不重要，其实不然，如果采摘不达标，以后的工序做得再好，再到位，也制作不出好的毛尖茶来。采摘毛尖茶的鲜叶有十不采：不采露水茶、不采雨水茶、不采蒂巴茶、不采病虫叶、不采粗老叶、不采鱼鳞叶、不采驻芽叶、不采指伤叶、不采紫叶、不采对夹叶。只能采清明前后一芽一叶初展的嫩茶。”

朱教授最后说：“好的毛尖茶要达到如下标准：外形色泽翠绿鲜润，银毫满披；内质香气持久，滋味鲜醇；汤色杏绿明亮，叶底芽叶细嫩鲜活完整。我今天就讲到这里。黄董事长，你安排明天九点上山采茶，下午我与你们共同制茶。”

第二天九时开始上山采茶，山中刚刚露出尖尖角的嫩绿的茶芽齐刷刷地密布在一行行茶蓬上，在三月暖阳的照耀下，像一块块毛茸茸的绿毯。采茶姑娘、少妇灵巧的小手在茶蓬面上飞快地采着，一颗颗鲜活细嫩的茶芽摘下来送到茶篓里，笑声、歌声、话语声在茶园中飞扬。

尹厚友和小刘到采茶者竹篓中检查质量。肯定，纠正，不停地在茶行中穿梭。

上午十一点半开始收购毛尖鲜叶。如同绿宝石一样的茶芽摊在竹盘中，朱教授高兴道：“这个毛尖茶采摘完全达到了标准，现在，把茶叶薄薄摊放在簸箕中，下午五点开始制茶。”

毛尖茶炒制开始了。职工们穿着白色工作服，戴着白色工作帽来到了手工毛尖茶制作车间，烧火工人早已把炒茶锅烧热了。

“实践出真知，朱教授传授创制毛尖茶技术。老尹、小刘、小傅都要带头学。朱教授，请您老先示范，我们在旁边先观看。”志坚一脸的严肃。

“好的，我先来示范。”

朱教授戴上手套将一盘大约半斤左右的一芽一叶初展的嫩叶，端在手上说：“炒制毛尖茶最关键的是要掌握好杀青时的火温，即锅子的温度。太高了会把茶叶炒焦，成为有焦煳味的茶。温度低了，茶叶炒不熟，不能迅速把茶叶中的酶杀死，茶叶会红秆红叶。用什么标准来衡量呢？就是白天要看见锅底呈现银灰色，用脸靠近，火气逼人；晚上必须看见锅底是红的，这样的锅温才能达到高温杀青的标准。好，现在可以开始炒。”说完朱教授将手中的茶叶往锅中一倒，把茶盘迅速往旁边一扔，双手抓住茶叶往自己胸口方向快速地翻转，茶叶不断发出啪啪的像炸豆子一样的声响：“这叫闷炒，茶叶下锅，必须在很短的时间内杀死鲜叶中的酶。趁火温高的时候，闷炒分把钟。”朱教授马上又将锅中茶叶用手抖散，抛升到离锅子20厘米高：“这叫扬炒，扬去茶叶中的水蒸气，这样炒出的毛尖茶才鲜爽。”朱教授如此反复进行示范。

“好，烧火的注意了，火可以小一点了。”大约三分钟，鲜叶在锅中没有响声了，向外散发出诱人的香气。朱教授手拿小扫帚迅速将炒熟了的茶叶扫出锅，摊到小茶盘上。

“好，大家刚才看了我的杀青示范。现在每个人准备一盘茶，半斤左右，我再次示范，我怎么做，你们也跟着怎么做。”大家都戴上白手套，装了一盘茶叶，站在了锅台前，先检查锅温是否达到标准。朱教授看了每个锅的温度，说：“好，可以炒了！”

五人将茶叶各自倒在高温锅里，按朱教授传授的技艺炒起来。五口锅都发出了噼噼啪啪的声响，白色的热气朝空中散发出来。炒好出锅以后，朱教授说：“迅速摊凉，凉得越快越好，我来一盘一盘检查，看是否合格。”

经过朱教授检查，只有尹厚友炒的茶出现了焦边现象。“小尹，你炒的茶就不合格了，手法太慢了，焦边了呢！要另外分开做，这就叫劣变茶，次品。做名优茶，千万马虎不得。好东西都是精雕细刻出来的。毛尖茶讲究色香味形。炒焦了的茶，色泽不好看，闻起来没有香味，喝起来会有一种焦煳味。你们要认认真真做好每一锅茶，从领导到工人都要树立精品意识。”

尹厚友红着脸问：“朱教授，像这样焦了一点点的茶掺到好的毛尖茶中去行不行呀？肉眼看不出来哩！”

“那怎么行哩！一粒老鼠屎，打坏一锅汤。外面虽然很难看出来，但一喝就会喝出焦煳味来。创品牌，最重要的是讲究品质，在品质上必须精益求精，好上加好。”朱教授一改温和的态度，带着气说。说完转过身对志坚道：“黄董，你们要制定出云山毛尖质量标准来。对标生产，质量才会有保证。”

“好，按您的指示办！”

在朱教授的精心指导下，通过杀青、揉捻、炒二青、烘干等工序，大塘公司第一批毛尖茶正式生产出来了。志坚叫刘小明把茶端到审评室，请朱教授审评。

朱教授用木制茶盘取了一盘毛尖新茶，摇了几摇，左看看，右瞧瞧，左闻闻，右闻闻，笑得合不拢嘴。用沸水冲泡了一杯。五分钟后，用审评杯喝了一小口，高兴地说："真是不可多得的好茶，色泽杏绿，香气持久，滋味鲜醇回甘，叶底细嫩匀齐。我做了近五十年茶，这是我见过的最好的毛尖茶之一。来，黄董，拿纸笔来，我要为这个茶题个词。"

"好，我这就去。"不一会儿纸笔铺好了。"朱老，请赐墨宝。"志坚兴奋异常。

"好的，你们的茶园处在云山山脉之北，这个毛尖茶就叫云山毛尖吧。"

"要得，要得，这个名字好，谢谢您老赐名。"

朱教授手握毛笔，凝望着墙上的中国地图，挥笔写下了"洞庭天下水，云山毛尖茶"两行大字。并在右边写下一行小字"朱先明，×××× 年 × 月"，然后笑着说："茶好，字不好，见谅。"

"谢谢朱老，又做茶，又题词，茶好，字也好，意义更好，辛苦朱老了！"志坚喜形于色。

"黄董事长，今后你的云山毛尖茶一定要按这个标准做，千万不能降低标准！只有这样，云山毛尖才能成为品牌，才会被消费者认可。另外，你还可以将云山毛尖茶送到国家举办的名茶评比会上去参加评比，拿个金奖回来。"

"谢谢您的叮嘱，我们一定按您的要求把云山毛尖做好，争取获个大奖。"

志坚把云山毛尖茶的生产工作抓得很紧，二十天，日夜不停地加班，生产出来两千多斤毛尖茶。一天，刘小明端着一盘茶来到尹厚友办公室，对老尹说："尹总，这批云山毛尖茶有两百多斤不合格，不能掺入正品云山毛尖中去，我特来同你商量。"

尹厚友反复看了看："外形是差了点，掺进去应该没大问题。"

"尹总，我坚决不同意掺进去，不但外形差，滋味也差，宁可损失一点，也不能降低云山毛尖的品质。"

"不掺进去，要损失十多万呢！不行，还是要掺进去。"

"损失就损失吧！质量是企业的生命，我们决不能以牺牲产品质量来增加效益，这是鼠目寸光！这是自杀！这是自砸品牌！"

"刘小明，你莫看见黄董表扬了你几次，你就骄傲，就翘尾巴！"

"是我翘尾巴，还是你瞎指挥？！"

一个要掺进去，一个反对，两人发生了争执，各不相让。车间主任快步来到志坚办公室："黄董，你快去，小刘同老尹吵起来了。"

志坚迅速来到老尹办公室，问明情况后，志坚对刘小明这种强烈的质量意识非常认可，便严肃地对老尹道："老同学，小刘的意见是对的，你管生产的，要加强产品质量意识，损失一点就损失一点吧！我们一定要把质量和品牌摆在第一位，品牌就是金钱，质量就是生命。品牌砸了，花再多的钱也买不回来！"

"好啰，听你的啰。"

这年贸易博览会在北京召开，大塘公司云山毛尖被省乡镇企业局选送参加了博览会。

不久，省乡镇局许处长打来电话："黄厂长，告诉你一个好消息，你们公司的云山毛尖茶获得博览会金奖！"

"真的呀！"志坚高兴得有点不相信。

"那还有假呀！"

"那就太谢谢处长啦！"

志坚第二天派刘小明领回了金灿灿的奖杯。

公司越办越好，名气越来越大，职工由原来办厂初期的二十几个增加到两百多个，大多是本乡初中、高中毕业的男女青年。这些员工直接由尹厚友领导。可就是这么一件正常不过的事让尹厚友的爱人小罗坐立不安，她一直认为自己的丈夫什么都好，除了花心。现在天天跟这么多女孩子打交道，她怎么放得下心来啊！不久，桃色新闻真的来了。

"小罗呀，你哭什么啦，有事好好说！"尹厚友的妻子哭哭啼啼来到志坚办公室，志坚见她哭成了泪人，不知有什么事，让她这么伤心。

"志哥哩，你看这张条子啰！"小罗停止了哭，递过一张白字条给志坚。志坚一看，不由得大惊失色，这张字条上赫然写了这样的话："厚友大色鬼，偷人何时了，偷了堂客偷姑娘，女人绕他走。"

"你这字条是哪里来的？"志坚惊问道。

"昨天我们不在家，贴在我家大门上，你看好丑啰！好多人看见，脸都丢尽了，我们子女也看见了，我们何里做人啰！志哥哩，你做做好事啰！你把我哩老尹开除啰！"说着说着，小罗又伤心伤意地哭了起来。

“这个家伙，屡教不改，搞得公司名声不好，我早有耳闻，但是没有证据。我一定要好好批评他，非要他改不可！小罗，你放心，我一定把他管住。”

“你管他不住！他是这号人，猫吃咸鱼，改不了腥。你做做好事，开除他啰！”

“岂有此理，我黄志坚如果管不住尹厚友，我这个董事长不当了，你怕真的没有王法吧！国有国法，厂有厂规，冇事，尹厚友交给我，你放心回去！”志坚明白，任何情况下，不能开除尹厚友。他深知自己不能没有尹厚友，除了感情上丢不开外，工作上也不能没有他。一个好汉三个帮！

“好啰，我相信你，拜托志哥啰！”小罗抹着眼泪告辞回去了。

一天，志坚由于要赶写一份文件，在县城办完自己的事后，把老尹留在县里办其他事，自己坐班车回到公司，径直走进了办公室。楼下飘来一阵常常听到的非常熟悉的歌声：“美酒加咖啡……一杯又一杯……管他去爱谁……”哎，又是那个质检员小许妹子在哼这首歌呀！近半年来小许常常哼唱它。志坚听惯了，又低头写自己的文件。

近两年，公司内外不断传着尹厚友的桃色新闻。最近尹厚友与信用社小魏的不正当关系，更是传得沸沸扬扬。消息传到小魏爱人那里，小两口吵了一大架，小魏认为是公司小许故意在外面传开的，为了证明自己的清白，她要找机会当着自己爱人的面去质问小许。小魏今天一早见志坚同尹厚友去了县城，于是会同爱人小徐来到小许宿舍兼办公室，见小许一个人站在走廊上，便气冲冲来到她面前，一手揪着她的头发，大声骂道：“你这冇用的婆娘，我被你气伤了，自己偷了人，还到处说我。不知羞耻的婆娘，老子今天要打死你！”说完，一巴掌打在小许脸上。小徐也抓着小许的另一只手，让自己堂客去打。

志坚听见吵闹声，又听到小魏说的话，走出办公室往楼下看，发现信用社小魏、小徐夫妇抓着质检员小许的头发狠狠地打，一边打，还一边骂。“小魏妹子，你是么哩事被小许气伤了呀？快告诉我看看。”志坚笑着问小魏。小魏夫妇俩抬头看见志坚站在三楼走道上，吓得拔腿就跑。他们原以为志坚不在公司，所以胆子才这么大。

“你们两个家伙也太不应该了，敢到我们公司来打人，还两个人打一个人！有事好好说嘛！”志坚发气了，大声骂道。

质检员小许见志坚看见刚才发生的一切，没有再哭了。这样的事被董事长看见了，她觉得很不好意思，便进屋去了。但心里非常感激董事长——如不是他制止，自己会被打得更狠。

晚上十点钟，公司门卫李老倌急匆匆来到志坚宿舍，说："黄董，刚才老尹与小许两人在打架哩，茶瓶、茶杯都打烂了，被子扔到了地上。不知为什么？"

"有这事，我去看看。"志坚同老李来到楼下小许门前，敲了敲房门，道："小许，小许在吗？"

"黄董事长，您找我有事吗？"小许打开门问道。

"没事哩，我是看老尹在你这里没有，我找他有急事。"

"没有来呀，我一天都没看见他！"其实老尹刚从后门溜了。

"啊，"志坚说着便回房间去了，"尹厚友这个家伙！"志坚一边骂老尹，一边又写他的文件去了。

晚上十二点时，门卫老李慌慌张张来到三楼，对志坚说："黄董，不好了，小许不知到哪里去了，老尹也刚回去。"

"哎呀，不好了，你马上去寻小许！"志坚预感到大事不妙。小许被小魏夫妇打了一顿，肯定咽不了这口气，加之最近又常常哼着那首"管他去爱谁"，肯定在感情上出了大问题，刚才又打烂了茶瓶、杯子，撕烂了蚊帐，肯定同老尹吵架了，半夜了，不知到哪里去了，事情严重得不能再严重了！现在年轻男女什么事都干得出来，说不定会闹出人命来！一旦出现了人命问题，好朋友脱不了干系！想到这里，志坚觉得事情非同小可，容不得半点迟疑。

"我一个人怕去得！"

"怕什么怕！赶快去！"志坚再次命令式地催促李老倌。

半个小时后李老倌才把质检员小许寻回来。他急匆匆来到志坚房间，说："黄董呀，好在我去了哩！小许拿着一根尼龙绳子和一个凳子在后面的单车棚内，一边哭，一边拿着绳子往屋架上挂，可能是准备上吊哩！好危险哩！幸亏你叫我去了，我把她的绳子抢来了，你看。"说完，李老倌把尼龙绳丢给志坚看。

"她现在人在哪里？"

"人在自己屋里哭哩。"

"好，我知道了，老李，人命关天，今天晚上你辛苦点，抽时间看一看小许，防止她想不通再做出蠢事来。”

“好啰。”

志坚想，此事非同小可，明显与老尹有关，于公于私他都必须管。搞得不好，老尹会大祸临头。而且解铃还须系铃人，必须狠狠地骂尹厚友一顿，叫他就此了断，越快越好。

第二天上班，志坚见尹厚友从车间里出来，停住了脚，等老尹走近，他阴沉着脸，闷声闷气地说：“到我办公室来！”

老尹知道志坚叫他去办公室，肯定是因为昨晚的事，一定会挨一次大骂。现在的他，像老鼠要见猫一样，低着头，走进了志坚办公室。

“你好好跟我站着，你这个不争气的家伙！你太不像话了，你屡教不改！在大队时偷别人堂客，到了茶厂又偷人。你在大队偷人，搞得老子来怄气，不是我保护你，那次公社就要免去你大队长的职务。”

尹厚友在明月大队当大队长时，有一天晚上，他去敲情人的窗户：“开门啰，借个手电筒我回去啰。”叫一次冇开门，又叫第二次，他听见了那个女人咳嗽的声音，但门还是冇开。他不知道那个女人在林业站当主任的爱人回来了，就睡在身边。女人不敢吱声，又不敢叫老尹离开，更不敢出来开门，只好用咳嗽暗示老尹离开，可老尹不知道她咳嗽的用意，还一个劲地要她开门。那男人知道是妻子的情人来了，在妻子耳边命令道：“你这个偷人的婆娘，赶快同老子去开门！不去，老子就要打死你！”那男的是想抓现场。女人无奈之下，只好单衣单裤下了床，开了灯。尹厚友对房里发生的一切全然不知，当情人把门打开时，他迫不及待跨进了房门，双手抱着情人吻了起来。女人拼命把他推开，小声说：“我老公回来了。”尹厚友这才慌了神，拔腿就跑。等男人赶来抓他时，尹厚友已跑老远了。没有抓到妻子的情人，气急败坏的男人回到屋里，将妻子按在地上狠狠地打，一边打，一边骂：“打死你这个偷人的婆娘，你不安分守己，养起野男人来，老子打死你！打死你！”男人用手打完，又用脚踢，一脚又一脚踢在妻子屁股上、腿上。打累了，男人单衣单裤坐在椅子上喘着粗气，一拳又一拳捶打着自己的胸脯……

第二天，男人把尹厚友偷他妻子一事，告到了志坚那里：“黄书记，尹厚友偷了我堂客，被我发现……黄书记，刚才我说的都是事实。尹厚友作风败坏，影响极坏，你要严肃处理！不能让他败坏了党组织的名誉！”

志坚哼了哼，既没有答应处理老尹，也没有说不处理——他不能处理尹厚友呀，他是老同学，又是好助手，更是最要好的朋友。真心的朋友是何等重要啊！尹厚友一旦停职反省，还怎么工作？哪里还有威信？自己不能没有他，于是志坚瞒着、拖着，没有给老尹任何处分。

两个月后的一天晚上，志坚开完支委会，快十一点钟了，刚走出大队会议室，尹厚友情人的丈夫拦住了他，用质问的口气怒道："黄书记，我问你，尹厚友偷了我堂客，我同你反映这么久了，你为什么还不处理他？"停了一下又说："尹厚友是你的同学，你想包庇他是吧？"

"碰哒你的鬼嘞！你说尹厚友偷了你的堂客就偷了你的堂客呀，你拿证据来呀！男的没有检讨，女的没有揭发材料，我凭什么来处分他？你几十块钱一个月把我来管你的堂客？明月大队三百多对夫妇，我都来管呀？"志坚气势汹汹地大吼了一顿。尹厚友情人的丈夫哑口无言，无可奈何地走了。

"来到厂里你又色胆包天，一偷就是两个。你是叫鸡公变的呀！昨天如果不是我在家制止的话，非出人命不可呢！人家姑娘气得半夜三更拿绳子去上吊哩！

"你看看这根绳子，幸亏李老倌发现了，不然的话，闹出人命看你怎么办！如果不是老子命令李老倌去把小许寻回来，肯定要出大事！"骂着、骂着，志坚火更大了，恨不得抽他两耳光。骂完，将小许准备上吊的绳子丢在尹厚友腿上："公司的名声被你搞臭了，有人到处贴公司小广告！还贴到了你家门口，你爱人哭哭啼啼来告诉我，你晓得吧！"

志坚越说越气，站起来，紧握的拳头挥到老尹的头上又收回来，继续道："老子恨不得一拳头打死你就好，你这不争气的家伙！"志坚一屁股坐下来，狠狠地瞪着尹厚友。二十几年来，志坚这是第一次骂好朋友。

听着好朋友狠骂，老尹大气也不敢出，低头不语，鼻梁上冒出了一团细碎的汗珠，好像伤了根的草。他知道好兄弟真发火了。他内心里对不起好兄弟，心想换了其他人，肯定早就被开除了。

二人相对坐了二十多分钟，谁也没说一句话。

"老尹，凡事要有个度，要有自控力，尤其是在感情方面，你明白吗？这里是乡政府的公司，是全乡人民的公司。"志坚激动的情绪稍稍缓下来以后，心平气和地劝老尹，"国有国法，家有家规，厂有厂纪，不能乱来。我告诉你，我同你来这里办企业，除了兢兢业业做事，认认真真做产品，还必须规规矩矩做人，要做到四不碰。哪四不碰呢？不碰钱，不碰女人，不碰法律，不碰黑社会。既不要怕黑社会，也不去惹黑社会，你知道吗，乱来不得半点哩！乱来了，职工要反对你，乡政府要开除你。另外，想干一番事业的人决不能儿女情长，企业负责人尤其要同自己的下属划清界限，不然的话，会影响工作，麻烦不断。”停了停，志坚又说，“你有一个好好的爱人，一个好好的家庭，你要对家庭负责，对子女负责，自己要管住自己，不可再堕落下去，听见吗？”

“听见了，我错了，我实在对不起你，我冇得脸见你！我一定好好改！”尹厚友泪水涟涟。

“哭什么！拿出男子汉的勇气来，远离这两个女人，听见了吗？”

“听见了，我保证改，你放心啰！”四十多岁的高大汉子，听了好兄弟连骂带劝的话，竟像受了委屈的女人一样哽咽起来，用手不停地抹眼泪，揩鼻涕。

尹厚友回到宿舍，一拳一拳拍打自己的额头，他在反思：老同学说得没错，自己有儿有女，妻子又能干又贤惠，家庭幸福。人家姑娘一个，如果昨天不是好朋友，差点出大事。出了事，丢开自己一家不说，还害了人家姑娘一辈子。死了人，自己将会愧疚一辈子。想到这里，尹厚友害怕起来了，觉得必须来一个了断。

为挚友化解了一桩大祸，志坚暗暗高兴。他不知道，一件令他更高兴的大喜事马上来了。

第三十一章

这天，志坚来到公司有机茶园视察，只见茶田梯壁上的杂木林变成了喜鹊、杜鹃、八哥和各式各样羽毛华丽的小鸟嬉戏的场所，画眉、云雀、麻雀统统在行道树上成双成对飞来飞去，大胆的燕子则成群结队，在山坡上唱着歌儿，七彩蝴蝶翩翩起舞，成群的蜜蜂嗡嗡地叫着飞来飞去，不停地采集花蜜——没有污染的有机茶园变成了飞鸟蜜蜂的天堂。

“黄董，省里来电话了，叫你马上回电话。”蔡主任飞跑着来茶山。志坚迅速回到办公室，拿起话筒。“你是黄董事长吧？”电话那头的声音。

“是的，我是老黄。您好，您是许处长吧，声音听得出来。”

“是的，我是许球。是这样的，国家领导来湖南考察农业大省变强省的情况，接省政府通知，凡获得国家级以上奖项的农产品，今天下午六点前都要送到省九所参展。你们也要把金奖云山毛尖送来，到了九所你打电话给我，我出来拿。警戒很严，你们进不去。”

志坚没有休息，吃了中饭，立即把云山毛尖茶送到了省委九所，交给了在那里等候的许处长。

“黄董事长，急电，急电！”

“许处长，晚上好，您这么晚打电话，有什么急事呀？”

“十万火急！黄董事长，是这样的，刚才省委王书记巡视获奖农产品展览时，看了云山毛尖茶，说：‘这个茶好，叫他们多送一点来，要用这个茶招待北京来的领导同志！’请你多送一些来，晚上十点前赶到，我在九所大门前等你。”

“好的，照办！谢谢您了。”志坚听到这个特好消息，喜上眉梢，这可是天大的好事呀！用钱买不到的好事呀！自己的云山毛尖茶被省委书记认可，要送给北京来的领导品尝，胜过金奖银奖千万倍呀！

“小刘、小刘，赶快把仓库里的云山毛尖拿来，我马上要送到省委九所去。”

小刘拿着六盒毛尖茶对志坚说：“黄董，你如果不批准我同你去，这几盒云山毛尖茶就不给你！”刘小明瞪着大眼睛望着志坚。

“你辛苦了，好好休息，我送去就回来。”

“让我也去看看省委九所长什么样子啰，让我见见世面啰。你也关心一下你的下属啰！”

“门卫特严，进不去的。”

“哎！”刘小明深深地叹息了一声，走了。

志坚来到接待处门口，不见许处长出来。他只好将一箱云山毛尖茶放在地上，站在门外等许处长。这时，两个军人迅速来到志坚身边，其中一个向着志坚来了一个立正，敬了一个军礼，对志坚道：“同志，请您出示身份证。”这时许处长急匆匆地赶到了，急忙对军人说：“这位是大塘公司黄董事长，是省委安排他送茶过来的。”

军人看了许处长一眼，见他佩戴了展会工作证，“啊”了一声离开了。志坚笑着对许处长说：“好严啊！是什么高级领导来了？”

“暂时保密，讲出来会吓死你！是这样的，王书记选中了你们的茶，你送来的云山毛尖将放在北京来的几位领导住处作为用茶，你为乡镇企业争了光哩！”大脸盘的许处长说完，拿着一箱云山毛尖茶进了大门。

好消息一个接着一个，第二天下午许处长再次打电话：“黄董事长，告诉你一个天大的好消息！”

“又是什么天大的好消息？”

“今天上午，北京来的领导在巡视金奖农产品展览时，来到了云山毛尖摊位前停住了脚步。看到银毫显露、像绿宝石一样的毛尖茶时问王书记：‘这是什么茶？’王书记说：‘这是云山毛尖。’领导连声说：‘不错，不错！’了不起呀！你为湖南争了大光哩！为乡镇企业争了大光哩！”

“是真的吗？托您的福哩！”志坚兴奋不已，笑得见牙不见眼。

“那还有假呀！记者还有一张北京来的领导同志看你们茶叶时的照片，你给记者一点小费，我要记者把这张照片给你啰。”

“那好，那好，有照片为证，我们要珍藏，我就来拿。”

大喜事接踵而来。“黄董，县里陈书记、乡里李书记来了，你下来啰。”半个月后，志坚刚刚进办公室，茶还冇来得及喝一口，尹厚友就在楼下大声喊。

志坚听说县委书记来了，快步跑下楼，同陈书记握手：“李书记、陈书记，你们好，请到办公室坐。”

“你这个鬼真厉害，几盒茶叶把省委王书记请来了，我们去请都请不来哩！”陈书记拍着志坚肩膀，幽默地对志坚道。“是这样的，你们的金奖云山毛尖茶，评价很高，省委王书记很高兴，明天要来你们公司视察。我今天来是要你们做好接待准备工作。一是要把公司内外卫生打扫干净；二是要准备好茶水；三是肯定会去茶山视察，去茶山路线要确定好；四是准备好笔墨争取王书记为你们题个词。”

“好，我们一定把准备工作做好，请陈书记放心。”

省委王书记轻车简从，县委陈书记接了车队，上午9点来到了大塘乡，直奔茶山，早已等候在茶山脚下的志坚快步上前来到王书记身边。同王书记来的还有省有关部门的厅长、省委机关负责人和市里领导，清一色的白色吉普车，记者们紧随其后，摄影师则快步跑到王书记前面十几米处抢拍。

一头浓密头发的王书记是一个一米八几的西北大汉，志坚足足比他矮了半个头。王书记来到茶园边一块广告牌前停住了脚步，认真地看着广告牌上的内容，并轻声读出来：“凡检举本茶园喷用化学农药者，奖现金五万元。大塘茶叶公司。”然后大声对志坚道：“你们敢于向社会承诺不使用化学农药，做得很好！如果食品企业都能这样承诺，我们的食品就没有安全问题了。”

王书记缓步登上了茶山。他望着一大片望不到边的大茶园，望着绿地毯一般的层层梯田，梯田中一排排诱虫黄板，以及满园穿着花花绿绿的采茶女工，问志坚：“这里的茶叶长得真不错呀！这么大的茶园望不到边，有多少亩？”

“这一片有一千五百亩。”

“这茶山属谁所有？”

“我们租赁生产队的荒土荒山，每年每亩一百五十元租金。”

“这样做很好，农民也有收益嘛！”王书记又问志坚，“你们向社会承诺，云山有机茶不喷农药，但是，茶叶不可能不生虫子呀！生了虫子怎么办呢？”

“我们聘请了省茶科所专家来茶园作指导，研究出了一套专门防治茶园病虫草害的技术。这片茶园五角钱农药也没有喷过，我们有机茶园病虫草害防治新技术还获得了省科技成果。”

“不错，你们做法很好，茶叶企业就是要与科技部门合作，要科学种茶。”

“那个在省里展览的云山毛尖茶是在这个山头采的吗？”王书记问。

“是的，正是在这个山头上采摘的清明前一芽一叶初展鲜叶制作的毛尖茶，是请了农大朱教授指导我们制作的。”

“你们做得好，企业就是要走产学研相结合的路子。来，小伙子同我合个影。”说完王书记把志坚拉到身边，记者们拿出摄像机不停地拍照。一股幸福的暖流迅速流遍了志坚全身。

省委王书记看了大塘公司茶叶示范园满心高兴，来到公司休息室休息。一边喝云山毛尖，一边赞扬道：“云山毛尖，色、香、味俱佳，上次北京来的领导看了，喝了，一直夸这个茶好哩！”

“谢谢您，谢谢您的推荐和介绍。”县委陈书记接过王书记的话。

“你们大塘茶叶公司办得很好，不但生产出了高品质的有机茶，而且在促进农村经济发展，安排农村剩余劳动力，在帮助农民致富方面作出了贡献，为全省树立了一个榜样。希望你们继续攀登科技高峰，为湖南茶业发展再立新功！”

“请书记放心，我们会继续努力的！”陈书记、志坚异口同声说。

这时县委陈书记轻轻道：“王书记，难得您来，能否请您为我们大塘茶叶公司题个词？”

“我从不题词，今天就破个例吧！”

“有纸笔吗？”王书记秘书问。

“有。”志坚立刻把笔墨纸拿到接待室大书桌上。宣纸铺好了，纸笔也准备齐全了。王书记秘书上前仔细看了看，对王书记说：“书记，可以了。”

王书记站起来，把蓝色夹克脱下，秘书立刻接了过去，又把白衬衫的袖子卷起来，把宣纸用手反复抹平，思忖片刻，用大毛笔蘸饱了墨汁，开始写起来。不一会儿，一张“靠科技兴建高效茶园，开发丘岗山地做贡献”的条幅写好了。写完放下笔，谦虚地说：“我不会写字，但我也从不题词。”

省管农业的副省长，岳阳市委张书记、郭市长，湘江县委陈书记站在一旁，全神贯注地看着王书记题词。十几台相机不停地按着快门。

“写得好！写得好！”大家一边称赞，一边鼓掌。

“谢谢书记题词！”县委陈书记、乡里李书记和志坚异口同声感谢。

题完词，回到座位上，王书记端起云山毛尖茶慢慢地喝着，喝完后站了起来，大手一挥："好，大塘茶叶公司办得不错，我们走了。"

志坚跟随市县领导分站两边，不断向车队挥手，欢送王书记一行。

今天，大塘茶叶公司全体职工沉浸在幸福和喜悦之中，员工们喜笑颜开，都为省委书记来公司视察感到自豪。刘小明更是兴奋不已。她从来没有见过这么宏大的场面——十几台白色猎豹小车，在省、地、县三级领导人的簇拥下，只有在电视上才能看到的省委王书记进茶山、进车间，志坚始终陪在他身边，省委书记还拉着他拍照，挥笔为公司题词，十几台摄影记者跟随着拍照，多么隆重和庄严，我们的董事长多么了不起啊！小刘感到欣喜，感到骄傲。她一边想，一边收拾王书记的题词和志坚那支特别看重的毛笔——这是长沙书法家送给志坚的礼物，她把笔在水龙头下洗干净，准备亲手交给志坚。

送走了王书记以后，志坚回到办公室准备坐下来好好休息一下。

小刘兴奋地对志坚说："黄董，祝贺你科技兴茶结出了大大的硕果。你真牛，你真了不起！一个省委书记，这么大的领导，能到我们这个小地方来，不多见嘞！你刚才同王书记进茶山，肩并肩，好帅哩！好多人羡慕你，我也好佩服你哩！这是你心爱的毛笔，洗干净了，交给你。"

"不能说了不起，只能说取得了一点点成绩。小刘呀，人生的路就是这样，拼了干了，未必有成绩，不拼不干，一定一无所有。我们不能沾沾自喜，故步自封，骄傲自满，不图发展，而应当把今天取得的成绩作为起点，再接再厉，继续攀登高峰。我们今天取得的成绩，来之不易。除了农大朱教授以外，也有大家一份功劳，更有你的一份功劳，如果不是你严把质量关，不可能有国际金奖，省委书记也不可能来我们这个小公司呢！"

"主要还是你领导有方，创新意识强。"

"企业发展，固然与企业领导重不重视科技创新有关，但光有领导重视还不够，必须有一批像你一样责任心强，严把质量关的科技人员。小刘，你谈爱了吗？"

"有谈呀，你问我这个干什么？"

"如果有谈的话，我建议你在我们乡找一个，这样，你就可以长期在公司负责技术工作，我们公司需要你这样的人才。你心目中有人选吗？"

"有。"

“谁？”

“不告诉你。”

“他知道吗？”

“他不知道。”

“那你主动找他呀。”

“我暂时不找他。找他，他不一定同意。”说完抬眼望着志坚。

“啊，我知道了，肯定是一个高富帅。”

“不是。我才不赶这个时髦呢！高富帅不是我想要的。”

“那么一定是富二代。”

“更有意思。我不想过那种饭来张口、衣来伸手的享乐型生活。”

“要么就是想嫁到北上广深等大都市去，这人肯定在大城市里。”

“更不想，那里没有我的用武之地。”

“你的用武之地在哪里？指的是什么？”

“我不说。”

“说出来我听听，我给你参谋参谋。”

“没必要说，只是一种空想而已。”

“那也不一定，有梦想的青年才是优秀青年。说说啰！”

小刘犹豫了一下，转念一想，该下决心了，是时候了，还犹豫什么！便说道：“你硬要我说，我就说。我的梦想是找一个有共同理想的人，同干一番事业。比如说，我同你离开大塘公司，另外成立公司，搞茶业，创造出一个属于我们自己的茶叶大品牌来。明白吗，这就是我的用武之地。”说完，红着脸，双眼紧紧盯着志坚。

“你又在想一些不切实际的空事。走，我有事去了。”说完志坚起身欲走。

“哎，真是个花岗岩脑袋！”刘小明叹息一声，先一步出去了。

省委书记到访一事，给志坚带来了一个很有意义，但颇有争议，差点夺去他生命的新事业。

第三十二章

久雨初晴，东边天空中堆积的云层，在刚刚升上地平线的橘红色太阳的照耀下，五彩斑斓，高高矮矮，错落有致，或带银边，或呈蓝色，或闪金光，或一抹粉红，若隐若现，变幻万千，远远望去，宛如大都市中一座座灯光灿烂的高楼矗立在天边。

《湖南日报》登载了省委王书记视察大塘茶叶公司的报道，在湖南引起了不小的轰动。农大茶学系陆教授正戴着眼镜看《湖南日报》，突然他发现了一条有关茶叶的消息：北京来的领导连声称赞大塘茶叶公司云山毛尖“不错，不错”……省委王书记实地考察湖南大塘茶叶公司……

“哎，有这个好事，这是湖南茶叶界的大喜事呀！”陆教授把报纸放下，打电话叫来了研究生小姚：“姚志，你明天一早同我去湘江县大塘茶叶公司，那里出了一个好茶。我想去看看。”“好的，我明天八点开车来接您。”

陆教授上午十时便到了大塘公司，小车停稳后，司机迅速下车，打开后门，头戴鸭舌帽、身穿黑色中山装、身材魁伟的陆教授，缓步下车。志坚见来了客人，从办公室出来迎接。一见是陆教授，疾步向前，双手紧握陆教授的手：“您老光临我司，蓬荜生辉喽！来，请您进去坐。”

“你们公司办得不错，一直想来看看。昨天,《湖南日报》报道了王书记来你们公司的消息，今天我也来参观参观。”陆教授缓缓道。

“您是我们想接都接不到的大专家哩！欢迎您多多指导！”

趁着陆教授喝茶的间隙，志坚简单地向陆教授汇报了公司的生产经营和科研情况，陆教授听了连连点头。坐了一会儿，陆教授说：“小黄，你带我去茶园看看。”

“好的。”说完，志坚陪陆教授缓步朝茶山走去。陆教授虽年近八旬，但眼不花，步履稳，十几分钟便登上了公司有机茶叶示范园。他环视茶园，感叹道："真不简单，建这么一个大茶园。老黄呀，你们这个有机茶园管理得真好！"说完陆教授俯下身来，仔细察看茁壮的茶树，问志坚："是什么品种？"

"云鼎大白。"

"这个品种好。老黄，搞有机茶不容易！贵在坚持！希望你们能坚持下去。"

"搞有机茶是我们公司发展方向之一，我们一定会坚持下去。"

在茶园转了一圈之后，志坚陪着陆教授回到公司会客室。

小刘端来一盘云山毛尖，冲泡好，说："陆老，难得大专家来，请您审评一下云山毛尖，好吗？五分钟到了。"

"好，我来看看。"

陆教授揭开盖，反复闻香气，然后把茶叶倒出来，放在杯盖反面，仔细看着泡开的茶叶，用手拨了拨，又放在鼻子上闻了闻。然后拿着小汤匙从审评杯中取出一小汤匙茶水送到嘴里，轻轻啜了几下，吐在右手的白茶碗中。放下杯子，对志坚说："黄董，云山毛尖好是好，要是带点花香就更好了。"

"陆教授，什么叫带花香，我不懂，望您指教。"志坚笑着问。

"带花香的茶就是茶叶中要带有兰花的香气。兰花香是茶叶中最佳香气之一，如乌龙茶的香气就是。十大名茶中只有乌龙茶和猴魁才有。到目前为止，全国还没有一个带兰花香的高档绿茶和红茶。市场上虽然有兰花香的茶叶，但都是用较粗老的一芽三四叶的驻芽叶做的。要是你们能生产出带兰花香的毛尖绿茶、毛尖红茶，将是中国首创、世界奇迹！"

"请问您，茶叶中这种兰花香如何才能产生呢？为什么没有研究出带花香毛尖茶呢？"

"一是茶树品种中它自然带有兰花香；二是从加工中和栽培管理中增加这种香气。你是一个喜欢搞研究的人，研究兰花香茶，我建议你先从品种选育开始，首先搜集一些优质种资源进行选育。至于你提到为什么没有研究出兰花香毛尖茶，这是一个世界难题，搞的人不少，但是，目前还没有人攻克。"

"啊，啊，好的。谢谢您老的指点，按照您讲的我们要认真试一试，不管成功与失败，都要试一试。"

"那好，我支持你，如果你们把兰花香名优绿茶、红茶研究成功了，将是对中国茶叶的一大贡献。但是，有难度啊！培养出带自然兰花香的茶树良种难度极高，而且投入大，时间长，你要有充分的思想准备。科学研究不可能百分之百成功，更不可能一帆风顺，上了马就不要退缩！我预祝你们成功！”

“好的，按您的指点我们一定去试一试，争取研究成功！”

刘小明认真地作着记录。她放下笔，望着陆教授，笑容满面地问道：“陆老，请问选育这种自然带兰花香的茶树良种应该采取哪一种方法好呢？”

“哎，这个小伢子问得好。选育茶树良种可以单株选育，也可以杂交选育，但最好的办法是多倍体育种，只是难度大，成功率低。”

“啊，我知道了。谢谢您老指点！”

“陆老，您辛苦了，这么远来，今天不走，住一晚回去。明天上午，我带您去参观最近在湘江边出土的岳洲窑遗址。”

“谢谢你，住就不住了，我今天要回去，下次再来吧！谢谢你！”

在求知欲和研究癖刺激下不能自已的志坚，决定开个小会讨论一下陆教授的建议。送走陆教授以后，志坚对老尹和刘小明说：“下午两点半我们三个人讨论一下关于陆教授讲的兰花香茶叶问题。你们先去休息，我也要休息一下。”

两点半，尹厚友第一个来到志坚办公室，接着刘小明手里拿着一卷书也到了。志坚喝了几口茶，放下茶杯，随便聊了起来，像拉家常一样：“冇打算陆教授能来我们公司嘞！他可是个大专家喽，他是浙江人，国家名茶评审委员会的主任委员。他说我们的云山毛尖要是带点兰花香就更好了的话，其实是一个很好的建议，指出了我们云山毛尖提升品质的方向。我们要深刻领悟，认真思考，看能不能在这方面有所突破。今天叫你们两人来，主要是来议一议这个好事，这个大事。”

志坚话音刚落，小刘接过话头：“我在农大进修时，多次听到老师授课时讲到兰花香。兰花香一般叫花香，不管哪一个茶，只要是带花香，就绝对是一款好茶。但是，我国目前带花香的名优绿茶，如兰花香毛尖茶，尚无报道，就是带花香的一芽二叶的中等嫩度的绿茶、红茶也是凤毛麟角，极为罕见。”

“兰花香茶有这么好，为什么冇人去搞呢？”尹厚友疑惑地问。

“肯定是难搞啰！如果容易搞，肯定早有人搞出来了。”志坚若有所思道。

“既然这么难搞，专家教授都搞不出来，我们想都别想了！”

“那也不见得，搞科研的人是探路者。谋事在人，成事在天，我倒是想试试看，不见得专家搞不出来，我们普通茶人就一定搞不出来！路是人走出来的。古今中外千千万万的发明创造，也有一些是民间人士创造的、发明的。”

刘小明这时也谈了自己的看法：“我们云山毛尖茶虽然品质不错，但名气和影响力远不如十大名茶和高山茶，如果能研究出一个带花香的毛尖茶来，那将是一大创举！研究兰花香茶叶我主张试一试。按照陆老师讲的，我们可以先从选育品种开始。如果能选育出一株带自然兰花香的茶株，我们就成功了一半。”

“谈何容易啊！”尹厚友叹着气。

“容易倒真不容易，但是，越是不容易搞的东西才越有价值，才越值得去探究，去攻关！没有谁能够随便成功。你想要创造奇迹，你就要敢想，你连想都不敢想，还谈什么成功！”志坚接过尹厚友的话说。喝了几口茶，又接着道：“我就偏不信农民搞不了科研！农民虽然搞不了科研，但可以想呀！可以请专家帮你搞呀！可以当科研的组织者、领导者呀！我决定去搜集一些优质茶树品种资源，找育种专家，请他帮我们搞多倍体育种，争取培育出一株带自然兰花香的茶苗来。”

“黄董有福气，运气好，想干什么，都干成了。黄董，你莫怕，大胆往前走！我一百个支持。”刘小明越说越激动，越说声音越大，水灵灵的大眼睛紧盯着志坚，脸上堆满了灿烂的笑容。

“小刘，科学就是科学，科学的东西没有福气、运气一说。老尹呀，近期我想到几个省去跑跑，搜集高山茶籽，请育种专家选育一下，花钱不多，成功了更好，失败了，损失也不大。”

“那也要得，只是怕董事会那帮人又会反对。这一点你要估计到。”

“搞大事，不能顾虑那么多，前怕狼、后怕虎，终将一事无成。到时候有人反对，搬开几个绊脚石就是，没什么大不了的。”

“黄董，我完全支持你的想法，我在农大学习过茶树生长特性、品质好的茶树的各种特点，我都懂一点，让我陪你去，可能对搜集优质资源有帮助。”

“我出去了，公司里事情多，老尹忙不过来，你一个搞技术的走了，产品质量出了问题，可是一件大事，你必须坚守岗位！”

刘小明听后，脸红了，小嘴巴噘着，在心里说：“你总是有理由推托。”

“好，有什么事了，你们都忙去。”

尹厚友率先步出志坚办公室。刘小明也跟着走了。

“小刘、小刘，你的杂志没有拿，快拿去。”志坚追到门外喊着。

“杂志我看完了，送给你看的。”刘小明转身红着脸笑着回志坚。

见小刘不要杂志了，志坚随手翻了翻，发现杂志内夹着一张小字条，上面赫然写着：“一个成功男人的背后，一定要有一个女人。”明显是一个女子的笔迹。

“这个刘小明！”志坚意识到刘小明是在向自己表白。他早已觉察到刘小明一直对自己有好感，一直在千方百计接近自己，几次提出来要同自己出差。刚才还说要同去搜集茶籽，如果不是自己刻意避开，事情的进展可能还不止如此。他把夹有字条的杂志放在抽屉里，觉得头有点痛，便掀开被子准备好好睡一觉。

都说人世间最难过的关是情关，在情感方面有自己原则的志坚面对小刘的字条，内心里也起了一点波澜。约莫半个小时过去了，志坚依旧没有睡意。不知为什么，字条和往日刘小明的一举一动，不断地在眼前晃动。尤其是刘小明漂亮的身姿、优雅的言谈、独特的见解、管用的建议、落落大方的举止，一齐涌现在脑海里。这一切，使对刘小明从来没有半点想法的志坚，有些动摇了。他在心里问自己：“她是真诚的，但我能与她结婚吗？同她结婚的话，有共同理想、共同爱好，同干一番事业，肯定会有另一番幸福和乐趣。”他的眼光无意中移到了墙上，望见了与妻子的合照，他用手在自己的脑袋上狠狠一击：“你想到哪里去了？不能！不能！万万不能！我早已发过誓：要同杜应贤永世不分离！”又想：“小刘如此直白大胆地表露心声，绝不是胆子大，可能她已经过深思熟虑，准备豁出去了。我既不能误了她美好的前程，也不能毁了自己的幸福家庭，更不能因此影响了准备开创的兰花香茶叶新事业。我要用锋利的钢刀割断这条看不见的绳子，必须让她到此止步，否则家无宁日，公司无宁日，甚至还将波澜迭起，掀起巨大的风暴来。”志坚决定马上采取行动。

进厂初期对志坚的认识，小刘和其他人一样，是表面的，肤浅的。只知道志坚风度翩翩，英俊潇洒，讲话有水平，平易近人，没有厂长的架子等。一直到当了技术员以后，随着与志坚接触机会的增加，她发现志坚不但对事业有执着的追求精神，对普通职工有深切关怀的美德，有爱学习、肯钻研、不断进取的上进心，而且办事有魄力，有胆量，敢作敢为敢担当，从来不欺侮弱小，也从来不畏权势。组织能力强，吃苦精神强，钻研精神更强，遇到困难从不退缩。头脑灵，点子多，是个干大事的人……不抽烟，不喝酒，不追女人，男子汉的美德他都有。而且志坚还特别关心自己，当年破例招她进厂，送她到农大培训，让她当技术员，还专车送她去农大。她由衷地佩服志坚，喜欢志坚。像太阳吸引向日葵一样，自己被他吸引了。她常想，要是自己一辈子能和这样的人做伴侣，该多好呀！慢慢地，连她自己也搞不清楚——为什么会对他产生爱慕之心，而且还是那么真切而强烈。几次想接近他却遭他无视和冷遇，几次想同他出差也遭到婉拒。她天天盼着他主动来亲近自己，一年、两年，几年过去了，依然没有任何进展。但又不愿意自己主动挑明此事，自己一个黄花姑娘，那有多难为情呢！多不好意思呢！如何说得出口啊！

志坚越是冷落她，她就越是想他。每当想起他或看见他的时候，心中就会荡起一股热辣辣的激流，有时甚至还会一阵慌乱，有时感到呼吸都困难，莫名其妙地涌上一种连她自己也说不清的情感，常常渴望和他一起，渴望和他一起出差，隔一段时间没有看见他，一种思念之情就会油然而生。在她懂事后的生活中，没有一个男人像志坚一样在感情上让她有这种丢不开的亲近感。她完全清楚自己，她的生活中需要这个人。两个人虽然年龄悬殊，但又有什么呢！她梦想着在不久的将来，他们成为一对懂茶叶、爱茶叶、做茶业的事业型夫妻。她内心的这种强烈愿望驱使她决不放弃。

尤其是自省委王书记视察公司茶园以来，更是如此。她感到自己生活中已经不能失去这个人。是的，从年龄和他已是两个孩子的父亲来说，要与他结合很大程度上是不可能的。可是从心灵方面和感情上来说，又没有一个人可以替代他。她太崇拜他了：这样的人哪里去找嘞！我还犹豫什么！她多次暗示他，他不理，看来她只能主动挑明了。今天，她终于大胆地跨出了一步——在杂志里夹了一张字条。

“今天晚上你怎么搞的，不好好睡觉，老是在床上翻来覆去的，弄得我也没有睡好。刚一睡，又被你翻身的响声惊醒了。”睡在刘小明宿舍对面铺上的小王显然有些不耐烦。

“小王，对不起，我失眠了。”情感的躁动，让她无法入睡。她也多次命令自己不去想他，但，做不到，没几分钟就又回到了对志坚的思念中、热盼中。其实，她也想过找一个自己中意的人或者与自己年龄相当的人，但不知是没有遇到还是找对象太难，一直没有如愿。随便找一个有什么用呢！纵使年轻，空有一副好皮囊，那又如何呢！同这样的人结婚有什么感情呢，还不如打单身！掂量来掂量去，还是回到了志坚身上。她知道志坚是一个有家室的人，年纪又比自己大很多，觉得自己的想法不合适。但她认为，自己和他爱好一致，可以共同干一番喜欢的事业。如果能同这样一个有志向、有能力、有魄力的人同干一番事业，也不枉在人间走一遭。她觉得，自己在情感上需要这样的人，在事业上需要这样的人，在心里无数次编织着和他在一起的情景。因此她迫切希望得到这个人。是爱吗？也许这就是爱。她是不是要把自己一颗心交给一个比自己大十几岁的人呢？她这样想的时候，臊得满脸通红，心跳得很快。她的这种单相思，已使她的内心够乱了。她无数次暗示，志坚却像木头人一样，没有半点回应。她思来想去，想出了这个放字条的办法。

对于她来说，她的这个行动是经过深思熟虑的，不是一时的冲动，不是一天两天，而是多年深藏在她心中的情感的表达。现在她必须这么做，她早已忍不住了，她快要爆发了，否则，她觉得自己会疯！

从放下杂志那一刻起，她的心又发慌，又紧张，更多的是期待——他会有什么反应？他能大胆走出来吗？她忐忑的内心如长江里汹涌的波涛一样翻腾着，心怦怦直跳，她希望他会响应自己真情的呼唤——近年来经常听到类似的传闻。

而这边恰恰相反，志坚看了小字条，感到事态严重了，虽然与自己毫无关系，但他有责任关心她，有责任喊醒步入迷途的她。第二天，志坚决定约她谈。

“小刘，到我办公室来一下啰！”

“好的，我这就来。”听到志坚叫她去办公室，她心里喜盈盈、美滋滋，如同喝了一杯蜂蜜。这一声叫，她等了好几年！她咬了咬牙，猛吸了一口气，心想，等一会儿，我要明白无误地向他吐露心声。

刘小明戴着一顶蓝色工作帽，穿一件蓝色工作服，仍不失为美女：蓬松的黑发，清澈明亮的双眼皮大眼睛。她高扬着头，口里轻轻哼着“真的好想你”，步子轻快地朝志坚办公室走。进了办公室，她歪着头，微笑着站在志坚的对面，保持着一种矜持的姿态。此时她很难掩饰内心的激动：终于有机会和朝思暮想的人坐在一起，面对面地谈她在心里憋了多年的心愿。刘小明内心正像开水在锅里沸腾着，陶醉在一种巨大的幸福、喜悦和期待之中。

为了这次机会的到来，她已经想了很久，想了很多种方法，下了很大的决心，机会终于来了。此时，她的心在狂跳，感情的潮水在心中涌动，内心产生了强烈的冲动，她觉得自己再不能含糊，等一会儿要大胆地说出来："我太喜欢你了，我爱你！我要同你结婚！"

刘小明大大方方地坐在志坚对面，中间隔一张小小的茶几。她美丽的大眼睛含情脉脉地望着志坚，茶花一样的红晕在她脸上绽放，甜蜜的笑容纯真无瑕。

看到眼前这双撩人的水灵灵的大眼睛，特别是闻到扑鼻而来的女性特有的幽香，志坚顿觉在云端里一样，不由得一阵微微的慌乱。他咬咬牙，终于强忍住了。

其实，志坚对小刘还是有好感的，内心深处也曾泛起过一点点波澜。小刘除了人长得漂亮，也非常聪明，做事能干，为人诚实，落落大方，有较高文化，而且还是一个有思想、遇事有见解的人。近两年她千方百计接近他，多次提出来要同他去出差，只要自己向她点点头或招招手，她肯定会毫不犹豫地投向他的怀抱。如果他真的跨出这一步，虽然凭着刘小明的专业知识和热情，对自己的兰花香茶叶事业会有一定帮助，但是公司的员工会对自己产生负面看法，自己再也不会一呼百应，他们再也不会言听计从了。自己同小刘所谓的事业也只会如蓝天上美丽的彩虹一样，很快就消失。同时，立刻就会成为公司特大新闻传开，家里会发生八级地震：性格刚烈的老娘的拳头会挥向他！妻子会疯，甚至还有可能寻短见！儿女们虽奈何不了他，但一定会远离他，冷落他。他在大塘茶叶公司也待不下去了；这一辈子在教育界、在明月大队、在大塘公司干得风生水起、光芒四射的他将遗憾地栽在小刘的石榴裙下。上天有眼，已经给他送来了一个通情达理、能干贤惠的好妻子，他怎能抛弃她呢？摸摸良心吧！——决不能有半点含糊！志坚再次提醒自己。

进了志坚的办公室，刘小明笑个不停。

"什么事让你觉得这么好笑？"志坚板着面孔问。

"我发现太阳从西边出来了。"

"什么意思？"

"你终于敢叫我来你的办公室。"

“这是你写的字条吗？”志坚拿着字条严肃地问小刘。

“是的，是我写的，因为我太喜欢你了，你是我最爱的人，也是我心中最佩服的人。你知道吗？女人爱的是她所崇拜的男人。每当我们公司最关键的时候、最危险的时候，你不慌，总能提出一个个好主意，使公司化险为夷，从胜利走向胜利。我考虑多年了！我想同你结婚，因为我爱你，深深地爱你！我喜欢你，真心实意地喜欢你。喜欢你的一切，更喜欢你敢为人先的品质和干事业的顽强精神，追求人生梦想、永不放弃的坚定意志！我欣赏你天不怕、地不怕的性格。我并不是爱你的钱财，我知道你也没有什么钱财，我是爱你这个人，爱你这种精神！你迷上了茶，我也喜欢茶，我们有共同语言，共同爱好。陆教授不是要你研究兰花香茶叶吗？我们可以离开这里，到更适合研究兰花香茶叶的高山名山去，开创属于我们的兰花香茶叶新事业。……”关闭多年的话匣子像开了闸门的水一样，滔滔不绝，刘小明满脸涨得通红。

听了刘小明的回答，血一下子涌到了志坚的头上。他吃惊地看着小刘，小刘仰着头也看着他。他根本没有想到小刘会有这么大胆，毫不掩饰地说出自己的想法。但他立即镇定起来，坚定地说：“你有神经病吧！一个年轻姑娘，怎么会对一个有家室有子女的中年男人有这种不切实际的想法呢？”

“没有法律规定，年纪轻的人就不能找年纪大的人结婚。因为我爱你，喜欢你，崇拜你。年龄不是问题，世界上很多人都是因为真心相爱才选择在一起的。情投意合的两个人本就该好好在一起，没必要去在乎世俗的眼光。我决不会因别人的眼光而改变自己的挚爱。”刘小明眨巴着漂亮的大眼睛，认真道。

“你不怕社会上的人齿笑你吗？唾液会淹死你！”

“我找心仪的人怕什么！别人议论怕什么！我的婚姻大事为什么要看别人眼色？我的生活、我的追求、我的爱，决不会因别人的眼光而改变。我的婚姻我做主，现代女性有权追求自己的爱，遇到自己喜欢的人就要去争去抢。找一个阿弥陀佛的人，一个碌碌无为的人，一个胆小如鼠、没有担当的人，还不如不结婚。总之，我不管那么多，也管不了那么多，像这种情况，如今社会上多得很，也正常得很。”

“你父母会打死你！”

“他们不会，天上下刀子我也不怕，我有三个妹妹，就当少了我一个吧！”

“我不答应呢！”

“慢慢来吧。我相信，当我成为你事业上的得力助手后，你会改变想法的！”

“杜应贤会拿刀杀了你！”

“相信她不会，也不敢。”

“你不要一时冲动，你是在爱不该爱的人，你要思前想后。纵使我把婚离了，同你结婚，我们年龄相差十多岁，当我七十岁时，你却还不到五十岁。俗话说七十不留晚，八十不留餐，到那时，如果我病了，躺在床上，坐在轮椅上，你年纪轻轻却要天天来伺候我一个病老头子，万一我死了，你会守寡半辈子。那样的日子不好过哩！你想过吗？莫净想好的一面啰！”

“我冇想这么多，也不会想这么多，我也不管这么多，我相信今后也不会有这么糟糕，我只想和你干一番事业！”

志坚听了小刘内心的想法后，感觉到事情比自己想象的更严重。如果自己不当机立断，还暧昧的话，哪怕只是一点点，后果将难以收拾。像她这样又年轻，又有一些文化，长得又如此俊俏的姑娘，完全应该找一个有为的年轻人。她现在年轻，一时头脑发热，要和自己好，根本没有想到后果。她一时糊涂，自己不能跟着糊涂。她刚才既然向自己坦白了心声，自己也必须明白无误地拒绝她，让她彻底打掉幻想。志坚冷静地道：“小刘，刚才你讲得很直白，说明你很坦诚。我现在也非常明白地、毫不含糊地告诉你：你同我结婚，不可能！永远不可能！我有一个很好的妻子，爱我爱到骨子里去的妻子，无微不至关心我的妻子，受苦受累了半辈子的妻子，我没有理由不忠于她，没有任何理由背叛她。我有一个很牢固的家庭，很幸福的家庭，任何人无法破坏的家庭。我爱我的家庭，包括父母、妻子、儿女。二十多年来我为什么不停地奋斗？除了事业以外，更多的是为了他们的幸福。我将为了全家人的幸福，继续奋斗。谢谢你看得起，黄某人不值得你追，更不值得你爱。你的想法天真而错误，大错而特错！我们是同事，永远是同事，永远是上下级的关系。你知道吗！”志坚板着脸严肃地说。

“我的追求任何人也拦不住，哪怕是碰得头破血流！”

一个执迷不悟的年轻人，很可能一时冲动而不能自拔，正如小刘这种人，如果另一方也执迷不悟的话，悲剧就发生了。而我呢，是旁观者，清楚得很。一个对社会、对家庭、对对方有责任的男人决不能这样做。色字头上一把刀。

志坚依然非常冷静地想着，暗暗警告着自己。

“一个人的想法也可能会随时改变，尤其在感情方面更加说不清楚。我知道，你其实也喜欢我，爱我，只是不敢跨出这一步。你办企业敢作敢为，在个人问题上却畏首畏尾。不要紧，慢慢来。我相信到时候你会战胜自己，勇敢地走出来的。我等着这一天的到来。”小刘见志坚陷入沉思，误以为他会改变态度，于是又补充道。但她不知道，自己只是剃头担子一头热。

“永远不可能到来！你知道为什么吗？如果我稀里糊涂地自私地去追求自己的所谓幸福，抛弃妻子，放弃家庭，最少有几个方面的危害，一是害了二十多年来跟着我受苦受难的糟糠之妻，她会痛苦一辈子，她将以泪洗面，度过下半生；二是害得一双儿女从此失去亲爱的父亲，失去一个完整的家庭；三是害得年迈的父母古稀之年缺少美满家庭的欢乐；更重要的是害了我自己，我老了，我病了，我走不动了，我需要照顾的时候，心甘情愿为我付出一切的结发妻子再也叫不回来了。子女也会假惺惺地对待我，甚至还会对我投来鄙夷的目光。到那时，我后悔也来不及了。以后看着年轻的妻子一点一点嫌弃我，等着我的只会是一个糟糕而痛苦的晚年：受到自己良心的谴责，被很多人指着脊背骂忘恩负义，当代的陈世美……”

“你放心，我对你会比你现在妻子更好，我也懂你，更能帮助你，你莫想复杂了。你不接受我，是你的错误，你会后悔的。”刘小明态度坚决，听不进志坚的劝告。

“你真是天真得可笑，幼稚得可笑，一时冲动。”

“我不是一时冲动，更不是盲目和无知，我对你的认识也是一步一步的。很多事实证明，你是一个阳光的男人，是一个有美德的人。我爱你爱得发疯了，一闭眼你就出现了，你知道吗？我多次想接近你，多次想找机会同你出差，你却无动于衷，我快要憋死了。我不顾女人的矜持，主动向你吐露心声，你为什么要这么冷淡？我爱你有错吗？我哪一点不行？我问你，你难道对我没有一点感觉？”刘小明连珠炮似的发问，两只长睫毛的大眼一闪一闪，一副娇嗔的样子。

“不是你不行，其实你在我心目中是挺不错的，能干、聪明，有一定水平，只不过……”

志坚话还没说完，突然门吱呀一声，开了。

“哎呀，你们真好过呀！大白天的，一对男女还关在屋里谈爱呀！”志坚妻子半个月不见他回去，怕他生病了，也有些担心他变心，因此，抽空来看看。不巧正好看见丈夫与小刘坐在一起谈话，气不打一处来，满脸的怒气和杀气。

“老婆来了，快坐，快坐。”志坚笑道。

“你眼睛里还有我这个黄脸婆呀！”

“杜姨，请喝茶。”小刘递了一杯茶给杜应贤。

“谁喝你的茶！你这婊子，快跟老子滚开！”应贤顺手将小刘递过来的茶杯一拦，茶杯砰的一声掉在地上，流了一地的茶水。

“我就是喜欢黄董！我要同他结婚！你要何里啰！黄董同你在一起有什么好啰！你只晓得煮饭、洗衣、打扫卫生，他热爱的事业你能帮上半点忙吗？”胆子天大的小刘甩下这几句话，大摇大摆地离开了办公室。

“你听见吗！你这个家伙，你听这个婊子刚才如何说的吗？你这个没良心的家伙！你今天不跟老子讲清楚，我就死在你的面前！”杜应贤一拳又一拳朝丈夫的脸上打来。然后，“呜、呜、呜”，伤心地哭着喊着：“我活不了了，我不想活了！”鼻涕眼泪一把把。

志坚顺手接住妻子挥过来的拳头，用力一抱，把妻子抱到了怀里。应贤拼命挣脱志坚的怀抱，骂道：“我看见过不要脸的人，冇见过她这样不要脸的。”一边骂，一边把丈夫办公室的茶杯、茶瓶打烂，书撕掉，扔了一地。

望着这一幕，这突如其来的一幕，特别是看到妻子满脸泪水，伤心痛苦的样子，志坚本准备同妻子开两句玩笑也不敢了。他心痛极了，让她发完气，摔完东西以后，又一次紧紧地抱着她，让她尽情地在自己的怀里诉说：“你这个不要天理良心的家伙！你这个良心被狗吃了的家伙！我跟着你二十多年，受了多少苦啰，遭了多少罪啰！你家里那样穷，我不怨你；你当大队书记，你只管集体的事，家里事你不问不管，孩子也不管，我要出工，要带人，要煮饭，要打扫卫生，还要喂猪，管菜园子，每天五点起床，晚上十点钟还在忙家务；老人病了还要照看，但我无怨无悔。你来茶厂以后，几天难见你一面，我晓得你忙，责任田冇要你管，你晓得不晓得啰！你堂客吃了好多苦啰！我在家里做牛做马你知道吗？现在好了，家搬到县里去了，你就忘恩负义，看见我老了，不要我了。你这个老家伙嘞，你何里这样不要良心啰？”一边哭诉，一边一拳又一拳打在丈夫的肩上、脸上。说完打完，又“呜、呜、呜”哭了起来，脸上的泪水像发洪水一样流着。这件事犹如不曾预报的地震一样来得太突然了，她极度地气愤，极度地悲伤。

此时的志坚只是笑，只是不停地为妻子擦拭没有断线的眼泪，不停地理着妻子的一头乱发，没有打断妻子半句话。让她尽情地打自己，尽情地哭诉，尽情地把苦水吐出来。他认为只有让她把想说的话，要说的话说出来，她心里才痛快一点。

但是，妻子并不领他的情。以为志坚真有这回事，才这样顺着她。于是她一手扯着丈夫的衣服，不由分说地道："你同我回去，非回去不可！不在公司干了，不然的话，我就死给你看！你就等着收尸吧！"一个使劲拖，一个笑着不肯走，拖着、拖着，志坚衣服被扯下一大块。

其实，志坚对自己的妻子十分满意，美丽善良，贤德温柔，对自己，对家人全身心地爱，特别是在自己最苦闷、最失落、最无助、最困难的时候，她给予了精神上、物质上等多方面安慰和支持。自结婚以来，妻子深明大义，通情达理。从不找自己要穿、要吃，无论他在大队当支部书记，还是在茶厂当厂长，从不扯后腿。她知道他事多，又是为了大伙的事，所以宁愿在家做牛做马，受苦受累，不分白天黑夜地忙着——队里出工，自留地种菜，照顾老人小孩，洗衣煮饭，做缝纫，养家畜，招待人客。有一次扯猪草，被毒蛇咬了，还差点送了命……妻子却无怨无悔。有这样的妻子，是自己的福气！也因此，多年来，志坚重话都不曾说过她半句。更不要说在外面干出对她不起的风流事。他时常提醒自己，糟糠之妻不可丢，要经得起外面世界的百般诱惑。他也确实做得很好。而现在，妻子却无论如何听不进自己的解释，要起横来。这激起了一贯有大男子主义的志坚的恼怒，但他猛然看见妻子那张流着热泪被繁重劳动累得又瘦又有了皱纹的脸，忍不住鼻子一酸，浑身软了下来。妻子原本姣好的容貌，过早地有了苍老的痕迹。她脸上每一道皱纹都是自己给她留下的啊！他愧疚地伤心地瞅着妻子，不由自主地打了个寒噤，良心驱使他继续为妻子揩着满脸的泪水。

应贤一下子扑在他怀里，伤心伤意，悲悲切切地哭着，用头抵着他宽大的胸口，双手抱着他久久不愿松开。她不能没有他，不能失去他，如今社会离婚就像换衣服一样那么简单和随便。

志坚一直心痛地听着妻子的诉说，妻子自从嫁了自己以后，没有过过一天舒坦的日子，自己也没有尽到做丈夫的责任，他很内疚。有时也很自责，有什么办法呢，自己想干一番事业。现在他后悔了，只怪自己没有早把心里的话告诉她，现在，是时候同她好好说一说了。“老婆，哭完了吗？”志坚带着笑容道。

“我要咬你几口才好！”应贤终于止住了哭。她的心里比喝了一大碗黄连还要难受。

志坚不停地用纸巾擦拭着妻子满是泪水的脸，说：“刚才看着你的哭诉，我心像刀割一样痛！二十多年来，你无微不至关心我、体贴我，爱我爱到骨子里去，同时为我，为父母，为儿女，为这个家，付出了太多，承受了一般女人无法承受的苦难和压力。我一生有幸选择了你，我非常满足。我为自己娶了你感到自豪，感到满足。我知道我欠你太多，我没有理由不忠于你，没有理由背叛你。我保证没有背叛你，我也永远不会背叛你。我深深地知道年轻的女人，现在社会上有的是。但是像你这样能干，这样受得苦，善待父母、儿女并深爱着我的人，天下难找第二个。”

“说得好听，都说男人是猫，闻着腥就跑出去了，刘小明又年轻、又漂亮、又有文化，她又这样投怀送抱，你没动心？鬼才信！你难道不是男人吗？”

“刚才你像火山一样爆发了，我说什么你也不会听！现在让我解释给你听啰，今天的事，你不来，你不看见，我也会如实告诉你。小刘确实是对我有想法，刚才我是在劝小刘，做她的思想工作，我以坚决的态度拒绝了她。我之前不知道她对我产生了这种想法，我是刚从她送给我的一本杂志里看到一张字条才知道的。你看，这就是她写的字条。”说完志坚把字条给妻子看。

“这个冇用的婆娘！”看了字条后，应贤狠狠地骂了一句。知道真相后，气消了许多。她把头歪在丈夫的胸脯上，泪迹未干的脸上露出了灿烂的笑容，仰着头，用手摸着丈夫的脸，动情地说：“冇就好，这才是我的好老公。”她想了想又说：“你要把她马上辞掉！”

“何必呢？她是一个技术员，又不是一般工人。”

“选一个男的当技术员嘛！你不把这个冇用的婆娘换下来，你就自己回去，不在公司干了。”

“好，好，从此以后，我保证对她冷若冰霜。你休息一下，晚上我回去再同你说，我现在要到车间去。”

吃完晚饭，志坚同妻子回到了家。妻子知道丈夫同小刘并没那回事，虚惊一场，才放下心来。

志坚坐在客厅里陪着妻子看电视，一边看一边道：“杜应贤呀，俗话讲的，结发夫妻丑也好……”

“哎，我未必蛮丑呀？”应贤没等丈夫说完，就打断了他的话。

“你听我讲完啰，我不是说你丑，你是大美女喽！四十多岁了，还风韵犹存。”

“这还差不多。”应贤笑着又打断了丈夫的话。

“我是说妻子还是自己的好，还是原配的好，我如果不是立场坚定，恐怕会失去你这么一个真心真意的好妻子呢！你看我病的那几年，如果不是你细心呵护，我不会有那么快好！你为了我，今天是水鸭煮黄豆，明天是五月端午凉茶，后来又到大山上去挖鱼腥草，家里的事不要我操半点心，父母亲服侍得周周到到，你真是我前世修来的喽！如有下辈子，我还要做你的老公！”志坚喝了一口茶接着道，“爱情的最高境界是灵魂层面的知己或叫两情相契。灵魂上的知己和灵魂的相契可以入骨，从来不需要回报，不需要彼此承诺什么。只是心甘情愿地惜着，陪着，看着，爱着。生命里若遇到灵魂知己，孤单的日子不会有，最苦的日子也会甜。我深深体会到，我和你就是这么一种爱情。因此，你一万个放心，我心里永远只有你，装不下任何女人。”

志坚一席话，说得妻子心花怒放，脸上堆满了笑容。“不是你对我好，身边一大堆妹子，你也没变心，我也不会对你这么好哩！我一辈子找到一个真正的男人，我做牛做马，再苦再累，我也心甘情愿，只要菩萨保佑你身体好，就是我最大的幸福……”说着说着，应贤眼角上布满了泪花，这是喜悦的泪花。她把身子歪在志坚身上，幸福的感觉在她全身涌动。

经过这次激烈的争吵，应贤从心底里更加爱丈夫了，觉得丈夫依然是一个值得自己深爱的人，觉得自己没有看错人，老公依然是自己的好老公，对丈夫的怀疑彻底消除了。

无意中把这一桩事挑破以后，志坚倒觉得轻松起来，他为自己没有误入歧途而庆幸。这一闹，使坏事变成了好事，让小刘明白了这条路是绝路，是死路，是无法走得通的路，只能死了这条心。同时，也让妻子明白了事情的来龙去脉，使她完全相信自己了，对自己完全放心了。

小刘呢，恰恰相反，她一点也不受气，一点也不急，一点也不觉得害臊。在她看来，刚发生的事，反倒是一件好事，既然公开了，事情挑明了，志坚妻子知道了，那更好，好使杜应贤早有思想准备，自己便可以大胆地甚至公开地朝自己设计的方向走。

应贤的心病好了没几天，又复发了。那天小刘丢下的那句“你只晓得煮饭、洗衣、打扫卫生，他热爱的事业你能帮上半点忙吗？”的话，像尖刀一样刺着她的心。想起自己平日里除了给丈夫一些吃的、穿的，说些安慰的话、关心的话，什么也帮不了他。听小刘这么一说，觉得自己好像是多余的人，为此，她伤心！她痛苦！她焦躁！她想自己该如何办，是不是应该主动退出。她天天闷闷不乐，愁眉不展，常常头也不梳，饭也不吃，独自坐在房里不出去，望着窗外发呆。她这一反常的行为被志坚娘发现了，她走进房来问道：“应妹子，你身体哪里不舒服啦？天天愁眉苦脸的，饭也很少吃，瘦了不少，快去医院检查检查。”

“娘，我有病哩。”

“有病？是不是志伢子这家伙在外面学了坏样？你告诉我啰。”

“不要您老操心哩。”

“这不学好样的家伙，等他回来啰。”

陶富娥从儿媳的话语中听到了弦外之音，她断定儿子在外面拈花惹草了。她要问个明白，如真有此事，非收拾他不可！一个星期后，志坚回到家，习惯地首先来到父母住的一楼，笑着问娘：“娘，您好吧？我回来了。”

“你心里还有我这个娘呀！你跟老子好好站着！我问你，应妹子这几天一直愁眉苦脸，唉声叹气，饭也不吃，问她又不作声，你老实同我讲清楚，你在外面到底做了什么见不得人的事？你是我的崽，如果你把应妹子不当人，在外面拈花惹草，你就是四十多岁了，老子要打还是打，我就不怕治不了你！”陶富娥吼着。

“哪有什么见不得人的事，谁说的呀？”

“冇？应妹子平常都是快快活活，有说有笑，这几天却像失了魂一样，你快同老子讲明白！”

“那是一场误会，我早跟她讲清楚了，她怎么又犯起傻来？”志坚知道娘对子女的严厉，早两年二儿子闹离婚，她举着一把菜刀对儿子吼道：“你有本事离婚，老子就一刀收拾你！”吓得二儿子再没敢提离婚的事。今天娘察觉了，他觉得没必要隐瞒，于是把刘小明夹字条的事详细告诉了她。陶富娥这才放下心来，道：“你这样做就对了，只要我在世，我决不会允许你们兄弟做这样的蠢事。应妹子这样好的妻子，你到哪里去找啊！凡不学好样、离婚的男人，没有一个有好下场的。你看，湖对面的罗楚才不学好样，搞得家破人亡！”

“罗主任怎么了？”志坚急切地问。

“好惨呢！罗楚才当沙田镇主任，一家人本来过得好好的。两年前，罗主任认识了一个茶楼里的漂亮妹子。那个妹子怀了孕，死也不肯流产，寻死觅活要同罗主任结婚。罗主任爱人于嫂子好话讲尽，还在罗书记面前下了跪，哭天喊地不离婚。罗主任迫于那个女子以死相逼，同妻子离了婚。于嫂子一气之下，到庙里当尼姑去了。罗主任儿子老实、忠厚，又失业了，爱人左艳不学好样，学起了法轮功，家也不管，儿子也不管，常年不归家。罗主任儿子绝望了，一天傍晚，抱着五岁儿子去跳湘江。儿子在父亲的手上死死挣扎，不肯同父亲去投河，一双小手在父亲脸上使劲地抓，抓烂了父亲一脸，还一边抓一边大声哭喊：‘爸爸，我不跳河嘞！我不想死哩！我不想死哩！’罗主任崽还是有听儿子的，抱着五岁儿子从湘江大桥上跳下。罗主任十三岁的女儿读初中，本来成绩很好，父母离婚了，娘出家了，哥哥侄儿跳河了，自己慢慢得了忧郁症，天天由八十岁奶奶陪着，不久奶奶因突发心脏病死在床上有人晓得。罗主任也没回来奔丧，由亲戚和社区安葬了老奶奶。听说罗主任被‘双开’后，在外地过得也不好。有一天同后来的妻子吵架，喝多了酒，开车把人撞成了重伤，赔了几十万，那个女人也离他而去了。罗主任一个好好的家庭就这样散了。三年后罗主任回到家，人瘦了，背也驼了。总算醒悟过来，为了照看女儿，在社区找了个扫街的工作。为了不让熟人认出来，天天戴一副大墨镜、大口罩扫街。一个国家干部，落到如此下场，完全是自作自受！”

“这就是不学好样的下场！”陶富娥又补充道。

“罗主任怎么这样糊涂！儿子、孙子好惨啊，女儿也太可怜了！听了您老一讲，我心里好不好过呢！”

“你决不能学这样的坏样！你学了坏样，我就不会像罗主任的娘一样，非打断你的腿不可！”

“娘，你放一万个心好了，你的崽不是那号人。不仅仅是您老的教导和入党时老仇反复交代的要作风正派，更是为了一份责任，对孩子、对应贤、对你们二老和对家庭的那份责任。娘，你放心，我永远不会做罗书记那号蠢得不能再蠢的事。”

“这样就好，这才是娘的好崽，做父母的一不要你们买吃的，二不要你们买穿的，只要你们夫妻和睦，子女有出息。”

晚饭后，等应贤把厨房收拾完以后，志坚对妻子道：“我们出去散步好吗？”

“你去，我不去，我有事。”应贤闷声闷气回道。妻子不去散步，看样子是又生气了，只能算了，等晚上再同她好好说说。于是他只能进房间看《新闻联播》。快十点钟了，妻子还没有进卧室来。她怎么这样事多哩？志坚有些怀疑。到十一点钟时，妻子仍然没有进卧室来，志坚这才知道不是忙事去了，而是在赌气。于是，他开门去寻她。一楼没有，三楼没有，难道去客房了？他敲了敲客房，没有回应，又扭了一下房门把手，扭不动，他知道妻子反锁上了。志坚觉得好笑，妻子在耍小性子。“开门啰，你这是干什么？还像个细妹子一样！”

“你睡你的，我要好好休息一下。”

“两个人睡一起不也是休息吗？”

“我一个人睡，让我静一静，好想明白一个事，你不要打扰我。”

“我偏偏要打扰你，快开门。不开门，我就一脚把门踢开。”无奈之下，妻子只好起来开了门。志坚这时才发现，妻子一脸愁容，双眼红肿，刚才还是和衣躺在床上。志坚笑着，将妻子抱起，像抱新娘子一样，抱进了卧室，轻轻地把她放在床上。应贤来不及反抗，只能乖乖地让丈夫抱着，没有发气也没有笑。

“你何必这样做呢？有什么话好好说吧，二十多年了，从来没有闹过矛盾。”

应贤依然闷着脸不说话，脱了衣服，换上睡衣，钻进被子，脸朝里边。志坚关上灯，睡在妻子旁边。过了好一阵，谁也没说话。志坚打破了沉默：“我知道，你还是为那天的事在生气，我不是同你讲得明明白白、清清楚楚吗？小刘写的字条都给你看了，你怎么还是不相信我呢？”

应贤转过身来，绷着忧愁的脸，不耐烦道：“我是在想小刘那天说的话，一点冇错，我只是一个家庭妇女，什么都不懂，我不能在你事业上帮半点忙，只能煮饭、洗衣、打扫卫生。我在想，我要不要离开你们？我怕是不能拖累你们了！”

“小刘的说法是错的，如果不是你的支持，我也成就不了今天的事业。你口口声声‘你们’‘你们的’，好像我同小刘真有那么回事。”

“这倒不是，至少现在不是，但今后不一定。既然如此，我不如早一点主动离开，好让你们去成就你们的事业。这个骚货这样不顾一切地追你，你难道没有动心？打死我也不相信，现在这世界，哪有这么好的男人？”

“你放心，我还是我，我一生做得最正确的是两件事，一件是在钱上冇乱伸手，二件是没有移情别恋。”

“鬼才相信，你一个人睡一间房，她也睡在厂里，多的是机会！”

“你这样不相信我，我要如何说你才相信呢？”

“我问你，她是不是你梦中情人？她这么不要脸追你，你是不是动过心？她年轻，她漂亮，又有文化，你是男人，不是圣人，她如果不放弃，再来追你，你是不是会同意？我在你的心目中是不是不那么重要了？你到底爱不爱我？你要讲真话！”

“杜应贤，刘小明确实对我有意思，多次暗示过我，我都坚决拒绝了。我告诉你，三个原因，我不会出轨：第一，我志坚不是那号朝三暮四的人，我一辈子只爱你杜应贤一个人，你在我心里，任何人无法代替，任何人也代替不了。我黄志坚能娶到你，是我几辈子修来的福分。如果不是你的默默付出，我不会有今天。可以说，没有你就没有我的一切，我知足了。第二，男人不能只是情情爱爱，儿女情长的人成不了大事，年轻妹子会缠死人的，我办公司，搞科研，责任重，冇时间，也冇心情搞这号空路。第三，儿女都是大人了，在外面寻花问柳，对不起他们。尤其是我娘知道了，照她那号脾气，非打死我不可……”

应贤听了丈夫一席发自肺腑的表达，哇的一声哭了起来，眼泪流了一脸，转过身来，死死地抱着丈夫，生怕他走了一样，半天才说：“志，我好害怕嘞！我怕你真的会丢下我嘞！我真幸福，我是世界上最幸福的人！”说完，激动地在志坚脸上亲着。

志坚见妻子终于解开了思想疙瘩，也放下心来，转了话题：“今后，你再莫怀疑我好吗？我还要去干一件天大的事哩。”

“只要你不花心，不变心，我永远支持你，累死累活我也愿意！”应贤内心的疑云一下子全散开了，笑着回丈夫。

志坚要去干一件大事，说的是真话，但，接下来差点让他丧身悬崖下。

第三十三章

志坚这几天一直在思考着陆教授关于云山毛尖要带花香的建议：兰花香茶既然这么高贵，既然是茶叶中最佳香气之一，连十大名茶也鲜少有这种香气，这不正是我们努力的方向吗？企业家，就要有眼光。要搞人家没有的，要搞高精尖的。这样的企业才有前景，才能永远立于不败之地。但是，志坚转而又担心，十大名茶也鲜有兰花香气的茶，肯定研究的难度非常之大，可能比登天还要难，我能行吗？一个没有受过专业教育的茶农想研究兰花香茶叶，不是异想天开吗？不是癞蛤蟆想吃天鹅肉吗？

“放弃吧，志坚，你莫不知天高地厚！”志坚就这样翻来覆去地想，翻来覆去地睡不着，爬起来，喝几口茶，又倒在床上，还是不能入睡，又想：“十大名茶不也是几百年前老茶人搞出来的吗？他们同样既不是专家，也不是教授呀！”

研究兰花香茶叶让他心中燃烧着熊熊烈火，不是图名的烈火，更不是图钱的烈火。这烈火让他不顾一切，他深深地入迷了，明知风险很大，他也要赌一把。此时的他，除了研究兰花香茶叶，其他的一切对他来说没有一点趣味。吃饭也罢，睡觉也罢，甚至连生命本身，也不是那么重要了。

搞，伟大的事业始于创新。管他成功与失败，路是人走出来的，不少发明创造也是普通人干出来的。

失败，怕什么！失败算什么！科学试验本来就成功的少，失败的多。我志坚一生就是一个失败者。人生失败了这么多次，再多失败一次又如何！干，我们干多倍体，许多人没干成，说明这一科研课题太难了，越难的科研项目，研究的价值越高，越值得一搏。难不等于没有希望。我们大塘公司偏偏要干！干成功了更好，失败了也无妨！科学试验本身就有巨大的风险，总得有人去冒险吧！失败了也不怕，反正我是个农民，不怕面子没地方放，也不怕别人来讥笑。为了勉励自己，志坚铺开了一张宣纸，倒了一盘墨汁，取出一支毛笔，蘸饱墨汁，不假思索，颜体的八个大字跃然纸上——“兰花香茶，为此为大。”待墨迹干后，找来一个大镜框，准备把这八个字装在镜框里。

“老尹，你快来一下啰！”志坚装好镜框后站在阳台上大声喊。

“好，我就来。”

“兰花香茶，为此为大。老同学，我不明白这八个字是什么意思，只怪我肚子里墨水太少了。”老尹一眼看见镜框里装的八个大字。

“简单地讲，就是我自己勉励自己，今后要把研究兰花香茶摆在第一的位置，没有比这个更大的事了。什么事都可以放弃，唯有它不能放弃！”

“看来你真的要搞兰花香茶叶研究了。来，我帮你挂在墙上。”

“还是我的老同学聪明，叫你上来就是请你来挂镜框的。”“兰花香茶，为此为大”镜框挂好了，志坚望着镜框里的字，点了点头，笑了。

决心下定以后，志坚对老尹道：“老尹，公司里的事交给你，我最近要到各茶区去搜集种质资源。有什么事，我们电话联系。”

“好啰，你安心去，公司里的事你只管放心。”

志坚第一站来到了云南。十月的西双版纳依然像湖南的春天一样，乡村原野树木葱翠，鲜花盛开，茶园茶芽在微风吹拂下散发出一缕缕清香。在朋友陪同下，志坚穿过一片大茶园，来到了一处高山古茶树林。望着树枝上一颗颗茶籽，心想，这种古茶树或许就是自己需要寻找的那种茶籽，树又高又大，无法爬上去，于是他用脚使劲在树干上猛踢了几脚，震落了几颗茶籽。志坚小心地捡起来，装进了包里，笑着同朋友下山了。

志坚先后来到浙江安吉、福建宁德、湖北恩施收集茶籽。之后来到湘西古丈的老朋友老尚家，老朋友知他在全国各茶区采集高山茶籽时，说：“我带你去看看我们的贡茶林。”

志坚过去只知道古丈是个山区县，究竟是个什么样子，他没有去过。这次朋友带他到山上去看贡茶林，他才看清了真容：放眼望去，四面是山，一座比一座高；山间溪水顺着陡峭的山坡淙淙地流淌着；大多是石头山，从石头缝隙里长出来一棵棵松树、杉树、槐树、樟树、榉树，还有志坚不认识的树，有大有小，大的有两人合围那么粗；枝繁叶茂的树叶把湛蓝的天空筛成一片片网点；多是黑色和棕红色的沙壤土；居民的房屋有的砌在半山腰的山坳里，从山下往山上望，好像房屋砌在了半天云里，也有成村制地砌在较平缓的山坡上，大多还是古老的木结构的吊脚楼；鸟儿一对对、一群群从这个山头飞到那个山头；山间的风特别阴冷，时而风平树静，时而从山谷间吹来阵阵阴凉的大风，把树枝摇得沙沙作响。

朋友和志坚走在海拔两千多米的盘山小路，小路弯弯曲曲，宽处不到一米，窄的只有三十多厘米。志坚从来没有爬过这么高的山，走过这么窄的路。朋友像走平路一样，轻轻松松地走到前头去了，他却只能手攀着岩石边上的树蔸、树枝，屏住呼吸，一小步一小步慢慢地往前走，眼睛死死地盯着脚下不到三十厘米宽的石板路，生怕一脚踩塌，滚到山下去，眼睛不敢往山坡下张望——那是吓人的深渊。刚才望了一下，便毛骨悚然，脚板发酸，腿一下子软了，心好像会跳出来。在翻过一个小山岭时，志坚脚踩到了一处青苔上，青苔滑溜溜的，志坚突然扑通一下，脸朝地面滑倒在斜坡上，左手抓住了路边一根小树枝，右手抠着地面。小树枝被拔了起来，志坚瞬间往山崖下掉去！“老尚！”志坚大叫一声。

在前面带路的老尚见朋友突然大声叫他，急忙扭头张望：“啊，不好了，老黄掉崖了！”急步转身来到志坚坠崖处，只见志坚一手紧紧抓住崖边小树枝，双脚踩在一丛树蔸上，全身紧贴崖壁，吓得面如土色，双眼紧闭，连串的汗珠在额头上渗出，双脚抖得厉害。只有阳光和崖边树叶的阴影在他惊恐的脸上翩翩起舞。这时的志坚，惊恐万分，心跳到了嗓子眼。“完了！一切都完了！”他绝望地想。

“老黄，不要怕，闭着眼，脚踩稳，抓紧树枝，万万不可松手，我去叫人来把你拉上崖来。”猴子一样的老尚瞬间消失在山路上，不一会儿他带着三个村民拿着一根粗麻绳赶来了。一位小伙说：“老尚，我从这里翻下去，你把麻绳放下来，让我把绳子系在这位朋友的腰上，你们往上拉，我往上面托举。”

“好的，你小心，注意安全。”

小伙转眼工夫攀到了志坚身边，说：“你莫怕，把眼睛闭上，手莫松，我把绳子系在你腰上，叫他们把你拉上去，你要配合好，我在下面托举你。不幸中的万幸，这丛树救了你一命！”热心的小伙一边在志坚身上系麻绳，一边交代他。

“啊嗬！啊嗬！”老尚同另外两个村民手握麻绳喊着号子，齐心协力慢慢把志坚往山上拉，志坚手攀着一丛又一丛崖边的小竹枝、小树枝，小伙子站在树蔸上托举着志坚的屁股，又托着志坚的脚，使劲往上面送。不一会儿，志坚顺利地升到路边。老尚他们放下手中的麻绳，抓住志坚双手，奋力一拖，把他拉到小路上来。志坚浑身无力，瘫坐在地上，心像鼓一样咚咚地跳个不停，喘着粗气说："谢谢你们！谢谢你们！"

"老黄，你大难不死喽！要是没有那丛竹枝和树蔸呀，有可能掉到崖底下去了！不一定……"老尚没有把最后几个字说出来。

这时，小伙子也翻上崖来了。老尚俯下身去，摸了摸志坚的腰："腰痛吧？"

"不痛，只是吓得我心快要跳出喉咙了。"

"看来，腰没问题，脚也没问题，只是脸上、手上划破了一点点，有点皮外伤，好好休息一下。衣服破了是小事。"老尚终于放下心来。

志坚从身上掏出烟给老尚和三个村民，喘着粗气道："谢谢你们几位救命恩人，不是你们奋力相救，我就会在这里见马克思了！"

又坐了一会儿，等三位村民回去后，衣服被划得稀烂的志坚同老尚往贡茶林方向走。"你冇事吧！走不动，我来背你。"

"走得动，都是我不小心，我从来没有爬过这么高、这么陡的大山，也没有走过这么窄的路，没事！没事！"

志坚同朋友爬了个把小时的高山羊肠小道，终于来到贡茶林。老尚指着碗口粗的大茶树告诉志坚："这几棵大茶树可不简单喽！传说清朝时，一位大臣来到这里，喝了这几棵茶树制作的茶，赞叹不已，还买了一些献给皇帝喝。皇帝喝了也赞不绝口，并下令大臣每年将此茶作为贡茶送到皇宫，以供皇室享用。因此后人就把这些茶树叫贡茶林。"

"是真的吗？"志坚一边听，一边仰视着如巨伞一般有些神秘的大茶树，兴奋不已。说来奇怪，正当志坚在茶林中走来穿去时，突然一阵大风吹落了几粒茶籽。志坚感到又奇怪又高兴，心想，莫非是神风？志坚将掉下来的茶籽捡起来塞进口袋，同老朋友高高兴兴下了山。回到旅社又将茶籽用小塑料袋小心翼翼包起来，贴上一张不干胶，拿笔写上"贡茶林"三个字。

高山茶籽找好了，下一步开始育种，朱教授给志坚介绍了育种专家冯茹。一天，志坚约了朱教授来到冯老师家，冯老师是一个年过七旬、头发花白的女教授。

“朱教授、这位客人，吃水果啰。”冯老师把水果盘放在茶几上。

“我牙不好，只能喝茶。”

“我家的茶可没有你们家的好哩！”

“哪里！哪里！我今天来，就是希望你能帮黄董选育出好茶苗来哩！你是知名育种专家，要助他一臂之力。他带来一些高山茶籽，请你用多倍体育种方法帮他育种。麻烦你了。”

“啊，这是好事。我来试试，不过，多倍体育种成功率极低，尤其要选出理想的良种更难。黄董，你要有思想准备哩！”

“好的，碰碰运气，成功了更好，失败了也无妨！只是要辛苦您老了。”说完志坚把做了标记的十几种不同地域的茶籽给冯老师看，“冯老师，这里标着‘贡茶林’三个字的茶籽请您特别留意一下。”

“莫客气，我们共同试验，共同研究。这是我的名片，有事打电话联系。”

“冯老师，那我们就先走了，听您的好消息。”

冯老师按照志坚的要求把茶籽按多倍体育种方法进行了技术处理，并在不同茶籽包装上贴上标签。第二年春天，茶籽陆续长出新的茶苗来。

一天，冯老师打来电话：“黄董，我是冯茹，你要我用多倍体繁育的茶苗大部分没有发芽，少部分发了芽，有的还长得不错，你抽空来看看啰。”

“好的，好的，我明天过来，谢谢您！”

江南脱掉了浅绿色的春夏装，换上了深绿色的秋装。星星点点红花、黄花、白花、紫花在山边、路边开放，各种果实挂满枝头，收获的秋季到了。小车载着志坚快速地朝长沙驶去。

冯老师带志坚来到了她的试验园，指着十几株生长了一年的茶苗对志坚说：“这些都是用你的茶籽，采用秋水仙碱浸种、沙床催芽的多倍体育种方法繁育出来的茶苗。大部分没出土，出了土的又死掉一些，剩下来的都不会有问题了。多倍体很难搞，成功概率相当小。”

“啊，原来这么难呀！”说着志坚走近一株生长特别旺盛的茶苗，蹲下来仔细观看，这株茶苗表现突出：叶色特鲜绿。他叶片又大又厚，芽尖处呈紫红色，分枝多，植株高，数了数共有十六个分枝。他像发现了宝贝一样，心中暗喜，连忙采了十几个茶芽，小心翼翼放在包里。又看了其余的茶苗，植株又小又矮，叶色绿中泛黄，明显不如这株长得特别茂盛的。他转过身来对冯老师道："冯老师，辛苦您了，再麻烦您一下啰！到了十月份，请您将那株最好的茶苗进行短穗扦插，加快繁育。另外，冯老师，我们请您培育茶苗，辛苦您这么久了，想同您签订一个合同，补偿一点费用给您。"

"暂时不签吧！让我再观察观察，今后再说。"

"那也行。"耿直的志坚没有多加考虑，同意了。道别冯老师，开车往长沙去。

志坚坐在小车里，将十几颗刚采下的茶芽在手上不停地翻动，又闻了一闻，发现有一种淡淡的特别好闻的香气，他像捡到宝贝一样，高兴得像傻瓜一样笑了起来。他怎能不高兴呢！虽然只有十几颗茶芽，但从采下那刻起就有一种特殊的香气，这可能就是自己冒着巨大风险，选育出来的兰花香良种茶株呀！

志坚知道加工兰花香茶的鲜叶必须在阳光下晒一晒，于是在饭店吃饭前，将这十几颗茶芽在太阳下晒了二十分钟，再一闻，不由得在心里惊叫："哎呀，好香！好香！"这是他事茶二十年来从没有闻到过的令人陶醉的香气。他把这点点鲜叶用开水冲泡了一杯，轻轻喝了一口，顿感鲜爽回甘，齿颊留香，还有蜜糖一样的滋味。这株好茶，如同一道耀眼的电光在他眼前闪现，又如一个黑洞中的探路者看到了希望的光芒。志坚高兴得快要跳起来，感觉自己的身体轻盈得能飞翔一样。此时，他忍不住大声道："好茶！"这声音恰似高音歌唱家那般洪亮，引得旁边吃饭的顾客瞪眼望他。看得出来，他满意极了。仿佛看到了兰花香研究成功的曙光，心想，这可能就是自己盼望的兰花香良种茶苗。他在心里暗暗发誓：这个茶就是我下半辈子奋斗的目标了。

他眉开眼笑，眼睛紧盯着茶杯里那十几颗绿宝石一样的茶叶，一会儿又轻轻地啜一口。茶汤喝完了，加上开水，又轻轻啜一口，嘴巴吧嗒吧嗒地响。

"黄董，吃饭啦，菜都凉了！"司机小周对喝茶喝得忘了吃饭的志坚道。

"好，你先吃，我喝喝第四泡看怎么样。"喝完第四泡，志坚轻轻地点了点头，他现在完全确定这株茶就是他心目中要寻找的兰花香良种茶。此时的志坚处于极度亢奋中，心中燃烧着熊熊的烈火，不是发财的烈火，而是理想的烈火。为了理想，他可以忘记吃饭，忘记睡觉，谢绝一切娱乐活动，忘记吃苦的感觉。

这株很有前景的带自然兰花香的茶苗，连茶叶专家冯老师都不知道。为了防止茶苗落入他人之手，志坚一直没有告诉冯老师。这么珍贵的好东西，他必须高度保密。

光阴似箭，转眼又到了清明。志坚专程开车来到冯老师试验园。中午十一点，志坚采了两斤左右一芽二三叶的新茶，小心翼翼地用一个纸盒子装着。他坐在车上不停地用手轻轻翻动着茶叶。回到厂里，拿着鲜叶走下车来，大声喊着："小刘，拿个样茶盘来啰！"

"你要样茶盘干什么？"听得云里雾里的小刘拿来一个白色木制样茶盘。

志坚将鲜叶轻轻倒在样茶盘，放在坪里花台上晒着。

小刘恍然大悟："我真以为是什么宝贝，原来还是茶叶日光萎凋啊。我在农大学过。"

二十分钟过去了，奇迹出现了：一股浓烈的极其美妙的兰花香气扑面而来，引来了蜜蜂围着茶叶飞来飞去。这是志坚有生以来闻到的最好的茶叶香气，可能是茶叶多了的缘故，比去年饭店里喝的茶香得多。志坚端起那盘散发出浓烈兰花香气的鲜茶，笑眯眯地送给刘小明闻："小刘，你来闻闻。"

"不用闻啦，老远就闻到兰花香了。"小刘还是放在鼻子边闻了闻，道，"这是我闻到过的最好的茶香，优雅而清新。"

在办公室里的尹厚友也闻到香了，他好奇地跑出二楼的办公室，下到一楼，从小刘手中接过茶，哎呀一声："何里这么香呀！来，小刘，你我同去把它加工成干茶啰。"

尹厚友跑去车间，打开机器，加热温度，一个半小时后，他把一盘色泽翠绿、香气扑鼻的干茶端到志坚面前。志坚看着这个茶，闻着这个香，心里美滋滋的，笑得合不拢嘴，有一种成功了、胜利了的感觉，大声道："小刘，审评一下。"

"好的。"小刘烧了开水，称了三克茶，沸后冲泡五分钟倒出茶汤，开始审评。"好香嘞！整个屋里都香了。"志坚高兴道。刘小明用汤匙喝了一小口，在舌头上卷了几下，赞叹道："又香又甜，还有花蜜味。""啊，甜到喉咙里面去了。"老尹也说。

此时的志坚，背抄着手，挺起胸脯，像一个打了胜仗、精神焕发的将军巡视军队一样，从办公室这头走到那头，又从那头走到这头，说："小刘，你明天同我去农大，请尚教授（陆教授、朱教授已过世了）审评一下这个茶。"

"好的，好的。"小刘异常高兴地应着，美丽的大眼睛放射出异样的光彩。

小刘同志坚去长沙，既高兴又紧张，她多么盼望能有这样的机会，多有几次更好。她多么希望志坚同她一起坐在后排的座位上——她还在做着她那永远无法实现的美梦。但是，志坚早已坐在了前排的副驾驶座位上。

九十分钟后，志坚、小刘来到了尚教授办公室。门敞开着。志坚进门后立即打招呼："尚教授，您好！"

"哎呀，黄董来了，请坐！"尚教授见志坚来了，停下笔，离开座位，热情地招呼他。寒暄一阵以后，志坚拿着一罐茶说："尚教授，要麻烦您审评我们的一个新茶哩！"

"什么好茶，我看看。"

志坚把铁罐装的茶叶送到尚教授手上："这是我们最近研制的新产品。"

尚教授拿来一个精美的木制样茶盘，揭开茶罐铁盖，把茶叶倒出来，惊奇道："哎呀，这个茶真不错！干茶就带花香哩！"

尚教授把开水壶清洗干净，灌满水，接上了电源。把审评杯用开水洗了两遍，拿来天平，称了三克茶，倒在审评杯中。在审评杯中倒满沸水，盖上盖，眼睛盯着自己的手表看时间。五分钟到了，他把审评杯端起来，轻轻地把审评杯盖掀开一半，审评室里，便闻到淡淡的兰花香气。真巧，正准备开始审评时，农大茶叶泰斗施老先生来了。

"施老，您好！"见施老来了，志坚忙走上前同施老握手问好。

"黄董来了，稀客，好久不见，还好吧？"施教授带笑问道。

"好哩，好哩。"

尚教授见施老来了，连忙打招呼："施老，黄董事长做了一个新茶，要我审评一下，你来了，更好。请您先审评。"

"又是么哩新产品，我也尝尝。"施老将审评杯揭开一半，反复闻香气，把茶叶倒出来放在茶杯盖子上，反复观看汤色，用小汤匙取一点茶水啜着，然后在杯盖上仔细观看叶底。尚教授跟着看汤色，闻香气，尝滋味，看叶底。两位专家四目对视。"好茶！这下日本人不要吹牛了，我们的茶比他们的好多了。"施老有些兴奋道。

尚教授说："是的喽，这个茶兰花香气馥郁，滋味鲜醇回甘，好茶！真正的好茶！"

志坚和小刘在一旁仔细观看教授们审评，认真听着他们的对话。志坚脸上露出了得意的微笑：施老是一位治学严谨的专家，今天说了"这下日本人不要吹牛了，我们的茶比他们的好多了”的话，虽然不知道施老说这话的意思，但知道自己研究出来的这个多倍体的茶肯定好，觉得自己为国争光了，心中暗暗感到自豪。

“黄董事长，你这款茶确实不错，只是注意今后在杀青方面火温稍高一点，使茶叶的香气更纯和，滋味更鲜爽。兰花香炒青绿茶全国目前还没有，你是如何搞出来的呢？”施教授问。

“我采集了一些高山茶籽，请专家用多倍体育种方法选育了一株带自然兰花香的茶苗，搞了好多年嘞！今天审评的茶就是用这个茶树的鲜叶制作而成的。”志坚微笑着向施老汇报。

“老黄，你又为湖南茶业做了一件大好事。多倍体最难搞哩，中国只有铁观音是多倍体，还只是自然杂交的多倍体。人工多倍体茶全球也只有印度有。抓住它，好好繁育推广，莫随便把它丢了。”

“好的，您老讲的，我记住了，谢谢施老！”志坚的脸上飞起了彩虹。

听了施老的这一席话，志坚既高兴又激动，好像甜丝丝、凉爽爽的风在心头吹拂：泰斗呀，施老可是中国茶叶泰斗呀，而且是一个治学非常严谨的教授。施老从不无原则地抬高一个茶或一个人。刚才高度评价自己的兰花香茶叶，使他对兰花香良种茶信心满满。他暗下决心，一定要把兰花香良种茶像爱护自己的眼睛一样爱护好，不管遇到多大的阻力和挫折也决不放弃。

“我有事，先走了，不陪你们了。”施老告辞先走了。志坚一直把施老送到办公室外，回到尚教授办公室对尚教授道：“尚教授，这个茶您同施老审评了，能否麻烦您把审评结果写个评语给我们？”

“好的，我这就写。”尚教授愉快地答应了。尚教授把写好的评语交到志坚手上：“你繁育的这个品种是个珍稀品种，很珍贵，要好好保护它，发展它。”

“谢谢您！我们一定照您讲的做。”志坚仔细地看着尚教授写的评语：干茶条索紧圆显毫，色泽翠绿，湿看汤色杏绿明亮，滋味醇和甜鲜，花香馥郁持久，叶底翠绿鲜活，柔软有弹性。具有兰花香型的特殊香气。

“尚教授，您又审评，又写评语，非常感谢您！”

“祝你们取得更大的成功！”尚教授送志坚、小刘到门口，一边挥手一边说。

专家们审评公司茶叶，小刘在一边细心地看着，认真地听着，听到专家们对自己公司兰花香茶叶新品种、新产品评价这么高，小刘十分高兴，激动道："黄董，教授们对这个茶评价这么高，说明我们兰花香茶叶研究成功了。你真了不起！我祝贺你！"

"只能说初试成功，不能说完全成功了。小刘呀，告诉你一个道理，所有成功的门都没有上锁，只要你能勇敢地去做，终将会豁然洞开。"

小刘接着志坚话道："是的呢。这个茶值得我们好好研究和推广，人生最美的享受，就是享受创造过程中成功的快乐，享受创造果实的甜美，要珍惜嘞！人的一生难得一次这么好的机会！"

"你说得很对，我将永不放弃。机会来了，就要把握，一旦瞻前顾后，错过良机，后悔终身。燕子有再来的时候，杨柳有再绿的时候，桃花有再开的时候，但是，人老了，不可能再年轻，趁我脑子还想得事、脚还走得动的时候，把兰花香茶叶研发成功，老了的时候，可以大声地说：'我没有虚度人生！'"志坚兴奋地、滔滔不绝地说着。

"黄董，你说得好深刻，好有哲理，我坚定地支持你。但是，这将是一个难度极高、需要烧钱、需要公司的人一致支持的艰巨工程，我十分担心有人会反对嘞！最好的办法就是找一个合作伙伴单独出来搞。"

"单独搞，什么意思？"

"你这么聪明的人还想不到吗？你选育了一株带自然兰花香的茶苗，是你一辈子最成功的杰作，也是你事茶这么多年来最大的收获。但是，公司董事会那帮人不一定支持你搞，甚至还会反对。"

志坚说："我不怕他们反对，他们反对我也要搞。我下半辈子就要嫁给兰花香茶叶了，什么都可以放弃，唯独兰花香茶叶不行。这条路前面就是万丈深渊，也要勇敢去闯！"

亲眼见证了教授们审评兰花香茶叶，又得出如此之高的评价，半个月来刘小明既兴奋又担心，她分析，为研究兰花香茶，志坚肯定会不顾一切。但是困难和阻力会很大。上次自己提的建议志坚没有采纳，为了帮志坚实现兰花香茶叶梦，也为了实现自己心中的"梦"，她认为要做好志坚的思想工作，劝说志坚离开公司，单独出来研究兰花香茶叶。她终于想出了一个自以为能打动志坚的办法。她决定利用今天公司放假的机会，把自己的想法告诉志坚。上午，她认真地收拾了一下自己，穿上一件水红色短袖衬衫，一条蓝色长裤，一双白色高跟凉鞋，蓬松的长头发依旧扎成一大把，系上一束红绸带，甩在后背，笑眯眯地来到志坚办公室，轻轻敲了敲门。

“谁呀？请进来。”志坚应着，头也没抬，仍然在认真地审查着《兰花香良种茶树选育和兰花香茶叶制作新技术的可行性研究报告》。

“星期天也不休息，违法哩！”刘小明银铃般的声音在志坚耳边响起。

“是小刘呀！放假了，你怎么冇回家？”志坚望着刘小明，笑着问道。

“你望着我笑什么？”

“我笑我们的厂花还真名副其实呢！”

“漂亮不是空的，你又不喜欢我！”说完咯咯地笑了。

“又说废话。你找我有什么事吗？”

“我有一个重要的建议要告诉你，我知道你今天不会休息，放了假，没人打扰你，所以我也没有回去。”

“什么好建议，你说说看。”志坚听说小刘有好建议，倒想听一听，便放下手中圆珠笔。

“你能不能坐得离我近一点，我又不会吃掉你！”

“开什么玩笑。”

“你铁了心研究兰花香茶，如何花最少的钱研究出最好的茶呢？我想了很多，做了详细的分析，我认为，你研究兰花香茶，有三种途径可以选择，但有一种最好的途径。”刘小明莞尔一笑。

志坚听了，觉得蛮有新意，倒想听听，于是认真地说：“小刘，说说你的高见。”眼睛紧盯着刘小明。

“望什么望！不好看吗？”刘小明歪着脑袋，调皮地说。接着道：“第一种办法是公司搞。公司搞的好处是有钱、有人、有基地、有设备、现船现桨只荡。但是，根据过去种有机茶、研创云山毛尖都有这么多人反对，你搞这种难度极高、成功率又低、花钱又多的兰花香茶叶研究，只怕反对的人会更多，董事会通不过。如果你强行去搞，今后有的是气受，将是一件费力不讨好的事。第二种办法是你自己出来成立公司单干。好是好，有气怄。但是，你想过吗，自己搞要花多少钱呀！要厂房、要设备、要基地，少则也要七八百上千万呢！你荷包里我估计顶多六七十万块钱，一个零头还不够呢！而且我们这里海拔低，土质没有高山好，茶叶品质不会理想哩！”说到这里刘小明停下来，故意不说了，喝了一口茶，大眼睛含情脉脉地望着志坚。

志坚听了，觉得刘小明讲得有道理，有些问题看得很准，分析得十分到位，不由得打心眼里佩服她，想赞扬她几句，话到嘴边又咽下去了，故意说："你不要把它想得这么悲观啰！不会有你想象的那么难、那么复杂呢！"

"你不信，事实将会比我说的更糟糕！"

"第三种办法说出来我听听。"

"我不说，说了也白说，你不会听我的！"说完嫣然一笑。

"说得有道理，怎么不会听呢，我们大技术员说的话肯定会听呀！"

"是你说的啊！你说肯定听我的哇，等会儿可不能赖皮！第三种办法是去湘西，找一个停办了的茶场，租过来，利用他们的旧厂房、旧设备，稍加改造。再利用他们的老茶园，重新垦复，栽上兰花香茶苗，作研发基地。那里土质好，做出的茶肯定会更好。花最少的钱，办最理想的事，加上湘西属贫困山区，国家支持力度会更大。只要能帮助当地茶农致富，可能用不着我们自己掏钱，国家会立项支持。你看我这个主意是不是金点子？"说完，刘小明头一扬，头发一甩，一脸坏笑望着志坚，扬扬得意。

志坚听了，觉得刘小明这个主意有可取之处，认为她确实动了脑筋，费了一番心思，便道："这个办法倒可以考虑，但湘西也不一定能找到像你所说的旧厂、旧设备、荒芜的茶园呢！"

"没问题，包在我身上。黄董，你知道唐僧取经为何能成功吗？"

"那是因为唐僧有坚定的信念。"

"你的看法只对了一半，如果没有孙悟空保驾护航，降妖伏怪，纵使唐僧信念再坚定，也到不了西天。你搞兰花香茶叶研究，虽信念如钢，身边也需要一个孙悟空，这个孙悟空就是我。"说完，刘小明大胆地附在志坚耳边悄悄道，"老古董哩，你应该去享受一种新生活嘞！是人，就没必要强行抑制欲望！拜拜。"说完把手一招，大笑着一溜烟走了。

志坚看到刘小明更加大胆地向自己走来，觉得问题严重，必须让她死了这条心。他把心一横，开始对刘小明冷淡起来，最近很少同她见面，有时还刻意回避，见了面也只是用冷冷的两句话打发她。

志坚越是冷落刘小明，刘小明越是着急。她认为研究兰花香茶是实现自己与志坚结合的最好机会，决不能放弃。她打听到了湘西一个国营茶场经营不善，连年亏损，决定对外承包出去。她便租车去看了，还找到了茶场领导，确有这回事，而且一个加工厂，一千多亩茶园，一年只要五万元的租金。她十分高兴，一定要把这个好消息告诉志坚，于是她兴致勃勃地来到了志坚的办公室。

“黄董，开门啰，我有重要的事情向你汇报哩！”

“谁呀？”

“是我，小刘。”

“啊，小刘，对不起，我正在起草一份重要报告，有事明天再说吧。”

“只耽误你五分钟就行，开门啰！”

“你忙去啰，我真的不得空。”

刘小明在门外等了十几分钟，志坚一直没有开门。她知道志坚在故意躲着自己，觉得自己好没尊严，便悻悻地离开了。

自刘小明表白以后，志坚便开始疏远她。特别是上次建议志坚去湘西租山租厂，研究兰花香茶叶，志坚对她更是冷若冰霜，连门也没有开。人想人，想死人。志坚越是回避，她越是思念，思念得好苦！思念得心痛！思念得夜夜睡不好觉！想来想去，想着同一个问题：“你为什么要疏远我！为什么要拒绝我！我都不怕，你为什么要怕！”越思越想，越想越思，志坚的一切在她心中挥之不去。

越是相思，越是痛苦。刘小明情绪低落起来。爱说、爱笑、爱唱的她变得心事重重，沉默寡言，饭也吃一餐，不吃一餐，明显地瘦了一圈，不敢对着镜子看自己了。做事也提不起精神。原来那张美丽的脸庞凹下去了，脸蛋上那团可爱的绯红不见了，眼睛失去了往日的光彩，像暗淡下去的火焰。同事在背后纷纷议论：“好好一个活泼的刘小明，怎么一下子变成这样了，像得了相思病一样。”

志坚的冷落，让刘小明很失望。失望是很让人焦虑的，明知没希望，她却还在等待，每时每刻都在等待他的召唤。但，半个月了，一次也没见过他。过度焦虑，她瘦了。她能不瘦吗？半个月来，睡不好，经常半夜还在被子里哭。

“珊珊，你过来，我问你啰。”一班班长曹罗英问同一班的小高。

“英英姐，么哩事让你这样神神秘秘的？”

“你注意了吗？刘小明近来精神恍惚，目光呆滞，像死人一样，似乎受到了巨大的刺激。而且，她的室友反映，她和谁都不说话，动不动就发脾气，不知怎么搞的呢？你知道吗？”

“是的嘞，小刘一下子像变成了另一个人，我还准备问你呢！”

志坚知道后，马上警觉起来。他知道小刘最近的变化是怎么回事，觉得自己有责任开导她，帮助她走上正确的人生路。而且不能再拖了，在继续做好她的工作的同时，有必要再次同她摊牌。想到这里，志坚拨通了小刘的电话：“喂，小刘，你来小会议室一下啰。”

“好，我这就来。”听到志坚叫她，刘小明精神一下子振作起来，兴奋而爽快地答应了。最近她想好了，舆论的嘲笑也罢，杜应贤疯狂反对也罢，年龄的悬殊也罢，他的冷淡也罢，这些比起蕴藏在自己内心纯真而迫切的感情来说算不了什么！心想：“我才不在乎呢！我要再谈一次，细谈一次，从从容容谈一次，明明白白谈一次。”

小刘是公司的厂花，身材挺拔而苗条，脸上闪耀着白瓷般的光彩，一大把黑油油的长发扎在脑后，随着她的脚步优美地左右摆动着。长长的睫毛下闪动着一双如星星的大眼睛，不知吸引过多少男人的眼球。当听到志坚叫她，她兴奋不已，哼着“……我拿青春赌明天，你用真情换此生……”，轻快地来到了小会议室。

人未进门，歌声就飘进来了。志坚听了小刘哼唱的歌，轻轻地叹息一声：“哎，现在的青年人都被这些歌曲害了。”

小刘笑着大大方方坐在志坚对面，用一种幽怨的目光望着他，那幽怨里藏着一个女人全部的爱意，也藏着女人的怨恨，当然，怨是真的，恨是假的。她现在什么都不怕，她要豁出去！

根据茶叶吸附性超强的特点，公司规定职工上班时不允许喷香水，但是刘小明身上散发的是女性特有的迷人的幽香。志坚的心头荡过一阵涟漪，身子微微战栗了一下，差点招架不住。如果刘小明不是一心想达到和自己结婚的目的，而是另一种想法，自己很可能就没这么坚强了。但他很快稳定了情绪，说：“赌明天，会赌得一败涂地。”

“那也不见得。我不但要拿青春赌明天，还要准备潇洒走一回呢！”

“你要现实点。”

“是的，是要现实点，与其找一个碌碌无为我不喜欢的人，还不如找一个能共同干事业又成熟的自己喜欢的人。”

“你找我就完全找错了。”

“我觉得没有错，我考虑了几年。我倒觉得你也应该享受更好的婚姻，你觉得现在老杜对你很好，无非是你回家后，给你炒几个好菜，泡一杯姜盐豆子茶给你喝，然后坐在一起谈论某个商店有一套好衣服，再然后老话重谈——‘你不能花心呀！你花心我要死在你面前呀’等等，这样的生活你烦不烦呀？你觉得有意义吗？而我同你在一起，共同的爱好、共同的理想、共同的事业将把我们紧紧地联结在一起，或讨论国家大事、世界局势，或讨论人生，或讨论某一部文学作品。更多的是共同研究我喜爱的、你追求的制茶。干同一个事业，追求共同的理想多好呀！这样的生活才真正有意义，这样的生活才高尚。”

“世界上对幸福的爱情定义各有不同，我认为贫穷时能厮守、富裕时不抛弃也是一种幸福爱情。至于事业，我哪来的事业呀！”

“难道茶叶不是你的事业？”

“公司是乡政府的、全乡人民的，我只不过是一个打工人，和你一样。”

“那更好，你不是为研究兰花香茶叶着了迷吗？我同你一道专心专意共同研究不是更好吗？到那时，你做老板，我做老板娘。你知道吗，研究兰花香茶是一个巨大工程，现在你是孤军奋战，必须有一个懂茶叶又忠实的帮手。公司那些人只知道加工资、发奖金，能成就你的事业的唯有我！至于你担心的年龄差距，我觉得不是问题，事业可以拉近男女的年龄距离。”小刘说完抿着嘴直笑。

“佩服你想得远、想得美，讲得出口。那你不怕杜应贤杀了你呀！那天她的样子你不是没有看见。”

“我不怕，我想过，像发地震一样，让她发一次地震，地震过后就会冇事的。我劝你也不要害怕。”感情和思绪一直处在沸点的刘小明继续道。

“你这真是奇思歪想，天真得可爱。”

“不是我奇思歪想，而是你自己太老古董了。如今社会，这样的事一点不稀奇，多着呢，胆小鬼！”说完，刘小明扬了扬细长的眉毛。

“我是七十年代过来的人，尤其在这方面不会乱来。我入党的时候，介绍人就对我讲了四条原则，其中一条就是要作风正派。我牢记在心，永远不会跨越这条红线！”

“那你大错特错，自由恋爱与作风问题完全是两码事。我也从来不喜欢朝三暮四、看见漂亮女人就两眼发光的男人。正因为你不是这种男人，才是我喜欢你的原因之一。这几年，我想了很久，想了很多，厚着脸皮冒冒失失地递字条给你。我为什么要这么做？是我的心在驱使我这么做。你干的许许多多的大事，你身上许许多多的品格，让我佩服，让我欣赏，让我倾倒，让我爱慕。你从不爱财，不追女人，从不休节假日，既当厂长又当技术员，在公司里有崇高的威望！你在公司一做就是十多年，谁能做得到？谁能耐得住？只有你！这一切的一切，我看在眼里，想在脑里，爱在心里。我不能自拔！虽然那一次被杜应贤撞见了，我不怕也不后悔，挑明了更好。我不怕杜应贤，我不怕我父母，我不怕世俗的眼光。我要公开地追你，直到我们在一起！”滔滔不绝的话语片刻不停地从刘小明的嘴里涌出来。

志坚望着白净得晃人的刘小明，心里真佩服。能言善辩，说话像打机枪一样又快又厉害，他在心里说：“这妹子嘴巴子真厉害，道理一套套的哩！”

“小刘，我没有你说的那么优秀，而且对爱情的看法，各有各的理解。爱是什么？情是什么？我想要的是相互坚守和忠诚，我想要的是相爱到老的婚姻。”

“你想要的这些，我完全可以做到！”

志坚虽然一次又一次地拒绝小刘的真情和敞开着的心怀，但从刚才小刘的态度来看，她没有一点改变，仍然在错误地爱着自己。他要守住自己的底线：“假如我病了，得了癌症呢？”

“哪有这回事呢！不可能！”

“你看，这是我在江雅的病历。”说完把病历递给了小刘。志坚决定用这个办法彻底打消刘小明不切实际的想法，让她走上正确的恋爱之路。

拿着志坚的病历，小刘没有着急看。她先是一阵惊慌，脸庞被阴云笼罩。但她绝不相信，大声说道：“你骗我，不可能！”她把病历一页一页地翻，一页一页地看，当看到病历上一个又一个“癌”字，泪水汹涌地冲出了眼眶，流到了脸颊上。她耸动着双肩啜泣着，先是小声、低声，继而忍不住了，毫无顾忌地大声地哭了起来。一会儿，她离开了座位，来到窗前，望着窗外，慢慢止住了哭泣，但泪水仍像断了线的珠子一样掉下来。

志坚起身，扯了几张纸巾递到小刘手上，说：“哭有什么用！”刘小明接过纸巾，擦着眼泪，一言不发，依然望着窗外。

“不对！这是几年前的病历。而且，你的病已经好了，红光满面，哪里像病人！你这是借口！”

“我吃药好了许多，最近又严重了，我自己的病自己知道。而且医生说过，像我这种病复发的概率特别高。”

“黄董，你百分之百不是甲癌，百分之百是那个医生说的亚急性甲炎，你要马上去江雅做切片确诊。明天就去，我陪你去！”

“江雅这样的大医院，五个专家诊断了，还用得着怀疑吗？”

小刘再也不能控制住自己的情绪，又一次伤心地哭了起来。她是为自己朝思暮想的人得了绝症而伤心，也是为再也无法同心中的人共同生活、共同干一番事业而落泪！这一刻，她如木鸡般站着，失魂落魄。她从未尝过这种万箭穿心，却又万般无奈的滋味：一个默默追求了数年的美好愿望破灭了，永远破灭了。是的，永远破灭了！她心像刀扎一样痛。此时，她仍在伤心地哭。一双大而闪光的眼睛里又一次汪满了晶莹的泪水。这哭声虽不大，却撕心裂肺。“怎么可能！怎么可能呢！”她自言自语道。

“哭有什么用呢！无非是早死几年！人呀，要坚强一些，危急关头不要怕。不谈这些了。听说乡干部小吴好喜欢你，这个干部不错，人也长得帅，你应该跟他谈一谈呢，最少也要接触一下，互相了解一下。”

“是有这么回事，我没答应，心里只有你。”

“赶快把我丢到九霄云外去吧，快快同小吴去谈。这个乡干部很有才华。”

小刘沉默不语，两眼直直地看着窗外。

看到小刘没有说话，志坚决定借此机会，进一步纠正她错误的恋爱观和不成熟的想法：“小刘呀，我告诉你，终身大事，不是儿戏，女孩子不怕生坏命，只怕嫁错郎，我既反对女孩子选对象时只看金钱，不看人品，也反对女孩子凭一时冲动，不顾一切，选所谓的成熟男人、成功男士。我劝你选对象时要打开眼睛选品行好、身体好、性格好、聪明、年龄相当又爱你的人。作为长辈，这既是我对你的忠告，又是对你的期望。”

“谢谢黄董！谢谢你的开导！你说的，我记住了。让想念和遗憾永远留在我心中吧！”刘小明睁着依然泪迹未干的大眼望着志坚，“黄董，你的身体是大事，是你全家的大事，也是我们全公司的大事。你一定要去大医院治疗！好人一生平安，会冇事的。我走了。”

“听我的啰，抓住小吴这个机会。”志坚仍不放心，再一次叮嘱小刘。

“嗯。”小刘嗯了一声，抹着眼泪向志坚招了招手，一步一回头，痛苦而失落地离开了。她不知道自己是怎样走回宿舍的。

看了志坚的病历，刘小明伤心极了，痛苦极了，正如一声炸雷在头上炸响，内心如汹涌的波涛翻腾着：原来想不顾一切去爱，无惧社会上潮水般的脏话，无惧杜应贤寻死觅活的打闹，无惧父母要断绝关系的反对。但现在他得了绝症，多年的梦想顿时变得一场空。这当头一棒，打得她头晕目眩，天旋地转：天呀！做梦也没想到，他竟然得了绝症，几年来一直期盼着的幸福再没有可能了。美好憧憬的激流很快退潮了，她立刻回到现实生活中来。她在房间里自言自语："完了，完了！从此，我将很难听到你那铿锵有力的洪亮声音了，我心里的悲痛你知道吗？我破碎的美梦会时时萦绕在我心间，无从弥补，你知道吗？从此，我的理想画上了句号！我的追求到此结束！我再也没有快乐的理由了，我把祝福送给你，我把思念留给我自己，让遗憾、痛苦和思念陪伴我，直到永远。"

刘小明又是一晚没睡好，倒不像过去因为想志坚而彻夜不眠，而是因为看到病历上五个"癌"字而心痛、害怕和担忧，也为自己无法与喜欢的人生活在一起、同干一番事业而痛苦，更不愿看到他因癌症而……她又一次伤心地哭了。哭了一阵以后，打开抽屉，拿出日记本，一边翻一边撕，凡是关于志坚的记录都撕掉了。看了志坚的照片，想撕，又舍不得撕，拿在手上反复地端详着，凝视着。只想多看一眼，多看一眼都是痛！嘴唇在相片上轻轻地吻了吻，最后还是含着泪三下两下狠心地撕了，连同碎纸一同烧了，一边烧一边哭，哭成了泪人。

心情稍稍平静以后，她觉得要为他做点什么。第二天，刘小明手里拎着一包药来到志坚办公室："黄董，这是我父亲采集的土药，有金银花、鱼腥草、夏枯草、黄栀子等，干净的，泡水喝，能清火败毒，天天喝一点啰。"

"谢谢你，谢谢你父亲！"志坚一边说，一边紧紧盯着刘小明，"小刘，怎么啦？你眼睛红肿得好厉害。"

小刘没有回话，低着头，用手擦了擦眼泪，转身走了。

后来，志坚为了乡干部小吴有机会多接触小刘，请求李书记安排小吴来公司工作，李书记答应了。三个月以后的一天，志坚走出房门，准备回去，来到走廊上，一眼望见小吴牵着刘小明的手向乡政府那头走去。志坚脸上露出了由衷的笑容。

刘小明步入了正确的婚恋之路，志坚这才放下心来，投入他心爱的兰花香茶叶研究之中。他能成功吗？

第三十四章

最近以来，由于兰花香茶叶研究取得初步进展，志坚一直沉浸在喜悦中，甚至有些精神亢奋，脸上整天挂满了笑容，口里哼着一些不着调的小曲，走起路来格外地轻快，他的余生只有一件事——兰花香茶，为此为大！

今天志坚一大早去了公司，趁上班前，无人打扰的时候，设计一款兰花香茶叶新商标，到国家商标局去注册，为今后的兰花香茶叶新产品上市做准备。

上午，冯老师突然打电话给志坚："黄董事长，你好！同你商量一个事啰，我今年身体不太好，试验搞不动了。你这个茶苗现在有外省人要，你要不要？要的话优先卖给你。不要的话，我转让给外省人。你要的话尽快来谈。"

"啊，好的，我们董事会商量一下。"

对冯老师这突如其来的决定，志坚措手不及。早两年想给几万块钱的研发费给她，自己把茶苗搬回来研究，她不肯。现在突然打电话来，要把茶苗出让，还说他们不要，就要卖到外省去。志坚心想："那怎么行呢？为了兰花香茶树良种选育工作，自己下了这么大的决心，跑了几个省采集茶籽，费了多少心思，经历了多少艰难，还差一点掉下了深崖。现在终于研发成功了，这个可遇不可求的前景广阔的兰花香茶树良种决不能落入他人之手，我什么都可以放弃，唯独兰花香良种茶不能放弃！决不能！"下午三点钟，志坚对蔡秘书说："蔡秘书，马上通知今晚召开董事会。"

"好的，我马上通知。"

大塘茶厂虽已改革成股份制企业，但由于改制不规范，仍然是换汤不换药，大塘乡政府占有51%的股份。由于乡政府不直接参与公司经营，因此对于这个兰花香研发项目和购买兰花香种苗一事，必须经过董事会讨论通过。虽然志坚由厂长变成了董事长，但他的股份占比也不多，他没有决定权，也没有否决权。他无权决定买回茶苗——对此，他十分恼火，但又无可奈何。

晚上七点，董事会成员冒着大风大雨来了。尹厚友第一个来到会议室。志坚把他叫到身边说："今晚开会研究购买兰花香茶苗一事，肯定会有人反对，你要站出来支持啊！"

"那还用说，我肯定支持。"

人到齐了，志坚端起茶喝了两口，道："今天的董事会，专门讨论一件事。什么事呢？就是我们与冯老师合作研发的兰花香良种茶苗。今天冯老师来电话，问我们要不要，不要她要卖给别人，要的话马上去谈。事情来得突然，所以马上通知大家来商量购买这个兰花香茶树新品种的事。请大家发表个人意见。此事是关系到公司发展前途的大事，首先我谈谈个人看法：兰花香是茶叶中最佳香气之一，十大名茶中也很少有这种香气的茶，选育这种带自然兰花香的茶树品种难度极高，可以说可遇不可求。现在我们与专家合作选育出来了，而且用这个品种制作的茶叶经农大专家审评，获得了极高评价。这个兰花香良种茶对我们公司来说是一个难得的机遇，绝不能落入他人之手。我公司研究开发兰花香茶最少有下面这些好处：一、研发兰花香茶能开发出一系列高品质高附加值的兰花香型绿茶、红茶等，从而提升我公司产品档次，还能为我公司增加30%以上的经济效益；二、能使我们公司成为高新技术企业；三、能以有机兰花香的品质特色增加出口；四、可以开创出一个兰花香茶叶新产业。希望大家站得高一些，看得远一些，统一思想，不要坐失良机。"说完，环顾各位董事，期待他们的支持。

"这个带自然兰花香的茶树新品种，是一个难得的好品种，我亲自制作了这个茶叶，香气、滋味一般茶无法比，有了这个品种，我们可以开发更多高品质的新产品，机不可失！"尹厚友第一个发言。

小刘理了理头发，侃侃道："我坚决拥护黄董的决定。我公司兰花香绿茶，专家们评价非常高，称这是一个珍稀品种，并要黄董好好珍惜。我认为我们要敢为人先，不论花多少钱都要买回来，繁育推广，机会难得！"

"冯老师这个品种乂冇经过鉴定，风险很大，我们公司又冇一个真正的专家，黄董也只能算一个土专家，我看莫上当！"年轻董事小胡说话时，头像拨浪鼓一样，使劲地摇。

"小胡，你这样说话就错了，土专家怎么了？土专家就不能搞科研吗？我们可以向专家学呀！向书本学呀！在实践中学呀！人不可能生下来就什么都会，做任何事先得敢想，谁不都是从不懂到懂的吗？"志坚严肃地批评小胡。

“我们一心一意搞我们的常规茶叶生产就行了。兰花香研究的事是专家们的事、茶科所的事，莫乱花钱，出风头！”田少德眯着三角眼反对。

“老田，搞研发，搞创新，怎么叫出风头呢？专家都说兰花香是茶叶中的最佳香气，施老还叫我们好好珍惜。不是黄董带领我们走科技兴茶之路，公司不可能有今天，人什么都可以没有，但要有良心。黄董每次想出来的好主意，只怕我们一辈子也想不出来！你还在那里瞎反对！”老尹带气道。

张干事这时也大声附和田少德：“黄董，我们已共事多年了，我是一贯支持你的工作的。但是选育良种是一个长跑的过程，要选育出农民喜欢引种、消费者喜欢喝的良种茶，可能比登天还难，只能算一个梦想。你要三思呢！我说话胡同里赶猪，直来直去，请你不要有意见。”

“老张呀，你说研究兰花香茶只是一个梦想，你说的也有错，我这个人爱做梦，以前做了几个梦，都成真了。让我和大家再做一次梦吧！研究兰花香茶确实是一个难度极高的科研工作。但是搞科研就是要走新路，走难路！我们公司如果死守单一的花茶和毛尖茶，不创新发展，随着人民生活水平的提高，喝花茶的少了，到那时我们公司就会死得很快！死得很惨！研究兰花香茶，我们要以一叶之香，香遍全中国、全世界！”志坚反驳道。他见反对的人这么多，非常忧心，担心无法在董事会获得通过，他接着道，“田少德，我问你，研究兰花香茶叶怎么叫幻想呢？我们祖先的四大发明、神农尝百草，还有当代袁院士杂交水稻不也是慢慢研究出来的吗？我们不也成功研究出冷窨茉莉花茶和有机毛尖茶吗？企业的生存在于创新，企业发展在于创新，企业的前途还是在于创新。没有创新意识，还是几个老产品，那就等着被市场淘汰！创新不问年龄，也不问出身。有兰花香气的茶是茶叶皇冠上的明珠，我们研究出的这个兰花香茶树良种是一座金矿。我们公司引进兰花香良种繁育推广，制作带兰花香毛尖茶、兰花香绿茶、兰花香红茶、兰花香黄茶，打造出一个全新的兰花香茶叶大品牌是完全可能的，开创出一个亿万元的兰花香茶叶新产业也是可能的。机会转瞬即逝。希望董事会全体同志再好好考虑一下，再细细想一想。”志坚憋着一肚子气，捺着性子劝着。

“照你这样说真有点厉害，但说归说，依然还是一个看不到结果的事，你不应该做，应该放弃！”张干事继续反对。

“反对研究兰花香茶叶的人这么多，我们还要不要搞呢？”尹厚友在志坚耳边担心地问。

“多倍体兰花香良种是我用生命换来的珍稀品种。看准了的事，就要去做，不要因为别人说什么而改变，做了才有成功的机会，不做就是零。正如篮球比赛一样，你不去抢球，不去投篮，永远也得不到分。纵使研究失败了，我也不怕别人笑话。”志坚大声说，既是回尹厚友，又像故意说给大家听。

公司董事老周看到志坚苦口婆心做工作，还是无法统一思想，于是站起来建议道：“大家对公司研发兰花香茶有不同看法，这很正常，但不能说些阴阳怪气的话，什么土专家、出风头等。大家对这件大事分歧较大，我提议举手表决，少数服从多数。”

“好，要得。”反对的人齐声说。对这个决定志坚虽然不乐意，但也没有办法，公司章程上规定了的制度，只能服从。他站起来高声道：“现在表决：同意公司进行兰花香茶叶研究的请举手。”志坚数了数，一共有四个人支持，接着又说：“反对的请举手。”志坚数了数，有五个人反对。

表决结果以四票支持、五票反对未能通过。志坚感觉到就像有人拿着又红又热的木炭在烤着自己，又好像什么尖锐的东西，刺着自己的心窝。董事会一些人说他是土专家他不气，但是，这么多人反对研究兰花香茶，他无法接受，他心痛。他一句话也没说，铁青着脸，拎着包走出了会议室。他心凉透了，他伤透了：“他们怎么这样看不起这个高科技成果呢？我堂堂一个公司董事长，像这么一个好事，怎么就决定不下来呢！”

尹厚友见志坚拎着包急匆匆地走出会议室，知道好兄弟生气了。他要去好好安慰他，于是跟着志坚来到了他的办公室，坐在沙发上。

志坚坐在办公椅上，望着“兰花香茶，为此为大”八个大字，见尹厚友来了，招呼也没有打一声，依然望着这幅自己书写的条幅，像在思考着什么。

两人就这样没有言语坐着，约莫十分钟后，老尹先开口了：“老同学哩，既然大部分人都强烈反对，我看这个兰花香茶叶研究，放弃算了吧！”

“放弃？你叫我放弃？你给我滚！马上给我滚！”志坚暴怒了，睁着要吃人的大眼睛，朝尹厚友大声地吼着。

老尹被这一声吼吓得慌了神，低着头呆呆地坐在那里。其实，志坚不是吼老尹，而是董事会大部分人不支持研究兰花香茶，他感到气愤和无奈。

两个好朋友又无言地坐了十多分钟，志坚气消了，开口道：“老同学嘞，放弃不是我的性格，我决不会放弃，他们这些人鼠目寸光，小农意识，怕这怕那，不敢闯。我好话说尽，解释得清清楚楚，明明白白，喉咙都讲干了，嘴巴都讲起泡了，还是对牛弹琴。他们当你在放屁，根本听不进去。我烦躁死了，恨不得同他们干一架，散伙算了！”

“我听他们私下说，你这个兰花香茶叶研究是在做梦，只能是一个美好的梦想，甚至是一场白日梦。”

“梦想怎么了？历来的成功都属于有梦想的人！钱无法衡量梦想，梦想是无价之宝。兰花香茶叶研究就是这样一个美好的梦。”

“你说的都冇错，但他们不理解，根本听不进去，有什么办法呢？”

“老尹呀，一个人的命运一定要掌握在自己手里，我们研究兰花香茶叶决不能放弃，我们要有敢打必胜的勇气！我们要学习‘两弹一星’精神，苏联撤走专家后，我们尊敬的搞‘两弹一星’的专家们，硬是吃睡在沙漠荒滩上，造出了原子弹、氢弹。人就要有这种泰山压顶不弯腰的精神。我告诉你，天王老子也撼动不了我搞兰花香茶叶研究的决心，我宁可放弃大塘公司，也永远不放弃兰花香茶叶研究！”

又坐了一会儿，老尹叹着气，走了。

天塌下来也不能让兰花香茶苗外流。目前唯一的办法只能采取缓兵之计，暂时缓住冯老师那边再说，志坚这么想。于是，打通了冯老师的电话：“冯老师，购买茶苗的事我们准备开会研究，但是，还有几个董事会成员出差没有回来，等他们回来开会作出决定，我再跟您来电话好吗？”

“行，我等你电话，要快点啊！”

“这样大有市场前景的好品种能放弃吗？不能！万万不能！”志坚想到这里，心里更加焦躁。夜深了，依然没有一点睡意。坐在沙发上，望着没有声音、只有图像的电视机发呆。

公司董事周德看到这么晚了，志坚的房里还亮着灯，心想肯定是为董事会未能达成购买兰花香茶苗一事在焦急。于是，他敲响了志坚的房门。

“你怎么这么晚来了？”志坚疑惑地问周德。

“你这么晚还没关灯，肯定还在为今天的会议伤脑筋。我是来劝劝你的，顺其自然吧！既然大家都反对，我看放弃算了，莫急坏了身体。”

“放弃？你叫我放弃？尹厚友也是叫我放弃，被我臭骂了一顿。我的词典里从来没有‘放弃’两个字，大塘公司我可以放弃，唯独兰花香茶叶研究不能放弃！一个老茶人遇到这样一个珍稀茶树品种，放弃，是犯罪！你知道吗？这是犯罪！一个企业，没有一个叫得响的拳头产品，企业怎么做大做强？一个企业，没有一个品质超群的好产品，怎么挣到大钱？一个企业，没有优于同类产品的产品，如何占领市场？想叫我放弃这个可遇不可求的凤毛麟角一样的茶树品种，绝无可能！”志坚这些话像对老周说，又像是对自己说。

老周被志坚这几句话说得无言以对，知道自己放弃兰花香茶叶研究的建议让志坚生气了，觉得不好意思，便说：“那我们下一步如何办呢？”

“再做做大家的工作，过一段时间，再开一次会看能否统一思想。”

“那也要得，太晚了，睡觉吧，我走了。”

周德走后，志坚仍没有睡，还在回忆、思考、分析，想着该怎么办。

志坚平时是一个非常随和的人，为了个人的事、家庭的事，连三岁小孩子也不曾得罪一个。可是，为了公家的事、集体的事，他仿佛变成了另一个人。他必须去争，去斗，去较劲，在明月大队时，为了明月大队群众利益，他不得不跟包队干部甘一泽斗；在茶厂时，他不得不同阻止他办茶厂的县供销社主任斗，不得不同贪污分子斗，不得不同业务员斗，不得不同自私自利的甘委员斗……他斗烦了，斗厌了，但又不得不一次又一次地斗。

现在又有可能在要不要搞兰花香茶叶研究这个上关系到国家茶叶创新发展，下关系到公司发展前途的关键问题上，与董事会部分成员斗——他多么不愿意啊！但他必须作最后一次斗争。斗成了更好，斗不成自己出来另起炉灶。他想，这也好，只有这样，才能免去这些无谓的争斗！

他决定再次召开公司董事会，专门研究此事，就是闹僵也在所不惜。想到此，他看了看表说：“啊，快十二点了，睡！”于是，脱了衣，上床睡了。

“现在开会，今天只讨论一个问题，就是上次大家没有通过的关于买回兰花香茶苗一事，请大家从长远角度，用发展眼光，重新来审视和讨论这个事关公司发展的长远大计的事。”一个星期后，志坚再次在董事会上说。

“我看，这个问题冇必要再讨论了，冇事就散会。”公司张干事首先发言。

“这个很重要，是关系到公司今后发展的大事，我再次谈我个人的看法，俗话说，吃不穷，用不穷，盘算不好一世穷。搞企业也是一样的，也要讲谋划，不仅要善于谋划现在，还要善于谋划未来。搞企业不超前，就会落后。买回兰花香茶苗研究最少有两个必要：一、我们公司只有茉莉花茶和绿茶，没有更高档和有独特品质的拳头产品，产品单一；二、我们的茶产品附加值都低，利润空间小，兰花香茶叶研究成功了，效益可以翻番。研究兰花香茶叶，我们要有攀登珠穆朗玛峰的勇气。大家不要怕，失败了我负责！”志坚再一次从企业发展的战略高度苦口婆心地向大家解释。

“这样的研究工作是农大和茶叶研究所的事，我们在座的都是泥腿子。黄董也顶多算半个专家，搞么哩研究啰！莫图虚荣，还不知道这个东西到底好不好。”小胡满不在乎地说。

“小胡，我不同意你的看法，我们用冷窨技术创造了云山花茶品牌，种有机茶获得了科研成果，研制的云山毛尖获得国际金奖，难道不是我们这些泥腿子干出来的吗？难道是图虚名吗？我们企业有今天，就是靠黄董的远见。我坚决支持兰花香茶叶研究！”尹厚友挺身威武地说。

“你支持，你就拿钱出来搞！公司钱，不搞这些空鬼！”上次开会激烈反对购买兰花香茶苗，人称田草包的田少德板着面孔怒视尹厚友。

“那年你们业务员闹事，黄董创新了云山花茶是空鬼吗？后来创新了防伪技术，迫使国家技术监督局为我们云山牌花茶正名，稳定了市场也是空鬼吗？再后来搞有机茶，创造了湘江县第一个毛尖名茶，获得贸易博览会金奖，也是搞空鬼吗？没有黄董一次又一次创新，公司早就垮了，湘江县八个茶厂，垮了七个，只剩下我们大塘公司了，不是黄董坚持走科技兴厂之路，说不定早就垮了！这些都是搞空鬼吗？乱弹琴！”老尹毫不示弱，用事实反驳田少德。

“你这家伙，你骂谁乱弹琴！打死你这混蛋！”田少德见尹厚友揭了他的伤疤，怒不可遏，眯着三角眼，站起来，做着要打尹厚友的样子。

“骂你怎么样？你有本事，你过来，老子就要收拾你！你这个家伙，凡是黄董要做的事，你冇一件不反对！在大队时你就是一根搅屎棍！到了茶厂，本性不改，处处烂事！”尹厚友毫不示弱，立即站起来，手指着田少德，摆开架式，只等田少德过来。他知道一动手，田草包根本不是自己的对手。

“买茶苗，搞研究，买你娘个屁！”只见田少德一边发气，一边用力把会议桌一掀，冲出了会议室。会议桌差点砸到了对面四个人，桌上的茶杯全部滚落下来，打得粉碎，茶水流了一地。

志坚见田少德竟敢掀翻会议桌，长期积压在心头对田少德的怒火，在一瞬间像火山一样爆发了。嗓子眼冒烟，鬓角上的筋嘣嘣地跳，血朝头上涌，他像头暴怒的狮子，快步冲向门外的田少德，紧紧抓住田少德一只手，还没等田少德回过神来，重重的一记耳光就打在田少德脸上，志坚口里大声吼着："老子这一耳光打你结交黑社会企图抓我做人质！"接着又是一记耳光："第二记耳光打你同姓甘的密谋陷害我！""最后一记耳光打你今天胆敢掀老子的会议桌，你同老子滚！滚！快些滚！"

田少德挨了志坚三记耳光，哭丧着红肿的脸，灰溜溜地走了。

参加会议的同志一齐站起来，看着志坚扇田少德耳光。老周怒了："打得好，这家伙该打，太浑蛋了，一次二次跟你坏事，一次二次违反厂纪厂规。"

"你不打，我也会打，这个混账家伙！"尹厚友怒气未消。

志坚若有所思道："这不奇怪，这是他的本质所决定，狗改不了吃屎的习惯。"

会议就这样在大吵大闹中不欢而散了。而志坚依然坐在那里，陷入了深思："你又不是个真正的专家……"刺耳的话还在他脑海里回荡。这些话有如尖刀插在他心上，不但否定了自己为公司提出的正确的发展方针，而且极大地伤害了他的自尊心。

他想："难道不是茶叶专家就不能搞茶叶研究吗？不是茶叶专家就一定创研不出茶叶成果吗？几百年前中国的名茶龙井、碧螺春、黄山毛峰、君山银针不也是古代茶农创制出来的吗？大红袍、金骏眉难道是教授、学者研究出来的吗？高雅的茉莉花茶——碧潭漂雪就是成都一位年过六旬的老者创制的呀！自己前几年还亲自去拜访过他呀！在农业领域，我们不可否认专家学者们研发创新的重要性，但也不能否认基层从事农事活动的人的发明发现啊！自古以来，农民们发明创造的事例还少吗？我就不信在兰花香茶叶研究方面做不出成果来，就是做不出来，只要付出了，我也无怨无悔。"

他在心里反问自己："兰花香是茶叶中最佳香气之一，十大名茶中也只有乌龙茶和猴魁才有。兰花香茶叶研制成功了，能让市场份额最大的绿茶、红茶也具有兰花香气，普通老百姓也能喝上这种有最佳香气的茶。陆教授关于兰花香茶叶的建议是完全正确的。哪怕碰得头破血流，我也要去干。"

董事会不欢而散，志坚失望地离开会议室，回到宿舍。不一会儿，尹厚友也跟着来了。各自倒了一杯茶喝着，谁也没有说一句话。

"只有要乡政府出面干预。"老尹打破了沉默。

"我早前同乡里说了，乡里的态度是不干预企业的经营。"志坚一脸的无奈。

"只怪得这些人不晓得好坏，你为了大家，吃了好多的亏啰！工资、奖金跟他们差不多，也冇多休息一天，耗费了半生精力，用尽了吃奶的力气，公司仍然搞不下去！哎……”说完，老尹一声长叹。

“叹气，只知道叹气，叹气有什么用！想办法吧。”

志坚把脸转向墙上的镜框，当看到镜框里的“兰花香茶，为此为大”的八个大字时，他在心里做出了一个大胆的决定：“他们放弃兰花香茶研究，那我就放弃大塘茶叶公司吧！他们不搞，我们自己搞！”志坚猛然一拳打在办公桌上，吓得老尹一哆嗦。

“自己搞，能行吗？一冇基地，二冇厂房，三冇设备，四冇品牌，五冇市场，六冇把握，七冇资金。真是七冇八冇嘞！一切要从零开始！还是要做工作，让大家同意公司来搞就好。现船现桨只荡，有基地，有厂房，有设备，有市场，真是要人有人，要物有物，要钱有钱。我建议再开会讨论一下。”老尹讲出了自己的担心。

志坚听了老尹的建议，虽然觉得老尹讲的条条在理，但是他完全明白，再召开董事会讨论，也只会是同样的结果。他失望地望着老尹：“我何里不想公司来搞啰！他们大多数人死活不同意，我有什么办法哩！”

志坚再次将此事反映到乡政府，乡政府还是没有一个明确的态度，这使他更加气愤和无助。晚上他躺在床上，辗转反侧，无法入睡，闭着眼，数着数字也还是不能睡。他反问着自己：“是我错了吗？农大博士导师的建议有错吗？”想来想去，志坚觉得自己完全没有错。而到底问题出在哪里呢？他无法解释。想了很久，仍找不出答案。

志坚想来想去，终于想明白了，祸根就是改制不彻底，导致产权不明晰，控股的不管事，管事的不控股。如果自己在公司占股51%，控股了，就绝不会发生这两次董事会的状况，也不会出现掀桌子的情况——如果是自己的私营企业，更不会出现这样的结果。没有办法，他只能在体制内寻求解决办法。

第二天，尹厚友来到了志坚的办公室，两人谁也没说话，各自喝着茶，只有电风扇的声音不停地响着。

一个想法骤然闪电似的出现在志坚的脑海里，他喝了一口茶，对尹厚友道：“你昨天的建议，我反复想了很久，有一定道理，根据董事会这帮人的态度，我们只有两个字了。”“什么字？”“离开，或是分开。”“那就只有分开。”

“我想愿意搞兰花香茶叶研究的到新厂去搞绿茶，不同意搞兰花香茶叶研究的还是在老厂搞花茶，分开经营，独立核算。这是最佳方案，既省心又省钱。”

“分开搞，你要想清楚哩！失败了，个人收入每年要丢掉大几万哩！”

“老尹呀，中国，尤其是中国农村，需要一批默默无闻、甘于奉献的人。不是我说漂亮话，作为一个中国人，我们要有为振兴民族经济，办好民族企业的血性，还要有振兴农业农村，为广大农民增收致富的良知，因此，不挣一分钱，我们也要搞，决不放弃，打死也不放弃！亏本也要搞，一败涂地也要搞！我这一辈子没有第二件事了！”

“那就分开搞吧！让他们去多挣钱，搞花茶。我和你、周会计、小刘等去新厂搞绿茶，就是头几年少赚钱，也要把兰花香茶叶研发好。”

“我准备过两天再召开董事会讨论分开经营的事。”

“好的，这是上上策。”好兄弟一拍即合。志坚想：“这才是志同道合，这才是生死之交，钱有何用？好朋友胜似黄金万两啊！”

两天后，志坚召集公司董事再次开会，志坚在会上把老厂、新厂分开经营、分开核算的方案公布后，说：“请大家讨论，是否同意这个方案？”

“这个方案可以接受，做两个厂分开吧。”董事会张监事第一个表示赞同。

“好，分开搞。分成两个公司，你们在老厂搞花茶，我们在新厂搞兰花香绿茶。”志坚斩钉截铁地说。

“我们也同意，分就分吧！”姓胡的也表示同意。

“同意去新厂搞兰花香绿茶的请举手。”

“同意在老厂搞花茶的请举手。”

表决的结果是百分之百同意分开为两个公司。志坚、尹厚友和周德三个人同意搞兰花香绿茶，其余的还是搞老产品花茶。因为恋人调到县城去了，小刘则准备离开公司，去县城另谋发展。

大塘公司就这样分成了兰花香茶有限公司和花茶有限公司两个分公司。

“老尹、老周，今天董事会开得很好，达到了我们的目的，我们可以开启兰花香茶叶研究了，放弃该放弃的是明智，按照他们的意愿，在现有的体制下，生产销售现有的产品，也能活下去，而且十分安逸。这种混日子的生活，不是我所要的。委屈地活着，不如悲壮地死去！走，我们一起喝茶去，庆祝、庆祝！”

“服务员，还有包厢吗？”老尹问。

“有，去178啰。”

三个人来到了东旭茶楼178号包厢，服务员也跟着进来了："请问三位喝什么茶？""请来三杯云山毛尖啰。"

老尹喝了两口茶，放下杯子，道："我们单独出来搞，好是好，只怕有难度呀！"

"难度有是有，但不说明没有可能，我们已经把带自然兰花香的茶树良种研究出来了嘛！但是，研究还要花一大笔钱呢！我们要有思想准备。"

"困难有是有，但分开了，同意我们来新厂，不必另起炉灶，不买设备，不建工厂，不建新基地，只需把老基地改造，栽上兰花香茶，就可以顺利地运作起来，起码要比我们建新厂新基地省几百万呢！"尹厚友明显有些兴奋。

"还不晓得县里会不会干预，乡政府会不会反对。我有些担心呢！还有，你这么大的决心执意要搞，万一失败了，怎么办？"俗称小诸葛的周德担心道。

"管不了那么多，走一步看一步。我早就想好了，研究兰花香茶叶，我有三不怕：不怕失败，不怕丢人，不怕倾家荡产。我研究兰花香茶叶的决心坚如磐石，任何人也动摇不了。人呀，要靠自己双手生活，靠自己不断奋斗，人生才活得坦然，灵魂才安然。"志坚这话像是说给他们听，又像是说给自己听。说完，端起茶杯一饮而尽。

"搞兰花香茶叶研究是有风险的，如果你子女反对，应嫂子反对，乡里反对怎么办？"老尹质疑。

"这好办，子女反对，不理他们；乡里反对，辞职不干就是；相信你嫂子不会反对。研究兰花香茶叶，虽然要冒巨大的风险，但它具有核心竞争力，核心竞争力就是利润空间，因此风险可控。"

一会儿，志坚又说："我初步分一下工：老尹负责基地改造和兰花香茶苗繁育、茶叶加工和新技术研发；老周管财务；再招聘一名跑市场的人。从现在起，各负其责，让新公司正式运作起来！"

"好的，基地、茶苗、生产交给我。"尹厚友信心满满。

"财务上的事请你们放心就是。"老周也说。

又喝了一会儿茶，三个人高高兴兴离开了茶楼。湘江县著名的大塘公司就这样分开运作起来了。

大塘公司分成两个公司的消息传到了乡政府。乡政府蒋书记深知公司分开经营的严重性，弄不好，全省知名的大塘茶叶公司就有垮掉的危险。大塘公司如果真的垮掉，自己这个党委书记就保不住了，提拔重用的空间没有了。自己担不起这个责任，必须向新来的县委毛书记汇报。他上午九点钟来到毛书记办公室，毛书记办公室门开着。蒋书记在门口向毛书记打了一声招呼后，跨进了办公室。

正在看文件的毛书记见大塘乡蒋书记来了，连忙招呼："小蒋，请坐！"

蒋书记接过秘书送来的茶喝了一口，把茶杯放在茶几上，压低了声音对毛书记道："毛书记，我特来向您反映一件事。"

"什么事，你说。"

"我乡大塘公司已分成两个公司了，乡里直到昨天才知道，特地向您反映。"

"大塘公司分开经营？有这样的事？一个好好的公司，为什么要分开？那怎么行呢！岂有此理！垮了，谁负得了责！你们乡党委干什么的！不行，坚决不允许大塘茶叶公司分开！"毛书记觉得事态严重，不等蒋书记解释，大发雷霆。

蒋书记见毛书记发火了，一句话也不敢说。

"刘秘书，通知大塘茶叶公司黄董事长，管农业的郑副县长、农委主任、财政局局长明天上午八点来县委小会议室开会，小蒋你和乡长、乡人大主席也参加。"毛书记眉头紧皱，命令道，"小蒋，大塘公司决不允许分开，你们党委态度必须十分坚决明确，不得有半点含糊！出了问题，要追责！"

"好，我知道了。"挨了批评的蒋书记一脸愁容地离开了毛书记办公室。

大塘公司分成两个公司以后，志坚同尹厚友、周会计一早来到公司，忙着收拾行李，准备装车运到新公司去。突然手机响了，志坚连忙从裤带上取出诺亚基手机一看，是乡里蒋书记打过来的，他迅速接通："蒋书记，你好！这么早打电话，是不是有急事？"

"真是急事，接县委通知，请你马上赶到县委小会议室参加一个会议。"

"开什么会呀？"

"我也不知道，你去了就会知道的。"蒋书记瞒着志坚，怕他避会。

志坚只好放弃搬厂，坐小车去了县城。志坚来到县委小会议室时，人都到齐了。他找个地方坐了下来。

"现在开会！"毛书记面色阴沉地说，"大塘公司现在分成了两个公司，这不行！一个好好的公司分开干什么！必须合起来。合起来还必须是黄志坚同志负责，其他人不能负责。不然的话，会垮掉的！”

听了毛书记带气的讲话，志坚才明白今天要他来开会的原因。等毛书记讲完，他马上向毛书记汇报和解释：“毛书记，我们公司分成两个公司是为了更好地巩固原有茶业，开发高科技的新茶业，一个搞传统的花茶，一个搞高科技的兰花香绿茶，分而不散，分开后公司会变得更强大，分开更有利于公司发展……”

“不行就是不行，决不能分开。不管你是搞传统的也好，高科技的也罢，就是不准分开，没有讨论的余地！合起来搞还必须是你负责，也没有讨论的余地！”习惯了一言堂的毛书记态度更坚决，语气更严厉，打断了他的话。

参加会议的人看到毛书记这副严厉的样子，听到他不容分说的态度，吓得面面相觑，谁也不敢作声。志坚听了毛书记两次不容分说的表态，完全明白了毛书记的态度，他知道摆在他面前的只有两条路：一条是服从毛书记，重新把分开的公司合起来，自己当董事长；另一条是千方百计说服毛书记，让他同意公司分开经营。于是，他再次耐心地对毛书记道：“毛书记，谢谢您的好意，为了公司创新发展，我决心开发兰花香茶叶新产品。几年前，我们同专家合作研发了一个带自然兰花香的新品种，该品种发展潜力巨大，想花点钱买回来研究，不料遭到公司董事会大部分人的强烈反对。两次召开董事会，都无法统一思想。在没有办法的情况下，经董事会反复讨论，决定分成两个公司经营，一个搞原有茶产业，一个搞兰花香新产品研发。这也是没有办法的办法，我说服不了他们。”

“不管你们是什么原因，县委、县政府坚决不允许你们分成两个公司！”毛书记态度依然强硬。

会议形成了僵局，这时会场的空气都凝固了，谁也不敢说一句话，连咳嗽的声音也没有，就是绣花针掉到地下，也能听出声音来。毛书记闷着脸，严肃地坐在那里。胆大的志坚环视着与会人员的表情。

历来不轻易改变观点、非常有个性的黄志坚，丝毫没有被唬住！他想，为了自己的兰花香茶叶大事业，也决不能被唬住。想了想，便毫不客气地回毛书记：“毛书记，你硬是不准分开，那我就不搞了！”说完抬头望着天花板。

“你不搞啦！那就要查你！”毛书记一脸的威严，利刃般的目光直射黄志坚。

“那好，毛书记，希望你明天就来查！我黄志坚在大塘公司工作二十多年，一身正气，光明磊落，上对得起天，下对得起地，对得起所有人。我爱人有工作，儿媳有工作，我自己去开公司。”志坚被毛书记一句“要查你”激怒了，认为自己的人格受到了侮辱，于是站了起来，大声而斩钉截铁地回答。

“那你打请辞报告来！”

“好，我明天送来！”志坚拎着包，头也没回，冲出了会议室。

志坚毫不客气，一点面子没给毛书记，不但当着他下属的面冲撞他，还冲出了会议室。吓得与会人员目瞪口呆，面面相觑。大家都为志坚捏了一把汗——在湘江县谁不怕毛书记啊！谁敢当面冲撞毛书记啊！这个黄志坚吃了豹子胆呀，敢冲撞毛书记！

“黄董，你等等，我有话同你说。”大塘乡蒋书记追出来，叫住了志坚。

“蒋书记，有事吗？”志坚问。

“黄董，毛书记本意是关心大塘公司稳定和发展，也是关心你，认可你，认可你是个企业人才，你听我的，回到会议室去，再好好同毛书记解释。”

“我知道，毛书记是一颗好心，担心公司分开后，会垮掉。蒋书记，大塘公司垮是迟早的事，我既然冲出来了，就不回去了。对不起，没有给你面子，请原谅，毛书记要查，让他来查吧！”说完，大踏步走了。

“唉！”蒋书记望着远去的志坚叹着气。

志坚冲出会议室，毛书记气得半天没作声，闷起脸笔挺地坐在位子上，大约两三分钟，瞪着大眼怒对蒋书记：“你们乡政府干什么去了，黄志坚要研究兰花香茶，你们为什么不支持他？”

“书记，我们与公司约定在先，不参与公司决策和经营，听说大多数人反对黄志坚搞研发。”

“你们可以行使否决权嘛？改制，改什么制！夹生饭！”毛书记更生气了。

其实，志坚一直以来都非常崇拜和尊敬毛书记，他认为毛书记敢想、敢为、敢担当，还是个工作狂，为湘江人民办了很多大事、好事。如果今天不是毛书记这样逼着他，压着他，威胁他，他是绝不会冲撞毛书记的。但是，他的个性又不允许他去向毛书记作检讨，他并没有要作检讨的地方，更不会因为县委书记的高压而放弃兰花香茶叶研究。

志坚冲出县委小会议室后，来到小车边，拉开门，坐在后排，闷声对司机说：“回去。”上车后一句话也没有说，心想：“你毛书记来查吧！为人不做亏心事，半夜敲门心不惊。啊，原来大塘公司还有这么多人管着，黄志坚，你死了心吧！原来集体企业你根本做不了主，你只是一个打工的人！”

“你不是去县里开会吗，怎么这么早回来了？”尹厚友疑惑地问志坚。

“我以为毛书记叫我去参加什么会议，冇晓得还是因为我们分成两个公司被他发现了。他大发雷霆，认为分开搞，大塘公司会垮掉，坚决不允许分开，一定要合起来，而且还必须是我负责。我再三向他解释分开的原因、分开的好处，他听不进去。后来我说，县里如果不同意大塘公司分开，我就不搞了。他听了，暴跳如雷：‘你不搞了啦！那就要查你！’我当即也毫不犹豫地对他说让他明天就来查！说完我就冲出会议室回来了，他以为我有重大经济问题，等他派人来查吧！”

“谁敢冲撞毛书记呀！除了你，湘江没有第二人。身正不怕影子歪，你一个大公无私的人，怕他查个屁！但是，毛书记不同意分开，恐怕也分不成啊！湘江县谁不听毛书记的呀，谁不怕毛书记呀！”

“怕他干什么！我一个修理地球的，还怕他开除了我？大不了我不当这个董事长就是，屁大的事！男子汉要顶天立地！研究兰花香茶叶，天王老子也阻挡不了我！老尹，我们公司董事会大多数人因循守旧，一点开拓精神也没有，公司好景不长哩，终将会垮掉的！”

“错倒冇错，你这样忘我地干，忘命地干，一心为大伙，一心为公司，还这么难统一思想，这样的企业太难搞了。分开毛书记又不肯。如果我们有钱，就把它买下来自己干！”

“是的啰！人生有太多的无奈，这是我从来没有预见到的事！我们思想太老化了，这种既不像国有企业，又不像集体企业，更不像私人企业的三不像企业，弊病太多了。只怪得我们没有与时俱进！你讲买下来是对的，但是，哪里有钱啊！”两个好兄弟大声叹着气。

第二天，志坚写了请辞报告交给县委刘秘书。刘秘书把志坚的请辞报告拿在手里，一手拖着志坚，说：“你莫急着走啰！老黄，书记的本意是要留住你，他认为你们一分开，大塘公司就会垮掉，上面会追究他的责任，而且你们公司还有这么多工人，会失业。他昨天晚上还在发脾气，打电话给大塘书记和乡长，狠狠地骂了他们一顿。你听我劝啰，把报告收回去，听毛书记的，莫分开，好吗？”

“刘秘书，毛书记的好意我心领了，你的好意我也领了，我决意不干了，报告请你收下。”

“哎，真可惜，太可惜了！”刘秘书无可奈何收下志坚的辞职报告。

第三天毛书记果真派县财政局许局长到大塘公司查账，重点查志坚的经济问题。五天后，许局长向毛书记汇报：“毛书记，按您的指示，我带领工作组到大塘公司认真细致地查了他们的账，没发现黄志坚任何经济问题，特向您汇报。”

“你看见黄志坚了吗？”

“几天都冇看见他来，据他们公司人讲，黄志坚是真的不搞了。”

“不搞他去干什么？”

“有人说他自己开公司。”

“这个倔强的黄志坚，这么一个清廉又富有创新精神的企业家到哪里去找啊！大塘公司只怕完蛋了！”毛书记自言自语道。

听说毛书记派人查账的事，应贤吓出了一身冷汗。虽然知道丈夫一生廉洁，但偌大一个公司，难免有些问题，就是一年三五千，这么多年下来也有大几万。账查完后，见丈夫一身干净，全家吃饭的时候高兴地对丈夫说：“你知道吗，你好险嘞！毛书记派人查你的经济问题，我好担心嘞！要是查出你有个三五万的经济问题，你可能早就到纪委或公安局经侦大队去了哩！”

“芳奇、芳雅，这事我正好想同你们说说，只要是国家干部，只要是集体企业负责人，钱这个东西碰不得，这是底线。从我第一脚踏进公司那张门，我就暗暗告诫自己，在钱上面万万不能乱来，看见金子银子也要把它当成废铁，来路不正的钱如同一根电棒，随时可以电到你，甚至电死你。你如果贪污了，就会是吃棉花屙芦席——吃得进屙不出！你们一定也要守住这个底线！”

“爸爸，你放心，我们不会乱来的。”

毛书记叫财政局派人细细致致查了大塘公司账目，没有发现黄志坚有任何经济问题。他急了，原来自己的想法是，只要查出黄志坚有一点经济问题，就可以以经济问题来驯化这匹烈马，让他作作检讨，退退赔，继续担任大塘公司董事长。如今抓不住黄志坚的经济问题，这一招用不上了，只剩下最后一招了——叫大塘乡党委政府来做志坚的工作。

第二天，蒋书记接了县委刘秘书电话，立刻开车来到毛书记办公室：“书记，你叫我来，一定有大事啦。”

“是的，还是那个大塘公司的事。最近我在反复考虑一个问题，黄志坚同志为什么要分开搞？他有他的难处，他并不是为一己之私，他是为了公司的前途着想。他比公司其他人想得多，想得远。可公司里的人就是不听他的。这是什么原因呢？据我分析，大塘公司董事会中，农民意识过于浓厚，只顾眼前利益和满足于蝇头小利，既容易满足，又患得患失，捆不拢，剁不齐。不敢闯，不敢冒。而黄志坚不同，他站得高，看得远，敢于走前人没有走过的路，看准了的事，他敢于冒险，是个干大事的人！由于他们之间认识问题的巨大落差，才导致董事会思想无法统一。如果黄志坚有绝对的话语权，就根本不存在这个问题了。”

毛书记又喝了一口茶，像在思索着什么。不一会儿，他继续道：“要是黄志坚在公司占有51%以上的绝对控股权，情况就大不一样了。重大问题上出现分歧时，他就有权说了算，别的股东反对也无效。今天我叫你来就是商量此事，什么事呢？把乡政府51%的股份全部给黄志坚，让黄志坚有绝对的控股权。有了控股权，才能有决策权。我们县乡两级要解放思想，这样做，天不会塌下来，县里和乡里只管税收，只管经济，‘三农’这些大的问题。我们两级政府要换位为黄志坚着想。不然的话，他会跑的。他是个非常有个性的同志，我们要留住人才。小蒋呀，农业要发展，乡村要振兴，农民要致富，就要做大做强农业品牌，做品牌靠企业。企业要靠企业家，不是谁都能当企业家的，企业家是人才中的人才，既有天生的一部分，也有后天锻炼的一部分。我们现在的职责就是保护企业家，关心企业家，支持企业家。你回去开党委会统一思想。”

“是的，您的想法是对的，又开了一剂好药，我回去开党委会，一定落实您的指示。”说完蒋书记告辞回去了。可惜不久毛书记调到省政府招商局去了，把乡政府股份全部给志坚一事不了了之。

志坚认为毛书记要把大塘公司进行真正意义上的股份制改革是对的，是促进大塘公司发展的唯一办法。可惜，湘江县只有毛书记才有这种改革的魄力，现在他调走了。“我们也走吧！”志坚对自己说。不久，志坚最后一次召开董事会，在会上他正式辞去了大塘公司法人代表兼董事长职务。

散会后，他独自一人在公司前前后后、左左右右转了一圈，望了望楼房，摸了摸机器。转到小花园里，望着办厂时破烂的厂房边自己亲手栽下的几棵梧桐树，他落泪了：梧桐树长成了参天大树，公司也像这梧桐树一样枝繁叶茂，自己却要离开了，被迫离开。此时的他，心中油然生出一种无法言表的酸楚——自己创办的企业，无力让它发展壮大，只能干瞪着眼让它衰败下去，悲哀哟！

这一切，被细心的尹厚友看见了，他来到志坚身边，问："辛苦二十多年白手起办的茶厂，像带大的孩子一样，舍不得吧？如果舍不得，还来得及哩！"

"讲实话，一旦要离开工作了二十多年的地方，真有点舍不得。养只猫、养只狗都舍不得，何况是我们经营了二十多年的茶厂！它是我用心血换来的呢，是我的心头肉呀！离开我好心疼呢，就像自己养大的儿女要送给别人一样，如何舍得呀！舍不得也要舍啊！要是毛书记不走就好啰！他一走，公司不能重新改制，我们的兰花香茶叶研究，只怕要走一条十分艰辛的路！"

"是的哩，你估计的一点也没错！"

第三十五章

自己出来办公司，一点点积蓄都会花光，而且这个新公司是科研性质的公司，风险更高，一旦亏了血本，父债子还，天经地义，子女们肯定会激烈反对，志坚觉得要先做好妻子的工作，才会对今后的工作有利。

“应贤，今天天气好，我同你散步去。”吃完晚饭，志坚对妻子说。

“好，我们走。”晚饭后，太阳还没有下山，在金灿灿的太阳余辉照耀下，东湖的树上、草上、花上一片金黄，宽阔的湖面上，细细的波浪在闪闪发光。此时，城市的喧闹依然没有消退。应贤紧紧跟着志坚穿过街上的人流和车流来到了东湖散步。

“应贤呀，我将要离开大塘公司了，决定自己开公司，邀请老弟、外甥、老尹一起来搞，你可要支持啊！”

“你离开那个怄气的公司也好，快六十岁了的人了，我虽然不支持你搞，但也不反对你。”

“难得你理解和支持，还是老婆好！不过，我这么大年纪开公司，而且是科研性质的公司，风险大，子女可能会反对，到时候你要站在我一边啊！”

“到时，他们反对，我来做工作。不过风险要你一个人担，你可要三思而行啊！另外有个问题要提醒你，未进城门，先思出路。你年纪不轻了，谁来接你班呀？子女冇吃过苦，估计不会接你的班。到时无人接班怎么办？”

“你不要这么悲观，到时公司办好了，研究成功了，品牌打响了，挣钱了，我相信他们会来接班的。”

“但愿如此。到时他们不肯来接班，莫怪我冇提醒你。”

志坚儿子芳奇听说父亲铁了心要开科研性质的茶叶公司，租山种茶，买旧厂建新厂，知道父亲手头上没有多少钱，全靠贷款去办公司，而且不是小数目，少则几百万，多则上千万，一个五十多岁的人能冒这个险吗？能让他冒这个险吗？不能！不能！万万不能！他同时又知道父亲的犟脾气，凡自己执意要搞的事天王老子也劝他不动。公开同父亲唱对台戏，撕破脸皮吵架，无济于事，他决定约父亲心平气和地谈一次。星期天，正好志坚在家抄写着什么，母亲打牌去了。黄芳奇走进父亲的卧室兼书房，把一副刚配好的高级老花镜拿出来给父亲："爸爸，我昨天配了一副老花镜给你，据说这种老花镜保护视力，不损光，你戴着试试。"

志坚戴上就着自己写的文字看了看："蛮好，比我现在戴的还清楚一些。你怎么有空来，不是加班吗？"

"我请了假，想同您老商量商量开公司的事。"

听了儿子的话，刚才还很高兴的志坚，脸一下子阴沉起来。

"爸爸，我看你这个茶叶公司还是不要开为好。我想了很久，也想了很多，无论从哪一个角度来讲，放弃是上策：从年龄来讲，五十多岁的人了，还有几年就到了该退休的年龄。你看你头发日渐稀疏，鱼尾纹一大把，要服老啊！从风险来讲，农业企业，种植业，还是科研性质的企业，没多少回报，除了风险还是风险；从资金上来讲，你手上几十万块钱做不了什么用！你办个公司，建厂建基地，购设备，少则四五百万，多则上千万呢！亏了何得了啰，到时哭也冇地方哭去！再说您为我们操劳了一辈子，冇好好休息过一天，那年五个医生写五个'癌'字，去古丈搜集茶籽你差点掉到崖下，做儿女的想想就心痛。我只望你健康长寿。算了吧，放手吧！带娘去旅旅游，归我出钱啰。"

"芳奇，你和你妹妹都端上了国家饭碗，我们全家也搬到了县城，虽然谈不上富有，但衣食无忧了。我不同你讲什么精神境界，作为一个中国人，我遇到了一个对发展中国茶叶很有帮助的茶树良种，我有责任繁育推广好。别人放弃，我不能放弃，你要理解爸爸的想法。爸爸虽然老了，但做科研工作没有年龄之分。爸爸这个事，你们大可不必操心，没有把握的事，我从来不会做。爸爸相信自己的研究一定能成功。就是没有成功，也决不会连累你们。幸福不是休息，不是享受，不是玩，不是旅游，而是干自己想干的事。袁隆平院士为什么八十几岁还在追求禾下乘凉梦？这么多航天科学家为什么白发苍苍还奔走在戈壁滩上？你看你爸爸的头发一根也没有白。"志坚说完最后一句大声笑了起来。黄芳奇也笑了，但却闷闷不乐地走了。

志坚决定成立自己的新公司。这是一个十分重大的人生决策，必须同他最亲密的朋友尹厚友商量，把自己所有想法都告诉他。虽然万分想老尹来当助手，但是，朋友面前不说假，成败利害都要同他说清楚，讲明白。于是，下午志坚约尹厚友来到了东旭茶楼。“老尹，开公司研究兰花香茶叶的事，我要同你好好商量商量。我同你搞了二十多年乡镇企业，不知经过了多少风风雨雨，虽然公司办好了，但是再想发展很难了，制约我们的因素太多了，最近你也看到这些情况了。我想，我们要搞自己的实体，搞股份制企业，只有这样，才不怕职工造反，谁造反，就炒谁的鱿鱼；也不怕内部思想难统一，谁股份多谁说了算。我已放弃大塘公司了，由他们干去。我决定自己牵头成立一个新的茶叶公司，重点研究和生产兰花香茶叶，邀请我的弟弟、两个外甥来干。我是两个打算：一是成功了为国家茶产业做一点事，也算是实现了自己的愿望；二是失败了，把自己一点点积蓄赔进去算了，人家指背，说我自不量力，笑话我，我无所谓，由他们说去。”

志坚喝了几口茶，直接把话挑明：“你如果愿意同我干，我当然举双手欢迎。如果你不想，怕担风险，我也不勉强你。我内心是想要你这个得力干将来一起干，但是，股份制企业，有风险啊！”

“你的决定完全是对的，早就应该这样干了，我百分之百支持。我同你一起干，只要你不嫌弃。”

“说哪里话，你是我最好的搭档，最得力的助手，打起灯笼火把也找不到。但我不能害你，搞研究是有风险的，失败了还会亏本。现在我离开了大塘公司，但我内心却希望你不要离开。大塘公司稳当些，挣钱些，轻松些。同我去搞研究，一切从零开始，困难一大堆，风险太大了。你子女多，需要钱。这个事，我要明明白白地告诉你，你要想清楚啊！最好是留在大塘公司，不要离开为好。”

是留在大塘公司呢，还是同好朋友去开公司呢？尹厚友其实也想了很久，想了很多。从个人利益来讲，留在大塘公司，工资高，待遇好，工作轻松，还不必自己投资，一点风险也没有。但是，从自己同志坚的感情来讲，无论他干什么，只要他需要，于情于理，自己是一定要同他一起去打拼的，那绝不是什么钱或物质的问题了，而是比钱和物质更重要的情和义。他几十年如一日，视自己为亲兄弟，关心自己，庇护自己，关爱自己的家庭，帮了自己一辈子，现在是他最需要帮助的时候，如果不去帮他，那就太没感情了。

他想了想后回道："你这是什么话呢！我要跟你一辈子，你到哪里，我跟到哪里！"

"老尹呀，你一直是我的好兄弟，好帮手。为了研究兰花香茶叶，我已被迫离开了大塘公司。办公司风险太大了，我不能害了你！"

"我同你一起干了大半辈子，我同你是铁打的交情，就是原子弹也炸不散我们。你到哪里，我跟着到哪里，二话不说，成功失败我不管，受苦受累我愿意。"

"受苦受累我知道你不怕，但是搞股份制有限责任公司是有风险的，尤其咱们搞的是科研方面的公司，风险会更大！"

"有你掌舵我不怕。"

"想清楚了？"

"想清楚了。"

"不后悔？"

"不后悔！"

"那好，有你来，我信心更足了。老尹呀，怕这怕那，一事无成，攀峰登顶，勇者所为。机会来了，一定要抓住，决不放弃，没有条件，创造条件也要上。实现人生梦想，有时要学会舍得，有舍才会有得。表面上看起来，好像我们把机会丢了，其实不然，重新创业干更有前景的事业，就是闯将，就是有眼光，就是更大成功的开始。老同学，既然你铁了心跟我干，告诉你，不要怕。有志者，事竟成，我们要敢于在刀尖上跳舞。我们这地方的人呀，思想保守，因循守旧，不敢闯、不敢冒。你看人家英国立顿红茶做成了世界名牌，但他们英国不产茶叶，拿印度、斯里兰卡茶叶做的。还有宝岛台湾，大米做成了旺旺饼，畅销全中国。永和豆浆也开遍了全大陆，真让号称鱼米之乡的湖南人汗颜！你看我们湖南，没有一个叫得响的品牌大米，也没有一个叫得响的鱼。我就不信我们这么好的茶叶做不出名牌来！但是，话要说回来，我们开个科研型的茶叶公司确实风险不小，行船要谈翻船话，要做两手准备：一做研发成功的准备；二做研发失败的准备。要选择一个有产权的地方办厂，一个三十年租期以上的基地建茶园，这样，就算兰花香茶叶没有研究成功，我们照样可以经营其他茶叶。一旦失败了，到时还可以变卖不动产，收回成本。"

尹厚友站起来："好，我们兄弟一起干，从头越！"两只大手板"啪"地一击，两人仰头，哈哈大笑。

“老尹，你听我说，办企业最有生命力的就是股份制企业。我们可以创百年品牌。不仅我们这一代，我们的子孙后代还可以继承。昨天我正式同我两个外甥和老弟讲好了。我叫他们也来入点股，他们答应了。你也拿点钱来，咱们凑足三百万元，成立一个股份公司。你管生产，其余事我来管。我们老了，让我们的晚辈来接班，留个产业给他们……”

老尹听了，毫不犹豫道：“老兄哩，你看得起我。我拿五十万块钱来，跟你干我们自己的事业，生产上的事你交给我，不要你操心。”

“好，不管前路多艰险，我们一起来面对！”两个好朋友又开始重新出发了。

两人在茶楼里谈得很投机。离开茶楼来到大街时，正值华灯初放，雪白的路灯照在大街上，如同白昼。

一星期后，志坚约了老尹商量成立公司的事：“老尹，不久要去工商局办营业执照，我想为我们公司取名为迎兰茶叶有限公司，你看这个名字行不行？想征求一下你的意见。”志坚问尹厚友。

“为什么取名迎兰茶叶公司呀？”尹厚友不解其意。

“迎兰，有双重意义，第一，迎兰的谐音就是迎难而进；第二，迎接高品质的兰花香茶叶诞生。”

“这个意思好，这个意思好，有双重意义。老同学，新公司事情多，谋划方面的事情你多想想，具体的工作你交给我就是。”

“行，只是又要辛苦你了。”

“没事，都是自己的事。”

不久，志坚打电话给冯老师：“冯老师，你明天在家吗？我来商量买茶苗的事。”

“在家，我等你。”

因为筹备新公司事多，尹厚友分不开身，志坚便约了好朋友柯武世同去谈判购买茶苗的事。两个小时后，志坚、柯武世来到了冯老师家。冯老师比平时热情多了，又是端苹果又是切哈密瓜，还给每个人拼命塞了一包芙蓉王烟。

冯老师同志坚寒暄了一阵后，说：“黄总，我七十多岁了，腿没劲了，我帮你选育的茶苗实在管理不好了。外省有一家茶企也想要这个品种。我还是要优先你。你不要的话我就马上卖给别人。你要的话，我先开个价：这个茶苗是你提供的种子，你提出的课题，我选育而成的。六十二株茶苗作价五十万元。你有贡献，有功劳，也算参与了研发，你得十万。你拿四十万就可以把全部茶苗搬走。”冯老师说话语气很坚定，好像没有还价的余地。

志坚听了冯老师报的价，吓了一跳，想了想，道：“冯老师，我是个爱茶的人，又喜欢搞搞研究，你也知道，我原来经营的是乡镇集体茶叶公司，也是拿工资的人，个人没有多少钱。而且这个项目是我提出的课题，种子资源也是我从外省费了九牛二虎之力采集的。按理来讲我们各得50%才公平。而且你要价也太高了。”

“老黄哩，多倍体育种不是什么人都能搞的呢！成果这东西是无价的呢！何况我家冯老师都弄成肩周炎了，你知道不？这点点钱算什么！”冯老师的丈夫帮起腔来。

“不就是几株茶苗嘛，能值这么多钱！八千多块钱一株，是全世界最贵的天价茶苗哩，还不晓得好不好。而且还没有经过国家相关部门鉴定，根本不能算良种。”志坚的好朋友柯武世毫不客气地插话。他认定志坚是在做一个错误的决定，很可能被这个良种茶苗冲昏了头脑，他要坚决地毫不犹豫地提醒他，反对他，制止他，直至他放弃。

“那你们就莫要吧！”冯老师听了志坚朋友的话，非常生气。

“不要就不要，有什么稀罕！没有经过鉴定认定的品种，根本不能算良种。”柯武世更不示弱。

“好，不谈了，你们走吧！”冯老师把手一挥，气更大了。

见冯老师生气，志坚担心把事情搞砸了不好，于是带笑道：“冯老师，是这样的，我也很困难，一时拿不出这么多钱，而且我拿这些苗回去还要继续繁育，要建苗圃，建基地，建厂房，购设备，要投入大量资金。价我不同你争了，剩下的分批付给你好不好？”

志坚这么一说，急得柯武世直跺脚。

冯老师听了志坚的话，对丈夫招了招手，夫妻二人进里屋商量去了。

冯老师离开后，客厅里只剩下志坚二人。柯武世对志坚大发雷霆：“你又不是个大专家，顶多只是个土专家。过几年就六十岁了，又冇么子鬼钱。她的茶叶品种又冇得到农业部门鉴定、登记为良种。花几十万买这么几十株茶苗，你疯了，还是脑壳进了水啰？”

志坚望着好朋友，一个劲地笑。心想朋友说的也有道理，他清楚朋友是为了他好才发脾气。怪只怪自己当年没有同冯老师签合同。事到如今，后悔也迟了，不能因小失大，只能哑巴吃黄连，忍了。

柯武世见黄志坚还是死心塌地要花高价买这点茶苗，劝也劝不住，拿着自己的包往门外走。

志坚赶到门外，一把拖住他："我的好兄弟嘞，我知道你是真心为我好，为我说话。但是我把我内心话告诉你啰，这个茶苗是用高科技选育出来的带自然兰花香的良种，专家认为是一个可遇不可求的珍稀品种。作为一个老茶人，我有责任把它繁育好，推广好。我也不怕家人反对，也不怕旁人耻笑。反正我是一个农民。中国茶叶总要有一些像我这样的蠢人出来搞创新。顺风顺水的，稳挣不赔的事谁都会干。最难、最需要而又最没有人愿意干的事总得要有人去干。你的好心，我领了。我这一辈子就冒这最后一次险了！哪怕失败了，我也不后悔！"

"她敲了你的竹杠，狠狠地宰了你一刀哩，你知道吗？"

"我清楚得很哩！她钱是要多了点。我们不管这么多，办大事，不要计较这些小事。兰花香茶树良种虽然是我提出的课题，同冯老师是名副其实的合作关系，她确是多倍体这方面的专家，不是她，不可能有这个好品种。我们要尊重知识，多给她一点是应该的，就是今后失败了，我也心甘情愿。"

"好啰，莫怪我冇提醒你啰！"听了志坚的心里话，柯武世知道再也劝不醒他，只好作罢，重新回到了屋里。

冯老师夫妇笑嘻嘻地从里面房里走了出来。冯老师坐在沙发上，慢吞吞道："黄总，我不容易，你也不容易。刚才我们商量了很久，觉得不能让你太为难，同意按你的意见办。你尽快把茶苗搬回去。"

"好，就这样定了。明天汇二十万。"志坚强笑着说。

"谢谢黄总。账号我发信息给你。"

"好的，请您放心，我们回去了，再见！"志坚站起身来，伸出手分别同冯老师夫妇握了握手。

柯武世一句话也没有说，招呼也没有打，拎着包先出门了。

人与人呀，区别就这么大，哪怕是最好的朋友。一娘生九子，九子九条心。这时车内两个人，一个为买了兰花香茶苗而高兴，一个却因买了高价茶苗而想不通。柯武世认为志坚做了一件蠢事，一百个不理解。而志坚呢，今天终于把茶苗买下来了，一点都不后悔，不但不后悔，反而感到很踏实，办了一件大事，像捡到了宝一样高兴。虽然他认为冯老师把钱看得太重了，明明知道自己被冯老师狠狠敲了一竹杠，宰了一刀。但他认为这算不了什么，这个兰花香良种茶苗不是用钱可以衡量的。如果落入了不懂兰花香茶叶的人手里，纵然他是个茶人，也会把金子当成废铁。虽然自己缺钱，就是负债搞研究，也值得。

小车开到志坚家门口时，下大雨了，志坚将车门推开，用小提包顶在头上，穿过雨帘回到了家。

志坚吃完晚饭，叫家人都不要离开，到三楼去，开个家庭会，全家人都没有走。

志坚喝了两口茶，说："我现在宣布一个决定，我已成立了迎兰茶叶公司，我占股51%，老尹、外甥曹悦、杨敏和黄仁、黄举分别占5%～10%不等。公司以兰花香茶叶研发和茶叶生产、加工、销售为主。兰花香良种种苗都已买好，明天汇二十万元就可搬回来繁育推广。还要找个地方建个厂，开发一处新茶园，专门种植兰花香茶，希望全家人都能支持。"

听了父亲一席话，子女闷着脸谁也不吭声。之前听说父亲要开公司，曾经反对过，今天却变成事实了。儿子朝女儿努努嘴，女儿又朝嫂嫂努努嘴，意思是趁着茶苗还没有买回来，都来反对父亲这个"错误"决定。

"我们都有房有车，有工作，离了乡，进了城，你老也该休息了，还去吃那号苦、冒那号险、操那号心干什么？快六十岁的人了，人家都退休了，还搞么子啰，有能力帮助晚辈搞点挣钱的事。"女儿第一个站出来反对。

"真不要搞，露天工厂，靠天吃饭，种植业难挣钱，你老也该享享福了。我坚决反对，我们要搞挣快钱的事，挣大钱的事。"儿子跟着反对。

"这么大一把年纪办企业，亏了本我们可有钱还啊！莫说我们早冇说。"儿媳闷声闷气道。

在子女一片反对声中，应贤把茶杯朝茶几上一放，发出"砰"的声响，大声说："你们都莫争了，听我的，你们父亲为了这个家，特别是为了你们兄妹能有个安稳的工作，辛苦一辈子。让你们都进了城，找了工作，成了家，如愿以偿，完成了我们做父母的任务。我晓得你们是要你们父亲莫搞茶叶了，停下来好好休息，安度晚年，这也是你们的一片孝心。但你们爸爸停得下来吗？停不下来，他搞茶叶入了迷，他与茶叶有了感情，你们不要他搞茶叶是要了他的命，他看准了的事，他决不会放弃！你们兄妹不应该阻拦他，还应该反过来支持他，让他做他喜欢做的事，他心里才会高兴。另外，茶山空气好，可以让他多活几年。我支持他搞！”

“你支持他搞，你们就去搞！反正我们坚决反对，坚决不参与。么哩年代了，还去搞农业，搞种植业。你看搞种植业这一行的有哪一个挣了钱啰？哪一个轻松啰？我们都有工作，不想操太多的心，只想如何轻松点，快乐点。好好享受生活。”见娘支持父亲，女儿又站出来反对。

“现在要挣钱，就要搞短平快的项目。我的熟人原来做木匠，早几年从烟草局小基建项目搞起，挣了第一桶金，成立了一个基建公司。四五年工夫就成了一个亿万富翁。你老搞了二十几年企业，手里有几个钱啰，还不如人家一台豪车的钱多！你莫打我的算盘，说真的，岁月不饶人，你那个茶叶公司趁早放弃算了，在家好好休息。”

听了子女们的意见，志坚觉得也有些道理。但是，道理归道理，兰花香茶叶的研究决不能下马，决不能放弃！于是，他毫不犹豫地亮明了自己的态度：“你们叫我放弃？万万不可能！我注册要三百万，现在还差钱，你们每家要出五十万，今后还要准备接班！”

“钱我们没有，一分也没有，别人办企业，给子女几百万几千万，你从来不给我们一分钱，倒要我们拿钱出来，还要我们来接班。如果你儿子接班，我马上同他离婚！”儿媳板着脸说完冲出了房门。一会儿又冲进来板着脸对丈夫道：“黄芳奇，你听清楚啊！你如果拿五十万，又去接班，我一定同你离婚！莫说我早冇同你说啊！”

可能是受到儿媳妇这些话的刺激，志坚突然感到右手麻木无力，右脚不听使唤，头朝一边歪着，说话口齿不清，天旋地转……

“你父亲中风了，哎呀嘞！何得了嘞！快！快！快叫救护车！快打120！打110！快，要快！”应贤一边哭，一边大声骂起来，“你们一群不孝的家伙，冇用的东西，你们父亲为了你们，辛辛苦苦一辈子，读书，进城，安排工作，让你们无忧无虑，自己却冇好好休息过一天，现在打下江山，只要你们去协助一下，支持一下，你们都反对，还说接班就要离婚，离就离，这样不孝顺的儿媳妇，离了也好！冇良心的家伙……”骂完，俯下身子，拿着丈夫的手，哭道，“志坚，你要挺住，打起精神，不要睡啊！马上去医院，要坚强啊！坚强！”

志坚歪着嘴，用听不清的话断断续续对妻子道：“老……杜，我同……你……只怕会……分……分……分手了！我……我……我欠你……太……太多，下辈子……再……再还吧！”

“呸！呸！呸！我同你要永远在一起，直到地老天荒！”应贤哭着大声嚷道。

志坚说着说着，鼾声如雷。

儿子含着眼泪打120。

女儿哭着喊着：“爸爸，你醒醒，你醒醒，你冇好好休息一天，冇过一天轻松日子。爸爸，你要坚强！你快醒醒！快醒醒！”又大声责怪嫂子：“嫂子，你也太过分了，说这些刺激的话来伤父亲的心！”俯下身子，哭着对父亲说：“爸爸，你睁开眼睛，不要睡觉，你从来都很坚强，现在更要坚强！马上送您去医院。”眼泪像断了线一样，扑簌扑簌地往下掉。

儿媳吓得腿都软了，身子瑟瑟发抖，躲在老远处望着，流着眼泪，不敢吱声。

应贤抱着丈夫撕心裂肺地哭着，喊着：“志坚，你醒醒！你不要吓我！把眼睛睁开，不要睡，要坚强！要快快好起来，去完成你的兰花香茶叶研究！”

志坚说不出话，嘴唇动了动，点了点头，又闭上了眼睛。不一会儿，120赶到，把志坚送进了县人民医院。“还好，可能是脑梗，赶快做检查，幸亏你们来得及时，超过六小时就麻烦了。”急诊大夫吩咐道。

儿子黄芳奇带着父亲做脑电图，做CT，验血。做完各种检查后，住进了住院部四楼13号病房，妻子守在身边，儿子去办手续去了。志坚看见满脸泪水的妻子，笑着说：“我还不会死……死嘞，阎王老子还……还冇来通知，我还要搞……搞兰花……兰花香茶，你哭……哭得太早了嘞！”

“你还冇一点事，我看到你这个鬼样子就要哭。忙一辈子，冇好好休息过一天，又得了这号病，何得了啰！”说着说着，更加伤心了。

“老婆，莫……莫哭，你……你……你……哭，我……我血压……就会升高，病……病……会……更严重。”志坚这一吓，妻子真的没哭了。

不一会儿，志坚大声打着呼噜，妻子见丈夫入睡了，便也轻轻地睡在旁边的床上。其实志坚并没有睡，只是假装睡着，好让妻子睡一觉。他心疼妻子午夜了还没合眼。

志坚怎么也睡不着。他在想："就是自己再坚强，这脑梗的病也是十分凶险的，严重的要命，轻的也要卧床，坐轮椅或嘴歪手抖脚跛的，治好了，也可能复发。自己的兰花香茶叶不是会泡汤吗？老天爷对我怎么这么不公平呢？读中学时一场病使我辍学，大塘茶厂一场病差点要了我的命。现在这关键的时刻，又来了这么一场要命的病，我的命怎么就这么苦呢？就这么不顺呢？为什么倒霉的事总是缠着我不放呢？"想着想着，很少流泪的志坚暗自流下了眼泪。

志坚转念又想："我难道要就这样倒下去吗？我心爱的兰花香茶叶研究要就此中断吗？儿女们再怎么反对兰花香茶叶研究，我也决不能放弃！医生说，这次脑梗部位比较好，只是小脑梗塞，还有逆转的可能，我不能倒下，我必须争取百分之百的逆转，去完成我的使命。"想着想着，他那只还正常的左手握紧了拳头，轻轻地敲着床边。

父亲中了风，儿子黄芳奇慌了神，忙到凌晨三点才回去休息。

儿媳妇从医院回来，做了晚餐，送到医院给父母、妹妹、丈夫吃，自己回家随便吃了一点。她十分自责，悔不该用过激的言语反对父亲办公司。躺在床上翻来覆去无法入睡，害怕丈夫会骂她。

果然，第二天黄芳奇吃早餐的时候，一脸的不高兴，三扒两扒吃完，把筷子朝桌上重重一放，碗一推，没好气地对坐在对面吃面条的妻子道："不同意他老人家办公司，你为什么不好好说呢？为什么不好好说出你反对的理由，劝他呢？非要说那种使人无法接受的过头话呢！离婚，你做得到吗？你说这种话，老人家能接受得了吗？你又不是不晓得他血压高！……"

听了丈夫的批评，妻子摇了摇低着的头，不敢正眼看丈夫，也无心吃饭了，把碗朝桌子中间推了推："我好后悔哩！当时我只是怕你答应去接班，才说这样的狠话，冇晓得刺激了他老人家……"

"我本无心接班，这下好了，老人家中风了，如果他老人家无法恢复，我只怕不想去接班，也会去接班。"没等妻子说完，黄芳奇打断了妻子的话。

妻子听了丈夫刚才的话，又一次急了起来，十分担心丈夫会真的去接班，便委婉地劝丈夫："芳奇，在任何情况下，你都不能去接这个班！这样的农业企业，投入大，投产周期长，效益甚微，我读书时学过经营管理，我分析过老人家办这号茶叶企业，白手起家，建厂、买设备、建茶园最少要上千万，三年内基本上没有茶采，没有收益，利息、工资、费用照付，还要研发费用，等茶园开采后，要创品牌、打市场，又要投入一笔费用，没有四五年时间，品牌无法树立起来。前期和中期投入这么大，差不多要五六年时间，十年过去后虽然会有收益，但也最少需要上十年利润才能弥补前期的投入。等到挣钱的后期，茶园租赁期又快到了。到那时，如果农民的土地继续租给你还好一点，如果他们不租了，到时候公司就会成为无本之木，前期一大把的钱就丢到水里去了。最好的结果是收回成本，很可能血本无归。所以每当我想到这些，我就害怕，我就担心。现在你还说可能去接这个班，我亲爱的老公嘞，你想想清楚，你要彻底打消这个想法哩！”

黄芳奇听了妻子的话，很赞同她的看法。但他不能同意妻子对待父亲那种不近人情的言语，对妻子道：“我其实十分不赞成他老人家去办公司，搞什么研究，也根本没有打算去接他这个班，我们晚辈不能去帮他老人家，但是，决不能把气给老人家受，今后你要特别注意这一点。事情已经出了，就是再狠狠骂你一顿，也无济于事，今后我们要顺着老人家来，但愿老人家快点康复，彻底康复。”

“我听你的啰。”妻子说完，收起碗筷进厨房去了。

出差刚回的尹厚友知道志坚中风住院了，急匆匆赶到医院，喘着粗气跨进病房，急忙问道：“还好吧，有事吧？”

“老同学嘞，万万没想到，新的打击又降临到了我的头上，但你放心，我这次去见马克思，马克思对我说，我的兰花香茶叶研究还有成功，要我研究好了再去。”刚从鬼门关回来的志坚幽默地笑道。志坚恢复得很快，不到五天语言就顺畅了。

“你太坚强了，对你这个铁汉，阎王爷也让你三分。好人一生平安，你好事做得多，天爹爹会保佑你这个大好人的，不会有事的，你就安心养病吧！”

“什么天爹爹保佑，你尽信这些，好事倒是要多做。我的病好得快，除了进医院快以外，最重要的是你嫂子尽心尽为，服侍得好，几天几晚有睡。俗话说，结发夫妻丑也好。结发夫妻在你犯病的时候、遭难的时候，总是无怨无悔地守在你的身边。我认为我一生中做得最好的就是没有看轻你嫂子，更没有背叛她。不然的话，她也不会对我这么好。我看你呀，真要感谢我，当时，不是我强行把你同小许拆开，你下半辈子就可能遭受红颜之苦哩！”说完，志坚得意地在心里想：当年如果不是自己断然拒绝小刘的求爱，晚年也不可能如此幸福。

尹厚友不好意思起来，红着脸道："应嫂子真是难得的贤妻良母。中风这种病一般都会有反复，你一定要好好休息，少操心，莫受急。我最担心的是你的身体！"

志坚听出了老尹的弦外之音，安慰道："老伙计哩，不要担心，我的病没大问题，医生讲，我脑梗死的部位较好，只是小脑梗死，只要心态好，少油少盐，科学用药，可以恢复。你放心，我就是坐轮椅也要把兰花香茶叶研究成功！"

尹厚友笑了笑说："我相信你这个铁打的硬汉，我决不会退缩！你在家好好休息，公司的事，你不用操心。"

志坚这次只是轻度中风，一个星期后就出院了。经过一个月的治疗和休息，他基本康复了。子女们见因为创办股份制茶叶公司一事把父亲急得中了风，便再也不反对父亲了，而且每个家庭拿了五十万元给父亲。

经历过无数次打击的志坚又一次坚强地站起来，正式投入兰花香茶叶的研究之中，信心百倍地迎接新的挑战。

第三十六章

志坚康复以后，汇了二十万元给冯老师。租了一台小货车，同老尹一早把茶苗搬回来，运到了岭南村妹夫家，妻子也同去了。妹夫和妹妹也放下其他农活，准备帮姐夫移栽和扦插茶苗。

“姐夫呀，你四十万块钱就买了这么几十株茶苗！你钱多得冇地方用呀，借一点我用一下啰！我家有几百蔸茶树，也是良种，不要一分钱给你啰！”志坚的妹夫见地坪里的六十二株茶苗是花了四十万买回来的，无论如何想不通姐夫搞这个蠢事干什么。

“嘿嘿，我喜欢茶叶，买来搞搞试验，搞搞研究。”志坚不想多解释，解释也没有用，只能这样说一说、笑一笑了事。

“也是的哩！二十万块钱，可以砌一栋大楼房嘞！”应贤妹妹偷偷地在姐姐耳边道。

“我随他，让他去搞，让他去做他喜欢的事，只是要麻烦你们两口子了。”

“那倒冇事，姐夫姐姐的事，就是我们自己的事。”

尹厚友带着志坚妹夫整理苗圃去了。志坚同妻子和姨妹子剪好了扦穗，拿到地里，不到两小时，一千多株小茶苗已插好，六十二株大小茶树也已移栽好了。志坚妹夫接上水龙头，浇足了水，拱上竹弓子，盖上遮阴网，便收工回去了。

志坚终于把六十二株茶苗搬回家了，像把走远了的孩子领回家。又扦插了一千多株新茶苗，感到心满意足。志坚洗了手，站在刚栽下去的茶苗边，长长地舒了一口气，脸上露出了满意的笑容。一阵凉爽的晚风吹在他的脸上、身上，使他顿觉凉爽和舒适，疲劳没有了，内心里洋溢着喜悦和希望。交代好妹夫看管茶苗，他同妻子回县城了。

转眼到了小暑，火南风昼夜不停地刮起。俗话说：“小暑南风十八遭，上午砍柴下午烧。”火南风会迅速地把植物茎秆中的水分和田地里的水分蒸发，造成干旱死苗。看火南风一点也没有停下来的迹象，志坚心急如焚，担心栽下去的茶树和扦插的幼苗会由于根系太弱干死。他每天第一件事就是一大早骑车去苗圃，挑水抗旱——妹夫没空了，他要到自己的水稻田去抗旱；尹厚友又去寻找基地了。为了让水蒸发得慢一点，志坚砍了丝茅草盖在小茶苗边上，以防晒保水。他的肩膀磨肿了——毕竟三十多年担子没有上过肩啊！

过了一个月，火辣辣的太阳，每天还是挂在蓝天上，一点雨云的影子也没有。苗圃下面唯一一口山塘的水也快干枯了。只在山塘中间一个凼子里还有一点水。志坚十分焦急，如不赶快想办法，茶苗很可能有全部干死的危险——兰花香茶叶研究面临前功尽弃的危险！

志坚把尹厚友叫回来，买来水泵抗旱保苗。一个上午，水泵就上水了。不到一个小时，茶苗全部施了一次大水。

过了一个星期，尹厚友又给茶苗施了一次大水。由于抗旱及时，还没有出现死苗。可是，山塘里的水抽完了，只剩下开了坼的塘泥。

到了八月，老天爷依然没有要下雨的迹象。五十多天的大旱，苗圃茶苗的泥土都晒白了，有的开了坼，茶树叶子也开始蔫了。志坚天天收看《天气预报》：天天一早看东边日出，东边天空依旧鸡血一样红；天天傍晚看日落，是否有乌云，可还是一个圆圆的火球落山。就这样天天盼，天天望，一直过了二十几天才下了一场透雨。可是，就是这二十几天的工夫，茶苗已枯死了一半。他拔起几棵枯死的茶苗，一屁股坐在草地上。

茶苗虽然干死了一半，幸好还有一半，希望还在。但是再不能干死了。志坚决定找个水源充足的地方去繁育。几个月过去了，找遍了湘江县七个乡镇，想寻找一处既有旧厂房，附近又有荒山建基地、育茶苗、办公司的地方，但一直没有找到。志坚没有放弃，也不能放弃，他不相信偌大一个湘江县没有一处种茶办厂的地方。

“老尹，我同你分头再去找基地，明天你往北去城东乡三个乡镇，我往南到云山一带去。”

志坚来到了云山脚下。这是湘江县唯一一座海拔688米的大山，山高路陡，车子上不去，他便叫了一辆摩托车。来到云山后，在村里文书记的带领下，步行三百多米来到了云山的最高峰千担岭，他被眼前的风景迷住了，只见群山起伏，南竹如同竹海，远看绿得像一块巨大无瑕的翡翠，近看像挂在山坡上的绿色屏障，大风吹来，掀起一波波绿浪。云雾环绕，人间仙境一般。竹林的北侧，峭壁如刀削般直立，岩石黑青似铁。峭壁的四周是小草、野花和低矮的竹子，峭壁上有两只一前一后一尺多长的脚印，据说是某某大仙留下的。

志坚又登上了一座山名叫猫公尖的山，一下子被眼前的壮美景观震撼了：万亩茂密的竹林恰如天鹅漂亮的羽毛；脚下的高峰神似一个挺立的鹅头，鹅头下面向北延伸出一大片错落有致的农田，农田里绿油油的水稻在南风的吹拂下掀起一波一波的碧浪；白色、黛色的村庄和荡漾着碧水的山塘点缀其间，仿佛一幅硕大无比的山水田园画铺在眼皮底下，叫人心旷神怡。举目远眺，是湘江河与洞庭湖交界的一大片深蓝色的江水，令人联想到：这只"天鹅"莫非想从这里一跃而起，飞往八百里洞庭去！

志坚俯下身子，拿根小树枝，拨开脚边泥土，抓一把细细看着，黑色泥土里含有大量的沙子，这正是种植茶树最适宜的土质。志坚喜不自禁，心想如果在这里栽种兰花香茶叶，将会生长得更快、更好。他毫不犹豫地拨通了挖土机师傅的电话，叫他来看看能否在山上开挖茶园。

半个小时后，挖机师傅骑摩托上山了。他看到这弯急坡陡路窄的盘山公路，头像货郎鼓一样摇着："黄老板，谢谢你的好意，对不起，你那几万块钱我不挣了，这样又窄又陡又弯的山路，我不敢来，我的命要紧！"挖机师傅跳上摩托车，向志坚招了招手，说声"拜拜"走了。志坚望着他的背影，连连叹息，站在山岗上没动——他舍不得离开，他知道湘江县境内，种茶没有比这里更好的地方了。心想，要是把兰花香茶树栽种在这里，正如好马配好鞍。他又一次环视着眼前高高矮矮的山岗，连声叹气，眼看相中的好地方就要被迫放弃，心里像喝了黄连一样，苦到喉咙眼里去了。志坚怀着失望的心情，悻悻地下了山。

晚上，尹厚友来到志坚家，志坚问："怎么样，找到合适的地方了吗？"

"又是一趟石灰路！我去了三个地方，有一处中意的。"喝了一口茶，尹厚友反问志坚，"你去了云山，怎么样？"

志坚把去云山寻基地的事从头到尾说了一遍，说："老尹，我们得抓紧想想其他办法。"

转眼又到深秋了，茶苗仍然没有找到合适的地方繁育。老尹急了，对志坚道："老同学，今年茶苗必须搬到水源好的地方去，如果不搬走，再遇干旱，可能一株茶苗都保不住了。"

"你这个建议是对的，不怕一万，只怕万一，季节不等人，我们必须尽快找到水源好的地方。明天，我同你去湾月看看。"

志坚同尹厚友来到了湾月村。这是个小平原，东边有座小型水库，西边有条小河，是个水旱无忧的好地方。志坚儿媳妇老家就在这里。志坚同儿媳弟弟李建说明了来意，李建很乐意腾出水田种茶苗。

吃了茶，小李带志坚、尹厚友看了水稻田，又平整，又肥沃，还有灌溉用的水渠，志坚非常满意。几天后，志坚同尹厚友把一千多株大小茶苗移了过来，还在大茶树上剪下一千五百多棵小茶苗扦插到了水田里，并在苗圃四周安好铁丝网。为了方便管理，志坚请了小李岳父管理这片苗圃。志坚十分满意：这下可不用操心了，就是今年再来一次比去年还严重的旱灾，也不用担心。他一颗悬着的心终于放了下来。

六月下旬的一天，天空中厚厚的乌云压得很低，仿佛伸手可摘，在狂风的吹卷下，汹涌地在湘江县上空翻腾着。不多时，乌云遮住了太阳，布满了大半个天空。紧接着，电闪雷鸣，狂风大作，倾盆大雨从西边山上漫过来，顷刻间，天地间变成了白茫茫一片。

真是天有不测风云，人有旦夕福祸。志坚满以为今年苗圃一定会万无一失，一场百年不遇的大洪灾却来了。南方的洪灾比干旱还难以对付，干旱了可以抗旱，可以遮阳。但，大雨整日整夜倾盆似的下个不停，人类什么办法也没有。瓢泼大雨下了一天一夜，下得人心惶惶。

志坚彻夜未眠，听着噼噼啪啪的雨声，忧心忡忡，只盼着快一点天亮。这倾盆大雨带来的大水一定会淹掉茶苗，只要茶苗在水里浸泡两天，就没救了。原本想着茶苗栽在水源充足的平原水田里，干也干不到，淹也淹不到。想到会来这么一场大暴雨！睡在旁边的妻子也被志坚折腾得一夜没有合眼，又不能责怪丈夫——中过风的人万万不能受急受气。她耐心地劝丈夫："天要下雨，娘要嫁人，都是没有办法的事，再急也是空的，睡会儿啰；等天亮了再去想办法啰。"

天刚蒙蒙亮，志坚起床了，洗把脸，骑上摩托，心急如焚地来到茶苗田。霎时，他眼前一片黑，只见白茫茫一片全是水，分不清田块，看不见田埂，几十株一米多高的大茶苗只露出一点尖尖。志坚眼睛湿润了，差点哭出声来，手拍着大腿，痛苦地大声道："啊，完了！"

心急如焚的志坚想起了儿子说的"种植业，露天工厂，靠天吃饭"，事到如今，只能打掉牙齿往肚里吞。"老尹，茶苗全部被水淹了，你马上来白水茶苗田排渍，十万火急，十万火急！"志坚说完，挂断了电话。

现在谁也帮不了志坚，除了老天爷。早饭后，雨已停歇，乌云在移动，在奔跑，东方露出了鱼肚白，大风把满天黑云赶去了远方，终于隐隐约约可以看见一小块一小块碧蓝的天空了，低矮的群山也能模糊地分辨出一些轮廓来。渐渐地，太阳从东方的层层乌云中露出了半边脸，东北风逐渐加大，东南边的天空从云缝中分割出一大片蓝天——天终于放晴了。老天爷开眼了，志坚一颗悬着的心终于放了下来。

还是俗话说得好，易涨易退山溪水。稻田的水逐渐退去，到中午时分，大部分茶苗露出枝叶来。

"小李，你帮忙请几个劳动力，吃了中饭去加高田埂，排去积水，抢救茶苗。"

尹厚友也赶到了。吃过中饭，志坚脱掉鞋袜，卷起裤腿，背上锄头，带着几个劳动力来到栽茶苗的水田。他第一个跳下水，双手从水里捞起一大把田泥，往没有露出水面的田埂上筑，说："你们也要像我一样把还没有露出水面的田埂用泥巴垒起，把这块茶田围起来。然后用抽水机把茶田里的水排干，今天下午必须排干。否则，再淹一晚，茶苗会全部淹死。"

忙了近四个小时，志坚累得气喘吁吁，满脸满身泥巴，终于把低矮的田埂全部筑高了。老尹又同请来的劳动力搬来抽水机排水。志坚忍着腰背的剧烈疼痛，再次加牢田埂。一直忙到太阳快落山了，茶苗地里的水才排干。

志坚、老尹细细察看茶苗。六十棵大茶树一棵也没淹死。去年秋季扦插育苗的茶苗由于发了一把新根也没有死。一千多株新栽下去的小茶苗由于很少发新根，缺少抵抗力，除一株以外全部死了。

志坚庆幸采取了紧急措施，精神好了许多。他给请来的劳动力每人发了一百块钱，对老尹道："我们都累了，你早点回去休息，我也回去休息。"

"你这是搞么子去了，怎么变成了泥菩萨啰？"妻子看见丈夫一身泥巴，又好笑又好气地问他。

"抢救茶苗弄的，你快给我拿衣服，我要洗澡，一身汗透了！"

志坚实在太累了，洗完澡，饭也没吃，到卧室休息去了。吃饭的时候，女儿见父亲没下楼吃饭，上楼去叫他："爸爸，吃饭了。"

"我累了，不想吃，我要休息一下。"

"娘，爸爸好好的，怎么不吃饭？"

"你爸爸到茶苗园里排渍，累了。"

"早就要他莫搞，快六十岁的人了，还去种茶叶，有福不晓得享，何必呢！困难还在后头，这才开始。"儿媳说。

"是他自己找罪受。几株茶苗，今年栽到这里，明年又搬到那里。别人像他这号年纪的天天打牌，天天玩！"女儿也说。

"你们爸爸，是个一辈子操心，一辈子做事做惯了的人。他是个有事业心的人，要他放弃茶叶，就是要他的命。你们做儿女的不去支持他，帮他搞，还埋怨他。今后呀，你们不支持他也就算了，也莫管他，莫去拦他，让他做他高兴做的事。"杜应贤气冲冲地训了儿媳、女儿一顿。

"天啦，如果不是你那泰山压顶不弯腰的坚强意志，去年茶苗遭大旱，今年又遭洪水，换了别人不急死也会急病哩！"晚上，应贤对丈夫道。

志坚回道："好事多磨，人生本来就是一条曲折的路，谁也不可能一帆风顺。人最怕的是缺乏毅力，而非气力，大凡科研项目就不可能一帆风顺，有的要上百次、上千次的实验，有的要一辈子才能成功，甚至两三代人才能成功。这一点挫折在我眼里不算什么！"

志坚决心再去寻找基地，他不相信找不到种茶叶的地方，万一找不到合适的地方，还可以想其他办法，于是，他又和尹厚友分头去找了。半个月后的一天，尹厚友急急忙忙来找志坚，他把摩托车一锁，径直朝志坚在的二楼走。

"老同学，这么早来了，快坐。昨天去青山岛，怎么样啦？"志坚急切地问尹厚友。

"哎，又是一趟石灰路！青山岛那地方好是好，正在南洞庭中央，四面环水，没有任何污染，岛上全是白沙，屋也是砌在沙上，沙里泥土很少。村民说，他们也栽过茶，栽是栽活了，但一到伏天，烈日把黄沙晒得烫脚，一株也没有成活。"

"啊，原来是这样。"志坚说着，习惯地朝后摸了摸头发，在想着什么。

"快想办法呢！转眼又是下半年了，不能再拖了！"

志坚没有回答。过了好一会儿，志坚对尹厚友说："伙计嘞，万一找不到合适办厂建基地的地方，我们可以找人合作。”

“找什么人合作呢？这个主意虽不算好，但事到如今，也是没有办法的办法。到哪里去找这样的人呢！”

“找一个搞农业项目的老板，条件是有钱，有承包地，有这方面的兴趣。”

“我不是泼你的冷水，像你刚才说的条件，只怕全省没有，全中国也没有！”

“试试看，别这么早下结论啰。早两年星沙县农业局钱局长给我介绍过他们县叫新福源的农庄，农庄姓范的老板原是做房地产的，后来转到农业开发方面来了，在大路铺租了几千亩荒山、稻田，搞旅游观光农业。说不定他会有兴趣。”

“照你所说，我们不妨去试一试。”

“莫急，我先打电话问一问，看范老板在家没有。”

志坚拨通了电话：“范总，你好！我是黄志坚，你在家吗？钱局长向我介绍过你们公司，我想带朋友来参观你们公司。”

“啊，老黄好，在，我在公司，欢迎你们来指导。你开车到星沙县大路铺，问一问新福源就知道了。”

“好，谢谢你，我这就来，再见！”志坚说完挂了电话。

志坚叫来朋友的车，仅九十分钟的车程，便很顺利地来到了新福源农庄。一副十分壮观的景象映入了志坚的眼帘：进门处，一块足有三米高的大牌匾矗立在左边，上有“新福源”三个金字；门内笔直的水泥路朝农庄内延伸，路两边是一排大小一致、青翠欲滴的香樟树；园内一大片高高低低的农田里，几台大型挖土机正在平整土地，搞田园化建设；快到新福源公司总部，有一处用水泥石块护坡的四四方方大池塘，碧波荡漾，周围砌了十几个垂钓用的精致小木屋。

车子停在坪里，一个穿着一身浅灰色西装、阔脸稀发、大肚皮的人朝志坚小车走来：“您是黄老板吧！欢迎、欢迎！”

“您好，范总，久仰久仰！”志坚立即伸过手去同范总握手。

“黄总，早听钱局长介绍过您，您是我省茶叶界有名的专家，幸会、幸会！”

“哪里，哪里。”志坚指着尹厚友道，“这是我的好朋友老尹。”

“老尹，您好！欢迎你们来新福源。”说完，领着志坚、老尹朝里面走。

“范总呀，这里栽了这么多名贵树木，好多我连名字都叫不出来嘞！”志坚指着植物园的大树说。

“这些树是我从云南、贵州、湘西那边买过来的哩！最贵的八十万一棵，最便宜的也要十多万哩！”

“哎哟，我真是开了眼界了！你真是个树迷呢！”

“是的，栽种名贵树木是我平生一大爱好，这里八十多棵树，一共花了近五千万哩！”

“范总，新福源真气派！山水田林路规划得像公园一样，钦佩！钦佩！”志坚口里说，心在想，这么大的老板拿出几棵树的钱来合作研究兰花香茶叶应该是小菜一碟，不会有问题的。

“哪里、哪里，我们进屋喝茶去。”志坚跟着范总来到了会客厅。不来不知道，来了吓一跳，志坚又一次被会客厅的豪华布置惊呆了：一张用红木做的、十分精致的椭圆形会客桌摆在会客厅中央；二十张红木雕花椅子摆在会客桌周围；厅正面墙上挂着三米宽的大型电子屏幕，另几面进口瓷砖墙壁上挂满了名人字画；水晶吊灯，地面铺的高端木地板，都十分考究和精美。

“范总呀，可能是我孤陋寡闻，世面见得太少了，你这个会客厅真的高雅、气派！”

“只能算一般吧！我三楼的会议室、办公室正准备装修，准备按人民大会堂的配置，搞高档一点。”

“那要花一笔不小的钱吧？”

“初步预算，一个亿左右吧。”

“哎，你太牛了，佩服！佩服！”志坚趁此兴头转了个话题，“范总，你眼光远大，带头搞起了现代化农庄，为振兴我国农村农业树立了一个样板。我有一个很有开发前景的农业项目，你这里有山有水，正符合这个项目要求，投资不大，想同你合作，不知可否？”

“什么好项目？”

“茶叶项目，兰花香茶。兰花香茶不是一般意义上的茶，兰花香是茶叶的最佳香气之一，十大名茶大多数没有这种香气，我们用高科技多倍体繁育出了一个带自然兰花香的茶树良种，发展前景可期。我们那里没有适合的基地，你是否可以考虑一下？前期有你几棵名贵大树的投资就差不多了。”

范总听了，脸上挤出一点点笑容，不置可否。见范总没有答应，志坚借上厕所，给钱局长打电话，请局长劝劝他。

范总手机响了，一看是钱局长打来的，范总便拿着手机来到室外，在电话里说："局长，实话同你说，茶叶产业，我不想进入，星沙县大茶场老板我都很熟，他们都经营得很艰难，是个费力不讨好的项目，我不想投资茶业。"

接完钱局长电话，范总回到会客厅，对志坚道："黄总，对不起，谢谢你们看得起，你提的这个要求，我无法答应你，一方面我不熟悉这个行业，不懂技术；另一方面我人手不够，分不开身来。谢谢你的好意！"说完露齿一笑。这位有钱的大老板像泥鳅一样滑，几句客套话，婉言谢绝了志坚。

"有事，有事，我能理解。"志坚客气地回了范总，心里却像刚吃了苦瓜一样。说完便告辞了。

"老尹呀，我们已退无可退，但决不能退，看来，靠别人是靠不住的，有钱人不搞，还是让我们有钱的人来搞吧！回去，一心主事，到我们县里找去，我就不相信，偌大一个湘江县，找不到一处种茶叶的地方。"

"范总几棵树的钱他也不肯花，求人不如求己，大老板不肯投资的蠢事，就让我们兄弟来搞！一定要搞成功！"

"是的，你说得完全对，求人不如求己，就是有天大的困难，我们也要把它搞成功！人世间，喜忧苦乐，跌宕撞起伏，主要靠自救。"

"对，我们回去一心一意自己干！"

第三十七章

茶苗经过旱洪灾害大部分存活下来了。但是，茶叶基地、加工厂这些仍没有着落，志坚十分焦急。

一天，经朋友介绍一处宜种茶的荒山，他决定去看看。来到新塘水库，站在大坝，眼前是一座中型水库，坐北朝南，满库碧水，被风打乱撕碎了的波浪在水面上跳舞。南边群山翠绿，延绵数里，经过秋雨洗涤，山上景色迷人。整座山岗都是青翠欲滴的浓绿，没有散去的雾气像一匹匹灰色的丝绸，缠在山腰间。道路平坦，真是一个不可多得的开发有机茶的好地方。志坚心中甚喜，心想在此处建一个茶叶基地，是一个不错的选择。

他找到村里彭书记，问道："彭书记，有一事想请你帮忙。新塘水库南边的荒山，能否租给我们公司种茶？"

"那是好事呀！我们欢迎老板来投资，来开发。"

"那就请你同村民征求一下意见好吗？要百分之百村员同意才行。"

"等我走访群众后，告诉你。请留个电话，以便联系。"

"好的，电话我发信息给你，不打扰你了，我等你的电话。"

从彭书记家出来后，志坚又路过一个叫玉石村的地方。公路边有一个旧工厂，工厂内发出叮叮当当的声音。工厂后面是大荒山。志坚在工厂前后和荒山上看了又看，觉得是一个比较理想的地方：前面工厂可改建茶厂，后面荒山可种茶，公路相伴，交通便利。要是把这个地方买下来或租下来就省事了！

一个星期后，彭书记打来电话："黄老板，租山一事我走访了相关村民，都同意租给你种茶叶。"

"谢谢彭书记，辛苦你了，我们马上同你们谈。"

半个月后，一百多亩荒山租给了志坚种茶。尹厚友请来挖土机进行垦复，按照原来大塘茶厂有机茶园标准，经过三个月努力，迎兰茶叶公司终于建起了第一个茶叶基地，兰花香茶苗全部搬到基地上来了。高山脚下水库上边的山坡上，洪水永远淹不到。高山上一年四季有奔流不息的山泉水，最严重的干旱也不怕。基地有专业的管理人员看管，从此志坚再也不用带着茶苗打游击了。

第二年3月1日，志坚同尹厚友到山上去观察茶苗生长情况，他们看到齐刷刷、嫩绿绿的披满了茸毛的茶芽无比欢喜："老尹呀，我们的迎兰茶一个星期左右就可以长到一芽一叶初展，过几天就可以开采了。"

"是的嘞，我们这个多倍体兰花香良种茶是一个早熟品种，今后生产的名优茶可比别的茶提前上市，能卖到一个好价钱哩！"

"你说的一点没错。"二人说着、笑着下山回家了。可是人算不如天算，3月4日，一场严重的霜冻在湘北大地发生了。志坚会同老尹赶到基地察看灾情，被眼前的一幕吓坏了：茶苗一片银白，茶芽全部被冰霜褒得严严实实，像小小冰棍一样。志坚和老尹的心情比这晚霜还要寒凉十倍。"完蛋了，完蛋了！新栽的幼茶只怕一棵也活不成了。"老尹摘下一枝冻坏的茶株，伤心地哭了。

志坚看着这被霜冻坏的小茶树更是心痛死了。去年还说再也不怕旱灾、水灾了，哪知今年又来一次霜灾！但他不能在已经十分焦急的老尹面前表露出来，自己如果此时不坚定，肯定会影响老尹的情绪。他俯下身去扯了一蔸茶苗细细观看，发现茶根完好，没有冻坏，又折断一根茶秆看，茶秆也没有冻坏，皮绿，木质白色。只有今年新发出来的嫩芽被霜冻坏了。他站起来，笑着对老尹道："老尹，我告诉你，天灾人祸谁也挡不住，遇到了不可怕，可怕的是跌倒不起的人。唐僧西天取经，笑对八十一难，比起唐僧来，我们的茶苗三次遭灾，算不了什么。研究兰花香茶，我们要学习唐僧西天取经那种踏平坎坷成大道、斗罢艰险又出发的精神。你不要担心，老茶树冻不死，刚才我看了冻坏的小茶苗，没有全冻坏，只冻坏了茶芽，秆子和根都很好。只要把冻坏的茶芽及时摘除掉，不让冻害渗透到茶根上去，茶株就不会死，不久就会重新发出新芽来。明天你带十几个人过细将冻坏的茶芽摘除，松松土，追点肥，茶苗就可恢复生长。"

"有办法就好。"半个月后，这些被冻坏的茶苗全部长出了新芽。

老尹又在志坚耳边催问："怎么办呀？找遍了湘江县，办厂的地方仍没找到。”

“慢慢来，事到事圆，还是先把厂房选好再说吧。”

又过了三天，久违的太阳终于露脸了，天空分外蓝，少量的白云像轻纱一样，在蓝天中慢慢移动，太阳伸出温暖的大手，抚摸在志坚身上，使他顿觉浑身舒坦。今天他决定再出去碰碰运气，找一处建茶厂的地方。想来想去，他还是觉得那个路边旧工厂比较理想。今天天晴了，再去那里看看，去问个明白。

志坚搭乘公共汽车来到了玉华乡。当再次来到这个旧厂时，旧厂内没有一点声响了。“奇怪呀，这个厂怎么今天没有动静了呢？前阵子还有人干活呢，这是怎么回事呢？”他来到附近商店打听，原来这个旧厂租给别人清洗旧电视机玻璃，由于噪声太大，又有废水浸入了农户水井里，水变成了蓝色。群众担心污染了水源，一状告到了环保局，环保局要来查封罚款。因此，租厂的老板连夜开车装上所有工具和物品跑了。

听了这个好消息，志坚高兴得几乎要跳起来：好家伙，天助我也！真是踏破铁鞋无觅处，得来全不费功夫。这家旧厂原是玉华乡政府的一个汽车配件厂，已停办多年了。志坚来到玉华乡政府，见房门边上写着“书记室”三个字，便在门口问道：“请问您是刘书记吗？”

“我就是，请坐。您贵姓？找我有事吗？”

“刘书记，我原来在大塘茶叶公司工作，姓黄，叫黄志坚，找您有个事。”

“啊，你就是黄志坚，久闻大名。什么事？你说。”

“我离开大塘公司了。为了研究兰花香茶叶，自己开了个小公司。想把贵乡汽配厂买下来，把梨子园荒山租下来，办公司，建基地。不知可否？”

“啊，招商引资，是好事，可以考虑支持。我会安排人落实这个项目，明天开党委会讨论一下，到时你可直接找陈乡长。”

“那就太好了，您工作忙，不打扰您了。”志坚满心高兴，几年来跑烂了两双皮鞋，寻找过二十多处可以种茶的地方，都无功而返，正在焦虑和无助的时候，租赁汽配厂的老板跑了，真像老天有意安排一样，机会留给了自己。志坚有一种绝处逢生的感觉，哼着小调在路边等公共汽车。

第三天，志坚收到玉华乡政府陈副乡长通知，请他去谈租山买厂的事。志坚自是兴奋，一早同老尹来到了玉华。志坚、老尹在陈乡长等三人带领下，一前一后朝汽配厂走，他们要在这里开始别人不看好的大产业。杨主任掏出钥匙，打开了汽配厂大门。“这就是汽配厂，七十年代的乡镇企业，停产二十几年了。”陈乡长介绍道。

志坚、老尹跟着陈乡长他们走进了汽配厂：“啊，成这样子了。”志坚在心里说。只见红砖墙上有的穿了一个大洞；木窗户没有一张好的，大部分没玻璃，油漆斑驳；大门只剩一边；车间有近千平方，但还是黄泥巴地面，有几处大小不一的小坑；屋上的瓦有好几处掉了，太阳光线直射下来，可望见天空；外边地坪杂草丛生，牛粪、狗屎遍地都是；中间一条窄窄的水泥路通往厨房厕所；南边和西边的杂屋是知青住过的泥砖墙的土房子，一部分土砖房已倒塌，一棵大樟树枝繁叶茂地独立着，使人觉得这里还有一点生气。

看到这个旧厂如此破烂，志坚眉头紧皱。尹厚友在志坚的耳边轻声道：“这么破烂的厂房行吗？”

“与当时大塘茶厂的农机站是一个娘的崽！差是太差了，我们别无选择，也没有时间选择了。”

“怎么样，黄厂长？”陈乡长问。

“直话直说，不太好，像牧场一样，杂草丛生，连人踩脚的地方也没有，看了有点头痛。买旧厂只怕比做新厂还划不来哟！”

“翻修一下，还是可以的。你如果决定要的话，价格上好商量。”

“买断这个厂的产权，大概要多少钱？”

“我们已商量好了，为了表示诚意，只卖二十八万。”

“贵还是不算贵，那好吧，八发八发，我也不还太多的价，图个吉利的数字，二十四万八千元行吗？”

陈乡长与宋主任、杨主任对视了一下，宋主任和杨主任都点了点头：“要得，就按你说的二十四万八千元，祝你一定发大财！”

“黄总，价格谈妥了，我们到附近小茶楼去，一边喝茶一边起草合同，你看好吗？”管司法的宋主任建议。

“好的，好的。”志坚、尹厚友和三位领导一同来到了小茶楼。宋主任开始起草合同。

“黄总，起草合同要两个小时，我们喝了茶去看看橘园好吗？”陈乡长道。

“正好我也想去看看，合适了，就把合同签下来。”志坚说。

来到橘园，志坚举目望去，绿草如茵，草丛中点缀黄色的、白色的、蓝色的、红色的各式小花，蝴蝶在花丛中忽高忽低翩翩起舞，一棵棵大小不等的杉树、各种灌木像巨伞、像小伞，耸立在各个山头，原来栽下去的橘树东一棵西一棵杂在其中，大部分已经衰老。空气像过滤了似的格外清新。

橘园原是知青茶场，后来改建成橘园。联产承包责任制时分到各户经营，由于缺乏蜜橘栽培管理技术，不久就衰败了。大部分栽了杉树。杉木林中长满了杂草、小竹子、杂木等，看了使人头痛。

尹厚友一手扯住志坚，紧皱着眉头："老同学，这里建茶园难度太大了呢！你要全面考虑一下！"

"困难是不小，但你不晓得，这个山头正好符合我们种有机茶的要求，是真正没有污染的土壤，打起灯笼火把也没地方找。"

陈乡长、杨主任带着志坚、尹厚友沿着橘园泥沙小路走了近半个小时，才看完这片大荒山。看到志坚、尹厚友满面愁容，眉头紧锁，陈乡长说："黄老板，你别小看了我们这地方呢！乾隆皇帝都来过嘞。"

"真的吗？吹牛吧！皇帝怎么会到这个荒山野岭来？你讲我听听。"

"乾隆年间，乾隆皇帝云游江南，一天来到湘江县东门口，突然看到一块石碑上面写着'右至长沙府，左至玉石桥'，不觉一惊：这小小的玉石桥怎能与长沙府齐名呢？这里肯定藏龙卧虎，我不如游一游，看个究竟。乾隆骑着马带领一行人来到离玉石桥两里地左右时，人困马乏，唇干口渴。恰巧这里有几户人家，随从将马拴在农家的地坪，这时只见不远处菜园内飞舞着一群五颜六色的蝴蝶，一年少貌美的村姑带着两个小孩正在兴致勃勃捕捉蝴蝶。乾隆看到这一景致，对随从道：'好一处村姑扑蝶的美景，这里就叫蝶园，拴马的地方叫憩庄吧！'

"村姑见来了客人，牵着小孩子步出菜园，对客人道：'客官，一路辛苦了，到我家喝茶去。'乾隆皇帝正想喝茶解渴，便回道：'多谢了！'带着随从来到村姑家。

"村姑烧了水，给每位客人泡了一碗烘青绿茶。乾隆一喝，顿觉清香可口，问村姑：'小姑姑，这叫什么茶？如此好喝，不苦不涩，鲜爽回甘。'

"'这就是我们当地的玉石烘青。谢谢客官夸赞！'村姑一脸堆笑，转身进了里屋，不一会儿，她用黄草纸包了一包玉石烘青茶，笑着递到乾隆手上：'客官见笑了，你既然喜欢此茶，送一小包给你路上喝。'

"'小姑姑客气了！'乾隆皇帝将茶交给了侍从，'小姑姑，去玉石桥还有多远？'

“‘不远，往东走两里就是。’

“喝完茶，乾隆一行来到了玉石桥，玉石桥由六块丈余长的麻石横拱在玉水溪流之上，桥北有茶亭餐馆，桥南有数十户人家，桥上人流不断，桥下流水潺潺，桥的右边有丈多高的石碑，上面写着‘玉石桥桥名玉石，何时别石见君王’。乾隆看后纳闷，此联怎么没有上联而只有下联呢？还如此大的口气！忙问茶官：‘这副对联的上联呢？是何人所写？’茶官忙答：‘这个下联是北云峰庙里长老所写。’乾隆听后，忙往北云峰。半个时辰后，来到了北云峰。这北云峰碧瓦青砖，四角旗幡，犹如一座待航的旗舰，庙门两旁写着：‘沧海横流只手独平南国浪，高山仰止低头齐拜北云峰。’对联气势磅礴。乾隆发自内心佩服，这时出来一小僧：‘阿弥陀佛，请问施主烧香还是拜佛？’乾隆说：‘我既要烧香又要拜佛，更重要的是要见你们长老。’

“‘阿弥陀佛，随我来。’

“来到禅堂，乾隆一见长老不觉一惊：‘这不是同窗好友那梦梵吗？怎么不做京官当和尚呢？’同窗相见，热泪盈眶，那梦梵慌忙下跪拜见圣上，乾隆扶他平身，那梦梵叫小僧奉茶备饭。那梦梵禀告乾隆：‘我原本是京官，后来你父亲听信奸佞谗言，将我降至州官，我一气之下皈依佛门！’

“‘原来如此。’乾隆叹道。

“闲谈片刻后，两人来庙门外，看到庙前一座百米高的山，乾隆问：‘此山叫什么山？’那梦梵忙说：‘此山叫白云峰。’

“‘哦，原来是这个缘故。同窗啊，你现在比我还好过喽！你信吗？天下丛林万石山，白衣到处问君餐。黄金白玉非为贵，唯有袈裟披最难。身为一世山河主，不及僧家半日闲。’

“‘圣上所言极是，我深信：暮鼓晨钟会惊醒世间名利客，经声佛语能唤回苦海彼岸人。’

“‘同窗，明天我要乘船北返，望你脱下袈裟还俗，造福为民！’

“那梦梵点了点头。第二天，那梦梵送乾隆北归，当路过罗城第二大寺庙龙潭寺时，乾隆问那梦梵：‘此寺庙叫什么名字？离湘江有多远？’

“‘叫龙潭寺，离湘江大概有十多里。’那梦梵回道。

“乾隆对那梦梵说：‘你去把玉石桥的上联补上：龙潭寺寺曰龙潭，几度缚龙归大海。’

“‘遵旨。’

“一年后，那梦梵返朝辅助皇上，做起了京官。”

“这故事我有点不信，皇帝怎么可能到这小地方来?”老尹连连摇头。

“这故事听起来虽有点玄，但是，乾隆皇帝喜欢微服私访和游山玩水，这是事实。古代交通极为不便，走水路从洞庭湖逆流而上到湘江来完全有可能。再从蝶园、憩庄这些地名来推敲，有可能真有这么回事，农村人决不会起‘蝴蝶的蝶园’、拴马的‘憩庄’这样雅的名字，而这两个名字还沿用至今。”

“黄厂长呀，这里可是生产贡茶的好地方！我们欢迎黄老板来乾隆皇帝来过的地方办茶厂，生产贡茶。”

“好，听陈乡长的，既然历史上有这么一个美好的故事，我们就来办个茶场，续写传奇吧！但是一山的树、茅草、竹子和荆棘，好头痛嘞！陈乡长租金莫搞贵了啊！开垦一亩荒山，种上茶，我算了一下，最少也要八千元才行哩！”

“你放心，租金包你满意。我做好了群众工作，头五年每年一百元，以后每五年递增二十元，租期为三十年，到期优先续租。”

“好，照你说的办。”志坚见陈乡长没开大口，一口答应了下来。

回到小茶楼时，宋主任把合同起草好了，交给陈乡长看。陈乡长仔细看了之后又递给志坚看。志坚同尹厚友认真仔细看完后，觉得没什么意见，志坚说：“行，签字吧！”双方签了字，盖了乡政府的公章，握手，互表祝贺。

“老兄呀，找了三年了，鞋子都跑烂了几双，终于找到理想的基地和工厂，这下你满意了吧！今天回去好好睡一觉。”

“是的，凡事只要不放弃，总能找到解决的办法。你也辛苦了，也回去安心睡一觉啰，难事还在后头哩，下个星期你要着手搞维修了。”

“只要有钱，包给你维修出一个好茶厂来。”

茶叶加工厂合同签好了，栽种兰花香茶叶的荒山合同也签好了，只要把加工厂翻修好，买来机械设备，建个大苗圃，扦插繁育，再把荒山开垦成茶园，迎兰公司就可以有模有样地办起来。想着想着，这位年近六十岁的老人感觉自己精神焕发，身上有使不完的劲。

可是，让志坚更头痛的事一桩接着一桩来了。

第三十八章

志坚最头疼、最着急的茶厂、茶叶基地解决了，心情舒畅了许多，美美地睡了一觉。可是，老问题得到了解决，新的问题又来了。老尹做了一个预算，翻修汽配厂，购买加工设备，翻修职工宿舍和厨房、厕所，砌一个包装车间和一个保鲜仓库，建茶园等费用不少于八百万，资金缺口大。志坚像冇事人一样，尹厚友却急得团团转。志坚交办的事由于没有钱无法开工建设。几天过去了，概算书也交给志坚了，还不见志坚交钱给他。办事历来雷厉风行的老尹找志坚来了，他眉头紧皱，道："何里搞啰？你还若无其事，我好急嘞！"

"莫急啰，没有过不去的火焰山，这里三百万我转到你的卡上，这是股东入股的钱，你慢慢去用。少了，你尽可能去赊一些物资，我再慢慢想办法。这点困难难不倒我。在我的眼睛里，从来没有困难，我同困难打了一辈子的交道，所有困难都在我面前乖乖地投降了！"志坚乐观地回答了尹厚友。其实，关于钱的问题志坚心里一点底也没有。

"你考虑的冇错，讲的也冇错，但，修茶厂、建基地，要的是钱呀！不能空口打哇哇呀！"

"老尹，你不用怕，我同你摸爬滚打二十多年了，什么困难没碰到过？大塘那么艰苦，我们都连连打胜仗，现在我们自己的企业，完全有自主权，还怕搞不好吗！还怕打不了胜仗吗！没这回事。我一个连癌症都不怕的人，还怕这点困难！告诉你，企业家就是冒险家。企业家胆子要大，没有胆子，成不了企业家。我总结做企业家要'三大'、'三强'、'三不'、'一多'。哪'三大'呢？就是胆子大，肚量大，气魄大。'三强'就是组织能力强，吃苦精神强，责任心强。'三不'就是不怕挫折，不搞歪门邪道，不故步自封。'一多'就是点子要多，遇到困难总能想出解决的办法来。我同你都是农民，农民想在金色的秋天收获果实，必须在寒意袭人的春天，卷起裤脚到冰冷的秧田中去播种，才会有收获的那一天。你先拿着这点钱去，困难再大也要扛过去！”

话虽这么说，搞兰花香茶叶研究，除了时间长、成功率低外，还烧钱。他办大塘茶厂整整二十六年，集体挣了不少钱，养活了两百多员工，但他自己只拿点工资和奖金，积蓄不多，全部用来搞兰花香茶研究了，准备买一台小车的钱也用到购买厂房设备上去了。

没有钱买车，从县城去公司上班三十几里路，只能天天搭班车。一天，他早早坐在去玉华的班车上。不一会儿上来一个中年男士，税务局周局长。他认识志坚。和其他人一样，在他心目中，志坚是一个很有钱的大老板。看见这位有钱的大老板坐班车上班，他感到十分惊奇和不可思议，疑惑地问志坚：“黄董，你是湘江赫赫有名的大老板，怎么还坐班车上班啰？”志坚立马笑着回答：“周局长，你搞错了哩！坐班车比坐牢好呢！”说完这句开玩笑的大实话，又说：“老朋友，你听我说啰，我在那个集体企业负责，要夹着尾巴做人哩！尤其是在经济问题上，不能乱来半点，只能老老实实拿着那点工资和奖金过日子。贪污受贿一旦被人举报，就有可能判刑坐牢哩！人生本来就那么几十年，一晃就过去了，冒着坐牢的风险去贪污那点钱，太划不来了。试想，在高墙内度过下半生，那会是何等痛苦的事啊！你想想，难道不是坐班车比坐牢好吗？”说完转了个话题：“周局长，可以请你去我们刚买下的旧厂子看看吗？那里正在搞维修。”

周局长同志坚来到旧厂，周局长道：“黄董，你在车上的话讲得十分深刻，给我上了一堂廉政课！”

“老朋友，我告诉你，做人就要像刚才你看到的泥工师傅一样，手里拿一根准绳，墙才不会砌偏。人呀，尤其是当干部的，心中也要有一根准绳，才不会犯错误。尤其在钱的问题上，万万不可乱来，在当下一切向钱看的世道上，很多人向往钱，迷信钱，钱是万能，有了钱就有了一切。有人甚至信奉有钱能使鬼推磨的信条。我认为，钱一定要来路正。来路不正的钱，一定不能要。先贤们关于钱的至理名言如‘生不带来，死不带去’‘人为财死，鸟为食亡’‘子女不如我，要钱干什么？子女胜过我，要钱干什么？’‘家财万贯，日食三餐，夜眠六尺’很有哲理。只要你是在国家单位，或是在集体单位，不合法的钱就万万不能要，比如贪污啦，受贿啦，挪用公款啦等等。我庆幸自己在钱方面没有乱来半点，但前几年还有同行实名把我告到了检察院，说我贪污了几百万。如果当年我贪污了，我就有可能坐牢去了。现在没有钱买小车，天天坐班车上班，不也很好吗？人心似铁非是铁，官法如炉胜于炉，到那时双手被铐，进监狱里去了，后悔就来不及了！想想看，要在高墙内度过余生，会有多么痛苦！失去了人身自由，人活着还有什么意义呢？”

“黄董，你说得太深刻了，佩服。”

“周局长，人呀，要把钱看淡一点，我讲个故事你听啰。有一个人去医院看病危的大富翁。大富翁临死前对他感叹道：‘老兄呀，谢谢你来看我。今天我要告诉你，钱没有身体重要呢！我虽有名牌汽车，但它只能停放在车库里，而我必须坐在轮椅上；我银行有大笔存款，但对我来说，除了交医药费，没有其他大用；我城里有高级别墅，现在我只能躺在这狭小的病房里；以前我经常从一家酒店住进另一家酒店，现在的我只能从医院这个科室转到另一个科室；过去，我有理发师为我做头发，而现在做化疗后，头上一根头发也没有了；平时我在文件上签名，既激动又开心，而现在的我，只能在病危通知书上签名；过去，我坐飞机可以飞到任何地方，可是如今的我只能靠两个人扶着出入医院；过去我常去世界各地品尝美食，现在我只能每天白天几片药，晚上几片药，外加一些营养液。人呀，死到临头才知道：活着最重要！健康最重要！’周局长，我办企业几十年没挣到大钱，我不但不后悔，还庆幸自己闯过了金钱关。虽然现在自己办公司，钱不够，我一点也不怕，去银行贷款就是。”

周局长听了连连点头。老尹听了，二话没说，又去搞翻修去了。

维修汽配厂的任务交给尹厚友以后，原有的资金都花光了，维修工程快要停工了。尹厚友急得像热锅上的蚂蚁，天天在志坚面前吵着要钱。志坚天天安慰他：“莫急啰，会有办法的啰！”但是，十多天过去了，资金仍然没有着落。志坚只好接着去跑资金，他接连去了农业银行、建设银行、工商银行、中国银行、发展银行，但都无功而返。他后来才知道，非城区内或工业园区的涉农新办企业很难在国家商业银行贷到款。五家国家人银行的理由是：有规定，农村工业用地不能抵押贷款。于是他只能去找高利息的其他银行了。

朋友告诉他，华融银行在湘江县新设立了分行，建议他去打听一下，看能否贷到款。志坚抱着试试看的心理来到了华融银行湘江县支行，精明的瘦个子蒋行长热情地接待了他。“蒋行长，您好，我姓黄，叫黄志坚。我来贵行，一来祝贺贵行开业，二来询问一下贵行能否给我公司贷一点款？”

“你们是一个什么样的企业，请您介绍一下好吗？”

“我们是一个新办的股份制茶叶公司，已购买了一个旧工厂，正在翻新改造，已办理了工业用地出让手续，现在需要一点点流动资金。”

“你们公司在其他银行有贷款吗？”

“没有。”

“法人有不良贷款记录吗？”

“也没有。”

“这样，我下个星期派人前去现场看看，再回复您？”

“好的，太谢谢您了！”

蒋行长说到做到，派人到了迎兰公司，了解了公司的基本情况后向蒋行长作了汇报。蒋行长批准同意向迎兰公司贷款三百万元，交代业务组同迎兰公司财务人员完善了相关手续。不到半个月，三百万元贷款汇入了迎兰公司的账户上。

不久，又一个好消息传来。“黄董事长，你在公司吗？我来看看你。”林业局蒋杰世局长拨通了志坚的电话。

“蒋局长，您好，好久不见，十分欢迎您来小公司指导工作。”志坚走出办公室，三步并作两步向前同蒋局长握手，“您是我们公司成立以来第一个前来指导工作的县局领导，恕未远迎！”

“花甲之年，再次创业，可敬可佩！”

喝过茶，寒暄之后，蒋局长道：“我刚刚调到林业局，听说你又第二次创业，来到云山脚下种茶叶，搞研发，繁育推广良种，一辈子专注我县茶叶发展，我钦佩之至，特带我局李局长、邵局长前来看看，看看茶叶基地。”

“十分感谢，难得你还记得我这个老茶农。去年我们在小塘水库开发了百多亩荒山，种了茶，今年育了一百万株茶苗，等会儿请你们去看看我们无性繁育的茶树良种。”

来到茶叶良种苗圃，蒋局长被一大片短穗扦插的茶苗震撼了——这是湘江县有史以来最大的无性繁育茶树苗圃。被深深感动的蒋局长惊叹道：“这么大一个良种茶苗圃，年轻人也冇得你这么大的干劲嘞！茶叶也是林业，你马上写个报告，我们回去研究一下，一定尽力支持你。”

“那就太谢谢你了，真是雪中送炭！”志坚紧紧握住蒋局长的手。两个月后，志坚收到蒋局长五十万元的茶苗扩繁补足资金。

2008年，金融风暴席卷全球。国家为了应对金融危机的冲击，决定发放四万亿帮助实体经济解困，化解金融危机。机会也降临到了志坚的头上。

“胡局长，什么好事呀，你打了几通电话。对不起，有事去了，刚看到。”

“真的是好事，天大的好事，为了应对国际经济危机影响，中央决定启动四万亿开发建设资金，农业这一块主要是良种繁育推广。廖处长说，陈厅长一直非常关心你的兰花香茶苗繁育问题，决定无偿拨一百万元资金给你，但必须专款专用，专账管理，这是要检查验收的呢！”

“太好了，真是雪中送炭，谢谢您！请您一定代我感谢廖处长、陈厅长啊！”

“好的，不用谢。你把账号、开户行发到我手机上，明天我请他们把款打给你。”

“那好，我这就发。”志坚立即把公司银行账号、开户行发给了胡局长。第二天一百万元现金到了迎兰公司账上。

“老尹，告诉你一个好消息！”志坚看见老尹来了，老远就向老尹招手。

“什么好消息？这么高兴。”

“真是天助我也，天不灭无路之人！资金问题解决了！省农业厅陈厅长给我们一百万。”

“还是你说得对，只要不放弃，办法总会有的。”

“老尹，世界上许多事，看起来很难，但只要肯动手做，其实并不难。俗话说，万事开头难。也是这个道理，只要你开了头，难就变得易了，可惜的是无数人的失败，都是在离成功只有一步之遥时停下来了。”

“有了钱，修茶厂、新建茶园这些具体工作，我三个月完成。”老尹拍着自己的胸脯道。

资金问题解决了，迎兰茶叶公司厂房建设步入了快车道。

第三十九章

江南三月的晴天，风和日丽，微风轻拂，温暖的阳光照耀在山上、树上、草上，金光闪闪，志坚的心情也像这天气一样，灿烂美好。厂房、资金、基地等问题统统解决了，办公司的所有手续都完善了，迎兰公司一切工作顺利进行。加上小塘水库茶园已建好，可以试采，云山租赁的老茶园经过台刈，今年春茶也可投入采摘。

经过老尹三个多月日夜奋战，迎兰公司新厂房修葺一新，墙壁白色墙漆粉刷，地面和内墙一米内贴了瓷砖，厂房吊了顶。全新的车间一尘不染。绿茶、红茶两条生产线四十多台机器整整齐齐安装在两个车间。供电、供水，除尘等设备一应俱全，茶叶保鲜库也建好了，前面地坪统统铺上了水泥——现代化的迎兰茶叶公司屹立在云山脚下。

建设新茶园，尹厚友更是有着丰富的经验。他带领五十多个职工，请来两台挖土机、一台推土机，按照大塘茶厂有机茶园建设标准，奋战三个月，建好了五百亩兰花香茶园。

迎兰公司开业后，马上要进入兰花香茶叶研制、技术完善、产品开发阶段，志坚的压力更大了。要研究出一套管用、可推广、适合不同气象条件的兰花香绿茶、红茶加工新技术，并形成一个完整的技术体系，是何等的难啊！这些事放在一个茶叶研究所来搞，至少也要十几个专家来弄，何况一个中过风的老人。

志坚一早去了公司。

“老尹，兰花香绿茶、红茶马上开始中试，你同车间主任小黄挑重担。”志坚吩咐老尹。

“大批量生产，我有点怕做不好嘞。”

“边干边学！不要怕，慢慢来，失败了，总结教训，重新再来。我们一定要啃下这个硬骨头。我身体有些问题，无法参与研究，重担你和小黄、小曹来挑。今天做兰花香绿茶，明天做兰花香红茶。由你负责采摘工作，小曹负责记录，小黄负责加工。上午九点后安排采茶，先采摘一芽一叶，接着采单片或中开面的一芽二三叶，采后分开摊放半小时，吹热风两小时，停风半小时后，摇青两分钟，再用竹盘子装上在遮阴棚内晒半小时，每盘不超过750克。还要做好记录。”

下午五点，志坚来到晒场，一阵兰花香气扑面而来，他兴奋道：“好香啊！确实是一个好茶，咱们成功了。小黄，马上开机杀青。温度330℃。”

二十分钟后志坚看了看仪表，命令道：“温度到了，开始杀青了。”

“啊，连车间也好香啊！”老尹笑逐颜开。

“还可以，基本成功了，杀青后的茶叶香气就固定下来了。但要迅速摊凉，凉透了，按绿茶方法揉捻，先用941型烘干机烘七成干，再用烘焙机烘干。”志坚交代完，回房间休息去了。

第二天上午，志坚叫老尹、小黄将昨天做的兰花香绿茶开汤审评。审评以后，志坚觉得品质相当不错，大批量生产与当年尚教授审评香气一样，达到了理想中的质量，只有一芽一叶香气差一点。于是吩咐老尹：“你同小曹、小黄把温度、湿度、摇青时间、日萎时间、摊青时间、摊叶厚度，还包括采摘时间、采摘标准、日照、风向等数据进行分析整理，总结出最佳控制数据，形成我司一个独特的采摘加工兰花香绿茶的新技术，准备向国家申请发明专利。”

“申请发明专利好难呀！我们能行吗？”尹厚友疑惑地问。

“我们已经探索出了一整套种植、采摘、加工兰花香绿茶新技术，并获得一批重要的技术参数，形成了一套完整的加工工艺。而且还能当天采摘，当天加工出花香绿茶，这是一个颠覆性的创新，兰花香绿茶生产技术尚无报道，申报发明专利应该一点问题都没有。”

“那就太好了，太好了！”

对于像考北大、清华一样难的发明专利，虽然是新媳妇生娃头一回，志坚也暗暗下着决心一定要争取申报成功。只等查新出来，全国尚无同类发明，便可向国家申报发明专利。“易局长，请您去科技厅查新的事怎么样啦？”志坚问。

“黄董，查过了。目前我国尚无人申报该专利，你可以申报专利了。你把文件发给我，局里帮你们申报。”

“太好了，辛苦您了，我马上报过来。”

明天就是妻子六十岁生日，每年生日，妻子总是以各种理由不做，或者在家炒几个菜意思一下。志坚一直想为妻子做一次生日，但因为忙，一直未能如愿。今年他早就想好了，再忙也要为妻子好好过一次生日，四十年来，妻子为自己，为子女，为父母，为这个家付出太多了，他要以这个方式表示一下自己的心意。而且还要以一种别出心裁的方式来为妻子过生日。

吃晚饭的时候，他对子女们说："明天是你们母亲的生日，她的生日从来没有像样过过，今年一定要好好热闹一番。不在家里过，也不去酒店，明天正好是星期天，全家人开车去云山农家乐，九点出发。”

“要得，这个主意好。”儿子、儿媳、女儿、女婿、孙子，都非常赞同。

第二天九点多，儿子和女儿开着东风和红旗两台小车载着全家人朝云山出发了。

五月的江南，碧空如洗，微风轻拂，阳光温暖而柔和。半个小时后，小车驶上了云山顶峰千担岭。志坚全家人相跟着走下车，除志坚外，都被眼前的美景迷住了，放眼望去，层层叠叠的山头上长满了大大小小的南竹，密不插针，竹叶叠着竹叶，竹竿挨着竹竿，数不清的竹尾在微风吹拂下像洞庭湖的波浪，起起伏伏，远处的山头飘浮着一串串棉絮一样的白云，一群又一群的山雀、斑鸠、画眉从这个山头飞向另一个山头，偶尔还有一对对彩色长尾山鸡从山坳里飞出来，又飞下去……儿女们的手机对着竹海不停地拍照。

“来，我们都站拢来，在这个竹海中拍一张全家福，庆贺母亲的生日。”儿子黄芳奇大声喊着。

“父母站中间，黄谦、戴宇新、戴宇瑶站两边，哥哥、嫂嫂和我们站后排。”女儿黄芳雅招呼大家。

“这位同志，请您帮我们按一下快门好吗？”黄芳奇对旁边一个游客道，把手机递给了他。

“来，都笑一个，笑一个。好，再拍一张。”热情的游客拍好了照，把手机交还了黄芳奇。

志坚全家人在云山尽情地玩了一个上午，中午时分，来到了千担岭饭店吃饭，在应贤的干预下，没有点名贵的菜肴，只点了土鸡、竹笋、野菜、溪里小鱼、山里腊肉、干野菌等几个普通菜。

席间，志坚端起一杯红酒对儿女们说："我们全家来到云山为你们的母亲、奶奶和外婆祝寿，我特别高兴。祝你们母亲、奶奶和外婆寿比南山！四十多年来，我同你们的母亲、你们的奶奶、你们的外婆，爬过三次山。第一次是我当农民时，家里冇柴火煮饭，冇天亮上山扒柴；第二次是我病了，你们母亲带你们上云山挖鱼腥草；第三次是今天，全家人上云山来为你们的母亲、你们的奶奶、你们的外婆祝寿。你们的母亲、你们的奶奶、你们的外婆付出最多最多，我也欠她最多最多。可以说，没有她的付出，就没有我的今天，也没有我们全家人的今天。"停了停，志坚端着一杯葡萄酒转向老伴："老杜呀，我这辈子很少为你过生日，更很少给你敬酒，今天我要敬你三杯酒，你比我会喝，我喝一杯，你也要喝一杯，我今天舍命陪妻子！"

志坚的话说得儿女们大笑不止。志坚接着道："我敬你的第一杯酒为感谢的酒，感谢你四十多年来为我们这个家，为父母、为子女、为我和我的工作，几十年如一日，不辞劳苦，起早贪黑，流血流汗，担惊受怕，无怨无悔，干杯！"说完，志坚将杯里的红酒一口干了。

应贤被丈夫几句赞扬的话说得满脸通红，显然有些激动，毫不犹豫地干了。

全家人望着志坚端起第二杯酒，见他又对妻子道："我这第二杯酒叫歉意的酒，四十多年来，为了让全家人过上好日子，我很少顾家，一心在外打拼，家里的千斤重担都落在了你的身上：服侍重病的母亲，抚育子女，到生产队出工。为了不让我操心，家里家外事，你一肩担，你付出了太多、太多，我欠你太多、太多，一生一世还不了。感谢的千言万语全在这杯酒中。"说完，志坚又一口干了。

志坚又端起第三杯酒，火热的眼光望着妻子："我这第三杯酒叫央求酒，我央求你下辈子还做我的妻子，我还做你的丈夫。"说完把酒干了，从衣服口袋里摸出一个精致的小红盒，取出一枚钻戒，认真道："我结婚一点礼物也没有送给你，今天这枚戒指既是对我们结婚的补偿，也是下辈子的定情物。"说完，拿着妻子的左手，把钻戒戴上去。

志坚这突如其来的行动，让全家人都惊呆了，他们望着，笑着，鼓着掌。

应贤更是满脸通红，一句话也说不出来，感动得呜呜地哽咽起来。

"妈妈，爸爸说得好，我们做子女的也欠你太多太多。来，我们一起干杯！”

儿媳妇不停地往母亲碗里夹菜。应贤笑着，不断地用纸巾擦眼角上的泪花。女儿见娘落泪了，也一阵心酸，流出了眼泪。

等情绪稳定以后，应贤对子女们说：“你们的父亲、你们的爷爷、你们的外公是一个意志非常坚定的人，他一生经历了无数次的坎坷和挫折，困难没有打倒他！贫穷没有打倒他！失败没有打倒他！挫折没有打倒他！疾病也没有打倒他！我也曾为他受苦、受累、受急、受气、受怕，但我无怨无悔。他的品格、他的精神、他的意志、他的为人，永远值得你们好好学习。我希望你们都像他一样坚强，一样正派，走好各自的人生路！”

“娘，您说得真好！”儿子端上一杯牛奶走到母亲身边，“我敬您老一杯！”

接着，女儿、儿媳、女婿、孙子、外孙也都端着牛奶给杜应贤祝寿。

吃完饭，喝了茶，志坚带着全家人爬山、拍照，下午回到了公司。车子刚刚停稳，尹厚友、黄举、小曹、小黄笑哈哈地从办公室跑出来，尹厚友扬着手上的专利证书说：“老同学哩，向你报喜哩！易局长刚刚送来了兰花香专利证书，你看！”

“真的吗？太好了，太好了！”志坚听到这个好消息，笑得嘴角扯到耳朵去了，他天天盼，盼的就是这一天。这么多年的等待，这么多年的期盼，今天终于等来了。他转身对妻子兴奋地道：“老杜呀，托你的福嘞！今天你的生日，我们收到这份珍贵的礼物，用钱买不到的礼物嘞！”

“这是好事，大好事，大家辛苦了！”应贤高兴地大笑着。儿女们也凑拢来看专利证书，脸上堆满了笑容。

志坚吩咐儿子：“你们开车先回去，我还有事，晚点回来，注意安全。”

等家人走了以后，志坚依然无法掩饰自己高兴的心情，他把证书高高举过头顶，含着热泪在办公室里兴奋地转了几圈，一边转一边自豪地喊：“我们终于成功了！成功了！兰花香研究这么多年来，一滴兰花香、一把辛酸泪，我们的泪水没有白流啊！”此时的志坚高兴得像个小孩，一边说，一边高高地扬起了头，在员工面前，在全世界面前，高高地扬起了头。

这时，尹厚友走进办公室，感慨道：“老同学，七磨八难，我们终于成功了，如果不是你的坚持，不可能有今天的专利。我们获得这个发明专利，就像迎兰公司考上了清华、北大一样，只有像你这种有唐僧一样的意志的人才能获得嘞！我们把兰花香茶叶研究成功了，过去反对你的人、说你是土专家的人都闭嘴了。"

"老尹呀，各种学问不只来自书本和先贤的施教，更多的是来自社会，来自实践。所有优秀的背后，都有苦行僧的毅力。所有的成功，都是努力和付出的代名词，都是用汗水甚至用生命拼出来的。"

尹厚友听了连连点头。

等老尹走了以后，志坚拿着发明专利证书，自言自语道："我终于战胜了自己，战胜了不可能！困难算什么！失败算什么！我想要奋斗的生命！我想要有意义的人生！"

志坚好久没有去茶园了，不知道茶叶长得怎么样，有没有病虫害。他不放心，要去看看。"老尹，我们去看看茶园。"

两个老搭档朝茶山走去。志坚越看兴致越高，只见一坡坡、一岭岭修剪得整整齐齐的茶树长出了齐刷刷、绿茵茵的新芽。新芽随风摆动，似乎在向他们敬礼，感谢他们的栽培。志坚高兴道："这如山如海的茶园就是多年前那一粒茶籽繁育出来的！老尹呀，事在人为哩！原来那一粒茶籽，如今变成了一片茶海，一路走来多么艰难啊。辛苦你了！"

"还是你有远见，有胆识，有气魄，没有第二个人敢这样做哩！大塘茶叶公司当时反对你的那些人一两年就把一个好好的公司搞垮了，回的回老家，干的干个体户去了。他们都后悔呢，肠子都悔青了！"

"那种改制不彻底、产权不明晰的企业太难搞了，没有一心为集体的带头人，无论如何是搞不好的！"

"事实证明，你当时的选择是对的，那帮家伙现在好羡慕我们哩！"

"像我们这样又环保又能帮助农民致富的企业，国家肯定会支持，企业只会越来越好。"

在茶园转了一圈，准备回去时，好朋友杨楚爹来了，志坚连忙招呼："楚爹，你好！"

"黄老板，我看你来了。"

"谢谢楚爹，莫喊我老板啰，喊老黄亲切些。"

"要得，我不喊你老板了，你是我们村的致富带头人，是不能叫老板。"

稀疏白发的楚爹又道："早就要来看你了，有点事去了，看样子，精气神都蛮好。这就要得，你可不能病啊！你是我们这个穷地方的财神爷哩。"

"哪里，哪里，楚爹，快莫这样说。"

"一点冇错，你办了一个茶叶公司，又建了这么大一个茶园，不但把这个地方变美了，还带富了好多人呢。好多人有事做了，有钱挣了，你每年要为我们这个地方发放三百多万块的工资！我下屋细婆婆中风瘫痪在床，儿媳妇要照顾她，不能外出打工，家里很困难，她这两年在你厂里上班，每年挣三万多块钱，不困难了。古树屋贵老倌屋里一老两小，要人照顾，他的儿媳妇不能外出打工，在你厂里车间负责，每年也挣了几万，又照顾了七十多岁的贵老倌，又能让两个细伢子安心读书，一举两得。据说，由于你培养她，带她做徒弟，她还考上了农艺师哩！要是你不办这个厂，儿媳没法打工，他家里就很困难。一外出打工，老人冇人照看，孩子就成了留守儿童，冇人管教，说不定会学坏样嘞！"

"我还做得很不够呢。"

"我和你都是党员，农村就是要有像你这样的致富带头人呢！"

"想是想把茶叶种好，把公司办好，扩大规模，形成产业，增加就业，使乡亲们增加一点收入。谢谢你老多年的关照。"

"我晓得，你来我们这里办厂，不完全是为了自己挣钱。除了爱茶叶，还有一颗发展农村经济，帮农民致富的爱心。我听说你来这里办厂，全家人都反对，钱不够，宁可不买小车，天天坐班车上班，把所有积蓄都用到开茶山、建茶园、买设备、搞科研上去了。农村呀，就是要多几个你这样办实体、搞农业企业、做农业品牌的人，农民才有事做、有钱挣，才能永远摆脱贫困。可惜呀，现在有钱的人都不愿意来投资农业，搞农业企业太辛苦了，利润太薄了。国家硬要重点支持像你这样的农字号企业！支持了你们就是支持了农民，对吧！"

"快莫这样讲，我受之有愧啊！但是，你讲得有道理。"

这时，一位约六十岁的大娘喊着："黄老板，你来啰，我同你说个事啰。"

志坚闻声走近，心想：我又不认识她，她找我说什么事呢？满脸皱纹的大娘笑脸对着志坚道："黄老板，我搭帮你哩！"

"你么子事搭帮了我呀！"志坚一头雾水，笑着反问她。

"你把我们婆媳关系搞好了呢！"

"我搞好了你们婆媳关系？冇搞错吧，我认都不认得你呢！"

"你不晓得啦！过去你冇建茶园，我要一点点零花钱用，常常去找儿媳妇要，要多了，儿媳妇有意见，把脸拉得老长老长，婆媳关系因此就不好了。现在你建了茶园，我每年采茶采得几千块钱，再也不用找儿媳妇要零花钱了，婆媳关系自然就好了！”

“啊，原来如此，不用谢嘞，我倒要谢谢你们帮我们采茶呢。”

“老同学呀，我们来这里开公司，这里人好欢迎，带富了地方呢！”等采茶大娘走了后，尹厚友感慨道。

“老尹呀，农村要发展，农民要致富，要靠企业带呢。但办企业难呀，企业是一个系统工程，办企业不但要厂房、要基地、要设备设施、要人才，还要生产许可证、要商标、要技术、要市场、要大把资金，太不容易了，缺哪一样都不行，政府搞不了，单家独户也搞不了。企业又是一条产业链，这条链上连接了几百上千人和多个行业。比如我们公司，繁育茶苗要人，种茶采茶要人，加工茶叶要人，印刷包装要印刷厂，运输产品物资要车辆，销售茶叶要专卖店，还要设备、厂房、保鲜库、电、水等等。我初步估算，我们这个产业链上有两千多人参与，你看要帮助多少人。所以说，农业的出路、农民的出路在农业企业。可惜呀，我们这里农业企业太少了，农产品品牌太少了，很多产品还处在卖原料的阶段，农民怎么能致富啊，农村怎么能发展啊！”

“是的呢，你说的一点没错。”

获得国家发明专利后，志坚又带领一班人攻克了兰花红茶的生产新技术，他还要申报省级科技成果，使迎兰公司在科技道路上更上一层楼。

星期一，志坚同易局长来到省科技厅成果处。易局长简单地向张处长汇报了请求申报科技成果一事。

志坚是第一次见省科技厅成果处的张处长。女处长五十开外，戴一副眼镜，看上去很和蔼，待人也很热情。张处长听完易局长汇报后，说：“你们把文件和电子文档都放在我这里。这位老同志花甲之年还矢志不渝研究茶叶领域高新尖的课题，值得敬佩。不过，科技成果的申报，我们只把关，能不能鉴定为科技成果，专家们说了算！专家我们也会在网上挑选。他们在审评时肯定是会挑刺的！你们要有心理准备，做好两种打算。”

“如果是一些小问题，请您打打招呼好吗？”易局长听了张处长的话，担心道。

“小易，我们都是管理科技工作的干部，科研就是科学，科学的东西是容不得半点虚假的！我们不但不会打招呼，同样也会挑刺！”张处长几句话，说得易局长不好意思起来。

志坚立即道：“处长，我们既是来申报成果的，也是来学习的。有这么多茶叶专家，我们一定认真听取他们的批评和指导意见。能过，非常感谢他们；不能过，我们就再努力吧！”

“哎，这位同志说得好，搞科研的人就要有这种谦虚和永不放弃的态度。”

星期五上午八点，志坚带着公司小杨、小曹、小黄和易局长赶到了省茶叶研究所三楼会议室，小曹、小黄把兰花香绿茶、红茶摆在展台上，然后在每个评审专家座位上的茶杯中冲泡了迎兰牌兰花香红茶。九点时，专家们陆续来到了三楼会议室。

张处长宣布：“现在开会！各位专家，大家好，今天是迎兰公司申报科技成果的评审会，希望大家抱着公平、公正和严肃认真的态度，把这次评审工作搞好。这次评审会由省茶叶研究所包所长任主任，省茶叶总公司吴总任副主任。其他同志任评审委员。现在请迎兰公司工作人员打开演示屏，向专家们介绍成果文件。”

省电视台记者、湘江县电视台记者纷纷打开摄影机。

演示屏上出现了“兰花香迎兰绿茶、红茶加工新技术科技成果鉴定会”一行红色大字。农大茶叶专家傅教授对文字和图片进行解说。专家们边看边听，非常认真和仔细，会场中没有一点声响。志坚左边坐着成果处张处长，紧挨张处长坐的是农大刘教授。

张处长喝了茶杯里的兰花香迎兰红茶，悄悄地问刘教授：“刘教授，这个红茶为什么这么甜、这么香，而且越喝越甜越香，是不是掺了香精，掺了糖呀？”

刘教授悄悄道：“糖和香精不可能有这么纯正的花香和蜜一样的味道，只有带自然兰花香的茶才会这么甜、这么香。”

傅教授演示讲解完后，张处长宣布：“各位专家都认真观看了迎兰公司兰花香茶叶研究成果演示，在此之前也审阅了该成果的文字资料，现在进入第二阶段，请专家们提出质询和发表个人看法，有什么说什么，有疑问都请提出来。”

专家们把视线从演示屏上移开来，听张处长讲话。有的在交谈，有的在喝茶，有的互相对视了一下。

“我首先发个言。”高个子包所长第一个表态，“老黄历经多年努力，成功研究出兰花香红茶、绿茶新技术，技术可靠，产品独特，红茶、绿茶具有兰花香气，实属难得。”

大头阔脸戴眼镜的省茶叶总公司吴总说：“该课题选得好，迎兰茶没有苦涩味，酚氨比协调，香气物质多了很多，游离氨基酸，橙花叔醇含量高，具有浓烈持久的兰花香，滋味醇厚回甘，一茶二采具有先进性，为湖南红茶的大发展奠定了基础。”

吴总发言后，农业厅廖总工程师接着发言：“兰花香比较高贵，迎兰茶在这一块是一大突破，兰花香迎兰茶确实好，产品、品种潜力巨大，成果潜力巨大！”

农大博士生导师黄建理了理短发，道：“黄董创造了一个奇迹，成功选育出一个带自然兰花香的茶树良种，而且这个良种的性能比乌系品种更优良，六个小时就能做出较好的花香茶来，确是一个特异型茶树良种，值得好好推广。”

曹会长理了理向后梳的黑发，摘下眼镜，环视所有专家，最后望着张处长：“今天评审的迎兰公司兰花香茶叶科研成果，是黄志坚同志为中国茶产业做的一件功德无量的大事。我激动不已。他为兰花香茶叶付出了多年心血，遇到过许多困难和失败，他没有放弃，正如他自己所感叹的‘一滴兰花香，满眼辛酸泪’。现在终于成功了。这说明成大事者，不仅仅有过人之才，更有坚忍不拔的意志。我衷心祝贺他！我认为迎兰公司兰花香绿茶、红茶是一个很好的科研成果，一、为湖南乃至全国创造了一个有特色的新产品；二、开创出一个茶叶产业化的新项目；三、有品种、有栽培、有加工等方面的自主知识产权的核心技术；四、具有很高的经济价值和社会效益。”说完，曹会长对张处长道：“张处长，老黄这个兰花香茶科研成果一定要通过，好好推广。”

文质彬彬的省茶研所研究员杨明接着说：“非常高兴参加这个评审会，黄总多年来花了大量心血，研究出了一个好东西、一个新东西，我有五个方面评价：一、选题正确；二、兰花香迎兰红茶和绿茶香气、滋味都非常好；三、技术路线合理，研究系统性好，产业路线合理；四、创新性很突出；五、产品有特点，有极高推广价值，滋味甜香和兰香结合起来了。”

见特邀专家、湖南农大候选院士刘教授还没有发言，张处长侧身对英俊潇洒的刘教授说："刘教授，大家都谈了看法，你也谈谈你的看法吧。"

"好的，处长。"文质彬彬的刘教授理了理胸前的浅蓝色领带，说，"刚才我在看演示屏，在听专家们发言，也在想。想什么呢？想两个问题，一个是这么一个难度极高的科研成果，竟然是以一位农民出身的老茶农为首完成的。另一个是这个成果是在他患有脑梗的情况下完成的。大家可能不知道，大前年的这个时候他发了一个信息给我，信息上是这么写的：'刘教授，您好，我的脑梗又严重起来了，可能不久于人世。在我走以后，请您一定帮助把兰花香茶叶研究工作进行下去。'我看了很心痛，但也很佩服，佩服黄董这种冒死搞科研，重病还在想着兰花香茶叶科研的这么一个铁汉茶人。听说他去高山采集茶籽时还不幸掉到崖下，差点丢了性命。他这种精神难道不是我们茶人学习的榜样吗？"

刘教授显然有一些激动，停了停，喝了两口茶，继续道："我十分同意以上专家对迎兰公司申报的兰花香迎兰红茶、绿茶生产新技术的评价，我认为迎兰公司兰花香绿茶和兰花香红茶在品种选育、栽培、采摘、加工工艺、新产品开发等方面创新点较多，重要的有：一、选育了一个具有自然兰花香的茶树良种；二、构建了提升茶树自然花香的栽培技术；三、发明了兰花香绿茶、兰花香红茶加工新技术，填补了兰花香绿茶和兰花香红茶加工领域中无兰花香的技术空白，并获得发明授权专利一项；四、开发了颇受欢迎的迎兰牌兰花香红茶、绿茶系列新产品。张处长，这是一个高科技好成果，要尽早通过，尽早使茶农获益，更要弘扬像黄董这种默默为茶叶科研做贡献的精神。"

张处长听了专家们的发言，特别是刘教授的权威发言，高兴地宣布："现在我宣布，迎兰公司一种兰花香绿茶、红茶生产新技术科技成果已经过专家们严格、认真的审定，能否通过，请大家举手表决。"

专家们纷纷举起了手。张处长认真数了数专家举手的人数，大声道："现在我正式宣布，迎兰公司一种兰花香绿茶、红茶生产新技术科技成果获得全票通过，请专家们在文件上签字。"

农艺师小黄拿着文件逐个请专家签名。张处长等专家们把字签完了，站起来宣布："我提议，大家以鼓掌的方式祝贺迎兰公司一种兰花香绿茶、红茶新技术科研成果获得通过。"会场上响起热烈持久的掌声。成果通过后，专家们开始离开会议室。黄志坚早已站在会议室门口，笑容满面地握着一个个专家的手感谢和送别他们。

第一个离开会场的是刘教授，黄志坚紧握住刘教授的手，说："谢谢农大的支持，谢谢您的支持！"

刘教授回道："身体是革命本钱，要多加保重啊！"

"真令我佩服！"茶叶协会曹会长握着黄志坚的手久久不放，"老伙计嘞，你战胜了一个又一个困难，取得了一项发明专利、两个科技成果，创立了两个品牌产品，特别是今天刚刚通过的难度极高的成果，没有钢铁般的意志，是无法完成的。我再次祝贺你！"

"谢谢会长，过奖了，我还做得不够。"

"谢谢张处长为我们成果评审，辛苦了！"志坚握着最后离开的张处长的手，衷心地感谢她。

"这是我们应该做的工作，说实在的，评审之前我还有些担心，哪知道专家们对你的成果评价这么高，再次祝贺你！"

"谢谢张处长，谢谢！"黄志坚、易局长目送张处长离开。

"黄董，你成功了，而且是在六十岁的高龄。这说明人生没有太晚的开始，因为有明天，今天永远只是起跑线。只要永不放弃，年龄大一点，同样也可以成功。今天专家们对你们的成果评价这么高，不简单呢！世界上没有超人，只有成功的人，成功的人都是在经历了很多挫折以后，才能获得成功的，所有荣誉的背后都是艰辛的付出，你也是如此。你在自己平凡的岗位上，实现了人生价值。生命的美丽，永远展现在进取之中。大树的美丽是展现在高耸入云的蓬勃生机中，雄鹰的美丽展现在高空与风雨搏击的翱翔之中。通过奋斗，获得成功，就是一种享受。了不起！我祝贺你，你再次为湘江县科技工作争光了，张处长对这次成果评定非常满意。"易局长动情道。

"谢谢你的夸奖，今天的成果也离不开您和局里领导的重视和支持呀。"

晚上，妻子散步去了。志坚坐在卧室，一边看电视一边想："这几年风风雨雨，外人不知道，自己很清楚，有时一边吃药，一边还在搞研究，心里也担心过，也想过放弃，但最后还是挺过来了。人生呀，有时也要与生命、与疾病抗争，假如当时被病魔吓倒，天天躺在病床上，只怕早就见马克思去了！现在自己终于闯过来了，研究也成功了。值得！"

专利、成果都有了，兰花香茶叶终于研究成功了，但新的问题又来了，吓得黄志坚惊慌失措。

第四十章

迎兰茶叶公司不仅年年盈利，一年一个新台阶，而且开发出了十几款香气、滋味俱佳的新产品，投放市场，深受消费者的喜爱，产品由湘江县走向了全国，一部分还出口到国外。连锁店开到了岳阳市，长沙市的白曼丽今天约好要来洽谈代理兰花香茶叶业务。

志坚、老尹两个人坐在办公室，等白曼丽的到来。两人一边喝茶，一边聊了起来："老尹呀，我们迎兰公司目前虽然取得了一些成绩，但，这仅仅是万里长征刚刚走完第一步！大事、难事还在后头，咱们决不能沾沾自喜，要继续朝着下一个目标奋斗，特别是迫在眉睫的两件大事等着我们去完成，第一件大事是扩大市场，第二件大事是培养接班人。毕竟我们都是已过花甲的人了。"

"是的嘞，我也是这样想，创了品牌，打开了市场，企业才有发展后劲。培养了接班人，我们辛辛苦苦开创的事业才后继有人！只怕我们的子女都不肯来接这个'农'字号的班哩！如果是这样，我们的事业就会付诸东流。我好担心嘞！"

"老同学，还有一事同你说一下。"老尹转了一个话题。

"什么事？"

"白曼丽是你的老同学，我提醒你，等会儿来谈业务，你屁股可要坐稳喽！行商之人，不可感情用事！"

"这点你说对了，放心吧，公司利益高于一切。"

不一会儿，一辆黑色轿车开进了公司大坪。志坚、老尹立即走出去迎接。"白老板，一路辛苦了，请进！"志坚紧紧握着刚下车的老同学的手，开玩笑道。

"叫什么老板啰，好别扭，不是老同学指点帮助，还不知道在哪打工呢！"

志坚挽着老同学的手来到了办公室，小黄各冲泡了一杯迎兰牌兰花香绿茶和红茶放在白曼丽座位边的茶几上，笑了笑："白总，美事成双，请喝双杯。"

志坚、尹厚友陪坐在白曼丽身边，喝着茶。白曼丽喝了几口绿茶，又喝了几口红茶，端起茶杯来，仔细地观看汤色和叶底，然后点了点头。

"怎么样，老同学？"

"香气、滋味都不错，有花蜜味，拿样品我看看外形吧？"

"哎呀，这几年工夫都成大专家了！"

"莫笑话我啰，还不是跟你们学的。"说完在志坚肩膀上拍了一下。

白曼丽把小黄端过来的绿茶、红茶在审评台前反复看外形，闻香气。回到座位上，满意地对志坚和老尹道："两位老总，我经营茶叶也好多年了，你们这两款迎兰牌绿茶、红茶，色、香、味、形有得话讲，特别是那个优雅的兰花香气和那种蜜甜味，很有特色。讲实话，我有信心在长沙和岳阳市做你们新产品的总代理，但价格要合适，让我挣点钱啰！"说完哈哈大笑。

"谢谢你的支持，你来做代理，我们放心，老同学，知根知底。但是，同学归同学，还是要签个合同，我们也是一个股份公司，请你理解。"

"理解、理解！那你们先报个价好吗？"

"同你什么关系！最优惠价给你，迎兰毛尖每公斤800元，迎兰毛尖红茶每公斤660元。迎兰红茶每公斤300元。"

"不能再少一点？"

"对不起，这是最优惠价了，比我们直销店的价还降了10%。"尹厚友抢先回道，怕志坚在他的同学面前不好说话也担心他再让价。

"那就每个产品暂定十吨，你们起草合同啰。"

"好的，老尹，按刚才协议的价格和数量，你同小黄去把合同起草出来交给白总看。"半个钟头后白曼丽看了合同，没有异议，双方在合同上签字。志坚、老尹陪同白曼丽在农夫山庄吃了饭，临别时，白曼丽悄悄在志坚耳边说："咱们的茶缘比情缘好多了！"说完笑了笑，说声拜拜，开车回长沙了。

合同签好了。但是，执行合同的麻烦事又来了。

同白曼丽签了这个不大不小的合同，加上原来同岳阳市小蒋签的合同、山东于老板签的合同，以及公司二十几个直销店的销售，销售量增加了三分之一。茶叶的及时采摘加工就成大问题了。如果二十天不采下来加工好，过了谷雨，茶叶品质会变差，而且天气一热，采工会减少，而高温采茶，采工也容易中暑。如果碰上年龄大又有基础病的采工很可能会发生意外。前年就有一名采茶工晕倒在茶山，幸好抢救及时，脱离了危险。想起那件事，至今志坚还心有余悸。为了避免出现同样的高危事件，志坚把老尹、小黄、黄举召集来开会："离谷雨只有一个月了，气温又一天比一天高，采茶任务这么重，召集大家来，就是商讨一下加快进度，不出事故，把春茶采下来这个大事。老尹你先说。"

老尹道："加工没问题，可以三班倒，主要是采摘问题，虽然不缺采工，但大部分都是六七十岁的老人。年轻人都不愿意采茶，怕晒太阳。我很担心这些年老体衰的采茶工身体出问题哩！"

"一点冇错，我也是非常担心这事，虽然采茶冇出过大事，但晕倒在茶山、跌倒在茶山的事，年年都发生过！一采茶，我就好紧张呢！每次都交代带队的朱班长要特别注意呢！死了一个人会不得了呢！"小黄更为担心。

听了他们的发言，志坚道："你们讲的都冇错，但是，怕也怕不得，茶叶总不能不采吧！我们不但不能怕，还要重视，要防止出意外，要做好预防工作。黄举到打印店去打印几份广告，贴到公司围墙上和茶园大门上，内容是严禁有高血压、心脏病，七十岁以上的老人进山采茶。二是到药店去买一些急救药品。小黄要交代好带班的朱班长不时喊一喊，凡是头晕、呕吐、身体不适的采工要及时回去休息。老尹去几家保险公司咨询一下，看能不能买团体险，六十岁以上的人可不可以买意外险。年纪大的人采茶我也十分担心呢，但又不能不要他们来，死一个人要赔好几十万哩。"

几天过去了，一切正常。志坚问老尹："我们交几万块钱，保险公司能为采工投保吗？"

"几家保险公司我都去了，你想给保险公司几万块钱来投保这么多采茶工的险，没这样的好事。采茶工的风险看来只能我们自己担了！"

"哎，有险无人保啊，看来只能靠运气了。采茶一天也不能停，为了降低风险，尽量避免高温采茶，从明天起，你每天买六百个包子给采茶工当早餐，上午采茶提前到早上六点进山，十点半以后停采，避开中午高温。"志坚无奈道。

"好。这个办法可以。"老尹说。

“小黄，明天早上采工进茶山前，我要召集他们开个会，你记得组织一下。”

第二天早上六点，茶园大门前已黑压压地站满了人，大都是六十岁以上的老年女采工，只有一小部分六十岁以下的采工，志坚见了，眉头一皱。他登上一处高坎，双手朝人群做个压一压的手势，大声喊话：“大妈、大婶、大嫂，请静一静，静一静！谢谢你们来我们茶园采茶，你们辛苦了！”

喧嚣的人群立刻静了下来，听黄志坚讲话：“各位大妈、大婶，我们种这么多茶，不能用机械采摘，全靠手工一颗一颗地摘下来，你们帮了我们大忙哩！我代表迎兰公司衷心感谢你们！现在天气开始慢慢热起来，对年龄偏大的，有基础病的人来说，上山采茶有一定风险，很容易发病。去年就有人晕倒在茶山。因此，我们决定从今天起，凡是七十岁以上的老人和有高血压、心脏病、中过风的都不允许进园采茶，希望乡亲们理解、支持和配合。”

听了黄志坚的发言，人群中开始议论起来，一位白发婆婆高声道：“黄老板，你放心，我自愿来的，在茶山发了病，我不怪你。”

“谢谢你建这么大的茶园，我每年采茶采得几千块钱，万一死在你们茶山，我也不怪你们，不要你赔一分钱，只要你放一挂长鞭子就行了。”一位七十多岁的老人说完，哈哈大笑。

“你不怪我，你们家里人会怪我哩！亲戚朋友会怪我哩！”志坚笑着说。

“我同你写保证书啰，但是，你租了我们荒山种茶。不要我采茶，那可不行！”

“我不是在同你们开玩笑哩！这种事也不能开玩笑！我们已贴了广告，今天我又当着大家的面说了，道理讲得清，牛肉敬祖宗。从今天起，年纪超过七十岁的、有病的一律不允许进山！”黄志坚一脸的严肃。

可是，茶园门一开，几百个采茶工潮水般涌进茶山——谁能拦得住啊！

志坚长叹一声，对带队的小朱说：“小朱，你每隔一阵就要用扩音器喊几声：凡是不舒服的、头昏脑涨的，回去休息。怕出事呢，出了事不得了哩！”

又过了几天，茶山采茶依然平安无事。天气一天比一天热起来，而且是大雨前那种闷热的感觉，加上没有一丝风，连身体好的人也觉得难受。

“哎，快来人啦，菊娭毑不行了。快，救命啦！”茶园里有人在大声呼救。

“菊婆婆、菊婆婆，你醒醒！你醒醒！”同屋场的杨娭毑哭着大声喊着。

带班的小朱飞也似的跑过去，用力按着不省人事的菊婆婆的人中。

“刮痧，快拿水来。刮痧！”只见一位大婶扯开菊娭毑的衣服，在她的背上、后颈上扯痧。红一块，紫一块，菊婆婆没叫痛，也没有任何反应。小朱又连忙给她喂十滴水，但十滴水喂不进她的嘴，往嘴唇外流掉了。小朱立即拨通了志坚的电话：“黄老板，菊娭毑晕过去了，快来车！”

听了小朱的电话，志坚把茶杯一丢，冲出办公室，大声喊：“黄举，马上开车去茶山救人，有人昏过去了！”几分钟后，菊婆婆被抬上了车，送到卫生院抢救。卫生院医生诊断后放下听诊器，道：“老人已没有呼吸了，心脏停止了跳动。人已故了，去准备后事吧！”

一直担心的事，不幸发生了，如同晴天霹雳。志坚急得直冒冷汗，不停地跺脚。老尹马上打电话报告乡政府和村里。

不一会儿，菊婆婆儿子、女儿大声哭着号着来到了卫生院。见母亲没有生命迹象了，儿女们抱着死去的母亲哭着喊着：“娘吔，你醒醒！你醒醒！早上还好好的，怎么就走了嘞！可怜我苦命的娘哩！你身体不好，要你别去采茶，你硬要去，总是舍不得几个钱。娘吔，我苦命的娘吔！”过一会儿，便有队里人把死者抬回家去了。

乡里任乡长，村里龙书记、杨村长赶到卫生院了解情况。志坚简单汇报了公司有关采茶规定和死者相关情况，请求乡里、村里协助处理后事——他非常担心死者家属到公司闹事。

死者家属把死者抬回家后，亲朋好友、队上群众七八十个人来到迎兰公司大坪，一部分人怒气冲冲地来到志坚办公室。见志坚不在，非常气愤，在公司坪里大声嚷：“黄志坚，你躲到哪里去了！”“黄志坚，你良心狗吃了呀！”“黄老板，死了人，你躲得了吗！”“把尸体扛到迎兰公司来！”……

从卫生院匆匆赶回来的志坚，见有人大声喊着他的名字，知道是闹事的人来了，小跑着进了公司大门，一边招手，一边大声道：“我在这里，我在这里，请你们到办公室坐，我就来。”

任乡长、龙书记、杨村长见这么多群众聚集到迎兰公司，紧紧跟在志坚后面也来到了公司大坪。“同志们，请安静、请安静，我是乡里任爱国，菊娭毑不幸逝世，我和你们一样十分悲痛。像这样的伤亡事故，国家有政策法律，乡政府、迎兰公司一定会按法律办事。请大家都先回去帮助料理菊娭毑的后事，留两个代表来商量赔偿的问题，等一会儿县里有关部门就会赶到。”

“那不行，政策不政策，没有八十万，菊娭馳不下葬，我们把死者抬到迎兰公司来！”一个戴金项链、留长头发、手臂上文了一条青龙的中年男子一跳三尺高，喷着唾沫星子大声嚷道。

“你敢这样做，派出所马上就把你抓起来！迎兰公司是我们招商引资的富民企业，每年安排上百个男女劳动力到公司上班，每年安排五百多人采茶，茶园还有租金，这几项加起来每年不少于五百万，为我们新农村发展作出了重大贡献。我们要爱护和保护迎兰公司，谁敢乱来，莫怪我不客气！”任乡长瞪着大眼睛对那个手上文了龙的男子说。

文身的男子不敢出声了。另一个矮个子光头嚷道：“没有赔到位，菊娭馳不下葬！”“是的，不赔付到位，不下葬！”地坪里的人附和着。

这时，志坚来到任乡长身边，轻轻在他耳边道：“任乡长，公司先拿十万，让孝家先将亡者落丧，请你们出面来处理理赔的事，该赔多少，就赔多少。”

“好，就这样办！”任乡长会同村里书记和村主任来到菊娭馳儿子面前，对他说：“小杨，谁也不愿意发生的事情发生了，人死不能复生，你们家也是懂法守法的人，先到迎兰公司拿十万块钱去，热热闹闹把你母亲的丧事办了。理赔的事由乡里、村里负责按政策赔付到位。”

“好，我们听乡里的安排。谢谢乡亲们，请大家回去。”听了死者儿子的话，队上的人都回去了。

志坚叫老尹买了两万响鞭炮，一个大花圈，取了十万元现金，在村里龙书记、杨村长陪同下来到了菊娭馳家。尹厚友将花圈和鞭炮交给了管事的中年人。

黄志坚、龙书记、杨村长来到菊娭馳灵柩前，两人一组，双手合十，三鞠躬。菊娭馳长子小杨双膝跪地，向志坚等几人回礼。

龙书记把菊娭馳长子小杨叫到一边，说：“小杨，这是迎兰公司十万块钱，你先拿去办丧事。其余赔偿问题由乡里负责按政策赔付到位，请你放心。”

“谢谢村里、谢谢黄董，拜托你们把赔付问题处理好。”

一个星期后，县安全部门牵头处理好了这桩意外命案，一共赔付了三十万元，比政策规定的赔付标准多赔了两万元，这也是志坚的意思。

公司采茶死了一个人，赔了三十万，杜应贤知道后，急了。她对儿女们说："公司采茶死了一个老娭毑，赔了三十万，你们父亲几天冇回来。六十岁人了，老尹也差不多，现在还冇人接他的手，再发生这样的事，只怕会把你们父亲急病急死呢！"

"要他莫搞，他硬要搞，当年不听我们劝，这下好了，麻烦还会不断。我担心他会把身体急垮嘞！娘，你劝父亲放手啰！"女儿担心道。

"现在埋怨也迟了，只有动员他老人家早点丢手。"儿媳道。

"我去找一家拍卖公司，把公司拍卖算了。"儿子道。

应贤听了，觉得儿子、女儿和儿媳说的都有道理。但请拍卖公司的事她不置可否，嘴巴动了一下想说没说，上楼去了。

"老头子嘞，子女们原来劝你不要去办公司，看来是对的哩！茶叶必须手工采，年轻人又不愿意晒太阳，老的去采，死一个赔好几十万，那不是个事哩！你放手吧！你少操点心，也免得我为你操心。"晚上志坚回到家里，妻子迫不及待地劝丈夫。

"照你讲的，人不喝茶叶啦！总不能因噎废食吧！再说哪个单位、哪个企业不死人呀！世上没有单纯的好事，好事往往夹杂着烦恼和忧愁。你莫操我们的心，会有办法的。"

"我何里可能不操心啰，除非我死了！"

三天后，诚意拍卖公司涂思前来到了迎兰茶叶公司。

"涂总，么子风把你吹来了呀？稀客、稀客！快进来坐。"志坚与老熟人打招呼。

"早听说，你六十岁又二次创业，老当益壮，精神可嘉，晚辈佩服、佩服！"涂思前趋向前，紧握着志坚的手笑道。

"什么精神可嘉，搞一辈子茶叶，老了闲着无事，栽几蔸茶叶玩一玩。"

"哎呀，几年工夫，办了这么大一个公司，我们年轻人想都不敢想呢！尤其农业项目，费力不挣钱，你却还是壮志未减哩！"

"算不了什么，小微企业一个。来，请喝我们的兰花香迎兰茶。"

涂思前喝了几口，道："好茶、好茶！"放下茶杯问："您老今年高寿？"

"还比较年轻，只三十公岁。"

"哎呀，六十岁了，比我父亲还大两岁哩！我父亲天天打麻将，一天打两场。"

"你父亲好命啰！我就是一个做事的命。"

“你老辛苦了几十年，也是要歇下来，享受享受晚年，接班人挑选好了吧？”涂思前明知故问。

涂思前问到了志坚的痛处，他脸一下子阴沉起来，回道：“正在考虑中，准备寻找一个合适的人选。”

“子女不接班吗？”

“他们都是公务员，公务员不允许经商办企业。”

“子女不能来接班，你又到了该休息的年龄了，放手吧！该轻松轻松了，拍卖算了，我开了个拍卖公司，交给我，包你卖个好价钱，带着家人周游世界！”

志坚火冒三丈，吼道：“拍卖！谁说的？谁叫你来的？是黄芳奇，还是黄芳雅？拍卖，休想！涂思前，你快给我滚！快！”说完，双手把涂思前推出房门，砰的一声把门关了。拍卖，等于割了他的心头肉啊！

涂思前被志坚吼得一脸通红，不好意思，开车离开了。

江南春来早，还不到清明时节，山中树木的嫩芽长成了杏绿色的嫩叶，各种花草举着不同颜色的小花在春风中摇曳，路边荆棘盛开着白色的小花。迎兰公司茶园的嫩芽已长出了一芽一叶。前天已开园采摘了。

多年来志坚有一个习惯，只要有空都要去茶园转一转。这么大一个茶园，步行要一个小时左右。以前上茶山走十几分钟，就觉得头昏脑涨，不舒服，心里感到莫名其妙的恐惧，要赶快下山休息。现在好多了，脑梗的症状基本没有了。

“老尹，你同我去茶山转一转啰。”

“好的，我就来。”

志坚同老尹兴致勃勃地朝茶山走去。

今天正是新茶开采的第三天，几百个采茶工背着小竹篓忙着采茶，每行茶树中站一个采茶工。采茶工全是女工，有姑娘，有大姐，更多的是上了年纪的大妈。

来到另一个山坡时，口袋里手机响了，志坚拿出来一看，是佳茗进出口公司徐总的电话：“喂，徐总，您好！”

“黄老，您好！是这样的，我上次把你们的兰花香绿茶样品寄到美国。美国一家公司很满意，认为你们的茶不但是有机的，还带有特别好的香气和蜜糖一样的甜美滋味。他们计划用你们的茶做一种高级饮料，下个星期来考察你们的茶园。请帮忙接待一下好吗？”

“美国人，他们只来看一下呢，还是谈合同？”

“他们实地考察后，觉得你们的茶叶符合他们的要求，就计划我们三方签订一个长期供货合同。”

“如果是这样，我们随时欢迎。”

“好，就这样定了，来之前我打电话告诉您。”

老尹问志坚：“刚才打电话是什么事？是佳茗公司徐总打过来的？”

“是的，省佳茗进出口公司把我们粗老的夏秋茶和那种用修剪叶做成的绿茶片的样品寄给了美国人，美国人很喜欢这个茶，要来实地考察，可能有意向采购这个茶。”

“那是好事，我们中国人喝嫩的、细的，粗的、老的卖给美国人喝。”

“美国人好精明呢，他们根本不是泡着喝，而是利用我们兰花香茶叶的香气和蜜甜味做成一种高级饮料，把茶叶兑上水，挣高额利润。不过让我们的粗片茶找到销路，还能创汇，增收30%，也是一件大好事。”

一个月后的一天，志坚下班开车回县城，忽然电话响了。又是徐总的电话：“黄董，老美明天到长沙，后天上午来贵公司，请做好准备。”

“好的，十分欢迎！”

“美方的意思是到现场考察一下，如果他们认为你们的有机兰花香茶符合他们的要求，他们就委托我们同你们签合同，一是我们和他们有多年的合作关系，二是你们目前还没有办理出口许可证。你看行不？”

“也行，我们同你们签也省事。”

“那就这样定了。后天见！”

第三天上午，佳茗进出口公司和美方人员来到了迎兰公司。高个子的徐总第一个走下车来，与志坚握手，并指着走下车来的美方一男一女介绍：“这是美国加州太乐公司董事长亨特先生和夫人。”转身用英文向美国人介绍：“这是迎兰公司董事长黄志坚先生。”

志坚向前一步同亨特握手，说：“你好！”徐总连忙用英文翻译。

亨特用不太流利的中文回：“你好！”

“你好！”志坚转身同亨特夫人握手。

“你好！”亨特夫人用不流利的中文回应。

亨特是一个高鼻梁、红面孔、眼睛深陷、金发鬈曲的五十开外的白种人。夫人则是一个瘦小身材，一头波浪鬈发、蓝色眼睛的四十多岁的女人，看上去十分精明。客人进入会客室落座后，工作人员送过来香气扑鼻的迎兰红茶。亨特喝了两口，对身边的夫人点点头，然后竖起大拇指对志坚示意。美国客人一边喝茶一边观看墙上的字画和公司的获奖照片，但似乎对这些东西并不感兴趣，反倒对中绿华夏有机茶认证很感兴趣。因为认证上都有对照的英文，他们看得很仔细。然后问徐总："徐总，中绿华夏是哪个认证公司？"

"中绿华夏是我国农业部的一个有机认证中心，是被全球一百多个国家相互认可的一家权威有机认证机构。"

"请允许我们去看看车间和茶园好吗？"亨特提议。

"好的。"徐总用英文说完，转身对志坚道，"请你先带我们去参观参观吧。"

"好，这就去。"志坚起身带客人朝车间走。进车间时，车间主任小黄帮客人换上白色工作服，戴上工作帽和鞋套。志坚带客人来到加工车间。这是一个现代化的茶叶加工车间，整齐、高大、干净的生产线"U"字形排开，地面、墙壁一尘不染。工人们头戴白色工作帽，身穿白色工作服，脚穿白色工作鞋，在机器前熟练地操作着。机器一头是运输带，把绿茵茵的鲜叶不断地输送到杀青机入口处，杀青机将杀熟的有浓郁兰花香气的茶叶又输送到摊凉带上散热，然后送入多台揉茶机上自动揉捻，工人不断加压松压，揉好了的茶叶又经输送带送到自动烘干机上烘干。车间有轻微的机器声和茶叶中散发出来的浓浓兰花香气。

操作机器的男女工人，工作帽下的眼睛不时打量着两个美国人。这是山区人第一次见到外国人，难免好奇。

亨特妻子走到徐总身边，用英文对徐总说："我收到你们茶叶样品时，多少有点怀疑你们茶叶这么香是不是加了香精。今天我来加工现场参观，才相信这种令人心旷神怡的香气是从茶叶中来的，是鲜叶经过高温杀青来的，我们这就放心了。放心了，OK！"

亨特转过身来，高兴地竖起大拇指用英文对志坚说："真棒！"

亨特夫人闻着摊在茶盘里的成品茶，用惊叹的语气对徐总说着什么。

"现在去茶园看看。"徐总对亨特夫妇建议道。

"很好。"亨特用英文回答。

十分钟便来到了迎兰公司有机兰花香茶叶示范园，走到茶园大门前，徐总在“凡检举本茶园喷用化学农药属实者，奖现金五万元”的大牌子前站住了，给亨特夫妇翻译了这块牌子的内容。

“敢这样公开承诺，真的不喷农药？”亨特夫人还有一些怀疑，反问道。

“如果农民发现迎兰公司茶园使用了化学农药，肯定会找他们要五万块钱奖金呢！他们是真的不喷用化学农药才敢这样公开承诺。”徐总用英文回答。

“如果真是这样，太棒了！”

美国人只会讲“真棒”“OK ”和“太棒”这几个词，志坚在心里觉得好笑。

走进茶园，映入大家眼帘的是茶园中扦满的黄色小纸板，亨特用手指着这一行行的黄板问徐总：“这是干什么用的？”

“这是粘虫用的诱虫板，黄板上面涂有胶液，茶园害虫有趋黄性，看见黄色，会自动地往上面飞。这些准备产卵的害虫很快会被胶液粘住，不久就死了，下一代害虫基数就大大减少了。”徐总用英文向美国客人详细解释着。

徐总在茶树上摘了两片被茶角胸叶甲吃过后百孔千疮、筛网一样的叶片给美国人看：“你看这片叶子是被虫子吃过了的茶叶，证明这个茶园确是没有喷过农药。”

亨特夫妇仔细看了这片被虫子咬烂的茶叶，表现出很兴奋的样子：“啊，我们现在完全相信了，说明这个茶园真没有用过农药，OK。”

亨特指着一盏诱蛾灯又问：“这个灯是做什么用的？”

“这是诱蛾灯，益虫和害虫有趋光性，这个太阳能灯晚上发光，虫子就飞过来了，掉到这个装置内就死掉了。”徐总用英文回答。

“啊，这些物理办法好，又能除虫，又无农残。”亨特用英文道。

一行人转了一个大弯，来到一片刚栽种两年的幼茶园。茶园里长满了杂草，茶行中杂草比茶苗还高，连茶苗都淹没了。茶园里有七八个男职工低着头用锄头在锄草，远处传来了轰隆隆的除草机的声音。

走近这块茶地时，亨特一个意想不到的动作惊呆了所有人：亨特一屁股坐在茶园密密麻麻的杂草丛中，双手张开，用英文叫妻子给他拍照。亨特妻子快速地拿起手机连续拍了几张。亨特又几步向前，走到一位正在锄草的中年男职工身边，一手抱住锄草职工的肩膀，示意妻子拍照。亨特妻子向前走几步，为亨特拍了几个镜头。

亨特来到妻子身边看刚才拍下的照片，满意地竖起大拇指，用英文赞赏道："这才是真正的有机茶园，人工除草。我们美国农场都是使用化学除草剂除草，使用杀虫剂杀虫，美国人只追求数量，不注重质量。你们做得太棒了！"

徐总翻译给志坚。志坚听后惊呆了："这是美国人自己说的呀，平时总听人说美国什么都好，什么都比中国强，连月亮也比中国的圆。而眼前的美国人却说美国农产品只追求数量，不追求质量，全都使用除草剂和化学农药。如果不是自己亲耳听到，他也会相信美国什么都比中国好。"他觉得自己的工作在美国人面前为国家争了光，感到十分自豪。

"他们是用真诚在搞有机茶，我们使用过他们多年的茶产品，经过欧盟严格的检测，全都符合欧盟有机茶标准，不含任何农药、重金属和色素等。"

"好，现在我们完全可以放心合作了。"

"刚才美国客人又说什么呀？"志坚问徐总。

"他说完全可以同你们放心合作了。"

"合作是好事，就看如何合作，一定要互利双赢。"

"我们三方可以探讨，争取合作成功。"

参观完茶园回到公司接待室，小黄为客人端过兰花香绿茶。可能是在茶园待久了，大家都口渴了，两三口都把茶水喝完了。

"我们这次来到迎兰公司很愉快，很有收获。"亨特对徐总道。徐总翻译过来给志坚听。

"您认为很满意，那我们三方就讨论一下合作的事宜。如果谈得好，我们就可以签协议了。"徐总用英文问亨特夫妇，同时又用中文告诉志坚。

"很好，我们有要求，一、我们直接向你们佳茗公司订货；二、每年需给我方供货一百吨以上；三、分三批交货；四、全部为有机兰花香绿茶片；五、货到美方检测有农残、重金属超标由佳茗公司负责，美方拒付货款；六、长期供货；七、交货地点为美国加州。"

徐总把美国客人的要求翻译给志坚听。志坚心想这个美国人倒还干脆。对上述七个要求，志坚反复想了想，觉得没有什么大问题，说："我方没意见。"

"黄董，既然我们三方都很爽快地达成了协议，根据美方的意见，我们双方就把协议签下来如何？"徐总问志坚。

"只要你们双方同意签，我们也同意。"

“好，小张，你马上按三方讨论意见起草一份协议。”徐总对自己公司的小张道。客人都开始忙自己的事。亨特夫妇在说着什么，徐总与小张进办公室起草合同去了。志坚交代老尹准备中餐和酒水。

等了不短的一段时间，协议初稿写好了，徐总把初稿交给志坚，请志坚审查。徐总又来到正在坪里溜达的亨特夫妇面前，把协议中美方特别关注的内容详细同亨特夫妇说明。亨特夫妇听后，连连点头表示同意。

迎兰公司志坚和佳茗进出口总公司徐总代表双方在协议上签了字，加盖了公章，然后交给美国客人签了字。协议签好后，志坚笑着伸手同亨特握手，徐总也笑着把手伸过来，三个人的手代表着三方紧紧地握在一起。三人相互对视着，笑着。会客室里响起了热烈掌声。

亨特走到志坚身边，伸出手来同志坚握手，用中文说：“谢谢！”

亨特夫人跟着同志坚握手。佳茗公司客人也一一同志坚握手。合同签订工作到下午一点才忙完，老尹来到会客室，说：“请用餐。”

客人入席后，老尹为客人用高脚酒杯倒了半杯红酒。志坚首先站起来，端起酒杯向美国客人和佳茗公司客人敬酒：“我代表迎兰公司全体员工向远道而来的美国朋友、佳茗公司朋友敬酒。祝我们三方合作成功！干杯！”然后带头喝了一口。

老尹又为大家倒上红酒。徐总站起来，端起酒杯高声道：“我代表佳茗进出口公司向美国亨特夫妇远道而来表示热烈欢迎，同时感谢迎兰公司热情接待，为令人佩服的兰花香有机茶干杯！祝我们三方合作愉快！”

喝完第二杯酒，亨特夫妇端起酒杯站起来，向黄志坚、尹厚友、徐总等回敬，并用不流利的中文道：“谢谢！”互相碰杯后，亨特先生先一口而干。除志坚外，大家也互相碰杯后一饮而尽。敬酒后客人们都回座开始吃饭。

志坚用公筷分别夹了两小坨红烧鲫鱼给亨特和亨特夫人，亨特笑了笑，一口吃下了这坨鱼。可能是红烧鱼太好吃了吧，只见他用不锈钢饭叉和小饭瓢把桌上整条红烧鲫鱼叉进了自己的饭碗里。又用叉子小心翼翼地把鱼刺挑出来，头也不抬，津津有味地独自吃着。一桌人都静静地望着他。想笑，但谁也没有笑。

志坚马上叫老尹去厨房再做两条。过了十多分钟，两条红烧鲫鱼端上了桌，志坚立即将其中一条小一点的夹到了亨特夫人碗里。亨特夫人瞪着碧眼对志坚笑了笑，也津津有味地吃了起来。

吃了饭，大家回到办公室喝茶，一会儿，亨特看了看手表，告诉徐总："我们六点过十分的飞机，不能再逗留了。谢谢你们的热情接待，深表感谢！"又再次竖起大拇指夸赞志坚，并用不太流利的中文说："再见！"

志坚同亨特再次握手，道："欢迎你们下次再来迎兰公司！"

在一旁的徐总马上翻译给亨特，亨特回志坚："一定再来！"等亨特夫妇上车后，徐总一行同志坚和老尹再次握手。徐总说："谢谢贵公司热情款待，祝我们合作愉快！"志坚紧紧握着徐总的手："请走好！"

志坚目送小车渐渐远去。他凝望着碧蓝如洗的天空，微风轻拂，心情格外舒坦。尹厚友来到志坚身边，掩饰不住兴奋的心情："老朋友，你的脑梗病治好了，兰花香茶研究也成功了，茶叶畅销，连粗茶叶也高价卖到外国去了。我计算了一下，我们这种绿片茶每年要卖五百万哩！真是三喜临门！如果没有你当年的坚持，就没有今天的三喜临门哩！"

志坚哈哈大笑："老尹，告诉你，人的意志是一种精神力量，它有时可以转变成一种物质力量。"他们来到公司花园散步。坐在花园的石凳上，两位老朋友、好兄弟亲密地回忆着往事，畅谈着人生。不知不觉到了下午五点，志坚望着夕阳西下的美景感慨道："老尹呀，夕阳是世界上最伟大的化妆师，你看西边那一抹云在夕阳的照射下，绚烂成多么美丽的晚霞啊，是湛蓝长空中一道最亮丽的风景。"

"是的，晚霞真的太美丽了。我们俩也来到人生的晚霞阶段了，还是你上次同我讲的，要考虑接班人啊！这么好的企业要有人来继承啊！"

"你说的一点没错，我一直在考虑，子女们都不想接班！有时我急得睡都睡不着嘞！没办法，只能慢慢来！"

真能慢慢来吗？花甲老人，疾病缠身！让公司垮掉吗？你甘心吗？拍卖转让吗，如果是落到了不懂茶叶的人手里呢！为接班的事，志坚心里一直煎熬着，只是没有说出来而已。今天老尹提起这事，他更加担忧起来，半天没说话。

第四十一章

最近半年，志坚明显地瘦了，脸颊深陷，太阳穴松塌，眼睛深深凹进了眼眶。也不完全是因为年龄的问题，而主要是因为无人接班，使他焦虑，使他伤心，吃不香、睡不好。今天晚上他又在床上辗转反侧，想着同一个问题。

“又何里不睡啰？又在想什么事啰？明天不天光呀！十二点多钟了，老是在床上翻来覆去的，搞得我也睡不好觉。睡眠对老年人来说，比吃饭还重要。”妻子又在唠叨。

“你困啰，我又失眠了。”其实，志坚不是失眠，而是着急接班人的事。就是自己身体好，也早已到了要培养接班人的年龄了。企业接班的事，不是想接就能接的，接班的人至少要在自己身边摸爬滚打四五年！更何况自己患过脑梗，随时有复发的可能，如果再次复发，轻则卧床，重则走人，多么严重的事啊！每当想到这些，志坚就失眠了。

好好的企业，无人接班，自己拼出来的事业，无人传承，叫他怎能不焦躁！要知道这是人生最不能承受之痛！更何况兰花香茶叶的研究还有大量的工作要做，大量的难题要攻关。

早饭后，妻子对丈夫道：“老头子，明天是你的生日哩，记得不？”

“生日就生日吧，年年有一回，有什么稀奇！”

“稀是不稀奇，但是，你六十多岁的人了，还在拼命，接班人还不知在哪里！人家国家公务员五十五岁就退二线了，你要搞到一百岁呀！”

“哎，这下你说对了，正好说明搞股份公司比当公务员强，人家五十五岁就退二线了。正是干事业的黄金年龄，退下来了，整天无所事事，不是打牌就是钓鱼，心里空虚得很。而我呢，天天有做不完的事，挺充实的。我预计我最少可以干到七十五岁，整整比公务员多干二十年，我累得其所，我乐在其中！”

“就算你干到八十岁，也还得找接班人吧！到现在，仍然不知道接班人的影子，你难道不急呀？搞企业，又不像当农民、当工人，只要稍微学一下就行。搞企业不但要选对人，还要磨炼几年才行哩！”

“我的老婆好精明，明大事哩！你说的一点冇错，培养一个拔尖的企业家，恐怕不比培养飞行员容易！我何尝不想培养接班人呢！当年我开公司，子女们都反对，还说过决不接班的话。现在要他们接班，恐怕太阳要从西边出！我一生最大的失败就是没有严格教育子女，没有让他们吃苦，惯坏了他们。”志坚失望地回妻子。生活不像品尝美味佳肴，都是香甜的。因无人接班，志坚茶不思、饭不想，焦虑和焦躁笼罩着他。

“明天，你生日，他们都会回来，等我来说。”

“我看不说为好，你肯定碰一鼻子灰！”

应贤一大早同儿媳妇从菜市场买回了鸡、鸭、鱼等各种菜品，女儿请了假和嫂子早早来到厨房，准备为父亲生日操厨。全家像沉浸在节日的欢乐之中。志坚端坐在大圆桌上方，全家人围坐在周边。

孙子把清蒸鸡的一只鸡腿夹起来送到爷爷饭碗内，笑着恭贺道：“祝爷爷寿比南山，茶香四海！”

志坚哈哈大笑：“好一句茶香四海！”

儿子倒了一点点红酒给父母亲，自己和妻子杯里倒了白酒：“我们祝父亲、母亲身体健康，百年长寿！”然后一饮而尽，志坚老两口也各自喝了一口。接着，女婿、女儿各自倒了红酒，走下座位，来到父母亲座位边，举起酒杯：“恭祝父亲茶寿，企业百年！”

“哎，茶寿不可能，‘企业百年’说得好，我爱听！”志坚高兴道。

“‘企业百年’好是好，谁来接班啊！我为你们父亲着急哩！”妻子接过话头。

儿子、儿媳、女儿、女婿你望望我，我望望你，沉默了好一阵。儿媳说：“爸爸辛苦了一辈子，也应该休息，享享清福了，把公司卖掉吧！”听了儿媳的话，志坚马上收敛了笑容，低着头闷闷吃饭。

“这是个好办法，请会计师事务所评估一下，挂牌转让，您老一辈子没有好好休息过，公司卖了，您老就可以享享清福了，过几年放开肚皮吃饭、伸开胳膊睡觉的轻松日子。”儿子附和道。

女婿望了望岳父阴沉的脸，笑着道：“搞茶叶是岳父一生的爱好、一生的追求，他老视茶如命，我看我们晚辈要主动接好这个班才对！”

“要接你去接！我没这个本事，也没有这个兴趣。”女儿不同意丈夫的说法。

志坚对子女当年反对办公司，现在又不打算来接班，又急又气，气得差点发火。但想到今天是自己的生日，自己又得过脑梗，不宜生气发怒，强忍了下来，三下两下吃了一点饭，放下筷子，板着脸，离席回房间去了。

儿女们知道父亲生气了，再也不说话。本来喜庆的生日饭，因接班人的事，一下子变得沉闷起来。

“想起你父亲辛苦了一辈子，我就眼泪往肚里落！你父亲前半辈子为了你们有个好的工作，累死累活当书记、办茶厂，想方设法让你们进了城，当了公务员，舒舒服服一辈子。他爱茶叶快爱疯了，你们却要他把茶叶公司卖掉，不搞茶叶了。你们知道吧，你们不要他搞茶叶，就是要了他的命！他带病办了这么一个好企业，现船现桨的，你们为什么不考虑去接好他这个班呢？你们过几年也会退下来，还这么年轻，不是正好接班吗？白养了你们一群废物，孝心？鬼孝心，让你们父亲去累死算了！”应贤放下碗筷，板着面孔，数落着儿女们的不是。

“茶山是租了各家各户的，只租三十年，三十年后村民眼红，看见你挣了钱，茶山不租给你了，公司就会成无本之木，不垮也会垮！花了钱辛辛苦苦种的茶叶也会丢到水里去！”儿媳妇说出她的担心。

“办企业天天要操心资金、市场、销售、质量、假冒，管你的人又多，我女孩子一个，冇得本事接父亲的班。我只想过轻轻松松的日子。哥哥接班还差不多。”

“你不接班就不接班，不要推到我的身上。我冇吃过苦，不敢担这个责。我还是想挣吹糠见米的快钱。”

外孙戴宇新一边吃着饭，一边默默地听他们说话，不敢发表自己的看法。

黄谦看到为接班一事，父母同爷爷奶奶僵成这个样子，愤然站起来说：“你们心里也安啊！爷爷为我们全家操劳一辈子，辛苦一辈子，办了这么一个大公司，你们都不接班。你们不接，我接！”

“你不准接班啊！你读好你的金融专业，毕业后考你父亲的银行，听见了吗？”儿媳妇生怕儿子真的答应接班，再三叮嘱儿子。孙子没回话，上楼陪爷爷去了。

志坚看到孙子上来陪他，满心高兴，连忙问："谦谦，你饭吃好了吗？"

"吃好了，爷爷，你没吃好，我削个苹果你吃。"说着拿水果刀削苹果给爷爷，劝道，"爷爷，您也不要太着急，说不定大学毕业了，我来接班！"

"要是这样就好啊，只怕你父母不会同意。其实你们父母观念没有改变过来，对社会没有透彻的认识。只知道当公务员好，铁饭碗。我看，开公司、搞股份制企业、创品牌不但是铁饭碗，而且还是金饭碗。茶叶企业可创百年品牌，办百年公司，可传承，可永续。不但当代人不必为择业操心，下一代人下几代人也不必为就业操心，多有社会价值！江浙地区很多处级干部都辞去公务员，自己开公司。你们年轻一代要解放思想，改变观念，搞实体，搞品牌企业。"

"爷爷，你说得很有道理，很深刻，我记住了。您呀，不要太焦急，不要急坏了身体，到时会有办法的。"

"不急哩！不急哩！有你我不急。"

"那就好，爷爷多保重，我下去了。"

儿子见父亲因接班的事饭也没吃，上楼去了，心里不是滋味，便放下碗来到二楼，对父亲道："你老再莫生气了，身体要紧，刚才冲撞了你，你就骂我一顿吧。"

"芳奇，你不接班，不敢接班，你说你吃不了这样的苦，爸爸心里虽然有气，但爸爸不怪你。只怪从小爸爸没有严格要求你们，没有磨炼你们，没有往你们肩上加担子。俗话说：'不吃世间苦，难为人上人。'爸爸整天只知道工作、工作，很少同你们沟通，没有叫你们树立远大的理想，没有有意识地去让你们挑重担，就像一个战士一样，没有苦练过军事本领，不敢上战场，爸爸好后悔呢！接班的事，不能勉强你们，今后再从长计议吧！"

"谢谢父亲理解，做子女的不孝，你老好好休息。"儿子说完下楼去了。

"姐姐，姐姐，你在哪里，我同你说个事啰。"王光辉大声喊着。

"我在储藏室。"王艳回着。王光辉快速来到一楼储藏室。王艳问："找我什么事？"

"后天就是国庆节。今年国庆节我们两家都去张家界旅游，你看怎么样？"

"我正准备同你说这个事，今年国庆节哪都不去，要去看望我们全家的大恩人黄老。早就应该去的，一年拖一年，今年一定要去。”

“那也好，都去？”

“都去，我准备了一些礼物，你同李琼说一声。”

志坚当明月大队书记的时候，住在茅屋里十二岁的王艳一家穷得只有两张旧床，四把木椅子和十二只罐子。王艳担起了服侍重病在床的父亲和照顾八岁弟弟的重担，志坚发动全大队帮她家盖了三间瓦房。十年后，二十岁的王艳嫁给了邻大队一个做泥工的小伙，小伙子叫甘昆。甘昆为人忠诚，聪明能干，学得一门泥工手艺。改革开放后，他组建了一支建筑施工队，在岳阳市承揽工程，挣了第一桶金。还把王艳的弟弟王光辉带到建筑队去了。有一次，志坚去岳阳市看望老领导丰主任，吃饭的时候，老领导问他：“今年我们单位计划砌一幢办公大楼、四幢家属楼，想找一个有资质的、做事可靠、讲诚信的建筑队，你那里有吗？有就介绍一个啰，你介绍的人我放心。”“有、有、有，正好我老家有一个熟人早几年成立了一支建筑队，在市里承接建筑业务。他为人诚实，精通业务，他做的工程还多次获得鲁班奖。”

“那更好，你叫他同我联系。”

两年后，甘昆圆满完成了丰主任单位的基建工程，验收全部达标。丰主任也十分高兴，两人也成了好朋友。后来，丰主任又介绍了几个大的基建工程给甘昆。就这样，不到十年，小甘成了亿万富翁，公司也更名为光明建筑有限公司。

十月二日下午两点，三台豪华奔驰开进了公司大门，停在梧桐树下。“黄老，黄老在吗？”王光辉走下车大声喊着。

“黄书记，黄书记，您在哪里？我们来看您了。”

“这声音好熟呀！是谁叫我黄书记？”在二楼办公室的志坚听到喊声，往楼下张望。“啊，原来是王艳来了呀，稀客，稀客，快到会客室去坐，我就来。”志坚快步下了楼。

“姐，你怎么还叫黄书记？他现在是董事长，应该叫黄董才是。”

“叫黄书记亲切，在我们家最困难的时候，是黄书记帮了我们，我叫他黄书记，亲切。”

志坚来到一楼走廊，穿一身名牌衣服的王艳立即迎上前，笑着紧紧握住志坚枯瘦的手：“黄书记，您身体很不错呀，看上去很精神。请原谅我，好久没来看您了，忘恩负义啊！”

“你们太讲客气了，国庆节都有休息，这么大的老板跑这么远来看我，不敢当呢！”见到眼前雍容华贵的王艳，对比三十多年前背着丝茅草的王艳，心想世事变化真大，三十多年前，小王全部家当可能还抵不了现在她车上的一颗螺丝钉呢。

“您老快莫这么说，您是我们世世代代都不能忘记的大恩人。”

王光辉从小车后备厢搬出一堆礼品，说：“黄老，没有什么好东西送您，这里一箱茅台酒、一点燕窝、几盒西洋参、两斤正宗虫草给您补补身体，不成敬意，请笑纳。”

“这么多贵重的东西，你们太破费了。”

甘昆和李琼领着各自的孩子来到志坚身边，说：“快叫黄爷爷，黄爷爷是我们两家的大恩人呢！”

“黄爷爷，您好。”“黄爷爷好。”“黄爷爷，您老好。”

“好，好，好。”志坚摸着一个小一点孩子的头，连连答应。

“来，来，来，快到里面坐。”志坚说完，带头走进了会客厅。正在这时，老尹来了。见到王艳笑问：“小王，你还认得我吗？”

“怎么不认得嘞，咱们的尹大队长。谢谢您当年为我们家砌新房，一早一晚，辛苦您了。”

“这是应该的，不用谢。”

招待员为每人泡了一杯迎兰毛尖茶。“王艳，尝尝我们的毛尖茶，看怎么样？”志坚说。

王艳端起茶，闻了闻香，说：“黄老，好香啊！这是什么香啊，这么好闻。”她又喝了一小口：“又香又甜，还有蜜糖那种甜味，真好喝，我从没喝过这么好喝的茶。”

“这个茶又香又甜，回味无穷，太好喝了。”王光辉也说。

听了王艳他们对迎兰毛尖茶的评价，志坚满脸堆笑：“这个茶就是我研究了多年的带有天然兰花香的茶，叫迎兰毛尖。”

“哎呀，这么多年研究出一个茶，真不容易，可敬可佩，值得我们学习。”王艳被感动了。她望着墙上的挂图：“你们来看，黄爷爷研究的这个兰花香茶还获得了国家发明专利、科技成果呢！还是高新技术企业呢！”

“黄老真了不起，农业方面发明专利好难获得哩！”王光辉也说。

“黄老，请您带我去茶园参观参观好吗？”李琼提议。

“欢迎，欢迎。”志坚对老尹说，“老尹，你去把茶园门打开，小王他们要去茶园看看，你也去。”

“好。”老尹应声去了。

志坚领着两家人兴致勃勃朝茶园走去，顺着茶园水泥路来到了最高处的茶亭，王艳一路走一路赞叹：“这海一样的茶园都是您老建的？”

“是的，都是这十年间建的。”

“要不是亲眼所见，打死我也不相信，一个花甲老人十年间建起了这么大一个茶园。来，我们全家人陪黄老照个相。”王艳说完把他们两家人叫拢来，围在志坚身边。兴犹未尽，又各自选好位置拍照。咔嚓、咔嚓，拍了一张又一张。

老尹走到志坚身边，在他耳边道：“王艳这么一个大公司，大老板，车都这么豪华，肯定手里有的是钱，你是他们的大恩人，正好我们无人接班，能不能叫他们来投资我们公司？”

志坚思索了一下，对老尹说：“我不好讲，你倒是可以提一提，看他们有没有这个意愿，估计钱不是问题。”

“好，我来问问他们。”

志坚领着几个小孩子到前面山头摘茶花、捉蝴蝶玩去了。老尹来到王艳身边，问：“小王，这个茶园怎么样？”

“太美了，太不简单了。”

“小王呀，你不知道，这个茶园是黄董用多倍体高科技选育的一株茶苗繁育起来的呢！独一无二呢！可惜呀……”

“可惜什么呀？”王艳疑惑地问。

“黄董六十多岁了，这么一个好企业无人接班呢！”

“为什么？”王艳诧异地问。

“他的子女都是公务员，他们也不愿意接班。”

“啊，原来是这样。”

老尹清了清嗓子对王艳道：“小王，你们这么大一个公司，是否可以考虑来投资我们这个企业，把迎兰公司做大做强呢？这是一个很好的平台呢！”

王艳听了，思考了一下：“这个主意倒是不错，我们可以考虑考虑。”

不一会儿，王艳把爱人、弟弟、弟媳叫到身边，认真地说：“刚才老尹同我讲了一个情况，说黄老面临一个无人接班的问题，子女都是公务员，想找人入股。我们公司不缺钱，有能力来投资。迎兰公司办得不错，茶园这么大，这么好，有专利、有成果，产品有市场，年年盈利，茶叶又是国家支持发展的绿色产业，是一个不错的投资选择。我们公司也要多业发展，不能吊死在一棵树上……

“姐姐，投资农业，你考都不要考虑。”弟媳李琼没等姐姐说完便大声反对。

“王艳，投资到这里，谁来管理呀？再说，手工采茶这样的原始农业有什么搞头，你真是困着不烧爬起来烧！”王艳爱人甘昆也激烈反对。

“黄老是我们家族的大恩人，没有他的指引，可能没有我们的今天，我们不能忘恩负义。他老有困难，我们从良心上讲也要帮他一把。”王艳有些激动，眼角上滚出几颗泪花。

“帮黄老可以，但不一定要来投资呀！我们宁愿给黄老一两百万块钱，也不能来投这个资。”甘昆再次表示反对。

“姐姐，琼子讲的冇错呢！农业企业大都是赔钱的企业，烧钱的企业。黄老这个企业虽然不错，但黄老不在，我们来投资，谁懂茶叶？谁会管茶园？谁会做茶叶？表面上看起来冇风险，实际风险大嘞！你看岳阳市那么多大老板，有哪个大老板来投资农业，投资茶叶啰！我听茶叶研究所的朋友告诉我，种茶叶的、加工茶叶的都不赚钱，只有经营茶叶的赚钱。投资黄老这个公司，我看想都不要想。”王光辉也不赞成姐姐的意见。

不知是王艳觉得他们说的有道理，还是什么原因，她沉默了。

看到姐姐不吱声了，弟媳李琼说：“姐姐，你如果觉得不好当面拒绝黄老，你可以这样对黄老说：‘入股是个好事，等我们回去，公司开董事会研究研究再告诉您。’”听了李琼的建议，王艳依然一言不发。

“王艳，你们也累了，都回去休息吧。”志坚在对面一个山头喊。

回到公司会客厅，大家喝着茶，高兴地谈论着茶山、茶叶。王艳陪坐在志坚旁边，低声道：“黄书记，刚才老尹同我讲到您面临无人接班，邀请我们公司来入股的事，我认为这是一个大好事，不过我们也是一个公司，入股的事，等我们回去开会讨论一下，统一思想后，再告诉您好吗？”

“没事、没事，我们热烈欢迎你们来入股，如果你们意见难统一，我们也理解，你不要往心里去！”

吃完午饭，志坚送了几盒迎兰毛尖给王艳两家。他们各自开着豪车回去了。

王艳走在最后，临别时，紧紧握着志坚的手，眼泪汪汪。

“老同学呀，看来我们要把脑壳放在原处，有钱老板、开豪车的不愿意搞茶叶，还是让我们打赤脚的人来搞算了！他们去坐他们的豪车，我们爬我们的茶山，接班人的事还是只能到我们的晚辈中去找。”老尹说。

“哎，什么开会研究回电话，都是推托之词！农业企业家，现在已变成了稀缺人才。农业企业，依然是冷门行业，中国农业！中国农业啊，什么时候才能热起来？谁来接我们的班啊！”志坚望着蓝天长叹。

吃过晚饭，志坚上楼去了。妻子见丈夫闷闷不乐，来到二楼：“老头子，今天天气好，又凉快，我同你到宗棠广场上散步去。”

“你去啰！我脚扭伤了。”志坚心情不好，拒绝了妻子的邀约。

“你不去，我也不去。”妻子回到客厅陪着丈夫看电视。志坚眯着眼，一副闭目养神的样子，连每天必看的《新闻联播》也没有看。应贤知道丈夫肯定有心事了：“老头子，我泡一杯迎兰毛尖茶你喝好吗？”

“我不喝。”

“煎一杯姜盐豆子芝麻茶你喝好吗？”

“也不喝，你让我休息下，别吵啰！”

过了一会儿，志坚发出了轻微而缓慢的鼾声，胸脯一起一伏着。应贤以为丈夫睡了，便轻移脚步，下楼去了。其实，志坚是在装睡，他是想叫妻子离开客厅，自己要好好静一静，他现在的心在激荡着。自己这一生先后有过无数次挫折和失败，都是他永不放弃才挺过来的。这次可不同了，自己年纪大了，失去信心和勇气了，五脏六腑从来没有这样煎熬过。迎兰公司无人接班，公司真的只能拍卖吗？自己开创的兰花香茶叶事业就这样付诸东流吗？曾几何时，研究兰花香茶叶目标是那样宏大，态度是那样坚决，不顾一切豁出去，十几年如一日，雄心勃勃，意气风发，没有过懈怠。为了兰花香茶树良种，跑五省，上高山，搜集茶籽；为了购回兰花香茶苗，一次一次与董事们斗；为了研发兰花香茶叶，冲撞县委书记；为了寻找基地和厂房，跑遍全县山山岭岭……厂房建好了，茶园建好了，兰花香茶叶发明专利有了，科研成果有了，产品有了，市场有了，迎兰公司这艘茶叶界的小巨轮，离开了湘江，冲出了洞庭湖，正乘风破浪沿着长江驶向大海。掌舵人老了，新的掌舵人还不知在何处。想到这里，他感到了秋天的凉意，莫名的伤感萦绕心头，挥之不去，他无助！他焦躁！他心烦！他不知如何是好！

夜深了，妻子进入了梦乡，他仍没有一点睡意，还在翻来覆去地想着同一件事，希望找到破解的方案。

凌晨四点，志坚才开始有了一点点睡意，约莫睡了个把小时，外面传来了鸟叫声，鸟儿不知人间苦，叽叽喳喳叫个不停，嘈杂的鸟叫声惊醒了刚入梦乡的志坚，他莫名其妙地怨恨起这几只小鸟来，爬起来，抓起书桌上自己每天必吃的核桃朝窗外树上的小鸟扔过去。小鸟飞走了，飞到了远一点的树上。但是，鸟叫声依旧不断地传进他的耳朵里——他再也无法入睡了。

"我晓得你一晚冇睡好哩！你平时熟睡的鼾声我听得出来。你这样下去，身体只怕又会出问题喽！我知道是因为接班的事让你急得睡不好觉。我劝你莫想这么多，顺其自然，天不会塌下来。"天亮时分，妻子担心地劝丈夫。

"冇事哩，我只是失眠了。"

一夜未眠的志坚吃了早餐，去公司了。来到公司，心情依然烦乱，他无心办公，坐在窗前，望着窗外梧桐树在微风中摇摇欲坠的几片已枯黄或半枯黄的树叶，落泪了——梧桐树虽然枝老叶黄，但明年春天仍有枝繁叶茂之时。而想想自己，古稀之年，接班人还不知在哪里，用血汗拼出来的心爱的迎兰公司，后继无人。他无心同别人说话，更害怕来了客人缠着自己，于是不同任何人打招呼，独自一人朝茶山走，他一边走，一边抬头望望天空，原来华丽的云彩，在狂风的吹拂下，只半个时辰，竟乱得恍如初醒的头发，在空中不断移动，变幻形态。这乱云恰似自己此时的心情，混乱而无奈。

志坚来到茶山中间，四周静谧无声。望着这块块丘丘错落有致海一样的茶山，想到兰花香茶产业后继无人，有可能半途而废；望着省里颁发的"特色产业园"的牌子，又想到无人接班的困局，他的心在隐隐作痛。他无法接受这样的结果！这是什么？这是自己的心血，自己的精神支柱！自己苦苦追求的成果！他充满了对它的爱。这种爱一点也不逊于对妻子的爱，对子女的爱。他俯下身子，干瘦、颤抖的右手在嫩嫩的茶芽上轻轻地抚摸着，抚摸着。他嘴唇抽搐，哽咽道："你是我的情人，你知道吗？你是我的心肝宝贝，你知道吗？你是我的精神支柱，你知道吗？我的心情谁能理解！我的痛苦有谁知道！无人接班，我舍不得你啊！"他全身无力地瘫坐在茶树丛中，伤心的眼泪一滴一滴落在嫩绿的叶片上，它们在太阳光的照射下，晶莹透亮。不一会儿，断线的眼泪滴湿了身下的泥土，他抓起一小把湿土闻着、闻着，又用力一抛，泥土飞向茶树，发出一阵沙沙的响声。这位被省城大医院写了五个“癌”字却连一声叹息也没有的铁汉，因无人接班，竟痛苦地哭了，伤心地哭了。平时有着钢铁般意志的志坚在这一瞬间溃败了。

“尹总，黄董一个人去了茶山，你要不要去看看？”车间主任小黄看见志坚独自上了茶山，不放心，见老尹来了，连忙说。

“好，我这就去。”老尹听小黄说老朋友独自上了茶山，又担心，又疑惑，迅速往茶山走。

老尹轻轻走近志坚，见他望着茶树出神，连自己来到身边也没有察觉，不解地问：“老兄，你一个人来茶山干什么？对着茶叶嘀咕什么？你在和茶叶说话吗？还是和茶虫子说话呢？”

“茶山空气好，来呼吸一下新鲜空气。”

“你怎么流泪了呢？”

“没有吧，可能是不小心进灰尘了。老同学，你来得正好，陪我去亭子里坐坐啰。”志坚从裤子口袋里拿出纸巾揩了一下眼睛，同老尹朝茶亭走。茶亭是老式木结构，盖了琉璃瓦，古色古香，不大，但很精致。茶亭建在茶园最高处的一个山包上，在这里可以环视茶园全景。

两个老同学膝盖挨着膝盖坐着。“老兄，我知道你还是在为接班人的事着急，你瞒不了我！”尹厚友笑着道。

“算你猜对了，不瞒你说，是为这个事着急呢！我们都这么一大把年纪了，再不物色好接班人，怕来不及呢！老尹，我问问你看，为什么现在这么多年轻人都不愿意搞实体、办企业，宁愿跑到外县外省打工；还有的人宁愿冒着坐牢的风险去贩毒、走私、搞诈骗、制假贩假；还有的胆子天大的人违法集资，放高利贷；还有一些二十几岁的人正好干事业却上午一场、下午一场、晚上一场打麻将；有的大学生为了报考一个公务员，考一年、考两年、考三年五年还要去考；有的为了一个公务员职位，几千上万人围着它去抢。我就想不通，他们为什么要这样？长两条腿、两双手干什么的？”

老尹听了好朋友滔滔不绝的评论，叹气道：“现在的年轻人，不像我们这代人受过苦，也吃得苦。他们都是在糖水里泡大的，又大多数是独生子女，父母看得重，娇生惯养的。这些年轻人呀，只想着如何轻松，如何开心，如何赚钱多一些，挣大钱、挣快钱。加之现在社会风气不好，吃喝玩乐、爱虚荣、讲排场，有谁会去冒风险、搞投资？谁还愿意流血流汗，艰苦创业？特别是不愿意干农业这一行。哎，我们这里社会风气太不好了！一切向钱看，唯利是图成了一些人的行为准则，坑蒙拐骗，泛滥成灾，防不胜防。去年有权威数据公布：全国共查出了五十多万个诈骗团伙，按每个团伙一百个人计算就有五千万人搞诈骗呢！”尹厚友大大叹了一口气。

志坚听着老尹一席言辞，十分认可，不停地点头。他沉思了片刻又说："老尹呀，你说得一点没错，我们这地方是有些风气不好嘞！但是，据我观察，浙江、福建、广东那边的人观念好多了。他们崇尚当老板，崇尚创业，宁可做一个萝卜头一样的小老板，也不愿意去打工。当然，我不是说打工不好，打工也是凭劳动赚钱。但，总要有人创业办企业，才有地方去打工呀！那年我去了法国、意大利、英国、希腊，看到的都是浙江餐馆、西湖餐馆、杭州餐馆、福建餐馆，在雅典我还看到几家浙江人开的箱包店、成衣店、鞋帽店，唯独没有发现一家湖南人开的店，湖南人开的餐馆。我还发现，钱不多的浙江人开不了餐馆、店铺，他们就在夜市摆地摊。”

志坚停了停，咳嗽两声，接着说："依我看呀，硬要在全社会大力弘扬老板意识、创业意识、创新意识，真正做到国家所提倡的全民创业、万众创新，才是正道。但是，没有当老板的意识，万众创新只是一句美好的空话。一个国家的人民，都不愿意去干实体，搞实业，搞创新，搞发明，特别是搞农业企业，危险哩！”说完，志坚望着远方的茶山，似乎另有所思。

"老同学，我们还是要做好我们晚辈的工作，动员他们来接好这个班哩。”

"你要重点考虑一下你的女儿尹娟，这女孩子我看不错。学的又是财经专业，公司正需要财经人才。”

"好的，我来做工作啰，一定争取她来公司。”

"这个任务就交给你了，但是，只怕她不会愿意，也怕小罗会反对。”两人又议论了一阵人生的话题后，相跟着下山去了。

家人为接班而争吵的事，董事会开会讨论接班人因年龄和能力而无果的事，传到了志坚的外孙戴宇新那里。

戴宇新大学毕业已在民政局上班一年多了。读高中和大学的时候，一有空他就去外公公司采茶、品茶，慢慢地就喜欢起茶叶来了。暑假还参加了农大茶艺师培训班，考上了茶艺师资格证书。同外公聊起茶叶来，头头是道。人诚实，长得英俊高大。因此，戴宇新深得外公的喜欢。志坚一旦做出了好茶，一定要带一点回家，给外孙品评。宇新上班事不多，他也对民政局的工作不感兴趣，甚至暗暗地产生了辞职的想法。虽然也曾想过去接外公班，但毕竟不是黄家人，怕舅舅、舅妈、老表不同意，家业不可能传给黄家以外的人吧。

现在机会来了，黄谦想接班，舅舅、舅妈坚决不答应，看来自己去接外公班变得有可能了。他开始兴奋起来，他要试探一下家里人反不反对，特别是要试探一下外公肯不肯接受他。正好今天是中秋节，全家人都会回来。他想用这个机会把自己的想法说出来。

在向爷爷、奶奶、爸爸、妈妈敬完酒之后，戴宇新放下酒杯，站起来，环顾了两大桌人，不慌不忙道："今天是中秋团圆佳节，也是一个收获希望的季节，我有一个你们意想不到的甚至会反对的想法想向爷爷、奶奶、爸爸、妈妈说出来，想得到你们的理解和支持。"

"有么哩好想法，你说给我们听听。"戴宇新奶奶迫不及待地问孙子。

"我听说黄谦父母坚决反对黄谦改学茶学专业，去接外公的班，还闹了很大的矛盾。黄谦没有办法，只好听父母的。我正好对上班不感兴趣，早就打算辞了工作去干个体户。既然外公需要人接班，黄谦父母又不同意黄谦接班，因此我打算同外公讲一讲，看他老人家能否答应我去他公司上班，今后慢慢地去当他老人家的接班人！"戴宇新有些激动，说话声音越来越大。

"你去外公公司？去接你外公的班？我看见你外公这么大把年纪了，还没日没夜地操心劳累，我做女儿的心痛死了。现在你又放弃舒舒服服的班不上，去干那累死人、急死人、气死人的农业企业，我不更加会心痛死了！不去！"戴宇新母亲板着脸道。

"办企业是累一点，有时受点急、受点气，但有成就感呀！要干一番事业，哪有那么轻松？不吃世间苦，难为人上人！"戴宇新大胆地反驳。

"我支持儿子去干一番事业，何况岳老公司有这么好的基础，晚辈不能像我们一样碌碌无为。"戴宇新父亲说。

"戴宇新去他外公公司，我们举双手赞成，我们戴家是要有敢吃螃蟹的人，不能都端着公家饭碗不放。只是，我想你外公不一定同意哩！一个几千万的公司，他舍得给我们吗？"戴宇新爷爷道。

“这是一个千载难逢的好机会，一定要抓住，不要留恋公务员铁饭碗，在我们深圳，好多人不愿当公务员，而愿意自己去创业，何况有这么一个现船现桨只荡的公司。”在深圳开公司的戴宇新的表叔如是说。

“宇新，你要三思而行啊！娘是一千个反对！一万个反对！”戴宇新母亲见家里这么多人支持儿子辞去公职接父亲的班，心里十分着急。

戴宇新母亲无法阻止儿子的决定，于是想通过父亲来阻止儿子的这个“荒唐”的决定：“爸爸，戴宇新不知道是哪一根筋出了问题，准备辞掉工作，到你的公司去上班，你做个好事啰，坚决不能同意他去嘞！”志坚女儿第二天一大早回到娘家，抢先同父亲打招呼，要阻止儿子做出辞职去公司的“错事”来。

“真的呀！他父亲、爷爷、奶奶同意吗？”志坚反问女儿。

“他们都同意了，只怕你舍不得股份，一家人糊里糊涂的！”

“我的宝贝女儿嘞，这是好事，也是喜事，宇新这伢子有出息，我支持他辞职来公司接班，这下不但我的心病治好了，而且我的事业也后继有人，我给他40%的股份，好好培养他！”

没等父亲说完，女儿砰的一声，把门一关，赌气冲出了房门——没想到父亲是这个态度。

“娘哩，你去劝劝爸爸啰，宇新要辞职去公司接班，我要爸爸别接受，哪知他不但不反对，反而非常高兴。儿子、孙子不接班，要外孙来接这个班，来害外孙，真是的！”说完，女儿板着脸冲走了。

杜应贤看见女儿气冲冲地走了，也很理解女儿的想法。做娘的，谁不想儿女们一生轻松、幸福，不去做冒险的事呢！于是来到志坚房间，冲着丈夫说：“老头子哩，万一有人接班，到时把公司拍卖算了！莫同意外孙伢子来接你的班啰，女儿好大的气嘞，冲回去了。”

“我们女儿的想法是所谓的为儿子好，思想太保守了，我看是妇人之见。我就很欣赏宇新的勇气，有我当年的做派。不错，宇新来，我支持，我高兴！”

“说不过你。”妻子看到劝说不了丈夫，只好走了。

一个月后，戴宇新打了报告，准备正式辞去民政局的工作，在批准前，他请了假，到外公迎兰茶叶公司上班来了。

戴宇新闹着要去接外公的班，全家人像得了神经病一样支持他，放弃轻轻松松、稳稳当当的公务员不当，去干那个既辛苦又风险大的茶叶公司，不是明知山有虎、偏向虎山行吗？对象还没有找好，有工作的妹子谁会同他一个当茶农的老板谈恋爱？黄芳雅像疯了一样，茶不思，饭不想，她越想越急，越想越气，越想越觉得要坚决加以阻止。“宇新，你来一下啰。”

宇新来到客厅，挨着母亲坐着，一只手搭在母亲肩膀上，细声地问：“娘，你叫我来，有什么事吗？”

“宇新呀，你决定辞掉公务员去接你外公的班，是一个愚蠢而错误的决定！赶快放弃这个大错特错的决定，还是去上你的班！听见了吗？”

“娘，我同你讲心里话，就是没有外公的班接，我也要辞职下海，我不喜欢公务员的工作，干起来没劲，好没成就感。天天在饭桌上，夜夜在牌桌上，我又不会打牌，也不喜欢吃吃喝喝，我又不是三岁小孩，你让我去干我喜欢干的事啰！”

“我问你，到时公司亏了呢，垮了呢，你怎么办？公务员辞了，公司倒闭了，到那时你去打工还是去流浪呀？你知道吗，你还没成家嘞！”

“万一到了那一步，我也无怨无悔。我想过，大不了去干个体户！”

“你硬是不听老子劝是吧？戴宇新，你同我听着，你去接你外公班，我就不认你这个儿子，断绝母子关系！”芳雅说完坐在沙发上“呜、呜、呜”哭了起来。

宇新轻轻地拍着母亲的肩膀，说：“娘，放心啰，我不是三岁搭两岁，你让我去做我想做的事啰，天不会塌下来！”

芳雅用力把儿子推开，流着泪去卧室了。

第二天，志坚把宇新叫到办公室。坐定后，高兴地对戴宇新说：“宇新，我安排你到车间当副主任，从战争中学习。你不要怕啰，外公讲个故事你听。香港有个叫李文达的人，他十六岁开始照料李锦记蚝油生意，二十岁在澳门开办六家蚝油工厂，二十五岁正式加入李锦记集团公司，四十三岁出任集团主席。李文达苦心经营四十余年，成功将几家只有二十人的酱料工厂，发展成家喻户晓的中式酱料王国，产品销售到全球一百多个国家和地区，被称为蚝油大王。希望你坚定信心、迎接挑战，把迎兰公司办成全国知名企业！”

“请外公放心，我争取做茶叶界的李文达！”

“好一个茶叶界的李文达，外公相信你！”

半年后，志坚把戴宇新送到农大茶学培训班培训。经过对戴宇新近一年的考察和考验，志坚发现戴宇新具备一定的做企业家的素质：爱学习，善于思考，责任心强，吃得苦，有一定的胸怀和肚量，有创新意识，对产品质量要求特严，善于团结。如果再加一点担子，应该会很快成长和成熟起来，加上年轻人又富有创新意识和知识，相信若干年后，他甚至会比自己干得更好。不久，他召开了董事会，把自己40%的股份转让给了戴宇新，并宣布他为董事长，到工商局注册登记为法人代表，正式接班。自己则退下来当名誉董事长。

一天，志坚对老尹说："老尹，我同你一起奋斗了四十多年了，也应该退休了。你的女儿很优秀，又是学财务的，公司正需要这样的人才，还是我上次讲的，能不能叫她毕业后到公司来，和戴宇新一起打拼？"

"这是好事，我一定做好尹娟的工作，让她来公司。"

虽然答应了好朋友让女儿娟娟来公司，但尹厚友心里还是没底。妻子肯定会反对，女儿也不一定同意来——现在的大学生都只想往大城市钻，谁还会往农村里跑呢？回到家，吃了晚饭，尹厚友洗了澡，在客厅看电视。妻子小罗收拾了厨房，来到客厅，坐在丈夫身边。"看什么湘江新闻啰！我要看中央八台电视连续剧。"妻子小罗从尹厚友手中拿来遥控器，调到了中央八频道。

"罗芳，我同你商量一个事啰！"

"么子好事，你说啰。"

"我们迎兰公司越办越好，市场越来越火，还同美国人签了长期供货合同，但我和志坚哥年纪都大了，要培养年轻人接班。前不久，他外孙戴宇新辞掉工作来接班了。志坚哥和我想让尹娟毕业后也来公司接班。我觉得这是一件好事，我们一定要做好尹娟的工作。"

"你说什么？尹娟毕业后到迎兰公司去？你冇神经病吧！你冇吃错药吧！我不同意！"

"你莫还是老思想啰！现在最吃香的是股份制企业，是有自己品牌的企业，这样的企业才长盛不衰，比到单位上班强！"

"我不管是长盛还是短盛，我们宝贝女儿，好不容易考上大学，决不能让她回农村，决不能！"

"只要娟娟同意，我们就支持。听娟娟的。"

"你死了这条心吧！娟娟同意也不行！人往高处走，水往低处流，人家做父亲的，花钱、送礼、找关系也要让子女到大城市去，冇看见你这个做父亲的，还要女儿回农村。你怕是起早了，碰见鬼了吧！”说完罗芳把遥控器一甩，进卧室去了。“娟娟，娟娟，我是你妈妈。”罗芳拿起手机拨通了女儿的电话。

“妈妈，您好！爸爸好吗？您打电话有什么事吗？”

“我好，就你爸爸不好！”

“爸爸怎么啦？您快说！”

“他疯了！他说要你毕业后，到他们的迎兰公司去上班，去接班，你看他是不是疯了？”

“啊，是这么一回事，吓我一跳哩！”

“我打电话给你，就是告诉你，你可千万不能听你爸的啊！听见了吗？”

“听见了，冇事。妈妈，您早点休息啰。我知道该怎么做。”

“爸爸要我毕业后去迎兰公司，妈妈坚决反对，这是个新问题，我该怎么办？”尹娟自从接了母亲的电话，一直在思考这个问题。——不去爸爸的迎兰公司，跟男朋友去北上广或留在长沙，虽然不可能有个人的大成就，但肯定一生会过得轻松舒服。如果去爸爸的公司，虽然辛苦一些，但只要努力，肯定能打造出一个知名企业。至于母亲的反对只是暂时的，今后慢慢做工作就是。但是，如果决定去爸爸公司，必须征得男朋友同意和支持，于是，尹娟决定跟男朋友商量商量，征求他的意见。

“危立，我跟你商量一件事啰。”尹娟的男朋友叫危立，是尹娟的同班同学，也是一班之长。他们的关系早在大二时就确立了。趁晚饭后在财大湖边散步时，尹娟跟男朋友危立说。

“有什么大事？好事？你快说。”

“是这样的，我父亲同他的好朋友早几年成立了一个股份公司，叫迎兰茶叶公司，是一个科技型茶叶企业，获得了国家高新技术企业称号。有专利，有科研成果，公司前景较好，他们年纪都大了，我想毕业后回去接他们的班，希望得到你的支持。你愿意同去更好，不愿意的话，能否在长沙或到我们湘江县参加公务员考试，这样，我们相距很近。”

“我冇听错吧？尹娟，你毕业后去接你父亲班！去搞私人企业！搞农业企业！当农民，跟农民打交道！”

“是的呀，私人企业怎么了！农业企业怎么了！跟农民打交道怎么了！你不是在全校支边大会上带头表态毕业后要去支援边疆吗？”

“表态归表态嘛，去不去是另一回事。我告诉你，尹娟，毕业后我们只能去三个地方，一个是北上广，二个是五百强大企业，万一不行，最少也必须留在长沙。”

“国家不是号召大众创业、万众创新，振兴农业农村吗？我们去把一个现成的农业企业做大做强，不也很好吗！既实现了个人的梦想，也为农业农村贡献了自己的一份力量。”

“我没有你这么高的思想境界，我只知道要把自己一辈子经营好。人都是自私的，自私是人的本能。我决不去农村，我劝你想都莫想这件事。只有谋划好我们的未来才是正确的选择！”

听了危立的话，尹娟转身走了。

“尹娟，你去哪里？等等我。”

“危立，我算彻底认识你了，原来你还是一个自私的伪君子！说一套，做一套！”

“尹娟，你听我说……”危立赶上来，欲拉尹娟的手，被尹娟甩开了。

“危立，没什么好说的了！我们原来不是一条道上的人。”尹娟伤心地跑开了，把危立甩在了后面。后来，危立多次找尹娟，都被尹娟拒绝了。

国庆长假，尹娟回到了家。“妈，我回来了。”刚进门，尹娟大声地喊着。

“娟娟回来了呀，两个月冇回家了哩。”罗芳听见女儿叫她，笑嘻嘻地来到客厅看女儿。尹娟放下包包，洗了手，陪母亲坐在客厅里。

“娟娟呀，你回来了好，我跟你说呀，你千万不要听你爸爸的，去他们公司上班哩！听娘的。”

“娘哩，去爸爸公司上班并不是一件坏事哩！你上次打电话给我以后，我想了很久，想了很多。我如果到北京、上海、广州、深圳上班，一年难得见你们一面。我虽然好过一点，但做女儿的不能孝顺你们。家人、亲人不在身边，好冇意思咧！我如果在爸爸公司上班，天天在你们身边，天天孝顺你们，难道不好吗？特别是公司做大了，品牌做大了，不但你们一代人好，我们一代人也好，我们下一代人也好哩！我到了爸爸那个年纪，还能挣到钱呢！”

“我还是反对，你自己要想清楚。你还要同小危商量好。”

“娘，我发现危立很自私，我们吹了。”

“吹了？这么个好伢子，怎么吹了呢？”

“他是个伪君子，不适合我。娘，不说他了。”

“唉！”罗芳叹着气，准备饭菜去了。

半年后，二十四岁的尹娟财经学院毕业，来到了迎兰公司，戴宇新任命她为财务总监。这两个年轻的大学生勇敢挑起了迎兰公司的重担，成了迎兰公司的新栋梁。

选好了接班人，又有尹厚友的女儿尹娟放弃去城里大公司工作的机会，来迎兰公司担任财务总监，志坚无人接班的心病好了，紧皱的眉头也舒展开了。他站在公司前坪大声喊着：“宇新、尹娟，你们来我办公室一下啰，我有事同你们说哩！”

“好，我就来。”宇新应着。

“黄伯，等一会儿，我就来了。”

戴宇新、尹娟先后来到志坚办公室，只见志坚蹲着在开保险柜。不知道志坚有什么事要同他们说，他们又不方便问。戴宇新坐一边翻看外公桌上的《中国茶叶》杂志，尹娟在泡茶。志坚打开保险柜后，从保险柜中取出一个红色小木盒子，放在办公桌上。志坚一边笑，一边用手拍了拍那只小木盒：“你们猜猜，这里面是什么东西？”

戴宇新左瞧瞧、右看看，猜不出小木盒子里到底放了什么“宝贝”，但他想，肯定不是钱，更不是什么金银珠宝，有可能是公司需要永久保存的重要文件或契约，便说：“外公，肯定是要长期保管的契约等一些要件吧？”

“我虽然无法知道小木盒内放有什么重要物品，但可以肯定您老是有一样什么东西要交给小戴和我。”尹娟边猜边笑，笑得两个小酒窝更好看了。

“你们虽然没有完全猜对，但你们却猜到边上来了，分析得也有道理。这里面是我们的‘传家宝’，今天，我要把这个‘传家宝’郑重地交给你们，希望你们把它保管好。”

戴宇新和尹娟感到更好奇和神秘了，相互对视了一下，宇新说：“外公，您快拿出来让我们见识见识！”

“好！”志坚把小木盒打开，小心翼翼地取出一叠已经泛黄的白色布料，一层一层地展开，等完全展开后，用双手轻轻地抖开了其中一件，把印有“志士”二字的一面朝着戴宇新和尹娟，道：“这是五十年前我的两件汗衫，它不仅有重要的纪念意义，更重要的是它有一种永远值得传承的精神。”

“黄伯伯，这汗衫肯定有不一般的来历，请您给我们讲一讲它的故事吧。”尹娟迫不及待地想知道这两件汗衫到底是怎么回事，为何伯伯这么看重它。

志坚笑了笑，认真地对两个年轻人道："我这两件汗衫，既是一件辛酸的汗衫，又是一件励志的汗衫，更是一件值得传承的汗衫。还是在几十年前，我高小毕业后，担心没有考上中学，父母亲送我去学中医，师都拜了，班主任送通知来，说我考上了初中，我不顾父母反对，弃医求学。可是，等我快毕业时，腿上生了个大脓疮，只好退学回家医治，家里因此背了一身债，我只好被迫辍学，永远失去了读大学、当文学家的梦想，回到老家当起了农民。虽然没有书读了，但是，我不甘心就这样把自己永远留在小山冲，我立志要冲出小山冲，干出一番事业，活出一个有意义的人生来。于是为了激励自己，我突发奇想，磨了一把小刀，把肥皂削平，用小刀刻了一个'志士'印章，蘸着红色印油，印在这两件汗衫左上方的小口袋上，穿着它，用它来激励自己。也有人说我在汗衫上印'志士'二字幼稚可笑，但我不这样认为，这是我对人生的自我挑战，我对人生的自我定位，我对人生的自我鞭策。在后来半个多世纪的人生道路上，我一路走来，风风雨雨，历尽坎坷，经历了无数次失败，由于心中当一名'志士'的火花始终没有熄灭，最后我取得了今天的成功。因此，我认为我这一生做得最对的一件事，就是从小立了志，我希望你们也要立志。"

志坚停了停，连喝了几口茶，又说："今天，我把接力棒交给了你们，你们一定要好好地把它传承下去。虽然现在的环境和条件比起我们那时要强了几倍、几十倍，但人生的道路上、事业的道路上不可能一帆风顺，你们也将会面临风风雨雨。因此，我今天把这两件印有'志士'二字的汗衫交给你们，让我的这种立志做'志士'的精神传承下去，让你们明白一个道理：没有目标，就会迷失自己。人的一生，要有志向，要有志气，要立志，还要矢志不渝地干下去。不能一遇到困难就害怕，就放弃，尤其希望你们不能像当今社会上一些心无大志、无所作为的年轻人一样天天无所事事，天天花天酒地，所谓的享受人生，做享乐派，不做创业派。现在你们选择了茶业这条路，敢于来接班、来创业，振兴民族产业，勇敢有志气，为年轻人树立了一个好榜样。希望你们心无旁骛、永不放弃地干下去。在现有的兰花香茶叶基础上做出有兰花香的名茶来，过几年还要做出一些有兰花香的茶叶饮料，做出一些有兰花香的茶叶食品，做出一个兰花香茶叶新产业，希望你们把这种'志士'精神发扬光大。"

戴宇新、尹娟一边听，一边连连点头，被志坚永不放弃的“志士”精神深深感动。

志坚把这个装有“志士”汗衫的小木盒子双手托着交到两个年轻人的手上，戴宇新、尹娟连忙站起来双手接着。戴宇新连声说：“谢谢，谢谢外公！请您老放心，我们一定把您的这个传家宝接过来，传下去，发扬光大！创建兰花香迎兰牌茶叶百年品牌！”

“好一个发扬光大，创建百年品牌！我这就放心了。”志坚动情地对两个年轻人说，满是皱纹的眼角上闪着点点泪花。然后，他笑了。

“黄伯伯，我刚才还看见您流眼泪，现在您怎么又笑了哩？”

“我这是成功的笑，满意的笑，放心的笑！经历了几十年风风雨雨、坎坎坷坷之后，我成功了。我的事业后继有人了，我怎能不笑呢？但，同时也是痛苦的笑。几十年以来我和你爸爸经受了无数的苦难和艰辛，挫折和失败。但我一点也不后悔，没有深夜痛苦过的人，不足以谈人生；一帆风顺的人生，不叫有意义的人生。成功的背后，往往伴随着痛苦。我一次次从满怀希望中坠入挫折、失望，一次次被推到风口浪尖。这一切的一切让我刻骨铭心。宇新呀，娟娟呀，只有面向心中的目标，不断地努力，跌倒了，又爬起，才能达到理想的彼岸。想一帆风顺，世上没有这么好的事。人生中泪水、抱怨化解不了愁苦，伤春悲秋跨不过泥泞。与其放弃、回避或者妥协，不如心向阳光，冲出阴霾！不经风浪，难见艰险，唯有直面，才能扬帆远航！只要初心不改，终将会停泊靠岸，实现美好的理想。”

“外公，你说得太深刻了，我记住了。”

尹娟听了，连连点头：“黄伯伯，您放心，您的传家宝，我们一定世世代代传下去。”说完，红着脸朝戴宇新笑了笑。

“娟娟，有你这句话，我更加放心了。”说完大笑。尹娟、宇新跟着笑了。

忽然，一阵掌声响起，原来是老尹、应贤、尹娟妈妈、新宇妈妈来了。

此时，从湘江河传来一声长长的汽笛声，迎兰公司这艘股份制的航船也在两个新舵手的驾驶下开启了新的航程。

后 记

假如你出生的家庭贫穷、你出生的地域贫困、你出生的年代特殊，难道就只有一生穷困的命吗？答案是否定的。作为人，父母不能选择，出生地难以选择，出生时代无法选择，但是，人生道路可以选择，人生的命运可以改变，人生的结局也可以更理想。

《志士衫》较好地佐证了这一论断。《志士衫》主人公黄志坚出生在一个偏僻的穷山村，全家人住在一年四季吹不到南风的泥砖房屋里。他不听母亲劝告，放弃学医的金饭碗，鬼使神差听班主任的劝说读中学，不幸因病辍学，负债而不能复读，百般无奈，回到小山村当农民。他心不甘情不愿，朝想南京买马，夜想北京求官，只想离开小山冲。一次他突发奇想，用肥皂刻“志士”印章，印在汗衫上，激励自己当一名“志士”，冲出小山冲，实现心中理想。奈何命运多舛，倒霉的事总是像幽灵一样缠着他不放，他经历了一次又一次挫折、一次又一次失败，甚至绝望，还多次来到了死亡的边缘。面对一连串的打击，志坚不是放弃，不是逃避，不是埋怨，而是选择了面对，选择了坚强，选择了另寻出路：创办了两家茶叶公司，打响了两个茶叶品牌，取得发明专利和多项科研成果。虽然过程极其艰辛，但他最终成为一名优秀农民企业家。

《志士衫》生动刻画了志存高远，意志坚定，永不言败，重视农业科技创新、农业品牌建设、市场开拓的乡镇企业家形象。

因此《志士衫》是一部富有人生启迪意义的小说，唤醒因迷茫、失意或失败而苦苦挣扎的人，告诉人们如何面对、如何战胜困难，变挫为顺，实现心中理想。

其次，《志士衫》是一部中国乡村生动形象的变迁史、发展史。它的故事开始于20世纪60年代初，结束于21世纪20年代。这60余年的中国乡村发展轨迹、重要场景、重要事件，都在作品中得到了描绘和展现，能让读者看到鲜活的人生和世态，并感同身受。像万花筒一样，读者不但能窥见社会的方方面面，还能在情感、朋友、事业、金钱等方面得到不同的启示。

再次，《志士衫》还是办企业、做品牌、打市场、搞创新的一个非常实用的活教材，更有值得青年创业者学习和借鉴的成功经验。

总之，《志士衫》是一部激励人们为理想而奋斗，充满正能量的好书。正如评论家余三定所说：它是一部可读性非常强的，富有吸引力的，真正能给人以多方面启示和有力激励的优秀长篇小说。主人公黄志坚则是一个血肉生动，十分感人的形象。

我为什么要写《志士衫》呢？本人所处的年代是一个伟大变革的时代，这期间我经历了太多太多，如不把它记录下来，觉得殊为可惜，尤其写农村、写农民、写农村基层干部、写乡镇企业，写他们的苦和乐一直是我的愿望。糟糠之妻不可丢、来路不正的钱不可要、身处底层的人不可自卑、做人做事要敢于担当一直是我认定的做人道理。我也一直想把这些理念与人分享。于是，斗胆在古稀之年动笔，抱病写下了《志士衫》初稿，后经十余次修改，方成此书。

《志士衫》故事情节纯属虚构，请勿对号入座。因本人水平有限，错误和不妥之处在所难免，请读者朋友多多指教。

余　实

2023 年 8 月